ANOTHER STORY OF
Bad Boys

Mathilde Aloha

ANOTHER STORY OF
Bad Boys
ÉPISODE 1

hachette
ROMANS

Couverture : © Subbotina Anna / theartofphoto / tverdohlib / Romanslavik / Fotolia.

© Hachette Livre, 2016, pour la présente édition.
Hachette Livre, 58 rue Jean Bleuzen, 92170 Vanves.

Prologue

Ma meilleure amie est entre la vie et la mort mais je pars.

Chapitre 1

« Madame, monsieur, nous abordons notre descente vers Los Angeles. Nous vous invitons à regagner votre siège et à vous assurer que vos bagages à main sont situés sous le siège devant vous ou dans les coffres à bagages. »

La tête dans les nuages – au sens propre comme au sens figuré –, je me dépêche de rincer mes mains encore pleines de savon et sors des minuscules toilettes afin de regagner ma place. Je traverse rapidement l'allée étroite en m'excusant auprès de l'hôtesse de l'air qui attend patiemment que je me rasseye.

En jetant un coup d'œil à mon voisin, je rattache ma ceinture après m'être aperçue que le signal lumineux était allumé. Il n'a pas bougé d'une semelle et semble toujours endormi. Je me demande comment il fait pour être si paisible. Même si prendre l'avion est l'un de mes grands plaisirs, je ressens toujours une petite pointe d'appréhension au moment où nous décollons.

Il est bientôt 16 heures, heure locale. Le soleil brille fort, si bien que je suis obligée de baisser légèrement le store du hublot pour ne pas être trop éblouie. Au loin, j'aperçois un avion qui vole en décalé, à une altitude inférieure à la nôtre. Nous traversons une zone de nuages qui provoquent de légères turbulences et, peu à peu, le paysage se dessine sous l'avion. Je me penche davantage et admire le spectacle. Tout paraît si petit de là-haut ! J'ai toujours été fascinée par ce moyen de locomotion. Contrairement à beaucoup de personnes, j'adore prendre l'avion et me retrouver ainsi aux quatre coins du monde pour découvrir toutes les cultures dont regorge notre planète et rencontrer des personnes plus différentes les unes que les autres. Je tiens probablement cette passion de mon père, qui est un véritable globe-trotter.

Une hôtesse me frôle en récupérant le gobelet vide posé sur la tablette devant moi. Je referme celle-ci et attrape le journal *The Miami Herald* que j'ai récupéré à l'aéroport avant d'embarquer. Toutes les actualités de ma ville de naissance y sont rapportées. Je survole les pages lorsqu'un article attire mon attention.

Ce mardi 1ᵉʳ septembre, des agents fédéraux ont démantelé un des cartels de la drogue les plus importants de Miami. Cette saisie presque record s'inscrit dans le cadre d'une opération de surveillance menée depuis plusieurs mois déjà et qui aura permis l'interpellation de trafiquants qui revenaient de Colombie avec leur chargement de drogue, précise le chef du département de police de Miami.

Je relève les yeux du journal et tourne à nouveau la tête vers le hublot. L'avion a entamé sa descente il y a quelques minutes et, d'après l'écran devant moi, nous sommes censés arriver à LAX dans exactement vingt-deux minutes. À côté de moi, je sens mon voisin se réveiller. Il commence à s'étirer et se frotte les yeux.

— On arrive bientôt ? me demande-t-il, les yeux encore ensommeillés.

— Dans une vingtaine de minutes.

Il me remercie et sort son téléphone de sa poche. Quant à moi, je me redresse sur mon siège et, même si j'appréhende la suite de l'article, je reprends ma lecture.

Rappelons que, chaque année, plusieurs dizaines de victimes collatérales sont à déplorer. La dernière en date est une jeune fille de dix-huit ans, retrouvée il y a plusieurs semaines déjà dans un état jugé extrêmement préoccupant par les médecins. Elle est encore aujourd'hui entre la vie et la mort.

Depuis des années, la ville de Miami est une plaque tournante de l'entrée de la drogue dans notre pays. C'est un fardeau que les autorités n'arrivent toujours pas à éradiquer. Le gouverneur de la Floride, Mike Shenning, a déclaré il y a quelques jours lors de sa conférence de presse que cette situation anxiogène ne pouvait durer plus longtemps et que l'État de Floride œuvrait avec les services municipaux afin d'éradiquer le plus rapidement ce fléau. Un plan d'action sera mis en place dans les prochains jours.

Je referme le journal, les yeux humides. Chaque semaine, c'est la même chose. La quatrième page du quotidien est consacrée aux actualités concernant le démantèlement d'un trafic de drogue à Miami et dans sa région. À la lecture de ces mots, des images me reviennent en tête comme des flashs puissants et douloureux. Je n'oublierai jamais cette journée de juillet.

Dans cinq jours, ça fera exactement deux mois que Rosie n'est plus avec nous, qu'elle est dans un coma que les médecins appellent le *coma carus* – ce terme désigne le dernier stade avant la mort. Ceux-ci se sont montrés clairs peu de temps après son admission à l'hôpital ; même si son état venait à s'améliorer, elle ne se réveillerait plus jamais.

Je me souviendrai toujours du visage dévasté de sa mère lorsque le médecin lui a annoncé la nouvelle. Nous étions juste à côté, Amber et moi, et elle s'est effondrée dans nos bras. C'est à ce moment-là que j'ai compris qu'il n'y avait plus aucun espoir pour Rosie.

La perdre de manière aussi brutale a été une épreuve très dure et je ne sais pas si je m'en remettrai un jour. D'autant plus que je sais pertinemment que le jour où elle s'éteindra, je serai anéantie. Jamais plus je ne la verrai rire aux éclats devant un film d'horreur, chanter faux tout en se vernissant les ongles et en nous racontant, à Amber et moi, à quel point la vie vaut la peine d'être vécue. Jamais plus elle ne fera de cupcakes avec moi ou viendra sonner à ma porte tôt le dimanche matin pour aller courir comme nous aimions tant le faire. Jamais plus sa joie de vivre n'éblouira nos journées comme le soleil du milieu d'été.

Elle me manque tellement. Du revers de la main, j'essuie la larme qui roule sur ma joue.

Vivre pleinement est maintenant la seule et unique manière de lui rendre hommage et je compte bien le faire autant pour elle que pour moi. *Je ne t'oublierai jamais, Rosie.*

Je sors de mes pensées lorsque je sens une main se poser sur mon épaule. Je tourne la tête et aperçois une hôtesse de l'air penchée au-dessus de mon voisin qui semble apprécier cette proximité.

— Oui ? je dis.

— Est-ce que votre ceinture est bien attachée, mademoiselle ?

Je décroise les bras et lui montre que je suis bien attachée. Elle me sourit en me souhaitant une bonne fin de vol avant de passer aux passagers suivants.

Je glisse doucement mes mains sur mon visage. Il ne reste désormais plus que huit minutes avant que l'avion atterrisse, huit minutes avant qu'une nouvelle vie commence pour moi. Désormais, je ne peux plus faire marche arrière, même si une petite pointe d'appréhension continue de persister.

Un jour ou l'autre, on se pose tous cette question : *Qu'est-ce que je veux réellement faire de ma vie ?* Et c'est durant la dernière année de lycée que vous devez faire ce choix. Un choix crucial qui vous angoissera ou vous réjouira, ou peut-être bien les deux. Mais dans tous les cas, il déterminera votre avenir. En ce qui me concerne, ce choix m'a particulièrement angoissée. En tant que fille de parents divorcés, plusieurs possibilités s'ouvraient à moi : je pouvais rester en Floride avec ma mère et ainsi intégrer l'université de Miami ou bien partir et rejoindre mon père installé depuis sept ans au Brésil pour vivre comme lui, c'est-à-dire en parfaite communion avec la nature.

Mais ces deux options ne me convenaient pas. Je voulais vivre ma vie, voler de mes propres ailes, prendre les décisions que j'estimais les meilleures pour moi.

J'ai longuement réfléchi et c'est de cette manière que j'ai atterri à Los Angeles pour intégrer la célèbre université de UCLA. J'ai toujours rêvé de devenir une grande journaliste qui ferait le tour du monde pour réaliser mes propres reportages et, ainsi, faire découvrir les réalités de la vie à des milliers de kilomètres de chez soi. De plus, comme le département de journalisme de UCLA est l'un des meilleurs qui soient, mon choix a vite été fait. Et lorsque j'ai été acceptée, je ne pouvais qu'être heureuse. Mais j'étais loin d'imaginer ce qui m'attendait.

*

Par le hublot, je regarde la piste en bitume qui se rapproche de plus en plus de nous. L'avion avale les derniers mètres en quelques secondes à peine et touche enfin le tarmac après plus de douze heures de vol. Je souris en entendant les applaudissements des passagers. Certains d'entre eux ont l'air de respirer pour la première fois depuis des heures. Pour ma part, je me réjouirai lorsque je serai assise à côté de ma mère dans la voiture nous menant à l'hôtel.

Nous restons assis quelques minutes supplémentaires, le temps que l'avion regagne son terminal. Lorsque les signaux s'allument et que les portes s'ouvrent, les gens n'attendent pas. Ils se lèvent de leur siège, attrapent leurs affaires et se ruent vers l'extérieur tout en se bousculant. Ne souhaitant pas me retrouver dans une telle mêlée, j'attends que toutes les personnes pressées soient sorties avant de me lever de mon siège. Je profite de cette petite attente pour rallumer mon téléphone. Durant le vol, j'ai reçu plusieurs messages. L'un d'eux provient de mon père qu'il m'a envoyé peu de temps après que l'avion a décollé et me demande de l'appeler lorsque j'aurai retrouvé ma mère. Les trois messages suivants sont d'Amber qui me prie de la rappeler au plus vite car, je cite, il est question d'une « urgence d'État ». Je suppose qu'il y a un problème de garçon derrière l'objet de cet appel au secours. Le dernier message a été envoyé par ma mère. Elle me prévient qu'elle arrivera probablement en retard – comme par hasard – et qu'elle m'attendra à la sortie du terminal 4. Malheureusement, ma mère n'a jamais été connue pour sa ponctualité. Sur ce point, elle est tout le contraire de moi.

Ma valise cabine à côté de moi et mon sac à main sur l'épaule, j'attends depuis maintenant une dizaine de minutes que mes bagages arrivent sur le tapis roulant lorsque j'entends une annonce :

« Nous avons eu quelques soucis lors du déchargement des bagages du vol AA 216. Ils devraient bientôt arriver, merci à nos passagers de bien vouloir patienter encore quelques instants. »

Cette annonce est bien loin de me réjouir. Je viens de passer douze heures dans un avion, et tout ce que je souhaite, c'est sortir au plus vite de cette fourmilière.

Lorsque je vois l'une de mes deux valises arriver, je soupire de soulagement. Je vais bientôt pouvoir rentrer à l'hôtel, je suis épuisée par le voyage. Je n'ai dû dormir que quatre heures tout au plus. Je m'avance pour la récupérer mais, à cause de son poids, j'ai un peu de mal à la soulever et manque de bloquer le tapis. Après tout, mes valises contiennent toutes les affaires nécessaires à ma vie ici. Quelques autres bagages passent avant que je n'aperçoive la seconde. Comme je sais que celle-ci est la plus lourde, je demande à l'homme attendant devant moi de me la récupérer. Il accepte gentiment et la pose à mes pieds. Je le remercie et, après avoir accroché la bandoulière de mon sac à mon épaule, je m'avance vers la sortie du terminal.

Il fait une chaleur écrasante ce matin. Ma montre, restée à l'heure du Brésil, affiche midi. Comme São Paulo et Los Angeles ont quatre heures de décalage, il doit être 8 heures du matin. J'attends quelques minutes devant la sortie lorsque mon téléphone vibre dans ma main.

De maman : Ne bouge pas, je te vois. Bisous.

Je relève la tête et, quelques secondes plus tard, ma mère apparaît devant moi.

— Ma chérie ! s'exclame-t-elle en me prenant dans ses bras.

Elle m'a énormément manqué durant ce mois passé loin d'elle. Je réponds à son étreinte avec force. Ses câlins et son odeur familière me réconfortent. Être près d'elle, c'est comme être à la maison, peu importe où nous nous trouvons.

— Coucou maman ! Tu vas bien ?

Nous nous détachons et elle commence son inspection, me scrutant avec attention.

— C'est plutôt à moi de te demander ça ! Alors, comment c'était le Brésil ? Dis-moi, tu as beaucoup bronzé, j'en suis presque jalouse.

— C'était vraiment génial ! D'ailleurs papa t'embrasse.

Elle sourit mais je vois bien une légère lueur de tristesse traverser ses yeux à l'évocation de mon père. Mes parents sont divorcés depuis huit ans déjà, j'avais dix ans à l'époque. Je n'ai cependant jamais souffert de leur séparation, eux non plus d'ailleurs. Ma mère a peut-être eu un peu plus de mal à voir sa vie complètement chamboulée après le départ de mon père, surtout que, quelques mois plus tard, il nous annonçait qu'il avait rencontré quelqu'un et qu'il vivrait désormais au Brésil. Heureusement, depuis, ma mère a refait sa vie et s'est mariée avec Nicholas, un homme d'affaires new-yorkais. Je m'entends très bien avec lui et son fils de onze ans, Charlie, que je considère comme mon frère.

— J'ai eu du mal à me garer, soupire ma mère alors que nous avançons vers la voiture de location. Les embouteillages ici sont un véritable cauchemar ! Le vol n'a pas été trop douloureux pour ton ventre ?

— Non, je réponds. J'avais un peu peur mais le médecin m'a rassurée en me disant que, comme ça faisait deux semaines que l'opération était passée, il n'y avait aucun risque à prendre l'avion.

— C'est une bonne chose alors. Parce que, quand ton père m'a téléphoné pour me dire que tu étais rentrée d'urgence à l'hôpital pour une crise d'appendicite, j'étais complètement affolée. À peine le téléphone raccroché, j'ai foncé sur le site d'American Airlines pour prendre un billet !

— C'est vrai ? je dis en riant.

— Oui ! Nicholas m'a raisonnée en me disant que ce n'était pas si grave.

— Il a raison. Mes quatre points de suture ne se voient déjà quasiment plus.

En arrivant devant la voiture, je constate que ma mère n'a pas fait les choses à moitié et c'est dans une berline noire brillante qu'elle nous conduit à l'hôtel. Maman a toujours été une personne très attentionnée et je n'ai pas eu besoin de lui dire que j'avais besoin d'elle : dès qu'elle a appris que j'avais rendez-vous pour préparer ma rentrée à l'université, elle a posé quelques jours de congé et est venue spécialement de Miami pour moi. Déjà qu'avec mon appendicectomie j'ai loupé la rentrée officielle qui avait lieu la semaine dernière, avoir ma mère près de moi me rassure. Ce n'est pas rien de venir habiter à des milliers de kilomètres de chez soi, sans connaître personne. Et puis… elle est du genre à s'inquiéter, m'accompagner l'apaisait aussi.

*

Il est presque 13 heures et je commence à ressentir le stress. La voiture est chargée et, d'après le GPS, nous sommes à une petite demie-heure de UCLA. Heureusement, le temps est clément et je peux me cacher derrière mes lunettes, cadeau de ma belle-mère. J'ai toujours détesté ces trajets où l'on sent l'angoisse de la rentrée scolaire monter peu à peu. Je sais que je ne devrais pas avoir le trac : j'ai dix-huit ans, je rentre à l'université, je suis une adulte maintenant, comme me le dirait si bien Charlie… Mais ma nature timide reprend le dessus et je ne peux m'empêcher de ressentir de terribles douleurs qui me tordent le ventre au fur et à mesure que nous approchons de UCLA. Je mets mes mains entre mes cuisses et croise les jambes pour que ma mère ne voie pas le tremblement. Je suis très anxieuse. Je tente de me calmer en faisant les exercices de respiration que la professeure de yoga de ma mère m'a appris pour gérer le stress, notamment avant des examens importants. Maman finit par remarquer mon léger malaise et tente de me faire penser à autre chose en me racontant les derniers potins de notre quartier, en vain.

Heureusement pour moi, le trajet de l'hôtel à l'université se fait assez rapidement malgré les embouteillages à cette heure-ci à Los Angeles. La voiture s'arrête devant le panneau indiquant l'entrée du campus universitaire. C'est à ce moment-là que je réalise ce que j'ai fait, ce que j'ai décidé. Lorsque je descends de la voiture et que mon pied droit touche le sol, je ressens un petit pincement au cœur.

Malgré tout, je ne regrette pas ma décision. Je vais pouvoir réaliser mon rêve ! Étudier parmi les meilleurs, dans l'une des meilleures universités du pays voire du monde. Cependant, une minuscule partie de moi aimerait me voir remonter dans cette voiture pour rentrer à Miami avec ma mère. Je finis par secouer la tête, chassant rapidement cette pensée stupide de mon crâne.

— Lili ? Tu viens ?

— J'arrive, maman.

Elle m'attend à quelques mètres de la voiture, le sourcil levé et ses lunettes de soleil posées sur la tête. Je ferme la portière et la rejoins.

— Il fait une de ces chaleurs aujourd'hui ! Je n'ai pas encore visité le campus mais il m'a l'air d'être bien ombragé.

— Oui, je dis en regardant autour de moi.

— Bon, reprend-elle. Où est l'administration ? Tu peux sortir le plan ?

Elle se tourne vers moi, les poings posés sur ses hanches. Je me souviens alors que j'ai laissé le plan du campus, reçu lors de mon inscription, dans le fond de ma valise, la plus grosse bien entendu. Je me vois mal l'ouvrir au beau milieu de ce parking pour aller le chercher.

— Eh bien, j'ai comme... oublié le plan...

— Lili ! s'écrie-t-elle.

— Je sais ce que tu penses, je bafouille légèrement. Mais chez papa, quand j'ai fait mes valises, je voulais être sûre de ne rien oublier alors j'ai mis tout ce qui était le plus important en premier. Ça s'est donc retrouvé au fond de la valise.

Je me sens devenir rose sous son regard maternel.

— Tu sais que cette attitude m'inquiète, n'est-ce pas ?

Sa remarque me fait soupirer. J'ai dix-huit ans, je rentre à l'université et elle me prend toujours pour une enfant. La minuscule partie de moi qui voulait rentrer finit par se taire pour de bon. Je me souviens alors que mon choix d'étudier à UCLA était en partie motivé par mon désir d'indépendance, pour ne plus l'avoir sur le dos à longueur de journée. Je l'aime, ce n'est pas le souci, mais elle a tendance à toujours me dicter ma conduite. Je veux faire mes propres choix, bons ou mauvais, quitte à les regretter par la suite. C'est comme ça qu'on grandit.

— On en a déjà parlé, maman ! je dis en haussant la voix.

— Je sais que nous en avons déjà parlé, Liliana ! Mais je veux être certaine que tu te rends bien compte de ce que tu t'apprêtes à faire. Tu vas vivre seule à l'autre bout du pays. Je reste convaincue que tu es trop jeune pour partir, tu aurais pu rester en Floride ou encore aller à Atlanta, qui était le bon compromis. Tu aurais eu l'indépendance que tu recherchais tant et tu aurais pu rentrer à la maison aussi souvent que tu le voulais.

— Maman, arrête de t'en faire autant pour moi ! Ça va aller, je suis grande, tu sais ? Tu n'as plus besoin d'autant me materner.

Je regarde autour de moi, à la recherche d'une quelconque indication qui pourrait nous informer sur l'endroit où se trouve le bâtiment des admissions.

— Je vais chercher sur Internet, je dis tout en sortant mon téléphone portable de mon sac.

— Tu peux encore choisir une université plus près, rajoute ma mère.

— Non ! je réponds, agacée. On en a déjà parlé des dizaines de fois, ma décision est prise.

Je prononce cette dernière phrase sur un ton plus dur. Après m'avoir lancé un dernier regard, ma mère comprend qu'il vaut mieux changer de conversation. Peu importe ce qu'elle me dira, elle ne me fera pas changer d'avis.

Les gens disent souvent que je suis le portrait craché de ma mère, physiquement parlant. Nous sommes toutes les deux relativement petites, un mètre soixante-cinq à vue de nez, je suis cependant légèrement plus grande. Nos yeux bleus tirent sur le vert ou le gris, selon la météo et notre humeur. Seuls nos cheveux sont différents ; les siens sont très épais et foncés alors que les miens sont plus fins et châtains. Dans le fond, même si je ne le lui avouerai pas de sitôt si elle continue à m'embêter sur mon orientation, je suis fière de lui ressembler. Ma mère est forte, drôle et a beaucoup d'amour à donner. Elle est admirable. Bon, bien sûr, il paraît que j'ai hérité du caractère de mon père. Je ne sais pas si c'est un compliment sachant que mon père est une véritable tête de mule qui peut faire preuve d'une mauvaise foi sans égale. Mais dans le fond, il est ce qu'on appelle une personne entière et vraie. Et c'est comme ça que je me vois aussi. Je tiens probablement de lui mon goût aguerri pour les voyages et si c'est ça lui ressembler, j'en suis plus que ravie.

— Bon, allons chercher cette fichue administration, déclare ma mère.

Je finis par trouver la bonne direction. Après plusieurs minutes de marche sur l'allée principale du campus, nous arrivons devant un imposant bâtiment en briques rouges de style hispanique qui est absolument magnifique. Beaucoup d'étudiants sont assis sur les marches qui y conduisent ou dans l'herbe tout autour. Au-dessus de l'arche centrale, un panneau indique l'administration.

Arrivées à l'accueil, ma mère nous présente à la réceptionniste. Celle-ci nous dévisage d'un air peu aimable, limite méprisant, derrière ses grosses lunettes noires griffées d'une marque de haute couture. Je retiens un sifflement. C'est pourtant essentiel pour une réceptionniste d'être agréable dès que quelqu'un s'adresse à elle.

— Bonjour, je dis en chœur avec ma mère.

— Je peux vous aider ? répond-elle d'un air toujours nonchalant.

— Oui, nous sommes là pour récupérer les clés du logement étudiant de ma fille.

La réceptionniste hoche brièvement la tête et tape quelque chose sur son clavier.

— Montez au deuxième étage, tournez à gauche et vous attendrez sur les chaises devant le bureau de Mme Reed.

Elle s'adresse à nous en gardant les yeux rivés à son ordinateur. Sans tarder, ma mère et moi quittons la réception, après lui avoir poliment dit au revoir. Elle nous répond par un vague hochement de tête tout en continuant de taper sur son clavier.

— J'espère que cette Mme Reed est plus agréable, lâche ma mère lorsque nous arrivons au deuxième étage.

Après cinq bonnes minutes passées assises sur les chaises inconfortables disposées devant le bureau de Mme Reed, la porte s'ouvre sur une femme très classe. Elle est vêtue d'un tailleur lui faisant une taille des plus avantageuses – le genre à vous faire pâlir de jalousie – et est montée sur des talons vertigineux. Mme Reed, je suppose, a la tête baissée sur un tas de feuilles qu'elle tient dans ses mains.

— Monsieur Wilson, je vous attendais.

Ne comprenant pas pourquoi elle m'appelle « monsieur », je tourne la tête vers ma mère qui prend immédiatement la parole :

— Bonjour, madame Reed, je suis Mme Katherine Harris et voici ma fille Liliana Wilson.

À l'évocation du mot « fille », elle relève rapidement la tête et nous fixe.

— Vous n'êtes pas M. Tyler Wilson ?

— Non, je suis Mlle Liliana Wilson.

Elle me regarde avec stupéfaction et commence à danser d'un pied sur l'autre, signe qu'elle est mal à l'aise. Je ne sais pas exactement pourquoi mais j'ai un mauvais pressentiment concernant les minutes qui vont suivre.

— Eh bien, suivez-moi dans mon bureau, je vous prie.

Je me lève, suivie de près par ma mère, et nous entrons dans son bureau. Après nous avoir invitées à nous asseoir, elle regagne sa place, derrière son imposant ordinateur.

— Nous avons un petit problème… commence-t-elle en jouant nerveusement avec la bague de son annulaire gauche.

Quand je disais que j'avais un mauvais pressentiment, le voilà !

— Comme vous le savez certainement, sur le campus, nous avons différents types de logements disponibles pour nos étudiants. Vous avez fait la demande pour un appartement de type F4 car les chambres étudiantes pour une seule, voire deux personnes n'étaient plus disponibles. De ce fait, nous étions convenus que vous seriez en colocation avec deux autres étudiantes.

Ne comprenant vraiment pas où elle veut en venir, je hoche la tête, l'incitant à poursuivre.

— Lors de la répartition des chambres, nous avons eu un léger problème avec votre dossier.

— Quel est-il ?

Je commence à m'agiter nerveusement sur ma chaise.

— Lorsque je suis sortie du bureau, j'ai appelé M. Tyler Wilson, vous vous souvenez ?

Je murmure un petit oui.

— Eh bien, il se pourrait que votre dossier ait été mis dans la pile masculine…

— Vous plaisantez ? s'exclame ma mère qui jusque-là était restée silencieuse.

— J'ai bien peur que non. Le prénom de votre fille, Liliana, a été confondu avec son deuxième prénom : Tyler. De ce fait, nous vous avons attribué un logement en colocation avec deux garçons, ajoute-t-elle en se tournant vers moi. Je suis sincèrement navrée de ce malentendu.

— Ce n'est pas très grave, vous n'avez qu'à modifier mon dossier et m'attribuer une nouvelle chambre.

— C'est ici que les choses se compliquent : tous les logements sont occupés, certains étudiants sont même sur liste d'attente pour accéder à une chambre sur le campus. Nous n'avons pas le choix, vous devez prendre cette chambre ou alors vous ne pourrez pas habiter sur le campus, ce qui est indispensable pour une étudiante de première année.

— Avec deux garçons comme colocataires ? s'écrie ma mère avec un temps de retard.

— Oui, répond calmement Mme Reed. De plus, toutes les démarches administratives du dossier de votre fille ont été faites pour cette chambre. Le délai pour modifier son dossier serait bien trop long et, durant ce laps de temps, votre fille ne pourrait pas étudier à UCLA.

Dites-moi que je suis dans un cauchemar et que, quand je me réveillerai, je serai dans un joli petit appartement donnant sur les allées fleuries du campus avec pour colocataires deux filles. Je ferme les yeux plusieurs secondes espérant me réveiller d'un moment à l'autre mais, lorsque je les ouvre à nouveau, je suis toujours assise devant Mme Reed, en pleine conversation avec ma mère qui continue d'énumérer les options possibles pour m'éviter cette colocation.

— Et un appartement hors du campus ? demande ma mère.
— À cette période de l'année, vous ne trouverez aucune offre. Tout le périmètre autour de l'université est très prisé, vous savez. À moins de dépenser quelques milliers de dollars par mois pour que votre fille puisse être près de l'université, vous n'avez pas d'autres choix que d'accepter cette colocation avec ces deux jeunes hommes. Bien entendu, cette situation ne sera que temporaire, nous pourrons modifier votre dossier pour le second semestre.

Je prends le temps de réfléchir quelques instants. Il est vrai qu'en venant ici, je pensais être en colocation avec deux filles, pas deux garçons. Mais après tout, j'ai dix-huit ans et il est temps pour moi de devenir responsable. Ce ne sera pas la première fois que des jeunes de mon âge et de sexes opposés se retrouvent à cohabiter sous le même toit pour leurs études. Et puis, être en colocation ne signifie pas devoir dormir ensemble ou pire, même, se doucher en même temps ! Je peux gérer cette situation sans aucun problème, enfin, je suppose.

— J'imagine que je ne peux faire autrement que d'accepter, non ?
— Je le crains.
— Très bien. Où dois-je signer ?

Elle me tend quelques feuilles.

— Ici, ici, et… ici. Je vais aller chercher les clés de l'appartement et vous pourrez partir découvrir le campus et le logement.

À peine ferme-t-elle la porte que ma mère se tourne vers moi et me regarde en faisant les gros yeux. Ses lèvres s'entrouvrent, elle s'apprête à parler mais je la devance tout en saisissant un stylo pour signer le bail.

— Non, maman, ne t'inquiète pas. Tout va bien se passer pour moi !

— Si tu le dis, marmonne-t-elle, sceptique. Si jamais il y avait un quelconque problème, tu me préviens, d'accord ?

— Oui, ne t'en fais pas, je réplique en souriant pour tenter de la rassurer.

Après avoir récupéré les clés et mon dossier complet, ma mère et moi sortons de l'administration et nous retournons à la voiture. Le campus est tellement grand que nous devons obligatoirement prendre la voiture pour nous rendre à l'appartement.

Quelques minutes plus tard, ma mère se gare sur l'une des dernières places disponibles du parking longeant un immense bâtiment à l'architecture beaucoup plus moderne que celui des admissions. Le temps qu'elle réponde à l'appel de mon beau-père, j'en profite pour analyser l'environnement qui m'entoure. Il y a énormément de voitures qui sont stationnées, une bonne trentaine, je dirais. Cet immeuble doit héberger nombre d'étudiants. En levant la tête, je m'aperçois qu'il y a quatre étages. Le blanc des murs contraste fortement avec les palmiers qui bordent l'immeuble, c'est très californien.

Dans la voiture, j'ai rapidement feuilleté le dossier et j'ai appris que l'appartement se situe au dernier étage et qu'il comporte un balcon donnant sur l'une des allées du campus. D'apparence, tout me plaît. J'espère que ça continuera sur cette lancée.

— Tu veux bien m'aider à décharger tes bagages ? me demande ma mère.

N'ayant pas remarqué que sa conversation téléphonique est terminée, je réponds par l'affirmative en hochant la tête.

Nous entrons dans le hall de l'immeuble avec mes deux énormes valises après que j'ai composé le code pour ouvrir la porte. Dieu merci, je remarque la présence d'un ascenseur suffisamment grand pour que nous puissions y tenir toutes les deux avec mes bagages. Arrivées au quatrième étage, je cherche la porte affichant le numéro 411. Lorsque je la trouve, je prends le temps de frapper au cas où l'un de mes colocataires serait occupé, mais personne ne répond, je suppose donc qu'ils sont absents. Je sors alors les clés précieusement rangées dans mon sac et ouvre la porte. Dès le premier regard, on s'aperçoit que l'appartement est très moderne ; les murs sont soit blancs soit gris et le mobilier est design. Lorsqu'on a passé la porte, il n'y a qu'une légère cloison qui sépare l'entrée du salon-salle à manger. Après avoir posé les valises, je m'avance pour découvrir la suite. Contre le mur de gauche, trône un énorme écran plat et j'aperçois juste en dessous un nombre presque incalculable de consoles de jeux et de boîtiers de jeux vidéo. Je suis dans un appartement de garçons après tout ! Juste en face des consoles, un grand canapé d'angle en lin gris est posé sur un tapis épais. Derrière, une immense baie vitrée va du mur de la télévision à la cuisine américaine. Celle-ci est séparée du salon par un long bar bordé de quatre chaises hautes. Tout cela me plaît beaucoup pour le moment. Je me tourne vers le couloir, partant du salon et longeant la cuisine, qui dessert les chambres situées du côté droit de l'appartement. Il y a deux portes de chaque côté du couloir ; la première sur la gauche est ouverte, contrairement aux trois autres. Après avoir vérifié qu'elle est vide, je pénètre dans ma chambre suivie de près par ma mère.

    Conforme au reste de l'appartement, les murs y sont blancs et c'est loin de me déplaire : je préfère le neutre à l'extravagance. Sur le mur situé en face de la porte, une grande fenêtre apporte une belle luminosité. Mon lit deux places est contre le mur de gauche de la chambre et, en face, un dressing prend toute la largeur de la pièce. Contre le mur à droite de la porte, un grand bureau est installé : je pourrai facilement y poser tous mes cours, mes livres et mon ordinateur. J'ai hâte de pouvoir déballer mes affaires et prendre pleinement mes marques dans cette chambre et cet appartement.

Sans perdre plus de temps, je commence à vider mes valises, aidée de ma mère. Nous discutons de tout et de rien pendant de longues heures. Pour le moment, il n'y a encore aucune trace de mes deux colocataires. Après tout, nous sommes samedi après-midi, ils sont certainement partis se promener. Je ne sais pas s'ils ont été prévenus de mon arrivée. Je le verrai bien quand ils rentreront.

Alors que nous sommes assises sur le canapé, ma mère regarde sa montre avant de se lever.

— Je vais devoir y aller, ma chérie, l'avion décolle dans trois heures et tu connais les embouteillages ici.

Je me lève à mon tour.

— D'accord, je lui dis en la prenant dans mes bras.

— Surtout, fais bien attention à toi ! Au moindre souci, tu m'appelles. Si c'est trop dur, je ne t'en voudrai pas si tu prends un billet d'avion et que tu rentres quelques jours à la maison.

Sentant les larmes monter, je me contente de hocher la tête.

— Allez, ma chérie, vis ton rêve et sois heureuse. Je t'aime et je serai toujours fière de toi, peu importe ce que tu feras, d'accord ?

— Je t'aime aussi.

Nous nous étreignons une dernière fois. Elle profite de ce câlin pour me livrer ses éternels conseils qui me redonnent le sourire. Elle récupère son sac dans l'entrée et quitte l'appartement. Elle ne veut pas que je l'accompagne jusqu'à la voiture. Pour elle, comme pour moi, dire au revoir a toujours été très dur. Normalement, je ne reviendrai à Miami qu'à l'occasion des fêtes de Noël. Ma mère voulait rester plus longtemps mais j'ai insisté pour qu'elle ne le fasse pas. Elle a déjà dû renoncer à un gros projet pour avoir ces quelques jours de congé, je ne voulais pas que mon entrée à l'université lui coûte plus. Et comme son retour en avion était réservé, elle devait partir. Dès que j'aurai rencontré mes colocataires, je l'appellerai pour la rassurer.

Assise sur le canapé, je suis seule avec mon avenir. J'ai encore du mal à réaliser que ça y est, je vis seule, enfin avec deux colocataires mais sans une quelconque autorité parentale. Je suis pressée de vivre cette nouvelle vie mais, parallèlement, je me sens perdue, d'être à tant de kilomètres de mon foyer, sans ma mère ou même mon père. Les minutes passent, maman est maintenant en route pour l'aéroport. Je ne peux plus reculer. Je prends mon téléphone, mets de la musique et chasse ce sentiment de vide et de peur. Il est temps que je me concentre sur l'avenir qui m'appelle et n'attend qu'une chose : que je me jette entre ses bras, corps et âme.

Chapitre 2

Depuis le départ de ma mère, je n'ai fait que ranger mes affaires. Tous mes vêtements sont désormais correctement pliés ou mis sur cintres dans le dressing situé au fond de ma chambre. Dans la salle de bains, j'ai trouvé le tiroir m'étant destiné grâce au Post-it collé dessus – un mot tout simple indiquant « Tiroir disponible ». Une chose est sûre, la personne qui a écrit cela ne s'embête pas avec les détails. Ce tiroir est maintenant accaparé par l'ensemble de mes produits de beauté qui sont, certes, peu nombreux mais qui en occupent tout de même une bonne partie. De retour dans ma chambre, je finis par ranger mes quelques livres sur l'étagère installée sur le mur à gauche de la porte. Quant à mes autres effets personnels, ils trônent sur mon bureau ou sur les autres étagères. Ce n'est qu'une fois mes valises glissées sous mon lit que j'attrape mon portable. Il affiche 16 h 10. Je me souviens alors que ma meilleure amie, Amber, m'a demandé de la rappeler. Je ne perds pas une seconde de plus et m'exécute.

Une heure plus tard, je raccroche. J'avais raison. Il s'agissait bel et bien d'un problème de garçon. Durant notre longue conversation, elle m'a appris qu'elle viendrait probablement me rendre visite durant le break que nous aurons au mois d'octobre. Je suis heureuse de savoir que je la reverrai bientôt. Nous ne nous sommes pas vues depuis un mois et demi et j'ai l'impression que plus le temps passe et plus nous nous éloignons. Perdre Rosie n'a fait qu'accentuer le fossé qui se creusait entre nous. J'ai hâte de la voir pour lui montrer tous les recoins de Los Angeles, même s'il est vrai que, pour le moment, je n'ai pas encore eu l'occasion de visiter la ville. Mais je pense que, d'ici octobre, mes connaissances sur la cité des anges seront suffisantes pour servir de guide à Amber.

La chaleur étant un peu retombée, je décide de partir en expédition à la découverte du campus. J'attrape mon sac, mes clés et je sors de l'appartement. Cette fois-ci, je prends l'escalier plutôt que l'ascenseur. J'en profite pour regarder tous les moindres recoins de l'immeuble. J'ai toujours aimé les cages d'escalier. Mon père me dit souvent que c'est étrange de préférer descendre des marches quand il y a un ascenseur mais j'aime la sensation du béton sous mon pied. Qui plus est, pourquoi attendre un ascenseur pendant de longues minutes alors que nous pouvons rejoindre le rez-de-chaussée en fournissant un petit effort ? Et pour moi qui adore courir, en général, ça m'évite l'échauffement.

En sortant de l'immeuble, je me retrouve directement sur le parking. La place où était garée ma mère est désormais occupée par un imposant 4 × 4 rouge. Contournant le bâtiment, j'atteins l'une des nombreuses allées du campus. À voir un groupe d'étudiants assis dans l'herbe, je me demande si je vais trouver des amis ici. C'est ma hantise. Même si je suis plutôt solitaire, j'aime aussi être entourée. La perspective de passer l'année seule me fait peur.

Alors que je continue de me promener sur les allées du campus, j'aperçois un café Starbucks à quelques mètres de moi. C'est presque un soulagement. J'ai l'impression d'être chez moi dans cette chaîne de magasins. Amber et Rosie se moquaient souvent de moi en me disant que j'allais finir par avoir du café qui me coule dans les veines si je continuais comme ça. Un sourire affleure à mes lèvres en me remémorant ce souvenir. Moi qui pensais que la chaleur était un peu retombée, je me trompais. Le vent a cessé de souffler et je commence à ressentir la soif. Je me rappelle alors ce que me disait ma grand-mère quand j'étais petite : « Quand tu ressens la soif, c'est que tu as déjà soif. » Elle avait raison, comme toujours. Je pousse la porte vitrée et entre. De même que partout dans le pays, la climatisation marche très fort lors des chaudes journées. Avançant vers le comptoir, je suis surprise du faible nombre de clients.

— Bonjour, je dis en souriant. Je prendrai un Caramel Macchiato glacé, s'il vous plaît.

— Quelle taille ?

— Grande.

— Quel est ton nom ?

— Lili.

La jeune fille derrière la caisse hoche la tête et note mon prénom sur le gobelet. Je paie avant d'aller attendre plus loin pour récupérer mon café.

Une minute plus tard, elle me tend ma commande. Je marche alors jusqu'à la petite table que j'ai aperçue en entrant, lorsque, tout à coup, quelqu'un me percute de plein fouet. Sans parvenir à le rattraper, mon gobelet m'échappe des mains et son contenu se vide à moitié sur le garçon assis juste devant moi.

— Oh mon Dieu, je suis désolée ! je m'exclame.

— Ça ne fait rien, j'allais changer de tee-shirt en rentrant de toute façon.

Je me retourne pour chercher le responsable, mais je le vois qui s'éloigne en lâchant simplement qu'il est pressé. Il ne nous accorde même pas un seul regard.

— Certaines personnes sont vraiment mal élevées, râlé-je.

— Je suis entièrement d'accord avec toi.

Mon attention se reporte sur le garçon assis à la table. Je lui souris faiblement. Son tee-shirt blanc est maintenant taché de marron dans le haut du dos.

— Vraiment, je suis navrée. Je peux te payer un café pour m'excuser ?

— Si tu veux, j'avais fini le mien en plus, dit-il en souriant.

Je lui rends son sourire et file pour revenir avec deux nouveaux cafés dont un Caffè Latte pour lui.

— Tiens, et encore désolée pour ton tee-shirt. Si tu veux, je peux le laver et te le rendre plus tard.

— Ce n'est qu'un tee-shirt, ce n'est rien, dit-il gentiment. Tu veux qu'on prenne ce café ensemble ? On pourrait discuter un peu.

Je ne suis pas le genre de personne à prendre un café avec un parfait inconnu. Habituellement, je serais même partie en courant mais, pour le coup, ce garçon m'a l'air vraiment sympathique et, qui plus est, je viens de ruiner son tee-shirt, donc la moindre des choses est d'accepter.

— Oui, bien sûr !

Je m'assieds en face de lui dans un fauteuil en cuir si confortable que je suis à deux doigts de soupirer d'aise.

— Tu es Lili, c'est ça ?

— Oui ! je réponds, surprise qu'il connaisse mon prénom. Comment le sais-tu ?

— Les gobelets, dit-il avec un petit rire.

Je me sens bête tout à coup et, de honte, le rose me monte aux joues.

— Moi c'est Sam.

— En fait, je m'appelle Liliana mais tout le monde m'appelle Lili.

— Enchanté, Lili.

Il me tend la main et je passe la mienne au-dessus de la table pour la lui serrer.

— Tu viens d'arriver ?

— Oui, ce matin. Comme j'ai fini de m'installer et que j'étais seule à l'appartement, je me suis dit que je ferais mieux d'aller me promener sur le campus. Il est tellement grand !

Il acquiesce.

— Comment ça se fait que tu n'arrives que maintenant ?

— J'étais en vacances au Brésil chez mon père mais, deux jours avant mon départ, j'ai eu une crise d'appendicite et j'ai dû me faire opérer en urgence, d'où mon retard !
— Et ça va mieux ?
— Oui, je dis en souriant. Je n'ai plus mal depuis quelques jours.
— C'est une bonne chose alors !
Je hoche la tête.
— Tu es également en première année ? je lui demande.
— Oui, répond-il simplement. Tu vas étudier quoi ?
— J'ai choisi le journalisme comme matière principale mais je me suis également inscrite à des cours de littérature française, de sciences politiques et de cultures du monde. Comme je ne sais pas le travail que ça représente, je n'ai pas pris l'option théâtre mais je pense m'y inscrire au second semestre. Et toi ?
— J'espère devenir avocat, donc l'introduction au droit est ma matière principale ce semestre. J'ai pris des cours de langues aussi. Pour le moment, français et portugais, mais peut-être le russe ou le chinois en plus, j'hésite encore.
— Oh, ça fait beaucoup, je dis à la fois surprise et impressionnée. J'ai de bonnes bases en français et portugais, si tu as besoin d'aide, je suis là.
— Ce serait avec plaisir ! Comment ça se fait que tu parles ces langues ?
— Ma grand-mère maternelle vit en France et mon père est au Brésil…
— Tu t'es donc habituée à parler ces langues ! m'interrompt-il en souriant.
— C'est exactement ça !
Nous continuons de discuter pendant encore une vingtaine de minutes. Sam m'apprend qu'il vient de passer un entretien pour travailler ici après les cours. Contrairement à moi qui suis en colocation, Sam loue une chambre au nord du campus car sa bourse d'études ne paie

que le strict minimum. Il est très courageux ! Avant que nous partions chacun de notre côté, nous échangeons nos numéros.

Cela fait quelques heures que je suis sur le campus et, déjà, j'ai récupéré le numéro d'un garçon. Si je disais ça à Amber, elle deviendrait folle ! En tout cas, je connais quelqu'un et c'est le principal. C'est peut-être un peu trop tôt pour le qualifier d'ami, mais Sam me semble être quelqu'un de confiance. Tout à coup, je me rappelle que je suis avec deux garçons en colocation. Est-ce qu'ils vont être aussi sympathiques que lui ? Je me mordille la lèvre et m'oblige à évacuer ces pensées négatives. Je ne dois pas avoir peur. Je vais rester tout le semestre avec eux avant de changer de lieu. Si je commence à être anxieuse, je n'ai pas fini. Ma conscience me dicte d'arrêter de m'en faire. Tout le monde n'est pas comme Jace... Rien que de penser à lui, je frémis. Je n'aurais plus affaire à lui désormais. C'est l'un des avantages de vivre à des milliers de kilomètres de son domicile. On laisse derrière soi des choses pesantes. On essaie de garder uniquement les plus belles avec nous. Les souvenirs les plus heureux... Même ceux avec Rosie. Elle aurait adoré cet endroit. Je devrais peut-être rapporter un souvenir à sa petite sœur de six ans en retournant à Miami à Noël ? Je dois y songer et en parler avec Amber quand j'aurai une minute. Je m'arrête tout à coup. J'ai marché, marché, marché, et je ne sais plus où je suis. J'ai bien sûr oublié de prendre ce fichu plan. Si ma mère me voyait ainsi, elle n'hésiterait pas à me montrer son mécontentement. Je tourne alors la tête à droite, puis à gauche, et je trouve « mon repère ».

Mon père, quand j'avais quatorze ans, m'a appris que dans la jungle, pour ne pas se perdre, il fallait prendre un repère et toujours essayer de le retrouver. Ça pouvait être un arbre biscornu, une fleur exotique... J'avais jugé ce conseil à la fois utile et stupide. Utile parce que ça permettait de retrouver son chemin. Stupide parce que, dans la jungle, il n'y avait que ça, des fleurs exotiques et des arbres biscornus. Mon repère est ici un lilas en fleur. D'ailleurs, le même groupe est toujours assis en dessous. L'un des garçons joue de la guitare. Même si j'aimerais m'arrêter et l'écouter, je continue mon chemin.

Il est un peu plus de 18 heures lorsque je suis de retour à l'appartement. Sur le palier, je sors les clés de mon sac et ouvre la porte. Cette fois-ci, l'appartement n'est pas désert. Un garçon est assis sur le canapé. Je ne le vois que de dos mais il m'a l'air d'être grand et bien bâti. Ses cheveux blonds sont en bataille.

— C'est toi, Cam ? lance une voix grave.

Je ne réponds pas à sa question et m'approche du canapé.

— Salut, je dis d'une voix mal assurée.

Mon anxiété reprend le dessus et je sens mes mains devenir moites. Et si je ne m'entends pas avec eux, que vais-je devenir ? Chez mon père, j'ai eu le malheur de lire des récits de cohabitations diaboliques où les colocataires se liguaient contre un des leurs, lui cachaient ses affaires, ne lui laissaient que de la nourriture avariée… Oh mon Dieu. Je suis en colocation avec des garçons, qui sont habitués à n'être qu'entre garçons ! Que se passera-t-il si un jour j'arrive alors qu'ils sont en train de… Je secoue la tête. *Ne pense pas à ça, Lili.* Ma mère avait peut-être raison dans le fond. Mais je dois essayer. Je suis timide, mais je ne suis pas la première fille à cohabiter avec des garçons et je ne serai pas la dernière. En plus de ça, je suis plutôt une personne sociable. Je ne recherche pas les conflits. Je cherche à les désamorcer. Tout le monde me dit que je suis franche. J'imagine que notre colocation ne posera aucun souci. Et au pire, elle ne durera qu'un semestre. Je peux le faire !

Il se redresse et se retourne brusquement, surpris d'entendre une voix de fille.

— Salut ? déclare-t-il, curieux.

Je sens une petite pointe d'appréhension dans sa voix.

Je respire un bon coup et m'approche d'un pas en lui tendant la main. Je lui fais mon plus beau sourire. Il doit être un peu crispé mais, comme il ne me connaît pas, il ne doit pas s'en rendre compte.

— Je suis Liliana mais appelle-moi Lili. Je suis ta nouvelle colocataire.

— Ma nouvelle colocataire ? demande-t-il en prenant ma main dans la sienne.

— Oui ! C'est une longue histoire…

— J'ai tout mon temps ! Je suis Evan, sinon.

— Enchanté de te connaître, Evan, je dis en souriant.

— Moi aussi, répond-il. Pour être honnête, je pensais que notre colocataire serait un mec !

— Je me doute bien. Mais tu vas voir, m'avoir c'est encore mieux.

Il rit.

— En tout cas, bienvenue chez toi. Tu as eu le temps de visiter l'appart ? C'est pas le plus grand mais il est pas mal.

— J'ai trouvé ça super. Vraiment.

Il sourit et je me tais. Je ne sais pas trop quoi dire et il semble qu'Evan voit tout de suite le malaise.

— Tu sais, ça ne me dérange pas que tu sois une fille, bien au contraire. C'était juste inattendu. Du coup, j'ai deux, trois trucs à te dire pour la colocation, mais comme tu viens d'arriver, je vais pas te gaver tout de suite avec ça. Tu veux boire quelque chose ?

— Oui, pourquoi pas !

Il se lève du canapé et pose son ordinateur sur la table basse.

— Viens, suis-moi. On fait toujours en sorte d'avoir des boissons au frais, un peu de tout. Tu la veux avec ou sans alcool ?

— Sans alcool de préférence. Vous avez vingt et un ans ?

Comprenant où je veux en venir, Evan secoue la tête.

— Non, Cam et moi, on a tous les deux vingt ans mais un de nos amis, qui est âgé de vingt-deux ans, achète des boissons alcoolisées pour nous tous.

— Je comprends mieux ! je dis avec un petit rire.

— On a de fausses cartes d'identité aussi, mais on évite de s'en servir. Un Virgin Mojito, ça te va ? Je fais les meilleurs de toute la Californie.

— Parfait.

Je l'observe tandis qu'il coupe des citrons avec dextérité et qu'il cisèle la menthe. Il s'en prépare un aussi.

— J'adore préparer des cocktails, me confie-t-il. Mais parfois, une bonne bière fait très bien le job. Tiens, mademoiselle.

Je le remercie gentiment et il s'installe juste à côté de moi au bar de la cuisine. Son téléphone se met à vibrer. Il me fait un sourire désolé et le sort de sa poche avant de lever les yeux au ciel.

— Ce n'est pas ce soir que tu rencontras Cam apparemment !

— Cam, le troisième colocataire…

— Oui.

— Il ne rentre pas ?

— Non. Il vient de me dire qu'il restait chez sa copine. On ne savait pas vraiment quand tu allais arriver alors…

— Je ne vous en veux pas ! Je le verrai demain, je dis doucement afin de le rassurer. Ne fais pas cette tête, Evan, ce n'est pas grave.

Mon colocataire a l'air plutôt soulagé et prend une gorgée de son verre.

— Attends, il est quelle heure ?

Je jette un coup d'œil à ma montre.

— 18 h 36.

— Je commence à avoir faim, et toi ? me demande-t-il.

J'acquiesce.

— Ça te va si je commande un truc, et qu'on reste au calme ? Comme ça tu me raconteras ta « longue histoire » et on pourra faire plus ample connaissance.

— Moi ça me va, mais je ne veux pas te déranger si tu as quelque chose de prévu.

— J'avais l'intention de me faire livrer et de jouer en ligne. Tu es une distraction bien plus intéressante.

Je souris.

— Parfait alors !

Il saisit son téléphone, après m'avoir demandé si je préférais manger chinois ou italien – je choisis la seconde option – et j'en profite pour aller retirer mes chaussures dans ma chambre. Ce n'est qu'une fois sur le canapé, la commande passée, que je lui raconte toute l'histoire. De mon opération en urgence au Brésil jusqu'au petit imprévu auquel j'ai dû faire face dans le bureau de Mme Reed. À la fin de mon récit, Evan rit.

— Mais ne t'inquiète pas, Lili, tu vas être bien ici ! Tout va bien se passer avec Cam et moi. Ah oui, petite précision, Cam est mon meilleur ami, alors si parfois on a des private jokes, ne t'en formalise pas. Si tu as besoin de n'importe quoi, n'hésite surtout pas à venir me voir.

— D'accord. C'est très gentil.

Il me sourit et part ouvrir au livreur qui vient de sonner. Durant le repas, j'apprends qu'Evan est d'ici, plus précisément de Malibu, et qu'il étudie le sport afin de devenir kinésithérapeute. Il est tellement sympathique que les patients afflueront chez lui. Je suis à l'aise avec lui alors que je le connais depuis moins de deux heures ! Et puis, physiquement, Evan est très grand. Je perçois des muscles saillants sous son tee-shirt aux couleurs de UCLA. Il doit plaire à beaucoup de filles car, honnêtement, Evan est très mignon avec ses cheveux blonds et ses grands yeux bleus innocents. Je pense que je vais bien m'entendre avec lui et j'en suis à la fois ravie et soulagée. J'ai maintenant hâte de rencontrer ce fameux Cam qui doit être aussi sympathique qu'Evan puisqu'ils sont meilleurs amis !

Nous parlons longtemps et j'accepte même de faire une partie de foot avec lui sur la console. Je suis une quiche mais je crois que ça lui a fait plaisir. Je finis par déclarer forfait et souhaite une bonne nuit à Evan. Je pars me préparer pour le coucher, épuisée par le décalage horaire encore frais.

*

Nous sommes dimanche matin et je me réveille tout doucement grâce aux rayons du soleil qui passent à travers les rideaux blancs de ma chambre. J'adore ce genre de réveil tout en douceur. Je regarde l'heure, il est 9 h 45 et je suis en pleine forme ! Je prends le temps de bien m'étirer, puis sors du lit. J'enfile mes chaussons et me dirige vers la salle de bains afin de me rafraîchir le visage car j'ai eu très chaud cette nuit. Je me suis réveillée en entendant du bruit dans l'appartement aux alentours de 3 heures du matin. J'ai supposé que c'était Cam, d'autant plus que j'ai entendu quelqu'un marcher pieds nus sur le parquet. J'imagine que, ce matin, je ne suis pas près de le voir. Je me rends à la cuisine pour y prendre mon petit déjeuner et, comme je m'y attendais, personne n'est encore là.

Puisque je ne veux pas faire trop de bruit pour ne pas les réveiller et me faire mal voir par mon autre colocataire mais que je veux tout de même être utile, je décide de préparer un bon petit déjeuner. Comme je le faisais lorsque j'habitais encore à Miami, je sors tous les ingrédients pour faire des crêpes, une recette française que ma grand-mère m'a apprise, et commence la préparation. Une fois que la pâte est prête, je la réserve au frais et m'attelle à découper des fruits pour la salade exotique que je prévois de faire. Je suis d'ailleurs agréablement surprise de trouver autant d'ingrédients variés dans une cuisine de garçons. Je vais pouvoir concocter de bons petits plats ; j'adore cuisiner. Il ne me reste plus que les smoothies à faire mais leur réalisation risque d'être bruyante. Je choisis donc de nettoyer la cuisine avant, ce qui laissera peut-être aux garçons le temps de se réveiller.

En rangeant, je réfléchis à l'activité sportive que je pourrais pratiquer après les cours. Le sport a toujours été très important pour moi, une des passions que mon père m'a inculquées. La course peut-être ? De ce que j'ai vu, les nombreuses allées du campus ont l'air d'être plus qu'adaptées au jogging. Peut-être que j'essayerai également le surf en tant que nouvelle Californienne ! J'ai quasiment terminé le ménage lorsqu'une voix grave me sort de mes pensées :

— T'es qui ?

Je me retourne et fais face à la personne que je devine être Cam. Oh mince ! À l'instant même où mes yeux se posent sur lui, je sens le rouge me monter aux joues. Il n'est vêtu que d'un jogging tombant bas sur ses hanches. Ce qui est extrêmement attirant. Je me fais violence pour détacher mon regard de son torse où ses muscles sont parfaitement dessinés et remonte tout doucement vers son visage, qui contient encore les traces du sommeil. Ses cheveux bruns sont tout ébouriffés mais relativement courts. Quant à ses yeux, ils sont foncés. Je ne saurais dire s'ils sont bleus, marron ou même gris. Une chose est sûre, ils sont magnifiques et hypnotisants. Son raclement de gorge me tire de ma contemplation et, gênée, je détourne le plus rapidement possible mon attention de son corps.

Il passe alors à côté de moi et attrape une tasse dans un des placards en hauteur. Tous, absolument tous ses muscles s'étirent et c'est terriblement sexy !

— Euh, je suis Lili, je dis en bafouillant, troublée par sa proximité. Et toi tu es Cam si je devine bien ?

— C'est Cameron pour toi, pas Cam.

Ça annonce la couleur. Je retire le « terriblement sexy », là. Si ses paroles étaient des gestes, je viendrais tout juste de me prendre la seule gifle de ma vie. Son ton est tellement froid et distant que j'en frissonne. À moins que ce ne soit autre chose, comme de la colère ou de la déception. Et moi qui espérait bien m'entendre avec lui parce qu'il serait comme Evan, je me suis royalement trompée.

— Et sinon, je pourrais savoir ce que tu fais ici ? reprend-il.

— Je suis votre colocataire, je déclare d'un ton mal assuré.

Je ne reconnais pas ma voix mais, face à ce garçon, je perds tous mes moyens.

— Notre colocataire ? T'es sérieuse ? C'est un colocataire qu'on attendait avec Evan pas une colocataire, dit-il en me regardant de haut en bas, une moue moqueuse sur le visage. Tu es la meuf d'Evan c'est ça ? Je goûte assez peu la plaisanterie.

— Il y a eu un malentendu lors de mon inscription, je réplique en ne répondant pas à sa dernière provocation. J'ai fait le petit déjeuner, je peux t'expliquer pendant qu'on le prend, si tu veux ?

Il semble voir que je ne plaisante absolument pas et son sourcil se lève légèrement.

— Non, je m'en fous.

Il se retourne et part en direction de sa chambre. Quant à moi, je reste appuyée contre le plan de travail. Je ne m'attendais pas à tomber sur un garçon pareil. Cameron n'est vraiment qu'un petit con prétentieux. J'aperçois mon reflet dans la fenêtre de la cuisine. Je suis rouge. Je sens encore son regard méprisant se poser sur moi. Pour qui se prend-il au juste ? Pour le maître du monde ? J'ai connu des gens comme lui au lycée… Sous prétexte d'un physique avantageux, ils se croyaient au-dessus du commun des mortels et s'arrogeaient le droit d'être méprisants. Mais je ne suis plus au lycée. Je suis étudiante, je vais vivre avec lui, et il se trompe lourdement s'il pense que je vais me laisser faire plus longtemps. J'ai passé l'âge d'être dédaignée de la sorte !

Je regarde fixement la cuisine. Je voulais tout faire pour que la colocation avec les garçons se passe dans les meilleures conditions possible. Mais maintenant, je suis juste dégoûtée. Après avoir rencontré ce Cam, pardon, « Cameron », je n'ai plus envie de faire des efforts pour lui, puisque je suis désormais convaincue que lui n'en fera aucun.

Contrariée et déçue aussi, je choisis un excellent remède pour me remonter le moral : manger ! Je sors la pâte du réfrigérateur, attrape une poêle et une louche, puis commence à faire cuire les crêpes. Lorsque la pile est assez grosse, je m'assieds derrière le comptoir et les déguste accompagnées de pâte à tartiner et d'un verre de jus de pamplemousse. Ma rencontre désastreuse avec « l'autre colocataire » m'a fait oublier les smoothies. Je soupire. Tant pis, ce sera pour une prochaine fois. Je regarde les fruits sur le comptoir. Peut-être que je pourrais mettre quelques fruits pourris dans celui que Cameron boira, avec un peu de chance, il sera malade à en mourir. Je chasse ces vilaines idées de ma tête et attrape mon téléphone pour faire un tour sur les réseaux sociaux ; ça me permet de rester en contact avec mes amis de Miami et avec ma famille dispersée aux quatre coins du monde.

— Salut Lili !

Je reconnais la voix enjouée d'Evan qui arrive dans la cuisine quelques minutes plus tard.

— Hey !

— Alors cette première nuit s'est bien passée ? me demande-t-il.

— Oui, parfaitement bien ! J'ai préparé le petit déjeuner, si tu veux !

Il parcourt des yeux la table où sont posées les crêpes et la salade de fruits avant d'afficher un grand sourire sur son visage encore endormi.

— Avec plaisir ! Ça faisait longtemps qu'on n'avait pas eu d'aussi bons plats chez nous, dit-il en s'asseyant avant d'attraper une des crêpes qu'il recouvre d'une épaisse couche de pâte à tartiner.

— Tu as de la chance, j'adore faire la cuisine alors tu auras de bons petits plats encore plus souvent !

Evan lève ses deux pouces en l'air tandis qu'il continue de manger. L'épisode Cameron est quasiment passé, j'ai retrouvé une once de bonne humeur.

Je descends de ma chaise en me dandinant, ce qui n'est pas très classe mais, malheureusement, je suis trop petite pour descendre de ces tabourets avec allure. Mes pieds ne touchent même pas le sol. Afin de prendre de bonnes habitudes, je dépose mon assiette et mon verre dans le lave-vaisselle puis par chercher mon ordinateur portable dans ma chambre avant d'aller m'asseoir dans le salon.

Ce n'est qu'une fois installée sur le grand canapé gris que je regarde plus attentivement la pièce. La décoration y est très épurée ; aucun doute, nulle fille n'a droit à un séjour prolongé ici. Je pense y mettre ma petite touche personnelle et ajouter un peu de chaleur avec, pourquoi pas, de nouveaux objets ou des photos. Sur une des étagères posées contre le mur de l'entrée, je remarque un énorme pot en verre fumé qui porte l'inscription « Soldi ». Ce mot m'intrigue. Je réfléchis à ce que cela peut bien vouloir signifier mais je ne trouve pas.

— Evan, j'appelle du salon. C'est quoi le gros pot noir sur l'étagère ?

— C'est un pot en commun pour la colocation, ça permet de payer les courses et toutes les autres petites dépenses, me répond-il.

— Et ça signifie quoi « Soldi » ? je demande.

Evan esquisse un sourire avant de me répondre.

— Cette idée vient de Cam, ça veut dire « argent » en italien.

— En italien, pourquoi ?

— La mère de Cam est italienne, il tient son sang chaud de ses origines, tu verras quand tu le rencontreras, me lance Evan avec un petit rire.

Je l'ai plutôt remarqué, ce fichu caractère méditerranéen dont est doté Cameron. Mais je ne dis rien à Evan. Parler de Cameron me met mal à l'aise. Je tente alors de détourner discrètement la conversation et de me concentrer à nouveau sur le pot.

— Et vous mettez un montant déterminé dedans ou chacun participe selon ses moyens ? C'est pour savoir combien je dois…

— Non non, m'interrompt-il. Avec Cam… on a assez d'argent. T'as pas besoin de te faire du souci pour ça, on s'occupe de cette partie.

— Non, j'y tiens, je vais me trouver un petit travail après les cours et le week-end et je vous aiderai à payer. Il n'est pas question que je me fasse entretenir comme une poule.

Evan me sourit.

— Lili, c'est pas la peine, sérieusement… Je te dis qu'on peut tout payer.

— Et comment ? Vous n'êtes que des étudiants !

— J'ai… commence Evan d'un air hésitant, j'ai touché un héritage, un très gros héritage même et ça le fait. Maintenant si tu ne veux pas te faire entretenir, tu seras de corvée de repas. On se répartit les tâches comme ça. Nous on fait les courses et toi tu cuisines. Tu nous diras ce dont tu as besoin. Ça te va comme compromis ?

— Oui, d'accord, je dis, malgré tout sceptique.

Je n'insiste pas plus mais je sens qu'il y a quelque chose de pas très clair derrière cette histoire d'héritage. J'ai remarqué qu'Evan avait les sourcils froncés et, lorsqu'il a cherché ses mots, sa bouche s'est ouverte puis refermée plusieurs fois avant qu'il n'avoue avoir hérité d'une grosse somme d'argent. Malgré cette possibilité, j'ai du mal à y croire ; l'attitude qu'il arborait était trop hésitante pour simplement évoquer une vérité. De plus, s'il a touché un héritage, pourquoi occupe-t-il un appartement du campus alors qu'il pourrait avoir son indépendance de l'autre côté de la rue, dans des appartements privés ?

C'est encore mon esprit d'investigation qui revient. Je chasse donc ces déductions un peu trop hâtives et souris à Evan avant de me plonger dans un épisode de la nouvelle série que j'adorais regarder avec mon père : *Suits*.

*

Je suis toujours sur mon ordinateur, mais désormais dans ma chambre, lorsque j'entends frapper à ma porte.

— Oui ?

— C'est Evan. Je peux entrer ?

— Bien sûr.

La porte s'ouvre et le visage avenant de mon colocataire apparaît dans l'embrasure de la porte.

— On va à la salle de sport avec Cam et, après, on rejoint des potes pour passer la soirée. Tu veux qu'on revienne te chercher ?

— Non, je te remercie. Je vais essayer de me coucher tôt ce soir pour être en forme demain.

— Ça marche. Bonne soirée alors.

— Merci, bonne soirée à vous aussi.

Il referme la porte et, quelques secondes plus tard, je les entends partir. Bon, me voilà seule pour la soirée !

Chapitre 3

Hier soir, après le départ des garçons, j'ai commencé la lecture d'un nouveau livre, *Sans attendre* de Jennifer Echols. Amber me l'a conseillé avant mon départ pour le Brésil. J'ai lu toute la soirée, faisant juste une pause pour dîner. Comme prévu, mes colocataires sont rentrés tard, aux alentours de 23 heures. J'étais couchée depuis un moment déjà mais, ne parvenant pas à trouver le sommeil, je tournais et me retournais dans mon lit.

Les premières notes de *Rather Be* retentissent dans ma chambre et me réveillent doucement. Jetant un coup d'œil à mon réveil pour l'éteindre, je vois qu'il est 6 h 30. Dans deux heures, j'effectuerai ma rentrée à UCLA avec, certes, près de deux semaines de retard.

Le stress commence à se faire bien sentir. J'ai passé une très mauvaise nuit, m'imaginant une bonne dizaine de fois que mon réveil n'avait pas sonné et que j'étais en retard. En sortant du lit, je me rends compte que mon mal de ventre s'est réveillé en même temps que moi. Les joies du stress ! Je déteste éprouver toutes ces sensations et, le pire, c'est que rien ne peut les stopper. Je commence à m'imaginer assise dans un amphithéâtre, entourée de centaines de personnes. Et si les cours ne me plaisaient pas et que je me rende compte que tout ce que j'imaginais pour mon avenir n'était qu'une pauvre illusion ? Et si je n'arrivais pas à me faire de véritables amis et que je sois condamnée à passer mon année enfermée dans ma chambre à travailler parce que je serais devenue le bouc émissaire de toute l'université menée par Cameron souhaitant me pourrir la vie ? Il faut que je me calme. Rien de tout ça n'arrivera, ce n'est que mon imagination.

Je décide de prendre une bonne douche pour me rafraîchir les idées. Préparant toutes mes vêtements, je file dans la salle de bains. J'en sors environ trente minutes plus tard, habillée, coiffée et légèrement maquillée. Pour ce premier jour de cours, j'ai choisi quelque chose de simple : un jean bleu foncé accompagné d'un chemisier couleur crème en dentelle qui contraste parfaitement avec ma peau hâlée. J'assortis mon haut avec des sandales plates de la même teinte.

Après avoir vérifié que toutes mes affaires scolaires sont bien dans mon sac, je noue rapidement mes cheveux en une queue-de-cheval haute. Dans le couloir menant aux parties communes, je croise Evan.

— Salut !

— Saluuut, répond-il en bâillant.

— Je vais déjeuner, tu veux que je te prépare quelque chose ?

— Hum, je vais aller prendre une douche rapide et je te rejoins après.

J'acquiesce et continue mon chemin. Arrivée dans la cuisine, je sors tout le nécessaire pour prendre un bon petit déjeuner, parce que, même stressée, je suis obligée de manger. Comme me l'a toujours dit ma mère, « un sac vide ça ne tient pas debout » et je ne peux qu'être d'accord avec elle.

Je presse une orange pour faire le plein de vitamines et tartine quelques tranches de pain avec du beurre. Posant tout cela sur le comptoir, je m'assieds sur l'un des tabourets. Je m'apprête à mordre à belles dents dans mon pain lorsque j'ai la bonne, même excellente, surprise de voir Cameron débarquer dans la cuisine avec pour seul vêtement un boxer noir griffé d'une grande marque. Bouche bée, je ne peux m'empêcher d'admirer sa silhouette. Mes yeux sont automatiquement attirés par son torse musclé et bronzé. Je préfère ne pas imaginer le nombre d'heures qu'il a dû passer à la salle de sport. De ce que je vois, son corps tout entier est harmonieux.

Désormais dos à moi, il attrape une tasse et se fait chauffer un café. Cette fois-ci, je résiste et ne laisse pas mon regard dériver là où il ne doit pas se poser. Malheureusement pour moi, je sens que Cameron est le genre de garçon à passer sa vie dans ce genre de tenue, au grand dam de ma santé mentale.

Visiblement peu gêné de se retrouver ainsi en ma présence, mon colocataire s'installe en face de moi et commence à déjeuner. De peur de croiser son regard froid et méprisant, je n'ose pas relever la tête et continue de scruter mes tartines, heureusement bientôt finies. J'aimerais engager la conversation, lui dire quelque chose afin de briser ce silence inconfortable mais je sais ce qui se passera si je le fais. Je n'ai pas envie de me mettre dans une telle position ce matin.

Me tortillant sur ma chaise, je finis par en descendre mais manque de tomber lorsque ma cheville se prend dans le pied arrière de mon siège. Je me rattrape de justesse au comptoir. Évidemment, cela déclenche le rire de Cameron.

— C'est trop haut pour toi ?

Ne répondant pas à sa provocation, je lui fais mon plus beau sourire et débarrasse avant de sortir le plus rapidement possible de la cuisine. Ce garçon est un idiot. Je me demande vraiment comment Evan qui est si avenant peut aussi bien s'entendre avec lui.

Aux alentours de 7 h 45, je monte avec mes deux colocataires dans la voiture d'Evan qui m'a gentiment proposé de me déposer au pied du bâtiment où a lieu mon premier cours. Je lui en suis plus que reconnaissante. Si j'avais dû y aller à pied, il est fort probable que j'aurais fini par faire demi-tour.

Une dizaine de minutes plus tard, Evan s'arrête sur un parking où j'aperçois au loin une foule d'étudiants qui s'agite. Il fait très beau aujourd'hui. Voilà que mon mal de ventre qui s'était apaisé revient de nouveau. Le trac est en train de me consumer.

— Arrête de stresser, Lili, je suis sûr que tout va bien se passer, me rassure Evan, remarquant mon angoisse naissante.

— Je ne stresse pas !

— Tu plaisantes ? Ça doit faire une heure que t'es tendue comme un arc.

Il se tourne vers moi, avec un sourire engageant qui semble si bien le caractériser.

— Les jours de rentrée m'ont toujours angoissée, j'avoue.

— Il n'y a pas de raison pourtant. Tu vas te plaire ici. Et rappelle-toi, personne ne te remarquera.

— C'est censé me rassurer ?

Evan pince les lèvres, semblant réfléchir.

— Tu vois ? Tu le dis toi-même. Je vais passer les prochains mois seule et, avec un peu de chance, je ne vais même pas me plaire ici ! Cette année va être un pur cauchemar.

Prenant ma tête dans mes mains, je soupire.

— Sortez les violons, s'exclame Cameron en détachant sa ceinture de sécurité. J'y vais parce que je crois que je vais pleurer si je reste plus longtemps dans cette voiture. Essaie de survivre à cette journée, Louis Litt.

Je fulmine en entendant le surnom dont il m'a affublée.

— Tu me retrouves tu sais où, lance-t-il à Evan avant de sortir de la voiture en claquant la portière.

— Ton meilleur ami est un idiot, Evan.

Il rit légèrement.

— Il faut apprendre à le connaître…

Et comment je fais moi ? Il ne se laisse pas approcher.

— Bon Lili, ne stresse pas. Tout va bien se passer. Tu as l'air d'être une fille géniale. Aie confiance en toi et tout ira bien !

— Merci, Evan, je lui dis avec un sourire sincère, touchée par ses mots. Bon, je vais y aller, à ce soir si je survis.

Evan s'esclaffe avant de me dire qu'au moindre problème, je dois l'appeler ou lui envoyer un message. Je le remercie une nouvelle fois et descends de la voiture, presque prête à affronter cette rentrée.

Mon colocataire redémarre et me voilà désormais seule. Jetant un rapide coup d'œil à ma montre, je me rends compte qu'il est à peine 8 heures. Il me reste donc trente minutes avant que mon premier cours ne commence. Marchant vers l'entrée du bâtiment des sciences humaines, je prends le temps de regarder autour de moi et je ne peux m'empêcher d'admirer l'architecture. Je souris en pensant à ma belle-mère, architecte, l'entendant presque me parler à l'oreille.

Sortant l'emploi du temps que m'a remis Mme Reed, je vois que je dois me rendre à l'amphithéâtre Asia pour mon premier cours à UCLA qui porte sur les différentes cultures du monde. J'ai vraiment hâte d'y participer. Toutes les critiques que j'ai lues à son sujet étaient élogieuses.

Arrivée dans le gigantesque hall, je repère sur l'un des murs un grand panneau d'affichage. Je m'approche et y découvre un plan détaillé du bâtiment. Quelle bonne nouvelle, l'amphithéâtre Asia est au dernier étage – soit le sixième – et sans ascenseur, évidemment. Une telle petite mise en jambes dès le matin, il n'y a rien de mieux pour commencer la journée !

Après avoir monté une bonne centaine de marches et, je dois bien l'avouer, admiré la vue que l'on peut avoir de la cage d'escalier, j'arrive enfin au dernier étage, légèrement essoufflée. Face à moi se dresse une double porte en chêne massif portant sur son linteau l'inscription « Amphithéâtre Asia ». C'est bon, j'y suis ! Je regarde ma montre, il n'est que 8 h 15. Il me reste une dizaine de minutes pour récupérer.

Le temps passe et je suis seule à attendre devant l'entrée. Les étudiants sont-ils déjà à l'intérieur ? Je m'approche doucement de la porte et, après avoir soufflé un bon coup, tente de l'ouvrir. Celle-ci, verrouillée, ne bouge pas d'un millimètre. Je me retourne. Pas l'ombre d'un étudiant dans l'escalier. Mon inquiétude naturelle revient au galop. Même si je suis le genre de personne qu'on peut aisément qualifier de trop prévenante, le fait d'être, à quelques minutes du cours, la seule élève présente m'angoisse un peu. Pourquoi fallait-il qu'une telle chose m'arrive aujourd'hui ? Que dois-je faire ? Attendre ? Aller voir l'administration même si j'ignore son emplacement ? Je déteste être dans cette situation. Si deux minutes avant le début du cours je suis toujours la seule présente, je redescendrai dans le hall et aviserai.

Je m'adosse au mur, juste en face, et branche mes écouteurs. Au moment où je trouve une musique qui me plaît, j'entends du bruit provenant de l'escalier. Je lève la tête et aperçois une grande blonde arriver vers moi, le sourire aux lèvres.

— Salut, me dit-elle. Tu es ici pour le cours sur les cultures ?

— Oui, mais je ne comprends pas pourquoi il n'y a encore personne.

— En fait, occasionnellement, le cours n'a pas lieu dans l'amphithéâtre mais dans l'une des salles de la bibliothèque. L'assistant du prof m'a demandé de venir voir si tout le monde était au courant et de coller ça sur la porte, dit-elle en agitant un papier blanc qu'elle scotche aussitôt.

— Oh ! Heureusement que tu es venue sinon je serais restée à attendre ici et j'aurais manqué le cours !

— Que veux-tu, je suis ton sauveur ! lance-t-elle.

Je replace mon sac sur mon épaule et la suis dans l'escalier.

— Alors, tu es nouvelle ?

— Ça se voit tant que ça ? je rétorque en riant.

— Un peu ! Le fait que tu omettes de regarder le panneau d'informations ou tes e-mails de la fac avant de te rendre en cours est un des signes qui ne trompent pas.

— Crois-moi, je n'oublierai plus jamais de regarder !

— Je me doute bien. Le plus simple c'est que tu fasses un renvoi sur ton téléphone ou sur ton adresse mail personnelle. Ils sont assez réactifs ici quand un prof change de salle ou est absent. Ça t'évitera de rester à poireauter des heures devant une salle. Et sinon, comment tu t'appelles ? J'ai oublié de te le demander !

— Je suis Liliana mais je préfère qu'on m'appelle Lili, et toi ?

— Grace !

— J'adore ton prénom, il me fait penser à Grace Kelly, j'avoue avec un petit sourire.

— Devine quoi, il vient de là ! Ma mère est une fan inconditionnelle de la princesse, et quand j'ai grandi et qu'on a remarqué que j'étais blonde comme elle, ça a été le bonheur pour elle ! Et c'est pas le pire, j'ai une petite sœur, et devine comment elle s'appelle…

— Ne me dis pas qu'elle s'appelle Kelly ?

— Eh si ! lâche Grace en riant – et je ris de bon cœur avec elle.

— C'est plutôt original je trouve.

— Ça, on peut le dire ! Mais bon, on finit par s'y habituer et ne plus y faire attention.

Je lui souris et nous continuons d'échanger le temps de rejoindre la bibliothèque située dans un autre bâtiment.

Grace est en architecture et souhaite s'installer à Sydney une fois diplômée. Tout comme moi, elle loge sur le campus mais dans une chambre universitaire avec une colocataire. Vu la tête qu'elle fait, je pense que ça ne doit pas être d'une harmonie totale entre elles. Voilà trois semaines qu'elle partage sa chambre avec elle et, déjà, elle rêve d'avoir un autre logement. Mais comme elle le dit si bien en imitant Mme Reed : « Vous comprenez, mademoiselle, vous avez une chance incroyable d'être sur le campus, certains sont sur liste d'attente. Je ne peux rien faire d'autre. » Si elle le peut, elle essayera de changer pour le second semestre, sinon elle devra finir l'année avec sa coloc.

Marchant derrière elle, je prends le temps de la regarder plus attentivement. Grace est beaucoup plus grande que moi. D'après mon œil expert, elle doit avoisiner le mètre soixante-quinze mais ses talons la grandissent encore plus. Elle porte une petite robe à fleurs bohème qui lui va à ravir. Ses cheveux blonds ondulés sont très longs et lui donnent le parfait look de la jeune femme californienne. Cette fille est vraiment jolie et je ne peux m'empêcher de me comparer à elle. Nous sommes deux contraires. Je me sens complètement ridicule à côté d'elle. Je dois arrêter. Ce n'est pas comme ça que j'aurais confiance en moi.

— Je me demandais, Grace, tu viens d'où ?

Elle se tourne vers moi, remontant ses lunettes fines sur son nez retroussé.

— J'habite à un peu plus d'une heure d'ici. Et toi ?

— Miami.

— Ah oui, c'est loin ! Tu n'es pas triste d'être partie ?

— Il faut que je m'y habitue mais je ressentais le besoin d'indépendance et de m'éloigner.

Je n'en dis pas plus et reste évasive. Grace semble se contenter de cette réponse et hoche la tête.

En entrant, je suis surprise par l'immensité de la bibliothèque. Grace continue d'avancer et se dirige maintenant vers l'escalier central.

— Notre salle est à l'étage.

J'acquiesce et la suis.

Nous arrivons à temps pour le cours. Je suis frappée par le nombre d'étudiants présents, nous devons bien être une centaine. Je m'assieds à côté de Grace et sors mes affaires alors que le cours commence. Même si je sais que ce cours est intéressant, je ne pensais pas qu'il attirerait autant de monde. Notre professeur a même dû avoir recours à un assistant.

De ma place, je remarque sans peine les regards qu'échange Grace avec l'assistant du prof – Alex il me semble. Je ne sais pas s'ils sont ensemble ou si c'est juste platonique mais mon naturel curieux reprenant le dessus – je me promets d'avoir une petite conversation avec elle rapidement !

Durant l'heure, nous apprenons que, pour la semaine suivante, nous devons nous mettre en binômes pour monter un exposé sur la culture d'un pays de notre choix. Le professeur, dans un éclat de rire, précise que nos photos de vacances en maillot de bain ne sont pas les bienvenues dans cet exposé. C'est sur cette note positive que se termine ce premier cours absolument passionnant. Grace se tourne vers moi tout en rangeant d'un mouvement son bloc-notes et sa petite trousse en cuir.

— On travaille ensemble ?

— Avec plaisir !

Je me redresse et range à mon tour mes affaires. Nous patientons en attendant que la salle se vide.

— Il y a un pays en particulier qui t'intéresse ? me questionne Grace en dégageant une mèche de cheveux, dévoilant une boucle d'oreilles en forme de plume.

— Je n'ai pas de préférence. Et toi ?

Elle me fait un petit sourire en coin, ce qui sent l'idée derrière la tête.

— J'aimerais bien qu'on fasse l'exposé sur la culture indienne. Ça t'irait ?

— Oui, parfait ! Puisque l'exposé doit être prêt pour lundi prochain, on s'organise comment ?

— Je pensais qu'on pourrait faire différentes sessions de recherches dans la semaine, à la bibliothèque par exemple, ensemble ou non, et samedi après-midi, on se retrouverait quelque part et on met tout en commun pour finir le dossier. M. Matthews a donné une limite de quatre pages, introduction et conclusion comprises. Je pense que ça va être assez rapide à faire.

— On pourrait découper en deux parties, comme ça, on travaillerait chacune de son côté sur une des parties, et samedi, on se verrait pour mettre en commun et rédiger l'intro et la conclusion ensemble.

— Ça me va ! Tu préfères qu'on se réunisse où ? Je ne suis pas sûre que dans ma chambre ce soit une bonne idée. Ma colocataire est folle, dit-elle avec un petit rire.

— J'habite dans un des appartements sur le campus ouest. Il est suffisamment grand pour qu'on puisse y travailler tranquillement sans déranger mes colocataires. C'est bon pour toi ?

Elle réfléchit quelques secondes avant d'acquiescer.

— On fait ça alors ! J'apporterai des cafés. Bon, je te laisse, je dois me rendre à mon cours d'art et je suis déjà en retard ! À plus.

— Salut.

Ayant tourné les talons, elle fait volte-face, arrache un morceau de papier de son bloc-notes et y griffonne son numéro à la hâte. Elle part ensuite presque en courant après m'avoir lancé un « envoie-moi un message ! ». Cette fille me paraît sympathique et je ne peux m'empêcher de sourire. Peut-être que je ne serai pas si seule cette année.

Partant de mon côté, je sors de la bibliothèque et vais m'asseoir sur l'un des bancs situés sur le parvis du bâtiment. Je regarde ma montre : il me reste un peu moins d'une heure avant mon prochain cours. J'en profite pour repérer sur le plan du campus tous les endroits qui me seront utiles. Ce campus est vraiment énorme. Pour le moment, je suis heureuse : tout s'est très bien passé, comme je l'espérais.

Déjà, je suis en train de tomber amoureuse de ce cadre. Tout le monde n'a pas la chance d'étudier dans un endroit aussi accueillant. Je me sens chez moi. J'ai l'impression d'être ici depuis des semaines alors que je n'y suis que depuis quatre jours.

De plus, j'ai déjà rencontré deux personnes, en plus de mes colocataires : Sam et Grace. Je suis certaine que ces deux-là pourraient bien s'entendre. Grace me paraît être une super personne. En réalité, elle me fait étrangement penser à Amber. Elles sont toutes les deux grandes, blondes et minces. Je ne peux pas encore dire si elles sont similaires sur le plan du caractère puisque je n'ai passé que deux heures avec Grace.

Mais malgré tout, je n'oublie pas de garder à l'esprit qu'elle n'est pas Amber et qu'elle ne le sera jamais.

Penser à Amber ramène mes pensées vers Rosie. Sa mère m'a demandé de lui donner de mes nouvelles de temps en temps. Il faut que je le fasse. Je n'aime pas lancer des promesses sans les tenir. Rosie… mais pourquoi s'était-elle acoquinée avec de telles personnes ? Assise au soleil, je ferme les yeux et me retrouve embarquée dans mes souvenirs. J'ai l'impression de regarder le film de ma vie à travers mes paupières closes.

Je me souviens encore du jour où elle a commencé à plonger. Nous avions passé un été à la plage toutes les trois à faire des plans sur la comète. Et le jour de la rentrée, j'avais toujours la tête dans les nuages.

J'entends ma mère me crier de descendre. Je finis de ranger mes nouveaux livres avant de la rejoindre dans la cuisine. Elle a préparé une tarte aux amandes et cerises qui sent merveilleusement bon.

— Tes affaires sont prêtes ? me demande-t-elle sans même lever la tête de son saladier.

— Oui, je soupire. C'est la cinquième fois depuis hier que tu me le demandes.

— Je n'aime pas t'entendre utiliser ce ton avec moi, Liliana Wilson.

Comme elle est dos à moi, je me mets à souffler. Si elle me voyait, elle me tuerait.

— Je sais ce que tu fais, Lili, je suis ta mère, je ne suis pas bête !

J'esquisse un sourire. Elle sait, comme toujours.

— Mais tu dois me comprendre… Tu fais ta rentrée au lycée dans moins d'une heure !

— Je sais, je dis en grimaçant.

— Tu grandis si vite !

— Maman, arrête avec ça !

— Je suis ta mère, c'est normal que je sois inquiète. L'entrée au lycée est une épreuve pour les parents aussi !

— C'est pas comme si tu ne me l'avais jamais dit !
Elle rit en entendant mon ton faussement exaspéré.
— Tu veux un morceau de tarte ?
— Non, j'en mangerai en rentrant.

Ma mère acquiesce. Sortant mon téléphone de la poche arrière de mon pantalon, je remarque qu'Amber vient de m'envoyer un message :
Je pars de chez moi. Je passe chez Rosie et on vient te chercher après.
Je tape rapidement une réponse :
Dépêche-toi avant que je tue ma mère.
— Les filles arrivent bientôt. J'y vais.
— D'accord. Tu m'envoies un message quand tu as fini et je viendrai te chercher. Charlie veut s'inscrire au judo cette année. On ira ensemble après ?
— Ça marche.

Je quitte la pièce et monte rapidement dans ma chambre pour prendre mon sac. Avant de partir, je repasse par la cuisine pour embrasser ma mère. Il est bientôt 13 h 20 et nous devons être au lycée pour 14 heures.

La vieille Chevrolet de la tante d'Amber est garée devant la maison. C'est d'ailleurs avec cette voiture que j'ai appris à conduire avec Amber et Rosie, un été, quand nous avions quatorze ans. Je ferme soigneusement la porte pour éviter que Tobby, le chien de Charlie, ne se sauve et je rejoins mes amies.

— Bonjour, madame Sawyer.

D'aussi loin que je m'en souvienne, cette femme a toujours eu les cheveux teints d'une couleur excentrique. Aujourd'hui, ils sont bleu turquoise avec quelques mèches blondes.

— Bonjour, Lili, me salue-t-elle toute souriante.

J'ouvre la portière et monte derrière le siège conducteur, heureuse de retrouver mes deux meilleures amies. Rosie porte un sweat bleu qu'elle a piqué à son père et un short, dévoilant ses longues jambes bronzées. Une paire de Converse rouges complète la tenue. Pendant le trajet, la tante d'Amber nous parle de ses années lycée et nous sommes hilares. C'est sympathique de sa part de nous détendre ainsi. Comme il y a beaucoup de voitures devant l'établissement, nous descendons rapidement après l'avoir remerciée de nous avoir amenées. Amber nous prend Rosie et moi par le bras et nous avançons côte à côte, prenant toute la largeur du trottoir.

— Alors, Lili, t'es prête à tout déchirer ?
— Je crois, je dis, hésitante. Et vous ?
— Je suis prête depuis des jours ! À nous les beaux garçons plus âgés, crie Amber.

Son sourire en coin s'agrandit au fur et à mesure que nous avançons vers l'entrée.

— Amb, je la réprimande. Tu ne penses pas qu'il est préférable de penser à des choses plus importantes ? Comme les cours par exemple ?
— Oh Lili, soupire-t-elle. Tu peux arrêter de faire ta rabat-joie cinq minutes ?

Je sais pertinemment que ce genre de conversation n'aboutira à rien avec elle.

— Vous pensez qu'on sera ensemble ? demande Rosie avec son sourire ravageur.
— Aucune idée, je réponds très honnêtement. D'après ce que j'ai entendu, ils ont fait plusieurs groupes pour certains cours, donc on verra bien en entrant.
— J'espère qu'on aura de la chance.
— Moi aussi, je murmure.

Aujourd'hui encore, je ressens le stress que j'avais éprouvé.

Nous arrivons sur le parvis où la foule est très dense. Je tourne la tête vers Amber qui est en pleine conversation avec deux filles plus âgées. Elles doivent être en avant-dernière année. Lorsque les haut-parleurs se mettent à siffler, je comprends qu'il est temps de rentrer. Une petite seconde plus tard, une voix féminine très aiguë retentit :

« *Les première année sont attendus dans le gymnase derrière l'établissement. Nous vous rappelons qu'il est interdit de courir dans les couloirs.* »
Je replace correctement mon sac à dos sur mes deux épaules.
— C'est parti !
Personne ne me répond. Je lance un coup d'œil à Amber. Elle est en train de parler avec Finn, celui que je considérais comme l'amour de ma vie il y a encore quelques mois. Je me détourne.
— Rosie ? j'appelle. Tu viens ?
Elle tourne enfin la tête vers moi, semblant absente.
— Quelque chose ne va pas ? je lui demande.
— Tout va bien, dit-elle avec un petit sourire.
— Tu avais l'air ailleurs.
— Je regardais juste le groupe là-bas.
Je jette un coup d'œil rapide derrière son épaule pour voir le groupe dont elle parle. Des garçons et quelques filles sont installés autour de trois motos. Ils ne semblent pas étudier ici. Tous vêtus de vestes en cuir ou en jean, ils discutent et fument tout en scrutant la foule de lycéens passant devant eux. Même si ma mère m'a toujours appris qu'il ne fallait pas juger quelqu'un sur son apparence, au premier regard, je me dis qu'ils ne sont pas très fréquentables. Je rougis lorsque je croise les yeux d'une des filles – elle a les cheveux rouges.
— Tu les connais ?
— Non, non. Bon, on y va ?
Son ton a beau devenir plus sec, elle semble toujours aussi pensive.
— Sérieusement, Rosie, tu les connais ? Parce que l'un des mecs te dévore du regard.
— Lequel ?

Je ne peux repenser à ce moment qu'avec un sourire amer. Nous ne savions pas dans quoi nous nous embarquions. Aujourd'hui encore, j'aimerais remonter le temps et dire à ces filles de rester soudées à jamais et de ne laisser aucun garçon les briser. J'aimerais donner une gifle à Rosie et lui dire de ne pas écouter Amber, juste derrière nous, qui lui avait suggéré d'aller demander s'ils avaient une cigarette pour elle. J'aimerais ne pas avoir ri à ce moment-là ni avoir dit « chiche » à Rosie.

Mais elle était allée leur demander une cigarette avant de revenir vers nous en riant et gloussant... Quelque part, je pensais que je ne devais pas me fier à ma première impression et, sous un look grunge, des personnes bien pouvaient surgir... mais dans ce cas précis, je m'étais trompée.

Je n'avais vu là qu'une facétie de lycéenne... Mais c'était une lente descente aux enfers qui commençait pour Rosie, Amber et moi.

Je secoue la tête. Je ne devrais pas penser à ça maintenant. Revenir sur le passé ne changerait pas le fait que Rosie est loin de moi et ne ferait qu'assombrir cette journée splendide, ce que je ne veux surtout pas.

Reprenant mon livre, j'oublie tout et me plonge dans l'univers si particulier de Jennifer Echols.

Chapitre 4

Le temps s'est écoulé à une vitesse folle, si bien que j'ai du mal à croire que nous sommes déjà samedi. J'ai passé l'essentiel de la semaine avec Grace et je peux désormais dire une chose : j'adore cette fille ! Je ne me suis absolument pas trompée sur son compte. Elle est naturelle, gentille et intelligente. C'est un plaisir d'être avec elle. J'ai également revu Sam sur le campus mais c'était lors d'un changement de cours donc nous n'avons pas eu le temps de vraiment discuter. Il m'a juste promis que, la semaine prochaine, il mangerait un midi avec Grace et moi.

Pour le moment, la colocation ne pose pas de problème si on oublie Cameron. Nous n'avons pas réellement eu l'occasion de nous croiser durant cette semaine. Je l'ai vu seulement le matin, en coup de vent au détour de la cuisine ou du couloir. Quant aux soirées, je les ai passées seule ou en vidéoconférence avec Grace pour travailler. Cameron et Evan sont rentrés la plupart du temps assez tard. Généralement, j'avais déjà dîné et je m'apprêtais à aller me coucher. Je ne regrette cependant pas d'être en colocation avec deux garçons. Par exemple, le matin, je n'ai pas besoin d'attendre des heures pour avoir accès à la salle de bains même s'il est vrai que je suis toujours la première levée. Et bien que Cameron ne m'adresse quasiment pas la parole, il reste respectueux.

Je trouve les garçons assez mystérieux sur ce qu'ils font en dehors des cours. Ils ont l'air de passer leur vie à la salle de sport, si j'en crois les dires d'Evan. Je sais juste que Cameron suit des études de droit afin de devenir avocat. C'est vrai qu'il possède toutes les qualités requises pour ce métier : il est froid, sans aucune attache émotionnelle mais surtout égoïste et sans cœur – ce gars serait capable de défendre n'importe quelle ordure pleine d'argent.

Jeudi soir, en rapportant dans la cuisine ma tasse vers minuit, j'ai croisé Cameron et Evan rentrant à l'appartement. J'ai bien vu qu'ils étaient exténués, en sueur, et qu'il y avait des taches sur leurs vêtements qui ressemblaient à s'y méprendre à du sang… Je n'ai posé aucune question même si, je l'avoue, ma curiosité me titillait.

*

— FINI ! s'exclame Grace.

Je sors mon téléphone pour regarder l'heure : il est maintenant un peu plus de 20 heures. Nous avons passé près de cinq heures à rédiger l'intégralité de notre dossier et c'est avec une nette satisfaction que nous y mettons un point final. Je me lève pour m'étirer. Je n'en peux plus d'être assise sur cette chaise.

Je propose à Grace de rester dormir à l'appartement. Je crois déceler une pointe de soulagement pendant une seconde, puis elle accepte. Nous nous mettons d'accord pour faire livrer une pizza.

Pendant que je m'occupe de la commande, je vois Grace regarder les livres dans le salon. Elle passe même son doigt sur le pot « Soldi » et me jette un regard chargé d'incompréhension. Je lui fais signe que je lui expliquerai.

Ce n'est qu'une fois installées toutes les deux sur le canapé que j'apprends à vraiment connaître Grace. Ses aspirations, ses envies. Une chose est sûre, nous sommes toutes les deux sur la même longueur d'onde et ça, c'est vraiment super !

La sonnette de l'entrée retentissant, je me lève du canapé, attrape mon porte-monnaie et cours vers la porte pour ouvrir au livreur.

— Bonsoir, je dis en souriant. Vous avez fait vite !

— Bonsoir, me répond-il en me dévisageant.

Sa voix très grave et son regard pesant me mettent vraiment mal à l'aise. Je prends le temps de l'observer plus en détail. Il ne me paraît pas bien vieux, la vingtaine maximum. Il est trapu et je n'arrive pas à distinguer la couleur de ses cheveux à cause de sa casquette. Je peux juste affirmer que ses yeux sont les plus noirs que j'ai jamais vus.

— Il y a un problème ? je demande d'une voix plus aiguë que je ne l'aurais voulu.

— Non, aucun. Vous vivez ici seule ?

Il prononce cette phrase en appuyant bien sur le dernier mot. C'est maintenant sûr, il me fait définitivement peur.

— Euh non, je suis en colocation. Je peux récupérer mes pizzas maintenant ?

— Bien sûr. Ça vous fera seize dollars.

Le temps que je réunisse la somme, je remarque qu'il essaie de regarder l'intérieur de l'appartement. Je commence sérieusement à me demander si je ne suis pas tombée sur un futur cambrioleur ou psychopathe qui recherche une proie. Je lui tends rapidement l'argent afin de pouvoir prendre les pizzas et fermer la porte sur lui le plus vite possible en prenant soin de bien la verrouiller. Après ce qui me semble une éternité, il me donne enfin les boîtes cartonnées et part sans oublier de me dévisager une dernière fois, les sourcils froncés. Je m'empresse de rejoindre Grace.

— Oh mon Dieu, je dis en m'enfonçant dans le canapé.

— Qu'est-ce qu'il y a ? me demande Grace, une part de pizza déjà dans la main. Tu as l'air bizarre…

— Le livreur était trop flippant. Mais genre, vraiment !

— Il a fait quoi ?

Je lui explique la scène qui vient de se dérouler. Lorsque j'ai fini, elle regarde dans le vide, perplexe. Après plusieurs secondes ainsi, elle prend la parole :

— J'ai réfléchi, dit-elle sérieusement, mais l'air qu'arbore son visage me fait sourire. C'est pas normal un livreur avec cette attitude, ils sont censés être professionnels !

— Sans blague, Sherlock, mais comment tu l'expliques alors ?

— Comment veux-tu que je le sache, sérieusement ?!

— Tu avais l'air de songer profondément à la situation donc je me suis dit que tu avais peut-être une piste ou je ne sais quoi d'autre.

— Non, j'ai rien. Je ne l'ai même pas vu, ce gars ! En tout cas, c'est une chaîne de pizzerias que je connais bien et je n'ai encore jamais vu de livreur « fou » !

Elle fait une moue boudeuse mais se reprend juste après.

— Il faut en parler aux garçons.

En parler aux garçons ? Il est clair que Grace ne connaît pas mes colocataires. Evan serait comme une mère poule et Cameron… J'imagine déjà la réaction qu'il aura quand je l'informerai de cette histoire de livreur flippant : « Et ? En quoi ça me concerne ? » Je lui répondrai alors que ça ne le concerne pas vraiment et il répliquera : « Pourquoi tu m'en parles alors ? » Je ne vis ici que depuis une semaine et j'ai déjà cerné sa magnifique personnalité !

— Pourquoi veux-tu que j'en parle aux garçons ? Ils en auront rien à faire, de cette histoire.

Je le reconnais, je suis de nature plutôt peureuse et ce livreur m'a vraiment fait froid dans le dos, mais je suis aussi une personne très fière et je préfère avoir peur plutôt que d'aller me plaindre à mon Cameron qui m'enverra très probablement balader.

— Ça coûte rien de leur dire, non ?

Je finis par acquiescer puisque je sais que Grace ne lâchera pas le morceau. J'ai assez bien compris comment elle fonctionne, et si elle veut leur en parler, elle le fera, peu importe ce que j'en pense. Alors il vaut mieux qu'ils l'apprennent de ma bouche.

Comme je ne veux pas que cet incident gâche ma soirée, je vais chercher mon ordinateur dans ma chambre pour mettre une série. C'est encore un des avantages de vivre avec des garçons : ils ont des appareils high-tech. Je peux projeter directement le contenu de mon ordi sur la télévision sans aucun branchement.

Étrangement, Grace et moi, nous en sommes au même épisode d'*Orphan Black*, ce qui lui permet de dire que nous sommes en « symbiose ». Ça me fait beaucoup rire.

Au milieu d'une scène particulièrement intense, nous entendons un grand bruit, celui d'une porte qu'on ouvre avec fracas. Je regarde Grace, apeurée, et telles les guerrières que nous sommes, nous nous cachons sous un plaid, priant pour qu'on ne nous voie pas. Je ne respire presque plus. Lorsque j'entends des voix se rapprocher du canapé, je me dis que nous sommes fichues, que nous allons nous faire agresser. Les doigts de Grace se glissent entre les miens et me les serrent fort. Nous avons peur mais nous sommes ensemble. Une main se pose alors sur le plaid et, dans la seconde qui suit, l'arrache. Par un réflexe des plus idiots, je ferme les yeux et me mets à crier.

— Mais qu'est-ce que vous foutez ?!

Cette voix, je la reconnaîtrais entre mille, c'est celle de Cameron ! Je crois que je n'ai jamais été aussi heureuse de le voir. J'ouvre alors les paupières. Mon colocataire se tient raide devant le canapé.

— On a eu une de ces peurs, s'écrie Grace en se passant les mains sur le visage.

— On a remarqué, renchérit Evan en riant.

Le cœur encore palpitant, je reste silencieuse face à Cameron. Il rit légèrement, son regard rivé sur moi.

— On a cru que c'était le livreur psychopathe de tout à l'heure qui revenait ! dit Grace en s'essuyant le front. Ça vous arrive souvent d'effrayer les filles comme ça ?!

À peine a-t-elle prononcé cette phrase que Cameron et Evan s'arrêtent de rire et se regardent sérieusement.

— Le livreur psychopathe ? demande Evan en haussant les sourcils.

— Oui ! Raconte tout, Lili.

Bien sûr, ils vont me prendre pour une folle. Déjà que mes relations avec Cameron ne sont pas au beau fixe alors, avec cette histoire, je perdrai le peu de crédibilité que je dois encore avoir auprès de lui.

— Eh bien, je commence hésitante, avec Grace, on a commandé des pizzas pour le dîner comme elle reste dormir. Quand le livreur les a apportées, il était un peu bizarre. Il m'a demandé si je vivais ici seule – et il a bien insisté sur le « seule ». Et aussi, il n'arrêtait pas de me dévisager et d'essayer de regarder à l'intérieur de l'appartement. Son attitude était très étrange et même, physiquement, il n'inspirait pas du tout confiance. C'est vrai qu'il faisait un peu psychopathe.

Cameron tourne encore la tête vers Evan et ils se regardent de nouveau attentivement. Je vois bien que ces regards sont en réalité une conversation silencieuse. Je n'arrive pas à comprendre ce qu'ils se disent. Cameron s'écarte du canapé, marche vers le balcon et se met soudainement à jurer. Evan s'approche de lui et je l'entends lui dire de ne pas s'inquiéter, que bientôt ils pourront régler le problème. Moi qui pensais que leur parler de ce livreur ne leur ferait ni chaud ni froid, je me trompais lourdement. Plus je les regarde discuter, plus je me dis que cette histoire va bien au-delà d'un simple livreur un peu louche. Je ne sais pas encore ce que mes deux colocataires cachent mais je finirai bien par trouver.

*

— Grace, réveille-toi !

— Quoi ? bougonne-t-elle.

— Je vais courir, tu veux venir avec moi ?

— Nooon, laisse-moi dormir encore cinq minutes, dit-elle en se cachant la tête sous l'oreiller.

Comme Grace ne m'a pas l'air d'être le genre de personne que l'on peut qualifier « du matin », j'attrape rapidement mes affaires pour ne pas la déranger plus longtemps et sors de la chambre. Dans la cuisine, je croise Evan qui est en train de déjeuner. Il m'informe qu'il s'absente aujourd'hui pour voir sa famille et que Cameron passera la journée à l'appartement. Je lui souris en répondant un vague « cool, quelle belle perspective ».

Je ne prends pas la peine de manger avant d'aller courir, vieille habitude que je tiens depuis des années. Comme mon père, je n'arrive pas à manger avant d'aller faire du sport et Dieu sait que j'ai pourtant un grand appétit. Je ne perds pas plus de temps et chausse mes baskets de running avant de sortir de l'appartement. Le couloir menant à l'escalier est bien calme en ce dimanche matin, certainement à cause de l'heure peu tardive. Ma montre affiche 9 h 20. Pour moi ce n'est pas tôt mais, pour plus des trois quarts des étudiants, ça l'est.

Lorsque j'arrive à l'extérieur de la résidence, je prends le temps d'apprécier le bon air frais qui pénètre dans mes poumons. Le soleil n'a pas encore eu le temps de réchauffer l'atmosphère et le sol, c'est donc le parfait moment pour aller courir.

Je vagabonde à travers les allées du campus, courant en rythme sur une musique d'Afrojack. Je trouve incroyable la façon dont le rythme, la mélodie mais aussi les paroles d'une chanson peuvent avoir un effet aussi bénéfique sur le mental et le physique. Les écouteurs dans les oreilles, je ne vois pas les minutes passer.

Au détour d'une allée, j'aperçois un garçon portant une casquette rouge similaire à celle du livreur de pizzas. Durant un court instant, je me demande si c'est lui. Mes foulées m'amènent près de lui et je soupire de soulagement en me rendant compte que c'est une tout autre personne.

Cela fait maintenant un peu plus de trente minutes que je suis partie. La reprise est un peu dure… Mon souffle est court et mes muscles me tirent. Il ne faut pas que j'oublie les étirements sinon le réveil demain matin sera douloureux. Je décide de finir mon tour en remontant par l'allée principale. Pendant quelques secondes, je regarde le sol et mes chaussures, ce qui est une erreur car, au croisement de deux allées, je percute quelqu'un.

— Je suis vraiment désolée, je m'exclame. Ça va bien ?

Rentrer dans les gens va devenir une mauvaise habitude si je continue comme ça…

— Moi ça va, c'est plutôt toi ? me répond une voix grave.

— Ou-oui, bégayé-je en croisant le regard de mon vis-à-vis.

J'ai l'impression de me trouver devant une sorte de Cameron numéro deux. L'homme se tenant devant moi est plutôt grand et sa tenue de sport me laisse deviner sans aucun effort les muscles qui sont dessinés juste en dessous. Contrairement à Cameron qui est brun foncé, le garçon devant moi est châtain clair et ses yeux sont marron, mais pas d'un marron sombre, je dirais plutôt d'un marron presque beige, c'est assez intrigant. Son sourire, faisant ressortir deux petites fossettes, me sort de ma contemplation.

— Je suis Enzo, dit-il en me tendant la main.

— Et moi Lili, je réponds en lui serrant la main.

— Tu cours depuis longtemps ?

— Ça va faire un peu plus d'une demi-heure que je cours. Et toi ?

— Pas loin d'une heure.

Son sourire est de loin ravageur. J'imagine très bien la teinte rosée que mes joues viennent de prendre et ce n'est certainement pas dû à l'effort physique auquel je me suis astreinte depuis que j'ai quitté la résidence.

— La reprise est plutôt dure pour moi. Ça doit faire près de six semaines que je n'ai pas couru.

Il hoche la tête.

— Si tu veux, on pourrait courir ensemble ? Comme ça, tu pourras retrouver ton niveau et, de mon côté, j'aurais l'occasion de courir avec une jolie fille agréable.

Je ris légèrement.

— Tu habites où ? reprend-il.

— Dans une résidence sur le campus ouest. Et toi ?

— J'habite un appartement du côté est par contre… On pourrait se rejoindre pour courir au niveau du Starbucks ? Il est à équidistance.

— C'est bon pour moi, je dis en souriant. Vendredi à 16 heures, ça te va ?

— Parfait !

Je le salue avant de repartir de mon côté. Un quart d'heure plus tard, je suis de retour à l'appartement qui est étrangement calme. Il est pourtant près de 11 heures. J'enlève mes baskets dans l'entrée avant de me diriger vers ma chambre. Je m'aperçois que Grace n'est plus là. Je sors alors mon téléphone du brassard pour smartphone afin de vérifier qu'elle ne m'a pas envoyé de message. Je suis en train de taper mon code pour déverrouiller mon portable lorsque deux mains se posent sur mes épaules. Sous l'effet de la surprise, je sursaute et lâche mon téléphone, qui s'écrase au sol.

— Mon Dieu, Cameron, tu m'as fait peur ! je m'écrie.

Ajoutée à mon expression surprise, cette phrase déclenche le rire de mon colocataire.

— C'était trop tentant.

Je ramasse mon portable et lance un regard noir à Monsieur Parfait.

— Bon sinon tu voulais quoi ? je lance sèchement.

— Je vois que quelqu'un est de bonne humeur !

— Ça n'a rien à voir ! Toute la semaine, tu as été froid avec moi, à croire que j'avais la peste, et là, tu te pointes dans ma chambre, tout gentil. Tu as fait une grosse vilaine bêtise, c'est ça ? je dis, sarcastique.

Son visage s'assombrit légèrement face à ma tentative de moquerie.

— Je venais juste te prévenir que Grace est partie et qu'elle m'a chargé de te dire quelque chose, mais vu que tu prends mal ma présence, je pense que je vais y aller.

Il fait volte-face pour aller vers sa chambre. C'est la première fois que nous avons une conversation « normale » depuis que je suis arrivée. Je dois le retenir.

— Attends, Cameron…

Il se retourne et a un sourire en coin en attendant que je poursuive.

— Je suis encore sous le choc d'hier avec le livreur, tu veux bien me donner le message ? S'il te… te plaît.

L'expression dans son regard est indéchiffrable.

— Elle passera te chercher demain matin pour aller en cours.

— D'accord… Eh bien, merci Cameron.

— Pour quoi ?

— Pour m'avoir répondu.

Il se rapproche de moi, me dominant de sa taille. Cette proximité me met mal à l'aise et je sais très bien que Cameron en est conscient.

— Tu as si peu d'estime pour moi, Liliana ?

Il prononce mon prénom lentement, insistant sur chacune des lettres. Si je n'étais pas aussi concentrée pour rester forte face à lui, je suis certaine que je trouverais sa voix presque… sensuelle.

— Non, je réponds simplement.

Ma voix est plus aiguë encore que celle d'un bébé. Je suis en train de perdre toute crédibilité.

— Dans ce cas, explique-moi pourquoi t'es si étonnée que je te fasse passer le message.

Que répondre à ça ? Je n'ai aucun argument.

— Je n'ai pas à me justifier auprès de toi, Cameron !

— Vas-y, fuis le problème !

— Fuir le problème ? Quel problème, Cameron ? Il n'y en a aucun.

— Si, il y en a un !

Je ne suis pas sûre de comprendre où il veut en venir. Finalement, notre conversation « normale » n'aura pas duré longtemps…

— Lequel alors ?! je m'énerve.

— Pourquoi t'es là ?

Quoi ?

— Pourquoi je suis dans ma chambre ?!

— Arrête de faire semblant de ne pas comprendre ! Pourquoi tu es venue dans cet appartement précisément ?

— Je l'ai expliqué quand je suis arrivée. Mais attends, c'est vrai que tu étais trop occupé à me rembarrer pour écouter mes explications !

— Evan m'a déjà expliqué les grandes lignes mais j'y crois pas une seule seconde, à cette histoire.

— Pardon ? Tu insinues quoi, là, que je suis une menteuse qui a tout manigancé pour devenir votre colocataire ?

— Peut-être, à toi de me le dire !

— Non mais ça ne va pas ! T'es un grand malade, Cameron. Depuis le début, tu te méfies de moi contrairement à Evan qui m'a tout de suite acceptée. Je me suis même demandé si j'avais fait quelque chose de mal pour que tu te comportes avec moi de cette manière, mais en fait non, t'es juste un pauvre con, Cameron. Je ne sais pas qui tu es réellement ou ce que tu caches pour agir de cette façon mais c'est pas une raison pour avoir une sale attitude envers moi. Maintenant, tu as le choix. Soit tu changes de comportement et tu deviens agréable avec moi, soit tu ne veux pas changer et, dans ce cas, ne m'adresse plus jamais la parole. J'ai pas besoin d'un lunatique pareil dans ma vie.

À peine ai-je prononcé cette dernière phrase que je la regrette immédiatement. Je viens de me montrer trop dure avec lui, même si quelque part cette petite mise au point ne peut pas lui faire de mal. Mais qu'est-ce que je vais faire si finalement il ne m'adresse plus jamais la parole ? La situation entre nous sera encore plus tendue et je regretterai pour le reste du semestre de m'être montrée aussi directe avec lui. Je suis trop impulsive. Je n'ai plus qu'à espérer que cette conversation aura le résultat escompté et qu'il deviendra plus gentil avec moi.

Je sors de mes pensées et ose enfin affronter son regard. Ses pupilles sont dilatées. En fin de compte, j'ai dû toucher un point sensible et blesser son ego. Monsieur pensait qu'il était un gentleman, peut-être ? Malgré la petite fierté que je ressens pour l'avoir remis à sa place, je ne peux m'empêcher de culpabiliser.

Cameron ne réplique pas et tourne les talons. Quant à moi, je reste là, appuyée contre la porte, sans bouger d'un centimètre. Ce n'est que quelques minutes plus tard que je sors enfin de ma transe. Je réunis toutes mes affaires et file me doucher. Je me contente de laisser l'eau chaude tomber sur mes épaules. La confrontation avec Cameron ne cesse de se rejouer dans ma tête. Je n'aurais pas dû me comporter ainsi, ça ne me ressemble pas. Un bruit sourd me ramène au moment présent, celui d'une porte que l'on claque. Je sais maintenant que Cameron vient de partir et que je ne le reverrai certainement pas avant ce soir ou demain. Une nouvelle vague de culpabilité me submerge. Je déteste être fâchée avec quelqu'un. Je fais toujours en sorte de me réconcilier.

On ne sait pas de quoi demain sera fait. S'il lui arrivait quelque chose, je ne me le pardonnerais pas.

*

Il est bientôt l'heure de notre pause déjeuner. Juste avant, j'étais à mon cours de français et, gentiment, le professeur a accepté de nous libérer quelques minutes avant la fin officielle du cours pour que nous puissions aller manger. J'attends Grace devant le bâtiment des beaux-arts depuis maintenant dix minutes.
— Lili !
Je me retourne en entendant mon prénom et aperçois Enzo qui avance vers moi. Il est habillé simplement : un jean, des baskets et un polo blanc. Tout cela est largement suffisant pour le mettre en valeur.
— Salut Enzo, je lui réponds.
— Tu vas bien depuis hier ?
— Super, et toi ?
— Ça va encore mieux depuis que je te vois, lance-t-il.
Je ne peux me retenir de rire face à sa réplique un brin trop séductrice.
— Tu es un piètre dragueur, Enzo. Rassure-moi, tu le sais ?
— Oui ! Mais j'ai réussi à te faire rire donc c'est l'essentiel.
Un sourire sincère s'installe sur mes lèvres. Enzo s'apprête à parler de nouveau mais une voix l'interrompt.
— Lili, je suis là ! crie Grace depuis le parvis de son bâtiment.
En quelques enjambées, elle nous rejoint.
— Grace, je te présente Enzo, et Enzo, voici Grace.

Ils se saluent et nous discutons encore un peu. Enzo nous apprend qu'il est en deuxième année de droit et, pour mon plus grand malheur, mon cerveau me rappelle que c'est également le cas de Cameron. À ce propos, je ne l'ai pas vu depuis que nous nous sommes pris la tête. J'étais quasiment certaine qu'il partirait toute la journée et qu'il reviendrait dans la soirée, mais ça n'a pas été le cas. D'ailleurs, je ne sais pas s'il est rentré. J'ai pourtant attendu sur le canapé jusqu'à un peu plus de 2 heures du matin, la culpabilité m'empêchant de dormir. Mais au bout d'un moment, j'ai compris qu'il ne rentrerait pas ou alors que, s'il rentrait, je serais la dernière personne qu'il aimerait voir. Je suis donc partie me coucher. Ce matin, j'ai croisé Evan et nous avons discuté tous les deux devant un bon petit déjeuner. À ma grande surprise, il ne m'a posé aucune question sur Cameron : il devait sans doute savoir où il était – après tout, c'est son meilleur ami. C'est décidé, lorsque je serai à l'appartement, j'irai m'excuser auprès de Cameron.

Enzo finit par nous quitter pour rejoindre sa résidence. Grace et moi avançons vers la cafétéria. Durant le trajet, je lui raconte la conversation que Cameron et moi avons eue hier. Elle m'écoute attentivement puis réfléchit un court instant avant de prendre la parole :

— Tu connais *After*, l'histoire écrite par Anna Todd ?

— Oui, je dis, légèrement suspicieuse. Mais je ne vois pas le rapport entre cette histoire et Cameron et moi.

— Bien sûr ! lance-t-elle en traînant sur le dernier mot.

— Non, je te jure, Grace ! Je ne vois pas comment cette histoire pourrait être comparable avec la « relation » que j'ai avec Cameron.

— Au début du récit, Tessa et Hardin se détestent mais, à la fin, ils sont ce que l'on peut qualifier de plus qu'accros l'un à l'autre. Tu ne connais pas l'expression « De l'amour à la haine, il n'y a qu'un seul pas » ? C'est clairement adapté à la situation !

— Grace, je dis, exaspérée. C'est une fiction, ça ne se passe pas comme ça dans la vraie vie.

— Oh si, crois-moi ! Je suis certaine qu'avant la fin de cette année, et je ne parle pas de l'année scolaire mais de l'année civile, tu seras dingue de lui ! Et avec un peu de chance, lui aussi.

— Qu'est-ce que tu as consommé ce week-end pour raconter de telles bêtises ?

— Absolument rien, je le jure ! Mais tu finiras par te rendre compte que je l'avais prédit, Lili.

Je soupire alors que Grace me regarde, un sourire innocent sur les lèvres. C'est à ce moment-là que nous entrons dans la cafétéria déjà pleine d'étudiants. Je ne sais pas où elle a été chercher tout ça mais c'est complètement absurde. Comme s'il allait y avoir quelque chose entre Cameron et moi un jour !

*

Lorsque je franchis le seuil d'entrée du hall de l'immeuble, ma montre affiche 19 heures passées. Je ne pense pas que Cameron et Evan soient déjà rentrés. Je monte dans l'ascenseur avec mon sac de cours et les courses que je viens de faire au Target du campus. Il y a certaines choses typiquement féminines que je préfère acheter moi-même. J'appuie sur le bouton du quatrième, et les portes se referment. Devant l'appartement, je pose tout à terre le temps de retrouver mes clés, coincées au fond de mon sac. Pénétrant dans l'appartement, je suis surprise de voir le sac et la veste de Cameron posés à même le sol à quelques pas de l'entrée. Je ne pensais pas qu'il serait déjà rentré. Je passe en premier par la cuisine pour y ranger les courses puis file dans ma chambre pour y laisser mes affaires et pouvoir enfin enlever ces bottines à talons qui me font souffrir depuis ce matin. Glissée dans mes chaussons en forme de souris, je me sens apaisée. Je sors de ma chambre et mes pas me dirigent vers celle de Cameron. Je frappe mais je n'obtiens pas de réponse. Est-ce qu'il est là au moins ? Pourtant, ses affaires sont dans l'entrée. Je frappe à nouveau, plus fort cette fois-ci, mais je n'entends toujours rien. Pour en avoir le cœur net, j'appuie sur la poignée de sa porte pour l'ouvrir, chose que je regrette immédiatement…

Chapitre 5

Je me suis déjà sentie si gênée que mon seul souhait était de me transformer en petite souris pour pouvoir m'enfuir par le petit trou que j'aurais creusé dans la plinthe du mur. Mais seulement, je n'ai jamais été aussi gênée que maintenant.

Sans que je sache pourquoi, le spectacle se déroulant sous mes yeux me perturbe et je reste bloquée à la porte, ma main droite sur la poignée, les yeux grands ouverts. Après plusieurs secondes, je tente de me dégager mais une des mailles de mon gilet se coince dans la vis tenant la poignée. Pourquoi moi ?

Dans la pénombre de la chambre, je distingue deux corps enlacés sur le lit. Évidemment, la porte que je viens d'ouvrir apporte de la lumière dans la pièce et, sans peine, ils remarquent ma présence. J'aimerais tellement me faire toute petite. Une personne se redresse et, lorsqu'elle se retourne, je reconnais immédiatement Cameron, ses yeux me lancent des éclairs. Maintenant, je donnerais n'importe quoi pour disparaître ou me faire oublier.

Lorsque je remarque que mon colocataire commence à se lever du lit, je ferme les yeux avant de trop en voir.

— Putain mais t'es qui toi ? s'exclame une voix féminine.

Ces mots me sortent brutalement de mes pensées. Je tourne la tête vers le lit, toujours sur mes gardes. Elle est restée allongée mais est désormais recouverte d'un drap.

— Je… euh… suis désolée, je bégaie.

Je relève les yeux vers Cameron : il est maintenant à quelques centimètres de moi, torse nu comme à son habitude mais vêtu d'un bas de jogging.

— Dégage, Lili ! me crie-t-il en saisissant mon bras.

Il s'aperçoit alors que je suis accrochée à la poignée et tire d'un grand coup sur mon gilet, ce qui arrache la maille et, par la même occasion, celles autour. Je le hais, c'était l'un de mes gilets préférés. Il me saisit ensuite par le bras. Malgré mon absence de doute sur sa force à la vue de ses muscles, sa poigne est forte et douloureuse.

— Aïe, Cameron, tu me fais mal, je dis en tentant de me dégager.

Il ne me lâche pas pour autant et m'emmène jusqu'au salon en claquant la porte de sa chambre derrière lui.

— Qu'est-ce qu'il t'a pris ? hurle-t-il.

— Je pensais que tu serais seul, je dis d'une petite voix.

— Et de quel droit tu te permets d'entrer dans ma chambre ?

Pour qui se prend-il au juste ? Cette dernière phrase déclenche ma colère et j'oublie mon embarras.

— Tu vas te calmer, Cameron ! C'est bon, j'ai fait une « erreur », je ne recommencerai plus. C'est pas la peine de monter sur tes grands chevaux. Si je venais te voir, c'était pour m'excuser pour hier matin, mais laisse tomber.

Je ne prends pas la peine d'écouter ce qu'il a à me répondre et pars vers ma chambre. Mais bien sûr, en chemin, je tombe sur sa copine. Je ne la regarde pas et la contourne.

— Petite garce, lâche-t-elle.

— Je te demande pardon ? je rétorque en me retournant vers elle.

Je me retrouve face à une grande brune, habillée d'une courte robe noire. Malgré l'épaisse couche de maquillage couvrant son visage, elle m'a l'air très belle. Elle s'apprête à répondre mais Cameron arrive vers nous et l'attrape par le bras. Elle murmure quelque chose que je n'entends pas. En ayant assez pour la soirée, je rentre dans ma chambre et claque la porte.

*

Avançant sur un devoir, je ne vois pas le temps passer. Lorsque je redresse la tête, il est près de 21 heures. Comme je commence à avoir faim, je me lève du lit, pose mon ordinateur sur le bureau et sors de la pièce. L'appartement m'a l'air calme. Avec un peu de chance, mes colocataires ne sont pas rentrés et je vais pouvoir manger tranquillement devant la télévision. J'attrape un gilet dans la salle de bains puis file dans le salon déposer mon téléphone sur le canapé. En me retournant, j'ai la mauvaise surprise de découvrir Cameron assis au comptoir. Il semble me regarder avec attention.

— Evan arrive avec le dîner. Il se gare.

Je hoche la tête. Cette fois-ci, heureusement, il est habillé. Des images embarrassantes me reviennent en tête alors que je passe à côté de lui. Je n'aurais jamais dû entrer dans sa chambre. Une chose est sûre, je ne recommencerai plus !

— Il faut des couverts ?

— Je ne sais pas.

Dans le doute, je sors assiettes, verres et couverts que je pose sur la table. Je m'apprête à retourner dans le salon en attendant qu'Evan arrive lorsque je sens la main de Cameron se poser sur mon avant-bras. Je me retourne.

— Oui ?

Il me regarde attentivement.

— Écoute, Lili, pour tout à l'heure, je voulais te dire que…

Cameron est interrompu par l'ouverture de la porte d'entrée. Sa main me lâche et vient se reposer sur sa cuisse qu'il bouge nerveusement.

— Salut les amis ! crie Evan en entrant dans l'appartement.
— Tu voulais dire quoi ? je reprends plus bas.
— Rien d'important.

Son ton est redevenu froid et distant. Je ne comprendrai jamais ce garçon, il est si… compliqué !

Evan arrivant dans la cuisine les bras chargés, je me colle contre le mur pour le laisser passer.

— Qu'est-ce qu'on mange ? je demande.
— J'ai pris des sushis.

Je grimace. J'ai essayé un nombre incalculable de fois de manger du poisson cru mais, il n'y a rien à faire, je n'aime pas. Cependant, je ne dis rien et m'assieds à côté de Cameron. Evan commence à sortir les boîtes du sac en papier et les pose sur le comptoir.

— Tu m'as pris des yakisoba ?
— Oui, tiens, dit Evan en lui tendant une cup.

Cameron ouvre la boîte et j'aperçois à l'intérieur des nouilles sautées. Ça a l'air tellement meilleur que les sushis que me présente Evan. Je le remercie tout de même et tente de cacher ma grimace de dégoût par un sourire crispé. Je me lève rapidement et sors du réfrigérateur une bouteille d'eau. Peut-être qu'en avalant les bouchées avec une grosse gorgée d'eau, ça passera mieux ?

— Bon appétit !
— Bon appétit, je réponds en chœur avec Cameron.

Nous commençons à manger. Je tente de goûter le premier sushi posé devant moi mais je n'arrive pas à l'avaler. Discrètement, je le recrache dans ma serviette.

— Ça va pas, Lili ? Tu ne manges rien depuis tout à l'heure.

Je relève la tête. Evan me regarde avec attention.

— J'ai pas très faim, c'est tout.

— Tu n'aimes pas les sushis, c'est ça ?

La perspicacité de Cameron m'étonne.

— Non, j'avoue d'une petite voix. Je trouve ça infâme, pour être honnête.

— Enfin quelqu'un qui n'aime pas et qui est d'accord avec moi ! s'exclame Cameron en levant les bras.

Je souris.

— Désolé alors, s'excuse Evan. Je pensais que tu aimerais, je n'ai rien acheté d'autre.

— C'est rien, je le rassure. Je vais prendre un yaourt. Je n'ai pas très faim.

Je m'apprête à me lever mais la voix de Cameron me coupe dans mon élan :

— Tiens, prends mes nouilles, dit-il en me tendant ses baguettes.

— Je ne disais pas ça pour ça !

— Je sais. Mais il faut se soutenir entre personnes n'aimant pas les sushis, rit-il.

— Tu ne veux pas en manger plus ?

— Non, j'en ai assez pour ce soir.

— Merci alors, je dis à la fois heureuse et gênée.

Il esquisse un sourire et sort de la cuisine, nous laissant Evan et moi. Mon colocataire me regarde, un léger rictus sur les lèvres.

— Qu'est-ce qu'il y a ? je lui demande.

— Rien ! répond-il en haussant les épaules.

Je ne comprends absolument rien. La tête pleine de confusion, j'attrape les baguettes de Cameron et commence à manger.

*

Le lendemain, aux alentours de 19 h 30, je suis de retour à l'appartement après avoir travaillé tout l'après-midi à la bibliothèque. Lorsque j'ouvre la porte d'entrée, je suis surprise d'entendre du brouhaha provenant du salon. Il semble qu'Evan et Cameron soient là. Je dépose mon sac et m'avance vers eux. Je remarque alors que seul Evan est présent mais il est avec quatre autres garçons.

— Salut, je dis timidement.

— Lili ! Viens, je te présente la bande, lance Evan.

Il commence par désigner de la main un blond aux yeux verts, qui a le parfait look californien et me fait immédiatement penser à un Grace masculin. Il se nomme Brad. Ensuite, mon colocataire désigne un brun très typé, Rafael. Je reconnais rapidement ses origines qui doivent être mexicaines ou, en tout cas, latines. Le troisième garçon s'appelle James et je suis surprise par sa forte ressemblance avec Brad. C'est sans étonnement que j'apprends qu'ils sont frères. Seul leur look diffère : James a un style plutôt anglais, un peu sage. Mais dans tous les cas, ces trois-là sont tous très grands et bien bâtis, à l'image de Cameron et Evan.

— Salut Lili !

Le quatrième, qui me tournait le dos, pivote vers moi et, surprise, je reconnais Enzo.

— Enzo ! je m'exclame. Comment vas-tu ?

— Super bien, et toi ?

Il s'approche de moi et m'étreint brièvement.

— Ça va aussi !

— Vous vous connaissez ? s'étonne Evan.

— Oui, on s'est rencontrés sur le campus, lui répond Enzo.

La présentation s'arrête là et je m'assieds avec eux, juste à côté d'Enzo qui s'est décalé pour me laisser une place. Cameron arrive quelques minutes plus tard, des boîtes de pizzas dans les mains.

Durant le repas, j'apprends à connaître les garçons. Ils sont tous très gentils. Ils fréquentent la même salle de sport pas loin du campus et c'est comme ça qu'ils se sont rencontrés, sauf Evan et Cameron qui se fréquentent depuis qu'ils sont enfants.

— Ce week-end, ils annoncent des bonnes vagues, ça vous tente qu'on aille surfer à Manhattan Beach ? propose Rafael.

— Mais carrément, s'exclame Brad. Ça fait super longtemps en plus !

— Je crois que la dernière fois c'était un peu après la tempête, quand la planche de Cam s'est cassée dans les rouleaux, répond James.

Les garçons continuent de se remémorer cette journée qui, semble-t-il, devait être haute en couleur. Je décide de les laisser parler entre eux et me lève pour aller débarrasser la cuisine. Je jette les bouteilles de bière déposées sur le plan de travail ainsi que les canettes de thé glacé que j'ai bues. Il ne me reste plus qu'à jeter les boîtes à pizzas et remplir le lave-vaisselle pour que la cuisine redevienne toute propre.

Je suis en train de charger le lave-vaisselle, chantonnant l'air de *Hold on, We're Going Home* de Drake, lorsque je sens deux mains se poser dans le creux de mes reins. Je lâche un petit hoquet de surprise, et le bol qui était dans mes mains finit au sol, cassé en mille morceaux.

— Je suis désolé, Lili.

Je reconnais immédiatement la voix d'Enzo.

— Non, c'est pas grave. J'ai juste été… surprise !

Je lui fais un petit sourire pour le rassurer puis me baisse pour ramasser les débris.

— Lili, je vais t'aider.

— Non, non t'inquiète, ça va.

Malgré mes protestations, Enzo décide de m'aider et je dois avouer que j'apprécie son geste.

— Merci, je lui dis avec un petit sourire.

— Je t'en prie, me répond Enzo avec le même sourire.

Je jette les morceaux dans la poubelle puis me tourne vers lui.

— Tu n'as qu'à rejoindre les autres, je vais continuer de ranger. Crois-moi, ça n'a rien d'intéressant !

— Je vais continuer à t'aider, me lance-t-il en attrapant le torchon posé sur le plan de travail.

— Quoi ? Non, c'est bon, vraiment !

— J'insiste. Tu n'es pas ma bonne, voyons.

Il ne décroche à aucun moment son regard du mien, ce qui me déstabilise fortement, et, résignée, je finis par acquiescer.

— Qu'est-ce que tu fais là, mec ?

Je n'ai nullement besoin de me retourner pour savoir que cette voix n'est autre que celle de Cameron.

— J'aide Lili à faire la vaisselle, ça se voit pas ? répond Enzo en riant.

— Si, si, mais je veux dire : pourquoi tu l'aides ? Elle peut le faire toute seule. Ce doit probablement être dans ses cordes… enfin… vu qu'il y a de la vaisselle cassée au sol, je n'en suis pas certain…

Je n'y crois pas !

— T'es qu'un connard, Cam, réplique Enzo.

— Je suis sérieux. Il faut que je te parle, donc laisse Cendrillon s'occuper et suis-moi.

Me voyant affublée de ce surnom, je ressens soudainement l'envie de lui lancer au visage la première chose qui me viendrait sous la main. Cette idée me frôle l'esprit plusieurs secondes avant de céder face à la raison. Pour qui se prend-il au juste ?

Enzo soupire longuement avant de suivre Cameron jusqu'au salon sans oublier de m'adresser un sourire, auquel bien sûr, je réponds.

Je finis de charger le lave-vaisselle et, pas plus de dix minutes plus tard, la cuisine est propre et parfaitement rangée. Même si rejoindre les garçons dans le salon inclut de voir Cameron, je ne vais pas me gêner. Pour être honnête, je n'ai pas encore digéré le « Cendrillon ».

Je m'avance tout de même doucement vers le canapé où tous les six sont assis avec une manette de console dans la main et reste en retrait.

— Viens, Lili ! m'appelle Enzo qui est installé sur le bout de l'angle du canapé.

Je hoche la tête et me dirige vers la place qu'il désigne entre James et lui. En m'asseyant, je remarque que seuls Evan, Brad, Rafael et Cameron tiennent une manette. Les autres les soutiennent.

— Désolé pour tout à l'heure, me chuchote Enzo dans l'oreille.

— Ça ne fait rien.

— Si, ce n'est pas parce que c'est mon pote que je dois cautionner la façon dont il te parle.

Il est si près de moi que je sens son souffle chaud caresser mon cou. Ses lèvres sont à un doigt du point sensible se situant juste derrière mon oreille. Je suis troublée par sa proximité. Des injures éclatent la bulle de plénitude dans laquelle j'étais. Je tourne la tête.

— Putain Cam tu fais chier ! s'écrie Evan en s'enfonçant dans le canapé.

— Qu'est-ce qui s'est passé ? demande Enzo.

— Cet abruti nous a fait perdre tout ça parce qu'il matait je ne sais quoi au lieu de se concentrer sur l'écran.

J'ose enfin regarder dans la direction de Cameron : ses yeux sont posés sur moi. Un violent frisson me parcourt le corps mais, pour je ne sais quelle raison, je ne décroche pas une seule seconde mon regard du sien. Il est si intrigant. Je ne sais jamais ce qu'il peut penser de moi, c'est perturbant. Je me sens attirée par lui mais, au fond de moi, je sais que cette attirance ne provient que du fait qu'il ne m'accorde aucune estime et que j'aimerais à tout prix en connaître la raison.

Cameron sort alors son téléphone de la poche arrière de son jean. La lumière qui se reflète sur son visage m'indique qu'il l'a déverrouillé. Je détourne rapidement la tête, priant pour qu'il n'ait pas remarqué que je continuais de le fixer, mais le petit rire qui me parvient aux oreilles m'indique le contraire. Mince.

— Les mecs, il est l'heure, s'exclame Cameron d'une voix dépourvue d'une quelconque émotion.

— L'heure de quoi ? je demande, surprise.

— On a un truc à faire en ville, ma belle, m'informe Enzo.

— Quel genre de truc ?

Ma curiosité a été piquée à l'extrême. Toutes ces choses laissées en suspens m'intriguent énormément. Je finirai bien par découvrir tous leurs petits secrets. Parole de reporter.

— On peut pas t'en dire plus, me dit Rafael.

Leur demander pourquoi me brûle les lèvres mais je me tais. Les garçons se lèvent et se dirigent vers la porte après avoir rassemblé leurs affaires. Bien entendu, le premier à sortir de l'appartement n'est autre que Cameron. Il porte un grand sac de sport. Avant de partir, Enzo traîne un peu, se penche vers moi et m'embrasse délicatement sur la joue. Cette attention me fait plaisir. Je ne le connais que très peu mais je l'apprécie déjà beaucoup.

— Je suis désolé, Lili, mais je dois y aller. On se voit plus tard ?

— Oui, bien sûr.

— Tiens, dit-il en me tendant son téléphone. Rentre ton numéro, je t'enverrai un message.

Je m'exécute.

— Voilà !

Il me sourit.

— T'as fini ?

Le ton que Cameron a employé pour s'adresser à Enzo me sidère. À quelques détails près, un patron peu délicat s'adresserait de la même façon à son employé. Qu'est-ce qu'il cache ? Qu'est-ce qu'ils me cachent tous ?

— Ça va, mec, j'arrive, répond Enzo d'un ton las.

Sans un mot, Cameron s'éloigne et se dirige vers l'ascenseur. Enzo m'adresse un dernier signe de la main puis le suit en refermant la porte derrière lui. Je verrouille l'entrée. Je ne l'aurais peut-être pas fait avant mais, maintenant qu'il y a eu le livreur flippant, je prends toujours cette précaution.

*

Une porte qui s'ouvre avec fracas, des pas lourds, quelque chose qui tombe puis se casse. Je me réveille en sursaut toute haletante dans mon lit. Mais il n'y a plus rien, tout est redevenu calme, ça ne doit être qu'un cauchemar. Je me rallonge, referme les yeux et tente de me rendormir mais, quelques secondes plus tard, un nouveau bruit, léger certes, me fait frissonner. Ce sont des voix, des chuchotements imperceptibles. Qui est-ce ? Il est à peine 2 heures du matin. Lorsque les garçons sont partis, il était minuit passé et, les connaissant, ils ne seraient pas déjà de retour. Et si c'était le livreur, accompagné d'une autre personne, qui venait cambrioler l'appartement ? Et s'ils me trouvent, qu'est-ce que je ferai ? Cette idée me fait froid dans le dos. Je saisis mon téléphone posé sur la table de nuit et compose le numéro d'Evan. Pour mon plus grand malheur, il ne répond pas et je tombe directement sur sa messagerie. Évidemment, je n'ai pas le numéro de Cameron. Je réessaie d'appeler Evan mais, une nouvelle fois, il ne décroche pas. Je ne dois surtout pas paniquer.

J'ai l'impression que les voix se rapprochent. Je ne peux pas rester là sans savoir de qui elles proviennent ni ce qui va m'arriver. Je sors de mon lit à la fois le plus rapidement et le plus silencieusement possible puis rejoins le dressing. J'enlève tous mes sous-vêtements d'une des étagères et tire sur cette dernière de toutes mes forces pour la décrocher.

Il ne me reste plus qu'à sortir de la chambre et à assommer les cambrioleurs. Plus facile à dire qu'à faire… Je saisis mon courage à deux mains et sors de ma chambre en catimini. Le couloir est plongé dans le noir mais une faible lumière me parvient du salon. Je m'approche doucement et ce que je vois me glace le sang. Incapable de bouger, je m'effondre au sol.

— Lili, Lili.

Je sens deux mains se poser sur mes épaules et, dans la seconde qui suit, on me secoue. Mes yeux sont toujours clos et je peine à les ouvrir. Mon dos me fait mal et je devine rapidement que c'est dû à ma chute. J'ai pourtant essayé de me retenir au mur. Je suis beaucoup trop sensible. Dans un premier temps, j'ai été soulagée lorsque j'ai vu qu'il s'agissait de mes deux colocataires. C'est après que ça a basculé… J'ai alors aperçu le sang présent sur le sol mais, surtout, sur Evan et Cameron. Cette vision d'horreur, cumulée au stress des possibles cambrioleurs, m'a complètement fait perdre pied et il n'a fallu qu'une nanoseconde pour que je me retrouve les quatre fers en l'air.

— Lili, j'entends à nouveau.

Cette fois-ci, j'ouvre les yeux et le visage inquiet d'Evan est la première chose que je vois. Je suis toujours allongée sur le sol. Evan ne perd pas une seconde de plus et me redresse pour me serrer dans ses bras. Habituellement, lui qui est si décontracté, me paraît maintenant extrêmement tendu. Je réponds à son étreinte, espérant le rassurer.

— Je vais bien, Evan, je dis en m'écartant.

— Tu m'as fait peur, Lili, quand tu es tombée.

— Je sais… Mais quand j'ai vu Cameron, toi, le sang, j'ai eu un moment de panique et, sans trop comprendre ce qui se passait, je me suis effondrée. Mais ça va maintenant, ne t'en fais pas.

Evan affiche un petit sourire mais je remarque bien que ce dernier s'évanouit au moment où il tourne la tête vers le canapé où est toujours assis Cameron. Evan m'aide à me relever puis se dirige vers la salle de bains. Quant à moi, je rejoins Cameron. Lorsque j'aperçois de plus près son visage tuméfié, je ne peux m'empêcher de lâcher un petit cri.

— Oh mon Dieu, je m'exclame. Que s'est-il passé ?

— Tous les deux, on est tombé sur une bande et on s'est battus, me répond-il d'un air détaché malgré sa lèvre enflée.

Je hoche la tête et me tourne vers Evan qui revient, un amas de produits dans les mains.

— Je vais t'aider, Evan, je dis.

Il me remercie d'un léger sourire. J'attrape le désinfectant et quelques compresses afin de les appliquer sur les plaies couvrant son visage.

— Ça risque de piquer.

— J'ai l'habitude, réplique Cameron.

Je verse de l'alcool sur une compresse puis l'approche de la coupure de sa joue gauche. Lorsque je la pose, Cameron esquisse un mouvement de recul et grimace brièvement.

— Les garçons ne sont pas avec vous ? je demande en frottant avec douceur.

— Non, ils sont rentrés chez eux, me répond Evan. Enlève ton polo, dit-il en s'adressant à Cameron qui s'exécute.

Une nouvelle fois, je ne peux m'empêcher de lâcher un hoquet d'horreur quand mes yeux se posent sur les énormes hématomes dispersés sur son torse.

— Ça va aller, me rassure Evan en m'attrapant la main. On en a connu d'autres.

— Comment ? je dis.

— Comment quoi ? continue Cameron.

— Tout ça ! je m'exclame. Vous rentrez tard, vous revenez tachés de sang... Quand j'étais avec Grace et qu'il y a eu cette histoire de livreur, vous avez eu une drôle de réaction ? Je sais que vous cachez quelque chose et je veux savoir ce que c'est.

— Arrête de tout vouloir savoir, Lili, ça ne te concerne pas, lâche sèchement Cameron.

Le ton qu'il a employé ne me pousse pas à lui répondre mais, pourtant, je continue :

— Vous êtes quoi ? Des gangsters ? je demande d'un ton moqueur, ce qui me vaut un regard noir de Cameron. Attendez, vous dealez ? Vous tuez des gens ? C'est ça ?!

En prononçant ces derniers mots, ma voix devient plus aiguë.

— Ferme-la, Lili, tu ne sais rien et tu ne sauras jamais rien.

— Laisse tomber, Lili, dit plus calmement Evan.

— Vous êtes deux abrutis.

Ces mots ne sont pas loin d'être pitoyables mais c'est la seule chose que j'arrive à articuler. D'autres insultes me viennent en tête mais je préfère les chasser, ne voulant pas jurer comme un charretier. Ce qui de toute manière s'avérerait inutile puisque Cameron ne m'en dirait pas davantage.

Evan reste muet et baisse la tête tout en continuant de soigner le torse de Cameron qui pour la énième fois de la soirée me foudroie du regard.

Je suis en colère contre eux. Et je crois bien que je le suis encore plus contre moi. C'est vrai, je ne devrais pas exiger de savoir ce qu'ils me cachent, je ne suis que leur colocataire, pas leur amie. Ils n'ont pas de comptes à me rendre. Et pourtant, c'est plus fort que moi. Je me sens impliquée dans leurs histoires. J'ai besoin de savoir qui ils sont réellement et ce qu'ils font pour être si mystérieux. Mon instinct ne me trahit pas souvent et, sur ce coup, je lui fais totalement confiance.

Ils pensaient peut-être que je croirais leur « on est tombés sur une bande et on s'est battus ». Mais non, je n'y crois pas. S'ils s'étaient réellement battus, comment expliquer que seul Cameron soit blessé ?

C'est le meilleur ami d'Evan, celui-ci ne l'aurait jamais laissé se battre sans l'aider. Toutes leurs excuses ne tiennent pas la route. Tout comme le comportement des garçons après que Cameron a annoncé qu'ils devaient partir. Avec le recul, je me souviens de leur léger changement de comportement. Ils semblaient plus concentrés, moins joyeux que durant la soirée. Cependant, je choisis de ne rien dire de plus pour ce soir, il est inutile de créer un nouveau conflit à cette heure de la nuit.

Evan et moi continuons donc de soigner Cameron. Evan s'occupe de ses hématomes et moi de son visage. Durant ces quelques minutes de silence, la tension qui s'était installée s'est maintenant apaisée pour mon plus grand soulagement.

Il ne me reste plus que sa bouche à soigner et j'ai l'impression que c'est cette zone qui est la plus abîmée. Je saisis une nouvelle compresse que j'imbibe de désinfectant. Pour mieux nettoyer sa plaie, je m'assieds à côté de lui, son pantalon taché touchant la peau nue de ma cuisse. Sans que je m'en rende compte, ma poitrine, dissimulée sous mon débardeur, se retrouve collée à une partie du torse de Cameron ainsi qu'à son bras. Ce contact entre nos peaux, bien qu'innocent, déclenche en moi une multitude de sensations, jusque-là inconnues. Ma gorge devient sèche et ma peau se couvre de chair de poule. Me retrouvant tout près de son cœur, j'arrive sans mal à en sentir les battements. Ils sont étonnamment rapides et je suis certaine que les miens doivent l'être tout autant. Je hais les sensations que je peux éprouver lorsque je suis près de lui. Ce n'est probablement que de l'attirance. Une foutue attirance envers quelqu'un de particulièrement beau et musclé. Ça paraît si superficiel, dit comme ça... Je ne suis pas ce genre de personne. Je dois me contrôler.

Je déglutis, tentant de me reprendre, et me tortille mal, à l'aise. Je romps notre contact en me penchant de nouveau sur la table basse pour attraper une dernière compresse et ainsi, finir de le soigner.

Lorsque je me redresse sur le canapé, il tourne sa tête vers moi et je place ma main sous son menton pour qu'il soit plus stable et faciliter le soin. Ce n'est qu'après quelques secondes que je m'aperçois que nos visages sont proches, trop proches. Tout en tapotant sa lèvre avec la compresse, je relève mes yeux vers les siens. Ils sont déjà rivés sur quelque chose et, sans peine, je remarque que c'est sur mes lèvres que son regard est bloqué. C'est horriblement gênant. Je sens mon pouls s'accélérer. Nul besoin d'un miroir pour deviner que mes joues ont pris une nouvelle teinte : rosée, peut-être même rouge vif. Heureusement pour moi, la faible luminosité de la pièce camoufle cette coloration. Ses yeux finissent pas remonter et mon embarras s'accroît lorsque son regard se verrouille au mien. *Reste concentrée, Lili.* Mais plus que mal à l'aise, je me dépêche de finir de soigner sa lèvre.

— D'ici demain déjà, ça ira mieux, intervient Evan.

J'acquiesce et me relève du canapé. Le regard de Cameron est toujours posé sur moi et, nerveusement, je tire sur les pans du short me servant de pyjama. C'est à ce moment-là que je regrette que les nuits à Los Angeles ne soient pas plus fraîches et que mon pyjama ne soit pas un bon vieux gros jogging.

— Vous avez soif ? je demande pour sortir de la pièce.

— Je veux bien un verre de lait, me répond Evan. Et toi, Cam ?

— De l'eau s'il te plaît.

Sans plus attendre, je me dirige vers la cuisine et attrape trois verres dans le placard. Je me sers un verre d'eau que je bois, remplis les autres verres et retourne dans le salon où sont toujours assis Cameron et Evan.

— Tenez, je dis en leur tendant les verres.

— Merci, me fait Evan, et Cameron se contente d'afficher un léger sourire sur ses lèvres encore gonflées.

L'atmosphère de la pièce est toujours aussi pesante.

— Je vais me coucher alors, bonne nuit.

— Bonne nuit, Lili, et encore merci, me dit Evan, avec un sourire auquel je réponds.

Je m'arrête dans la salle de bains pour me laver les mains. Du sang y a séché et la forte odeur du désinfectant commence à me monter à la tête. Je n'ai qu'une hâte, retrouver mon lit ! J'ai quasiment atteint la porte de ma chambre lorsqu'une main se pose sur mon épaule. Je suis surprise en découvrant qu'il s'agit de Cameron.

— Lili ?

Sa voix ne respire pas son assurance habituelle. Cette fois-ci, il m'a l'air hésitant. « Cameron » et « hésitant » sont deux mots qui ne vont pas ensemble dans la même phrase.

— Oui ?

— Je… hmm… merci pour tout à l'heure, bafouille-t-il.

De la reconnaissance. Cameron vient-il de se montrer reconnaissant ou je rêve ? Je dois certainement être en train de rêver et, d'une minute à l'autre, je vais sans doute probablement me réveiller, confortablement allongée dans mon lit.

— Eh ben de rien, je bafouille à mon tour.

Pourquoi, lorsqu'il est aussi près de moi, je perds toute assurance ?! Ça doit être la troisième ou quatrième fois aujourd'hui. Pourquoi je ne garde pas la tête haute, en gonflant mes muscles pour lui faire face ? Pourquoi ? *Parce que tu n'as pas de muscles*, se moque ma conscience. Elle ne peut pas se taire celle-là ?! J'essaie de trouver une réponse à mes questions, là.

— Qui doit se taire ? me demande Cameron.

Oh mon Dieu, ne me dites pas que j'ai prononcé cette phrase à voix haute. Comme dirait Charlie, le fils de mon beau-père, c'est la loose. Je ne peux pas être plus d'accord avec lui et son expression qu'en ce moment même.

— Si, Lili, tu as dit cette phrase à voix haute mais, ne t'inquiète pas, c'est pas la loose mais la grosse loose. Allez, bonne nuit, lâche-t-il avant de tourner les talons et de rentrer dans sa chambre.

Rectification, il n'a pas changé et même pas changé d'un poil.

Je me dépêche de pénétrer dans ma chambre et ferme la porte à laquelle je m'adosse. Je suis maudite. Le karma doit sûrement m'en vouloir, mais le problème, c'est que je n'ai aucune idée de ce que j'ai bien pu faire pour qu'il me tombe dessus comme ça.

J'arrête de me triturer l'esprit et file me mettre au chaud dans mon lit. Quelques heures de sommeil, voilà ce dont j'ai besoin.

Chapitre 6

Mes cours sont terminés depuis un peu plus d'une heure, je suis enfin en week-end. Comme cette semaine a été très longue et très chargée, j'ai besoin de décompresser. C'est pour cette raison que j'appelle Enzo quelques minutes plus tard pour lui proposer d'aller courir. La température aujourd'hui n'ayant pas été trop élevée, c'est le temps idéal pour faire du sport en extérieur. Nous nous donnons rendez-vous devant ma résidence à 16 heures, ce qui me laisse un peu de temps pour me préparer.

Une demi-heure plus tard, je sors de l'appartement prête pour aller courir. J'ai revêtu mes baskets de running rose habituelles, ainsi qu'un legging et une brassière de sport.

Je regarde ma montre, il n'est pas encore l'heure. Comme toujours, je suis légèrement en avance mais je profite de ces quelques minutes d'attente pour commencer à m'échauffer.

— Salut Lili !

Je me retourne et c'est sans surprise que je vois Enzo arriver vers moi, son éternel sourire sur les lèvres. On peut dire que ça me change de Cameron. À ce propos, je ne l'ai quasiment pas croisé de la semaine. Ses blessures ne se voient presque plus, il reste juste quelques marques de ses hématomes et sa lèvre est encore légèrement abîmée. Quand j'y réfléchis bien, je ne le vois que le week-end. Pas que ça me dérange de le voir si peu, bien sûr. Me rendant compte que mes pensées sont uniquement dirigées vers Cameron, je me concentre sur Enzo pour y mettre fin.

— Coucou, je dis en lui souriant.
— T'es prête ?
— À ton avis ?

Et sans attendre plus longtemps, je me mets à courir. Derrière moi, j'entends Enzo rire avant de me rattraper. Comme je sais que je ne tiendrai pas ce rythme soutenu, je ralentis et nous trottinons tout en douceur. Je sens bien qu'Enzo fait des efforts pour que son allure ne soit pas trop élevée par rapport à la mienne. Je lui en suis reconnaissante car je suis certaine que, sans ça, je n'arriverais pas à le suivre.

Après une bonne demi-heure de course, je commence à avoir la gorge sèche et demande à Enzo si nous pouvons nous arrêter quelques minutes à l'une des sources d'eau présentes le long des allées du campus. Il accepte. Je profite de cette petite pause pour reprendre mon souffle. Les semaines passées sans faire de sport à cause, entre autres, de mon opération se font ressentir maintenant. Je sens d'ores et déjà les nombreuses courbatures que j'aurai demain matin en me levant.

— Lili ?
— Oui ?
— Ça te dirait de venir avec nous demain ?

Je me rappelle alors leur conversation de mardi soir.

— Pour surfer ?
— Oui, répond-il avec un sourire.
— Je ne sais même pas surfer !
— C'est pas grave, je t'apprendrai.
— C'est gentil mais je ne suis pas sûre d'être la bienvenue à votre petite sortie.
— Tu rigoles, j'espère ? Les gars t'adorent déjà !
— T'oublies Cameron, lancé-je.
— Tu t'en fous de Cameron, fais comme s'il n'était pas là. Tu ne vas quand même pas tout faire en fonction de lui ?
— Tu as raison, mais ça ne me dit trop rien de venir.

— Même pas pour la magnificence des plages de la côte Ouest et... pour moi ?

Je relève la tête vers lui et l'aperçois en train de me toiser avec des petits yeux.

— Je sais ce que tu es en train de faire et ça ne marchera pas !
— Allez, Lili, viens !
— J'ai pas envie, Enzo.
— On va bien s'éclater, tu verras. Allez !
— Tu lâcheras rien ?

Il secoue la tête de gauche à droite. Bon, passer une journée à la plage ne peut m'être que bénéfique, non ?

— Bon, dans ce cas, je viens, je bougonne.
— Super !

Super, oui, c'est le mot. Je ne sais absolument pas à quoi m'attendre. Vais-je m'amuser ou au contraire m'ennuyer ? Les garçons seront-ils gentils avec moi alors que je m'incruste légèrement à leur sortie surf et détente ? Je ne sais pas comment se déroulera cette journée mais, en tout cas, je sens qu'elle va être pleine de surprises...

Saisissant l'occasion pour en apprendre plus, je demande :

— Tiens, Enzo, qu'est-ce qui s'est passé mardi soir ?

Il se tourne vers moi et fronce les sourcils.

— Comment ça, qu'est-ce qui s'est passé ?
— Oui, avec Cameron. Evan et lui sont rentrés tard et il était blessé. Ils m'ont dit que vous étiez tombés sur une bande.
— Oui, c'est vrai.
— Ce qui est bizarre, c'est que Cameron est le seul à avoir été amoché, il me semble. Evan n'a rien et toi non plus visiblement.
— Cam a vite répliqué et ils sont partis. On n'a pas eu le temps de l'aider.
— Vraiment ? je dis sceptique.

Il hoche rapidement la tête.

— Ça vous arrive souvent ce genre de… problèmes ?
— Non, presque jamais.
Nous sommes de retour devant l'immeuble.
— On se voit demain alors ?
— Oui, répond-il. Je passe te chercher à 15 heures, ça te va ?
— Très bien. Bonne soirée, Enzo.
— À toi aussi.

Je le remercie et rentre dans l'immeuble. Je ne crois absolument pas leur histoire. Cependant, Enzo avait plutôt l'air sûr de lui, il ne bafouillait pas. Seulement, ça ne colle pas avec la version d'Evan qui m'a dit qu'ils étaient seuls, Cameron et lui. Pourquoi Enzo me ment-il ? Ou alors est-ce Evan ? Que m'a-t-il dit déjà ? Je suis en pleine confusion. « Les garçons sont rentrés chez eux. » Avec du recul, il ne m'a pas précisé quand ils étaient rentrés chez eux. Si je veux savoir lequel des deux a menti, je vais devoir déterminer à quel moment l'équipe s'est séparée.

Je soupire tout en montant les étages. Cette bande de copains m'a l'air assez soudée. Dans ce cas, pourquoi Cameron aurait été seul au-devant du danger et pourquoi ses amis ne sont pas montés dans l'appartement pour être certains qu'il allait bien ? Il y a clairement anguille sous roche. Échafaudant un plan dans ma tête, je me promets d'en parler lundi à Grace.

Une bonne douche va me remettre les idées en place, j'en suis certaine. Et avec un peu de chance, le jet d'eau noiera mes pensées qui sont étrangement toujours tournées vers mon ténébreux colocataire.

Je sors de la salle de bains, bien emmitouflée dans ma serviette, et rentre dans ma chambre pour m'habiller. J'attrape une longue robe blanche et des sous-vêtements assortis, et les enfile. Si je suis courageuse, j'irai peut-être à la librairie m'acheter un livre avant de dîner. En sortant dans le couloir, je croise Evan.

— Tiens, Lili, ça te dit qu'on aille chercher quelques décorations pour l'appartement ? Histoire d'ajouter un peu de toi dans notre logement.

— Oui, carrément ! je m'exclame, heureuse par cette proposition.

— Je vais demander à Cam s'il veut venir avec nous. Si on part dans vingt minutes, c'est bon pour toi ?

— Parfait !

Evan attrape son téléphone pour appeler Cameron qui n'est pas encore rentré.

Comme prévu, une vingtaine de minutes plus tard, nous sommes tous les trois en voiture. Cameron a mis de la musique après avoir demandé à Evan si ça le dérangeait, mais n'a cependant absolument pas tenu compte de moi à l'arrière. *Charmant.* J'ouvre ma vitre et laisse la chaleur californienne me caresser le visage.

Nous arrivons devant un magasin de décoration assez élégant. Je pensais que nous irions seulement chez Ikea mais, visiblement, je me trompais. Je suis déjà venue dans ce genre de magasin avec ma mère quand nous avons emménagé avec mon beau-père et Charlie. Je sais aussi très bien que ce n'est pas adapté à un budget étudiant. Mais Cameron y entre sans souci et salue la vendeuse par son prénom. Lorsque je l'entends du trottoir, je lève les yeux au ciel. Encore une groupie de Cameron. J'en ai rencontré une dans mon cours de journalisme. Je ne me rappelle plus son nom, mais elle, elle savait que j'habitais avec Cameron Miller. Rien que d'y penser, ça me fait soupirer. Evan se tourne vers moi.

— Tu viens, Lili ?

J'entre à mon tour et je constate que la groupie de Cameron a une cinquantaine d'années et qu'elle connait aussi Evan. Je retire ce que j'ai dit... Le magasin est grand. Devant se trouvent des meubles de bonne qualité et je vois l'exacte réplique de notre canapé. J'aperçois le prix, neuf cents dollars. Une chose est sûre, je ne mettrai plus jamais les pieds dessus. Le fond du magasin a un côté beaucoup plus industriel. Un peu comme si le devant de la boutique nous faisait entrer dans un univers et que le stock se trouvait dans le fond. Je regarde autour de moi et j'ai la surprise de voir des choses tout à fait mignonnes et à un prix abordable. Comme plusieurs objets m'intéressent, je prends un carnet et y note les références afin d'en parler aux garçons.

C'est alors que mon œil est attirée par une lampe girly. Il me la faut. Je sais exactement où la mettre dans l'appartement mais, avant ça, je dois l'attraper or elle est placée trop haut pour moi. Je maudis ma petite taille et cherche un marche-pied. Je n'en remarque pas, mais je vois Cameron.

— Cameron, je commence. Tu veux bien m'attraper la lampe à motifs brodés là-haut ?

Les bras croisés sur son torse, il me domine de toute sa hauteur. Je dirais même qu'il me toise. Je regrette instantanément de lui avoir demandé ce service. Mais peut-être qu'il n'est pas aussi dénué de cœur qu'il semble l'être et qu'il aiderait une demoiselle en détresse ?

— Non.

Surprise et un brin dépitée, je reprends :

— S'il te plaît ?

— Non, j'ai pas envie.

— Tu es sérieux ?

Il hoche la tête et je vois une sorte d'amusement malsain dans ses yeux. Ce garçon est diabolique. Je ne vois que ça.

— Pourquoi ?

— Il y a des choses qui ne s'expliquent pas… Comme le fait que j'aie pas envie de t'aider. T'as qu'à être plus grande aussi. Hein, Lilliputienne ? ajoute-t-il avec un grand sourire.

— T'es vraiment qu'un idiot.

— Bah quoi ? Tu n'es pas une habitante de Lilliput ? On pourrait se demander, vu ta taille. Je pourrais même te glisser dans ma poche de jean.

On me l'avait déjà faite, celle-là, mais quand j'étais au collège. Et venant de lui, sachant qu'il devait la ruminer depuis plusieurs jours, je trouve ça intolérable. Plus qu'atteinte par ses propos, je sens mes yeux devenir humides. Je suis faible. Vexée, et ne voulant pas montrer qu'il m'a blessée, je fais demi-tour et remonte le rayon à la recherche d'un vendeur qui, lui, sera disposé à m'aider. Mais visiblement, Cameron n'est pas décidé à s'arrêter là puisque je l'entends m'appeler :

— Attends, Liliana.

Je ne me retourne pas, même si l'entendre prononcer mon prénom en entier me fait quelque chose.

— Je rigolais. Je peux te l'attraper.

— Je te remercie mais je n'ai plus besoin de ton aide.

J'aperçois un vendeur qui passe dans l'allée centrale du magasin avec un grand chariot rempli de cartons.

— Excusez-moi ! je l'interpelle en criant. Est-ce que vous pouvez m'aider ? Je suis trop petite pour attraper une lampe.

— Avec plaisir, dit-il en avançant vers moi.

Je l'emmène vers l'emplacement de la lampe et je trouve Cameron planté au même endroit. Le vendeur s'étire de tout son corps et c'est alors que je vois un morceau de chair et ses muscles. Je déglutis. C'est vrai qu'il est plutôt baraqué et même beau garçon.

— Voilà, mademoiselle !

Je le remercie.

— Vous pouvez m'appeler Lili, j'ajoute en souriant. Vous allez sûrement me revoir souvent ici, c'est un beau magasin.

— Moi c'est Ruben. Si vous avez besoin de quoi que ce soit, je suis là, répond-il en me tendant la main.

Je ne sais pas si c'est très protocolaire mais ses grands yeux me fixent et son accent du sud le rend sympathique. Je lui serre la main.

— Enchantée, Ruben, ça fait longtemps que vous travaillez ici ?

— Quelques semaines seulement, c'est un job étudiant.

— Moi aussi je suis étudiante ! Vous étudiez où ?
— À...
— Vous avez fini, là ?

Cameron le coupe et je jubile intérieurement en entendant son ton bougon.

— Il y a un problème ? je demande en me tournant vers lui.
— Non, aucun ! Je te rappelle qu'on est dans un magasin, pas sur un site de rencontres adultérines que tu affectionnes particulièrement. « Il » ferait mieux de retourner travailler au lieu de flirter avec ses clientes. Je ne suis pas sûr que ce genre de service soit dans la charte de la boutique. À moins que vous ne filiez une ristourne aux clientes dont vous avez réussi à choper le numéro ? Je suis certain que Davina sera ravie de l'apprendre.

C'est en rougissant que Ruben me regarde, puis il s'éloigne en nous souhaitant une bonne fin de journée.

— Merci encore pour la lampe, Ruben !

Il se retourne, me fait un sourire mais il dévie rapidement les yeux. Maintenant, je me sens affreusement coupable de l'avoir mis dans une telle situation. Et soudain, je me rappelle qui m'a mise dans cette situation. Cameron a l'air assez furieux mais je le suis encore plus.

— Rencontres adultérines ? T'es fier de toi ?
— Plutôt oui. Soit dit en passant, tu devrais me remercier. Il t'aurait arraché ta petite culotte en coton tellement vite que tu ne l'aurais pas vu venir. Je connais ce genre de mecs. Il n'en a rien à foutre des filles, surtout des filles comme toi.
— Qu'est-ce que ça veut dire ? Tu sais quoi ? Je ne veux pas savoir, tout ce que je sais c'est que tu as mis mal à l'aise un vendeur uniquement parce qu'il m'a donné une lampe que tu as refusé de m'attraper. Heureusement que je ne suis pas ta mère sinon j'aurais eu honte de toi.

Il veut parler mais je l'interromps :

— Je ne sais pas d'où tu sors exactement, mais humilier les gens, c'est pas amusant, Cameron Miller, c'est juste pitoyable. Un homme n'agit pas comme ça. Juste les petits garçons pourris gâtés.

Il se ferme complètement. Son visage laisse transparaître une grande colère mais mes yeux sont fixés sur les siens. C'est du désarroi que je vois. Il pince les lèvres et est sur le point de répliquer. Je m'attends à ce que la tornade Cameron s'abatte sur moi lorsque la voix d'Evan résonne dans son dos :

— Vous en faites une de ces têtes ! Qu'est-ce qui se passe ?

— Il ne se passe absolument rien. On va en caisse ?

Evan hoche la tête. J'attrape le chariot et avance rapidement. Je ne veux pas qu'Evan s'inquiète ou encore que Cameron le prenne à témoin. Ce dernier m'a énervée. Vraiment. Il me faut quelques minutes pour me reconstituer un visage avenant.

Nous faisons la queue avant de passer à la caisse. C'est Evan qui paie avec l'argent du fameux pot, j'imagine. Nous mettons les quatre sacs dans le coffre puis nous montons.

— La carte du monde que t'as prise me plaît, Lili, dit Evan en démarrant.

— Oui, j'ai bien aimé le fait qu'on puisse gratter les pays visités pour y mettre des photos.

Evan hoche la tête.

— Tu peux me déposer chez Leila ? lâche Cameron qui, depuis que son ami a démarré, n'a pas décoché un mot.

— Euh… oui. Tu ne veux pas manger avec nous chez Joe ?

— Non, changement de programme.

Je grimace. Je suis certaine d'être la raison de ce « changement de programme ».

— Tu rentres quand même ce soir ?

— Je sais pas. Je t'enverrai un message pour te dire.

— Ça marche.

Evan fait donc un détour pour déposer Cameron chez sa copine. Sans même me lancer un regard, il sort de la voiture et claque la portière. Je descends à mon tour et prends sa place.

— Bonjour l'humeur !

Evan acquiesce.

— Je sais pas ce qui lui arrive. C'est Cam, quoi ! On prend à emporter ?

— Ça me va.

Sur ces mots, mon colocataire redémarre. Quelques minutes plus tard, nous arrivons sur le parking presque vide du restaurant. Evan s'engage sur la file pour passer la commande et me demande ce que je veux. N'ayant jamais mis les pieds ici, je me contente de prendre comme lui. De toute façon, Evan m'a demandé, après l'épisode sushis, la liste des mets que je n'aime pas du tout et ceux que je supporte en petite quantité. Il prend soin de moi. C'est assez charmant en réalité de côtoyer quelqu'un d'attentionné. Plus le temps passe et plus je le considère comme un grand frère.

Nous nous installons dans un parc pas loin pour dîner tranquillement tout en profitant des derniers rayons de soleil. J'essaie de ne pas penser à Cameron mais ce dernier a gâché cette fin de journée qui était prometteuse. Pourquoi a-t-il parlé ainsi au vendeur et pourquoi avait-il cette pointe de désespoir dans les yeux ? Je m'en veux un peu parce que, au fond de moi, j'avais envie de le prendre dans mes bras pour lui demander ce qui n'allait pas. Mais c'est Cameron, mon abominable colocataire à l'humeur aussi changeante que le ciel. Je ne peux pas faire ça avec lui et ça blesse un peu mon côté super-héroïne. J'aime prendre soin des gens, je n'aime pas les voir malheureux. Je suis comme ça, personne ne peut me changer.

Evan tente de me distraire et je lui pose des questions sur ses cours avant de reprendre la voiture. Demain va être une grosse journée. Je devrai supporter Cameron et son épouvantable caractère pendant un après-midi entier...

*

La tête posée contre la vitre de la voiture d'Enzo, je regarde la route et le paysage défiler devant moi. Qu'est-ce qu'il m'a pris d'avoir accepté de venir surfer avec eux ? *Probablement les yeux doux du conducteur*, me rappelle ma conscience.

De ce que j'ai compris, ils sont tous bons surfeurs... je ne serai donc rien d'autre qu'un boulet pour eux. Qui plus est, la météo d'aujourd'hui n'est pas loin d'être proche de celle des tempêtes hivernales. Le ciel est très couvert. Des gouttes de pluie s'écrasent par intervalles sur le pare-brise de la voiture et le vent me donne l'impression que nous allons nous renverser à tout moment. On est bien loin du cliché du surf californien sous le soleil où tout le monde fait la fête sur la plage en petit maillot de bain.

Au fur et à mesure que nous avançons vers Manhattan Beach, mon angoisse s'accentue. Je n'ai pas peur de l'eau, je suis une bonne nageuse mais je ne raffole pas de ces conditions assez extrêmes. Jouer avec le feu n'est pas dans mes habitudes. Même si, aujourd'hui, c'est plutôt « jouer avec l'eau ». Quant à Enzo, il arbore le même sourire depuis qu'il est venu me chercher à la résidence.

— Arrête de stresser, Lili, ça va aller !

— Comment tu sais que je suis en train de stresser ?

— Ta ceinture, dit-il en désignant la ceinture de sécurité. Depuis qu'on est partis, tu ne fais que la triturer.

Je baisse les yeux et, en effet, je suis bien en train de la plier dans tous les sens. Le pire, c'est que je viens seulement de m'en rendre compte, et encore, je ne suis pas sûre que sans la remarque d'Enzo je m'en serais aperçue. J'aurais probablement continué jusqu'à la plage. Je finis par la lâcher et pose mes mains à plat sur mes genoux.

La route du campus à Manhattan Beach est relativement longue puisque cette plage se situe bien au-delà de l'aéroport de la ville. De ce fait, nous rencontrons de nombreux embouteillages. Comme la patience et moi faisons deux, je m'impatiente assez rapidement et commence à m'agiter sur mon siège.

— On arrive dans combien de temps ? je demande à Enzo.
— Dans à peine deux minutes.

Génial. Maintenant que je sais que nous arrivons bientôt, je n'ai plus qu'une envie, c'est qu'il reste encore au moins une dizaine de minutes de route pour me préparer psychologiquement à aller surfer par ce temps avec Cameron et ses amis. Mais bon, comme me l'a toujours dit ma mère, il faut relativiser. Je pourrais très bien être dans une situation bien pire que celle-ci.

Enzo tourne vers la droite et nous nous engageons sur un chemin de sable ou de terre ; je n'arrive pas à distinguer ce que c'est exactement. Tout ce que je sais, c'est qu'il y a des trous, beaucoup trop de trous. Le pick-up d'Enzo ne cesse de rebondir et mon dos tape contre le dossier chaque fois que nous en rencontrons un. Cette route est à la limite de me donner mal au cœur et Dieu sait que c'est une sensation particulièrement gênante et désagréable.

— Pourquoi tu n'as pas pris une vraie route au lieu de ce chemin sinueux rempli de creux ?

Il rit face au ton bougon que j'ai employé.

— Tu verras bientôt pourquoi, me dit-il avec un clin d'œil.

Je me renfrogne sur le siège et attends patiemment que nous arrivions à destination. Peu de temps après, la voiture s'arrête et Enzo coupe le contact.

— On est arrivés Lili.

Il sort de la voiture. J'ouvre la portière pour le rejoindre mais c'est compter sans la bourrasque de vent qui m'arrache la portière de la main. Heureusement, il n'y a pas de voiture garée de ce côté.

— Merde, je lâche.

— C'est rien, viens. Les gars sont déjà arrivés.

Je referme la portière et rejoins Enzo qui attrape sa planche ainsi que nos affaires. En y regardant mieux, deux autres voitures sont là et je reconnais celle de Cameron.

Le petit parking où nous sommes est situé en bas d'une dune de sable donc, d'où je suis, je ne peux pas voir la plage. Tout ce que je sais, c'est que le vent souffle plus fort au fur et à mesure que nous nous approchons de la plage. Pourquoi j'ai accepté de venir, déjà ?

Arrivée en haut de la dune, je suis subjuguée par le spectacle qui s'offre à moi. Une longue plage de sable s'étend à perte de vue et, en face de moi, l'océan est agité. Ce paysage me rappelle mes vacances passées au Brésil en compagnie de mon père. Cependant ici, les vagues sont plus hautes et me semblent plus fortes que celles de l'Atlantique comme à Miami ou au Brésil. Même si je sais que c'est certainement dû au vent, ce côté des États-Unis me paraît plus *sauvage*.

Avec Enzo, nous continuons d'avancer dans le sable rendu collant par la fine pluie qui tombe désormais par intermittence. Mes chaussures à la main, j'accélère le pas pour rattraper Enzo qui m'a légèrement devancée. Il se dirige droit vers un groupe que je reconnais tout de suite puisqu'il s'agit des garçons.

— Hey, les mecs, s'écrit Enzo.

Les cinq se retournent et la première chose que je capte est le regard froid de Cameron. Il semble toujours en colère à cause de l'affaire du magasin.

— Salut Lili, lance James.

— Hey ! je leur souris.
— Je ne savais pas que tu venais, intervient Rafael en haussant les sourcils.
— Tu ne les as pas prévenus ? je dis en me tournant vers Enzo.
— Non ! Je ne pensais pas que ça poserait un problème.
— Ça n'en pose aucun ! annonce Brad en se levant de sa planche pour venir vers moi.

Je les salue tous mais, bien entendu, je me contente d'un sourire assez crispé pour Cameron. Nous n'en sommes pas encore au stade d'accolades entre amis. Je suis d'ailleurs un peu étonnée lorsqu'il répond à mon sourire vu sa froideur lorsque je suis arrivée avec Enzo.

Je dépose mes affaires puis m'assieds sur la grande couverture étalée sur le sable. Tout en feuilletant le magazine que j'ai apporté, je regarde les garçons se préparer pour aller dans l'eau. Après avoir fini la lecture d'un article, je relève les yeux. Ils sont tous en train de se déshabiller pour enfiler leur combinaison en Néoprène. J'imagine que l'une des réactions normales serait de perdre la tête face à tant de muscles mais là, maintenant, mon regard n'est attiré que par une seule chose : Cameron. Je comprendrais s'il était dans la même tenue que les autres, or, il ne l'est pas, il est le seul à être encore vêtu de son short et de son tee-shirt. Il est accroupi et passe du beurre sur sa planche. Il a l'air concentré. Qu'est-ce qui ne tourne pas rond chez moi ?

— Lili ?
— Oui ? je dis en découvrant Enzo devant moi.
— Tu veux bien remonter ma fermeture ?

Il désigne la glissière parcourant toute la hauteur de son dos et j'acquiesce. Il se tourne et je m'exécute.

— Elle est à chier ta technique de drague, se moque Rafael.
— La ferme, Raf, réplique Enzo en riant.

En relevant la tête, je me retrouve de nouveau confrontée au regard de la personne en face de moi : Cameron. Il a l'air toujours aussi distant.

Mais cette fois-ci, je remarque qu'il fronce les sourcils en regardant Enzo. C'est vrai qu'ils ne sont pas les meilleurs amis du monde, mais je ne comprends tout de même pas la réaction de Cameron. À moins qu'il ne se soit passé quelque chose que j'ignore. Je vais aussi devoir enquêter là-dessus.

Une bonne dizaine de minutes plus tard, les garçons sont prêts, excepté Brad qui a reçu un appel de sa copine et qui s'apprête à partir. Ils attrapent leur planche et filent à l'eau. Il semblerait bien qu'ils m'aient oubliée, c'est à la fois plaisant et vexant. Plaisant car je n'aurais probablement pas à me mettre à l'eau aujourd'hui, et vexant puisqu'ils m'ont littéralement oubliée sur la plage. Quel genre d'amis fait ça ? Même Enzo, qui a tant insisté pour que je vienne, s'est dépêché de courir à l'eau tel un enfant à qui on aurait promis une montagne de chocolat.

Brad, qui rassemble ses affaires, se tourne vers moi.

— Tu as déjà surfé ?

Je secoue la tête et une petite grimace s'installe sur mes lèvres.

— Tu as peur ? me questionne-t-il.

— Pas exactement peur, mais je suis pas non plus super rassurée à l'idée de me baigner par ce temps.

— T'inquiète pas, ça s'est toujours bien passé pour nous, donc il n'y a aucune raison pour qu'aujourd'hui ça ne soit pas le cas. Evan m'a dit que tu venais de Miami, et le surf là-bas, c'est courant, non ?

— Oui ! J'ai des amis qui surfent, mais je ne suis jamais montée sur une planche de ma vie, excepté peut-être lorsqu'elles étaient posées sur le sable, je dis en lâchant un petit rire.

— Je vois, rit Brad à son tour. Tu tentes aujourd'hui, n'est-ce pas ?

— Je ne sais pas. Vu les rouleaux, je n'ai pas envie d'y laisser ma vie.

— Tu ne risques rien pourtant, Lili. Les conditions sont même bonnes pour apprendre à surfer.

Je fronce le nez. Malgré ses arguments plutôt convaincants, mon avis reste mitigé sur le fait d'aller dans cette mer agitée.

— En plus, les garçons sont déjà dans l'eau. C'est pas grave, je peux les attendre là.

— Non, Lili, tu dois essayer le surf ! Je suis certain que ça peut te plaire en plus.

— Mais non, je m'obstine. Franchement ça va aller pour moi. Aller, Brad, file voir ta copine !

Il me regarde, l'air désapprobateur. Il est vrai que je n'y mets absolument pas du mien, mais c'est pratiquement au-dessus de mes forces d'aller mettre ne serait-ce qu'un orteil dans l'eau par ce temps. Je suis d'ailleurs chanceuse que les garçons se soient précipités à la mer ; sans planche et sans professeur, il est évident que je ne peux pas surfer. Mais malgré mes tentatives pour échapper à ce « cours », Brad n'a pas l'air encore totalement convaincu.

— CAM ! crie Brad.

Je me retourne lentement et fais face à Cameron qui avance vers nous. Il n'est pas avec les autres ?

— Oui ?

— Tu n'es pas dans l'eau ? demande Brad.

— Non, j'ai dû retourner à ma voiture chercher le pot de colle pour la planche. Pourquoi ?

— Les gars sont partis et Lili n'a personne pour lui apprendre les bases du surf. Tu veux bien lui montrer ?

Pardon ? J'ai bien entendu ? Je dois apprendre à surfer avec Cameron ? Achevez-moi maintenant, ça sera plus rapide et moins douloureux. Brad ne pouvait pas rester en dehors de tout ça ? Ça m'allait bien de les attendre sur la plage.

— Je ne crois pas que... Cameron et moi commençons en même temps, ce qui nous vaut un grand sourire de Brad.

— Vous voyez, vous êtes sur la même longueur d'onde ! J'y vais, amusez-vous bien, dit-il en s'éloignant.

Bêtement, je n'ose pas regarder Cameron. Doutant fort qu'il accepte de me montrer les bases du surf, je m'apprête à entendre un refus d'ici deux secondes.

— Bon, commence-t-il. Tu te mets en maillot de bain et je vais te chercher un top de plongée dans ma voiture, je reviens.

Je ne m'attendais pas à ce qu'il accepte. J'enlève donc mon short puis mon pull fin que je plie soigneusement dans mon sac. J'attends en maillot de bain que Cameron revienne et je suis littéralement en train de geler. Le vent marin qui souffle aujourd'hui est glacial. Le paysage se dessinant sous mes yeux est bien loin de celui que je m'imaginais des plages californiennes.

Enfin, j'aperçois Cameron revenir vers moi, le top dans les mains.

— Tiens, enfile ça, dit-il en me le tendant. Il ne te tiendra pas plus chaud mais, au moins, il coupera le vent et il te protégera si tu chutes. Une combinaison aurait été préférable mais c'est mieux que rien.

— Merci, Cameron.

Je lui adresse un petit sourire sincère. Est-ce qu'un gentil Cameron se cache derrière ce masque glacial ? Ma main frôle la sienne et il détourne le regard alors qu'une chaleur inattendue se dégage de l'endroit où il m'a touchée.

Je suis assez étonnée du fait qu'il ait un haut féminin dans sa voiture. Était-il au courant de ma venue et l'avait-il préparé ? Ça ne peut pas être ça puisque Enzo n'a prévenu personne. Je n'ose pas lui demander. J'enfile alors le haut très serré. Est-ce que c'est celui que porte Leila ?

— Tu as besoin d'aide avec ta planche ? je lui demande en m'approchant.

Il secoue la tête et se redresse.

— Tu sais quand même comment on surfe ou pas du tout ?

— J'ai déjà vu certains de mes amis en faire.

— Tu n'es jamais montée sur une planche ?

— Non, jamais.

— Bon, il va falloir partir de zéro alors.

Je hoche la tête.

— Tu sais bien nager ?

— Oui ! J'ai fait de la natation quand j'étais plus jeune.

— C'est déjà une bonne base.

Pour la première fois, je ne sens aucune ironie dans sa voix. Il a même l'air plutôt soulagé. Peut-être que ça se passera bien après tout.

*

— Je n'y arriverai jamais, Cameron ! je râle.

— Allez, réessaie, Lili.

Ça ne doit pas faire loin d'une heure que Cameron tente de me faire tenir plus de cinq petites secondes en équilibre sur la planche mais c'est peine perdue. Dès qu'il la lâche pour que je prenne une vague, je finis par être déséquilibrée et termine à l'eau. Entre les fois où je tombe violemment dans la mer et les fois où je me cogne à la planche avant, je ne donne pas cher de ma peau demain. Je sens déjà les courbatures arriver ainsi que les hématomes.

— J'en ai marre, je veux arrêter pour aujourd'hui.

— Non, continue !

— S'il te plaît, Cameron. Je suis fatiguée et j'ai plus de forces, le supplié-je.

— Lili, tu n'as pas encore pris une vague, essaie à nouveau.

— C'est vraiment gentil de m'aider, Cameron, j'apprécie vraiment. Mais toi non plus tu n'as pas surfé et je ne trouve pas ça juste. Va t'amuser, je vais remonter, peut-être que je retenterai tout à l'heure. Je suis fatiguée.

— D'accord, mais fais attention aux autres surfeurs en retournant sur la plage, me dit-il d'un ton bienveillant.

J'acquiesce puis descends de sa planche où j'étais assise et commence à nager vers le rivage. Cameron m'a emmenée vers le large afin d'éviter de nous retrouver dans la barrière de vagues, comme il dit, car pour s'initier au surf, il vaut mieux éviter cette zone où les rouleaux se cassent.

En arrivant près du bord, je remarque que la plage est moins déserte que lorsque nous sommes arrivés. Manhattan Beach semble être un spot de surf renommé vu le nombre de vans et de planches que je peux apercevoir.

Il ne me reste désormais que quelques mètres avant de rejoindre le sable lorsque j'entends quelqu'un crier :

— ATTENTION !

Après ça, tout va très vite. J'ai à peine le temps de me retourner vers la source de ce cri qu'une planche de surf vide arrive droit sur moi, à toute vitesse, prise dans une des vagues qui déferlent sur la plage. Mon seul réflexe est de vite plonger sous l'eau pour l'éviter mais, à cette distance de la plage, l'eau est très peu profonde et la collision est inévitable. Je lève les bras pour protéger mon visage mais subis malgré tout le choc de plein fouet, ce qui m'arrache un cri sourd. J'avale trop d'eau et tente de me relever mais, complètement sonnée, je retombe dans l'eau. J'ai l'impression de me trouver dans le tambour d'une machine à laver à l'essorage.

— LILI !

Des bras me rattrapent. Je sens qu'on me porte et qu'on me dépose plus loin sur le sable mais je n'arrive pas à ouvrir les yeux. Il y a tout à coup trop de lumière et le sel me brûle terriblement. J'ai un mal de crâne épouvantable.

— Lili ! Ça va ?

Je me force et finis par ouvrir difficilement et douloureusement les yeux, encore assommée par le coup que je viens de prendre. Autour de moi, plusieurs personnes sont amassées dont les garçons.

— J'ai un peu mal à la tête, articulé-je en touchant de ma paume le haut de mon front.

— C'est normal, ajoute un Evan à la fois soulagé et tendu. Avec le coup que tu t'es pris, tu vas certainement avoir une bosse. Quand on rentrera à l'appartement, je te donnerai de la crème.

Les garçons me regardent tous avec un air attendri. Je perçois même une certaine inquiétude dans les yeux de mon colocataire. À croire que j'étais aux portes de la mort. Bon, il est vrai qu'après la collision avec la planche, j'ai été très effrayée mais il y a eu plus de peur que de mal. Je me sens déjà mieux !

Je reste assise quelques minutes, le temps de reprendre mes esprits. Enzo me donne une barre chocolatée et de l'eau. Après les avoir rassurés, je remarque l'absence de Cameron. Il m'a pourtant semblé l'avoir vu lorsque j'ai ouvert les paupières. Où est-il passé ?

— Vous savez où est Cameron ? je demande.

— Il était là il y a à peine deux minutes, ajoute Rafael.

À ce moment-là, de grands éclats de voix nous parviennent aux oreilles. Comme les autres, je me retourne vers l'origine de ce bruit et, surprise, je découvre d'où et surtout de qui il provient.

Cameron tient un jeune homme par le col de sa combinaison de plongée à quelques mètres de nous. Ce dernier est sur la pointe des pieds et lutte pour ne pas suffoquer.

— Cam, crient les garçons en avançant vers lui.

— Allez, Cam, lâche-le, dit Evan en attrapant le bras de son meilleur ami.

Pour autant, ce dernier ne s'exécute pas et j'ai même plutôt l'impression qu'il resserre sa prise. Sa mâchoire est contractée et, en baissant le regard sur sa main restée libre, je m'aperçois que ses jointures sont devenues blanches.

— On t'a jamais appris les règles du surf ? aboie Cameron.

Le jeune homme semble tétanisé devant l'invective et l'imposante musculature de Cameron et met plusieurs secondes avant de répondre un petit « oui » en bégayant. Je compatis. Se retrouver en face de Cameron peut être intimidant surtout lorsqu'il est dans cet état.

— Maintenant tu vas aller t'excuser auprès de Lili.

Quoi ? C'est pour moi qu'il a fait ça ? Ne comprenant pas tout de suite, je regarde de plus près et remarque la planche qui m'a percutée au sol, à côté d'eux. Je m'approche. Cameron relâche soudain sa prise, si fortement que l'incriminé manque de tomber lorsqu'il se tourne vers moi.

— Je… je suis désolé pour le coup que tu as pris à c… cause de ma planche, dit-il toujours en bégayant.

La présence de Cameron à côté de lui doit y être pour quelque chose. J'ai l'impression qu'il va se faire dessus. Je ne veux surtout pas que la situation empire. J'ai déjà vu Cameron énervé, comme lorsque je le titillais par exemple, mais jamais à ce point. Il est à deux doigts de lui en mettre une. Les garçons semblent tout aussi préoccupés que moi. Evan retient toujours le bras de Cameron. Cela semble le calmer légèrement. J'ai l'impression que leur duo fonctionne ainsi, l'un tempère l'autre.

— D'accord, je lui réponds. Il y a eu plus de peur que de mal. Il n'y a pas de souci, j'accepte tes excuses. Fais juste plus attention la prochaine fois.

Il me sourit, visiblement rassuré par mes propos, et détale comme un lapin avant que Cameron ne l'attrape à nouveau par le col.

— Tu as entendu Lili ? Il y a eu plus de peur que de mal. Détends-toi, Cam ! rit Rafael.

Cette remarque n'a pas l'air de plaire à Cameron puisqu'il fronce à nouveau les sourcils. Je fais demi-tour et retourne à l'endroit où sont déposées nos affaires pour mettre fin à cette histoire. J'ai encore un peu mal à la tête mais je suis certaine que, d'ici une heure, je ne sentirai plus rien.

Je commence à me rhabiller lorsque les garçons arrivent quelques secondes plus tard. Je me rends compte que Cameron et Evan ne sont pas avec eux. Relevant la tête, je les aperçois à quelques mètres de nous en train de discuter. Je tends l'oreille mais, d'où je suis et avec le vent contraire, je n'arrive pas à attendre ce qu'ils sont en train de se dire. Tout ce que je vois, c'est Evan qui essaie de calmer son ami. Cameron lève les yeux au ciel avant de hocher la tête. Il tourne sa tête au moment précis où mon téléphone sonne, me sortant de ma contemplation. Je le sors de sa pochette et le déverrouille. Un petit « 1 » rouge apparaît au-dessus de l'icône des messages. Je clique dessus et l'ouvre sans prendre le soin de regarder de qui il provient. Il s'agit probablement de ma mère ou d'Amber – à qui j'ai demandé des nouvelles de la mère de Rosie tout à l'heure. Mais c'est lorsque je commence à le lire que je regrette de l'avoir ouvert aussi précipitamment.

Chapitre 7

Je fixe mon téléphone des yeux, incrédule. Deux semaines que j'ai officiellement intégré UCLA et, déjà, je reçois un message de sa part. Même s'il n'est pas signé, je sais qu'il vient de lui. Il ne m'a pas oubliée. Tremblante, je relis le texte plusieurs fois.

Peu importe où tu te trouveras, prends soin de te retourner car je ne serai jamais loin. Je finirai toujours par te retrouver.

Un violent frisson me parcourt et, inconsciemment, je relève la tête et commence à regarder dans tous les sens en tournant sur moi-même. Où est-il ? Est-il à Los Angeles ou ici à Manhattan Beach ? Non, ça ne peut pas être possible ! Je bouillonne, tous mes sens sont en alerte. Je dois savoir si ce message est une menace ou une promesse.

Je me relève alors et manque de tomber.

— Lili, m'appelle Evan. Tu vas où ?

— J… je… j'arrive, je bégaie.

— Tu es sûre que ça va ? Tu es toute blanche, c'est ta tête qui te fait mal ?

— Non, je dois juste… appeler quelqu'un.

Evan me regarde m'éloigner, l'air suspicieux. Je dois être l'une des pires menteuses que l'on peut rencontrer sur cette planète. Au moindre mensonge que je raconte, même le plus petit qui soit, je ne peux m'empêcher de bafouiller et de rougir, signes qui me trahissent rapidement. Mais là, c'est bien la dernière chose que j'ai en tête.

Une fois assez éloignée du groupe pour être sûre qu'on ne m'entendra pas, je déverrouille à nouveau mon téléphone et compose le numéro d'Amber, ma meilleure amie. Plusieurs tonalités résonnent avant que je n'entende sa voix.

— Allô, Lili ?
— Je dois te poser une question Amber.
— Je t'écoute mais sache que le ton que tu emploies me fait peur.
— As-tu revu Jace ?
— Quoi ? Bien sûr que non, Lili ! s'énerve-t-elle. Pourquoi tu me demandes ça ?
— J'ai reçu un message, il n'y avait pas de nom mais je suis certaine que c'est de lui.
— Que disait ce message ? demande-t-elle d'une voix blanche.

Je prends une profonde inspiration avant de débiter cette phrase d'une traite.

— « Peu importe où tu te trouveras, prends soin de te retourner car je ne serai jamais loin. Je finirai toujours par te retrouver. »

Un silence pesant suit de l'autre côté de la ligne. Je sais parfaitement que cette révélation ne peut pas laisser Amber indemne et qu'elle a besoin de temps pour la digérer. Quand elle est inquiète, elle réagit toujours de la même façon. Mais là, ça fait un peu trop longtemps qu'elle ne dit rien.

— Amber ?
— Je réfléchissais, Lili…

Je l'entends soupirer avant qu'elle poursuive :

— Je… Jackson a cru le voir samedi soir.
— Où ça ?
— Au Blue Club.

Cette fois-ci, ce n'est pas elle qui doit digérer la chose, mais moi. Ce message fait tout remonter à la surface et je sens les larmes me venir aux yeux. Pas de tristesse, mais de colère.

— Pourquoi tu ne m'as rien dit, Amb ? je dis en haussant la voix.

— J'avais peur, d'accord ? Lili c'est pas toi qui vis toujours à Miami, c'est moi. Tu es hors d'atteinte pour lui, quant à moi… Ce n'est même pas sûr que ce soit lui, Jackson était à une soirée au Blue Club et, tu le connais, il suffit qu'il ait bu… Il ne faut pas se fier à ce qu'il peut nous dire.

— Je sais… Mais moi aussi, j'ai peur, Amber. Tu sais tout comme moi que ce message n'est pas une erreur et que c'est bien de lui qu'il provient. Jace est de retour dans nos vies.

Un énième silence s'installe au bout du fil. C'est beaucoup trop à la fois.

— Je dois y aller, Lili, fais bien attention à toi.

J'ai l'impression qu'elle expédie la conversation et j'en suis assez étonnée.

— Oui, ne t'inquiète pas pour moi. Son message ne semble pas dire qu'il est à L.A., c'est surtout à toi de faire attention. Surtout avec ce qu'a dit Jackson. Tu prends soin de toi, promis ?

— Promis. Je t'embrasse fort, tu me manques.

— Toi aussi tu me manques, je répète mécaniquement avant de raccrocher.

Ma peur ne doit surtout pas céder la place à la panique. Si je panique, c'est comme si Jace avait gagné. Pour le moment, rien n'est encore sûr. Lorsque j'étais enfant et que j'allais en vacances chez mes grands-parents à Atlanta, ma grand-mère ne cessait de me rappeler cette phrase : « La peur n'évite pas le danger. » Elle s'adapte parfaitement à la situation. J'aurais beau avoir peur, ce n'est pas pour ça que Jace ne resurgira pas.

— LILI ! On part, crie James.

Je me retourne et commence à marcher vers eux, reprenant un visage avenant et laissant cette sordide histoire derrière moi. La dernière chose que je souhaite est bien que les garçons soient au courant.

Je les aide à rapporter les affaires aux voitures. Le pick-up d'Enzo et le 4 × 4 de Cameron sont bien remplis et, maintenant que Brad est parti avec sa voiture, il ne reste plus que deux voitures pour nous six et les équipements. Ils installent les planches sur le toit.

— Lili, tu montes avec qui ? me demande Evan.

— Comme ça vous arrange, je dis.

— Tu n'as qu'à monter avec nous, intervient Cameron. On va tous les trois au même endroit et on prend également Rafael puisqu'il est aussi du côté ouest du campus. Ça vous va ?

Nous hochons la tête, satisfaits par cette proposition. Mais tandis que je monte sur la banquette arrière, une voix nous interpelle et je me retourne, faisant face à Enzo.

— À vrai dire, j'avais prévu d'emmener Lili manger un morceau, si ça ne la dérange pas, bien sûr.

Je suis prise de court par cette proposition. J'avais plutôt envie de rentrer mais Enzo est si gentil avec moi que je me vois mal la lui refuser. Et pour être honnête, ces heures passées en plein air m'ont ouvert l'appétit.

— D'accord, ça me va ! je réponds à Enzo.

Son sourire est resplendissant.

— Ça te va, Cam, de déposer James ? lui demande Enzo.

Cameron, déjà installé au volant, se penche par la vitre baissée. Son visage est froid. Il me semble même que sa mâchoire est contractée. Il a sa tête d'idiot, je sais que ça va mal se passer. Il n'est pas si difficile à décrypter finalement. Toutes ses émotions se lisent sur ses traits.

— Non, ça me dérange.

C'est parti…

— Pourquoi ça ? poursuit Enzo.

— Parce que ça m'oblige à faire un détour.

— Non mais mec, tu te fous de moi, là ? Ça te prendra à peine vingt minutes.

— Et alors ? J'ai pas que ça à faire, lâche mon colocataire d'un ton sec.

— Sinon, je rentre à pied, ça ne me dérange pas, intervient James.

Sa suggestion me fait sourire mais ce n'est visiblement pas le cas de Cameron et Enzo qui sont tous les deux tendus. James est un peu comme moi, il veut toujours contenter les gens. Par contre je ne comprends pas pourquoi Evan est crispé... Est-ce à cause de la soudaine agressivité de Cameron ?

— Allez, Lili, monte ! ordonne Cameron d'un ton qui n'admet aucune réplique.

Ne souhaitant pas être la cause du déclenchement d'une Troisième Guerre mondiale, je fais un petit sourire désolé à Enzo et ouvre la portière du 4 × 4.

— Lili, tu n'as pas à lui obéir. Si tu veux venir avec moi, tu viens, que Sa Majesté Cameron Miller le veuille ou non. Tu n'es pas son esclave ou son sujet.

Je jette un œil vers Cameron et l'expression qu'il arbore ne me laisse rien présager de bon. Surtout lorsque je le vois détacher sa ceinture. Si je n'interviens pas, ça va partir trop loin, je le sens.

— Arrêtez ! je crie. Enzo, c'est bon je viens avec toi ! James, puisque ça dérange tant Cameron de faire un détour, tu rentreras avec nous et nous irons dîner après.

Enzo sourit, satisfait d'avoir gagné ce duel. Quand je me penche à l'intérieur du véhicule pour prendre mes affaires, le regard de Cameron que je croise dans le rétroviseur me coupe le souffle. Ses pupilles sont toutes dilatées et ses yeux se sont assombris. Ce contact n'a duré que quelques secondes et, pourtant, je ressens de la culpabilité. Il a désormais une expression agacée qu'il ne cache nullement. J'attrape rapidement mon sac puis ferme la portière. J'ai à peine le temps de faire deux pas que Cameron recule puis part à toute vitesse. Il est énervé et j'en suis la cause, *génial*. J'espère juste qu'ils n'auront pas d'accident sur la route.

*

Depuis que j'ai vu filer le 4 × 4 et suivi Enzo, je ne fais que repenser au regard que m'a lancé Cameron lorsque j'ai récupéré mon sac. Je sais qu'il était énervé mais il me semblait davantage déçu. Pourquoi ? Est-ce le fait que je n'ai pas choisi l'option qu'il proposait ou l'attitude d'Enzo qui le déçoit ? Je repense également à sa confrontation avec le vendeur… et le surfeur sur la plage. Je ne sais que penser de son attitude. Je ne veux pas le remercier pour l'avoir secoué car la violence ne résout rien mais sa réaction montre aussi qu'il s'est inquiété… Au lieu de m'aider, cette analyse sommaire de l'état d'esprit de mon colocataire ne fait qu'accentuer mon trouble.

— Bonne soirée, nous salue James avant de sortir de la voiture. Merci de m'avoir ramené !

— C'est normal, je dis. Bonne soirée à toi aussi !

James ferme la portière et Enzo redémarre.

— Arrête de penser à lui.

— Penser à qui ?

— Tu le sais bien. Désolé de te le dire mais… on peut lire en toi comme dans un livre ouvert, ajoute Enzo en détournant quelques secondes le regard de la route.

Cette remarque me fait grimacer. Depuis que je suis toute petite, je crois bien que la grande majorité de mes proches m'a déjà fait cette réflexion un jour. Il faut avouer que je suis plutôt du genre expressive. Mes mimiques ont tendance à trahir les émotions qui me traversent.

— Tu n'es pas comme d'habitude, poursuit-il.

— Vraiment ? ironisé-je en haussant les sourcils.

— Oui. Quelque chose te tracasse ? Tu peux m'en parler, tu sais.

Je reste interdite. Si quelque chose me tracasse ? Je réfléchis quelques secondes et le SMS mystère me revient en mémoire. Et avec lui, le visage souriant de Rosie, son rire entraînant et le lit dans lequel elle est clouée. Ce message m'a rappelé que je ne suis plus en sécurité. Jace est capable du pire et rien que d'y penser, ça me rend malade.

Mais davantage encore, ma plus grande incompréhension vient du comportement inqualifiable de Cameron. Il est tellement bizarre avec moi ! Il est à la fois attentif et indifférent, dur et même tendre… Je n'arrive plus à le cerner. Je sais qu'il n'est pas bipolaire, mais ses réactions sont si contradictoires ! Comme hier, où il s'est montré particulièrement odieux avec moi. Alors qu'aujourd'hui, j'ai eu l'impression de me retrouver avec un ami de longue date tant il a fait preuve de patience avec moi en m'initiant au surf. Il a été si agréable et je ne peux qualifier son comportement que de « protecteur ».

Mais d'un autre côté, je ne sais comment désigner ses agissements envers Enzo. Nous nous entendons très bien tous les deux et il me semble que cette complicité ne plaît pas à Cameron. Lorsque Enzo est dans les parages, il devient très vite désagréable avec l'un de nous deux. Je suis quasiment certaine que si je n'avais pas calmé le jeu, la situation aurait pu dégénérer. Je ne comprends pas ce que Cameron désapprouve dans mon amitié avec Enzo. A-t-il peur que je détruise l'harmonie de leur groupe ? C'est possible… Je réfléchis à une autre option et une chose me vient rapidement en tête mais je la rejette aussi vite. Ce n'est pas envisageable… Cameron ne peut pas être jaloux d'Enzo. Je ne représente rien de plus que la colocataire que l'on n'attendait pas et que l'on souhaite éviter à tout prix.

— Lili, dit Enzo en passant sa main devant mon visage. Tu étais partie loin, tu es sûre que ça va ?

— Oui oui, ne t'inquiète pas.

Je lui fais un petit sourire.

— Tu veux rentrer chez toi ?

Oui.

— Non, ça va aller, je suis juste fatiguée avec l'eau, le coup, et comme je commence à avoir faim, je manque certainement de forces.

Il hoche la tête et nous nous dirigeons vers un des restaurants italiens présents sur le campus.

Le dîner se passe bien. Enzo et moi discutons de tout et de rien, nous apprenons à mieux nous connaître sur le plan personnel : nos familles, nos amis et nos goûts. Mais il m'est impossible de nier que, depuis que nous sommes arrivés, j'ai la tête ailleurs, Cameron et le message se bousculant sans cesse dans mon esprit.

Lorsque Enzo demande l'addition, il tient absolument à payer malgré ma réticence.

— Enzo, je peux payer !

— Non, je t'invite à dîner, donc ce n'est pas ton rôle de payer mais le mien, insiste-t-il.

Je me renfrogne.

— La prochaine fois c'est moi alors.

— Si ça peut te faire plaisir !

Je prends cette réponse comme une victoire et sors du restaurant pour attendre sur le trottoir qu'il ait réglé l'addition. J'ai besoin d'air frais. Je relève la tête pour admirer l'immensité du ciel. Des centaines d'étoiles y brillent et je perçois facilement certaines constellations comme j'avais l'habitude de le faire avec mon père. C'est magnifique. Je sors de ma contemplation lorsqu'Enzo arrive à ma hauteur.

— On y va ? me demande-t-il.

Je hoche la tête et le suis jusqu'à sa voiture garée un peu plus loin. Tel un gentleman, il m'ouvre la portière et je pénètre à l'intérieur de l'habitacle. Il fait étonnamment frais.

Le trajet pour me reconduire chez moi se fait assez rapidement. Une fois que nous sommes arrivés, Enzo s'arrête et se tourne vers moi.

— Alors, tu as passé une bonne journée ?

— J'avoue que c'était plutôt cool, mais je ne suis pas certaine de retenter le surf dans un futur proche !

— Pour une première, c'était pas si mal tu sais, s'esclaffe Enzo.

— Si on veut...

Il se penche alors vers moi et m'embrasse délicatement sur la joue. Un petit sourire apparaît sur mes lèvres. Il est si gentil et respectueux.

— Passe une bonne fin de soirée, Lili.

— Merci, bonne fin de soirée à toi aussi, je dis en ouvrant la portière.

— Tu es sûre de ne pas vouloir sortir ce soir ?

— Je te remercie mais je suis fatiguée. C'est préférable pour moi de rentrer et de me reposer avec un bon livre !

— Comme tu veux, sourit-il.

Je récupère mon sac déposé derrière mon siège et salue Enzo une dernière fois avant de me diriger vers la porte d'entrée de la résidence. Le chemin menant à l'appartement, pourtant très court, me paraît durer une éternité. La fatigue accumulée ces derniers jours me tombe dessus et je n'ai plus qu'une obsession : dormir.

Arrivée devant l'appartement, je fouille dans mon sac pour en sortir les clés puis ouvre la porte. Les garçons doivent être là si j'en crois la présence de leurs clés et de leurs vestes accrochées.

— Je suis rentrée, je crie en retirant mon gilet.

— Je suis dans ma chambre, Lili, répond Evan.

Je me déchausse, libère mes cheveux tout en rejoignant mes colocataires dans la chambre d'Evan. Je suis surprise de voir un Evan élégamment vêtu d'une chemise blanche et d'un beau pantalon bleu nuit.

— Vous sortez ? je suppose, sachant pertinemment la réponse.

— Oui, répond-il, son éternel sourire bienveillant sur les lèvres. Tu veux venir avec nous ? On va rejoindre Rafael et après on ira en boîte.

— Non, je préfère rester là ce soir.

Il acquiesce puis ajoute :

— Si jamais il y a un problème, tu nous appelles, d'accord ? Et tu vérifies bien que la porte est fermée quand on part.

— Oui papa, je me moque.

Il me lance un regard se voulant noir mais l'éclat dans ses yeux le trahit et nous finissons par rire.

— Non mais je suis sérieux, Lili, s'il y a le moindre problème, tu n'hésites pas. Avec cette histoire de livreur, on ne sait jamais ce qui pourrait se passer.

Evan a réellement l'air inquiet lorsqu'il aborde le sujet du livreur. Je me rappelle très bien la réaction des garçons lors de ce malencontreux épisode. Je n'y ai pas pensé depuis mais le regard de cet homme me revient en mémoire et me glace le sang. Et si… et si c'était un envoyé de Jace ? Je balaie cette idée rapidement. Les garçons ne l'auraient pas pris de cette façon, si ça avait été le cas. Je m'en doute bien.

— Oui, d'accord, je le rassure. Ton numéro est dans mes favoris. Où est Cameron ?

Avant même qu'Evan puisse répondre, une voix grave et relativement envoûtante s'exclame :

— Là.

Je me retourne pour faire face à mon second colocataire et mon cœur manque un battement lorsque je l'aperçois. Il est plus beau que jamais. Cameron porte tout comme Evan une chemise blanche mais le rendu n'est définitivement pas le même. Sur Evan, c'est classe mais sur Cameron, c'est limite trop sexy. La couleur blanche et la matière de sa chemise ne laissent aucune place à l'imagination : ses muscles saillants sont parfaitement mis en valeur. Le rouge envahit mes joues. Ma gorge s'assèche rapidement… il fait une de ces chaleurs ! J'ai besoin d'air frais. *Vite de l'air !* Ses pupilles me scrutent et, comme cet après-midi, je suis hypnotisée, je n'arrive pas à fuir autrement qu'en baissant les yeux devant lui. Malheureusement pour moi, mon besoin d'air frais se fait cruellement ressentir. Je prie pour qu'il cesse son petit jeu avant que je ne sois forcée d'appeler les pompiers pour cause de combustion spontanée de mon visage !

— T'es prêt ? lance Evan à son meilleur ami.

Ce dernier hoche la tête.

— On y va, Lili. Tu fais attention à toi surtout, me répète encore Evan en posant une main sur mon épaule pour me pousser en dehors de son antre.

— Oui, t'inquiète pas.

Ils récupèrent deux ou trois affaires et je les suis jusqu'à la porte que je ferme à double tour. Un peu de paix. Enfin. J'ouvre la fenêtre du balcon et celle de la cuisine pour aérer. Je finis par prendre une bonne douche afin de me débarrasser du sable et du sel marin. Je suis plutôt ravie de pouvoir passer une petite soirée tranquille où je pourrai commencer la lecture de *Notre-Dame de Paris* que je dois lire pour mon cours de littérature.

Installée confortablement sur le canapé, un plaid posé sur les jambes et une tasse de chocolat chaud dans la main, je bouquine, l'esprit ailleurs.

Je ne serai jamais loin.

Je finirai toujours par te retrouver.

Je ressasse ce SMS encore et encore. Les pires scénarios existants se fraient un chemin dans mon esprit. Je constate que je n'ai toujours pas dépassé la page 10 après une heure de lecture. Exaspérée par ce manque de concentration, je décide de me coucher. Avec un peu de chance, cette journée ne sera plus qu'un lointain souvenir.

Après un léger détour par la salle de bains pour me sécher les cheveux et me brosser les dents, je vérifie une fois de plus que la porte d'entrée est bien verrouillée. J'en profite également pour fermer toutes les fenêtres et je tire les rideaux.

Morphée tarde à me rendre visite et je m'agite énormément dans mon lit, les yeux ouverts. Mon short et mon débardeur en flanelle pourtant légers me semblent de trop par cette chaleur. Pourquoi fais-je partie de ces personnes qui ne supportent pas de dormir sans drap ? Je me redresse alors et ouvre légèrement ma fenêtre pour laisser passer un peu d'air. En jetant un coup d'œil à mon réveil, je me rends compte qu'il est 1 heure du matin passé. Les garçons ne sont toujours pas rentrés. Amber ou Grace se moqueraient sûrement de moi mais je me sentirais plus en sécurité si mes colocataires étaient là. Le moindre petit bruit suspect me fait sursauter et ce n'est pas ce qui manque dans une résidence universitaire un samedi soir.

J'ai l'impression d'être trop fatiguée pour trouver le sommeil. Peut-être est-ce dû au chocolat chaud ? Je finis par me lever et me prépare une tisane de mélisse. Ce n'est qu'après en avoir bu quelques gorgées que je me recouche pour tomber aussitôt dans les bras de Morphée.

J'ouvre les yeux, il fait nuit. Je suis là dans cette rue, assise à même le sol. Je tourne la tête dans toutes les directions possibles pour tenter de me repérer mais, dans l'opaque obscurité, je ne reconnais rien. Où suis-je ? Je me lève en titubant, mes jambes sont engourdies et le froid qui s'est insinué dans mes vêtements me glace. Depuis combien de temps suis-je ici ? Je commence à avancer mais, vidée de toute énergie, mes pas se font lents. Qu'est-ce qui m'est arrivé ? Je tourne sur moi-même, espérant reconnaître un lieu, une personne ou même une odeur. Mais rien, c'est le néant le plus total. Je ressasse les événements des dernières heures dans l'espoir de me souvenir d'un malheureux indice mais c'est le trou noir. Comme si ma vie tout entière n'avait été qu'un rêve que l'on oublie au réveil.

Je marche depuis plusieurs minutes ou bien peut-être des heures, je ne sais plus. Je me contente d'errer sans destination. Tout autour de moi, les rues sont désertes, les lampadaires sont éteints et les maisons que j'aperçois ont les volets fermés et me paraissent abandonnées. De temps à autre, des bruits me surprennent et je sursaute à chaque fois, frôlant de peu la crise cardiaque. Tout cela me terrifie. J'ai l'impression d'évoluer dans un cauchemar qui serait devenu réalité.

Après une longue marche, j'arrive près d'une série d'entrepôts plus lugubres les uns que les autres. Cependant, certains ne semblent pas désaffectés. Plus je m'approche, plus j'aperçois une brume venant de derrière ces bâtiments et qui ressemble à la brume de mer. J'avance vers elle jusqu'à la frontière de deux entrepôts. Le trou pour passer entre les deux ne doit pas être de plus d'un petit mètre mais je dois m'y glisser et savoir où je suis. Je ne suis pas élève en journalisme pour rien. Je me faufile donc dans ce petit espace en prenant le soin de ne pas me blesser. L'odeur qui s'en dégage est nauséabonde, il me semble avoir vu des rats et Dieu sait quelles autres bêtes vivant ici.

Une fois atteint le bout de ce chemin de traverse, je vois de la lumière émanant des lampadaires situés le long des entrepôts. J'entends du bruit. Des moteurs de voitures et motos qui s'éteignent, des portières qui claquent puis des voix. Je m'en approche le plus possible, mais je m'assure de rester tout de même en retrait. Je ne suis pas certaine que les personnes se retrouvant à cette heure tardive – le soleil n'est pas près de se lever – au milieu d'entrepôts désaffectés soient là pour sauver des bébés dauphins. Je tends l'oreille mais je n'entends que des bribes de leur conversation.

— Il faut rejoindre le port dès demain soir. La marchandise transitera par Jacksonville en longeant la côte, dit une voix grave dont l'intonation me laisse entendre qu'il est le chef.

C'est alors que je frémis. Cette voix, je suis certaine de l'avoir déjà entendue quelque part mais je suis incapable de me rappeler où.

— Combien de temps entre Miami et Jacksonville ? demande une voix un peu plus abrupte.

En entendant son fort accent, je devine que l'anglais n'est pas sa langue maternelle.

— Si on compte 350 miles entre Jacksonville et ici, il faudra une dizaine d'heures avec le bateau de pêche. On doit partir ce soir à 22 heures.

Ici ? Je suis à Miami ? Comment est-ce possible ? Je suis à L.A. maintenant ! Il faut que je réfléchisse. Que s'est-il passé ? Est-ce que toute cette histoire de déménagement et d'entrée à l'université de Los Angeles n'était que le fruit de mon imagination ? Non, ce n'est pas possible ! Je n'ai pas rêvé, Cameron, Evan, Grace et les garçons existent, je les ai rencontrés, c'est une certitude. Ma respiration est saccadée et rapide. Mes mains ainsi que mon corps se mettent à trembler et je suis traversée par des frissons qui me paralysent. Je ne mets que quelques secondes à comprendre que je suis en train de faire une crise de panique. Je ne peux pas en faire une, pas maintenant alors que je suis perdue, avec, à quelques mètres de moi, des personnes malintentionnées, probablement des dealers ou, pire, des tueurs. Je me plaque contre le mur de l'entrepôt où sont rentrés les hommes et tente de me calmer. J'applique les exercices de respiration utilisés dans le yoga jusqu'à ce que mon souffle soit plus régulier.

 Lorsque je suis relativement calmée, j'avance tout doucement. Devant l'entrepôt, j'aperçois une dizaine de voitures et de motos stationnées.

 La brume épaisse me ramène à ma toute première impression : c'est bel et bien une brume de mer qui s'étend à une dizaine de mètres de moi. Je sais où je suis maintenant ! Je suis à l'autre extrémité de ma ville de naissance, au bout du port de Miami. Mon seul problème est désormais de savoir comment rentrer chez moi sans téléphone ni argent. Ce coin n'est pas hyper fréquenté et je ne vais pas me rendre dans cet entrepôt pour demander de l'aide. J'ai lu suffisamment de faits divers pour savoir qu'il faut se faire discret.

 Seulement, je ne peux pas rester toute la nuit ici, je dois regagner le centre-ville. Je vérifie que plus personne ne se trouve dehors et sors progressivement. Pour rejoindre l'entrée du port, je dois passer devant l'entrepôt. Je prends le temps de m'assurer qu'il y a suffisamment de voitures pour que je puisse me faufiler derrière elles sans être vue. La grande porte coulissante du bâtiment n'est pas fermée jusqu'au bout, la place restante est suffisante pour laisser passer quelqu'un. J'entends de nouveaux éclats de voix, mais cette fois-ci, il me semble qu'il s'agit d'une dispute. Des objets se fracassent et la porte s'ouvre en grand, laissant apparaître un grand nombre d'hommes et quelques femmes. Comme par hasard, je me retrouve en face de l'ouverture et me dépêche de me baisser derrière l'une des voitures, une énorme BMW.

— Où est l'argent ? s'écrie la voix de l'hypothétique meneur.

— Je ne sais pas. Max ne m'a pas donné la marchandise pour l'échange, je n'ai pas pu aller au rendez-vous.

Je me penche légèrement vers l'avant de la voiture pour mieux regarder la scène bien que je sache que c'est risqué. Le groupe encercle un homme seul qui semble tremblant. Un autre s'approche de lui. Il est très grand, sa prestance occupant tout l'espace, typique d'un chef de gang. Et malheureusement, je sais ce que je dis. Ce doit être lui le leader.

— Tu sais ce qui arrive lorsque le contrat n'est pas respecté ?

Il est tellement proche de l'homme que je sais que ce dernier peut sentir le souffle du gangster sur son visage. J'en frissonne. J'aurais dû fuir plus vite. Ça risque de dégénérer.

— Oui, je le sais, et je m'en occuperai à la première heure dès demain. Je te le jure, Jace.

Jace ? Non, ce n'est pas possible ! Je plisse les yeux pour essayer de voir si c'est le Jace que j'ai connu à Miami… Mais sa voix ne laisse plus de place au doute, c'est lui.

— C'est pas la première fois que ça arrive, dit Jace d'un ton glacial. Paul, occupe-toi de lui.

Jace se retourne et commence à partir. Un des hommes – Paul, j'imagine – se détache du cercle et sort quelque chose de sa poche. Dans la nuit, je ne vois pas très bien de quoi il s'agit. Il lève alors le bras et sa main se retrouve dans le faisceau d'éclairage du lampadaire. Je force légèrement sur ma vue pour distinguer l'objet et c'est avec horreur que je découvre qu'il s'agit d'un revolver. Oh, mon Dieu ! Cet homme vient de sortir un revolver qu'il pointe maintenant sur l'homme en face de lui. Je ne peux pas croire que tout cela est réel, je suis convaincue que je rêve. Je me pince le bras et ferme très fort mes yeux. Je veux me réveiller ! Des bruits d'agitation me sortent de mes pensées et je m'aperçois que l'homme est désormais tombé à genoux.

Paul tire et, dans la seconde qui suit, l'homme qui était à genoux s'effondre sur le sol, la tête explosée. Devant une telle vision d'horreur, je lâche un cri sourd qui résonne comme un écho dans la nuit. Réalisant ce que je viens de faire, je me couvre la bouche de ma main et me replace derrière la voiture à l'abri.

— Putain c'était quoi ça ? s'écrie Jace. Cherchez !

Oh non, ils ne doivent pas me trouver. Je tourne la tête à droite puis à gauche dans l'espoir de trouver une solution mais, malheureusement, je m'aperçois que les voitures sont séparées par des espaces beaucoup trop grands pour que je puisse m'échapper sans me faire repérer. L'océan. Juste en face de moi, la mer est la seule solution. J'entends des pas approcher, je n'ai plus le choix, si je veux m'en sortir, je dois sauter. J'ai tellement peur que je suis paralysée. Je suis certaine de ne pas m'en tirer si je saute, mais ma conscience me rappelle que, si je reste sur ces quais, je subirai certainement le même sort que l'homme gisant maintenant sur le sol.

— JACE ! J'en ai trouvé une.

Je n'ai pas besoin de me retourner pour savoir que je suis repérée. Je sais que c'est fini pour moi.

— Ramène la Tim, s'écrie Jace.

— T'inquiète, ma jolie, il t'arrivera rien.

Ce Tim me tend la main pour me relever, mais je ne la saisis pas et me redresse seule. Dans quelques minutes, je serai allongée à côté de l'homme, une balle entre les deux yeux. Je le suis jusqu'au cercle qui s'est reformé. Jace ne doit surtout pas me voir.

— Qui es-tu ? demande ce dernier, dos à moi.

Je déglutis puis réponds.

— Je m'appelle Lili.

Etendant mon prénom ou ma voix, il se retourne brusquement, une lueur mauvaise dans son regard.

— Tiens, comment vas-tu depuis la dernière fois ? Es-tu enfin remise ?

— Crève, connard.

Il commence à rire.

— Vraiment ? Tu sais que tu me blesses, Liliana ?

Sa façon de prononcer mon prénom me répugne mais je ne réponds rien. Jace me regarde en haussant les sourcils et s'approche de moi. Il n'a pas changé. Ses cheveux roux foncé sont remplis de gel et ses yeux ambrés me terrorisent toujours autant. Me dominant de toute sa hauteur, il se place à ma droite.

— Je t'ai connue plus… courageuse, murmure-t-il près de mon oreille.

— Et toi, moins con.

Il arbore un sourire. Ce mec est un malade.

— Ça y est, je te reconnais, là !

Il s'avance légèrement se retrouvant à nouveau face à moi, un mauvais rictus se formant sur ses lèvres.

— Au fait, commence-t-il. Comment va Rosie ?

— Je t'interdis de parler d'elle, je m'écrie.

Je m'avance précipitamment vers lui, dominée par la haine. Mais d'un seul coup, je me sens tirée en arrière par l'un de ses hommes de main.

— Lili, Lili, Lili, répète Jace. Tu devrais me connaître depuis ce temps, je fais ce que je veux, quand je veux. Et ce n'est certainement pas toi et tes merdeux d'amis qui vont y changer quelque chose.

Je m'apprête à répliquer mais un homme surgit derrière lui et pointe une arme sur sa tempe. Je n'arrive pas à voir son visage. Qui est-il ? Plus personne ne bouge et le silence règne. Je m'aperçois alors que le nombre de présents dans le cercle a doublé et que chacun a désormais une arme pointée sur un autre.

— Laisse-la partir, grogne l'homme derrière Jace.

Je suis beaucoup trop accaparée par la tournure des événements pour reconnaître le propriétaire de cette voix.

— Pourquoi ferais-je cela ? *déclare Jace d'un ton moqueur.*

— Parce qu'en une seule fraction de seconde, mon doigt aura appuyé sur la détente et je t'aurai buté.

En à peine quelques mouvements, Jace pointe un revolver sur ma tête comme Paul l'a fait sur l'homme tout à l'heure. Ne panique pas, Lili, respire profondément et reste le plus calme possible, ça va aller.

— Et tu en dis quoi, de ça, Cam ?

Cam ? Cam comme Cameron mon colocataire ? J'ouvre les yeux et le découvre en face de moi.

— Cameron ! *je m'écrie.*

— Lili, ne t'inquiète pas, ça va aller. Respire.

J'obéis et tente de ralentir mon pouls qui commence à s'emballer.

— Quels seront tes derniers mots, Lili ? *souffle Jace.*

Je déglutis et des larmes commencent à se former au coin de mes yeux.

— Tu n'oseras jamais, Jace, *dit Cameron d'une voix terriblement froide.*

— Oh que si, et tu me connais, je tiens toujours mes promesses comme Mia – tu te souviens, Cam ?

Quoi ? Comment peuvent-ils être liés d'une quelconque manière ?

Totalement déconcerté, Cameron relâche son attention et ce dernier en profite pour se libérer en donnant un violent coup de revolver sur la tête de Cameron. Je hurle à me casser la voix en le voyant au sol.

— Pars, Lili, *lâche-t-il faiblement avant de fermer les yeux.*

J'ai l'impression de perdre une partie de moi mais j'obéis et me détourne. Toute la foule s'agite et plusieurs coups de feu sont tirés. Je cours, esquive, essaie de me sauver.

— Où crois-tu aller, ma belle ?

Jace est toujours là.

— Je m'en vais, *je déclare d'une voix tremblante.*

— Oh que non, tu restes, *dit-il, rieur.*

Il lève son arme. Ma tête est en plein dans sa ligne de mire et j'attends qu'il tire parce que je sais qu'il va le faire. Cependant, il baisse son arme en souriant. Qu'est-ce qui se passe ? Et c'est là que je l'entends, cette détonation. J'ai à peine le temps de penser que je sens une balle me déchirer de l'intérieur, je sais juste qu'elle a été tirée derrière moi. Tous mes sens sont désormais loin, mes jambes ne réagissent plus aux commandes de mon cerveau et je m'effondre, ma tête touchant le sol en premier. Je n'entends plus que des cris, des tirs. Je m'efforce d'ouvrir les yeux mais tout est flou, je perçois seulement des présences près de moi et mon prénom qui flotte dans l'air. On me parle, on me secoue, on pleure et moi aussi je crois bien, mais je ne peux rien faire, je n'y arrive pas. La douleur est beaucoup trop forte, je ne peux plus lutter et, sans espoir, je me laisse entraîner vers ces abysses qui m'appellent. Et tout à coup, plus rien, c'est le vide.

Chapitre 8

« Lili, Lili, Lili… » Mon prénom ne cesse de résonner dans ma tête. J'ai l'impression que je vais imploser à tout moment. Il faut que ça s'arrête, je ne pourrai pas le supporter une fois de plus. Je recouvre alors mes oreilles de mes mains. J'appuie si fort que ça en devient presque douloureux. J'ai l'impression de couler, d'être tirée vers le fond. Le bruit disparaît peu à peu jusqu'à ce que tout redevienne calme. Est-ce que c'est fini ? Mais une seconde après, j'ai la réponse à ma question lorsque je sens des mains se poser sur mes épaules pour me secouer. Je ne veux pas revivre ça, je n'en ai pas la force… Prise de panique, je crie de toutes mes forces :

— LÂCHEZ-MOI !

Mes prières ne sont pas entendues et, cette fois-ci, on me secoue plus fortement.

— S'il vous plaît, imploré-je. Je ne veux pas mourir.

— Lili, calme-toi !

Entendre cette voix me fait l'effet d'un électrochoc. Comment est-ce possible ? Il est tombé, je l'ai vu de mes propres yeux, j'ai crié à me casser la voix pour lui. Et cette balle, je l'ai prise, je l'ai sentie me déchirer, je me suis sentie partir définitivement.

— Ca-Cameron ? je bégaie. C'est toi ?

— Oui, c'est moi. C'est moi, Liliana.

Les battements de mon cœur commencent à se calmer tandis que mes paupières restent closes. Peu à peu, je me sens respirer plus facilement, prenant conscience que tout cela n'était que le fruit de mon imagination.

J'ouvre difficilement les yeux, ils sont humides et, pourtant, je n'ai à aucun moment senti mes larmes couler. Je suis bel et bien dans mon lit. Ce n'était qu'un horrible cauchemar. C'est aussi à ce moment-là que je le vois. Cameron est là, assis à quelques centimètres de moi. Ses mains sont toujours posées sur mes épaules. Je suis si soulagée que, sans réfléchir, je me redresse et pars me réfugier dans ses bras. Je ne sais pas ce qui me prend mais j'ai soudainement besoin de son contact. Surpris, il finit par se détendre et m'étreint avec force. Être dans ses bras me donne l'impression d'être protégée, d'être à ma place. Ne comprenant pas ma réaction, je la mets sur le compte du choc.

— C'est juste un cauchemar, murmure-t-il en caressant mes cheveux. Juste un cauchemar.

Je n'arrive pas à le croire. Tout paraissait si vrai. J'ai réellement eu l'impression de tout vivre dans les moindres détails, les personnes, les lieux mais aussi les odeurs et la peur.

— Ça va mieux ? me demande-t-il doucement en se détachant de moi.

Je hoche la tête. Il tient désormais mon visage entre ses grandes mains et essuie mes larmes qui ont coulé.

— Il se passait quoi dans ton cauchemar ? poursuit Cameron, toujours d'une voix douce.

J'étais à Miami, au bout des grands quais sans savoir comment j'avais pu arriver là. Après ça, il y a eu tout ce qui représente l'horreur pour moi : des armes, du sang, la mort, Jace. Mais surtout, tu étais là, Cameron, et j'ignore pourquoi.

— Je ne me souviens pas, j'élude. Tout ce que je sais, c'est que c'était affreux et qu'on me voulait du mal.

Cette fois-ci, c'est lui qui hoche la tête. Son attitude me surprend un peu. Il est une nouvelle fois si différent que je n'arrive plus à suivre.

Hormis sa chemise blanche qui est toute froissée, Cameron est habillé comme tout à l'heure. Evan et lui viennent sans doute de rentrer et c'est en passant dans le couloir que Cameron a dû m'entendre.

— Vous êtes revenus il y a peu ? je marmonne.

— Oui, il y a à peine dix minutes.

— Où est Evan ?

— Il doit dormir depuis sûrement neuf minutes, me dit-il avec un petit sourire.

— Je vois… je réponds avec un sourire encore crispé.

Il se met debout.

— Lili, je vais me coucher. Ça va aller ?

Je ferme les yeux et je revis la scène. Le regard terrifiant de Jace me glace toujours autant le sang. J'ai l'impression d'entendre son rire résonner dans mes oreilles. Je me sens paralysée de la tête aux pieds. Je ne veux pas être seule, je n'en ai pas la force cette nuit.

— Je… j'ai besoin de toi, Cameron, j'avoue.

Il semble autant surpris que moi par cet aveu mais se reprend rapidement.

— Je vais me changer et je reviens, d'accord ?

J'acquiesce alors qu'il sort de la pièce, refermant la porte derrière lui. Je me rejette en arrière sur l'oreiller. C'est une certitude, j'ai besoin de lui pour me calmer. Lorsque ses bras m'ont enveloppée, un puissant sentiment de sécurité et de bien-être m'a submergée. Je ne comprends pas pourquoi j'ai eu cette impression. Je mets cela sur le dos de cet affreux cauchemar qui marque le retour de Jace. Mais alors pourquoi mon subconscient me fait comprendre que Cameron est capable de me protéger et de risquer sa vie pour moi ?

Je chasse cette pensée de mon esprit lorsque Cameron revient dans la chambre vêtu d'un jogging et d'un tee-shirt. Il éteint la lumière et se couche à côté de moi dans le lit.

— Tu veux que j'aille te chercher une tisane ou quelque chose ? Tu vas mieux ? me demande-t-il.

— C'est un peu passé mais j'ai peur de me rendormir, maintenant, je soupire. Et je ne supporte pas les somnifères.

— Tu sais quoi ?

Je secoue la tête.

— Il suffit de ne pas se rendormir.

— Mais il est presque 4 heures du matin !

— Et alors ? On est dimanche, tu auras tout le temps de te reposer. Où est ton ordinateur ?

— Sur mon bureau, je dis en le désignant du doigt.

Il se lève et l'attrape avant de revenir dans le lit. Cette fois, il ne s'allonge pas mais s'assied, s'adossant contre le mur. Il ouvre mon ordinateur, me le tend pour que je puisse y rentrer mon mot de passe puis file sur Netflix.

— Que veux-tu regarder ?

Il se tourne vers moi.

— Tout, sauf quelque chose d'effrayant.

Il fait défiler la liste proposée et je vois que son choix s'est porté sur *Le Loup de Wall Street*. Il installe l'ordinateur sur ses cuisses et incline légèrement l'écran de façon que je voie correctement l'image.

Bien que le film soit intéressant, la fatigue finit rapidement par me gagner et je pose naturellement ma tête sur le bras de Cameron. Ce contact ne semble pas le déranger puisqu'il ne bouge pas et continue de regarder le film sans dire un mot. Quant à moi, je suis bien, même très bien. Mes yeux se ferment peu à peu. Me sentant en sécurité à côté de Cameron, je n'appréhende plus de refaire le même cauchemar et le sommeil finit par m'emporter.

*

Les rayons de soleil passant à travers les rideaux me réveillent en douceur. Je prends le temps de m'étirer tout en repensant à cette nuit. Tout me revient alors en mémoire. Le message, mon cauchemar, Cameron. *Cameron*. Je tourne rapidement la tête et m'aperçois que la place est vide. Mais pourtant, lorsque je me suis endormie, il était là. Est-ce encore le fruit de mon imagination ? Visiblement non, les draps du côté droit du lit sont défaits et l'ordinateur est posé sur ma table de chevet.

Mon regard est attiré par mon réveil. Il est 13 heures passées ! Une fois debout, je sens la faim me tenailler. J'espère que les garçons ont préparé quelque chose, je n'ai pas la force de cuisiner. Je fais un rapide détour par la salle de bains pour me rafraîchir le visage. En arrivant dans le salon, je me rends compte que la télévision est allumée sur les informations. Je crois entendre « Miami » mais le reportage cesse à ce moment-là, et je retrouve Evan en train de manger dans la cuisine.

— Salut, je dis en l'embrassant sur la joue.

— Salut Lili, répond-il en souriant.

— Tu as bien dormi ?

— Comme un bébé. Et toi ?

— Aussi... D'ailleurs, tu sais où est Cameron ?

Je me sers un verre de jus d'orange.

— Je l'ai croisé en me levant, il était habillé et, cinq minutes plus tard, il m'a annoncé qu'il sortait et qu'il ne fallait pas l'attendre.

D'accord...

Regrette-t-il d'être venu cette nuit ? De m'avoir calmée, de m'avoir prise dans ses bras ? Parce que moi, je ne regrette absolument pas de l'avoir retenu. Son contact m'a apaisée à la seconde où nous nous sommes touchés. C'est vrai qu'il semblait surpris au début mais par la suite, ça paraissait naturel... Et s'il regrettait ce rapprochement nocturne tant physique qu'émotionnel entre lui et moi ? Cette idée me tord le ventre. Je souris malgré tout à Evan puis m'installe à côté de lui pour commencer mon brunch.

*

Comme souvent, j'attends que Grace sorte de son cours devant l'amphithéâtre. Adossée au mur, je regarde les étudiants passer devant moi en imaginant leur vie. C'est alors que j'aperçois Leila, la petite amie de Cameron. Cette fille est jolie et très féminine. Je comprends ce que Cameron lui trouve. À ce propos, il n'a pas donné signe de vie depuis hier midi quand Evan m'a prévenue qu'il était sorti. Je pense que je ne le reverrai que ce soir. Comme l'appartement était calme, j'en ai profité pour m'avancer dans mes révisions et les cours à venir. Ce n'est que plus tard dans la soirée que j'ai rejoint Evan. Je lui ai appris à faire des gâteaux typiquement français : les sablés bretons. Ces gâteaux marquent les étés que je passais, enfant, chez ma grand-mère près de Quimper.

Je suis quelque peu nostalgique, quand j'aperçois Grace avancer vers moi.

— Je suis là ! sourit-elle. Et je meurs de faim !
— Ne m'en parle pas. C'est l'horreur de finir à 13 heures.

Elle acquiesce. Alors que nous marchons vers la cafétéria, je sens mon téléphone vibrer dans ma poche. Je viens de recevoir un message. Et s'il venait de Jace ? Je le sors d'une main tremblante avant de le déverrouiller. C'est avec joie que je découvre qu'il s'agit d'Evan.

Vendredi soir, grosse soirée et cette fois, Lili, tu viens avec nous et c'est non discutable ! Invite Grace et Sam si tu veux.

Je suis plutôt mitigée. À la fois je suis ravie de pouvoir m'éclater avec mes amis mais je sais aussi que les soirées étudiantes sont loin d'être

« soft ». Sans exagérer, je n'ai pas spécialement envie de me retrouver bourrée et droguée, nue dans la piscine d'une fraternité après avoir couché avec trois garçons différents.

— Evan vient de m'envoyer un message pour nous inviter à la soirée de vendredi soir, je dis à Grace.

— Trop bien !

Contrairement à moi, elle exprime son enthousiasme en souriant béatement et en tapant des mains.

— Tu sais ce que ce message signifie ? reprend-elle.

Ne comprenant pas où elle veut en venir, je secoue la tête.

— Ça veut dire « shopping » Lili, dit-elle, exaspérée par mon manque de vivacité. Après les cours mercredi, on ira ensemble faire le tour des boutiques à Westside.

— C'est bon pour moi !

Elle sourit.

Comme il nous reste une bonne centaine de mètres avant d'atteindre la cafétéria, je décide de lui parler de mon idée.

— Tu te rappelles l'attitude étrange des garçons, Cameron blessé et le pot « Soldi » ?

— Comment l'oublier ?

— Eh bien, j'ai l'impression qu'ils cachent un gros secret et j'aimerais découvrir ce que c'est.

— Tu as un plan ?

— On pourrait les suivre la prochaine fois qu'ils sortent en bande ?

— Comment peut-on prévoir la date ? Tu m'as dit que la soirée remontait à mardi, la prochaine fois pourrait bien être un jeudi voire un dimanche soir. Ça va être compliqué à mon avis.

— Tu as raison, je soupire.

— Mais ça ne veut pas dire pour autant que je refuse.

— Tu serais d'accord pour m'aider ?

— Bien sûr, Sherlock ! J'ai même une super-idée.

— Je t'écoute ?

— Le jour où ils reviennent tous à l'appartement comme mardi, tu leur demandes dès le début s'ils comptent s'absenter après. S'ils te disent oui, tu demandes à venir avec eux et, s'ils refusent, tu m'envoies un message et je viendrai attendre sur le parking. On n'aura plus qu'à attendre qu'ils partent pour les suivre et savoir ce qu'ils cachent !

— T'es la meilleure, Grace ! J'adore ce plan.

— Je sais, rit-elle.

— Tout à l'heure, quand je t'attendais, j'ai aperçu la copine de Cameron.

Je raconte alors à Grace comment j'ai surpris mon colocataire en début de semaine en compagnie de cette fille et que je l'ai revue tout à l'heure. Je ne sais pas pourquoi mais, intriguée, j'ai envie d'en savoir plus. Peut-être qu'elle la connaît ?

— Elle est comment la fille ? me questionne Grace.

— Elle est grande, du genre la taille mannequin avec des longs cheveux bruns ondulés et des yeux marron. Même si ça me fait mal de l'admettre parce qu'elle m'a tout l'air d'être une sacrée garce, elle est vraiment jolie. Elle s'appelle Leila.

Grace hoche la tête.

— Elle habite dans ma résidence et partage sa chambre avec sa cousine, il me semble.

— Tu la connais ?

Elle secoue la tête.

— Je l'avais déjà croisée avec Cameron, mais je ne savais pas qui il était avant de le voir à votre appartement.

— Tu penses qu'ils sont vraiment ensemble ?

Grace me regarde en haussant un sourcil.

— Oui, je pense. Comme je te l'ai dit, je l'ai déjà vu venir la chercher à la résidence avant la rentrée. Après je ne peux pas te dire si c'est un couple vraiment sérieux. L'une des filles de mon étage craque complètement sur lui et, il y a quelques jours, elle m'a demandé si elle avait une chance avec lui. Comme je l'avais vu avec Leila, je lui ai dit qu'il était pris, mais d'un ton gai elle m'a répondu que lors de certaines soirées, apparemment, il ne se gênait pas pour passer du temps avec d'autres filles. Après, ce n'est que mon avis, mais il n'a pas l'air d'être le genre à avoir des attaches solides avec quelqu'un, donc je pencherais plus pour qualifier Cameron et Leila d'amis ou de couple assez ouvert.

Cette information ne m'étonne pas le moins du monde et, pourtant, je ressens une pointe de déception. Je finis par répondre un vague « d'accord » et la discussion se termine lorsque nous arrivons devant la cafétéria.

*

De retour à l'appartement, je ne suis pas surprise de voir que les garçons ne sont pas encore rentrés. Après tout, il est à peine 19 heures. Ne perdant pas plus de temps, je file dans ma chambre me mettre à l'aise. La première chose que je fais est évidemment d'enlever mes chaussures à talons que je remplace par des chaussons moelleux et terriblement confortables. Je lâche un soupir de contentement. Mon jean et mon chemisier vont rapidement rejoindre mon panier de linge sale et j'enfile un survêtement ultraconfortable.

Je me sens bien. C'était une journée réussie et je décide pour la peine de cuisiner un bon repas. Je suis toujours aux fourneaux lorsque j'entends la porte d'entrée s'ouvrir puis les voix de mes colocataires.

— Salut Lili ! dit Evan en passant devant le comptoir.
— Salut ! J'ai préparé le dîner, je réponds en souriant.
— Oh super ! C'est quoi ? Ça sent bon en tout cas.
— C'est une quiche lorraine. D'ailleurs c'est bientôt prêt !

Evan m'aide à sortir la vaisselle pour mettre la table. Je remarque que Cameron n'est pas là, il a dû se rendre dans sa chambre. J'ai l'affreuse impression qu'il m'évite et je n'ai absolument aucune idée de ce que j'ai bien pu faire pour ça.

J'attrape la tourtière et l'apporte sur le comptoir.

— Tu bouges, mec !? crie Evan à l'intention de son ami.

Cameron ne répond pas mais j'entends la porte de sa chambre qui s'ouvre puis se referme. Enfin il arrive, je commence à avoir faim ! Quand il apparaît dans la cuisine, je suis surprise de le voir habillé pour sortir avec sa veste en cuir sur le dos. Dites-moi que je rêve !

— Tu fais quoi ? s'étonne tout comme moi Evan.

— Je sors.

Je le regarde mais je vois bien qu'il fuit mes yeux, se concentrant sur Evan qui fronce les sourcils.

— On a passé l'après-midi ensemble, mais tu n'as pas pensé à m'informer ?

— Pas la peine de me faire une crise, maman Evan. Ça s'est décidé à la dernière minute, je viens de recevoir un SMS. Je te rapporte des croissants demain matin et je te raconterai tout.

— Hmm, d'accord, répond Evan, visiblement vexé de ne pas avoir été mis au courant.

Cameron sourit à son meilleur ami et, dès qu'il croise mon regard, son visage se ferme. Il baisse les yeux et quitte les lieux. Je ne sais pas quoi penser de cette attitude. Evan soupire discrètement mais pas assez pour que je ne le remarque pas.

— Désolé, Lili. Tu te donnes du mal pour préparer le repas et il se barre.

— Non, t'en fais pas, Evan ! Ça va. Je ne lui en veux pas.

— Depuis hier, il agit bizarrement, je ne sais pas ce qui lui prend.

— C'est pas comme si on était proches lui et moi, j'ajoute d'une voix sèche, envahie tout à coup par un sentiment amer.

Il avale une bouchée de quiche, puis poursuit :

— Écoute, Lili, je suis bien conscient du fait que Cameron ne se comporte pas très bien avec toi, mais c'est pas facile pour lui de faire confiance, il s'ouvrira petit à petit avec le temps. Mais ne t'inquiète pas, il t'aime bien au fond, même s'il est trop fier pour l'avouer et surtout, se l'avouer à lui-même.

En entendant ces mots, je suis prise d'un rire nerveux, faisant hausser les sourcils de mon colocataire. Comme si Cameron pouvait m'aimer !

— Je sais que tu essaies de me remonter le moral, or il est clair que Cameron ne m'aime pas et même pas « au fond », je dis en reprenant ses mots. Il n'a aucune estime pour moi, mais ne t'en fais pas, Evan, je le vis bien.

Non, je ne le vis pas bien et j'ai également trop de fierté pour l'admettre. Ça me fait au moins un point commun avec Cameron.

— Lili, c'est vrai qu'on ne se connaît pas depuis des années mais, en deux semaines, j'ai réussi à plutôt bien te cerner, et je sais que, non, tu ne le vis pas bien.

— On peut arrêter de parler de ça pour ce soir ?

Il acquiesce puis réfléchit deux secondes avant de poursuivre :

— Alors comment se passent tes cours ?

Je lui raconte donc en détail comment mes cours se sont déroulés jusqu'à maintenant, et il fait de même. Pas une seule fois, nous abordons le sujet Cameron. J'ai besoin de digérer sa réaction. Cette soirée me fait grandement penser à celle que nous avons partagée hier : tous les deux, sans Cameron. À croire que nous sommes les deux seuls locataires de l'appartement. Evan me complimente pour la quiche et nous continuons notre discussion jusqu'à ce que le sommeil nous gagne et que nous rejoignions nos chambres.

*

Je suis assise sur le trottoir devant la résidence et j'attends Grace depuis maintenant une vingtaine de minutes. Ce retard ne m'étonne pas d'elle. Je soupire de soulagement lorsque je vois son cabriolet blanc entrer sur le parking.

— Tu es en retard, je lui fais remarquer en montant dans la voiture.

— Je sais... Je suis désolée, Lili.

— C'est pas grave. Tu avais cours avant ?

J'aperçois ses mains se resserrer sur le volant. Il y a quelque chose qu'elle ne me dit pas.

— Grace ?

— Non, non, je n'avais pas cours. J'étais juste occupée.

— Occupée ? je reprends.

— Un jour, ta curiosité te tuera, Liliana Wilson.

Malgré cette phrase dite sur un ton des plus sérieux, je ne peux m'empêcher de lâcher un petit rire.

— Quoi ? s'exclame Grace.

— Tu ressembles tellement à ma mère en disant « Liliana Wilson ! », je dis sur le même ton qu'elle. Et sinon, tu comptes me dire à quoi tu étais occupée ou pas ?

— Tu lâcheras rien ?

Je secoue la tête.

— Bon, continue-t-elle. J'étais avec Alex.

— Alex ? L'Alex des cultures du monde ?

— Oui.

— Mais il est prof ! je m'exclame.

— Non, il n'est que l'assistant du prof, Lili. C'est différent.

— Si tu veux... Tu l'as connu pendant le cours ?

— Non.

— Comment alors ?

— En fait, c'est l'un des meilleurs amis de mon frère donc je le connais depuis le lycée.

J'enchaîne les questions, piquée par la curiosité.

— Il a quel âge ?

— Il a trois ans de plus que moi.

— Et vous sortez ensemble depuis longtemps ?

— En réalité, on n'est pas en couple. On traîne juste ensemble. Ça pourrait compliquer les choses si ça devenait officiel, lui et moi ; entre l'université et mon frère, il vaut mieux éviter.

— Oui, je vois, je dis.

Elle souffle un bon coup puis reprend :

— Assez parlé de moi ! Et toi, ça donne quoi avec Enzo ? Et Cameron ? Ou as-tu rencontré un autre bel éphèbe pendant ton week-end sans moi ? Si c'est le cas, je veux tout savoir !

— Mais non voyons… Enzo est super gentil ! Après le surf, il m'a emmenée manger et c'était vraiment agréable d'être avec lui mais j'avais la tête ailleurs à cause de Cameron, je bougonne.

— Raconte-moi, grimace-t-elle.

Je lui raconte en détail la journée de samedi dont l'après-midi surf avec les garçons ainsi que mon incompréhension vis-à-vis de l'attitude protectrice de Cameron. Je n'oublie pas de lui parler de mon cauchemar en restant bien sûr évasive quant à son contenu, puis du reste de la nuit avec Cameron.

— Et qu'est-ce que tu ressens à propos de tout ça ? me questionne Grace.

— Je n'en sais rien, j'avoue.

— Tu l'aimes bien ?

— Qui ? Cameron ?

Elle acquiesce.

— Non ! Je veux dire qu'il a su être gentil mais c'était juste une fois. Son comportement de samedi a été si étrange. Il se montre plutôt protecteur la journée, froid la soirée et adorable la nuit. Quand je me suis réveillée dimanche matin, il n'était plus là – ni dans le lit ni dans l'appartement ! je m'emporte presque. Il a préféré partir plutôt que d'être dans la même pièce que moi. Ça en dit long sur ce qu'il ressent à mon égard, Grace, donc, non, je ne vois pas comment je pourrais bien l'aimer alors qu'il agit de cette manière avec moi.

Elle ne répond rien mais je sens que ce n'est que partie remise. La connaissant, elle est certainement en train de chercher ce qu'elle pourrait me demander pour essayer d'analyser davantage nos comportements et ainsi y voir plus clair.

Le centre commercial est bondé et je suis déjà démoralisée à l'idée de devoir faire les boutiques avec autant de monde. Bien qu'aimant les séances shopping, je ne suis pas une grande fan des espaces clos grouillant de foule comme ici. Je deviens rapidement mal à l'aise.

— Viens, me dit Grace. On va directement monter au troisième étage pour aller chez Macy. Je suis certaine que nous allons trouver des petites merveilles là-bas, dit-elle avec un grand sourire.

Je la suis et nous montons aux étages supérieurs. Lorsque nous entrons dans le grand magasin, l'une des vendeuses salue Grace par son prénom. Mon amie doit faire partie de leurs clientes les plus fidèles.

J'ai à peine le temps de poser les yeux sur le premier portant que Grace m'appelle depuis le fond du magasin. Je la rejoins.

— Mon Dieu, Lili, regarde cette robe ! Elle serait parfaite sur toi !

— Tu te moques de moi, Grace ?

— Mais non, pourquoi ? s'étonne-t-elle.

— Je n'oserai jamais porter ça !

Elle tend la robe à bout de bras puis la regarde en haussant un sourcil.

— Tu trouves que ça fait trop ?

— Honnêtement ? je dis d'un ton ironique.

Elle hoche la tête de haut en bas.

— On pourrait sans problème m'accuser d'exhibitionnisme si jamais je la portais.

Elle retient une grimace.

— Tu abuses, Lili !

Je n'abuse pas ! Cette tenue est beaucoup trop osée pour moi. Je n'ai pas besoin de l'essayer pour savoir qu'elle est courte et qu'elle recouvrira à peine mon postérieur. Sans parler du décolleté plus que plongeant et du dos-nu qui donnent l'impression que la robe a été dessinée pour une actrice de films pour adultes. *Autant ne rien porter, ça sera plus économique !*

Grace regarde attentivement sa trouvaille et soupire.

— C'est vrai que c'est peut-être un peu trop.

— Un peu seulement ? je répète avec sarcasme. Autant mettre un panneau « Je suis en manque » autour de mon cou !

— Bon d'accord, c'est trop mais elle est quand même jolie !

— Oui, quand on aime se dévoiler.

Grace me regarde l'air sévère mais finit par afficher un petit sourire avant de tourner les talons vers un autre côté du magasin. Je ne la suis pas et me dirige vers le portant que j'avais remarqué en entrant. Je trouve plusieurs jolies robes mais aucune d'elles ne me convient parfaitement jusqu'à ce que je tombe sur LA robe idéale à mes yeux : noire, arrivant au-dessus du genou, assez moulante mais pas trop et avec un col en mousseline noire se prolongeant jusqu'aux manches. Elle est la parfaite combinaison de discret et sexy.

— Grace, j'appelle.

— Oh mon Dieu, s'exclame-t-elle en apercevant la tenue que je tiens. Cette robe est divine !

— Tu penses qu'elle m'ira ?

— C'est plus que certain !

Je lui souris puis pars vers une cabine d'essayage. Je me déshabille, ne regrettant pas d'avoir choisi ce matin une tenue légère pour la journée, facilitant ainsi les essayages, puis enfile la robe noire encore pendue au cintre. J'ai l'impression qu'elle me va comme un gant mais, pour en être certaine, je sors de la cabine et me plante devant une Grace souriante.

— Alors ? je demande d'une petite voix.

Son sourire s'accentue avant qu'elle ne me réponde.

— Tu es absolument magnifique, Lili ! Je suis jalouse des formes que te fait cette robe.

Je ris légèrement face à cette remarque et la remercie.

— Tiens, dit-elle en me tendant une paire de chaussures. Ça s'accordera avec elle.

J'attrape les sandales bordeaux, puis les enfile. Les talons sont beaucoup plus hauts que ceux que j'ai l'habitude de porter mais, la chaussure étant très confortable, ça ne rend pas la marche difficile ou douloureuse, du moins pour le moment. Je ne sais pas ce que ça pourrait donner à long terme. Tout comme moi, Grace approuve cette tenue et je retourne en cabine pour me rhabiller. Elle opte finalement pour une robe moulante. Je n'avais pas prévu de beaucoup dépenser, mais comme chaque fois, c'est avec plusieurs paquets que je rentre à l'appartement en fin de journée. Grace connaît des boutiques peu onéreuses, tout le contraire du standing du magasin de décoration des garçons ! Et ça me va très bien.

Après nos achats, Grace et moi nous sommes arrêtées chez Starbucks. Cette pause girly m'a fait beaucoup de bien. Surtout qu'entre-temps, j'ai reçu un message d'Evan qui me prévenait qu'il ne serait pas là jusqu'à demain soir à cause d'un souci familial. Ce message signifie surtout que je vais devoir rester en tête-à-tête avec Cameron pendant vingt-quatre heures. Enfin, je ne serais pas étonnée de le voir partir et de me retrouver seule.

Comme quasiment chaque soir, je me charge du dîner. À vrai dire, je ne sais même pas si Cameron est là et, s'il est là, s'il va manger avec moi. Après être passée par ma chambre où je dépose mes sacs contenant mes achats, je me dirige à pas de loup vers la sienne. Cette fois-ci, je ne fais pas l'erreur de rentrer sans en avoir eu l'autorisation. Le voir en pleine action avec Leila m'a largement suffit. Je frappe et attends une réponse. J'entends vaguement un « oui » ou « ouais » me donnant tout le loisir d'entrer. Après avoir poussé la porte, je l'aperçois allongé sur le lit, son ordinateur portable posé sur ses cuisses nues. Il est en caleçon.

— Tu voulais quoi ? lâche-t-il plutôt sèchement.

J'essaie de me concentrer sur le mur au-dessus de sa tête. Je ne dois pas regarder son corps bien qu'il soit attirant à l'extrême.

— Je… euh… je bégaie.

Génial, Lili, continue ! Tu n'as pas du tout l'air ridicule. Je respire un bon coup et me lance :

— Puisque Evan n'est pas là, je me demandais si tu mangeais quand même avec moi ce soir ?

Il lève à peine son regard de l'ordinateur avant de me répondre :

— OK.

OK. Sérieusement ? Il n'a pas trouvé plus bref comme réponse ? Si je l'ennuie, qu'il me fasse signe.

— Tu veux manger quelque chose en particulier ? je demande.

— Comme tu veux.

Je lance un « bien » avant de sortir et de refermer la porte de sa chambre. Je regagne la cuisine en réfléchissant à ce que je peux préparer. Minute… il a bien dit comme je veux, non ? Dans ce cas, il ne va pas être déçu…

Je ne perds pas une seconde de plus et commence à préparer le dîner. Je m'attache rapidement les cheveux en un chignon lâche puis me lave les mains avant de sortir les ingrédients nécessaires à la préparation de bons enchiladas épicés comme il se doit.

Une demi-heure plus tard, le plat est prêt. J'appelle Cameron pour qu'il me rejoigne. Il arrive sans dire un mot et s'installe au comptoir de la cuisine, en face de moi. Ce genre de silence est beaucoup trop pesant, surtout en sa compagnie où j'ai l'impression de ne plus être moi-même.

— Ta journée s'est bien passée ? je demande pour tenter de meubler ce silence inconfortable.

— Ça va.

La mienne aussi… merci de me le demander. Je ne dis finalement plus rien et le sers.

— Merci. Qu'est-ce que c'est ? me questionne Cameron.

— Ce sont des enchiladas. J'espère que les épices ne te dérangent pas trop ?

— Non, ça me va bien.

Dans ce cas, tu ne vas pas être déçu mon cher Cameron. La part d'enchiladas que je viens de te servir doit contenir au moins quatre fois plus d'épices que le reste du plat.

Je ne mange pas tout de suite et fais mine de me couper un morceau de pain afin d'avoir tout le loisir de le voir se *régaler*. Il saisit une bonne fourchetée dans son assiette puis la porte à sa bouche et commence à mâcher. Son visage change peu à peu de couleur. Le petit démon sommeillant en moi se frotte les mains.

— Putain ! dit-il en recrachant. C'est quoi, ça ? Ça brûle !

Face à sa réaction, je ne peux m'empêcher d'éclater de rire. Il ne fallait pas me laisser carte blanche. Et pour toutes les fois où il m'a envoyée promener, je ne fais qu'en quelque sorte lui rendre la monnaie de sa pièce.

— T'es sérieuse, Lili ?

Mon hilarité augmente avec cette phrase. Bien sûr que je suis sérieuse ! Il ne faut pas me sous-estimer. Je reprends peu à peu mes esprits et réponds :

— Désolée, c'était trop tentant… C'est de ta faute aussi, tu n'avais qu'à pas me dire de faire ce que je voulais !

— C'est trop facile de rejeter la faute sur moi !

— Détends-toi, c'était juste une petite blague.
Je le vois esquisser un sourire.
— Ouais, sauf que maintenant j'ai plus de goût. S'il te plaît, dis-moi que tout le plat n'est pas aussi épicé parce que je meurs de faim.
— Non, c'était juste pour ta part, j'avoue.
Il se tourne vers moi, les sourcils relevés.
— Je ne pensais pas ça de vous, mademoiselle Liliana Wilson.
Prise d'un soudain élan de courage ou de folie, je me relève de la chaise et m'approche de Cameron, murmurant à son oreille d'une voix douce :
— Comme quoi, il ne faut jamais se fier aux apparences.
Je le vois déglutir et, prenant alors conscience de notre proximité, je recule mal à l'aise, rougissant jusqu'à la racine de mes cheveux. Je reprends son assiette et, comme il me regarde avec un air de défi, je m'empare de son couteau et sa fourchette posés dans l'assiette et prends une bouchée. Il rit en me regardant avaler péniblement. C'est vrai que je n'y suis pas allée de main morte avec les épices mais il est évident qu'il n'a jamais goûté certains plats de ma belle-mère ! Je jette le reste et le ressers.

Cameron finit par arborer un sourire et nous reprenons le cours du repas.

— Alors, finalement, tu te plais ici ?

J'acquiesce et nous parlons essentiellement de nos cours. Lorsque nous terminons de manger, le silence s'établit de nouveau entre nous et, afin de le combler, j'allume la télévision et tombe sur un épisode de *The Vampire Diaries*. À la tête que fait Cameron, je devine qu'il n'est pas plus emballé que ça par cette série.

— Tu n'aimes pas ?

Il se lève et vient se placer à côté de moi dans le salon. Nous sommes proches, peut-être même trop proches pour que mes pensées soient rationnelles.

— Cette série est destinée aux midinettes et, dis-moi, Lili, est-ce que j'ai l'air d'une midinette ?

Sa voix est presque sensuelle. Il se comporte exactement comme je l'ai fait il y a à peine dix minutes lorsque j'ai murmuré à son oreille qu'il ne fallait pas se fier aux apparences. Merde, il me prend à mon propre jeu. Incapable d'aligner trois mots, je me contente de hocher la tête. Il rit, attrape la télécommande posée sur le dossier du canapé avant de sauter par-dessus ce dernier pour s'asseoir. Il passe à un programme sportif puis tapote la place à côté de lui.

— Tu viens ?

— N… non, je bafouille. Je dois ranger la cuisine.

— Comme tu veux, sourit-il.

Est-il bipolaire ou extrêmement lunatique ? Je ne vois pas d'autre explication possible pour justifier ses changements soudains de comportement. Ça me dépasse totalement. Je tourne la tête et l'aperçois de dos, toujours assis sur le canapé, son téléphone désormais à la main. Et si j'allais m'asseoir près de lui ? La soirée se déroule plutôt pas mal pour le moment, je dois en profiter. Peut-être que les choses changeront entre nous pour le mieux après ce soir ? Et après tout, la vaisselle peut attendre. Je commence à avancer vers le canapé en souriant, heureuse, mais avant même que j'arrive à sa hauteur, il se lève et porte son téléphone à l'oreille.

— Allô, Leila ?

À ce prénom, mon sourire s'évanouit et je ressens une violente crampe me tordre le ventre. Je retourne en vitesse dans la cuisine et appuie mes mains sur l'évier. Putain mais c'était quoi ça ?

Chapitre 9

La fête a lieu ce soir. D'après ce que j'ai compris, ce sont les Epsilon Delta qui l'organisent. C'est l'une des fraternités les plus influentes du campus. Grace m'a expliqué qu'ils étaient très ouverts d'esprit et qu'ils faisaient des fêtes grandioses. J'ai hâte de voir ça. J'ai envie de faire la meilleure impression possible, après tout, c'est ma première soirée à Los Angeles ! Mes parents se sont rencontrés lors de leur première soirée étudiante. Peut-être que je vais trouver l'amour moi aussi.

Nous avons décidé, mes colocataires et moi, de rejoindre la bande et mes amis directement là-bas pour plus de facilité. Mais pour ça je dois me dépêcher de me préparer ! Sinon Cameron aura encore quelque chose à redire sur moi et je ne veux pas lui laisser cette satisfaction.

Je sors rapidement de la salle de bains, encore un peu mouillée et enveloppée dans ma serviette. La porte de la chambre de Cameron est entrouverte et je l'entends fredonner. Il m'incendierait s'il me voyait l'écouter. Je ne traîne pas plus et file m'habiller. C'est le moment de sortir le grand jeu. Sinon mon prince charmant ne pourra pas se prendre dans mes filets ! J'attrape donc la robe et les chaussures achetées avec Grace et les enfile. En ce qui concerne mes cheveux, je me contente de les laisser sécher naturellement, révélant ainsi de légères ondulations. Je joue aussi la carte du naturel pour mon maquillage. Un peu d'eye-liner, de mascara, une touche de rouge à lèvres nude et le tour est joué. Il n'y a aucune extravagance dans cette tenue mais au moins, je suis certaine de ne pas faire de faux pas.

J'entends frapper à la porte de ma chambre alors que j'appose la dernière touche de mascara.

— Lili, t'es prête ? me demande Evan en entrouvrant la porte.

— Oui, j'arrive !

Après avoir attrapé mon sac à main et un gilet sur la chaise de mon bureau, je me regarde une dernière fois dans le miroir et vérifie que tout est bon. Je sors alors de ma chambre et rejoins les garçons dans le hall d'entrée.

— Waouh Lili ! s'exclame Evan en me voyant. Tu es magnifique !

Je ne peux m'empêcher de rougir légèrement sous ce compliment et le remercie. Dans la seconde qui suit, Cameron se tourne vers moi et ses yeux se verrouillent un bon moment aux miens avant de descendre le long de mon corps. Son regard pénétrant analyse la moindre de mes courbes et remonte ensuite sur mes jambes nues. Il m'embrase et mon souffle s'accélère. Je ne retrouve mon contrôle que lorsqu'il détourne la tête pour sortir de l'appartement. Est-ce que la température vient de grimper en quelques secondes ou est-ce moi ?

Evan me fait signe qu'il se charge de fermer la porte et pendant un court instant je me retrouve seule avec Cameron dans l'ascenseur. Son parfum musqué m'entête. J'ai de nouveau besoin d'air mais je me rends compte que sa voiture, dans laquelle nous montons, sent comme lui. Assise à l'arrière, j'ouvre la vitre et le peu d'air frais qui pénètre me fait du bien.

Le trajet jusqu'à la fraternité est vite parcouru, heureusement pour moi. Je n'arrive pas à savoir pourquoi la présence de Cameron me trouble autant, et pourtant, j'ai l'impression de le sentir de manière exacerbée. Après notre dîner en tête à tête, je n'ai pas réussi à le regarder droit dans les yeux sans rougir comme une adolescente devant un garçon plus vieux. *Pitoyable.* Le pire est que c'est moi qui ai commencé à jouer en le titillant, et je me suis retrouvée prise au piège. Il me trouble. C'est indéniable. Son parfum m'a envoûtée, comme s'il était rempli de phéromones destinées à me rendre complètement dingue. Quand je pense que j'ai dû trouver une parade pour me reconstituer une bonne attitude ! Sérieusement, que m'arrive-t-il ?

— On est arrivés, Lili, me signale Evan.

Cameron a à peine coupé son moteur qu'il est dehors. Il ouvre la portière arrière. Est-ce que je rêve ? Ou veut-il seulement récupérer le sac qui se trouve à mes pieds ? Je m'empare de ma pochette, me glisse hors de sa voiture et je le vois se pencher pour prendre mon gilet avant de fermer sa voiture. À quoi dois-je ce revirement de situation ? J'ai à peine le temps d'ouvrir la bouche pour le remercier qu'il s'éloigne déjà. *OK. Inspire et expire, Lili. Cameron est un idiot. Il te trouble mais ne te mets pas dans tous tes états à cause de ce coureur de jupons*, m'interpelle ma conscience.

— Tu viens ?

Le sourire d'Evan est éblouissant. Il me désigne le chemin vers l'entrée. Le bâtiment accueillant la fraternité me paraît immense d'où je suis. On dirait plus une annexe de l'université qu'une maison appartenant à une fraternité. Nous sommes à peine arrivés dans le jardin que, déjà, la musique de la fête nous parvient. Je comprends alors que, dans le langage d'Evan, « grosse soirée » inclut que la moitié du campus sera présente.

Près de la porte ouverte, un garçon me bouscule et file dans le fond du jardin pour manifestement vomir ses tripes. Ça s'annonce bien. Je me rends compte que Cameron a tendu son bras pour me maintenir en équilibre mais il l'enlève aussi vite. Il a l'air agacé. À la fois dégoûtée et embarrassée vis-à-vis de mon colocataire, je détourne la tête et rentre dans la maison. Aussitôt, on se retrouve projetés dans un univers de boîte de nuit : toutes les lumières ont été éteintes pour ne laisser briller que des spots donnant une lueur tamisée. On ne voit strictement rien à deux mètres devant nous.

Des enceintes hurlent de la musique techno. Une fumée mêlant les odeurs de cannabis et de tabac m'irrite les narines. Je suis là depuis dix secondes et j'ai déjà envie de repartir. J'ai toujours évité ce genre de fête… ce genre de fête que Rosie fréquentait les derniers mois de son existence. Mais je ne veux pas faire ma rabat-joie. Je suis les garçons à travers la foule bruyante. Ils s'arrêtent à hauteur d'un canapé et je suis soulagée de voir leur petite bande. Je me faufile entre Cameron et Evan, celui-ci posant sa main dans mon dos pour m'inclure dans le groupe.

— Salut ! je lance avec un sourire et un petit signe de la main.

Ils me remarquent et tiennent tous à me saluer chacun leur tour, l'accolade d'Enzo durant un peu plus longtemps que celle des autres. Un raclement de gorge l'incite à me lâcher. En me retournant, je découvre un Cameron nous fixant de son regard des plus sympathiques. Mal à l'aise, je me détache légèrement d'Enzo. Ce dernier n'hésite pas à me regarder avec un grand sourire.

— Waouh, s'exclame-t-il. Tu es ravissante !

— Merci, je dis en rougissant, mais Dieu merci, la teinte que viennent de prendre mes joues ne se remarque pas à la faible luminosité de la pièce.

Je prends des nouvelles des garçons que je n'ai pas vus depuis un petit moment, toujours debout à côté de Cameron, lorsqu'une voix aiguë jaillit :

— Qu'est-ce qu'elle fait là ?

Je me retourne et fais face à la fille avec qui j'avais surpris Cameron, Leila en chair et en os… enfin, plus en os que chair. Je prends le temps de détailler un peu plus cette fille qui m'a insultée la première fois qu'elle m'a vue. Elle a probablement dû confondre club de strip-tease et fraternité comme une grande majorité des filles ici d'ailleurs. Sa robe plus que moulante arrive difficilement à recouvrir ses fesses et à contenir sa poitrine. L'inscription « vulgaire » clignote sur son front.

— Elle est venue avec nous, rétorque Evan d'une voix assez sèche. D'ailleurs, Lili, tu sais où sont Grace et Sam ? Il faut que je demande les billets du match à Sam.

— Non, je vais aller les chercher ou les appeler.

La voix de crécelle intervient à nouveau. Je vois Evan rouler des yeux.

— Pourquoi elle est encore là, alors ?

Elle ? Elle me voit ou je suis un fantôme ? Parce que s'adresser à la troisième personne à quelqu'un qui n'est qu'à deux mètres de soi, je trouve ça légèrement gonflé et méprisant. Énervée, je me retourne vers elle et balance :

— Tu as raison, Miss Parfaite, *elle* va s'en aller. Il y a beaucoup trop de vulgarité pour *elle* depuis que tu as manifesté ta présence.

— Petite garce, lâche-t-elle.

Elle semble vouloir continuer mais je l'interromps :

— Bah alors ? je dis avec sarcasme en penchant légèrement la tête. On ressort les mêmes insultes en boucle ? Tu ne verses pas dans l'originalité apparemment. Ou peut-être est-ce le seul mot que tu connais ?

L'air qu'elle arbore me fait sourire, elle est à deux doigts de bondir pour me frapper. Mais seulement, comme elle risquerait de se casser un ongle, elle se ravise et se contente de pester. Mon attitude amuse les garçons, surtout Evan qui baisse la tête pour qu'elle ne voie pas plus longtemps son rictus moqueur. Il me semble même distinguer l'ombre d'un sourire sur le visage de Cameron. Je me retourne vers eux.

— Je vais chercher les autres, j'annonce. On se voit plus tard ?

— Pas de problème ! J'ai bien l'intention de danser avec toi, Lili la Tigresse.

Enzo me fait rire et je m'écarte pour retrouver mes amis, quand Rafael m'interpelle :

— Lili, attends ! J'ai besoin de toi pour un truc.

Je m'approche et m'assieds à côté de lui sur le canapé. En relevant la tête, je croise un regard, celui de Cameron. Il me scrute, toujours de ces yeux qui me feraient perdre tous mes moyens, peut-être même ceux que je n'ai pas. Leila est pendue à son bras comme s'il était sur le point de partir et qu'elle refuse cela. *Pauvre fille.* Se rend-elle compte que l'attention de son petit ami est tournée vers moi et non pas vers elle ?

— Alors voilà, il y a une étudiante du programme d'échange qui me plaît et elle est brésilienne. Comme tu parles portugais, j'aurais bien besoin de deux, trois mots pour la charmer, tu vois ?

— Je vois, je dis en riant. Ton charme de bad boy mexicain ne suffit pas ?

— Non, répond Raf avec une moue boudeuse. Elle est latina donc ça prend pas sur elle. Sinon, crois-moi, elle serait déjà passée dans mon lit depuis longtemps !

Je secoue la tête toujours en riant puis lui demande avec quels mots il souhaite la charmer. Après lui avoir confié au creux de l'oreille les expressions dont il a besoin, je me relève pour de bon. Encore une fois, avec une pointe de satisfaction je sens le regard de Cameron me suivre. Lili la Tigresse est de sortie.

J'ai profité du calme relatif de la salle de bains, par où j'ai fait un détour, pour appeler Grace. Elle est au bar éphémère du rez-de-chaussée. Je n'ai aucun mal à la repérer de loin grâce à la couleur rouge de sa robe. Elle est avec Sam.

— Je savais que tu serais à tomber, me dit Grace en me serrant dans ses bras.

— Et dire que tu voulais que je porte cette robe minimaliste !

— Ça aurait été une erreur, ajoute-t-elle. Pour une fête chez les Epsilon Delta, on ne s'habille pas comme une nympho en manque !

Je pense immédiatement à Leila, mais je la balaie de mon esprit et enlace Sam. Il me prend le bout des doigts et me fait tourner pour m'observer.

— Si je n'étais pas un gay affirmé, je me serais bien laissé tenter par ce petit bout de femme.

Grace me lance un coup d'œil. Nous nous en doutions. La dernière fois que nous avons déjeuné ensemble, il m'a semblé que Sam reluquait sans gêne les fesses du serveur. Je n'avais rien dit mais mes doutes sont maintenant confirmés. Je lui envoie un baiser et nous attrapons trois gobelets rouges que nous remplissons de punch. Comme je suis entrée avec Cameron et Evan, je n'ai pas eu le tampon réservé aux moins de vingt et un ans. Ça me fait doucement rire. Ils ne veulent sûrement pas avoir de problème avec l'université en servant de l'alcool à des plus jeunes, mais ils ne sont clairement pas regardants. Tout le monde ou presque a un verre à la main.

En attendant, Sam nous raconte sa rencontre avec son nouveau crush Andy. Ce garçon est tout bonnement hilarant. Je pense que je vais reprendre certaines de ses blagues pour le blog que je prévois de tenir pour ne pas perdre ma plume de journaliste.

La fête bat son plein lorsque je vois Enzo suivi des garçons se profiler à nos côtés. Je remarque que Cameron et Leila ne sont pas là. C'est pas plus mal, voir une fois de plus Miss Je-suis-superficielle m'aurait probablement mise de mauvaise humeur et Grace n'aurait pas pu s'empêcher de se moquer d'elle. Je ne veux pas qu'elle ait des ennuis avec une fille de sa résidence.

L'alcool coule à flots. J'enchaîne les verres depuis près d'une heure. C'est le souci avec le punch, il est traître et je sens à peine le rhum que je bois. L'alcool m'anesthésie des pieds à la tête et toutes mes préoccupations – Jace, Cameron – sont noyées dans la brume de mon esprit. Je repose mon verre sur le bar et soupire un bon coup. Ma tête se met alors à tourner et la chaleur m'envahit… J'ai atteint la limite que je me fixe en termes d'alcool. Ressentant le besoin de me rafraîchir, je fais demi-tour pour rejoindre la salle de bains où j'étais tout à l'heure.

— Hey Lili !

Je me retourne et aperçois Enzo qui avance vers moi. Je ne sais pas si c'est l'alcool, la chaleur de cet endroit ou un mélange des deux mais je trouve Enzo très mignon ce soir. Il est habillé simplement : jean foncé et tee-shirt gris, presque noir, faisant ressortir ses muscles. Je lui fais un petit signe de la main.

— Tu vas où ? me demande-t-il.

— Me rafraîchir, l'alcool ne me réussit pas trop, j'avoue avec un petit rire guilleret.

Il hoche la tête puis porte son verre à sa bouche. Après avoir bu une gorgée, Enzo se rapproche de moi et passe finalement un bras autour de mes épaules. Ses yeux semblent briller.

— Ça te dit qu'on aille danser avant ?

— Je ne suis pas sûre, je suis pas très à l'aise dans ce genre d'endroit et, en plus, j'ai chaud.

— Tu n'auras qu'à me suivre, ajoute Enzo en m'adressant un sourire des plus séduisants. Juste une danse, s'il te plaît, Lili. Ensuite, tu avales un litre d'eau si tu veux.

Il finit son verre d'un trait puis le pose sur le bar derrière nous. Sans me laisser l'occasion de répondre, il m'entraîne vers le centre de la piste de danse. Je me laisse faire avec un air faussement enjoué. Pour être honnête j'adore danser : j'ai suivi des cours dans une des meilleures écoles de Miami pendant près de quatorze ans. Je connais aussi bien la danse classique que le jazz. Cependant, danser en soirée ou en boîte me stresse énormément. Me retrouver collée à des personnes inconnues qui ondulent leurs hanches en rythme n'est pas dans mes habitudes, surtout que, les trois quarts du temps, ces personnes sont sous l'emprise de l'alcool et parfois, même, de la drogue. Je préfère de loin quand il y a des spectateurs et une scène où les danseurs peuvent évoluer. Mais comme je ne veux pas faire ma rabat-joie, je finis par laisser Enzo m'attirer contre lui pour commencer à danser. Je suis un peu trop rigide, mais peu à peu la musique me porte et me détend. Nous bougeons tous les deux en rythme, sur un morceau de David Guetta, il me semble, et je profite simplement du moment. Je pense que les verres d'alcool bus durant l'heure précédente m'aident à me décoincer.

Par-dessus l'épaule du beau brun, je cherche des yeux mes amis. Grace et Evan ont l'air de bien s'entendre et ne cessent de se toucher. Sam rit aux éclats avec Rafael, Brad et James. Les voir heureux me fait immédiatement sourire.

Bercée par la mélodie, je ferme les yeux. Lorsque je les ouvre à nouveau, ils se posent directement sur la personne située juste derrière Enzo : Cameron. Je mets plusieurs secondes à réaliser qu'il n'est pas seul mais que Leila l'accompagne. C'est alors que la musique se termine et qu'une nouvelle démarre. Je reconnais immédiatement *Summer* de Calvin Harris. Habituellement, cette chanson me transporte mais, comme paralysée, je me détache d'Enzo pour m'éloigner de la piste.

— Qu'est-ce que tu fais ? s'enquiert-il en entourant ma taille de son bras.

— J'en ai marre, Enzo…

— Allez Lili, une danse ?

— J'ai dansé avec toi et, maintenant, j'ai envie de sortir d'ici. J'ai chaud et je ne me sens vraiment pas bien.

Ce n'est pas pour autant qu'il m'écoute. Son bras se resserre davantage autour de ma taille. Nos hanches sont quasiment collées et je suis mal à l'aise par cette proximité. Du coin de l'œil, j'aperçois Cameron qui est toujours à quelques mètres de nous. Leila est collée à lui, si bien qu'une feuille de papier à cigarette ne passerait pas entre eux. C'est à ce moment-là que Cameron relève la tête et qu'il remarque enfin ma présence. Je lui fais un petit sourire, m'attendant à ce qu'il fasse de même, mais l'expression fermée de son visage est bien loin de ressembler à un sourire. Je ne comprends pas ce qui lui arrive. Est-ce que ça le gêne tant que ça que je traîne avec Enzo ? Parce que, si c'est le cas, il va devoir s'y faire et apprendre à partager ses amis.

La chanson continue et Enzo me tient de plus en plus fort, nos corps sont maintenant plaqués l'un à l'autre. Si je n'avais pas bu autant d'alcool, je l'aurais déjà repoussé, mais là, je le laisse faire et commence même à onduler mes hanches. *Il n'y a pas que l'alcool qui te pousse à te rapprocher d'Enzo*, souffle ma conscience, et je ne peux m'empêcher de grimacer, me rendant compte que c'est vrai.

Enzo me sourit, visiblement heureux, et j'ose à nouveau jeter un coup d'œil qui se veut discret à Cameron, mais son regard est déjà posé sur moi. Une fois de plus, je me perds complètement dans ses yeux. La faible luminosité exacerbe la virilité de son visage. Ma bouche est sèche. La main d'Enzo est contre mon dos, rapprochant un peu plus mes seins de son torse. Mais je le ressens à peine.

J'ai l'impression qu'il n'y a que Cameron et moi, comme si nous dansions ensemble alors que ce n'est pas le cas. Je ne sors de ma transe que par la rupture brutale de son contact visuel, lorsqu'il pose délicatement ses lèvres sur celles de sa partenaire. Je m'arrête de danser aussi vite, lorsqu'un violent sentiment de malaise m'envahit.

— Qu'est-ce qu'il y a ? s'inquiète Enzo.

— Je… euh… rien, il faut que j'aille prendre l'air.

— Tu veux que je vienne avec toi ?

— Non ! je m'exclame.

J'ai juste besoin d'être seule, j'ajoute dans ma tête. Je me détache rapidement de lui et avance vers la porte d'entrée, bousculant sur mon passage quelques personnes. Une fois sortie, je prends le temps de bien inspirer l'air frais. J'étouffe. J'avance sur le trottoir m'éloignant ainsi de l'agitation de la maison, et m'assieds sur un muret face à la rue.

Je reste là, à réfléchir sur ce qui ne tourne pas rond chez moi. Pourquoi ai-je eu l'impression qu'un poignard me transperçait lorsque je les ai vus s'embrasser ? Pourquoi ?! Visiblement, l'alcool ne me réussit pas et décuple toutes mes émotions. Je n'arrive pas à penser de manière rationnelle.

— Lili ! j'entends au loin.

Cameron... Sa voix me fait plus de mal que de bien. Comme si j'avais besoin de lui maintenant alors que mes émotions et mes hormones sont en folie ! Fichu karma.

— Dégage, Cameron.

Il n'obéit jamais à un ordre. Il s'approche de plus en plus de sa démarche virile et sexy. Lorsqu'il est à un petit mètre de moi, je lui répète de partir. Il me jauge et répond ce, que dans le fond, je veux qu'il me dise :

— Non.

Je lève les yeux vers lui. Il est là, devant moi, me dominant de toute sa hauteur. L'éclairage de la rue, se reflétant sur ses cheveux et sur son visage, lui donne un petit air mystérieux et, je dois l'avouer, terriblement séduisant. Voilà maintenant que l'alcool parle pour moi. Pour être honnête, je suis assez surprise de le voir ici, alors qu'il pourrait être en train de s'éclater avec ses amis et Leila. Rien qu'à cette pensée, je sens une nausée me secouer violemment et je tente de la réprimer en respirant profondément. Je déteste être malade et encore plus vomir. Pourquoi ai-je autant abusé du punch aussi ?! J'ai dépassé ma limite de tolérance depuis longtemps. Une fois la nausée passée, je remarque la présence de Cameron à mon côté sur le muret. Il n'a pas l'air du tout affecté par l'alcool... Mais a-t-il bu ne serait-ce qu'une goutte, lui ?

— Qu'est-ce que tu fais là ? je lance sèchement.

— Je suis venu te rejoindre, m'informe-t-il d'un ton badin.

— Tu n'avais rien de plus intéressant à faire ? Comme emballer *ta* Leila ? je rétorque, sarcastique.

Brusquement, il se tourne vers moi et toute l'assurance que je peux avoir s'envole en une fraction de seconde.

— Je préfère être avec toi, avoue-t-il me laissant sans voix.

Il préfère être avec... *moi* ? Serait-ce encore un mauvais tour de mon esprit embrumé ? Je n'ai pas le temps de lui demander s'il est sérieux, une nouvelle nausée me submerge et, cette fois, je n'arrive pas à me retenir. Je descends du muret à toute vitesse et cours vers le fond du jardin. Au moment où j'atteins la première haie sur mon chemin, mon estomac se soulève et je me plie en deux, vomissant violemment. Je sens Cameron arriver dans mon dos et, moins d'une seconde plus tard, il saisit mes cheveux pour éviter que je les salisse alors que des haut-le-cœur continuent de me retourner l'estomac. Je me sens mal, c'est horrible. J'ai l'impression de me déchirer de l'intérieur.

Mon trouble passe après quelques secondes. Cameron me lâche et me tend un mouchoir. J'éprouve une terrible humiliation à me montrer à lui dans un tel état.

— Je ne me sens pas bien, Cameron, je marmonne en me tenant le ventre.

— Ça va aller, affirme-t-il. Je te ramène ?

— Oui. Mais les autres ? je lui demande.

— Ils sont assez grands, ils se débrouilleront. Je vais juste prévenir Evan.

J'acquiesce et le suis jusqu'à sa voiture. Installée à l'avant, je sors mon téléphone et écris en vitesse un message à Grace pour l'informer de la situation. J'ai tellement mal à l'estomac et au crâne ! C'est la dernière fois que je me laisse avoir par ce traître de punch à la mangue.

Quelques secondes plus tard, je reçois la réponse de Grace et souris à la vue du petit nom qu'elle me donne, le même dont ma grand-mère m'affublait tendrement.

Pas de problème ma poulette, rétablis-toi bien. Je t'appellerai demain, bonne nuit. Sam t'embrasse aussi, xx.

Je regarde l'heure. Il est 2 heures du matin et je tombe de fatigue. Je ne pense plus qu'à une chose : rentrer pour me doucher et enfin me coucher. Cameron me demande si je souhaite un chewing-gum à la menthe et j'accepte volontiers. Les sensations que me procurent les vibrations de la route sont pires que je ne le pensais, j'ai l'impression d'être en permanence à deux doigts de me vider sur le siège passager du 4 × 4 de mon colocataire. Ce serait une humiliation encore plus grande que celle d'avant. Je ferme les yeux dans l'espoir de me sentir mieux mais, sans le voir venir, je finis par sombrer dans un sommeil semi-comateux.

POINT DE VUE DE CAMERON

Je bandais tellement que mettre un pied devant l'autre relevait presque du miracle. Et ce n'était pas Leila, pendue à mon bras dans son débardeur géant, qui me faisait cet effet. J'étais crispé. L'intégralité de mon corps était tendu, en alerte, et je sentais que j'étais sur le point d'imploser. Que s'était-il passé depuis que j'avais quitté ce foutu appartement quelques heures plus tôt ?! Je suis toujours incapable de comprendre quelle pulsion plus que délirante m'avait poussé à la rejoindre dehors. Pour être honnête, à la seconde où mes yeux se sont posés sur elle avant de sortir de l'appartement, j'ai su pertinemment que plus rien ne m'intéresserait pour le reste de la soirée, pas même Leila et ses promesses plus qu'aguichantes.

Depuis notre petit hall d'entrée, mes yeux n'ont cessé de suivre le moindre de ses mouvements. Elle m'attire comme un aimant. À la seconde où elle est apparue dans cette robe, presque au naturel, mon souffle s'est coupé et j'ai violemment dégluti. Je suis quasiment certain que ce qu'elle a provoqué en moi s'est répercuté sur mon entrejambe. *Merde.*

Le trajet jusqu'au sanctuaire des Epsilon Delta m'a calmé mais, un peu plus tard, elle a dansé avec Enzo. Rien de très dramatique sauf lorsque Calvin Harris a retenti. Leur proximité était telle qu'il devait sentir ses seins se presser contre son torse. Une sorte de rage m'a alors envahi pour une raison inconnue. Son regard m'a scotché sur place. Je ne savais plus comment agir pour me défaire de cette emprise presque intimidante que Lilliputienne avait sur moi. Mais… ils étaient tellement proches, putain, comme s'ils étaient à deux doigts de baiser. C'est au moment précis où la musique s'est terminée qu'elle a voulu partir mais, Enzo ne l'a pas laissée faire et s'est encore plus collé à elle. Pris par un sentiment encore étranger, j'étais à deux doigts d'aller les séparer mais je suis finalement resté à côté de Leila. C'est à cet instant que j'ai compris que j'avais un sérieux problème. Que l'envie d'aller la décoller d'Enzo me brûlait avec une intensité flippante. Elle n'a pas cessé de me regarder en plus. Ses yeux bleus ne semblaient pas vouloir se détacher de moi. C'est pourquoi la seule chose que j'aie trouvé à faire a été d'embrasser Leila, le plus langoureusement possible sans oublier une seconde de regarder cette fille qui me met dans tous mes états. Son emprise sur moi s'est arrêtée aussi vite que son étreinte avec Enzo. Elle s'est figée et a reculé maladroitement, comme si elle était saoule. C'est à ce moment que j'ai regretté mon geste, conscient qu'elle avait l'impression de danser avec moi et non avec... *lui*.

Elle m'a semblé bafouiller quelque chose et s'est éloignée en me jetant un dernier regard. J'ai eu l'impression qu'elle devait fuir le plus vite possible, prise au piège entre la peste et le choléra. Mon instinct m'a alors dit qu'elle avait besoin de moi et, inconsciemment, je me suis déctaché de Leila.

— Tu vas où ?

— Un appel à passer.

Elle m'a attrapé par le bras mais je me suis vite dégagé. Je n'avais pas besoin qu'elle traîne plus longtemps dans mes pattes.

— On se voit plus tard.

— Ouais.

Ou pas.

Je l'avais quittée des yeux à peine une petite minute et elle s'était déjà envolée. J'ai bousculé à mon tour des gens se trouvant sur mon passage, récupérant une flopée de remarques auxquelles j'aurais répondu si j'étais dans mon état normal. Or ma seule obsession était de retrouver Lili. Je savais qu'elle était petite mais pas au point de disparaître comme ça ! Ne sachant pas où elle pouvait se trouver, je me suis dirigé vers l'endroit où étaient les garçons et Grace.

— Vous avez pas vu Lili ?

Ils étaient bien trop saouls pour pouvoir correctement assimiler ce que je leur demandais. Brad m'a répondu un vague « non ». Mais où était-elle ? Faisant demi-tour, je l'ai cherchée des yeux, mais en vain. L'endroit était beaucoup trop bondé et surtout trop sombre pour retrouver quelqu'un comme Lili. Pourquoi avait-elle choisi une robe noire et non pas rouge comme celle de son amie ? À la pensée de sa robe lui allant comme un gant, je n'ai pu m'empêcher de soupirer. Je devais la retrouver avant qu'un gars ne décide d'aller voir ce qui se trouve en dessous. Et comme par hasard, elle ne répondait pas au téléphone. Ben voyons, elle allait me faire péter les plombs à force. J'ai senti mon pouls s'accélérer et c'est ce moment-là que cet idiot d'Enzo a choisi pour apparaître devant moi.

— Tu sais où est Lili ? lui ai-je demandé.

— Pourquoi tu la cherches ?

— Réponds juste à la question Enzo.

— Ahhh, ça y est, j'y suis ! Tu la kiffes, c'est ça ? s'est-il exclamé dans un rire.

C'est seulement parce que je voulais une réponse rapidement que mon poing ne s'est pas écrasé sur son visage antipathique.

— Je réitère ma question : où est-elle ?

— Elle m'a dit qu'elle voulait prendre l'air.

Je n'ai pas pris la peine de le remercier et j'ai commencé à marcher vers la sortie.

— Hey Cam ! s'écria Enzo.

Je me suis retourné pour lui faire face.

— T'es pas le seul à la kiffer, a-t-il dit avant de faire un clin d'œil.

— Je ne la kiffe pas, putain ! me suis-je emporté.

Il a éclaté de rire mais je n'ai pas perdu plus de temps pour sortir de la maison, avançant vers l'endroit où était garée la voiture. Enfin, je l'ai remarquée. Elle était là, assise sur un muret près du trottoir. Elle était tellement déphasée qu'elle ne voyait pas le groupe de mecs qui la matait en se donnant des coups de coude de l'autre côté de la rue.

— Lili !

Elle n'a pas pris la peine de tourner la tête pour me répondre d'un ton cinglant :

— Dégage, Cameron.

Si elle croyait que j'allais la laisser à cette heure toute seule, elle se fourrait le doigt dans l'œil. Je continuai ma progression vers elle, je n'étais plus qu'à un seul petit mètre de son corps.

— Non, je répondis.

Et la suite, on la connaît. Je chasse ces images de ma tête et me concentre sur la route. Cette nuit, la circulation est relativement fluide et j'arrive rapidement à l'appartement. Je me gare le long de la résidence, à ma place habituelle, puis coupe le moteur.

— On est arrivés, Lili.

Elle ne répond pas. Je me tourne alors vers elle et découvre qu'elle s'est endormie. Putain, je dois faire quoi ? La laisser dormir dans la voiture ? La réveiller pour qu'elle monte se coucher ? Je ne suis quand même pas censé la porter dans mes bras et ne la relâcher que lorsque je la poserai dans son lit, si ? Je commence à flipper. Cette situation ne s'est jamais produite auparavant. Comment agit-on avec sa colocataire ? Je n'aurais eu aucun scrupule avec Evan, mais là, c'est une tout autre histoire.

Je la regarde. Elle semble dormir paisiblement. Ses lèvres affichent un petit sourire et sa respiration est régulière. Je ne peux ni la laisser dormir dans la voiture ni la réveiller pour qu'elle aille d'elle-même à l'appartement. Je n'ai donc pas d'autre choix que de la porter.

Pour ne pas réveiller Lili, je ferme doucement ma portière puis contourne la voiture pour rejoindre son côté. Je remarque alors qu'elle a changé de position. Maintenant, sa tête est posée contre la vitre. J'ouvre sa portière avec mille précautions, glissant la main pour tâcher de retenir sa tête. Je retiens mon souffle et me penche vers elle : par chance, sa respiration est toujours aussi régulière. Me contorsionnant dans tous les sens, je passe son bras droit autour de mon cou, sa tête posée sur mon épaule, avant de placer mon bras droit sous ses genoux et mon bras gauche dans son dos. Je me redresse délicatement, la collant contre mon torse au passage. Elle ne se réveille pas mais pousse un petit grognement. Je soupire. Je repousse la portière avec mon pied et verrouille ma voiture. J'avance ensuite vers la porte de l'immeuble. Lili est étonnamment légère. Du haut de mon mètre quatre-vingt-six et de mes presque quatre-vingt-dix kilos de muscles, je ressens à peine sa présence dans mes bras et, pourtant, l'avoir si près de moi accélère les battements de mon cœur et façonne un sourire béat sur mon visage. Me voilà à parler comme un ado, c'est tout bonnement pitoyable.

Arrivé à la porte d'entrée, je l'ouvre avec difficulté. L'appartement est plongé dans le noir, seule la lueur de la lune de l'autre côté de la porte-fenêtre du balcon apporte un filet de clarté. J'avance dans le couloir et en profite pour allumer la lumière de la salle de bains afin d'y voir plus clair sans réveiller Lili. J'ouvre la porte de sa chambre et la dépose délicatement sur le lit. Est-ce que je dois la déshabiller ? Ou la laisser avec cette robe ? La seule expérience que j'aie en la matière est Leila et je sais qu'elle n'aime pas dormir avec ses vêtements de soirée même si elle est bourrée.

Je commence par lui ôter ses chaussures puis mes mains remontent vers sa robe. Comment je vais bien pouvoir faire pour la lui enlever ? Je devrais peut-être la réveiller ? Putain, je suis dans la merde. Habillée, elle me fait un effet de fou, alors déshabillée, je préfère ne pas y penser. Je finis par trouver comment procéder. Je cours récupérer dans ma chambre un de mes tee-shirts qui, j'en suis certain, lui arrivera au niveau des cuisses. Avant d'enlever sa robe, je lui passe mon tee-shirt par-dessus la tête. Au moins, je ne serai pas tenté de laisser mes yeux dériver sur son corps. Avec du mal, je réussis à faire tomber la robe. J'attrape ses jambes et les place sous la couette. Je m'apprête à m'écarter pour la laisser dormir lorsqu'une petite main se pose sur mon avant-bras.

— Reste dormir avec moi, Cameron, murmure-t-elle les yeux fermés.

Je ne sais pas s'il s'agit d'une bonne idée mais je n'hésite pas une seconde de plus avant de retirer mon pantalon et ma chemise et de me coucher à son côté. Elle a déjà replongé dans un sommeil profond alors que j'embrasse ses cheveux qui ont un délicat parfum de miel et de vanille.

Je suis sur le dos, contemplant le plafond. Lili a posé sa tête sur mon torse et l'une de ses jambes est entre les miennes. Cette soirée ne cesse de repasser en boucle dans ma tête. Je ne comprends pas d'où vient cette soudaine attirance pour Lili. Physiquement, elle m'a plu dès la première seconde. Elle est mignonne et est du genre à plaire à tout le monde. Mais lorsque je l'ai croisée dans la cuisine pour la première fois, je n'ai vu qu'une fille à papa, une gamine pourrie gâtée. Au début, je n'ai pas cru un seul instant à cette histoire grossière de dossier, c'était si… improbable – après tout, elle n'aurait pas été la première à tenter de se rapprocher de nous. Pourtant, sa version était la vérité.

J'ai beau essayé de la repousser, avec le temps, je découvre qu'elle est loin d'être celle que l'on pense. Elle est gentille, intelligente, pleine de vie, elle aime se consacrer aux autres avant de penser à elle, mais aussi, elle est un putain de canon. Comment ai-je pu passer à côté de son corps si bien proportionné ? Elle bouge dans son sommeil et sa cuisse frôle ma verge. Je sens que cette fille serait capable de me filer une érection en moins de deux secondes si je baissais ma garde. Je suis sacrément dans la merde. Je dois lutter contre cette attirance. Avoir une colocataire a de bons côtés, surtout au niveau du ménage et de la bouffe qui s'est considérablement améliorée, mais le jour où ta coloc te file des érections… ça commence à devenir très compliqué. Je ne peux pas lui faire ça, et je ne peux pas faire ça à Evan. Embarquer Lili dans ma vie serait beaucoup trop risqué pour moi… comme pour elle.

Chapitre 10

Je me réveille, étouffée par la chaleur écrasante de la chambre. Je tente de me dégager de sous la couette mais le moindre mouvement réveille en moi une terrible douleur dans mon corps tout entier et en particulier ma tête. J'ai l'impression que tous mes muscles sont en compote et que je suis dénuée de toute énergie. Plus jamais je ne boirai autant !

Je reprends mon souffle une petite minute avant de tenter une nouvelle fois de sortir du lit mais, dans le mouvement, je me cogne à quelque chose ou plutôt devrais-je dire à quelqu'un. Oh mon Dieu, que s'est-il passé durant cette soirée ? Pour le moment tout est tellement flou. Je ne me souviens de rien à partir du moment où je suis sortie prendre l'air. Curieuse et à la fois terrorisée, j'approche doucement mon visage de celui qui est à côté de moi et je ne peux que ressentir du soulagement quand je m'aperçois qu'il s'agit de Cameron et pas d'un étudiant dont j'ignorerais le nom. Minute, Cameron ? Mais que fait-il dans mon lit ? Paniquée, je soulève la couette et constate que nous ne sommes pas nus : on ne sait jamais ce qui aurait pu se passer entre nous dans un moment d'égarement alcoolisé.

Comme à son habitude, Cameron est torse nu et, lorsque je regarde mieux, je remarque que ses jambes sont nues, il ne porte qu'un simple boxer. Je déglutis et secoue la tête pour m'éclaircir les idées. Je m'aperçois que je ne porte plus ma robe d'hier soir mais un tee-shirt que j'ai déjà vu sur Cameron. Comment me suis-je retrouvée avec ça sur le dos ? Tout est encore confus dans ma tête, seuls quelques éléments réapparaissent par flashs. Est-ce la réalité ou un rêve ? Parce que, dans ce cas, j'aurais vomi dans le jardin de la fraternité et Cameron aurait tenu mes cheveux. Pitié, il n'y a pas plus humiliant ! Dites-moi que tout cela n'est qu'un rêve et que je vais me réveiller d'une minute à l'autre.

J'enlève la couette le plus délicatement possible afin de ne pas réveiller mon colocataire puis sors doucement mes jambes et rampe vers le bout du lit. Quelle *merveilleuse* idée d'avoir le côté gauche de mon lit collé contre le mur ! Et bien sûr, il a fallu que Cameron dorme du côté droit, ça ne serait pas marrant sinon.

Une fois les pieds au sol, je marche à pas de loup vers le dressing où je récupère mes chaussons et les enfile. Je baisse la tête vers ma tenue et, mon Dieu, je n'ai aucune classe : le tee-shirt de Cameron remontant sur mes hanches laisse apercevoir ma culotte. J'essaie de tirer dessus. Je regarde l'heure affichée sur le réveil : il est plus de 13 heures. M'approchant de la porte, je ne peux m'empêcher de jeter un rapide coup d'œil dans le miroir pour vérifier dans quel état je suis et le constat est affligeant : mes cheveux sont tout ébouriffés, mon maquillage a coulé et mes yeux sont cernés. Je dois me débarbouiller de toute urgence. Je m'apprête à poser ma main sur la poignée, lorsqu'une voix rauque et encore endormie s'exclame, me faisant sursauter :

— Jolie culotte.

Les joues cramoisies, je me retourne face à un Cameron s'étirant de toute sa longueur.

— Je... euh... salut Cameron, je bégaie.

— Salut, rit-il en se redressant.

Il passe ses mains sur son visage et poursuit :

— Tu as bien dormi ?

— Oui, même si le réveil est plutôt difficile.

— Je me doute, tu n'aurais pas dû boire autant. Je ne serai pas toujours là pour te tenir les cheveux, ajoute-t-il avec un clin d'œil.

Merde ! Je n'ai pas rêvé, j'ai bel et bien vomi devant Cameron. Ce n'est pas vrai, la honte ! Sans attendre une quelconque réaction de ma part, il se lève et marche vers la porte devant laquelle je suis toujours en état de choc.

— Remets-toi, Lili, tu n'es pas la première à qui ça arrive.

— C'est censé me rassurer ? je demande en haussant un sourcil.

— Pourquoi voudrais-tu être rassurée ?

— Je ne sais pas. Tu ne trouves pas que c'est plutôt humiliant de finir la tête en bas à vomir avec toi me tenant les cheveux ?

— Hmm, non. Écoute Lili, t'es jeune, profite sans te poser de questions !

Il n'a pas tort. Mais je trouve que ce genre de comportement fait malgré tout dépravé.

— Sinon, continue-t-il, tu comptes sortir de ta chambre ou tu veux te recoucher avec moi ?

Il accompagne la fin de sa phrase d'un mouvement de sourcil plus que suggestif. Une légère teinte rosée me colore à nouveau les joues avant que je me reprenne, un sourire aux lèvres. J'aime beaucoup cette facette joueuse, taquine de sa personnalité. Si seulement il pouvait être comme ça plus souvent, tout serait plus simple entre nous !

— C'est tentant mais entre un bon petit déjeuner et toi, il n'y a pas d'hésitation possible, désolée, je réponds en souriant.

Il met la main sur son cœur, faisant mine d'être blessé, mais le sourire ancré sur son visage le trahit.

— Si ça peut te réconforter, je veux bien te préparer un bon repas, je reprends.

— Ça marche.

Je sors, suivie par Cameron et file dans la salle de bains. Je prends un élastique et m'attache les cheveux en une vague queue-de-cheval.

Je me brosse les dents et passe de l'eau sur mon visage. Comme il fait extrêmement chaud dans l'appartement, je reste en tee-shirt. De toute manière, il est assez couvrant. Lorsque Cameron va à son tour dans la salle de bains, je m'attends à ce qu'il en sorte avec au moins un pantalon. Mais non, il est resté en boxer. Malgré la tentation de jeter un coup d'œil, je résiste et détourne la tête. Je commence alors à sortir tout ce qu'il faut pour faire un petit déjeuner digne de ce nom pendant que Cameron s'occupe de mettre le couvert.

— Ça te dérange si je branche mon téléphone sur l'enceinte ? me questionne-t-il.

Je me retourne et lui souris.

— Non, vas-y.

Il s'exécute et je poursuis la préparation des pancakes. Peu de temps après, une mélodie retentit dans la cuisine et je ne mets que deux secondes à reconnaître *Hold on We're Going Home* de Drake. J'aime tellement cette chanson ! Elle me rappelle ma dernière année de lycée à Miami et les soirées sur la plage avec mes amis. Inconsciemment ou certainement par habitude, je commence à chantonner.

« *I got my eyes on you*
You're everything that I see
I want your hot love and emotion endlessly
I can't get over you
You left your mark on me
I want your high love and emotion, endlessly... »

— Tu aimes cette chanson ? s'étonne Cameron.

— Oui ! je dis en lâchant un petit rire. C'est si étonnant que ça ?

— Te dire « non » serait mentir. Je pensais que tu étais plutôt du genre Taylor Swift.

— Détrompe-toi ! J'aime bien sa musique mais je ne suis pas une grande fan de l'artiste !

— Tu t'entendrais bien avec ma sœur, dit-il avec un brin de mélancolie dans la voix.

— Tu as une sœur ? je m'exclame.

— Oui. Il y a plein de choses que tu ignores à mon sujet, Liliana.

Je ne peux m'empêcher de voir un double sens dans cette phrase, même s'il ne s'en est probablement pas aperçu. J'aimerais poser des questions mais je ne veux surtout pas gâcher ce début de journée qui est pour le moment plutôt prometteur.

— Elle a quel âge ?

— Dix-sept ans, elle vient de rentrer en dernière année de lycée. Et de ton côté ?

— J'ai une demi-sœur, Stella, du côté de mon père, elle a six ans et vit avec ma belle-mère et lui au Brésil. On essaie de se parler par FaceTime au moins une fois par semaine. Il y a aussi Charlie, c'est le fils de mon beau-père, il a onze ans.

— Je ne savais pas que tes parents étaient divorcés. Tu n'as pas trop souffert ?

— Non, pas du tout. Mes parents se sont toujours bien entendus et c'est encore le cas, même si ce n'est plus pareil bien sûr. En refaisant chacun leur vie, ça a aidé, je pense. Avec le recul, je me dis que le divorce a été pour eux la bonne décision. Et toi ?

— Mes parents sont mariés depuis vingt-cinq ans.

Je hoche la tête. Il est fier de sa famille, ça se sent dans la manière dont il en parle.

— Et tu n'as qu'une petite sœur ?

— Oui, et c'est suffisant, crois-moi.

Face à son attitude, je ne peux m'empêcher de rire.

— Elle est si terrible que ça ? je demande.

— Oh non, c'est un ange et c'est justement ça le problème. Tu devrais voir le nombre de vautours qui lui tournent autour…

— Tiens, Cameron, le grand frère protecteur... J'ignorais cette facette !

— Ouais, elle dit que je l'étouffe, mais je ne peux pas m'en empêcher. Probablement parce qu'elle n'attire que des gars comme moi, avoue-t-il avec un demi-sourire.

Mon cœur rate un battement et je ne peux m'empêcher de penser que c'est adorable qu'il se préoccupe autant de sa sœur. *Adorable*, répète ma conscience moqueuse.

Nous en restons là. La chanson suivante se met en route et, une nouvelle fois, je ne peux m'empêcher de chanter et de danser.

« *All I want to get is a little bit closer,*
All I want to know is, can you come a little closer ?
I want you close, I want you
I won't treat you like you're typical... »

Lorsque le couplet suivant reprend, je me tourne vers Cameron.

— Tu as vraiment ça sur ton téléphone !? Je suis surprise !

— Elena adore ce groupe et elle m'a converti à cette chanson, rit-il.

Je devine qu'Elena doit être le prénom de sa sœur.

— Elle a eu raison, je dis en chantonnant.

— Tu insinues quoi, que mes goûts musicaux sont nuls ?

Pour la deuxième fois depuis qu'on est réveillés, il feint d'être choqué.

— Peut-être... je dis, joueuse.

Sans même le voir venir, il plonge sa main dans le paquet de farine posé sur le plan de travail et m'en envoie au visage.

— Tu n'as pas osé ? je m'exclame en haussant la voix, me voulant sérieuse.

— Je voudrais bien savoir ce que tu vas me mijoter, me défie-t-il.

Je fais mine de réfléchir et en profite pour attraper le tube de sirop d'érable posé derrière moi. Cameron, bien trop occupé à me regarder d'un air particulièrement satisfait, ne s'aperçoit de rien.

— Ça ! je crie tout en appuyant sur le tube.

J'éclabousse ce qui se trouve à ma hauteur, c'est-à-dire son torse. Mon colocataire est désormais dégoulinant de sirop d'érable, ce qui me pousse à rire aux éclats.

— Bien joué, bien joué.

Je jubile.

— Tu ne l'avais pas vu venir celle-là, je me moque.

— Non c'est vrai… Comme toi, celle-là.

Avant même d'avoir le temps de comprendre où il veut en venir, il m'attrape par les épaules et dans la seconde qui suit, je me retrouve collée à son torse. À son contact, j'ai l'impression d'être électrisée, de ne plus répondre de moi-même, que le monde s'arrête de tourner. Je n'ai plus aucune notion. Cette fois-ci, je ne peux pas rejeter la faute sur l'alcool, mes émotions et sentiments ne sont en aucun cas décuplés et, pour être honnête, ça me fait peur, ça me terrorise même. Maladroitement, je me détache de lui, du sirop sur ma joue.

— Ça va pas ? dit-il en fronçant les sourcils – l'inquiétude est perceptible dans sa voix.

— Si si, j'ai juste eu un vertige, je mens.

— Dans ce cas, on mange. Maintenant, assieds-toi et laisse-moi faire.

J'en profite pour prendre un médicament pour faire passer les maux. Ce matin, Cameron est plus qu'attentionné. Il apporte tout sur le comptoir et nous commençons à manger tout en continuant à discuter. J'apprends par exemple qu'Evan et lui sont originaires de Malibu, ville située juste à côté de la cité des anges. Il est un grand fan de sport et un de ses rêves est d'aller surfer au Brésil. Il est aussi surpris que moi lorsque je lui promets qu'un jour, avec toute la bande, je les emmènerai surfer là-bas.

Le petit déjeuner terminé, je me lève et commence à débarrasser.

— Tu as besoin de quelque chose, Cameron, avant que je range tout ?

— Cam, me reprend-il.
— Cam quoi ? je répète, ne voyant pas où il veut en venir.
Il soupire mais sourit avant de poursuivre :
— Arrête de m'appeler Cameron, ça fait trop sérieux.
— Pourtant si je me souviens bien, c'est Cameron pour moi, pas Cam, non ? je dis en reprenant la phrase qu'il m'avait dite lors de notre première rencontre.
Il soupire une nouvelle fois.
— Tu vas m'en vouloir longtemps ?
— Tu t'es comporté avec moi comme un véritable connard.
Il grimace en entendant ces mots. Depuis le temps que j'avais envie de les lui dire.
— Ouais, je sais, désolé pour ça.
Ce ne sont pas les plus belles excuses qui puissent exister mais j'imagine que, venant de Cameron, enfin de Cam, c'est beaucoup. Et j'avoue que mon cœur fait quelques saltos après cette déclaration. Cependant, d'humeur joyeuse, je décide de le charrier un peu.
— OK.
Il me regarde, surpris.
— « OK » ? C'est tout ?! s'exclame-t-il. Je viens de te présenter des excuses pour m'être comporté comme un con, chose que je ne fais jamais, soit dit en passant ! Et toi, tu te contentes de me répondre par un simple « OK » ?!
J'avais bel et bien raison, Cameron ne s'excuse jamais. J'ai touché sa fierté. Je pousse le vice un peu plus loin encore.
— Ouais.
Il a l'air encore plus surpris et je remarque que ses traits sont en train de se tendre. J'ai visé en plein dans son orgueil purement masculin. Il s'apprête à répliquer, mais je l'en empêche en éclatant de rire. Si jamais le journalisme ne marchait pas pour moi, je pourrais toujours me reconvertir dans la comédie, n'est-ce pas ?

— Tu te moquais de moi ? s'emporte Cameron.
— Ça se peut bien, je lâche toujours en riant.

Il se passe la main dans les cheveux avant de répondre d'une voix basse :

— Putain, tu me rends dingue.

Je le rends dingue ? Dingue comme dans « tu es tellement chiante, que tu me rends dingue » ou dingue comme dans « je suis dingue de toi et *plus si affinités* » ? Que je ne me fasse pas d'idées, il veut certainement dire que je suis du genre énervante et il a raison. Je ne fais que le blâmer alors que j'ai également ma part de responsabilités dans l'absence de cordialité dans notre relation. Je m'apprête à m'excuser pour mon comportement pas toujours acceptable, lorsqu'il fonce vers moi. Avant que je n'aie le temps de comprendre ce qui se passe, il me sourit et passe l'un de ses bras derrière mes cuisses pour me soulever. D'un seul mouvement, je me retrouve balancée comme un sac sur son épaule.

— Lâche-moi, Cameron ! je crie.
— Non, répond-il simplement.

La tête en bas, je le vois se déplacer. Je m'agite dans tous les sens, espérant le fatiguer pour qu'il me repose mais, visiblement, il n'a pas l'air gêné par mes mouvements. Je l'entends même rire.

— Arrête de bouger, Lili, tu vas finir par glisser ou je pourrais décider de vraiment te lâcher.

Je réfléchis deux secondes à cette possibilité et tomber la tête la première ne me tente pas plus que ça.

— Tu n'as qu'à mieux me tenir aussi, je râle.

Mauvaise foi quand tu nous tiens…

— D'accord, mais ne te plains pas après dans ce cas.

Avant même d'avoir le temps de répondre, je vois son bras gauche qui, jusque là, pendait le long de son corps se déplacer jusqu'à atteindre mes fesses. Il n'est pas sérieux ?

— Enlève tes sales pattes de là, Cameron ! je m'exclame.

Il se met à rire.

— Non, ma main est trop bien où elle est.

Je recommence à m'agiter dans l'espoir qu'il me lâche et, même si je dois finir par m'écraser lamentablement au sol, c'est toujours mieux que d'avoir la main de Cameron sur mes fesses. *Pourtant, ça n'est pas si désagréable… Fichue conscience !*

— Pitié, Cameron, repose-moi !

— Non.

Il est coriace et, pendant ce temps, je suis toujours perchée sur son épaule. J'ai beau ne pas être très lourde, mon poids doit tout de même le fatiguer, or, il ne vacille pas d'un pouce. Je commence à voir des étoiles apparaître devant mes yeux – évidemment, le sang me monte au cerveau.

— Je ferai ce que tu veux, je dis dans un dernier espoir.

— Ce que je veux ? répète-t-il.

— Oui, je souffle.

— Même si je te demande de…

Il est interrompu par une voix que je reconnais tout de suite.

— C'est quoi ce bordel ?

Et merde.

Absorbés par notre négociation, ni Cameron ni moi n'avons remarqué que la porte d'entrée s'était ouverte, laissant apparaître Enzo suivi d'Evan et des garçons. Toujours sur l'épaule de Cameron, je me fige face au ton qu'a employé Enzo.

— Je répète, c'est quoi ce bordel ?

Cameron me redresse et me fait glisser le long de son corps pour que je regagne le sol. Je suis toujours dans ses bras et je remarque sans peine que ses traits se tendent de plus en plus, comme tout à l'heure lorsque je le faisais marcher. Je pose mes mains sur son torse, toujours nu et constate que nous sommes dans la même tenue qu'au lever… ça prête à confusion. Je m'écarte maladroitement de Cameron et finis par me retourner face aux garçons. Je remarque en premier un sourire sur les visages de Brad, James et Rafael. Quant à Evan, son regard passe de Cameron à moi. Je vois bien qu'il est intrigué, en pleine incompréhension. La dernière personne sur qui je pose les yeux est Enzo. Si on pouvait tuer d'un regard, Cameron et moi serions déjà six pieds sous terre. Qu'est-ce qu'il lui prend ? Je tire, affreusement gênée, sur le tee-shirt, espérant dissimuler du mieux que je peux ma tenue plutôt légère.

— C'est quoi ton problème ? finit par lâcher Cameron.

— Je venais voir si Lili allait bien puisqu'elle est partie de la soirée avant nous. Mais visiblement, elle se porte à merveille, dit Enzo en me toisant.

Rougissant, je m'exclame :

— Ce n'est pas ce que tu crois !

— Et qu'est-ce que je crois ?

Je m'empourpre davantage.

— Que Cameron et moi, on a… euh… tu vois ? je bégaie.

— Non, je ne vois pas justement, continue.

Où est passé le gentil Enzo, toujours là pour me faire rire, me faire sourire ? Pour le moment, je fais face à un… connard, voilà c'est le mot. Je me tourne vers Cameron, espérant de l'aide, mais il ne me jette pas un seul coup d'œil et continue de fixer les garçons. À part lui, ils me regardent tous, attendant une réponse de ma part. Je déteste être le centre de l'attention. J'ai l'impression de me retrouver en plein milieu d'un *freak show*. Ayant eu mon lot d'humiliations pour le mois entier, je fais un pas en avant pour sortir de la pièce puis me tourne une dernière fois vers Cameron : il ne me regarde pas, tout comme Evan et les autres qui baissent la tête ou ont les yeux ailleurs. Seul Enzo continue de nous fixer, Cameron et moi. Je sens la honte disparaître peu à peu pour laisser place à la colère.

— Allez tous vous faire foutre, je finis par lâcher, énervée.

N'attendant pas une quelconque réponse de leur part, je tourne les talons pour regagner ma chambre. J'entends leurs hoquets de surprise mais je n'en ai que faire. C'est alors qu'on m'attrape par le bras pour me faire pivoter, et je me retrouve face à Evan.

— Écoute, Lili, on est…

Je ne le laisse pas finir sa phrase et m'exclame :

— Qu'est-ce que tu n'as pas compris dans « allez tous vous faire foutre » ?

Je vois des remords traverser son visage mais je suis beaucoup trop remontée pour m'en préoccuper. Même si je sais que cette réaction est probablement trop excessive, une fois que je suis partie, je ne contrôle plus mes paroles ou même mes actes. Je rentre dans ma chambre et claque la porte.

Me couchant sur le lit défait, je contemple le plafond. L'odeur de Cameron est accrochée aux draps si bien que j'ai l'impression qu'il est là, à côté de moi. Je soupire et ne pense plus à rien, me contentant de rester là, allongée. Je ne me mets que rarement dans de grosses colères, telles qu'aujourd'hui. Comme ma grand-mère le dit si bien, c'est la goutte d'eau qui a fait déborder le vase. Et je comprends que c'est ce qui s'est passé il y a quelques minutes.

J'entends leurs voix dans le salon. Je ne comprends pas ce qu'ils se disent, mais ça ne me paraît pas sympathique vu le ton qu'ils emploient. Je ne veux pas rester ici une minute de plus, j'ai besoin de sortir de cet appartement. J'attrape mon téléphone posé sur ma table de nuit puis appelle Grace.

— Allô ?

— C'est Lili.

— Je sais, rit-elle. Tu voulais quelque chose ?

— On peut se faire un ciné cet après-midi ? Je n'ai pas envie de rester à l'appartement.

J'essaie de rester calme au téléphone. Grace n'a pas besoin de subir ma mauvaise humeur.

— Le temps que je me prépare et, d'ici une quarantaine de minutes, je suis chez toi. C'est bon ?

— Oui, merci, Grace, je dis avant de raccrocher.

Je ne perds pas de temps et me lève pour aller choisir mes affaires. J'attrape des sous-vêtements, un jean skinny gris et un chemisier noir avant de filer dans la salle de bains. Enzo m'interpelle mais je lui réponds en claquant la porte.

Je laisse couler l'eau sur mes épaules et réfléchis. J'ai la folle impression d'avoir réagi avec excès mais je me suis vraiment sentie humiliée par leur comportement. Et comme toujours après m'être emportée, me voilà en train de culpabiliser.

De retour dans ma chambre, habillée, je n'ai plus qu'à mettre mes chaussures, ma veste et je serai prête. Deux minutes plus tard, j'attrape mon sac pendu au dossier de mon fauteuil de bureau et souffle un bon coup avant de sortir. Les garçons sont dans le salon, assis sur le canapé. Visiblement, ça s'est arrangé pour eux puisqu'ils sont en train de jouer à la console. Si tout pouvait se résoudre aussi simplement qu'avec une partie de jeu vidéo, le monde ne serait que meilleur. Malheureusement pour moi, le bruit de mes pas alerte Brad qui met le jeu en pause. Six visages se retournent alors vers moi.

— Tu vas où ? me demande Evan.

— Je sors.

Je continue mon chemin alors que j'entends des vagues « désolé », « avec qui ? », « reste » mais n'y prête pas attention et rejoins le plus rapidement possible Grace, stationnée devant l'entrée de l'immeuble.

— Qu'est-ce qui s'est passé ? me questionne-t-elle. Ne me réponds pas « rien » parce que j'ai bien compris que quelque chose n'allait pas. C'est Cameron ? Tu veux que j'aille lui casser les dents ?

Sa proposition m'arrache mon premier sourire.

— Non, ce n'est pas Cameron. Enfin pas exactement.
— C'est qui alors ? dit-elle en démarrant.

Je lui raconte tout, depuis hier à la soirée jusqu'à tout à l'heure, sans rien omettre. J'ai besoin de me libérer, d'en parler, d'avoir des conseils.

— Si tu veux mon avis, je pense que tu devrais mettre les choses au clair avec Enzo. Il est certain, pour moi en tout cas, qu'il envisage plus qu'une simple amitié avec toi, ce qui expliquerait son comportement. Ensuite en ce qui concerne Cameron, je ne sais pas trop… il est si compliqué que je suis sûre que lui-même, il ne sait pas quoi penser. Mais après, mon intuition et certains faits me laissent croire que tu lui plais, Lili, et qu'il ne sait pas comment agir avec toi.

Je prends le temps de bien tout assimiler avant de lui répondre.

— Tu as raison, Grace. Quand la colère sera redescendue, j'irai parler à Enzo. Et quant à Cameron, je suis plus que perdue. C'était si bien avec lui ce matin ! Mais dès qu'on n'est plus tous les deux, que notre « bulle » éclate, il redevient le Cameron presque détestable que j'ai connu au début.

— Laisse-toi peut-être le temps de penser à tout ça, d'y voir plus clair ?

Comme réponse, je me contente de hocher la tête. Le reste du trajet jusqu'au cinéma se faisant en silence, je regarde passivement la route défiler.

— Tu veux aller voir quoi ? je demande tandis que nous parcourons les différentes affiches.

— Ce que tu veux sauf *Sin City* parce que je l'ai déjà vu.

Je hoche la tête et continue de chercher un film qui pourrait m'intéresser. Je finis par tomber sur *Si je reste* et le propose à Grace. Elle accepte et, la séance ayant lieu dans un peu plus de deux heures, nous décidons d'aller faire le tour des quelques boutiques qui sont dans la même rue.

Cette séance de shopping improvisée me détend complètement. Je fais quelques acquisitions pour l'hiver qui commence à faire doucement sa place dans l'air californien. Je me trouve une veste en cuir noir donnant une petite touche rock à n'importe quelle tenue, ainsi qu'une paire de bottines à talons noires s'accordant parfaitement avec la robe grise que j'achète également. Comme, après ces achats, il nous reste un peu plus de quarante minutes avant le film, Grace et moi passons par le Starbucks pour prendre une petite collation.

— Je vais commander, m'annonce-t-elle. Tu veux quoi ?

— Prend-moi un Caffè Americano et un muffin à la myrtille, merci, Grace.

Elle se rend au comptoir afin de commander. J'en profite pour sortir mon téléphone, resté au fond de mon sac depuis que j'ai quitté l'appartement. Je suis plus que surprise lorsque je découvre le nombre de notifications, saturant mon téléphone : quatorze messages, neuf appels dont quatre avec message vocal. Ils viennent tous des garçons. Qu'est-ce qu'ils croient ? Que si je ne réponds pas à George, je vais répondre à Patrick ? Je parcours rapidement les messages des yeux.

D'Evan : *Lili reviens, on est désolés.*

D'Enzo : *Je suis désolé Lili, je ne voulais pas dire ça ou même me comporter comme ça. J'ai été con, reviens s'il te plaît.*

D'Enzo : *Lili, allez…*

D'Evan : *On s'inquiète, réponds-nous s'il te plaît.*

De Brad : *Lili, ils sont en train de péter les plombs là !*

De Raf : *Si tu veux pas revenir à l'appart, réponds au moins. Il part carrément en vrille !*

Je m'arrête là bien que les garçons m'aient envoyé un tas d'autres messages. Je ne veux pas savoir ce qu'ils font ou même ce qu'ils ressentent. Mais malheureusement, mes yeux ne sont sans doute pas de cet avis car ils se posent sur un dernier message provenant cette fois-ci de Cameron :

Lili…

Juste un mot, mon prénom, et pourtant, je me sens déglutir. Je ferme les paupières avant de poser mon téléphone sur la table. Je ne veux pas penser à lui, pas maintenant, je ne veux penser à rien. Je n'écoute pas les messages vocaux mais je suis à peu près sûre qu'ils contiennent la même chose que les SMS : des excuses, de l'inquiétude, de la colère et encore des excuses. Lorsque Grace revient avec le plateau, je décide d'éteindre mon téléphone pour être définitivement tranquille.

— Qu'est-ce qu'il y a ? me demande-t-elle en s'asseyant.

— Rien, je dis en secouant la tête.

— T'es sûre ?

Elle est dubitative, je le vois, mais heureusement pour moi, elle n'insiste pas et nous commençons à manger.

*

Nous sortons du cinéma deux heures et demie plus tard. La nuit est déjà tombée, il ne reste plus qu'un léger filet de lumière dans le ciel. J'ai bien aimé ce film même s'il m'a bouleversée. Évidemment, Grace et moi avons pleuré maintes fois devant les scènes tragiques. Le voir m'a fait beaucoup de bien, et pendant deux heures, j'ai oublié les garçons et tout ce qui pouvait me tracasser ces derniers temps.

— Tu veux rentrer ? me demande Grace. Je dois juste être rentrée pour 21 heures, j'ai un devoir à potasser pour le cours de trigonométrie.

Je regarde ma montre, il est 19 h 30 passées. Je n'ai aucune envie de revenir à l'appartement maintenant.

— On peut aller manger ?

— Si tu veux, me sourit-elle. Attends juste deux secondes, je vérifie mon téléphone.

Elle sort l'appareil de sa poche et grimace. Je suis certaine qu'elle aussi a dû recevoir des messages et appels.

— Qu'est-ce qu'il y a ?

— Ma batterie est à plat. Il a dû s'éteindre pendant le film.

— C'est pas grave ! On peut vivre sans, je dis en lui attrapant le bras pour l'entraîner vers la voiture.

Elle sourit avant de me demander :

— Tu veux manger où ?

— Je ne sais pas, comme tu préfères.

— McDonald's, ça te va ?

— Parfait !

Une dizaine de minutes plus tard, nous entrons dans le restaurant, rempli de monde.

*

Il est bientôt 21 heures et Grace moi nous apprêtons à pénétrer dans le parking de la résidence.

— Tu veux que je monte avec toi ?

— Non, c'est bon, il faut bien que je les affronte un jour.

— Même si je travaille, tu m'appelles au cas où ça n'irait pas, surtout.

Je lui souris.

— Bonne soirée, Grace, et encore merci pour cette journée.

— Tu n'as pas à me remercier, s'indigne-t-elle. Les amies sont faites pour ça !

Je l'embrasse sur la joue avant de sortir de la voiture. Après avoir tapé le code d'accès à l'immeuble, je pénètre dans le hall de la résidence. Avec le peu de courage qu'il me reste, je grimpe dans l'ascenseur et appuie sur le bouton menant au quatrième étage. L'ascension se fait bien trop vite à mon goût. À peine ai-je ouvert la porte qu'une horde de garçons inquiets me saute dessus et, vu leur expression, je sens que je vais passer un mauvais quart d'heure.

Chapitre 11

POINT DE VUE DE CAMERON

J'avais passé l'une des meilleures nuits de toute ma vie. L'expression « dormir comme un bébé » avait pris tout son sens. Pourtant, dormir avec quelqu'un n'a jamais été mon truc. On a plus chaud, on a moins de place dans le lit, on se réveille avec plein de cheveux sur le visage et j'en passe. Toutefois cette nuit, c'était… différent. C'est vrai que Lili a beaucoup bougé et m'a donné chaud, mais pour être honnête, dormir avec elle m'a plus qu'apaisé. Ses cheveux chatouillaient mon visage, sa tête posée contre ma poitrine me coupait parfois le souffle, pour autant, je n'aurais pas voulu être ailleurs. Et après notre réveil, tout avait semblé si… naturel.

Lorsque je l'ai balancée sur mon épaule et qu'elle m'a soufflé qu'elle ferait n'importe quoi pour descendre, une idée m'est soudainement venue en tête. C'est plutôt ridicule quand j'y pense, mais puisque les cartes étaient entre mes mains, il fallait que j'en profite. Évidemment, c'est ce moment-là qu'ont choisi les gars pour faire leur apparition dans l'appartement, s'étant souvenus qu'ils devaient venir me chercher afin de préparer le rendez-vous de ce soir.

Sans vraiment comprendre pourquoi, durant tout le temps de leur altercation, je ne suis quasiment pas intervenu alors que l'envie d'exploser et de foncer sur Enzo pour lui faire ravaler son air supérieur me brûlait de l'intérieur. Mais la dernière chose que je désirais était bien que Lili me voie dans cet état. Si elle savait, elle me détesterait et cette réalité me fait terriblement flipper.

*

Voilà maintenant quatre heures que nous sommes à la salle de sport. Après l'entraînement avec les gars, j'ai passé les deux dernières heures à frapper dans les sacs, ce qui m'a littéralement vidé de toute énergie mais je me sens beaucoup mieux désormais. Il me fallait évacuer ce trop-plein d'énergie sinon quelques visages auraient bien pu se retrouver amochés après avoir croisé mon chemin, surtout celui d'un brun arrogant très intéressé par ma colocataire.

J'enlève mes gants puis file dans les vestiaires prendre une douche. L'eau chaude presque brûlante me fait un bien fou. Mes muscles se détendent, mon esprit se vide et, pendant quelques minutes, j'oublie tout ce qui m'entoure.

Il fait encore jour lorsque je me gare devant l'immeuble, la voiture de Raf stationnée à côté de la mienne. Nous récupérons nos sacs de sport dans le coffre avant d'avancer vers le hall. En ce samedi soir, les couloirs de la résidence sont extrêmement bruyants et agités. Bienvenue à Los Angeles, la ville où les étudiants ne dorment jamais ! Mais ce soir, les garçons et moi serons loin de faire la fête. En entrant dans l'appartement, je suis frappé par le silence qui règne, contrastant fortement avec l'activité du voisinage. Comme nous sommes exposés sud-ouest, le soleil n'éclaire plus l'appartement et il fait sombre.

— Lili ? appelé-je en entrant dans l'appartement.

Je n'obtiens pas de réponse.

Je dépose alors ma veste sur le porte-manteau avant de me diriger vers sa chambre. Je frappe, mais une nouvelle fois, je n'ai aucune réponse. J'ouvre alors doucement pour m'apercevoir que la pièce est vide.

— Putain elle est pas là !
— Elle est où ? demande Enzo.
— Tu crois *vraiment* que si je le savais, je dirais ça ?
— On sait jamais, toi et ta stupidité, souffle-t-il.

En temps normal, j'aurais répondu sans aucune hésitation, mais là, je suis bien trop préoccupé. Avant même de m'en apercevoir, je suis dans l'entrée, ma veste et mes clés de voiture à la main.

— Tu vas où, Cam ? me questionne Brad.
— La chercher.
— Non, laisse-la un peu seule, intervient James.
— Et s'il lui arrivait quelque chose ?!
— Cam, commence James. Il est à peine 20 heures, on est en plein cœur de Los Angeles, à Westwood, pas au sud de la ville, il ne lui arrivera rien ! Franchement, je pense qu'il faut la laisser respirer, être un peu seule. Elle doit sûrement être avec sa copine mignonne, là.
— Grace, répond Evan. Elle s'appelle Grace. Et les garçons ont raison. Attendons un peu avant de la chercher partout.

Résigné, je raccroche ma veste puis m'installe dans le canapé. Raf propose une partie de jeu avant qu'on ne parte au rendez-vous. J'accepte pour me changer les idées.

Après une heure, toujours sans aucune nouvelle de Lili, je perds patience et je n'aime pas ça. Est-elle irresponsable à ce point ? Ne sait-elle pas qu'il y a toujours des gens qui se font assassiner dans les rues la nuit ? Grace ne répond pas non plus au téléphone et, lorsque nous avons appelé Sam pour lui demander s'il avait une quelconque information, il nous a répondu qu'il ignorait où elles étaient et si elles étaient effectivement ensemble.

Après un énième regard à ma montre, un bruit attire mon attention : celui de clés s'enfonçant dans la serrure. Je saute du canapé et cours vers la porte, qui s'ouvre dans la foulée. Enfin, elle est là.

— T'étais où putain ?

Malgré mon soulagement évident de la voir devant moi, mon ton est froid. Lili écarquille les yeux avant de se tourner pour refermer la porte.

— J'étais sortie, répond-elle calmement.

— Sans blague, je lance ironiquement. Je n'avais pas remarqué que tu n'étais pas là quand on est rentrés !

Avant même qu'elle me réponde, Evan passe devant moi et la serre dans ses bras.

— Je suis désolé, Lili.

— Non, c'est moi qui suis désolée. Je ne voulais pas agir comme ça mais je me suis emportée et j'ai dit des choses blessantes alors que vous n'y étiez pour rien. Vous m'en voulez pas, j'espère ?

Un petit sourire apparaît sur ses lèvres et l'air qu'elle prend est juste *mignon*. Putain, jamais je n'aurais cru employer un jour ce mot pour parler d'une fille. Qu'est-ce qui cloche chez moi ?

— Évidemment, enchaîne Brad. Tu étais en colère et tes propos ont dépassé tes pensées.

— Depuis quand t'es psychologue ? se moque James.

Brad se contente de lui répondre en levant son majeur.

— Et sinon, vous avez fait quoi cet après-midi ? demande Lili.

— On est allés à la salle de sport.

— D'accord, sourit-elle.

Enlevant son gilet qu'elle suspend dans l'entrée, elle semble complètement détendue. Tout le contraire de moi. Elle attrape ensuite ses sacs et les emporte dans sa chambre avant de rejoindre la cuisine. Du coin de l'œil, j'aperçois Enzo se lever du canapé et se diriger vers le même endroit. Je me rapproche d'eux, sans pour autant me montrer.

— J'étais super inquiet, commence Enzo.

— Pourquoi ? Tu n'avais pas l'air si soucieux que ça lorsque je suis partie.

— Sur le coup, je t'avouerai que non, mais quand les heures ont défilé et que tu ne donnais aucune nouvelle, j'ai voulu aller te chercher mais les gars m'ont dit qu'il était préférable de te laisser seule.

Le connard, il a osé ! Je m'apprête à me montrer, mais je suis coupé dans mon élan par Lili qui sort, suivie de près par Enzo. Je l'attrape par le bras.

— Ça va, tu ne te gênes pas trop ?

— Je ne vois pas de quoi tu parles, réplique-t-il d'un air provocateur.

— Oh si, tu vois très bien, sifflé-je d'un ton plein d'amertume.

Sentant probablement une tension entre nous, Evan et Raf se profilent à nos côtés.

— Ça va ? nous questionne Raf, son regard passant d'Enzo à moi.

— Parfaitement, reprend Enzo. J'étais justement en train de dire à Cameron que je me faisais un sang d'encre pour Lili.

Mon regard est rivé sur lui et je suis tout bonnement incapable de regarder ailleurs. Ça fait déjà quelques fois que je me retiens de ne pas lui en coller une et je sais qu'un mot de plus suffira à me faire décoller.

— C'est vrai ça ? demande Evan, suspicieux.

Ignorant la question, Enzo me lance :

— Tu te souviens de ce que je t'ai dit hier, à la soirée. Tu sais, quand tu la cherchais ?

À ces mots, une fureur se déclenche en moi et je me rue sur lui, lui assénant un coup de poing en plein milieu du visage. Il recule en lâchant un grognement et, intérieurement, je jubile. Malgré tout, ce n'est pas assez pour ce petit con. Je m'apprête à réitérer mais les mains se posant sur mes épaules me ramènent à la réalité. Je me retourne, débordant d'adrénaline, et m'aperçois que Lili est juste derrière moi, hébétée, une main recouvrant sa bouche.

— Lili, je souffle.
— Mais qu'est-ce que tu as fait ? crie-t-elle. T'es un grand malade !

Je n'arrive pas à répondre.

Je regretterai presque si j'avais un minimum de considération pour lui mais ce n'est pas le cas. Quand Evan et moi avons rencontré les gars au début de notre première année de fac, le courant est tout de suite très bien passé avec tous sauf Enzo. J'ai tout de suite senti qu'il n'était pas sincère, que ses intentions n'étaient pas claires. Auprès des filles, il se la joue cool, romantique… uniquement dans le but de leur faire ouvrir les cuisses, mais ça, elles ne le voient qu'après. Et savoir que Lili lui plaît me donne envie d'éclater sa gueule de gendre idéal contre un mur.

De nouveau, je sens des mains se poser cette fois-ci contre mon bras. Je n'ai pas besoin de me tourner pour savoir que c'est Evan.

— Viens, Cam, murmure mon meilleur ami.

Lili passe devant moi, un gant de toilette et du matériel de soins dans les mains. Elle se dirige droit vers Enzo, maintenant assis sur le canapé. Elle est sérieuse ? Cet abruti l'a traitée comme une merde il y a à peine quelques heures et, maintenant, elle est pleine d'attention pour lui. Je n'en reviens pas !

— Non, je réponds sèchement. S'il reste là, je ne pars pas.

Evan soupire mais ne me contredit pas. Il sait très bien que, peu importe ce qu'il dira, je ne changerai pas d'avis.

— Tu te tiens bien alors. Pas la peine de le frapper à nouveau devant Lili, ce n'est pas ce que tu veux, si ?

— Non, je marmonne.

Evan me tape les épaules avant de me prévenir qu'il va dans la cuisine faire du café. Moi, je reste debout dans le salon, les yeux rivés sur le canapé où sont assis Lili et Enzo. Ils se parlent puis elle sourit. Je n'ai plus qu'une envie, les rejoindre et m'asseoir entre eux, histoire de mettre un peu de distance.

POINT DE VUE DE LILI

Assise à côté d'Enzo sur le canapé, je tapote légèrement sa pommette et son nez avec un gant humide.

— Il ne t'a pas raté, lancé-je.

— Ça va, ce n'est pas la première fois que je reçois un coup.

Comme réponse, je me contente d'appuyer un peu plus fort sur l'hématome déjà en formation.

— Aïe, lâche Enzo dans un mouvement de recul.

Un petit sourire satisfait se dessine sur mes lèvres face à sa réaction.

— Ça va toujours, j'espère ?

C'est plus fort que moi, mais mon ton sonne terriblement faux.

— Tu es toujours vexée par ce que je t'ai dit ?

— À ton avis ?

Il passe une main dans ses cheveux.

— Écoute, je suis désolé. Je ne voulais pas que ça se passe ainsi mais, quand je suis arrivé et que…

— Arrête, je l'interromps. Il est tard, j'ai pas envie de discuter de ça avec toi.

— Vendredi alors ?

Je le regarde en haussant les sourcils.

— Vendredi soir, je t'invite au restaurant et on parle de tout ça.

— Enzo…

Il prend ma main dans la sienne.

— Rien d'officiel, juste deux amis qui passeront un moment ensemble ! Je connais un super restaurant en plus. Tu acceptes ? demande-t-il avec un petit sourire.

Je réfléchis à sa proposition. Comme Grace me l'a dit, mettre les choses au clair avec lui serait le mieux à faire. De plus, d'ici vendredi soir, la tension sera retombée et nous pourrons parler de tout ça calmement, avec suffisamment de recul.

— D'accord, mais tu as intérêt à ce que ce restaurant soit vraiment bien !

Soulagé par ma réponse, il m'attire dans ses bras. Je réponds à son étreinte avant d'être surprise par une main se posant dans le bas de mon dos. Je m'écarte et découvre Cameron, assis juste derrière moi.

— Qu'est-ce que tu veux, Cam ? je demande.

— Puisqu'il est tard, je me disais que tu aurais certainement faim.

Je suis décontenancée mais je ne peux m'empêcher de le regarder gentiment.

— Je te remercie mais ça va aller, j'ai dîné avec Grace.

Il hoche doucement la tête.

— D'ailleurs tu as fait quoi cet après-midi ?

— Oh tu sais… shopping et cinéma. Une journée très girly !

Je reporte mon attention sur Enzo qui est maintenant pendu à son téléphone.

— Il est l'heure, les mecs, faut qu'on y aille, crie James du balcon.

— Aller où ? je demande.

— À une soirée.

— Où ça ?

— À la salle de sport.

J'ai l'intime conviction qu'il ne s'agit pas d'une simple soirée mais plutôt d'une sorte de couverture. Pour en avoir le cœur net, je poursuis :

— Je peux venir avec vous ?

— Non ! répond Brad rapidement.

Je fais mine d'être vexée par son refus.

— Non ? Pourquoi, je vous fais honte, c'est ça ?

— Non, vraiment, ne pense pas ça, réplique James. C'est juste une soirée privée où seuls les membres du club peuvent se rendre.

Décidée à en savoir plus, j'enchaîne :

— Même si je vous accompagne ?

James s'apprête à me répondre mais une voix rauque et puissante s'élève dans la pièce :

— Tu nous fais chier, Lili, avec tes questions, lâche Cameron sèchement. Tu ne peux pas venir, point.

Pardon ? Il y a cinq minutes il était plus que prévenant en me proposant de manger quelque chose, et là, il redevient le Cameron des premières semaines. Ai-je appuyé sur un point sensible ? J'en suis désormais certaine.

La tension dans la pièce est encore plus palpable que lorsque je suis rentrée tout à l'heure et que Cameron a fini par envoyer son poing dans le visage d'Enzo. Quasiment depuis mon emménagement, je suis sûre et certaine qu'ils cachent quelque chose de pas très net. Je me souviens de ma première rencontre avec les garçons : ils s'étaient aussi absentés prétextant avoir quelque chose à faire en ville. Ensuite, leur réaction étrange et excessive quand je leur avais parlé du livreur m'avait prouvé qu'ils avaient des liens avec cet homme. Ce n'était pas pour rien qu'il avait cherché à m'intimider.

— Je vais me coucher, annoncé-je.

J'hésite à appeler Grace mais je ne veux pas la déranger alors qu'elle est en train de travailler. Sans attendre une quelconque réponse de leur part, je me dirige vers la salle de bains. Je me mets en pyjama avant de me démaquiller et de me brosser les dents.

— Lili !

— Oui ?

— On part, surtout, tu fais attention à toi. S'il y a un problème, tu n'hésites pas et tu nous appelles immédiatement. On dort pas là ce soir, ne nous attends pas. On se voit demain, bonne nuit.

— D'accord, bonne soirée.

Une nouvelle fois, ma réponse est un peu trop sèche mais je ne peux m'empêcher d'être vexée face à leur comportement et à leurs cachotteries. J'ai la terrible impression qu'ils ne me font pas suffisamment confiance pour être honnêtes avec moi et me dire ce qu'ils cachent. Mais s'ils croient qu'ils pourront me laisser de côté, ils se trompent lourdement. Après tout, fouiner et trouver les réponses à ses questions, c'est l'un des plaisirs du journaliste, non ?

J'attrape alors mon ordinateur posé sur mon bureau et entreprends mes recherches. Je me connecte sur Facebook et tape les noms des garçons les uns après les autres. J'épluche longuement leur profil mais rien ne me paraît anormal. Quelques photos d'eux datent du collège et déjà, on pouvait voir une forte complicité entre Evan et Cameron. Je tombe ensuite sur des photos prises quand ils étaient au lycée avant de passer à celles des fêtes endiablées auxquelles ils ont participé à l'université. Mis à part ça, il n'y a rien d'autre. Je regarde alors sur Internet directement. Je tape différents mots-clés, dans l'espoir de voir leur nom ressortir d'un article. Mais une nouvelle fois, je passe plusieurs minutes à chercher quelque chose que je ne trouve pas. Visiblement, ils n'ont rien à se reprocher, toutefois je reste sceptique. Que cachent-ils ? Je ne sais pas encore, mais ce qui est certain, c'est que je n'ai pas dit mon dernier mot.

Comme je n'ai pas sommeil, je décide de continuer à regarder les actualités sur Facebook. Des photos de mes amis restés à Miami me font sourire. Je laisse quelques commentaires avant de tomber sur un cliché en particulier. Je me souviens encore du jour où il a été pris. C'était l'année dernière lors d'une soirée peu de temps après la rentrée, une soirée que j'aurais aimé oublier.

— *J'ai trop hâte, les filles ! crie Rosie, toute joyeuse, depuis le siège passager.*

— *Qu'est-ce qui t'arrive ? je lui demande. Tu es dans cet état depuis ce matin !*

Ses yeux pétillent depuis qu'elle est arrivée au lycée.

— *Il se pourrait bien que j'aie quelqu'un à vous présenter…*

— Quoi ? s'exclame Amber, quittant la route des yeux pendant deux secondes.

— Oui ! sourit Rosie. Ça faisait plusieurs semaines qu'on se parlait et, il y a quelques jours, c'est devenu sérieux. Il m'a demandé de sortir avec lui et je n'ai pas pu dire non.

— Pourquoi tu ne nous en as pas parlé avant ?

— Parce que je voulais voir comment les choses évoluaient. Je suis d'un naturel prudent, vous le savez bien. Et puis… il n'est pas comme les autres. Il est… particulier et je voulais apprendre à le connaître pour que vous le voyiez comme moi je le vois. Je ne voulais pas que vous le jugiez trop rapidement.

— On n'est pas comme ça, je lui fais remarquer.

— Je sais bien, soupire-t-elle. Mais j'ai un peu peur de ce que les autres vont penser de notre relation. Sur le papier, il n'a rien pour plaire et pourtant… si vous saviez à quel point il est charismatique et gentil. Je me sens en sécurité avec lui. Je sais que rien ne m'arrivera.

— Les autres n'ont pas leur mot à dire, Rosie. Je suis certaine qu'il est aussi doux que toi. Tant que ce n'est pas l'un des toxicos mégalos de la bande de ce Jace, là, ça ne posera pas de problème, j'en suis sûre, intervient Amber avec un léger rire.

Du coin de l'œil, j'aperçois Rosie se toucher les cheveux. Dès qu'elle est tendue, elle fait toujours ça. Je ne sais pas pourquoi mais nous avons tous un tic quand nous sommes stressés. Rosie c'est ça et moi, je me triture les mains, alors qu'Amber cligne des yeux de manière incontrôlée.

— Eh bien, commence Rosie, hésitante, vous le connaissez déjà en fait.

— Oh, c'est qui ?

Elle secoue la tête et finit par sourire.

— J'en ai déjà trop dit ! Je voulais garder la surprise jusqu'au moment où je vous le présenterai donc je ne dirai plus rien.

Amber et moi insistons encore un peu mais elle résiste et se tait durant le reste du trajet.

Une dizaine de minutes plus tard, nous arrivons devant la maison du richissime Jason, élève de dernière année comme nous. Ses parents ne sont jamais là, donc il organise toujours les plus grosses fêtes du lycée. Je crois qu'il craque un peu pour Amber mais cette dernière n'a yeux que pour Mike. De nombreuses personnes sont déjà présentes. Nous nous garons le long du trottoir et nous descendons de la voiture.

— Il est déjà là, murmure Rosie, un grand sourire sur les lèvres.

— Tu parles de qui ? demande Amb en s'approchant.

— Le garçon que je dois vous présenter. On y va ?

Je me demande comment elle le sait. A-t-elle vu sa voiture ? C'est possible. Nous acquiesçons avant de la suivre. Elle marche vers l'entrée d'un pas pressé.

— Ralentis, Rosie ! grogne Amber. Tu vas finir par nous perdre avec toute cette foule.

— Désolée, rit-elle doucement. Je suis un peu excitée. Je suis impatiente de le voir, vous n'avez pas idée !

Ses yeux n'arrêtent pas de scruter la foule.

— Oublie ce garçon quelques minutes, Rosie, dit Amber en nous prenant toutes les deux par les épaules. J'ai envie de profiter de cette soirée avec mes deux meilleures amies ! Vous êtes d'accord ?

— Bien sûr ! je réponds alors que Rosie se contente de sourire.

— On commence par quoi ? reprend Amber. La danse ou l'alcool ?

— Tu penses vraiment qu'il y a de l'alcool ici ? je demande. Jason a notre âge.

— Tu es si naïve, Lili ! Il faut juste trouver la cuisine et le tour sera joué ! La fête qu'a donnée Jason cet été quand tu étais au Brésil était gigantesque ! Je n'ai jamais vu autant de bouteilles d'alcool. Tu sais bien qu'il a une fausse carte d'identité comme la plupart des Seniors.

Sans un mot de plus, elle tourne les talons. Amber et les fêtes, c'est une grande histoire d'amour. Je regarde les personnes autour de moi. Je reconnais la plupart des têtes, en grande majorité d'autres élèves du lycée. Au loin, j'aperçois Ian me faire un signe du bras. Je lui souris en retour et je le vois avancer vers moi. Nous avons rompu cet été, peu avant la rentrée. Je n'aurais jamais pensé que nous resterions si proches tous les deux. Et pourtant, il semble vouloir garder un certain lien avec moi.

— Coucou Lili ! me dit-il en me serrant dans ses bras.
— Salut Ian.
— Tu es toute seule ?

Je secoue la tête et m'apprête à désigner mes amies, quand je me rends compte que Rosie s'est éclipsée.

— Amber est partie à la recherche d'alcool et Rosie était là il y a à peine trente secondes mais je ne sais pas où elle est passée.
— Tu veux que je reste un peu avec toi ?

Son sourire est toujours aussi éclatant. Ce grand blond fera tourner des têtes lorsqu'il sera à l'université, j'en suis certaine. Mais son sourire trop parfait ne me fait plus l'effet qu'il me procurait il y a six mois.

— Je ne veux pas t'embêter ! Je crois que Sean et Jake t'appellent.

Il se retourne et fait rapidement un signe à ses deux amis.

— Je les rejoindrai plus tard, c'est pas grave. Je vais pas te laisser toute seule. Raconte-moi tes vacances au Brésil. Comment va ta petite sœur ?

Nous cherchons un endroit plus calme pour parler. La maison de Jason est immense, c'est un véritable palace. Après nous être maintes fois arrêtés pour saluer des connaissances, nous finissons par rejoindre la terrasse du premier étage. Par chance, il n'y a personne. Nous nous asseyons sur les fauteuils disposés autour d'une petite table. La vue sur l'océan est magnifique.

Pendant près d'une heure, nous discutons de tout et de rien si bien que j'en perds toute notion du temps. Alors que nous sommes en train de débattre sur quelle équipe de la NHL est la meilleure, je sens mon téléphone vibrer dans ma poche. Il s'agit d'Amber.

« Tu es où, Lili ? Rosie veut nous présenter son mec ! Dépêche-toi de revenir avant qu'il s'envole… On t'attend devant la cuisine. Elle est au rez-de-chaussée, du côté de l'énorme baie vitrée. »

— Je dois retourner auprès de mes amies, je dis à Ian. Amb vient de m'envoyer un message. Rosie veut nous présenter son petit copain.

Je me lève.

— Rosie est en couple ? s'étonne-t-il.

Je hoche la tête, comprenant son étonnement.

— Mais je croyais qu'elle avait fait le serment de rester vierge jusqu'au mariage.

— Son vœu de chasteté ?

— Oui.

— Elle l'a bel et bien fait, elle porte même un anneau de pureté. Mais tu sais, je continue avec un petit sourire, avoir un petit ami ne signifie pas forcément « sexe ».

Il me regarde, un léger sourire sur les lèvres. Il semble se rappeler certains détails de notre vie intime.

— Oui, enfin… Généralement les deux sont liés. Qui dit copain, dit amour. Qui dit amour, dit sexe, c'est hypocrite de ne pas l'admettre.

— Je peux comprendre son choix ! je réplique en voyant son air. Rosie est très croyante, Ian ! On doit respecter ça. Si elle est heureuse comme ça, je le suis aussi. Il n'y a rien de dégradant dans l'idée de l'amour éternel. Elle attend l'amour de sa vie. Ce n'est pas un choix anodin.

— Je sais bien.

Il se lève à son tour.

— On se voit lundi à l'entraînement de basket ? Sean m'a dit que tu venais faire un article pour le journal du lycée.

— Oui, j'arriverai vers 16 heures je pense. Je crois même que c'est toi qui me ramèneras chez moi.

— Ça marche !

Nous nous étreignons une dernière fois et il me souhaite une bonne fin de soirée. Je lui souris avant de disparaître dans la maison. Je réponds alors brièvement à Amber que j'arrive. Les lumières ont été éteintes pour laisser seulement quelques spots éclairer le lieu. Je me faufile entre les personnes présentes et finis par retrouver mes deux amies près de la cuisine. Il y a beaucoup plus de clarté ici.

— T'étais passée où ? me demande Amber, un gobelet rouge typique des soirées étudiantes dans les mains.

— Je discutais avec Ian.

— Pendant une heure ? s'étonne-t-elle.

— Oui ! Tu sais très bien que nous sommes amis, Amb.

— Je le sais, mais je trouve bizarre de rester amie avec son ex. Surtout quand tu as couché avec…

— Pas moi, je réponds, légèrement vexée. Je ne vois pas pourquoi je devrais mettre des barrières entre nous alors que nous nous entendons bien et qu'il n'y a ni rancœur ni amertume.

Amber s'apprête à répliquer, mais Rosie la coupe pour éviter que la discussion s'envenime – elle nous connait par cœur :

— Les filles, s'il vous plaît. Moi qui avais peur qu'il fasse mauvaise impression, j'ai pas envie qu'il fuit en vous voyant ! Je tiens beaucoup à lui. Alors arrêtez.

Elle regarde son téléphone.

— Il ne devrait pas tarder à arriver, il doit juste appeler quelqu'un avant.

— J'ai hâte de le rencontrer ! je dis sincèrement.

— Oui, moi aussi ! poursuit Amber. D'ailleurs, tu es une véritable petite cachottière ! Pendant tout ce temps, tu n'as rien dit !

Les joues de notre amie s'empourprent légèrement.

— Ça m'a demandé beaucoup d'efforts, rit-elle.

Rosie ne sait pas garder le plus petit secret. Nous avons fini par nous y habituer. C'est pourquoi la voir taire une telle nouvelle pendant plusieurs semaines nous surprend. Mais c'est vrai que, ces derniers jours, elle semblait différente, comme sur un nuage. Je suis curieuse de découvrir qui est ce fameux garçon qui lui fait tant tourner la tête.

Nous continuons de plaisanter encore quelques minutes lorsque nous sommes interrompues par une voix grave s'élevant dans mon dos :
— Rosie ?
Je me fige en reconnaissant cette voix. Que fait-il ici ?
— Jace ? lâche sèchement Amber en se tournant vers lui. Qu'est-ce que tu fais là ? Tu n'as pas ta place ici.
Mon estomac se serre. J'ai peur de comprendre ce qui se passe. Je n'aime pas du tout ça.
— Si, ma place est là. Bien plus que tu peux le croire.
— Ah oui ? Je ne savais pas que Jason était un de tes clients consommateurs de coke. À moins que ce ne soit de l'héroïne ?
Jace secoue la tête.
— Je ne suis pas là pour ça.
— Alors que fais-tu ici ? crache-t-elle.
— Je suis venu rejoindre ma petite amie.
— Ta petite amie ? rit-elle amèrement. Quelle fille peut être aussi idiote pour accepter ce titre ?
— Peut-être moi ? intervient soudainement Rosie d'une petite voix.
Cette révélation me fait l'effet d'une douche froide.
— Rosie, *je souffle.*
Elle relève la tête vers moi. Et d'un seul regard, je sais qu'elle a compris ce que je pensais de cette histoire.
— Pardon ? s'exclame Amber, visiblement hors d'elle. Tu m'expliques ? demande-t-elle en se tournant vers Rosie.
— Rosie et moi sommes ensemble, répond Jace.
— Tu t'appelles Rosie toi maintenant ? Non ? Alors tu la boucles. Comment peux-tu sortir avec ce… type, Rosie ?
— Je… euh… Il n'est pas comme tu le crois, Amber.
Elle se tourne vers Jace et lui tend la main pour qu'il vienne près d'elle.
— Il est tellement différent de ce que tu peux penser.

Amber part dans un fou rire purement nerveux. Quant à moi, je ne dis rien, bien trop affligée par ce que j'entends.

— Je ne sais pas si tu es devenue complètement folle ou si tu es simplement d'une grande naïveté, Rosie. Ce mec est une menace ambulante...

Amber le regarde avec dégoût.

— Tu veux finir comme lui, c'est ça ? Tu te drogues, Rosie ?

— Non, bien sûr que non ! Mais il...

— Il quoi ? Il va arrêter de consommer ? Ouvre les yeux, bordel ! C'EST UN TRAFIQUANT D'ARMES ET DE STUPS. Tu te rends compte de ça ? Et tu sais ce que font les toxicos ? Ils baisent sans penser aux conséquences et sans se protéger. Tu crois qu'il s'intéresse à toi ? C'est FAUX. Il veut juste déflorer le petit agneau que tu es, Rosie. Il va te détruire, et tu sais quoi ? Ce sera trop tard pour toi quand tu t'en rendras compte. Quand tu auras filé ta virginité à ce... rat. Qu'en pensent tes parents ?

— Ils ne sont pas au courant, bredouille-t-elle.

— Comme par hasard, ironise Amber, toujours remontée. Tiens, appelons-les tout de suite pour voir.

— Non ! S'il te plaît, Amber, ne leur dis rien.

— Bah alors, Rosie ? Si tu es si fière de ton petit ami, tu devrais clamer votre bel amour sur tous les toits !

— Tu ne comprends pas, Amber. Je l'aime. D'accord ? Je l'aime profondément. Si tu fais ça, mes parents m'interdiront de le voir.

— Sans déconner !

— Je ne te parlerai plus jamais si tu brises mon couple et mon bonheur. Il n'est pas du tout comme tu le crois. Tu ne le connais pas et tu te permets de le juger. Il m'a promis qu'il avait envie de changer pour devenir une personne digne de moi. Il veut se faire pardonner ses erreurs passées. Il a besoin de moi et j'ai besoin de lui.

— Tu perds la boule, ma pauvre. Mais regarde-le ! Tu trouves que c'est la tête d'un mec qui a envie de changer de vie ? Il se fout juste de toi. Ça m'énerve que tu ne voies rien du tout.

Je jette un coup d'œil à Jace. Il se tient nonchalamment contre le mur de la cuisine et tient toujours la main de Rosie. Il plisse les yeux et sourit quand elle parle. Mais ce n'est pas un sourire franc. Je le vois tout de suite. C'est juste… malsain, comme s'il lui soufflait son texte. Il l'utilise comme une marionnette. C'est répugnant. Dès que nous l'avons rencontré en personne il y a quelques mois lors de la fête de fin d'année sur la plage, tout le monde nous a mises en garde. Jace et sa bande sont dangereux. Certains ont déjà fait un séjour en prison. Ils dealent et consomment leur marchandise. Certaines des filles de leur bande sont prêtes à se prostituer pour pouvoir acheter leur came. Leur petit chef de bande, Jace, est complètement déglingué et il a fallu que ce soit de lui que s'entiche Rosie. Et le pire, c'est que je sais parfaitement comment il a fait pour l'avoir. Rosie est très croyante et a toujours cru qu'il y a du bon en chaque être de la Création. Elle a toujours aidé son prochain. C'est une proie très facile. Il lui a fait son petit numéro d'âme en peine cherchant la rédemption et elle est tombée dans le panneau. Je suis certaine qu'il en veut à l'argent de ses parents.

Un rire amer me sort de mes pensées.

— Allez, Lili, on s'en va. Je suis crevée.

— Rosie ? je dis en lui tendant la main. Tu rentres avec nous ?

Elle secoue doucement la tête après avoir brièvement regardé Jace.

— Je vais rester avec lui. Ne vous inquiétez pas pour moi.

Sa voix douce se brise sur ces derniers mots.

— J'hallucine ! s'énerve une fois de plus Amber en s'éloignant.

— Désolée, je dis à Rosie en m'approchant d'elle.

Ses yeux s'embuent.

— Promets-moi de faire attention, je murmure en la serrant rapidement dans mes bras.

— Je te le promets. N'aie pas peur. Il veille sur moi.

Je m'écarte. Parle-t-elle de Dieu ou de Jace ? Si elle parle de Dieu, je ne vois pas comment il pourrait intervenir, et si elle parle de Jace… je préfère *même pas y penser. Un petit sourire s'affiche sur le visage de Jace alors que je croise son regard pétrifiant.*

— Jace.

— Liliana.

Je hoche la tête pour le saluer. Je n'aurais pas pu faire quoi que ce soit d'autre. Sa voix me laisse des frissons. Sans un mot de plus, je me détourne pour rejoindre Amber, déjà près de sa voiture.

Si j'avais su l'impact qu'aurait eu cette soirée sur nos vies, j'aurais probablement agi différemment. Nous aurions dû éviter à Rosie de s'attacher si vite à Jace, mais nous n'étions pas là. J'étais au Brésil chez mon père et Amber était en Europe avec sa tante. Les mois ont peut-être passé mais je me sens toujours aussi coupable et responsable de ce drame qui marquera nos vies à jamais. Tout ça parce qu'un jour, j'ai eu le malheur de dire « chiche ».

Chapitre 12

Vendredi après-midi, Grace et moi sommes dans ma chambre, allongées tête-bêche sur le lit.

— Tu as réfléchi à ce que tu vas lui dire ? commence-t-elle tout en buvant le Macchiato qu'elle a apporté en arrivant chez moi.

— Non, je verrai en fonction de ce qu'il me dira.

— Tu as bien raison mais ne sois pas trop dure avec lui quand même.

Je me redresse sur les coudes.

— Pourquoi je serais « trop dure » ? j'objecte.

— Si tu es un tantinet énervée, tu ne réfléchiras plus à ce que tu lui diras et, surtout, tout sortira sans filtre.

— C'est vrai, j'avoue, résignée en levant les yeux au ciel.

Grace se tourne et attrape son portable dans son sac à main posé au pied du lit.

— D'ailleurs, il vient te chercher ?

— Oui, il m'a envoyé un message hier soir pour me prévenir qu'il passerait à 19 h 30.

— OK, tu sais ce que tu vas mettre ?

Je baisse les yeux sur mes vêtements qui se composent d'un jean bleu slim, d'un pull léger en coton beige à col en V me faisant un joli décolleté et d'une paire de tennis noires.

— Je pensais rester comme ça, je dis.

— Tu sais où vous allez ?

Je secoue la tête.

— Demande-lui alors ! reprend Grace. Comme ça, on pourra voir pour la tenue.

— Grace, je soupire. Il ne s'agit pas d'un rendez-vous romantique mais d'un dîner entre *amis,* j'insiste.

— Je sais bien mais ça ne veut pas dire que tu dois négliger ton look ! Allez ! Envoie-lui un message, sinon, je le contacte sur Twitter.

Une nouvelle fois résignée, je me lève et attrape mon téléphone sur mon bureau pour demander à Enzo quel est le nom du restaurant où il compte m'emmener. Sa réponse est quasi immédiate.

— C'est au Chateau Marmont, je dis.

— Chateau Marmont, répète-t-elle.

— Oui. Tu connais ?

Grace écarquille les yeux et se reprend.

— Ce restaurant est connu dans toute la ville !

— Grace, dois-je te rappeler que je viens de Miami ? Je ne suis là que depuis un mois, je n'ai pas eu le temps de tout connaître.

— Je sais bien mais, quand même, je suis certaine que jusqu'à Miami on connaît le nom de ce restaurant, il est super réputé ! Bref, tout ça pour dire que c'est hyper chic et sélect ! Si tu veux mon avis, il va casser sa tirelire.

Face à sa remarque accompagnée du geste d'un marteau qui s'abat, je ne peux m'empêcher de lâcher un petit rire, avant de déclarer :

— Donc si je comprends bien, ma tenue n'est pas appropriée ?

— Tu mettrais un jean pour un dîner officiel à la Maison Blanche ? sourit-elle en se redressant. Eh bien là, c'est pareil. Je fouille dans ton dressing, me prévient-elle en ouvrant le rideau prune.

Nous nous mettons donc à la recherche de vêtements qui seront plus adaptés selon Grace. Elle finit par dénicher une longue robe noire garnie de voile et d'un bustier marquant fortement ma taille et ma poitrine.

— Cette robe est magnifique, s'extasie-t-elle.

— Je l'ai portée une seule fois, c'était pour mes seize ans.
— C'est un crime de ne l'avoir portée qu'une seule fois ! Elle est divine, je suis jalouse.

Je ris et la lui prend des mains pour l'enfiler. Je me rends immédiatement compte que je ne suis plus au Brésil mais bien à Los Angeles où l'on compte plus de fast-foods au kilomètre carré que d'habitants. Depuis la rentrée, mes hanches se sont arrondies ainsi que mes fesses, mon ventre et ma poitrine. Je ne m'en plains pas mais disons que certains de mes vêtements risquent d'être trop serrés !

— Waouh, s'exclame Grace. Tu es tellement jolie !
— Merci beaucoup ! Je me sens bien.

Elle me fait un grand sourire avant de se baisser et d'attraper une paire de sandales à talons dans mon dressing.

— Elles ne sont pas trop hautes, ça sera parfait pour la soirée, dit-elle en me les tendant. Ça ferait tache de tomber dans un tel restaurant !

Je la remercie avant de les enfiler puis continue de me préparer. Je choisis de laisser mes cheveux libres, attachant seulement deux petites mèches derrière ma tête. Lorsque je suis enfin prête, il est à peine 19 h 10. Il me reste une vingtaine de minutes avant qu'Enzo vienne me chercher.

— Tu veux boire quelque chose avant que je ne parte ? je demande à Grace.
— Avec plaisir.

J'attrape mon sac avant de sortir de ma chambre suivie de près par Grace. En arrivant dans le séjour, je remarque que mes deux colocataires discutent, une bière à la main, dans les transats sur le balcon.

— Salut les garçons, je dis.
— Salut Lili, me sourit Evan.

Cameron est dos à moi et finit par se retourner quelques secondes plus tard. Ses yeux se posent sur mes jambes puis remontent doucement vers mon visage. J'ai l'impression de brûler sous son regard si intense. Il me scrute, ne laissant aucune émotion transparaître, pourtant, ses yeux semblent briller d'une lueur inconnue. Je ne sais plus où me mettre, mes joues sont cramoisies et mon souffle se fait court.

— Waouh Lili, tu es… ravissante ce soir. Tu sors ?
— Merci ! Oui, je vais au restaurant avec Enzo.

Un raclement de gorge se fait entendre.

— Enzo, vraiment ? intervient tout à coup Cameron d'une voix cassante.
— Euh… oui, je bafouille.
— Tu ne nous en avais pas parlé, remarque Evan.
— J'ai sans doute oublié.
— C'est pas grave, sourit-il. Amusez-vous bien alors, bonne soirée.
— Merci. Tu pars quand chez ta cousine ?
— Dans quelques minutes.

Je hoche la tête et leur souhaite aussi une bonne soirée avant de rejoindre Grace qui m'attend dans la cuisine, assise sur l'un des tabourets.

— Ça va pas, Lili ?
— Si, pourquoi ?
— Tu as les sourcils froncés et tu n'arrêtes pas de triturer tes mains.
— Cameron était distant, je souffle.
— Distant comment ?
— Bah, il ne m'a quasiment pas parlé, ni souri.
— Tu leur as dit que tu sortais avec Enzo ce soir ?

Je hoche la tête.

— Et ça le fait chier, continue-t-elle.
— Non ! je m'exclame. Il est sans doute contrarié par autre chose.
— Hmm, si tu le dis, mais sache que je ne suis pas convaincue par cette explication.

Je ne réponds rien et nous buvons un jus de fruits. À 19 h 30, Enzo m'appelle pour me prévenir qu'il est arrivé.

*

En pénétrant dans le restaurant, je suis subjuguée par tant de beauté. Tout est si grand, si majestueux. Cet endroit porte parfaitement son nom. Je remercie intérieurement Grace de m'avoir poussée à changer ma tenue. J'aurais fait plus que tache habillée en jean, pull et baskets dans un tel lieu.

— C'est magnifique, je m'exclame lorsque nous sommes assis à notre table.

— C'est toi qui es magnifique.

— Arrête, je dis en riant. Tu as les pires techniques de drague que je connaisse.

— Tu as raison mais, en attendant, j'arrive à te faire rire et c'est la seule chose que je désire.

Je lui souris sincèrement puis nous nous mettons à discuter de tout et de rien avant que le serveur n'apparaisse devant nous pour prendre nos commandes.

Je choisis une salade composée alors qu'Enzo prend de la viande. Et contrairement à ce que j'aurais pensé, plus les minutes passent, moins je me sens à l'aise. Autour de moi, tout semble faux, à commencer par les clients. L'hypocrisie est visible sur leurs traits, tout comme leur ennui. Certains semblent être en dîner d'affaires et d'autres en famille, et pourtant, les émotions sur leurs visages sont les mêmes. Le personnel est guindé et j'ai l'impression que nous ne sommes pas à notre place. Le repas a beau être très bon, je suis abasourdie lorsque je découvre les prix plus qu'exorbitants.

Moins d'une heure plus tard, Enzo et moi sortons du restaurant. Il grimace.

— Désolé, c'était pas génial.

— Non, je t'assure, Enzo, c'était bien !

— Ne t'inquiète pas, je sais que c'était beaucoup trop surfait.
— Tu n'étais jamais venu ?
Il secoue la tête.
— Mais pourtant, tu m'as dit que tu le connaissais ?
Il passe une main dans ses cheveux.
— J'ai demandé conseil à ma mère et elle m'a dit que celui-ci serait parfait.

Je ne trouve rien d'autre à répondre qu'un simple « oh ». Je ne m'attendais pas à ça : c'est tout simplement adorable de sa part qu'il ait appelé sa mère pour lui demander conseil afin que notre soirée se passe bien, qu'elle soit la plus parfaite possible. Touchée par cette attention, un sourire béat prend place sur mon visage et je me penche vers lui pour l'embrasser tendrement sur la joue. Il me serre brièvement dans ses bras puis, en s'écartant, me demande :

— Tu ne veux pas qu'on sorte ?
— On est déjà dehors, non ? je dis en riant.
— Je voulais dire qu'on aille en boîte. La soirée n'est pas totalement finie et on pourrait s'éclater au moins une heure avant de rentrer, tu ne penses pas ?
— Je n'aime pas trop les boîtes, tu sais.
— Allez, Lili, pour me faire plaisir !

Il me fait son petit sourire en coin et plisse les yeux. Je ne peux pas refuser.

— Juste une heure alors !
— Promis !

Nous montons dans sa voiture puis Enzo démarre en direction du quartier de Hollywood.

— On va où exactement ?
— Au Avalon.

Devant mon sourcil interrogateur, il rajoute :

— C'est une sorte de club où l'on va souvent avec les gars. Il est connu dans toute la ville. Tu verras sans doute des têtes que tu connais.

— D'accord.

Une dizaine de minutes plus tard, la voiture bifurque à droite sur un énorme parking, déjà rempli de voitures. Des bruits et des lumières s'échappent du grand bâtiment en pierres noires qui me fait face. Je n'aime pas trop cet endroit, l'extérieur me fait froid dans le dos.

— On y va ? demande Enzo.

Je hoche la tête avant de déposer mon sac derrière le siège passager.

— Tu ne le prends pas ?

— Non, j'ai toujours peur qu'on me le vole ou, étourdie comme je suis, de le perdre ou de l'oublier. Au moins, je sais qu'il est là, je dis.

— Tu n'auras pas besoin de ton téléphone ?

— Non, ou alors je prendrai le tien ou retournerai à la voiture.

Enzo acquiesce et j'ouvre ma portière. L'air frais fouettant mon visage me fait regretter de n'avoir enfilé que le bustier par-dessus ma robe. Heureusement, nous ne sommes plus qu'à quelques pas de l'entrée de la boîte.

Deux videurs se tiennent devant les bras croisés. Ils n'ont vraiment pas l'air sympathique et, pourtant, Enzo leur serre la main avant qu'ils ne s'écartent pour nous laisser entrer. Encore une fois, ils ne vérifient pas notre identité et ça ne me rassure pas sur ce lieu.

Nous pénétrons dans un long couloir aux murs tapissés de miroirs, c'est plutôt perturbant. Nous nous reflétons des dizaines de fois sur toutes ces glaces. C'est à peu près l'idée que je me fais des maisons closes. Nous croisons certaines personnes qui quittent ce club, et s'il n'y avait pas Enzo à côté de moi, je les aurais suivies. Il fait déjà très chaud. Soudainement, il attrape ma main avant de tourner dans un autre couloir donnant sur un escalier.

— Tu es sûr de cet endroit ? je demande.

— Oui, ne t'inquiète pas, Lili. On n'est pas entrés par la porte principale, c'est pour ça.

— Pourquoi ?

— Comme ça, on n'a pas à faire une heure de queue, dit-il avec un clin d'œil. Et puis, tout le monde me connaît ici. Ne te fais pas de soucis.

Je ne réponds rien. J'ai vraiment très chaud et je commence à regretter de ne pas avoir pris mon téléphone avec moi. Quelques secondes plus tard, nous arrivons devant une grande porte noire qu'Enzo pousse. Elle paraît blindée. Le contraste entre le couloir ultrasilencieux et la salle très bruyante est saisissant. Les lumières tamisées et la fumée tombant du plafond ne nous laissent pas voir au-delà de trois mètres devant nous. Pourtant, je sens qu'il y a énormément de monde. Le bruit de la foule est omniprésent, tout comme celui sortant des enceintes disposées elles aussi au plafond. Plus j'avance, moins je me sens à l'aise. Il fait à la fois sombre et chaud et cette masse humaine m'oppresse. La seule chose qui pourrait m'aider à me détendre serait un verre d'alcool. Ce constat me fait frémir.

— Enzo ?

Il se retourne vers moi.

— Est-ce qu'on pourrait prendre un verre ? je continue. J'ai la gorge sèche.

— Pas de souci, ma belle, crie-t-il pour que je l'entende dans tout le brouhaha.

Ma main toujours dans la sienne, il se dirige vers un énorme bar au fond de la salle. Des dizaines de personnes sont accoudées au comptoir, discutant de tout et de rien, devant un verre. L'air est plus respirable puisque la foule y est moins dense. Je me sens déjà mieux, plus sereine.

Enzo repère deux tabourets et nous nous y asseyons en attendant que le barman prenne notre commande.

— Bonsoir, qu'est-ce vous voulez ?

— Bonsoir, je prendrai un golden cocktail. Et toi, Enzo ? je dis en le regardant.

— Enzo ? répète l'homme.

Mon ami pivote et le fixe.

— Steve ! Ça faisait longtemps !

— Oui ! Je ne travaille plus là normalement, mais ce soir, comme Matt est absent, je le remplace. Tes copains et toi, vous faites toujours partie du cercle noir ? Vous avez fait le combat de la semaine dernière ?

Entendant cette dernière phrase, ma tête se tourne vivement vers Enzo qui déglutit. Est-ce cela que les garçons cachent ? Des combats ?

— Alors ? je dis.

— Alors rien, reprend fermement Enzo. Il n'a jamais été question de combats et il n'en sera jamais question. Je ne vois pas de quoi tu parles, Steve. Je prendrai une bière.

Le barman hoche rapidement la tête avant de s'affairer. Je vois très bien qu'Enzo ne me dit pas la vérité et que ce Steve vient de lourdement gaffer quant aux petits secrets des garçons. Je vais cuisiner mon ami sur-le-champ.

— Dis-moi la vérité, Enzo, je lâche d'un ton sec.

— Il n'y a rien à dire. Je ne vois pas de quoi voulait parler Steve.

— Ne me prends pas pour une conne. Je sais très bien que tu es en train de mentir. C'est quoi ces combats dont il parlait ?!

— Je te jure, Lili, je ne sais pas de quoi il s'agit !

Il ment, je le vois dans ses yeux, mais je sais pertinemment qu'il ne me dira rien. Il est exactement comme Cameron. Agacée, je finis d'une traite le verre que vient de poser Steve devant moi et me lève hâtivement de mon tabouret.

— Tu vas où ? me demande Enzo en attrapant mon poignet.

— Chercher des réponses à mes questions. Maintenant lâche-moi !

— Non ! Tu ne vas nulle part toute seule.

— Je suis assez grande Enzo ! Je sais que vous me cachez quelque chose, je ne suis pas bête ! Je veux savoir ce que c'est et, puisque tu ne veux rien me dire, je vais aller voir Steve pour lui demander.

— Reste là ! Il ne te dira rien.

— Donc il y a bien quelque chose !

— Je n'ai pas prétendu ça, s'indigne-t-il.

— Non, mais tu l'as sous-entendu. C'est du pareil au même. Alors maintenant, dis-moi !

— Putain, tu ne lâcheras rien ?

— Je ne lâche jamais rien, tu devrais le savoir à force. Et puis niveau têtes de mule, je suis bien servie à l'appartement.

— Je ne peux pas t'en parler, d'accord ? C'est pas contre toi, Lili, mais tu ne peux pas toujours tout savoir.

— Pourquoi ?

— Ça pourrait te mettre en danger et aucun de nous ne veut ça.

Il ne m'a rien avoué, et pourtant, je suis bouleversée par ses paroles. Des tas de questions se bousculent dans ma tête. Je sais qu'il est question de combats. Je n'ai aucune idée de quelle sorte de combats il s'agit mais tout commence à se mettre en place : Cameron qui revient en sang à l'appartement avec Evan, la salle de musculation, leur inquiétude face à des gens louches, tout commence à prendre sens petit à petit.

— Lili ? m'interpelle Enzo, me sortant de mes pensées.

— Oui ?

— On va danser un peu ? me propose-t-il en tendant sa main.

Je décide d'accepter et de ne plus penser à leur secret pour le reste de la soirée. Il ne m'en dira pas plus… du moins pour le moment.

— Si tu veux. Mais après, on y va, alors.

— Ça marche.

J'attrape sa main et nous nous dirigeons à l'étage du dessus où se trouve la piste de danse. Il y a encore plus de monde que lorsque nous sommes arrivés mais, étrangement, je ne me sens pas aussi mal que tout à l'heure. Enzo se fraie un chemin à travers la foule jusqu'à ce que nous atteignions le centre de la piste. Une chanson de Hardwell résonne dans toute la boîte et, ensorcelée par la musique et probablement aussi par le cocktail, je me mets à danser. Je sautille, je remue la tête puis les bras, j'ondule des hanches. Je laisse complètement le son me porter. Enzo se rapproche de mon corps et pose ses mains sur mes hanches. Nos corps sont collés et nous bougeons au rythme de la musique. Un grand sourire prend place sur son visage et je suis certaine que le même est également incrusté sur le mien.

Lorsque je ferme quelques instants les yeux, éblouie par la lumière des spots, je suis frappée par le visage qui apparaît devant moi : celui de Cameron. Je revois son regard me transpercer, voyager sur mon corps brûlant. Ses yeux finissent par atteindre les miens et y restent rivés. Les battements de mon cœur s'accélèrent et mon souffle se fait court. Mon Dieu, que m'arrive-t-il ?

— Ça va ? intervient Enzo.
— Euh… oui, pourquoi ?
— Tu t'es arrêtée de danser.

Je me ressaisis et constate qu'en effet, je ne danse plus. Voir son visage m'a complètement paralysée, comme si être ici avec Enzo était… mal. Oui, c'est exactement ça. Je ne comprends pas pourquoi je ressens cela. Je ne fais rien de mal, je ne fais que danser avec mon ami et, de plus, je ne suis même pas engagée avec Cameron !

— Tu es sûre que ça va ? reprend Enzo.
— Oui, oui.
— Tu as l'air soucieuse, dit-il en fronçant les sourcils.
— Je t'assure que ça va. J'ai eu un petit étourdissement. On danse encore un peu ?
— Bien sûr !

C'est à ce moment-là que la musique change pour un rythme beaucoup plus doux et lent. Comme la majorité des personnes autour de nous, Enzo passe son bras derrière mon dos et moi, j'accroche mes mains derrière sa nuque, ma tête se posant contre son torse. Cela est agréable, relaxant, donc j'essaie tant bien que mal de me concentrer sur le moment présent et sur les battements de son cœur. Je ferme les yeux doucement jusqu'au moment où je suis arrachée des bras d'Enzo, tirée en arrière par deux mains puissantes. Je me retourne hâtivement et découvre un grand garçon, portant une veste des Lakers et une casquette de la même équipe à l'envers. Il me tient fermement les poignets.

— Mais lâchez-moi, je hurle. Je ne vous connais pas !

— Lâche-la immédiatement, Trent, le menace Enzo en s'approchant.

— Pourquoi ça ? Elle est plutôt mignonne. Ce ne serait pas la première qu'on par…

— Je ne le répéterai pas deux fois, maintenant lâche-la, le coupe Enzo.

— Non, j'ai envie de m'amuser ce soir. Comment s'appelle-t-elle ?

En un éclair, Enzo balance son poing dans le visage de ce fameux Trent qui recule en chancelant, me libérant les poignets. Enzo m'attrape par les épaules.

— Lili, prends mon téléphone et cours appeler Cameron.

— Quoi ? Non ! Je ne vais pas te laisser seul, je dis en reprenant mes esprits. Viens avec moi.

— Fais ce que je te dis.

Son ton est dur. Trent me regarde avant de faire un mouvement de tête vers la gauche mais je n'arrive pas à voir s'il fait signe à un complice. Un coup d'œil à Enzo m'apprend qu'il est en alerte, la mâchoire crispée et les poings serrés. La peur et l'incompréhension me gagnent. Qui est ce garçon en face de moi ? Est-ce que cela aurait un rapport avec cette histoire de combats dont Steve parlait ? J'ai bien peur que oui.

— Pars, Lili, balance Enzo en me tendant son téléphone portable.

Je l'attrape puis tourne les talons pour filer. Je m'enfonce parmi les danseurs dispersés sur la piste sans savoir où aller. Je serai tout bonnement incapable de retrouver l'endroit par lequel nous sommes arrivés il y a une heure. Je m'arrête et tourne la tête à la recherche de mon chemin.

La salle est toujours aussi bondée. Autour de moi, des personnes dansent et, contre mon gré, je me retrouve prise dans un mouvement de foule. Je n'ai plus aucune notion d'espace. Bousculant nombre de personnes au passage, je me dirige vers le premier mur que j'aperçois dans l'espoir d'y trouver une porte.

Sentant la chaleur et la fatigue m'envahir, je m'accote quelques secondes contre ce grand mur noir. Plus le temps passe et plus j'ai l'impression que la foule augmente et s'agglutine près de moi. Toute cette présence humaine m'étouffe. *Non Lili, ce n'est pas le moment de paniquer. Inspiration, expiration.* Je répète ces exercices une dizaine de fois avant de me sentir un peu mieux. Je dois sortir d'ici et, surtout, aller aider Enzo que je ne vois plus. Et s'ils lui faisaient du mal ?

Au loin, j'aperçois le bar où nous étions tout à l'heure et, en avançant, je remarque que des toilettes sont juste derrière. Soulagée, je m'y précipite, insultée au passage par des personnes faisant la queue, mais là maintenant, je m'en moque éperdument. Je m'enferme dans l'une des cabines libres et dois ravaler un haut-le-cœur. L'odeur qui s'en dégage est juste immonde : un mélange d'urine, de sueur, d'alcool, de vomi et de drogue. Une horreur.

J'abaisse l'abattant de la cuvette et m'assieds dessus. La main tremblante, j'allume le téléphone d'Enzo. Par chance, il n'est pas verrouillé par un code, je ne sais pas comment j'aurais fait sinon. J'ouvre l'icône de ses contacts avant de faire défiler la liste jusqu'à atteindre le numéro de Cam. Sans attendre, je presse la touche d'appel. Les sonneries s'enchaînent sans qu'il décroche et je recommence à paniquer. Qu'est-ce que je suis censée faire maintenant ? Il va répondre cet idiot ? Je suis sur le point de raccrocher et d'appeler Evan lorsque j'entends sa voix distante et nonchalante :

— Ouais ?

— Cam, je dis, tremblante.

— Lili ?

Son ton change instantanément.

— On a un problème, je souffle. J'étais avec Enzo, et là, un type est venu nous voir. Il… il s'appelle Trent.

Il ne répond pas immédiatement mais j'entends des bruits de pas.

— Et où êtes-vous maintenant ?

— Je suis dans des toilettes mais Enzo est toujours avec lui. Je ne sais pas du tout quoi faire.

— Surtout, ne sors pas de là.

Sa voix est autoritaire et dissuasive.

— Tu peux me dire où vous êtes exactement ? reprend Cameron.

Oh non, je ne me souviens pas du nom du club. Valley ou peut-être Allon ? Je tente de me souvenir en vain lorsque sa voix résonne à nouveau :

— Lili ? Tu es toujours là ?

— Je… je ne me souviens plus.

— Le Texan, le Venice ?

— Non, ce n'est pas ça. Hum… Steve travaille au bar, je dis me rappelant soudain de ce détail.

— L'Avalon ?

— Oui, c'est ça !

— Putain, qu'est-ce qui lui a pris de t'emmener là-bas ?

Il jure.

— J'arrive tout de suite. Hé Lili ?

— Oui ?

— Tu fais attention à toi. Je suis là dans quinze minutes, tu entends ? Je viens te sortir de là. Aie confiance en moi.

J'ouvre la bouche pour lui répondre lorsque des cris retentissent de l'autre côté de la porte. Instinctivement, je me fige.

— Lili, il y a un problème ?

Je m'apprête à répondre mais une voix masculine s'écrie de l'autre côté de la porte :

— Sors, je sais que tu es là.

Ce timbre de voix me rappelle quelque chose, mais quoi ? Je cherche dans ma mémoire alors que Cameron prononce mon nom de manière encore plus pressante. J'aimerais lui répondre mais je suis à la fois concentrée et tétanisée. Aucun son n'arrive à franchir mes lèvres. Le vacarme continue de s'accentuer à l'extérieur de la cabine et, comme dans les films, je monte sur l'abattant des toilettes et m'y recroqueville. J'ai l'impression d'être dans un cauchemar. Au téléphone, Cameron continue de jurer et de hurler mon prénom.

— Allez, ma belle, sors.

— Qu'est-ce qui se passe ? s'énerve Cameron.

— Je... je ne sais pas, je chuchote.

Je ne suis pas certaine qu'il puisse entendre ma voix.

— Lili ? reprend-il. Réponds-moi s'il te plaît.

— Je suis là, je murmure un peu plus fort.

— Je ne raccrocherai pas ce téléphone, d'accord ? Mais sors d'ici au plus vite, cours rejoindre le parking sans te retourner une seule fois.

Deux grands coups retentissent contre la porte de la cabine et je m'arrête de respirer.

— Je sais que tu es là toute seule et effrayée. J'entends ton souffle, dit l'homme dans un rire démoniaque.

« Seule ». Oh mon Dieu... ce mot... Je sais qui c'est, c'est le livreur taré. Je savais qu'il était louche ! Je vais mourir. C'est sûr, je vais mourir. La seule chose qui me ramène à la réalité, c'est la voix relativement calme de Cameron qui me parle. Mais, paniquée, je n'assimile aucun des mots qu'il prononce.

Qu'est-ce que je suis censée faire ? Rester recroquevillée sur ces toilettes jusqu'à ce que Cameron arrive ? Cette possibilité est plus que tentante mais derrière le battant, je perçois l'agitation du livreur s'accroître. Si je ne réponds pas, peut-être finira-t-il par s'éloigner ? Bien sûr que non, il ne s'éloignera pas !

— Il faut que je vienne te chercher moi-même ? hurle-t-il en tapant à nouveau sur la porte.

Je dois sortir, ou alors, je peux être certaine que tout ça dégénérera. J'attends patiemment, et bien que je sois toujours en ligne avec Cameron, aucun de nous ne parle, je perçois juste son souffle. Tout à coup, j'entends la lourde porte des toilettes s'ouvrir puis se refermer en claquant. Puis plus rien, tout est à nouveau calme. Je descends prudemment de l'abattant et me pose sur le sol le plus délicatement possible afin de ne pas faire de bruit. Serait-il parti ? Le téléphone toujours dans la main, je me penche pour vérifier sous les cloisons que je suis seule. En l'espace d'une seconde, son visage apparaît sous la porte de ma cabine et je ne peux m'empêcher de hurler de toutes mes forces. Il n'est pas parti et il est à quelques centimètres de moi ! J'entends Cameron crier mon prénom mais, dans la panique, le téléphone me tombe des mains et s'écrase au sol. Ses yeux de psychopathe sont toujours tournés vers moi. Soudain, prise par une once de courage et certainement de folie, je me redresse et balance mon pied le plus fort possible dans son visage. Il geint de douleur et tombe en arrière en se tenant le nez. Je récupère le téléphone et profite de cet instant pour sortir rapidement de la cabine. En jetant un coup d'œil à ma droite, je l'aperçois en train de jurer, allongé sur le dos. Lorsqu'il remarque que je tente de m'échapper, il se relève et je cours vers la porte. M'engouffrant dans toute cette foule et cette chaleur étouffante, je cherche à repérer la porte blindée par laquelle nous sommes entrés, elle ne devrait pas être loin du bar. Au loin, j'aperçois le type des toilettes qui fait naviguer son regard dans toute la salle pour me retrouver. Par chance, il ne me repère pas. Je rejoins l'arrière du bar et, enfin, je vois cette grande porte noire massive. Je ne perds pas plus de temps et l'ouvre avant de courir à travers le couloir aux mille miroirs. Dehors, il n'y a plus personne, même les deux vigiles ne sont plus là. L'air frais me fouette le visage et c'est à ce moment-là que je prends conscience que des larmes coulent le long de mes joues. *Où es-tu, Cameron, alors que j'ai tant besoin de toi ?*

Chapitre 13

J'arpente le parking dans l'espoir de repérer la voiture de Cameron mais je ne la vois pas. J'ai vraiment peur. À chaque seconde qui passe, j'ai l'impression que le fameux Trent ou le livreur fou va surgir devant moi. Soudain, un crissement de pneus résonne dans le parking et, en me retournant, je reconnais le 4 × 4 de Cameron. Le soulagement éclate en moi et je me rue vers lui alors qu'il arrête le moteur. Il ouvre sa portière et avance vers moi tout en prononçant mon nom pour la énième fois de la soirée. Sans la moindre hésitation, je me jette à son cou, mes bras entourent sa nuque et les siens me maintiennent contre lui. Je laisse toute ma peur et ma frustration s'échapper de moi comme s'il pouvait les absorber. Je me sens en sécurité et, pour la première fois de la soirée, je ne voudrais être autre part qu'ici, dans ses bras. Il relâche son étreinte et, en s'écartant, je remarque que ses iris brillent d'une lueur parfaitement reconnaissable, entre la rage et la colère. Ses mains encerclent mon visage et ses yeux le parcourent à la recherche de la moindre blessure.

— Je vais bien, Cameron, je lâche d'une voix basse.

Il hoche la tête imperceptiblement.

— Où est-il ?

Je devine aussitôt qu'il parle d'Enzo.

— Je ne sais pas. Quand je suis partie, il était au niveau de la piste où il y a le bar.

— Je vais aller le chercher et toi, tu vas dans ma voiture. Tu t'allonges à l'arrière en restant dans le noir, caché, c'est compris ?

Cette fois-ci, c'est mon hochement de tête qui est imperceptible. Ses mains sont toujours sur mon visage et, en le réalisant, je me mets soudainement à rougir. Cameron doit sentir la chaleur qui émane désormais de mes joues puisqu'il ôte ses mains aussi vite. Cependant, nos regards sont toujours accrochés l'un à l'autre. Après plusieurs secondes, Cameron rompt le contact et s'éloigne de moi en me rappelant de m'enfermer dans sa voiture. Je reste plantée sur le parking à le regarder marcher vers la porte par laquelle je suis sortie quelques minutes auparavant. Juste avant de la franchir, il se retourne et je suis chamboulée par la profondeur de son regard, même si le sens de celui-ci m'échappe. Que veut-il me dire ? Dans le fond, peu importe, j'ai l'impression que mon protecteur est parti… Le seul moyen de retrouver du réconfort, c'est de me rendre dans son 4×4 où son odeur me berce et me rassure.

Ce n'est qu'une fois installée que je me rends compte que mes affaires sont restées dans la voiture d'Enzo. Est-ce folie ou prudence d'aller les chercher ? Je me penche à la vitre. Il n'y a pas un chat dans le parking malgré le nombre important de voitures présentes. Je trouve ça bien trop calme. Toutes ces ombres, ce silence et ce vent s'infiltrant près des carrosseries me font froid dans le dos. Je n'ose pas rester à la fenêtre et me renfonce dans le siège arrière. Que m'avait dit Cam ? De m'allonger et de rester cachée. Je me recroqueville sur la banquette. *Je suis en sécurité. Je suis en sécurité.* Je ne peux m'empêcher de le murmurer, tel un mantra, pour me rassurer. Je dois convaincre mon corps tétanisé que tout va bien maintenant, que je ne risque plus rien. La fraîcheur tombant avec la nuit, l'air de la voiture devient rapidement froid et mon bustier fin ne me réchauffe pas. Je me penche sur les sièges avant mais ils sont vides, contrairement à la plage arrière où je trouve un sweat appartenant à Cameron. Je reconnais son parfum musqué et envoûtant.

Je l'enfile, ce qui me donne l'impression qu'il vient de refermer ses bras sur moi.

Au bout de quelques minutes, du bruit résonne sur le parking. Je me redresse légèrement. J'aperçois alors Enzo et Cameron à une dizaine de mètres de la voiture. Je suis plus que soulagée de les voir revenir.

— Oh mon Dieu, ton visage, Enzo ! je m'exclame lorsqu'il prend place sur le siège passager.

Du sang s'écoule de son arcade, sa joue rouge deviendra vite violette et ses lèvres tuméfiées sont à vif.

— Ça va, Lili, ne t'inquiète pas.

— Mais qu'est-ce qui s'est passé bon sang ?

Enzo soupire.

— Tout ce que je peux te dire ce soir, c'est que je suis désolé. J'ai absolument tout gâché.

Renfrognée, je tourne la tête et regarde par la vitre alors que Cameron met le contact du 4 × 4. Depuis qu'il est revenu avec Enzo, il ne m'a pas adressé un seul mot ou un seul regard. C'est pourquoi je sursaute lorsqu'il prend la parole.

— Mais t'es con ou quoi ? éclate-t-il lorsque nous quittons le parking.

— Je ne savais pas qu'il serait là putain, s'écrie Enzo après de longues secondes de silence.

Les mains de Cameron se resserrent sur le volant et je croise enfin son regard dans le rétroviseur. Ses pupilles sont complètement dilatées, la rage brûle dans ses veines.

Le reste du trajet se passe dans un silence plus que pesant. Cameron est toujours aussi tendu alors qu'Enzo souffle, probablement à cause de la douleur qu'il ressent. Heureusement, nous arrivons rapidement à l'appartement. Cameron sort le premier de la voiture et je descends à mon tour, suivie d'Enzo. Mon colocataire nous devance pour entrer dans l'ascenseur et se place sur la droite. Je me retrouve alors entre les deux garçons tandis que la porte de la cabine se referme sur nous trois. Je me suis rarement trouvée aussi gênée qu'en cet instant. J'ai hâte de rentrer. Leur lançant un regard à l'un puis à l'autre, je soupire intérieurement. Je sens que la soirée est loin d'être terminée.

Jamais la montée jusqu'au quatrième ne m'a paru aussi longue. Je crois bien que, depuis que la porte s'est refermée, je suis en apnée. J'ai l'impression d'étouffer sous toute cette tension. Lorsque le *ding* retentit, je suis la première à sortir. Je n'aurais pas pu tenir un étage de plus enfermée là-dedans avec eux. Cameron passe devant moi, me frôlant de son bras, et ouvre la porte puisque mes clés et le reste de mes affaires sont toujours dans la voiture d'Enzo. L'appartement, plongé dans le noir, est silencieux. Comme Evan est rentré chez lui pour baby-sitter sa petite cousine, nous serons donc de nouveau tous les deux, Cameron et moi, après le départ d'Enzo. J'espère que ce tête-à-tête se passera bien même si c'est plutôt mal parti pour le moment.

J'appuie sur l'interrupteur et allume la lumière du salon avant d'aller dans la cuisine. J'ai besoin d'un verre d'eau. En retournant dans le salon, je m'aperçois que mon colocataire n'est plus là alors qu'Enzo est resté planté dans l'entrée.

— Où est Cameron ? je demande à Enzo, même si je doute fortement que ce dernier lui ait parlé.

— Il est parti dans sa chambre.

Prononcer cette phrase lui arrache une grimace. Le sang a séché mais ses lèvres semblent toujours à vif.

— Assieds-toi, je lui dis en désignant le canapé. Je vais soigner tes blessures.

— Non, Lili, ça va ! Je vais bien.

Comment ça, *ça va* ? Il a la mémoire courte ! Et pour la première fois de la soirée, j'explose sous trop de non-dits.

— Non Enzo, ça ne va pas ! Dis-moi ce que c'était ce soir !

— C'était rien, Lili.

— C'était rien ? je répète incrédule. Tu appelles *ça* rien ?!

Il ne répond pas et se contente de baisser les yeux.

— J'ai eu la peur de ma vie, Enzo ! Quand je me suis enfermée dans les toilettes et que je l'ai entendu, j'ai vu ma vie défiler devant mes yeux ! Je me suis fait tout un tas de films sur les choses qu'il pourrait me faire s'il m'attrapait. Et quand j'ai vu son visage sous la porte de la cabine, je me suis vue morte, Enzo, morte ! Peut-être que pour toi ce n'est pas *grand-chose*, mais pour moi si. Je n'ai pas l'habitude de tout ça et je n'ai pas envie de m'y habituer ! Je ne veux pas être mêlée à vos histoires, mais j'ai quand même le droit de savoir de quoi il s'agit ! Je suis concernée maintenant, que tu le veuilles ou non.

— Mais justement, dès que tu seras au courant, tu seras en danger. Il faut que tu le comprennes !

— Ah, parce que tu trouves qu'en ta compagnie, j'étais en sécurité ce soir ? j'explose une nouvelle fois.

Alors qu'il s'apprête à répondre, Cameron réapparaît dans le salon.

— Qu'est-ce qui se passe ?

— Rien, lâche Enzo.

— Comment ça, rien ? je reprends. Pour moi, ce que j'ai vécu ce soir, c'était loin d'être rien ! Expliquez-moi. Dans quoi trempez-vous ?

— Tu crois vraiment qu'on va tout te dire là maintenant ? répond Cameron d'un air dédaigneux.

— Oui !

— Non, je ne crois pas.

— Ne me sous-estimez pas. Je finirai bien par savoir et ce, même si je dois de nouveau commander une pizza à ce livreur fou !

Je sais pertinemment qu'avoir une conversation sensée avec Cameron ce soir est mission impossible. Il est bien trop borné pour écouter ce que je vais dire, tout comme Enzo. Ce sont deux idiots. Je préfère m'éloigner avant de les gifler l'un et l'autre.

— Je vais me doucher, je lâche en me dirigeant vers ma chambre pour réunir mes affaires.

Je ne prends pas la peine d'écouter leur réponse. Est-ce qu'ils se soucient de me répondre ? Tout ce que je sais, c'est qu'en sortant de la salle de bains vingt minutes plus tard, Enzo est toujours sur le canapé, les yeux rivés sur son téléphone, un verre d'eau à la main. En entendant du bruit, il relève la tête.

— Écoute, Lili, je suis désolé, je…

Je l'interromps.

— Ne dis rien, s'il te plaît.

J'apporte la trousse contenant le matériel pour le soigner puis m'assieds à côté de lui sur le canapé. À ce rythme-là, entre Cameron et lui, c'est une unité médicale que je vais devoir implanter dans le salon. Ils sont particulièrement agaçants et je préfère panser les blessures d'Enzo dans le silence. Il grimace de temps en temps mais ne dit rien. Il ne me reste plus qu'à lui mettre de l'Arnica Montana sur le visage pour le désenfler. Lorsque je termine, je retourne dans la cuisine pour me débarrasser des compresses et me laver les mains.

— Tu n'as qu'à prendre ma chambre, je dormirai sur le canapé, je dis en revenant dans le salon.

— Non ! Je prendrai le canapé. Il y a la chambre d'Evan sinon ?

— On a profité de son absence pour changer la literie, son lit est arrivé tout à l'heure mais on ne l'a pas monté. Je t'assure, prends mon lit, je vais rester là.

— Non, Lili, je ne veux pas m'imposer. C'est déjà gentil de m'héberger.

— Tu ne t'imposes pas puisque c'est moi qui te propose… Je ne le répéterai plus, prends mon lit. Je n'ai pas sommeil de toute manière.

— Merci encore et… passe une bonne nuit, si tu peux, souffle-t-il doucement.

— Bonne nuit.

J'attrape deux coussins et une grosse couverture dans le coffre au bout du canapé puis les dépose dessus avant d'aller me préparer un thé dans la cuisine.

J'attrape le livre de Jane Austen qui traîne sur la table du salon et commence à bouquiner tout en buvant mon thé. Les minutes passent sans que la fatigue pointe son nez. Aux alentours de 3 heures du matin, je sens que ma gorge devient sèche. J'enlève la couverture, enfile mes chaussons et file vers la cuisine. J'attrape la bouteille d'eau dans le bas du réfrigérateur et la porte à mes lèvres. L'eau fraîche qui descend le long de ma gorge me détend instantanément. Je bois sans m'arrêter mais sursaute lorsqu'une voix s'élève tout près. En l'espace d'une seconde, la bouteille m'échappe des mains et je me retrouve complètement trempée. Je me retourne et vois Cameron à la jonction de la cuisine et du séjour.

— Mon Dieu, Cameron, tu m'as fait une de ces peurs, je dis en portant ma main à hauteur de mon cœur.

— Je ne savais pas que tu serais là, Liliana.

La colère est toujours présente dans sa voix. Visiblement, il n'a toujours pas digéré notre conversation de tout à l'heure, bien que superficielle.

— Toi non plus, tu n'arrives pas à dormir ? je demande doucement.

— Non.

Waouh, juste trois lettres mais dites avec une telle froideur que je n'arrive plus à parler, restant au milieu de la cuisine, le tee-shirt aussi trempée que l'idiote que je suis.

Cameron se retourne, probablement prêt à retrouver sa chambre, mais s'arrête et pivote vers moi.

— C'était bien ?

Son ton dur semble presque accusateur mais je n'ai aucune idée de ce dont il peut bien m'accuser.

— De quoi ? je réponds en haussant les sourcils.

— Avec Enzo, c'était bien ?

Même avec cette précision qu'ajoute Cameron, je ne vois toujours pas où il veut en venir.

— Mais de quoi tu parles bon sang ? Du dîner ?

Il se rapproche de moi. Nous ne sommes plus qu'à quelques centimètres l'un de l'autre.

— D'Enzo et toi, ici. Vous vous êtes éclatés, j'espère, après que je suis allée dans ma chambre.

— J'ai fini de le soigner et, après ça, on est allés se coucher.

Il se met à rire nerveusement.

— Vous coucher ou coucher, tu veux dire ?

Je comprends soudain où il veut en venir. Si je ne me sentais pas blessée, je suis certaine que je rirais devant l'absurdité de sa supposition. Comment peut-il penser une telle chose de moi ? Me prend-il pour une fille facile ? C'est donc l'impression que je dégage ? Une fille qui passe d'un lit à l'autre, d'un mec à l'autre chaque week-end ?

— Quoi ? Mais ça va pas ? je m'écrie.

— Ne nie pas, Lili. La porte de ta chambre est fermée et il n'est pas sur le canapé.

— Parce qu'il dort dans ma chambre et moi sur le canapé, abruti.

Tout à coup, son regard et son expression changent, s'adoucissent.

— Tu veux dire que vous n'avez pas…

— … couché ensemble ? Non, bien sûr que non ! Tu me prends pour qui, Cameron ? J'ai des principes.

— Ah.

Oui, *ah*. Un silence pesant s'installe entre nous. Alors qu'il s'adosse contre le mur, il se passe les mains sur le visage et soupire. Ce garçon est un mystère. En un instant, il pourrait me faire un procès pour quelque chose de futile et, dans la seconde qui suit, il redevient sympa.

— Tu es trempée, remarque-t-il.

Mes yeux descendent sur mon tee-shirt trempé et j'ai la mauvaise surprise de découvrir que Cameron a un accès direct à ma poitrine que l'on voit par transparence. *Merde.* Je me dépêche de croiser mes bras dessus mais son regard y est toujours fixé.

— Tu es en train de me mater, là ?

Ses yeux remontent enfin vers les miens avant qu'il ne se mette à sourire. Je n'y crois pas, il me matait ! Je me mets stupidement à rougir.

— Je vais aller me coucher, bonne nuit, Cam.

Je ramasse la bouteille et la jette dans la poubelle avant de le contourner pour aller dans le salon.

— Attends, Lili, tiens.

Sans que je m'y attende, il ôte son tee-shirt.

— Mais qu'est-ce que tu fais ? je m'exclame.

— Je te donne mon tee-shirt, comme le tien est mouillé.

Quoi ? Mes joues s'échauffent un peu plus tandis que son vêtement passe au-dessus de sa tête. Son torse est maintenant à découvert et j'ai le plaisir de voir ses muscles qui se bandent. Oh mon Dieu, ça ne devrait pas être permis d'être si beau en dehors des podiums et des magazines de mode.

— Je te remercie mais je vais aller me chercher un truc. Remets-le, tu vas attraper froid, je dis en m'écartant.

— Je suis sérieux, Lili, prends ça.

Je sais pertinemment qu'il ne lâchera pas et que ce débat est stérile. J'attrape donc son tee-shirt avant de me diriger vers la salle de bains. Mais pour être honnête, porter son vêtement est bien loin d'être déplaisant. Il est imprégné de son odeur – un doux parfum masculin – et je me retrouve comme une idiote à le tenir dans mes mains et à le sentir. Je suis vraiment pathétique. Comme pour la première fois où j'ai mis l'un de ses habits, le vêtement descend à mi-cuisses mais, cette fois-ci, ce n'est pas gênant puisque je porte un legging. Je me regarde dans le miroir. Dans son tee-shirt, j'ai l'impression d'être importante à ses yeux, de compter pour lui. Je soupire. C'est tellement grotesque de me faire de telles idées. Que ce soit clair, Cameron ne ressent probablement rien pour moi. Je ne dois pas me faire de film ou je risquerais de souffrir inutilement.

Quand je reviens dans le salon, je suis surprise de découvrir que mon colocataire est toujours là mais cette fois-ci, il est assis sur le canapé. Lorsqu'il m'entend arriver, il lève la tête et je croise son regard.

— Il y a un problème ? je demande en m'avançant vers lui.

— Dors avec moi.

— Tu es sérieux ?

— Oui ! dit-il en se relevant. Pourquoi cet abruti aurait le droit à un lit alors que toi, tu dois passer la nuit sur ce canapé ?

— C'est moi qui le lui ai proposé, tu sais.

— Ça ne change rien.

— Je peux très bien dormir sur le canapé, il est énorme et super confortable !

Je me perds dans son regard. Au fond de moi, j'ai envie de sauter dans son lit et de dormir tout contre lui, mais je sais que c'est mal et c'est ça qui m'empêche d'accepter. Je n'ai jamais ressenti ça pour personne. Il ne me viendrait pas à l'esprit de dormir avec Evan, Enzo ou même toute autre personne. Mais avec lui, oui. Il a une copine. Quel genre de fille dort avec un garçon en couple même s'il n'y a rien entre eux ? Je ne peux pas.

— Lili…

— Non, Cam, je ne veux pas.

— Tu ne me laisses pas le choix.

— Qu'est-ce que…

Je ne finis pas ma phrase, le suivant du regard. Lorsque je comprends ce qu'il s'apprête à faire, il est trop tard. La couverture dans les mains, il se dirige d'un pas assuré vers la salle de bains.

— Cameron, arrête ! je dis en le suivant.

Je ne peux pas crier, Enzo dort dans la pièce juste en face. J'essaie de lui arracher la couverture des mains mais il a bien trop de force. Son corps faisant barrage, je ne peux l'empêcher d'allumer le jet d'eau de la douche. Je le supplie encore mais il ne m'écoute pas. En quelques secondes à peine, la couverture est trempée.

— Mais t'es un grand malade ! je m'exclame en poussant son torse. Comment je vais faire pour dormir maintenant ?

Son sourire narquois me donne encore plus envie de le frapper.

— Tu ne voulais pas dormir avec moi… Il fallait bien que je trouve quelque chose.

C'est pas vrai…

— Je te déteste, Cameron Miller.

— Je sais que c'est faux.

Je secoue la tête. Même si je suis en colère contre lui, je ne peux retenir un sourire face à son audace.

— Bon, t'es prête à venir dormir avec moi ? À moins que tu préfères te coucher dans de l'eau, dit-il en regardant la couverture trempée au fond de la baignoire.

— Tu ne me laisses pas vraiment le choix, je bougonne.

Il lâche un petit rire victorieux avant de m'attraper la main et de m'entraîner vers sa chambre. C'est la première fois depuis que je suis arrivée il y a un mois que je rentre dans son antre en y étant invitée. Cette pièce est tout aussi grande que la mienne et l'agencement des meubles est similaire. Cependant, il n'y a aucun doute que nous sommes dans une chambre de garçon ! Les coloris sont plutôt sombres et de nombreuses choses traînent un peu partout.

— Tu dors de quel côté ? je lui demande avant de m'installer.

— Du côté où tu ne dors pas.

Je m'installe donc à la gauche du lit. Je m'attends à ce qu'il prenne un nouveau tee-shirt, mais non, il se faufile sous les draps, torse nu. Nous sommes face à face, allongés dans son lit, et je me sens étrangement bien. Sans que je sache pourquoi, il se met à sourire. Je n'avais jamais remarqué à quel point les deux fossettes qui creusent ses joues peuvent être craquantes. Elles lui donnent une âme d'enfant et je me retiens de caresser son visage, ça ne serait pas approprié. Je sens mes paupières devenir de plus en plus lourdes et je finis par fermer les yeux. Mais plus les secondes passent et plus je sens le regard de Cameron peser sur moi. J'ouvre doucement les yeux, éblouie par la légère lumière qui émane de sa lampe de chevet, et me rends compte qu'il me regarde toujours en souriant.

— Je n'avais jamais remarqué ces petites taches vertes dans tes yeux, souffle-t-il.

Mon cœur s'emballe après cette révélation. Personne excepté mon père n'a remarqué que de légères taches vertes ornaient le bleu de mes yeux.

— C'est joli.

Mon cœur fait un nouveau bond tandis que Cameron se tourne pour éteindre la lumière. La chambre est alors plongée dans la pénombre, seule la clarté de la lune passant à travers la fenêtre. Je me tourne et me mets sur le dos, un sourire ancré sur mes lèvres. Je ne veux pas qu'il me voie dans cet état presque euphorique. Alors que je me remémore les événements de cette soirée, mes paupières déjà lourdes à se ferment et je finis par m'endormir, allongée près de Cameron, pour la troisième fois déjà.

Chapitre 14

Je suis réveillée par la lumière du soleil qui perce à travers les rideaux. Je ne mets que quelques secondes à réaliser que je suis dans la chambre de Cameron, dans son lit et, surtout, collée à lui. Ma jambe droite est placée entre ses jambes et quasiment emmêlée avec elles, mon bras droit repose sur son ventre tandis que ma tête est blottie contre son torse. Il me sert d'oreiller. Quant à Cameron, son bras gauche s'appuie sur le haut de mon dos, comme s'il voulait me garder collée à lui. En levant légèrement la tête, je m'aperçois qu'il dort encore paisiblement. Sur la table de chevet, le réveil indique qu'il est 9 h 21. Il est trop tôt pour se lever après la soirée et la nuit que nous avons eues, et pour être honnête, je me sens terriblement bien allongée à ses côtés. Je referme les yeux et ne mets pas longtemps avant de replonger dans un sommeil profond.

Lorsque je me réveille à nouveau, ce n'est pas à cause de la luminosité de la pièce ou bien même de la chaleur étouffante mais à cause du frisson qui parcourt mon corps. J'ouvre les yeux et constate immédiatement que Cameron n'est plus là. Il est parti. Je me penche pour regarder l'heure. Je me suis rendormie pendant plus de deux heures. J'écarte doucement la couette avant de pivoter pour m'asseoir au bord du lit. Je me frotte les yeux, certaine que mon visage porte les traces du sommeil. J'enfile mes chaussons et avance vers la porte fermée de la chambre. Le couloir est silencieux, mais plus j'approche du salon et plus je perçois du bruit. La porte-fenêtre du balcon est entrouverte et j'aperçois Cameron et Enzo en pleine discussion. Ils essaient de chuchoter mais je vois bien qu'ils commencent à perdre patience et que leurs chuchotements montent en intensité. Enzo est le premier à remarquer ma présence.

— Salut Lili, me sourit-il.

Je lui fais un petit signe de la main depuis le salon.

Les garçons m'ont rejoint quelques minutes plus tard tandis que je préparais le petit déjeuner. Contrairement à ce que j'aurais pu penser, ils ne se sont pas entretués et sont restés cordiaux comme des amis. Ça m'a fait plaisir de les voir apaisés. Vers midi, Enzo est parti avec Cameron chercher sa voiture qui était toujours sur le parking de la boîte et, ainsi, j'ai pu récupérer mes affaires dont mon téléphone ! J'avais plusieurs appels manqués et messages de ma mère, d'Amber et de Grace. Dans le courant de l'après-midi, je les ai rappelées et, la bonne nouvelle, c'est qu'Amber viendra bel et bien passer quelques jours à Los Angeles à la fin du mois ! J'ai hâte de la voir. Ça fait des semaines que nous ne nous sommes pas vues pour de bon. Même si les vidéoconférences sont pratiques, ce n'est pas la même chose et cette simple nouvelle me rend heureuse.

J'ai passé le reste de mon après-midi et le début de ma soirée à travailler sur mes cours, à préparer les examens, des essais ou, encore, des exposés. Cameron n'est rentré que vers 20 heures avant de m'annoncer qu'il avait un rendez-vous ce soir et qu'il ne fallait pas que je l'attende. Qu'au moindre problème, je devais joindre l'un des garçons. J'avais dépassé depuis longtemps le stade de l'intrigue mais, pour éviter toute conversation trop envenimée, je n'ai rien demandé. Peut-être qu'il allait tout simplement rejoindre sa petite amie.

*

Je suis maintenant allongée de tout mon long sur le canapé à regarder une émission de télévision sur la danse et à naviguer sur les réseaux sociaux, quand du bruit retentit dans l'appartement. Quelqu'un est en train de taper à la porte d'entrée. Qui peut bien frapper à cette heure-ci ? Je commence à me faire tout un tas de films. Ce n'est ni Evan ni Cameron, ils ont chacun leurs clés, alors qui ça peut bien être ?

J'enlève la couverture que j'avais sur moi et me dirige le plus silencieusement possible vers la porte. Les coups, tout comme ma peur, s'intensifient. Je laisse la chaîne de sécurité et appuie doucement sur la poignée, me laissant ainsi voir la personne qui attend de l'autre côté. Lorsque mes yeux se posent sur elle, je ne peux m'empêcher d'avoir un mouvement de recul et de porter ma main à ma bouche. Ce n'est pas possible... Cameron est appuyé contre le chambranle de la porte d'entrée, couvert de sang.

— Oh mon Dieu, je m'exclame.

Je me dépêche d'enlever la chaîne puis d'ouvrir la porte en grand. Sans hésiter une seule seconde, je me précipite vers lui et passe mon bras gauche autour de sa taille pour l'accompagner jusqu'au canapé. Il ne boite pas mais je sens qu'il a mal aux côtes, rendant chacun de ses mouvements douloureux. Il grimace lorsque je l'aide délicatement à enlever sa veste en cuir. Ses phalanges sont explosées, sa peau est à vif et, pour le moment, je ne préfère même pas savoir pourquoi.

— Merci, murmure-t-il.

Je lui adresse un sourire forcé. Je me rends dans la salle de bains et attrape tout ce que j'ai sous la main qui sera utile pour le soigner : de l'alcool, des compresses, un gant humide, des pansements et de l'éosine. Nous serions finalement mieux dans la salle de bains. Lorsque je suis de retour dans le salon, Cameron est toujours assis sur le canapé, la tête relâchée sur le dossier. Une question me tourmente : que s'est-il passé ce soir pour qu'il soit dans cet état ? Dois-je appeler une ambulance ou un médecin ?

— Cam, je pense qu'on serait mieux dans la salle de bains.

Il hoche la tête, se lève en grimaçant et me suit.

— Tu n'as qu'à t'asseoir sur le rebord de la baignoire, je dis – et il acquiesce.

Cependant, une nouvelle fois, je me rends vite compte que cette position n'est pas idéale pour le soigner : il est beaucoup trop grand pour moi.

— Assieds-toi là, lâche Cameron en désignant le plan dégagé du meuble de la vasque.

— Quoi ?

— Tu seras à la hauteur de mon visage et je prendrai appui.

Je grimpe sur le plan. C'est vrai que nous sommes ainsi face à face. Son visage se retrouve à ma hauteur. Il s'approche de moi et, sans que je m'y attende, de ses mains, il attrape mes jambes puis les écarte afin de se glisser entre elles. Cette soudaine proximité me trouble au plus profond de mon être. La position dans laquelle nous nous trouvons est terriblement *intime*. Dans ma poitrine, mon cœur palpite comme jamais et je halète lorsque je croise son regard. Je n'ai jamais ressenti ce genre de choses même avec mon ex-petit ami. C'est troublant.

J'attrape les compresses et commence à désinfecter ses plaies. Il ne grimace pas, ne dit rien, aucune émotion ne semble le traverser. J'aimerais savoir ce qu'il pense en ce moment. L'avoir si près de moi alors qu'il paraît distant est presque douloureux. Lorsque je termine de soigner son visage, j'attrape son bras droit et l'examine. Seule une petite entaille altère sa peau à la hauteur de son biceps alors que sa main, elle, est complètement abîmée. Mais en nettoyant le sang séché, je me rends compte que ce n'est pas le sien. Sa main est indemne. Je finis par céder et pose la question qui me brûle les lèvres depuis que je l'ai vu derrière la porte.

— Qu'est-ce qui t'est arrivé ? je demande doucement.

— Je me suis battu.

Dans un autre contexte, j'aurais sans hésiter lâché un « sans blague » mais, ce soir, je ne suis pas convaincue qu'il ait sa place.

— Pourquoi ?

— J'avais des comptes à régler.

— Des comptes à régler ? Avec qui ?

— Lili, souffle-t-il. Combien de fois je devrai te dire que tu ne sauras jamais rien ?

Sans vraiment réfléchir à ce que je m'apprête à faire, je pose ma main droite contre sa joue chaude et l'oblige à me regarder. Ce contact soudain l'étonne autant que moi mais je me reprends rapidement.

— Cameron, parle-moi.

— Je suis allé voir Trent – contente ?

Il grimace en disant cela.

— Tu es allé le voir ? je répète, choquée. Mais pourquoi ?

— Pour rien, laisse tomber maintenant.

Pourquoi a-t-il été le voir ? Il est évident qu'ils se connaissent, mais pourquoi devait-il régler ses comptes avec lui aujourd'hui ? Est-ce que c'est en rapport avec ce qui s'est passé hier soir ? La réponse me saute au visage quelques secondes plus tard.

— C'est à cause de moi ?

— Non.

— Si, Cameron, je suis certaine que ça a un rapport avec moi ! C'est à propos d'hier soir quand j'étais avec Enzo, à l'Avalon ?

— Oui, lâche-t-il à contrecœur.

— Donc ça me concerne ! je constate, effarée.

— Oui ! Oui, ça te concerne, Lili. Si tu n'étais pas allée avec Enzo dans cette boîte, rien de tout ça ne se serait passé.

— C'est de ma faute maintenant ?! je m'indigne.

— Je n'ai pas dit ça !

— Tu l'as sous-entendu, Cameron, c'est pareil ! Je...

Je baisse les yeux et la colère laisse place à la vérité. C'est de ma faute s'il se retrouve amoché de la sorte. Tout est de ma faute, comme c'est de ma faute si Rosie a parlé aux « Autres » et si elle est désormais sur un lit d'hôpital.

Il ne répond rien et continue de me regarder. La culpabilité doit se lire sur mes traits. Je m'en doute bien. Je me concentre sur ses blessures. Son visage est à quelques centimètres du mien et je me rends soudainement compte que ma respiration est devenue irrégulière tout comme la sienne. Le soulèvement de sa poitrine s'accélère. Mon cœur manque un battement lorsque sa main se pose sur ma joue et qu'il écarte une mèche de cheveux de mon visage, la passant derrière mon oreille. Ses yeux m'hypnotisent, si bien que je n'arrive pas à en détacher mon regard, je me perds. Je ne contrôle plus rien lorsque son visage s'approche doucement du mien et que nos lèvres sont sur le point de se joindre. Ne tenant plus, je ferme les yeux et comble l'espace nous séparant. Je m'attends à être consumée par le plaisir mais rien de tout ça ne se passe. Je ne sens absolument rien. La peur et le regret m'assaillent alors que j'ouvre à nouveau les paupières. Cameron est en face de moi, appuyé contre le mur carrelé. Il s'est reculé avant que nos bouches se pressent et là, sans que je ne m'y attende, il sort à toute vitesse de la salle de bains. *Putain, que s'est-il passé ?* Nous étions à deux doigts de nous embrasser et le pire dans tout ça, c'est que j'aurais voulu qu'il aille jusqu'au bout, que nos lèvres se rencontrent pour la toute première fois. Qu'est-ce qui ne tourne pas rond chez moi ? Je le connais depuis seulement un mois même s'il est vrai que le fait d'habiter ensemble nous a beaucoup rapprochés. Je dois me reprendre.

Lorsque mes idées sont redevenues relativement claires, je descends du meuble et sors à mon tour de la pièce. Arrivée dans le salon, je vois que la porte-fenêtre est entrouverte. En avançant, je m'aperçois que Cameron est là, accoudé à la rambarde du balcon.

— Cam, je souffle en franchissant le seuil de la baie. Rentre, tu vas attraper froid. Je n'ai pas fini de te soigner.

Il tourne la tête vers moi et je suis incapable d'interpréter la lueur qui passe dans son regard. Du regret, de la colère ou bien de la tristesse ? Je n'en ai pas la moindre idée. Prise par une soudaine pulsion – ou même bêtise –, j'avance et, comme lui, je m'accoude à la rambarde du balcon. Ce soir, les étoiles brillent de mille feux et éclairent le ciel, c'est beau. Il bouge et, un instant plus tard, je sens son corps se coller contre mon dos. Mon rythme cardiaque augmente et mes joues s'empourprent. Sa proximité me déstabilise et un frisson parcourt mon corps.

— Tu as froid ?

— Euh… non, je bafouille.

Sans que je m'y attende, Cameron passe ses bras de part et d'autre de ma taille et ses mains, étrangement douces, se posent sur les miennes sur la rambarde. En l'espace de quelques minutes, les frissons se sont complément envolés, son corps pressé contre le mien ayant fait disparaître la fraîcheur de la nuit.

— Reste, je murmure lorsqu'il commence à bouger ses bras.

— Je ne vais nulle part, souffle-t-il près de mon oreille.

Sa main droite quitte la mienne pour dégager les cheveux présents dans ma nuque. Lorsque ses doigts effleurent la peau sensible près de mon oreille, je sens mon pouls s'accélérer et tout s'emballe en moi. Toutes ces sensations me font tressaillir. Je n'ai jamais ressenti quelque chose d'aussi fort et surtout, un tel désir. La raison me frappe de plein fouet. Je dois me ressaisir, sinon je ne pourrai plus m'arrêter et je risquerais de le regretter et – c'est bien la dernière chose que je désire. Alors que je décolle mon dos de son torse musclé, j'ai à nouveau froid.

— Lili ?

Je prends une profonde inspiration avant de me retourner vers lui.

— Je dois y aller, je murmure sans le regarder dans les yeux et en commençant à avancer.

— Toi non plus, tu n'iras nulle part.

Je n'ai pas le temps de comprendre le sens de ses mots qu'en à peine deux enjambées Cameron se retrouve face à moi. Son corps n'est plus qu'à quelques centimètres du mien alors qu'il met une de ses mains contre ma joue. Je me fige lorsque son souffle caresse mon visage. Tout se brouille dans ma tête, plus rien ne me semble rationnel. Son regard me transcende, littéralement. Partout où ses yeux se posent, ma peau s'embrase, j'ai l'impression d'être en apnée. Lorsque j'arrive enfin à libérer mes yeux de l'emprise de son regard si bleu, Cameron joint ses lèvres aux miennes pour la toute première fois. Je ne réagis pas, comme pétrifiée. Son autre main se perd dans mes cheveux et la pression qu'exerce sa bouche sur la mienne me fait complètement perdre pied. Sans hésiter une seconde de plus, je réponds à son baiser. J'ai la sensation que des milliers de petits papillons prennent leur envol à l'intérieur de mon corps. Mes mains qui s'étaient logées derrière sa nuque finissent par glisser vers ses épaules, le rapprochant ainsi un peu plus de moi. Le baiser s'enflamme et la passion s'éveille. J'émets un petit hoquet de surprise lorsque je sens ses mains passer derrière mes cuisses pour me soulever. Une nouvelle fois, je ne réfléchis pas et me laisse complètement porter par les sensations qui m'assaillent lorsqu'il m'embrasse et j'entoure sa taille de mes jambes. Nos corps sont plus proches qu'ils ne l'ont jamais été. Mes mains passent dans ses cheveux et je ne peux pas résister à l'envie de les tirer légèrement. Il gémit et ce son est le son le plus *sexy* qui m'ait été donné d'entendre. Jusqu'où tout cela va nous mener ? Je perds totalement le contrôle, cependant, je ne veux pas y penser maintenant pour uniquement me concentrer sur le moment présent. Mais c'est alors que la chaleur qui m'envahissait depuis que nos lèvres s'étaient rejointes disparaît. Je suis toujours dans les bras de Cameron, plus que jamais haletante, mais je n'ose pas ouvrir les yeux de peur de voir la vérité m'arriver en pleine face. Mes mains retombent sur ses épaules nues alors qu'il me repose au sol.

— Cam, je murmure, perdue.

D'un geste nerveux, il passe sa main dans ses cheveux avant de reculer d'un pas. Désormais, je me sens complètement déboussolée.

— Désolé, lâche-t-il. C'était une erreur.

Et sans même me laisser le temps de dire ou de faire quelque chose, Cameron s'écarte un peu plus et me lance un dernier regard peiné avant de quitter le balcon.

Toujours haletante, je m'assieds sur l'un des deux transats. Plongée dans mes pensées, seul le bruit d'une porte qui claque me ramène sur terre. Je me lève et rentre dans le salon. Cameron est là, debout. Je suis plus que surprise lorsque je m'aperçois qu'il est à nouveau habillé, sa veste en cuir sur les épaules ainsi que ses clés de voiture dans la main.

— Tu vas où ? je demande en avançant vers lui.

— Je sors, répond-il sans m'adresser un seul regard avant de sortir et de claquer la porte derrière lui.

Complètement chamboulée par ce qui vient de se passer, je me laisse tomber sur le canapé en soupirant. Les minutes ont beau passer, je reste dans le même état lamentable. Jamais un garçon n'avait provoqué en moi de telles réactions. Le regard qu'il m'a lancé avant de m'embrasser ne me quitte pas, tout comme les sensations qui m'ont paralysée lorsqu'il a posé ses lèvres, à la fois douces et chaudes, sur ma bouche.

Il est près de 3 heures du matin et, pourtant, je n'ai pas sommeil. J'allume la télévision et tombe sur une rediffusion d'un feuilleton à l'eau de rose, *génial*. Je cherche sur les autres chaînes mais tout ce qui passe à cette heure-ci, ce sont des documentaires ou bien des séries policières. Résignée, j'éteins la télévision et m'apprête à rejoindre ma chambre lorsque j'entends de l'agitation provenir du couloir extérieur. Persuadée qu'il s'agit de Cameron, je reste assise. Il a du mal à trouver la serrure mais, après plusieurs secondes, la porte finit par s'ouvrir. Je l'entends marmonner quelque chose et, soudainement, un bruit me parvient aux oreilles : une voix féminine. Je me redresse du canapé et le spectacle qui s'offre à moi me retourne le ventre. Cameron embrasse à pleine bouche une belle brune que je reconnais tout de suite comme étant Leila. Sans le vouloir, je lâche un soupir de dégoût qui interpelle Cameron. Il relève la tête et je croise enfin son regard. Mon cœur cesse de battre un instant. Je n'aurais jamais pensé être si blessée et pourtant, à choisir, j'aurais préféré qu'on m'arrache une dent sans anesthésie. Lorsque Leila gémit, je ne peux m'empêcher de fermer les yeux et de sentir mon corps imploser.

Et quand Cameron embrasse avec passion Leila tout en me fixant, j'ai une douloureuse envie de vomir. Pendant une seconde, j'ai l'espoir qu'il dise ou fasse quelque chose, mais non, il continue de l'embrasser. De sa main gauche, il attrape Leila et l'emmène vers sa chambre. J'ai soudain l'impression d'être vidée. Du salon, j'entends des geignements et des petits cris résonner dans l'appartement. Je préfère passer ma nuit sur le canapé plutôt que d'être dans mon lit, au plus près d'eux.

Je tente du mieux que je peux de faire abstraction de tout ce qui m'entoure et de ravaler les émotions et douleurs qui me transpercent. Je ne me sens pas bien, je suis barbouillée. Je m'allonge sur le canapé et me couvre d'une couverture avant de me tourner sur le côté. Cette même couverture que Cameron avait trempée hier soir pour m'obliger à dormir avec lui. Ce souvenir me donne envie de pleurer. Quelques minutes plus tard, mon estomac se soulève une nouvelle fois et je me dépêche de rejoindre au plus vite la salle de bains et les toilettes. Sans pouvoir me retenir plus longtemps, je me penche et laisse mon estomac se vider dans la cuvette. La sensation de vide à l'intérieur de moi s'accentue alors qu'assise à même le sol, le dos reposant contre la paroi de la baignoire, je triture nerveusement mes doigts. Les cris et autres bruits écœurants continuent de résonner à travers les murs de l'appartement. À bout de forces, je finis par m'endormir, à même le carrelage.

*

— Lili.

J'entends quelqu'un m'appeler puis je sens une main se poser sur mon épaule. En ouvrant les yeux, je m'aperçois que Cameron est à quelques centimètres de moi. Les événements d'hier me reviennent immédiatement en mémoire.

— Ne me touche pas !

Visiblement surpris par mon ton, Cameron enlève sa main puis recule.

— Tu… tu vas bien ? me demande-t-il.

Je suis prise d'un petit rire nerveux. Mais j'arrête rapidement lorsque de violentes douleurs parcourent mon dos.

— J'ai l'air d'aller bien, Cameron ?

— Non, dit-il en passant une main dans ses cheveux. Écoute, pour hier, je voulais te dire que…

— … que c'était une erreur ? Oui, je sais, ne t'en fais pas ! C'est déjà oublié.

Il hoche timidement la tête et j'en profite pour me relever. Alors que je m'apprête à passer la porte, je me retourne vers lui.

— Au fait, je sors aujourd'hui. Ne m'attends pas, je dis avec un sourire.

J'ai plus envie de pleurer que de sourire mais je ne veux surtout pas lui montrer ce que je ressens.

— Vraiment ? Tu vas où ?

— Oui ! D'ailleurs, je ne sais pas quand je rentrerai. Peut-être demain !

J'omets volontairement de répondre à sa deuxième question puisque je n'ai absolument aucune idée de ce que je vais faire, mais ce qui est sûr, c'est que je ne veux pas rester une minute de plus en compagnie de Cameron et de sa charmante Leila.

Lorsque je relève la tête vers lui, je décèle de l'étonnement dans ses yeux. Qu'est-ce qu'il croyait ? Je ne perds pas plus de temps et sors de la salle de bains. Dans ma chambre, je prépare les affaires dont j'aurai besoin pour prendre ma douche puis file vers la cuisine pour préparer mon petit déjeuner. Je me sers un verre de jus de pomme puis me fais griller un bagel aux myrtilles que je tartine avec du fromage frais. Pour m'aérer la tête, je décide de le prendre sur le balcon. J'attrape au passage la couverture sur le canapé puis m'installe sur un transat et déjeune en silence. Il est un peu plus de 10 heures du matin et le soleil commence tout doucement à réchauffer l'air californien. Cette journée s'annonce ensoleillée et relativement chaude pour un mois d'octobre.

Une dizaine de minutes plus tard, je rentre à nouveau dans l'appartement et débarrasse mon plateau dans la cuisine avant de regagner ma chambre puis de filer sous la douche. En sortant de la salle de bains, j'ai le bonheur de croiser Leila. Évidemment, elle n'est vêtue que d'un tee-shirt qui appartient à Cameron.

— Oh salut ! sourit-elle hypocritement. Je ne savais pas que tu étais là.

— J'habite ici, je lui fais remarquer.

— Oui, tu as raison ! Qu'est-ce que tu aurais pu faire un samedi soir de toute manière ?

Embrasser ton mec ? Bien que lui répondre cela est très tentant, je ne dis rien et lui renvoie son sourire faux avant de la contourner pour atteindre la porte de ma chambre.

— Hé Lili, reprend-elle.

— Oui ? je dis en me retournant.

— J'espère que nous n'avons pas été trop bruyants.

Je me retiens pour ne pas lui arracher les cheveux.

— Non, ne t'en fais pas. Je dormais.

— Ah d'accord, ça aurait été gênant sinon.

Mais alors pas du tout, surtout quand tu réalises qu'il est possible que tu éprouves quelque chose pour une des deux personnes concernées. Je ne prends pas la peine de lui répondre et rentre rapidement dans ma chambre. Je fourre quelques affaires dans un sac, prends mon téléphone, une veste et ne reste pas une seconde de plus dans ce foutu appartement.

Chapitre 15

POINT DE VUE DE CAMERON

Je me réveille, des cheveux me chatouillant le visage. Ma tête me fait atrocement souffrir, je n'aurais pas dû sortir hier soir et autant abuser. Un bras entoure mon torse et une tête est blottie dans mon cou. J'aimerais regarder mais la lumière du matin m'aveugle. Je ne me souviens de rien, je suis dans le flou le plus total. Je passe mes mains sur mon visage et peu à peu les souvenirs reviennent et je réalise ce que j'ai fait. *Putain.* J'ai embrassé Lili et le pire, dans tout ça, c'est que j'ai plus qu'apprécié. Lorsque mes lèvres se sont posées sur les siennes, j'ai su que quelque chose allait changer entre nous. Définitivement. Et malgré ça, je ne pouvais tout simplement pas m'arrêter, rien ne pouvait me faire revenir en arrière. Je mourais d'envie de l'embrasser comme jamais je ne l'ai désiré. Dieu sait que ce n'est pas la première fille que j'embrasse et, pourtant, c'était tout comme. Mon corps s'est littéralement embrasé sous cette sensation relativement nouvelle pour moi. J'avais l'impression que des milliers de flèches explosaient dans mes veines en feu. Et quand j'ai réalisé quelle putain d'erreur j'étais en train de faire, que j'ai mesuré l'impact que ça aurait sur nos vies, je me suis écarté, la laissant perdue. Une voix me détourne de mes pensées :

— Tu es réveillé ? j'entends.

Je tourne la tête et aperçois Leila, allongée nue à mes côtés. Merde, tout me revient en tête comme un boomerang lancé à pleine vitesse. Toute la soirée se rejoue dans ma tête.

— Ouais, je lâche avant de sortir rapidement du lit.

J'attrape un caleçon, un bas de jogging et un tee-shirt, les enfile puis sors de la chambre. Toute la soirée de la veille est maintenant bien claire dans ma tête. Qu'est-ce qu'il m'a pris de faire ça ? Je revois Lili allongée sur le canapé, elle semblait si blessée en me regardant avec Leila et, putain, ça me retourne les tripes de me dire que c'est à cause de moi. J'ai joué au con, une fois de plus.

J'avance vers sa chambre et ouvre la porte : il n'y a personne à l'intérieur et son lit n'est pas défait. Elle s'est probablement endormie dans le salon. J'approche doucement du canapé, je ne veux pas la réveiller si elle dort encore, mais là non plus, elle n'est pas là. Je commence à m'inquiéter et pense à l'appeler, mais je choisis de passer avant par la salle de bains. Je découvre avec surprise que Lili est là, allongée à même le sol. Je m'approche d'elle, elle ne semble pas aller bien, les traits de son visage sont tirés. Doucement, je pose ma main sur son épaule pour la réveiller. Elle finit par ouvrir les yeux mais les referme une petite seconde, le temps de s'habituer à la forte luminosité de la pièce. Lorsqu'elle se réveille réellement, elle me fixe de ses grands yeux cherchant probablement à comprendre la situation. J'ai l'impression qu'elle a une gueule de bois.

— Ne me touche pas, lâche-t-elle sèchement – et sur le coup de la surprise, je ne peux m'empêcher d'enlever ma main et de me reculer.

— Tu... tu vas bien ?

Lili se met à rire nerveusement.

— J'ai l'air d'aller bien, Cameron ?

Elle a l'air d'être mal, vraiment mal. Et me dire que c'est à cause de moi me fait violemment déglutir. Je ne suis pas le genre de personne à culpabiliser mais les battements de mon cœur qui s'accélèrent et les crampes qui parcourent mon ventre me font penser le contraire. Je dois mettre les choses au clair avec elle car ce vulgaire écart ne doit jamais se reproduire.

— Non, je réponds en passant une main dans mes cheveux. Écoute, pour hier, je voulais te dire que…

— … que c'était une erreur ? Oui, je sais, ne t'en fais pas ! C'est déjà oublié.

Elle parle d'une voix confiante et je ne trouve rien de mieux à faire que de hocher la tête. Alors qu'elle s'apprête à sortir de la salle de bains, elle se retourne vers moi, qui suis désormais assis sur le rebord de la baignoire.

— Au fait, je sors aujourd'hui. Ne m'attends pas.

— Vraiment ? Tu vas où ? je dis sans cacher mon étonnement.

Lili n'est pas du style à sortir le dimanche. Elle reste plutôt à l'appartement pour travailler mais aussi pour se reposer, s'installer sur le canapé toute la journée devant la télévision et avec un bon livre dans les mains.

— Oui ! D'ailleurs, je ne sais pas quand je rentrerai. Peut-être demain !

C'est quoi ce bordel ? Depuis quand elle part toute la journée, et surtout n'est pas sûre de rentrer à l'appartement le soir ? Je me retiens de lui poser plus de questions. Même si j'en meurs d'envie, je suis *vraiment* très mal placé pour la ramener, surtout après ce qui s'est passé. Sans grande conviction, je retourne dans ma chambre. Leila est toujours là.

— Alors, qu'est-ce qu'on fait aujourd'hui ? me demande-t-elle.

— Rien, je dois passer faire un truc. Va t'habiller, je te ramènerai après.

— OK.

Ce n'était visiblement pas ce à quoi elle s'attendait, mais la seule chose qui m'obsède maintenant se résume à un unique mot : Lili. J'attrape dans mon armoire des affaires propres et file prendre ma douche qui me fait le plus grand bien.

Une trentaine de minutes plus tard, Leila réapparaît dans la chambre, habillée et prête. Elle fait un peu la tête, puisque ses plans avec moi tombent à l'eau, mais aujourd'hui je préfère être seul. Avant de partir, je me dirige vers la chambre de Lili et frappe. Elle ne répond pas. Ne souhaitant pas plus la déranger, je la préviens juste que je sors mais une nouvelle fois, je n'obtiens aucune réponse de sa part. J'attrape ma veste, mes clés et mon téléphone puis quitte l'appartement. Alors que Leila et moi sortons le seuil de l'immeuble, je suis surpris de découvrir ma colocataire à quelques mètres de nous.

— Lili ? je l'appelle. Qu'est-ce que tu fais ici ?
— Je sors. Il me semble te l'avoir déjà dit, pas plus tard que ce matin.

Son ton est cinglant.

— Je pensais que tu étais dans ta chambre. Je t'ai appelée avant de partir mais tu n'as pas répondu. Je comprends maintenant pourquoi, je dis bêtement.

Elle me fixe sans répondre.

— Et qu'est-ce que tu vas faire ? commence Leila en s'adressant à Lili.
— J'attends Grace.

Je hoche la tête, ne sachant pas quoi répondre à cela. Leila m'attrape par le bras dans la seconde qui suit et me lance :

— Bon, on y va, bébé ?

Je ne réponds pas directement et mes yeux restent fixés sur Lili.

— Euh… ouais.

Je me retourne et marche jusqu'à ma voiture. Nous montons dedans et, alors que je démarre et sors du parking, mon regard reste sur Lili désormais assise sur le trottoir. Leila ne cesse de parler mais je ne l'écoute pas, mes pensées sont bien trop obnubilées par une brunette.

POINT DE VUE DE LILI

Je ne sais toujours pas ce que je vais bien pouvoir faire de ma journée. J'ai menti à Cameron. Je n'attends pas Grace, je ne l'ai même pas contactée. Mais je ne voulais surtout pas qu'il sache que je n'ai nulle part où aller. Alors que je les regarde s'éloigner, tout se rejoue une fois de plus dans ma tête. La sensation de son corps contre le mien, ses lèvres s'écrasant sur les miennes et me plongeant dans un tourbillon de sensations plus fortes les unes que les autres et surtout, le sentiment de vide qui m'a assaillie lorsqu'il est parti. Je n'oublierai pas non plus l'image de Cameron et Leila enlacés. Ça me fait mal de le reconnaître, mais j'éprouve de la jalousie. Il faut que je me rende à l'évidence, je suis jalouse de Leila. Mais pourquoi ? Je ne suis pas amoureuse de Cameron. Non, aucun moyen que je le sois et ce, pour un tas de raisons. Nous sommes trop différents et, pourtant, j'ai littéralement eu l'impression d'imploser lorsque Cameron est rentré à l'appartement accroché à Leila ou, devrais-je plutôt dire, accroché à la bouche de Leila. Rien que le fait de me remémorer cette scène me donne à nouveau la nausée. L'envie de le rendre fou me brûle les veines. *Rends-le jaloux*, me souffle ma conscience. Non, je ne veux pas m'abaisser à ça surtout que je suis certaine qu'il s'agissait bel et bien d'une erreur pour lui. Mais dans la seconde qui suit, le visage d'Enzo apparaît devant mes yeux. Ce n'est pas correct de l'utiliser pour « rendre jaloux Cameron ». Soudain, une idée me vient en tête et je ne perds pas plus de temps avant de saisir mon téléphone pour l'appeler.

— Allô ? répond Enzo après plusieurs sonneries.

— Oui, c'est Lili.

— Je sais, rit-il. Tu voulais quelque chose ?

— En fait, je viens de me souvenir que, vendredi soir, on a parlé de tout sauf du sujet que l'on était censés aborder et je me disais que ça pouvait être sympa d'en discuter.

— Oui, exact ! Tu veux qu'on se voie aujourd'hui ?

— Si ça ne te dérange pas.

— Non au contraire ! Tu veux que je vienne te chercher à quelle heure ?

— Je suis libre maintenant si tu veux.

— OK, je pars dans cinq minutes alors.

Je le remercie puis m'assieds sur le trottoir en attendant. Vouloir rendre jaloux Cameron est l'idée la plus pitoyable que j'aie eue depuis longtemps. J'ai l'impression d'agir comme une jeune adolescente.

Une petite dizaine de minutes plus tard, la voiture d'Enzo s'arrête près de moi. Je me mets debout, attrape mon sac puis ouvre la portière pour monter.

— Coucou, le salué-je. Désolée pour l'appel de dernière minute. Tu avais peut-être planifié des choses ?

— Ne t'en fais pas, je devais juste passer chez le tatoueur dans l'après-midi mais je reporterai, dit-il en souriant.

— Tu vas te faire tatouer ?

— Retatouer, me corrige-t-il.

— Tu es tatoué ? je répète stupéfaite.

— Oui, rit-il. C'est si surprenant ?

— Non pas du tout mais j'ignorais que tu l'étais, je ne l'ai jamais remarqué.

— C'est parce que mes tatouages sont bien cachés, sourit-il.

— Tu en as plusieurs en plus ?

Il rit une nouvelle fois devant mon air surpris.

— Oui, deux exactement et bientôt trois.

— Je peux les voir ?

Il hoche la tête avant de relever le bas de son tee-shirt, dévoilant ainsi son ventre et, surtout, ses muscles. Il n'est pas aussi développé que Cameron mais ses muscles sont tout de même bien saillants. Il passe son tee-shirt au-dessus de sa tête. Un premier tatouage orne le haut de sa poitrine. Il s'agit d'un oiseau, un aigle il me semble, c'est plutôt impressionnant et *viril*. Cette pensée me fait sourire, comme si un tatouage pouvait rendre quelqu'un viril mais cela ajoute un charme notable. Enzo me montre l'intérieur de son avant-bras droit. Pour la première fois depuis que je le connais, je remarque le motif noir à l'intérieur de son poignet. Cette fois-ci, il s'agit d'une ancre marine accompagnée d'une phrase : « *I am not afraid to walk this world alone.* »

— Qu'est-ce que ça signifie ? je demande.

— Mon père était marin, il est mort lorsque j'avais huit ans. Quelques années plus tard, j'ai fait ce tatouage pour lui rendre hommage. Il répétait toujours cette phrase, c'était plus qu'une devise pour lui. Ça représente beaucoup à mes yeux, j'ai l'impression de l'avoir avec moi partout où je suis.

— J'aime beaucoup, Enzo, c'est très beau et admirable de ta part, je dis sincèrement.

Comme réponse, il se contente de me sourire. Je vois bien dans son regard qu'il est ému de parler de son père. Je réalise alors que j'ignore beaucoup de choses à son sujet.

— Je peux venir avec toi si tu veux, je reprends.

— Où ? Chez le tatoueur ?

Je hoche la tête.

— C'est comme tu veux.

— C'est bon, alors. Je suis curieuse de savoir comment ça se passe.

Il acquiesce avant de démarrer. Il est un peu plus de 11 h 30 et, même si mon petit déjeuner remonte à à peine deux heures, la faim commence à me gagner. Soudain, mon ventre se met à gronder. Enzo esquisse un petit rire. Je déteste quand ce genre de chose arrive, c'est si gênant !

— On dirait que quelqu'un a faim.

Je ne réponds pas et m'empourpre légèrement.

— Je connais un *diner* sympa, ça te dit qu'on déjeune là-bas ? Pour être honnête, je commence moi aussi à avoir faim.

— Quelle question, bien sûr que ça me dit !

— Ah oui, j'oubliais que j'avais affaire à une gourmande de compétition.

— Eh ! je dis en donnant une tape sur son bras. Un sac vide ça ne tient pas debout !

Il rit.

Une dizaine de minutes passe avant qu'Enzo ne quitte la route principale pour rejoindre le parking d'un *diner* nommé Sunset. Le parking est loin d'être plein. Une fois la voiture garée, nous descendons puis entrons dans le restaurant. J'ai littéralement l'impression d'être tombée dans les années 50 et de revivre l'âge d'or du rock. J'adore cet endroit et l'énergie qui s'en dégage. Je suis mon ami jusqu'à une table où nous nous asseyons l'un en face de l'autre.

— Ça me plaît beaucoup ! je m'exclame.

— Et encore, tu n'as pas encore goûté leur hamburger.

— Arrête, ça me donne encore plus faim !

Il rit et, à peine une minute plus tard, une des serveuses vient prendre notre commande.

— Bonjour, vous avez fait votre choix ? nous demande-t-elle en souriant.

— Bonjour, on prendra deux hamburgers géants avec des frites et pour moi une bière. Et toi, Lili ?

Enzo doit vraiment être un habitué de l'endroit ou, alors, ils ne sont pas regardants sur l'âge de leurs clients.

— Un jus de pomme, s'il vous plaît.

— Bien, je vous apporte tout ça, dit-elle avant de s'éloigner.

— Alors, commence Enzo, tu voulais parler ?

— Oui. Je n'ai pas compris ta réaction samedi matin après la fête de la fraternité.

— Je suis vraiment désolé pour ça. Je ne voulais pas être si brusque et dur. Mais te voir dans les bras de Cameron m'a fait sortir de moi en quelque sorte.

— Pourquoi ?

— J'ai pas envie que tu tombes dans ses bras. Écoute, Lili, même si lui et moi ne sommes pas les meilleurs amis du monde, je sais très bien comment il est, qui il est.

— Que veux-tu dire par là ?

— Rien, juste promets-moi que tu feras attention, que tu ne tomberas pas amoureuse de lui.

— Quoi ? Je ne peux pas te promettre ça, Enzo !

— Lili…

— Non, il n'y a pas de Lili qui tienne. Je ne peux pas savoir ce qui se passera demain.

— Il y a eu quelque chose entre vous ?

— Je peux savoir pourquoi tout le monde pense que je couche avec tout le monde ? Je trouve ça agaçant !

J'esquive la question. Il s'apprête à répliquer mais la serveuse revient avec nos plats, le coupant dans son élan. Ça a l'air délicieux. Nous commençons à manger et Enzo avait raison, cet hamburger est juste divin.

— Sinon, que comptes-tu te faire tatouer ? je demande en croquant dans une frite.

— Un motif aztèque, je te montrerai tout à l'heure.

— D'accord.

Nous continuons de manger en discutant de tout et de rien et surtout pas de mon colocataire. Je me sens bien avec Enzo, je me sens moi-même. Je sais que je peux le considérer comme un ami même si nous ne nous connaissons pas depuis très longtemps.

*

Aux alentours de 14 heures, Enzo se gare le long du trottoir d'une des rues de la banlieue de Los Angeles. Lorsque je tourne la tête et regarde à droite, je remarque que nous sommes devant un petit salon de tatouage. Nous sortons de la voiture et je suis Enzo à l'intérieur. Il fait très chaud et les lumières sont tamisées. J'ai l'impression de remonter deux jours en arrière lorsqu'avec Enzo, nous sommes allés dans cette boîte, l'ambiance et la décoration étant presque similaires. Derrière un bureau se tient un homme, ses bras sont couverts de tatouages tout comme son cou et son crâne. Les motifs tatoués sont intimidants.

— Salut mec, dit Enzo en allant le saluer.

L'homme semble se détendre légèrement et salue Enzo à son tour.

— Qui est-ce ? dit-il en me désignant de la tête.

Charmant.

— Bonjour, je suis Lili une amie d'Enzo, je souris.

— Dan, répond-il simplement avant de se tourner vers Enzo. Tu n'as qu'à aller t'installer dans la salle, j'arrive dans cinq minutes.

Enzo acquiesce puis part vers l'arrière du salon. Je n'hésite pas une seconde avant de le suivre. Après avoir descendu quelques marches, Enzo entre dans une pièce très lumineuse contrairement au salon. Alors qu'il s'installe sur le siège, je regarde attentivement les murs environnant. Il n'y a quasiment aucun espace vide, tout est recouvert soit de dessins, de modèles de tatouages ou de photos. Certains tatouages sont effrayants et d'autres sont absolument magnifiques, je suis subjuguée. Un modèle en particulier retient mon attention. Il s'agit d'une flèche parsemée de plusieurs traits et cercles. J'adore ce qu'il dégage.

— Lili ?

— Oui ? je dis en me retournant vers Enzo.

— Je te parle mais tu ne m'écoutes pas.

— Désolée, tu disais ?

— Je te demandais si tu préférais que le tatouage soit sur mon omoplate droite ou gauche.

— Comme tu en as déjà un au niveau de ton bras droit, je préfère l'omoplate gauche.

— D'accord, répond-il avec un sourire.

Quelques minutes plus tard, Dan arrive dans la pièce. Je regarde avec attention les gestes minutieux qu'il exécute. J'avais peur que se faire tatouer soit particulièrement douloureux mais, en observant le visage d'Enzo, ça ne semble pas si terrible, il a même l'air détendu et serein. Son tatouage prend forme, les motifs aztèques se dessinent et, après une petite heure, Dan a fini et lui pose un pansement.

— Moi aussi.

— Quoi ? s'étonne Enzo.

— Je veux me faire tatouer !

Les yeux d'Enzo s'agrandissent.

— Tu es sûre ? Je veux dire un tatouage c'est définitif.

— Je sais !

Je me tourne vers Dan qui commence à nettoyer son matériel.

— C'est possible ? je demande.

— Bien sûr. Pour quand ?

— Maintenant ?

— Lili, tu es sûre de toi ? Tu ne veux pas y réfléchir ? Tu pourrais le regretter ! intervient Enzo.

— Non, Enzo, je suis certaine ! Je veux ce tatouage.

— Tu sais ce que tu veux ? me demande Dan.

— Oui.

Il acquiesce et me demande de m'installer alors qu'Enzo hausse les sourcils. Je m'assieds donc sur le siège puis enlève mon tee-shirt que je tends à un Enzo surpris. Je l'aperçois rougir lorsque son regard se pose sur mon soutien-gorge blanc.

— Alors, qu'est-ce qu'on fait ?

— Celui-là, je dis en désignant la magnifique flèche que j'ai vue tout à l'heure sur le mur. Par contre, je ne veux pas qu'elle fasse plus de dix centimètres.

Il hoche la tête.

— On le fait où ?

Je montre une petite zone située sur la gauche de mon buste, en haut de mes côtes, juste en dessous de ma poitrine.

— Et aussi, je veux que la flèche aille vers mon cœur.

Dan attrape son appareil et commence à préparer ma peau. Enzo se place à ma droite et prend ma main dans la sienne. Je lui en suis reconnaissante car un petit doute s'installe avant que l'aiguille ne touche ma peau. J'inspire profondément tandis que Dan pose les aiguilles sur ma peau et commence à me tatouer. La sensation n'est pas agréable mais est loin d'être insoutenable. Contrairement à Enzo, le tatouage ne dure pas bien longtemps, Dieu merci car, peu à peu, une sensation de brûlure apparaît.

— Voilà, conclut Dan en me pansant. Enzo, tu l'aideras pour le soin ?

— Oui, pas de problème !

Je remets mon tee-shirt et grimace en sentant ma peau tirer mais, une chose est sûre, je ne regrette absolument pas ! J'ai maintenant hâte de voir le résultat.

Après avoir payé et remercié Dan, Enzo et moi montons dans la voiture.

— Tu veux faire quoi maintenant ?

Je n'ai toujours pas envie de rentrer à l'appartement.

— On pourrait peut-être aller chez toi ?

Enzo tourne la tête vers moi. Merde, cette phrase est à double sens, et évidemment, Enzo a pris le « mauvais » sens.

— Je commence à être fatiguée, je précise hâtivement. Me poser sur un canapé au calme, c'est tout ce que je veux maintenant !

— Ça marche.

Le trajet se passe dans un silence agréable pour une fois. Le manque de sommeil de la nuit dernière commence à se faire ressentir, mes paupières deviennent lourdes et se ferment. *Reprends-toi, Lili, il est à peine 16 h 30.* Les routes bondées de Los Angeles n'arrangent rien à ma fatigue. Après une heure de route, nous arrivons enfin chez Enzo.

Son appartement est plus petit que le nôtre puisqu'il vit seul, mais ce n'est pas pour ça qu'il est moins beau ou agréable. La décoration est très cosy, ça ne lui ressemble pas tellement, or moi, j'adore !

— Ma sœur est décoratrice d'intérieur, déclare-t-il.

— Je comprends mieux !

Après une petite visite de son appartement, nous nous installons dans son canapé. Je suis exténuée ! J'attrape un plaid sur le dossier et me cale confortablement si bien que je ne sens même pas le sommeil m'emporter.

Lorsque j'ouvre à nouveau les yeux, il fait nuit, seule une petite lumière éclaire la pièce. Enzo est assis en face de moi, son ordinateur sur les genoux et son casque sur les oreilles. Cette longue sieste m'a ressourcée. J'ignore l'heure qu'il est. Je cherche mon téléphone et le trouve dans un des plis du canapé, le déverrouille, et là, je suis surprise de découvrir que j'ai une dizaine de messages et d'appels manqués, quasiment tous venant de Cameron. Qu'est-ce qu'il me veut ? Rien que d'y penser, je suis énervée. J'en profite pour regarder l'heure, il est plus de 21 heures. J'ai dormi près de quatre heures ! La journée a beau être quasiment terminée, je n'ai toujours aucune envie de rentrer à l'appartement et de me retrouver avec Cameron, mais je vais bien être obligée puisque les cours reprennent demain.

— Bien dormi, Tigresse ? me demande Enzo.

— Oui, j'en avais besoin !

— Tu as faim ?

— Un peu.

— Je vais faire à manger alors.
— Tu veux que je t'aide ?
— Non ! C'est toi mon invitée donc c'est moi qui cuisine.
— D'accord, c'est gentil !
Il pose son ordinateur sur la table basse et se lève du canapé.
— Enzo ? je commence d'une voix un peu hésitante.
— Oui ?
— Je peux dormir ici ?
Il sourit avant de répondre :
— Bien sûr !
Je le remercie et replonge mon regard sur l'écran de mon téléphone. Je commence à rédiger un message adressé à Evan pour le prévenir que je ne rentrerai pas à l'appartement ce soir mais je suis coupée par un appel entrant : Cameron. Je ne réponds pas et attends qu'il raccroche. Une minute après l'envoi de mon message à Evan, un nouvel appel fait sonner mon téléphone. Cette fois-ci, il s'agit d'Evan, et malgré le doute, je réponds.
— Allô, je dis prudemment.
— Lili ?
Je reconnais aussitôt la voix d'Evan. Il a l'air content de m'entendre.
— Oui, je déclare, soulagée de ne pas avoir affaire à Cameron.
— Tu es où ?
Je lance un regard vers Enzo qui est en train de préparer le dîner. Il sifflote et a l'air plus que jamais joyeux avec ce sourire qui ne quitte pas son visage.
— Je suis chez un ami, je réponds finalement.
— Un ami ? répète Evan, perplexe.
— Oui.
— Qui comme…
Evan n'a pas le temps de poursuivre, une nouvelle voix bien trop familière retentit à l'autre côté bout de la ligne.

— Lili ?

Non, je ne veux pas lui parler. Pas maintenant.

— Lili ?

Cette fois-ci, sa voix est plus dure et sérieuse.

— Putain, réponds-moi maintenant !

Son ton autoritaire m'agace.

— Quoi ? je m'exclame.

— Où es-tu ?

— Quelque part.

Pendant plusieurs secondes, un blanc s'installe.

— Ça ne me dit pas où tu te trouves exactement.

— C'est le but. Et pourquoi tu aurais besoin de savoir ça ?

— Pour venir te chercher.

— Mais tu te prends pour qui ? Pour mon père ?

— Ça n'a absolument rien à voir avec le fait que je me prenne pour qui que ce soit. Mais il est tard et tu n'es pas encore rentrée alors qu'on a cours demain.

Je me mets à rire nerveusement.

— Mais j'hallucine, Cameron ! Tu te prends vraiment pour mon père.

Il commence à parler mais, sans le vouloir, je lâche un petit cri de surprise lorsqu'une main se pose sur mon épaule.

— Mon Dieu, tu m'as fait une de ces peurs ! je m'exclame en riant presque. Il faut arrêter, je vais finir par devenir cardiaque.

— Désolé, sourit Enzo. C'est prêt si tu veux.

— J'ai bientôt fini, j'arrive tout de suite.

— C'était qui ? hurle Cameron.

— Un ami !

— Enzo ?

Je ne dis rien.

— Putain, ne me dis pas que tu es *vraiment* chez Enzo ?

— Oui ! Et alors, qu'est-ce que ça peut te faire ?
— Je viens te chercher.
— Quoi ? Non !
— Ce n'était pas une question, Liliana.

Je n'ai pas le temps de protester qu'il raccroche. Le visage blême, je rejoins Enzo qui est retourné dans la cuisine.

— Il y a un problème ? demande-t-il doucement.
— Cameron, je me contente de répondre.

Son visage devient tout à coup plus grave. Il sait exactement la teneur de la conversation mais je vois qu'il veut tout de même confirmer ce qu'il pressent.

— Qu'est-ce qu'il voulait ?
— Il vient me chercher.
— Mais tu ne voulais pas rester dormir ici ?

Il est dans la plus totale des incompréhensions tout comme moi.

— Si.
— Et il vient te chercher ? Oh, je viens de comprendre. Tu veux que j'appelle pour lui dire de ne pas venir ?
— C'est inutile, tu sais très bien qu'il ne t'écoutera pas.
— Qu'est-ce que tu vas faire alors ?
— J'en ai aucune idée.

Chapitre 16

Je m'enfonce en soupirant sur le canapé. Je n'y crois pas. Pour qui Cameron se prend-t-il au juste ? Mon *copain* ? Lorsque je relève la tête, Enzo se tient debout devant moi.

— Qu'est-ce qui s'est passé entre vous, Lili ?

— Rien, absolument rien.

Le regard qu'il me lance en dit long : il ne me croit pas. Il est vrai que j'ai toujours été une bien piètre menteuse.

— Et maintenant, la vérité, s'il te plaît.

— Je t'assure, Enzo, il ne s'est rien passé d'important.

— D'important ? Donc il y a quand même eu quelque chose ?

— Peut-être, je souffle.

La perspective d'avoir cette conversation avec lui me met plus que mal à l'aise. Je suis toujours gênée lorsque je dois évoquer certains détails un peu intimes. Mais après tout, si Cameron débarque réellement d'une minute à l'autre et qu'il s'énerve comme il sait si bien le faire, je suis sûre qu'Enzo sera au courant de *tout*.

— Peut-être ? répète-t-il.

Je hoche doucement la tête.

— Vous vous êtes disputés ? commence Enzo.

— Pas exactement et pour une fois on ne peut pas tout à fait dire qu'on ait beaucoup parlé…

Enzo m'enjoint de continuer d'un signe de tête. La seule pensée de devoir raconter ce qui s'est passé hier soir me fait rougir jusqu'aux oreilles. Je ne veux pas tourner autour du pot et vais directement à l'essentiel.

— En fait, hier soir, il est rentré blessé, alors je l'ai soigné dans la salle de bains sauf qu'à un moment, on était assez proches.

— Proches comment ?

— On était à deux doigts de s'embrasser, je bredouille. Mais juste après, il est sorti à toute vitesse de la pièce. Je l'ai cherché pour lui demander ce qui lui arrivait et, de fil en aiguille, il se pourrait bien qu'on se soit bel et bien embrassés, je continue d'une petite voix.

Enzo reste comme interdit pendant plusieurs secondes. Ses yeux sont dans le vide avant de revenir vers moi.

— Quoi ?

— Cameron et moi, on s'est…

— Oui, j'ai compris ça ! crie-t-il.

Sa réaction ne m'étonne guère. Ses yeux brillent et je vois bien que la colère monte en lui.

— Tu m'en veux ?

— Pourquoi je t'en voudrais ? Je n'ai rien à dire sur ta vie, Lili.

Son ton est glacial.

— Je sais bien mais tu as l'air déçu.

— Parce que je le suis, lâche Enzo. Écoute, Lili, je t'ai prévenue que tu ne devais pas tomber amoureuse de Cam, et là tu m'annonces quoi ? Que vous vous êtes embrassés ! Mais surtout, tu as vu l'état dans lequel tu es ? À d'autres mais pas à moi, je sais que ce n'est pas la seule chose qui est arrivée hier.

Je baisse simplement la tête.

— Qu'est-ce qui s'est passé après ? reprend-il en s'asseyant à côté de moi sur le canapé.

Je souffle un bon coup et poursuit mon récit.

— Il est parti pendant plusieurs heures et j'ai attendu comme une conne, voilà c'est exactement le mot. Assise puis allongée sur le canapé.

J'ai attendu, espérant le voir rentrer rapidement pour qu'on puisse s'expliquer parce que j'étais totalement perdue. Il a fini par revenir mais il n'était pas seul, il était avec l'autre connasse de Leila qu'il embrassait comme il l'avait fait avec moi quelques heures avant. Et si tu savais, Enzo, ce que j'ai ressenti à ce moment-là, c'était horrible, comme si deux mains me compressaient la poitrine. Quand ils ont rejoint sa chambre, je n'ai pas pu résister plus longtemps et j'ai couru aux toilettes vomir tout ce que j'avais dans l'estomac. J'étais pitoyable. Le pire dans tout ça, c'est que je me suis endormie à même le sol et je me suis sentie comme une moins que rien.

Sans que je m'y attende, Enzo s'approche de moi et me prend dans ses bras. Il me serre fort et, ne résistant pas, je réponds à son étreinte. Une larme s'échappe de mon œil mais je l'essuie du revers de ma main et me retiens pour que les autres ne coulent pas.

— Je ne peux rien te conseiller, Lili, c'est ta vie et ton cœur. Tu sais ce que je pense de tout ça, de Cameron, de toi. Je ne veux pas que tu souffres à cause de lui parce que je vois bien que là, maintenant, tu ne te sens pas bien à cause de ça. Je sais que ce que je vais te dire ne va pas te plaire mais tu dois m'écouter. Je connais Cameron depuis plus d'un an déjà, j'ai passé beaucoup de temps avec lui et je sais comment il est vraiment, comment il se comporte avec les filles qui sont un peu comme toi. Tu n'es pas la première qui souffre à cause de lui. Et moi, je ne veux pas qu'il te fasse souffrir, que tu te sentes à nouveau comme maintenant parce qu'il a joué au con sous le coup d'une pulsion, d'accord ?

Tu n'es pas la première qui souffre à cause de lui.
Sous le coup d'une pulsion.

Et si c'était le cas, que ce n'était pour lui qu'une pulsion, un jeu ? Si depuis le début, il n'a pour but que de jouer avec moi ? Je ne veux pas faire partie de ces filles qui se sont données à lui alors que, de son côté, tout n'était qu'un jeu. Je ne veux pas qu'il soit la cause de ma souffrance, or je me rends compte que c'est trop tard, je me suis attachée à lui. Et il y a cette Leila aussi, ils sont ensemble et il l'aime. Je ne veux pas me mettre entre eux deux. Je n'ai plus le choix, je dois ne plus y penser et tourner la page pour passer à autre chose.

— Lili, ça va ?

Comme, la gorge nouée, je n'arrive pas à parler, je me contente de hocher la tête.

— J'y pense, on devrait peut-être changer le pansement du tatouage, reprend Enzo.

— Oui, je souris faiblement.

— Voilà, je te préfère avec un sourire ! dit-il en se levant.

Il revient deux minutes plus tard avec une crème, des compresses et deux pansements dans les mains.

— Tu peux me changer le mien avant ? me demande-t-il. Ça commence à me brûler.

— Pas de problème.

J'attrape ce qu'il me tend et m'applique pour le soin. Son tatouage est encore bien rouge mais promet d'être vraiment très beau.

— Voilà !

Il me sourit en me remerciant et se lève du canapé pour venir se placer devant moi.

— La crème va probablement te brûler un peu mais c'est normal, ne t'inquiète pas.

— D'accord.

J'enlève mon tee-shirt et cette proximité avec Enzo me fait légèrement rougir. Je me retrouve en soutien-gorge et ses doigts sont posés juste sous mon sein. Alors qu'il enlève le pansement que Dan m'avait mis, je me mets à rire.

— Qu'est-ce qu'il y a de drôle ? me demande-t-il.

— Ça !

— C'est vrai que ça pourrait prêter à confusion si quelqu'un entrait à ce moment-là. Toi, assise sur le canapé en soutien-gorge, et moi, entre tes jambes, torse nu.

— Oui, je ricane. Mais a priori, personne ne devrait entrer dans l'appartement.

— N'oublie pas que Cameron doit arriver d'une seconde à l'autre.

Je me rends compte que je vais devoir le revoir, affronter son regard, sa présence et, soudain, mon sourire s'efface.

— Écoute, Lili, ne te rends pas malade à cause de lui mais montre surtout à cet imbécile quelle erreur il a faite en partant et en revenant avec Leila.

J'écarquille les yeux devant ses propos. Qu'est-ce qu'il insinue exactement ?

— Tu es sérieux ?

— Je vais être honnête avec toi, Lili, même si ça me fait chier de le reconnaître, il est différent avec toi.

— Vraiment ?

— Oui !

— Mais tu as dit que je n'étais pas la première.

— C'est vrai, sur ce point tu peux me croire, mais je ne l'ai jamais vu se comporter ainsi avec une fille. Je veux dire, il faudrait être aveugle pour ne pas voir ce qu'il y a entre vous, les regards, la tension mais aussi l'attirance. C'est plus que flagrant et pourtant aucun de vous deux ne le voit. Quoique, Evan non plus ne doit pas le voir, rit-il, et je laisse également échapper un petit rire.

— Je ne sais pas, je réponds, perdue.

— Fais-moi confiance et crois-moi, même si je suis jaloux de savoir que c'est cet abruti que tu préfères, ajoute-t-il avec un rire.

— Il ne se passera rien entre lui et moi de toute façon.

— Pour le moment, dit-il en faisant un clin d'œil.

Je m'apprête à répondre mais du bruit retient mon attention. On frappe à la porte d'entrée. Je me retourne vers Enzo, nous sommes toujours à moitié nus et mon tatouage est à découvert le temps que la crème pénètre dans ma peau.

— OUVRE IMMÉDIATEMENT OU J'ENFONCE TA PUTAIN DE PORTE, ENZO ! crie quelqu'un depuis le palier – et je reconnais aussitôt la voix de Cameron.

Enzo se lève pour ouvrir. J'en profite pour attraper le plaid et entoure mes épaules pour cacher ma tenue légère.

— Où est-elle ? j'entends.

Je me retourne et aperçois Cameron foncer vers moi, suivi de près par Enzo et Evan.

— Liliana, je me suis inquiété, dit-il en passant une main dans ses cheveux.

Autant que moi hier soir ? Alors qu'il était simplement en train de s'amuser avec Leila ?

— Tu vois, je me porte à merveille. Mais visiblement, ton impulsivité a pris le dessus, comme dans tout ce que tu entreprends. Au moins, je suis au courant maintenant.

Evan et Enzo arrivent à notre hauteur avant qu'il ait le temps de répliquer.

— Tu vas bien ? commence Evan, l'air soucieux.

— Oui, très bien.

Derrière Evan, Enzo me fait un signe. Il désigne mon tee-shirt désormais posé sur la table basse, à quelques centimètres de Cameron. *Merde.*

— Lili, tu veux bien venir me voir ? tente Enzo.

Je saute sur l'occasion mais, alors que je me lève du canapé, le plaid s'accroche à l'accoudoir, glisse de mes épaules et se retrouve au sol. Ce n'est pas possible ! Je croise rapidement mes bras et bien sûr, ça ne fait que gonfler la taille de ma poitrine.

— On m'explique ? crie Cameron.

— T'expliquer quoi ? commence Enzo avec une pointe de rire dans la voix.
— Ce qui se passe ici !
— Il ne se passe rien, mon pote.

En l'espace d'une seconde, l'attitude de Cameron change. Son regard devient noir, ses poings se serrent et son corps tout entier se contracte.

— Il ne se passe absolument rien, Cameron, détends-toi, sérieux, je lâche en rejoignant Enzo. Qu'est-ce que tu peux être rabat-joie !
— Tu te fous de moi, là ? J'arrive et je vous découvre toi en soutif et lui torse nu. Cinq minutes de plus et vous baisiez sur ce canapé !
— Oui, tu fais chier d'ailleurs, j'aurais pu passer une bonne soirée, continue Enzo.

Il est suicidaire, c'est ça ? Je lui donne un coup de coude pour lui signifier d'arrêter d'envenimer la situation. Néanmoins, je ne peux m'empêcher de le trouver assez amusant et, aux sourcils levés d'Evan, je constate qu'il m'a grillée. Une pique de plus et je sais pertinemment que Cameron ne se retiendra pas d'envoyer son poing dans le visage d'Enzo.

— Mais allez-y, faites-le devant nous pendant que vous y êtes, s'énerve Cameron.
— Je commence à en avoir assez que tu me traites de pute à chaque fois que tu me vois, je crie. On était juste en train de changer nos pansements, sombre idiot !
— Vos pansements ?
— Oui !
— Quels pansements ? Il s'est passé quelque chose ? renchérit Evan.

Soudain, Cameron se détend, je le vois à son corps qui se relâche.

— On s'est fait tatouer, j'explique.
— Quoi ? s'exclame Cameron.

Pour lui montrer, je décroise mes bras dévoilant ainsi la flèche qui sillonne désormais le haut de mes côtes.

— Putain, lâche-t-il.

— Qu'est-ce qu'il y a ?

— Rien, c'est juste... joli. Mais jamais je n'aurais imaginé « tatouage » et « Lili » dans la même phrase.

Un petit sourire fend mon visage.

— C'est exactement ce que j'ai pensé lorsqu'elle a dit à Dan qu'elle en voulait un, intervient Enzo.

Malgré sa mâchoire encore un peu contractée, je vois bien que Cameron s'apprête à sourire.

— Bon, tu as été bien gentil, Enzo, mais maintenant, on prend le relais. On rentre, Lili.

— Vous peut-être, mais pas moi. Je ne vais pas partir comme ça parce que tu l'exiges, Cameron. Tu te prends pour qui ?

— Pour qui je me prends ?! Tu veux vraiment le savoir ?

— On se calme ! nous coupe Evan en élevant la voix, ce qu'il n'avait jamais fait devant moi.

Visiblement, ce n'est pas dans ses habitudes parce que nous nous taisons instantanément. Il regarde surtout Cameron et semble encore une fois le canaliser. Enzo finit par sourire.

— Vous pouvez tous dîner là si vous voulez.

— Vu que tu as cuisiné en partie pour moi, pas question que je parte en ce qui me concerne. Evan ? je dis en souriant.

— Ça me va, répond-il. Et toi, Cam ?

Je me retourne vers lui attendant sa réponse.

— Ouais, ça me va aussi, lâche-t-il.

À la tête qu'il fait, je sais que la soirée va être très longue pour lui. *Ne bouge pas, mon petit Cameron, si tu crois être le seul à pouvoir jouer, tu te trompes.*

Les secondes passent et nous sommes toujours dans la même position. Enzo est à ma droite, Cameron à ma gauche et Evan se tient assis sur l'accoudoir du canapé près de Cameron. Ce silence est atrocement pesant.

— Enzo, je dis, assez gênée. Tu veux bien me mettre le pansement pour que je me rhabille ? Sinon Cameron va faire une syncope. Ce serait tellement dommage.

Ce dernier me fusille du regard.

— Oui, bien sûr. Suis-moi, on sera mieux dans la salle de bains.

J'acquiesce puis tourne discrètement la tête vers Cameron. Il parle désormais avec Evan et, lorsque je croise son regard, il a l'air de fulminer. Je dois reconnaître que le voir ainsi est particulièrement jouissif. Après tout, il l'a bien cherché, non ?

Une fois dans la salle de bains, Enzo me fait asseoir sur le bord de la baignoire et, comme un flash, je me remémore la soirée précédente où j'ai soigné Cameron quasiment dans la même position.

— Qu'est-ce qu'il y a, Lili ?

— Rien.

— Si, tu penses à quelque chose, là, je vois dans tes yeux que tu es ailleurs.

Je soupire. Je ne veux certainement pas lui dire ce à quoi je pense. Pourquoi tout me ramène sans cesse à lui ? J'ai l'impression que, depuis ce matin, tout ce que je fais ou pense a de près ou de loin un rapport avec Cameron et j'en ai plus qu'assez.

— La vérité, c'est que tu n'as probablement pas envie de savoir à quoi je pense, Enzo.

Mon ton est détaché, distant. Enzo ne me répond pas immédiatement et reste pensif quelques secondes avant de poursuivre :

— Cameron…

Il prononce son nom de manière si légère mais à la fois si profonde qu'il ne me faut qu'une demi-seconde pour comprendre qu'il est blessé.

— Oui, je dis en baissant la tête. Écoute, Enzo, je suis désolée, vraiment ! Tu es toujours là pour moi et voilà comment je te remercie, en apportant mes problèmes de colocation chez toi…

— Ne le sois pas. Malheureusement, tu sais mieux que personne qu'on ne contrôle pas nos sentiments.

Cette dernière phrase me brise littéralement le cœur. Je prends enfin conscience de ce que je représente pour lui. Il est vrai qu'il était toujours très proche de moi, on pouvait même dire qu'il flirtait ouvertement toutefois je ne pensais pas que cela allait au-delà de notre amitié.

Je m'apprête à parler, à m'excuser de nouveau mais Enzo reprend la parole :

— Il n'y a qu'un seul moyen.

— Un seul moyen pour quoi ? je demande, perdue.

— Pour savoir ce que tu représentes vraiment pour lui. Si tu es juste un jeu ou bien plus que ça.

— Non, je ne suis pas du tout sûre de ça, Enzo, il me l'a prouvé hier soir, je ne suis qu'un jeu, une distraction du samedi soir.

— Non, tu ne l'es pas, Lili.

— Et comment tu peux le savoir, Enzo, tu es dans sa tête ? Non !

— Tu as raison, je ne suis pas dans sa tête, mais dans ce cas-là, explique-moi pourquoi il est venu ce soir, pourquoi il a eu cette réaction excessive lorsqu'il nous a découverts dans cette position.

— J'en sais rien !

La tension qui s'était quelque peu accumulée entre nous commence à redescendre.

— J'ai peur, Enzo, je murmure.

— Peur de quoi ?

— De l'amour, je réponds d'une voix faible. Absolument toutes les histoires que j'ai vues autour de moi ont mal fini. J'ai pas envie de connaître la déception. De souffrir parce que je me serai attachée à la mauvaise personne. J'ai moi-même connu ça, deux fois. La première, j'avais quatorze ans et je pensais sincèrement que c'était l'amour de ma vie ! Mais bon, ce n'était rien de plus qu'une romance d'adolescents.

— Et la deuxième fois ?

— J'étais au lycée, j'avais seize ans et je croyais vraiment que l'amour c'était ça, mais à cette époque, j'étais tout simplement aveuglée par les sentiments que je lui portais.

— Ça s'est mal terminé ? me demande doucement Enzo.

— Non, on est même restés amis. Il s'est avéré qu'on s'entend dix fois mieux en étant amis qu'en étant en couple ! je dis avec un petit rire.

— Tu n'as connu rien d'autre ?

— Si étonnant que cela puisse paraître, non ! Ce sont mes deux seules « expériences » en la matière.

Il acquiesce.

Une fois que le pansement est posé, je prends mon haut posé sur le rebord du lavabo et l'enfile.

— Lili ? m'interpelle Enzo avant que je sorte.

— Oui ? je dis en me retournant vers lui.

— Tu ne veux pas savoir ce que tu ressens pour lui ?

— Je... je ne sais pas. Qu'est-ce que tu proposes ?

— Il n'y a pas trente-six solutions, tu dois le rendre jaloux.

— Quoi ?

— J'ai dit que tu devais le rendre le jaloux.

— Oui, j'avais bien entendu ! Je voulais juste être sûre que mon cerveau ne me jouait pas des tours.

— Pourquoi tu dis ça ?

— Parce que c'est évident que ça ne servirait à rien. Et je n'ai pas envie de m'abaisser à ça.

— T'abaisser à quoi ? À le prendre à son propre jeu ?

— Ce n'est pas le cas, Enzo, et tu le sais très bien. Il est en couple avec Leila, ce qui signifie qu'il l'aime. Pas moi.

Enzo me regarde en haussant les sourcils, un petit sourire sur les lèvres. Qu'est-ce qu'il a derrière la tête ?

— Tu me fais confiance ? dit-il en attrapant ma main.

— Je ne sais pas si répondre « oui » est une bonne idée...

— Pourtant tu devrais ! Dis-moi juste que tu me fais confiance.

— Enzo...

— Allez, Lili, s'il te plaît, je ne te demande pas de signer un contrat ou quelque chose dans le genre !

— Bon d'accord, je dis, résignée mais aussi amusée. Je te fais confiance ! Mais maintenant, explique-moi ce que tu comptes faire.

— Pour le moment, rien.

Il ne me laisse pas le temps de répondre qu'il est déjà sorti de la salle de bains. À mon tour, je sors et rejoins les garçons dans le salon. Cameron et Evan sont désormais assis sur le canapé, un à droite et l'autre à gauche. Je me sens terriblement mal à l'aise bien que l'atmosphère soit beaucoup plus détendue à présent. J'ai perdu le peu de courage dont je pouvais faire preuve lorsque les garçons sont arrivés.

— Ça ne vous dérange pas si on mange sur la table basse ? demande Enzo en faisant son apparition dans la pièce, assiettes et couverts dans les mains.

— Non bien sûr, je dis. Tu as besoin d'aide ?

— Oui, si tu veux !

Je le rejoins et le débarrasse tandis qu'il retourne dans la cuisine chercher le plat : des spaghettis accompagnés d'une sauce maison à la tomate et aux légumes du soleil. Je commençais sérieusement à avoir faim ! Nous nous installons et je me retrouve sur l'un des deux fauteuils de la pièce, dans la diagonale de Cameron. Je n'ose pas lever la tête de peur de croiser son regard et de perdre mes moyens une nouvelle fois.

Pendant le repas, les garçons discutent essentiellement de sport et de l'équipe de football américain de l'université. J'ai cru comprendre qu'aucun d'eux n'en faisait partie mais que, cependant, ils ne manquaient jamais une de leurs rencontres, ce qui m'a mise aux anges puisque j'adore le sport. Contrairement à ce que j'aurais pu penser, le repas s'est déroulé dans une ambiance plutôt détendue. Quand nous avons fini de dîner, j'ai gentiment proposé mon aide à Enzo pour l'aider à charger le lave-vaisselle mais, en parfait gentleman, il a refusé.

— Merci beaucoup, Enzo, pour cette journée, c'était super ! je dis en le prenant dans mes bras.

— Je t'en prie, ma belle. On remet ça quand tu veux.

— Ça sera avec plaisir. On pourrait déjeuner ensemble un de ces jours ?

— Oui, bien sûr, je t'enverrai un message.

Une sorte de grognement d'impatience provenant de la porte interrompt notre échange : Cameron évidemment. Je salue une dernière fois Enzo en lui souhaitant une bonne nuit. À peine sommes-nous sortis de l'immeuble que mon téléphone portable sonne pour me signaler un nouveau message. Curieuse, je le déverrouille et m'aperçois qu'il vient d'Enzo :

Quand je te dis que Cam n'aime pas te voir dans mes bras… Tu as eu raison de me faire confiance ;)

Je lâche un petit rire alors que nous avançons vers la voiture d'Evan.

— Qu'est-ce qu'il y a de drôle ? lance Cameron en se retournant vers moi.

— Euh… rien.

Je monte derrière Cameron. Dès qu'Evan allume le contact de la voiture, la radio se met en route. Je reconnais une musique d'Imagine Dragons que j'aime beaucoup mais, malheureusement pour moi, Cameron l'éteint aussitôt.

— Bon, commence Evan une fois que la voiture démarre. J'ai attendu qu'on se retrouve tous les trois et, maintenant que c'est le cas, vous allez me dire ce qui se passe.

— Rien, je réponds en même temps que Cameron.

Evan souffle puis regarde si la route est libre afin de sortir du parking.

— Bien sûr et, dans ce cas, je suis la reine d'Angleterre.

— C'est bien connu, Votre Majesté, répond Cameron nonchalamment.

Moi qui pensais passer une fin de soirée calme et détendue, j'étais bien loin du compte.

— Je vais me répéter vu que vous ne me laissez pas le choix. Que s'est-il passé entre vous deux pour qu'on en arrive là ce soir ?

— Rien, je t'assure, Evan, je dis calmement.

— J'admire ta volonté, Lili, mais tu es la pire menteuse qu'il existe sur cette planète. Vous vous êtes engueulés, c'est ça ?

— Non, répond Cameron.

— Alors c'est quoi ?!

Ni Cameron ni moi ne répondons. Evan souffle lourdement et, de ma place, je vois sans peine que ses mains se resserrent sur le volant. Je ne l'ai jamais vu si remonté.

— Vous ne voulez rien me dire ? poursuit-il. Très bien, pas de problème. Je pensais juste que je comptais un peu plus pour vous, au moins suffisamment pour me faire confiance et me dire ce qui ne va pas. Si ça avait été moi, je n'aurais pas hésité une seule seconde avant de me confier à vous, mes amis.

Il insiste plus fortement sur les deux derniers mots et je comprends soudain sa manœuvre. Il essaie de nous faire culpabiliser pour que nous lui crachions le morceau. J'ai l'impression de me retrouver en face de Charlie lorsqu'il nous fait son chantage affectif.

— Mais visiblement, je me suis trompé… continue-t-il.

— Je l'ai embrassée ! crie Cameron. T'es content ?

Je ne m'y attendais pas. Je ne pensais vraiment pas que Cameron lâcherait prise. Décontenancé tout comme moi par la révélation de son meilleur ami, Evan met du temps avant de répondre.

— Tu veux dire que vous vous… vous êtes embrassés ? Elle aussi ?

— T'es con ou quoi ? s'exclame Cameron.

À ce moment-là, je donnerais n'importe quoi pour me mettre dans le coffre pour finir le trajet. Pas le moins du monde offusqué par le propos de Cameron, Evan poursuit :

— Ce que je veux dire, c'est : pourquoi ?!

Le silence retombe aussitôt dans l'habitacle et sa question reste sans réponse. Puis, alors que je pensais ne plus rien entendre pour le reste de la soirée, Cameron reprend doucement :

— Si seulement je le savais.

Mon cœur s'emballe comme jamais. J'ai l'impression de ne plus m'appartenir, d'être une autre personne. Comment une phrase si simple peut-elle autant me chambouler ?

Le reste du trajet se fait dans le silence le plus complet. Seul le bruit du moteur me rappelle que je ne suis pas sourde. Lorsque la voiture pénètre enfin sur le parking, l'horloge annonce minuit passé et, instantanément, je me souviens que demain matin mon cours d'histoire politique commence à 8 heures précises. Mon Dieu, je sens que ça va être très dur de me motiver pour y aller.

Une fois le véhicule garé, nous sortons tous les trois puis marchons vers le hall d'entrée. Cette fois-ci, il y a non seulement de la tension entre Cameron et moi mais aussi avec Evan. On peut vraiment dire que cette révélation a jeté un froid. Lorsque nous pénétrons dans l'ascenseur, une soudaine chaleur m'envahit. Cameron est juste à côté de moi, à ma gauche, et ce simple contact suffit à m'électriser. J'ai l'impression que la température a augmenté de dix degrés en l'espace de quelques secondes. Après ce qui me semble une éternité, la porte de l'ascenseur s'ouvre enfin mais, seulement, je remarque qu'il ne s'agit pas encore de notre étage puisque nous sommes au deuxième. En relevant la tête, je m'aperçois que deux filles, une blonde et une brune, sont plantées devant la cabine. Je les reconnais. Elles étaient avec Leila lorsque je l'ai aperçue devant l'amphithéâtre de Grace.

— On monte, énonce Cameron.

— C'est pas grave, répond la blonde. On peut aller jusqu'à votre étage avant de descendre, on n'est pas pressée, hein, Maria ?

La brune acquiesce et elles finissent par entrer dans l'ascenseur. Ainsi, je me retrouve encore plus collée à Cameron et, bien que la sensation ne soit pas désagréable, je suis affreusement gênée. Les deux filles ne cessent de glousser et le temps semble s'être s'arrêté. Je suis la première à sortir lorsque nous parvenons au quatrième, sans manquer de bousculer la blonde au passage.

— On se reverra peut-être bientôt, lance Maria avant que la porte soit complètement fermée.

Je suis surprise de voir qu'ils ne se connaissent pas alors qu'ils fréquentent la même personne.

Une fois rentrée, j'enlève mes chaussures et ma veste avant d'aller dans la cuisine pour boire. L'eau fraîche me fait beaucoup de bien et me donne l'impression que ma température corporelle baisse par la même occasion. Lorsque je me retourne pour aller me coucher, je sursaute en apercevant Evan appuyé contre le coin du plan de travail.

— Tu m'as fait peur, Evan.

— Désolé. Je voulais m'excuser pour tout à l'heure. Je suis allé trop loin mais, pour ma défense, je ne pensais pas qu'il s'était passé cette « chose » entre vous, dit-il en mimant des guillemets.

— Ne t'en fais pas, tu avais le droit de savoir et, après tout, tu es notre ami.

— Oui, rit-il.

— Je suis claquée, on se voit tout à l'heure. Bonne nuit, Evan, je dis en l'embrassant sur la joue. Je suis contente que tu sois venu me voir.

— Bonne nuit, Lili, me sourit-il.

Sans attendre, je me dirige vers la salle de bains pour une toilette rapide avant d'aller me coucher. Je ressors en pyjama et, lorsque je m'apprête à rentrer dans ma chambre, la voix rauque de Cameron s'élève dans mon dos :

— Lili ?

La boule au ventre, je me retourne vers lui. Il déglutit avant de poursuivre :

— Je voulais juste savoir si tu allais bien.

— Oui, je suis fatiguée mais ça va.

— D'accord. Bon, je te vais te laisser dormir, bonne nuit.

— Bonne nuit, Cam.

Il me sourit légèrement avant de continuer son chemin jusqu'au salon. Un sourire idiot fend à son tour mes lèvres et, étrangement heureuse, je rentre dans ma chambre et me couche. Bien que le sommeil ne tarde pas à me gagner, les paroles de Cameron ne cessent de passer en boucle dans ma tête.

Si seulement je le savais.

Chapitre 17

Un bruit strident me sort de mon sommeil profond. Ce n'est rien d'autre que mon réveil qui affiche 6 h 30. Je n'ai pas envie de me lever et, pendant un instant, je songe à rester couchée. C'est alors que la raison me rappelle que je ne voulais pas devenir ce genre de personne qui, une fois à l'université, sèche les cours pour profiter de la vie. Résignée et surtout fatiguée, j'écarte mon épaisse couette puis me redresse en me frottant les yeux. Cette journée va être très longue. Alors que j'enfile mes chaussons et mon gilet, j'entends une porte se fermer, un des garçons vient probablement de se lever. Avec le maximum d'entrain dont on peut faire preuve à cette heure de la journée, je me dirige vers mon dressing et attrape les affaires que j'ai préparées la veille. En tournant la tête vers la fenêtre, je me rends compte que le ciel est plutôt chargé. Je soupire bruyamment, ça ne m'étonnerait pas qu'il pleuve en fin de journée. Je glisse un parapluie dans mon sac. Je sors de ma chambre et me dirige vers la salle de bains. L'eau chaude me détend et, instantanément, je me sens plus réveillée. Après être sortie de la douche, je prends le temps de me sécher avec soin car s'il y a bien une chose dont j'ai horreur, c'est d'être encore humide quand j'enfile mes vêtements. J'enlève la serviette qui était enroulée autour de ma tête et laisse tomber mes cheveux en cascade sur mon dos. Je devrais d'ailleurs songer à les faire couper un peu… ce n'est pas que leur longueur me dérange mais j'ai envie de changement. La nouvelle Liliana étudiante a besoin de s'exprimer. Je demanderai à Grace si elle connaît une bonne adresse. Ce matin, je me contente de baume sur mes lèvres et d'un peu de mascara. Juste avant de sortir de la salle de bains, je jette un coup d'œil à mon téléphone portable qui affiche désormais 7 h 10 passée. Je devrais peut-être essayer d'être un peu plus rapide le matin. Mais aujourd'hui, je n'ai juste pas envie. Est-ce le temps ou tout ce qui se passe avec les garçons qui commence à m'attaquer le moral ?

— Salut ! lance Evan lorsque je rentre dans la cuisine.

Je le salue à mon tour et, en m'approchant de la table, je m'aperçois qu'une assiette débordante de pancakes y est posée.

— Tu as cuisiné ? je demande, agréablement surprise.

— Oui ! Je voulais me racheter pour hier soir, alors je me suis dit que préparer le petit déjeuner pouvait être une bonne idée.

— Tu n'aurais pas dû, Evan. Je t'ai déjà dit que ce n'était rien et que tout allait bien. Mais bon, si tu me prends par les sentiments... je ne dédaignerai pas les pancakes !

— Je m'en doutais, répond-il avec un petit rire. Tu veux mettre quoi dessus ? Sucre, sirop d'érable, confiture ?

— Je vais prendre du sucre ce matin.

Ce garçon est un ange. C'est très prévenant de sa part de faire ça. Mon ami me tend le paquet de sucre.

— Et sinon, tu es contente ? me demande Evan avant de prendre une gorgée de son café.

— Contente pour quoi ? je demande en haussant les sourcils, ne voyant absolument pas où il veut en venir.

— Il reste à peine cinq jours.

Ne comprenant toujours pas, je lui fais un mouvement de tête, l'incitant à continuer. Il change un peu d'expression et semble indécis.

— Lili, ta meilleure amie arrive bien vendredi ?

Et soudain, je me rappelle que c'est *ce* vendredi qu'Amber arrive tout droit de Miami.

— Oui ! je m'exclame.

Je ne saurais décrire ce que je ressens à ce moment. Toute cette histoire avec Cameron m'a fait oublier que ma meilleure amie devait arriver en fin de semaine pour passer quelques jours avec moi. Quel genre d'amie se comporte ainsi ?! Je me sens vraiment coupable. Amb est comme ma sœur. Je n'ai absolument rien préparé. Mon humeur devient rapidement aussi sombre que le temps.

— Ne fais pas cette tête, Lili, me lance Evan en posant sa main sur moi. Ce n'est pas si grave ! On n'est que lundi matin, tu n'aurais pas tardé à te souvenir de sa visite.

Il a raison et, malgré ma colère contre moi-même pour avoir oublié, je lâche un petit rire.

— Tu sais, reprend mon colocataire avec un petit air nostalgique, quand Cam et moi on avait onze ans, on jouait souvent dans le garage de mon oncle avec les autres enfants du quartier. Une fois, on faisait une sorte de cache-cache et on l'a tout simplement oublié dans le garage !

— Vous l'avez oublié ? je hoquette, amusée.

— Oui ! Je pensais vraiment qu'il était sorti et qu'il était avec nous !

Je m'apprête à répondre mais la voix grave de mon autre colocataire résonne dans mon dos, m'en donnant presque des frissons. Je ne pensais pas qu'il serait déjà levé.

— Tu mens, Evan, c'est toi qui m'as oublié parce que tu essayais de draguer la petite blonde qui habitait à côté de chez toi.

Je lève la tête de mon pancake et m'aperçois que Cameron vient tout juste de sortir de la salle de bains, et plus particulièrement de la douche, car ses cheveux gouttent encore. Un air taquin lui fait plisser les yeux et j'imagine sans peine le garçon de onze ans qui jouait à cache-cache avec ses amis. Il pose son regard sur moi et hoche la tête comme pour me saluer. Je fais de même et retourne à mon pancake.

— Elle s'appelle Kim et, non, je ne la draguais pas, réplique Evan. Je me montrais simplement gentil avec elle parce qu'elle venait de perdre son lapin.

— Son lapin, vraiment ? je dis en riant.
— Oui ! Elle l'aimait beaucoup.
— Plus que toi en tout cas... répond Cameron, moqueur.

Pour toute réponse, Evan le frappe sur le bras. Leur forte complicité me fait sourire, on dirait deux frères et ils se regardent désormais avec beaucoup d'affection.

— Tu finis à quelle heure ? me demande Evan en débarrassant.
— Normalement, je devais finir à 17 heures mais mon prof de littérature a décidé de rajouter deux heures, donc je ne pense pas être rentrée avant 19 heures, voire 19 h 30.
— Pas de problème. De toute façon, avec Cam, on doit aller à la salle de sport ce soir.

Je finis d'avaler la dernière bouchée de mon pancake avant de répliquer avec un petit sourire :

— Vous avez raison. Je trouve que vous commencez légèrement à engraisser...

Comme attendu, ma petite pique fait lever la tête à mes deux colocataires. Evan sourit de toutes ses dents alors que Cameron affiche quant à lui un petit sourire en coin à peine perceptible. N'importe qui aurait pu croire qu'il était fâché mais je commence à le connaître et je vois à ses yeux pétillants qu'il est amusé. Après avoir bu mon verre de jus d'orange, je me lève de ma chaise pour aller finir de me préparer mais, au moment où je passe à côté de Cameron, il attrape ma main et soulève son tee-shirt afin de la poser sur son ventre. Mon cœur bat la chamade alors que j'effleure sa peau incroyablement douce. L'odeur de son gel douche aux agrumes me caresse les narines. Je n'ose plus bouger. Mes joues commencent à rosir et j'ai l'impression d'être parcourue par un millier de décharges électriques. Cameron ne me quitte plus des yeux, qui brillent désormais d'une lueur que je n'avais encore jamais vue. C'est terriblement perturbant, tout comme le sourire espiègle qu'il arbore lorsqu'il renforce un peu plus la prise de sa main sur la mienne. Oh mon Dieu, je ne sais même plus comment respirer !

— Alors, sourit Cameron. Tu sens de la graisse quelque part ?

Mes yeux sont maintenant braqués sur la porte du réfrigérateur face à moi car je sais pertinemment qu'au moment où je croiserai son regard je perdrai le peu de bon sens qui me reste encore. Je dois reprendre le contrôle de mes émotions. Je plaque un peu plus ma main sur lui et j'essaie d'enfoncer mon index, mais je dois me rendre à l'évidence, son abdomen a été taillé dans le marbre.

— C'est un peu mou, je prétends. Il faut arrêter la bière.

— Un peu mou ? reprend-il. Si tu dis ça, c'est que tu n'as probablement jamais touché le torse de James, c'est pire que des Jell-O.

Evan part dans un grand rire suivi de près par Cameron. Je ne peux m'empêcher de les accompagner car il est vrai que James n'est pas le plus musclé du groupe et qu'il a plus tendance à manger des chips avec une bière, allongé dans son canapé devant la télévision, que de transpirer sur un appareil de musculation ! Et puis, mes colocataires ont un rire communicatif et, à chaque éclat, je sens le torse de Cam vibrer sous ma main. Ce qui est loin d'être désagréable…

Cameron finit par me lâcher pour attraper son téléphone posé derrière lui sur le plan de travail. Je peux *enfin* respirer normalement.

— Tu veux que je t'amène en voiture ce matin ? me demande Cameron après s'être levé. Evan commence plus tard.

Est-ce que me retrouver dans un espace aussi petit en compagnie de Cameron est une bonne idée ? La dernière fois, c'était quand il est venu me chercher à l'Avalon. Et encore… nous n'étions pas « seuls ». Si l'idée me paraît un peu hasardeuse, mon manque de motivation du matin achève de me convaincre : grâce à sa proposition, je n'aurai pas à marcher une dizaine de minutes pour rejoindre le bâtiment où a lieu mon cours d'histoire politique.

— Si tu veux, je souris.

Je passe rapidement par la salle de bains et par ma chambre pour finir de me préparer.

— Je suis prête ! je dis en arrivant dans le salon quelques minutes plus tard.

Cameron attrape les clés de sa voiture. Je souhaite une bonne journée à Evan puis sors de l'appartement en suivant Cam. Lorsque la porte de l'ascenseur s'ouvre, je suis la première à m'engouffrer à l'intérieur. J'ai extrêmement chaud. Sa présence à quelques centimètres de moi me rend terriblement nerveuse et, comme une idiote, je n'ose pas tourner la tête dans sa direction. Personne ne monte au troisième étage, ni au deuxième, ce qui n'arrange rien à mon état. Comment sa présence peut-elle autant me perturber ? Des images ne cessent de passer en boucle dans ma tête. Je lis certainement beaucoup trop mais *des tas* de choses peuvent se passer dans les ascenseurs. Comme je préfère ne pas y penser, je secoue vivement la tête pour me remettre les idées en place puis sors de la cabine. Je suis mon colocataire jusqu'au parking. Encore une fois, il m'ouvre la portière sans dire un mot. Depuis que nous avons quitté l'appartement, le silence qui règne m'étouffe. Je commence même à regretter d'avoir accepté de me rendre à l'université avec lui.

— Tu te plais ici ? commence Cameron après avoir démarré son 4×4. La vie en Californie te convient ?

Sa question m'étonne et je lui souris même s'il n'y prête pas attention, bien trop concentré par la route.

— Oui, beaucoup ! Et toi ?

— Je suis né ici.

— Je sais bien mais tu pourrais ne pas t'y plaire.

— C'est vrai mais, en l'occurrence, je ne partirais de Los Angeles pour rien au monde. La Floride ne te manque pas ?

— Si, évidemment. J'y ai passé ma vie, tous mes repères sont là-bas, pourtant je voulais changer d'air, voler de mes propres ailes.

— Ouais, je comprends.

— Et comme Amber arrive ce week-end, je vais retrouver un peu de chez moi à Los Angeles !

— Ah oui, j'avais oublié qu'elle arrivait. Il va falloir qu'on fasse un minimum de ménage…

Visiblement, je ne suis pas la seule à avoir des trous de mémoire…

— Tu as gagné le gros lot en tombant sur nous, reprend-il.

Je tourne la tête vers lui et m'aperçois qu'un petit sourire est ancré sur ses lèvres.

— C'est vrai que j'aurais pu tomber sur pire, j'ajoute.

— Tu n'as pas idée ! Il se passe des choses plutôt bizarres sur ce campus.

— Vraiment ? je dis, intriguée.

— Oui, peut-être qu'un jour je te raconterai.

— J'ai hâte alors.

Il ne répond pas et se contente de sourire. Le reste du trajet est bercé par la musique émise par l'autoradio. Lorsque nous arrivons devant le bâtiment des sciences politiques, il est à peine 7 h 50, si bien que j'aurai probablement le temps d'aller me chercher un café avant de rejoindre mon cours. Avec un peu de chance, ma morosité qui commence à s'envoler depuis ce trajet en voiture va complètement disparaître. Cameron se gare en double file en face de l'entrée.

— Bonne journée, je dis en sortant de la voiture. Merci de m'avoir amenée.

— Pas de problème. À ce soir, ajoute-t-il en souriant. Si tu as un souci, appelle-moi.

Je le remercie encore puis referme la portière avant de me diriger vers l'entrée du bâtiment. Alors que je monte les marches, je sens un picotement dans mon dos, comme si une personne m'observait. Je me retourne et c'est avec surprise que je découvre que Cameron est toujours là, garé au même endroit. Je lui adresse un petit signe de main auquel il répond par un vague hochement de tête. Il ne part que lorsque je franchis le seuil et, à cet instant, un tas de questions se bousculent dans mon esprit, ayant toutes Cameron pour thème principal.

*

Lorsque je sors de la bibliothèque, c'est sans grand étonnement que je m'aperçois qu'il pleut. Heureusement, je trouve rapidement mon parapluie, mais comme le vent souffle fort, il manque de se retourner plusieurs fois et je me retrouve malgré tout vite mouillée.

À cette heure-ci, et qui plus est, par ce temps-là, les allées du campus sont plutôt calmes et, au bout d'exactement huit minutes, je rentre dans le hall de l'immeuble. Je suis trempée de la tête aux pieds. Mon parapluie ira bientôt au rebut. Je grogne à la pensée de devoir reprendre une douche, moi qui ai juste envie de me fourrer sous une couverture. Par chance, mes notes de cours ne sont pas mouillées, bien à l'abri dans mon sac.

Le calme règne autant dans la résidence qu'à l'extérieur. En sortant de l'ascenseur, je fouille dans mon sac et attrape mes clés. Le soleil étant désormais couché, l'appartement est plongé dans la pénombre lorsque j'y pénètre. Je pose mes affaires dans l'entrée et ne perds pas une seconde de plus pour enlever mes chaussures et me rendre dans ma chambre afin de me déshabiller. Je prépare des sous-vêtements ainsi qu'un legging et un sweat portant l'inscription « UCLA » puis file dans la salle de bains. Environ cinq minutes après m'être glissée dans la douche, j'entends la porte d'entrée s'ouvrir et des voix s'élever dans l'appartement. Visiblement, mes deux colocataires sont de retour mais je n'arrive pas à savoir s'ils sont seuls. Je finis de me rincer avant de sortir de la cabine pour me sécher tranquillement. Alors que j'enfile mon sweat, quelqu'un tape à la porte.

— Lili, crie Evan. Je suis désolé de te déranger mais ton téléphone n'arrête pas de sonner.

J'ôte la serviette de mes cheveux, enfile mes chaussons puis sors précipitamment de la salle de bains. En arrivant dans le salon, je m'aperçois que toute la petite bande est là, assise sur le canapé. Je les salue brièvement avant de me diriger vers mon téléphone, toujours dans mon sac posé sur le sol de l'entrée.

— Ton téléphone a sonné quatre ou cinq fois, me prévient Evan. C'est pour ça que je me suis dit qu'il y avait une urgence.

Je le remercie. Tiens, un numéro masqué. On a essayé de m'appeler cinq fois avant de laisser un SMS. Tout en déverrouillant mon téléphone, je réfléchis à qui pourrait m'envoyer un message par numéro masqué, sachant que j'ai horreur de ça. Est-ce qu'Amber a emprunté le téléphone de quelqu'un ? Sauf que ce n'est pas Amber, et ce que je découvre me coupe littéralement le souffle.

Alors, des retrouvailles entre deux meilleures amies sous le soleil californien, il n'y a rien de mieux, non ? Sauf si je me joins à la fête peut-être ?
À bientôt, Jace.

Ce message me glace le sang et je comprends enfin que Jace est de retour pour de bon dans nos vies.

Je reste de longues secondes interdite devant l'écran de mon téléphone, un tas de questions se bousculant dans ma tête : où est-il ? Comment sait-il que je vis ici et qu'Amber vient me voir ? Mais surtout, quand va-t-il réapparaître ? Car s'il y a bien une chose que je sais à propos de Jace, c'est qu'il n'a qu'une seule parole. Alors que je suis toujours en plein cauchemar, je sursaute et lâche un petit cri lorsqu'une main se pose sur mon épaule.

— Ça va, Lili ?

Enzo.

— Oui oui, je murmure.

— Tu es sûre ? Tu es toute pâle d'un seul coup.

— J'ai juste besoin d'un verre d'eau.

Je dois immédiatement appeler Amber. Le téléphone toujours dans la main, je me retourne pour quitter la pièce mais un vertige me submerge tout à coup et je suis contrainte de m'asseoir sur le canapé le temps qu'il passe.

— C'était qui ? demande Rafael en se rapprochant.

— Une erreur de numéro, je mens.

— Une erreur de numéro, répète Cameron visiblement sceptique.

— Oui.

— Je peux voir ?

Il ne doit pas lire ce message. Personne ne doit être au courant. Je ne veux pas avoir d'explication à donner, surtout pas à eux.

— Non ! je m'exclame trop vivement.

Surpris par mon ton, il hausse les sourcils.

— Pourquoi ? S'il s'agit d'une erreur de numéro, tu t'en fous que je regarde, non ?

Je dois tourner cette situation à mon avantage, sinon je sais pertinemment que cette histoire sera révélée.

— Oui bien sûr, mais je ne vois pas comment lire ce message t'en dira plus sur la personne qui me l'a envoyée puisque le numéro est masqué.

— Montre-moi.

Il tente d'attraper mon téléphone mais je place ma main dans mon dos.

— Non, Cameron !

— Lili, reprend-il plus durement.

— Tu n'as aucun droit sur moi, je proteste. Je ne suis pas ta chose. Si tu as envie de donner des ordres à une fille, appelle ta copine.

À peine ai-je prononcé cette phrase qu'il me fusille du regard et passe une main dans ses cheveux.

— Montre-moi ce putain de téléphone !

— Mais pourquoi veux-tu le voir ? je crie. C'est ma vie privée ! Toi qui étudies le droit, tu devrais connaître ce concept de vie privée, non ?

Le silence règne dans l'appartement. Les garçons ont cessé ce qu'ils faisaient pour nous observer. Je me lève, comptant m'enfermer dans ma chambre pour appeler Amber. Le regard de Cameron est noir et, tandis que je le frôle pour passer, il m'arrache le téléphone des mains.

— Rends-moi mon portable, Cameron !

Durant un instant, j'espère que la minute de veille est passée et qu'il est maintenant verrouillé, mais la lumière se reflétant sur son visage m'indique le contraire. Je suis fichue. Et lorsque ses yeux se détachent de l'écran pour me regarder, je sais pertinemment qu'il a compris que ce message était tout sauf une erreur de numéro.

POINT DE VUE DE CAMERON

— Cette journée m'a tué ! s'exclame Evan en entrant dans l'appartement.

— Tu es au courant que nous sommes lundi et qu'il reste quatre jours à tenir avant le week-end ? répond Brad en rigolant.

— Ouais mais même, l'entraînement était cent fois plus dur que d'habitude.

— C'est vrai, acquiesce Raf. D'ailleurs qu'est-ce qui t'est arrivé, Cam, pour que tu sois autant en forme ce soir ?

— J'avais besoin de me défouler, je réponds simplement.

Et c'est la stricte vérité. Depuis quelque temps, je suis anormalement tendu et j'ignore pourquoi. C'est comme si la moindre contrariété risquait de déclencher une colère dévastatrice.

— Lili n'est pas là ? demande Enzo.

Putain, qu'est-ce qu'il a avec elle à la fin ? Je plisse les yeux très légèrement.

— Lili par-ci, Lili par-là. Tu es tombé amoureux, petit Enzou ? ajoute Brad d'un ton moqueur.

— Oh ta gueule, Brad, dit-il en riant.

Évidemment qu'elle lui plaît ! Pourquoi cette idée me fait autant chier ? Après tout, elle est adulte. Si elle a envie de baiser avec Enzo, c'est elle qui voit. Mais mon esprit rejette l'idée d'une relation entre ces deux-là. Rien que l'idée me donne envie de gerber.

— Elle doit être sous la douche, répond Evan en revenant dans le salon. J'ai entendu l'eau couler quand je suis passé devant la salle de bains.

Enzo hoche la tête comme un con. Je suis sûr à son air débile qu'il est en train de l'imaginer toute nue et je ne peux m'empêcher de me renfrogner un peu plus.

— On se fait une partie et après on commande des pizzas ? propose Brad.

On acquiesce tous et Evan sort les manettes avant qu'on s'installe sur le canapé. Comme je n'ai pas envie de jouer pour le moment, je vais dans la cuisine prendre des bières puis les apporte dans le salon.

— Merci, mec, lâche Raf en l'attrapant.

La partie est déjà bien avancée quand un téléphone se met à sonner plusieurs fois. La sonnerie stridente commence à me faire perdre patience. Mais évidemment, personne ne bouge pour répondre.

— Y en a pas un qui peut se bouger et répondre à ce putain de téléphone ? je m'énerve en mettant le jeu en pause.

— Détends-toi, Cam, c'est pas l'un de nos portables.

— C'est celui de Lili, intervient Evan. Je vais la prévenir.

Il se lève du canapé et part dans le couloir. Le téléphone continue de sonner et je dois me faire violence pour ne pas aller le chercher et savoir qui tient tant à la joindre. Quelques secondes après que le silence est retombé, Evan réapparaît dans le salon en lâchant un « elle arrive » puis se rassied dans le fauteuil.

En entendant des bruits de pas, je me retourne et fais désormais face à Lili. Elle porte un énorme sweat de l'université deux fois trop grand pour elle, ses cheveux trempés dégoulinent le long de son cou et s'étalent sur ses épaules. Bien que je sois de mauvaise humeur, je ne peux m'empêcher de sourire en la voyant si naturelle. Elle ne fait même plus attention à sa tenue avec nous. Je connais peu de filles qui se comporteraient avec cette spontanéité. Elle me fait penser à ma sœur Elena, avec son petit côté sauvage.

Elle émet un léger mouvement de recul lorsqu'elle s'aperçoit que nous ne sommes pas seuls mais que les gars sont là aussi. Néanmoins, elle se reprend rapidement et leur sourit avant d'aller chercher son sac. Elle se penche, fouille à l'intérieur puis se redresse en souriant lorsqu'elle a trouvé son téléphone.

De ma place, je peux la voir face à son écran : elle lit un message puis son regard plonge dans le vide pendant de longues secondes. Brad l'appelle mais elle ne réagit pas et, alors que je m'apprête à me lever pour aller voir ce qui ne va pas, Enzo me devance et se précipite pour la rejoindre. Non mais il se prend pour qui, à se croire chez lui comme ça ? Lorsqu'il arrive derrière elle et qu'il pose sa main sur son épaule, elle est littéralement effrayée. Sa réaction est loin d'être normale. Quelque chose ne va pas et, si cette situation ne m'inquiétait pas autant, j'aurais probablement pété un plomb lorsque cet abruti l'a touchée.

— Ça va, Lili ? lui demande-t-il.

— Oui oui, dit-elle en se retournant.

Sa voix est tremblante, elle a peur.

— Tu es sûre ? Tu es toute pâle d'un seul coup.

— J'ai juste besoin d'un verre d'eau.

Son regard ne cesse de regarder dans toutes les directions comme si elle cherchait quelque chose. Elle avance, sauf qu'en passant devant le canapé, elle se met à chanceler et s'assied rapidement, en posant ses doigts sur ses tempes.

— C'était qui ? intervient Rafael.

Son regard est fuyant.

— Une erreur de numéro, répond-elle.

Je sais qu'elle ment. Cette fille est facile à décrypter. Je sais de quoi je parle, je suis un maître dans l'art du mensonge.

— Une erreur de numéro, je répète.

— Oui.

— Je peux voir ?

— Non ! s'exclame-t-elle.

Sa réaction est bien trop exagérée pour un simple malentendu.

— Pourquoi ? S'il s'agit d'une erreur de numéro, tu t'en fous que je regarde, non ?

— Oui bien sûr, mais je ne vois pas comment lire ce message t'en dira plus sur la personne qui me l'a envoyé puisque le numéro est masqué.

— Montre-moi, j'insiste.

— Non, Cameron !

— Lili.

— Tu n'as aucun droit sur moi, assène-t-elle. Je ne suis pas ta chose. Si tu as envie de donner des ordres à une fille, appelle ta copine.

Qu'est-ce qu'elle cache ? J'ai le droit de comprendre ce qui peut la mettre dans cet état !

— Montre-moi ce putain de téléphone ! je m'énerve.

— Mais pourquoi veux-tu le voir ? crie-t-elle. C'est ma vie privée !

Alors qu'elle se lève, j'en profite pour lui prendre des mains son téléphone.

— Rends-moi mon portable, Cameron ! crie-t-elle en me frappant l'épaule.

Je suis dos à elle. Par chance, son téléphone n'est pas encore verrouillé et est ouvert sur la même page que lorsque je l'ai vue lire. Il n'y a aucune conversation si ce n'est le message qu'elle vient de recevoir. L'expéditeur est inconnu et, sans attendre une seconde de plus, je commence à lire.

Alors, des retrouvailles entre deux meilleures amies sous le soleil californien, il n'y a rien de mieux, non ? Sauf si je me joins à la fête peut-être ?
À bientôt, Jace.

C'est quoi ça ?! Qui est ce Jace ? Je prends le temps de relire. Ce message ressemble à une menace. Du moins, c'est comme ça que je le prends et je me trompe rarement. Je suis assez doué pour les sous-entendus.

— Alors, Cam, ça dit quoi ? demande James.

Je verrouille son téléphone et relève la tête. Mon regard croise celui de Lili, elle me supplie silencieusement de ne rien dire.

— Rien du tout, je dis. C'est une erreur de numéro. Un certain Richard lui donne rendez-vous pour le dîner. J'espère pour lui qu'il s'est rendu compte du quiproquo.

— D'accord.

Lili est toujours face à moi. Ses yeux commencent à s'embuer et je n'hésite pas une seconde de plus avant d'attraper sa main.

— Viens avec moi. J'ai un truc à te montrer, je pense que ça va te plaire, j'ajoute pour que les autres nous laissent tranquilles.

Elle hoche doucement la tête et sa petite main se referme sur la mienne. Elle est glacée. Vu la température qu'il fait et la douche chaude qu'elle a prise, elle ne devrait pas avoir aussi froid.

— Qu'est-ce qui se passe ? demande Enzo en se rapprochant.

Il ne manquait plus que cet idiot la ramène.

— Rien, intervient Lili. Je suis juste un peu fatiguée.

Je croise le regard de tous mes potes. Ils ne sont pas dupes et savent très bien que quelque chose ne va pas. J'ignore volontairement les signes que me fait Evan et entraîne Lili dans ma chambre. Je ferme la porte. Elle lâche alors ma main et s'assied sur mon lit.

— Lili, je dis doucement.

Elle ne me répond pas et baisse la tête.

— Lili, je reprends. Qui est Jace ?

Toujours aucune réponse, elle se contente de se triturer les doigts. Je m'approche d'elle et m'installe à son côté sur le lit. Bien que je sois persuadé que ce mec est son ex et qu'il la harcèle, je pose quand même la question :

— Lili, regarde-moi. Jace est ton ex-copain ?

— Non, murmure-t-elle.

Sans attendre, je passe mes doigts sous son menton et relève sa tête. Elle pleure et ça me retourne de la voir dans cet état, si fragile. Je n'arrive plus à détacher mes yeux des siens et je passe mes pouces sous ses yeux pour essuyer les larmes qui en coulent. Elle sourit faiblement pour me remercier mais je sens que son cœur est sur le point d'imploser.

— Qui est Jace alors ? je reprends.

Elle déglutit avant de saisir sa tête entre ses mains.

— Je… j'ai peur, Cameron, bafouille-t-elle, et cet aveu me retourne les tripes.

— Je suis là, Lili.

Elle lève doucement le regard vers moi. Elle est effrayée et perdue, je le vois dans ses yeux. Qu'est-ce qui s'est passé pour qu'elle se retrouve dans cet état ?

— Je sais, dit-elle faiblement. Mais ce n'est pas ça le problème.

— C'est quoi, alors ?

— Je ne veux pas vous mêler à tout ça.

— Je n'ai pas peur, Liliana.

— Mais moi oui ! s'emporte-t-elle. Jace est un monstre, Cameron.

— Quoi ?

— Vous ne voulez pas me dire ce que vous cachez pour me protéger, eh bien, je veux faire la même chose. Je ne veux pas vous perdre vous aussi. Vous ne pouvez pas être au courant.

— Au courant de quoi ?

Bien entendu, elle ne répond toujours pas et baisse la tête. Je ne supporte pas de la voir dans cet état de prostration et ne rien pouvoir faire parce qu'elle refuse de me parler.

— Lili… Parle-moi. Qu'est-ce que Jace t'a fait ? Il t'a fait du mal ? C'est pour ça que c'est un monstre ?

Elle reste muette et je sens mon sang bouillonner de plus en plus fort dans mes veines.

— Lili…

— Il a tué Rosie ! crie-t-elle en se levant.

Quoi ? Qui est Rosie ? Je ne comprends strictement rien. Tout ce que je vois, c'est qu'elle va mal, qu'elle est en colère et profondément chamboulée.

— Lili, je souffle doucement en la rejoignant. Je suis désolé.

Elle est au centre de ma chambre et je ne suis plus qu'à quelques centimètres d'elle. Ses yeux sont remplis de larmes. Je veux voir un sourire sur ses lèvres, pas des larmes dans ses yeux. Sans que je m'y attende, elle se jette sur moi, secouée de sanglots. Je ne sais pas quoi faire, comment lui prouver que je suis là pour elle. Pris au dépourvu, mes bras se resserrent autour d'elle et je la serre aussi fort que je peux, la soulevant à moitié. Ses larmes tombent sur ma clavicule et ses ongles s'agrippent à mon tee-shirt. Elle a besoin de moi.

— Cam… sanglote-t-elle.

— N'aie pas peur, je suis là, Lili, je dis en l'embrassant sur le front. Je ne t'abandonne pas.

Elle m'étreint plus fort et, alors que je la repose au sol, sa tête se niche naturellement contre mon torse. Je l'attire jusqu'à mon lit et l'assieds sur mes genoux. Elle sanglote toujours autant. Nous restons de longues minutes dans cette position. Elle pleure, je lui caresse la joue doucement. Nous n'avons pas besoin de parler. J'ai l'impression d'absorber son chagrin et sa peur. Je ne sais pas de quoi il en retourne mais peu importe. Tout ce que je veux, à cet instant, c'est qu'elle aille mieux. Je ne cesse de lui répéter que tout va bien, que je suis là lorsque ses sanglots se tarissent enfin. Je la soulève et l'allonge à côté de moi.

— Repose-toi.

Elle acquiesce mais, au moment où je m'apprête à me lever, sa main se met sur ma cuisse.

— Je... tu peux rester avec moi ?

Bien que son visage soit encore baigné de larmes, je ne peux m'empêcher de la trouver belle. Je sais à cet instant que je suis mal barré. La trouver belle alors qu'elle est au plus mal, c'est que quelque chose ne tourne pas rond chez moi.

— Oui, bien sûr.

Elle se décale, et s'allonge en posant sa tête sur mes cuisses. Comme je ne l'entends plus, je me penche doucement et m'aperçois qu'elle s'est endormie. Deux petits coups retentissent sur ma porte qui s'ouvre quelques secondes plus tard pour laisser apparaître le visage de mon meilleur ami.

— Elle va bien ?

Je secoue la tête. Evan a l'air inquiet.

— Je vais rester un peu avec elle, je dis.

— Tu sais ce qui lui arrive ?

— Non.

Je ne mens que très rarement à Evan, mais même si j'ignore absolument tout de cette histoire macabre, je ne veux pas prendre le risque de dévoiler la moindre information et de trahir la confiance de Lili. De toute façon, pour un futur avocat, je sais que le secret professionnel est la pierre angulaire du job. Autant m'y mettre dès maintenant, non ?

— Les gars partent. Si je commande un repas chinois dans une dizaine de minutes, ça te va ?

J'acquiesce et Evan referme la porte doucement. Il a compris qu'elle n'allait pas bien et qu'elle avait besoin de calme.

— Merci, lâche une petite voix.

Lili est en train de s'essuyer les yeux.

— Pour quoi ?

— Pour n'avoir rien dit à Evan.

Je sens qu'elle ne me remercie pas uniquement pour ça. Ne répondant pas, je la regarde se redresser doucement.

— Tu as faim ?

— Oui, mais je vais prendre tout de suite un médicament parce que j'ai l'impression que ma tête pèse trois tonnes.

Avant de se lever du lit, elle se tourne vers moi et pose délicatement sa bouche contre ma joue. Ce contact, si innocent soit-il, me bouleverse. Je me racle la gorge, gêné, et Lili se recule.

— On se voit dans la cuisine, me dit-elle avant de sortir de la pièce, un faible sourire accroché aux lèvres.

Je ne trouve rien d'autre à faire que de hocher la tête. Alors que je me repasse la scène en boucle, des questions subsistent, comme qui sont Jace et Rosie ? Qu'entend-elle par « Il a tué Rosie » ? J'ignore tout mais une chose est sûre : *tant que je serai là, rien ne t'arrivera Liliana Wilson, je te le promets.*

Chapitre 18

En ce vendredi après-midi, les routes de Los Angeles sont particulièrement bondées. Evan, Cameron et moi sommes partis de l'appartement il y a un peu plus de quarante minutes et nous avons dû parcourir seulement dix kilomètres sur les dix-huit nécessaires pour rejoindre l'aéroport. En effet, mes deux colocataires ont eu la gentillesse de m'accompagner chercher Amber. Je leur en suis vraiment reconnaissante parce que, sinon, j'aurais dû prendre un taxi et je sais que, pour rien au monde, Cameron ou même Evan ne m'auraient prêté leur voiture. Ils ont tendance à prendre l'expression « femme au volant, mort au tournant » au sens propre. J'ai pourtant mon permis depuis mes seize ans, et même si je n'ai jamais eu mon propre véhicule, toutes mes amies m'ont toujours dit que je conduisais super bien. Mais la seule fois où j'ai émis l'idée que j'emprunte sa voiture, Evan a serré ses clés dans sa main en disant : « Tant que je suis pas bourré, tu touches pas à ma Batmobile. »

Amber m'a appelée juste avant de monter dans l'avion il y a près de cinq heures et comme un vol Miami-Los Angeles dure environ six heures, nous avons encore le temps d'arriver à l'heure. D'autant plus qu'il faut également prendre en compte le temps nécessaire aux formalités administratives et à la récupération de ses valises.

— Ça fait combien de temps que vous ne vous êtes pas vues ? me questionne Evan depuis le siège passager.

— Avant de venir ici, je suis partie un mois chez mon père au Brésil donc ça va bientôt faire deux mois et demi !

— Elle ne te manque pas trop ?

Je secoue la tête par réflexe avant de me rendre compte qu'il ne peut pas me voir.

— Non, ça va. On s'est fait plusieurs vidéoconférences et on se parle beaucoup par messages. Après, c'est vrai que ne pas la voir « réellement » pendant aussi longtemps, c'est un peu long. D'autant plus qu'on était assez… tactiles. Pas dans ce sens-là, Cameron, j'ajoute en voyant le sourire amusé de mon colocataire. On se prenait beaucoup dans nos bras et tout. Amber est hyper chaleureuse.

Evan acquiesce avant de commencer une conversation avec Cameron qui lui, conduit.

Plus le temps passe et plus Amber et moi nous éloignons. Je pense que c'est assez inéluctable, parce que ma nouvelle vie prend beaucoup de place et toute cette histoire avec Rosie, la folie de Jace et la souffrance, nous a pesé pendant des mois. Chaque fois que nous nous sommes vues, cette barrière était entre nous. Les messages qui étaient quotidiens deviennent de plus en plus hebdomadaires mais je n'ai pas l'intention de parler de cette évolution à mes colocataires.

Nous sommes à la mi-octobre mais le temps n'est pas plus automnal qu'il y a un mois. La journée d'aujourd'hui est particulièrement belle. Le soleil brille de mille feux et les températures sont plus que clémentes pour ce moment de l'année. Nous roulons les fenêtres ouvertes si bien que mes cheveux volent au vent et je regrette de ne pas les avoir attachés. J'imagine déjà la douloureuse épreuve du démêlage ce soir !

Comme toujours, je suis derrière Cameron. Depuis que nous sommes partis, il m'a lancée plusieurs coups d'œil via le rétroviseur et je suis certaine que, chaque fois, j'ai piqué un fard. Le moment intime que nous avons partagé lundi soir a tout changé. Il m'a vue au plus mal, au plus bas. Et maintenant, je ne sais plus comment agir en sa compagnie, je deviens toute timide et je n'aime pas ça. En tournant la tête, je m'aperçois que, de nouveau, il me regarde. Je ne cherche plus qu'une seule chose, fuir ses yeux envoûtants. Je sors alors mon téléphone, relis une ancienne conversation avec Amber et c'est à ce moment-là que je retombe sur *ce* message.

Alors, des retrouvailles entre deux meilleures amies sous le soleil californien, il n'y a rien de mieux, non ? Sauf si je me joins à la fête peut-être ?
À bientôt, Jace.

Je ne peux m'empêcher de le lire en boucle. Je ne m'attendais pas à recevoir un autre message de sa part. J'avais oublié ce message que j'avais reçu après la séance de surf :

Peu importe où tu te trouveras, prends soin de te retourner car je ne serai jamais loin. Je finirai toujours par te retrouver.

Ces mots n'étaient pour moi que des menaces. Jace a toujours été doué pour faire peur mais rarement pour agir. Pourtant, je sais pertinemment que ce deuxième message n'est rien d'autre qu'une promesse et ce n'est plus qu'une question de temps avant qu'il mette ses menaces à exécution.

Je range mon téléphone et, en relevant la tête, je croise une nouvelle fois le regard de Cameron. Ne peut-il pas se concentrer sur sa conduite ? Ses yeux me transcendent et, comme prise dans un champ magnétique, il m'est impossible de détourner les yeux. Il est devant moi et, pourtant, j'ai l'impression de ressentir le toucher de sa peau sur la mienne et immédiatement je repense à lundi soir. Malgré la peur et les doutes que je ressentais à ce moment précis, lorsque Cameron a attrapé ma main, une multitude de papillons ont pris place dans mon corps. Sa main était chaude, grande, particulièrement douce pour un garçon mais, surtout, elle était tellement réconfortante. J'avais plus que jamais besoin de lui. Les garçons avaient beau être autour de nous, je ne voyais plus rien. Seul lui comptait et le pire dans tout ça, c'est que j'ignore pourquoi. Cameron avait lu le message, il était donc au courant de l'existence de Jace et de ce qu'il représentait. Il voulait savoir, avoir des réponses à ses questions. Mon cerveau quant à lui ne répondait plus, j'étais comme tétanisée face à lui et je n'avais eu qu'à croiser son regard pour savoir que j'étais fichue, que désormais je devais fournir des explications à Cameron. Je ne voulais plus revivre ces moments de peine, de douleur mais aussi de colère. Me remémorer cette fameuse soirée de juin n'aurait fait qu'ouvrir à nouveau les cicatrices que j'avais eu tant de mal à refermer. Mais il ne lui a fallu qu'un mot pour que je perde et que tout remonte à la surface. Alors je lui ai tout avoué : que Rosie est partie mais surtout que c'est Jace qui l'a détruite, qui l'a tuée. J'ai toujours pensé que pleurer rendait faible, qu'il ne fallait pas montrer ses larmes, jamais. Je me devais d'être forte puisque la petite sœur de Rosie me regardait sans une larme. Je ne pouvais pas pleurer. Mais lundi soir, malgré mes tentatives pour ne pas craquer, je n'ai pas pu et j'ai éclaté en sanglots dans ses bras. Comme si tout pouvait s'échapper avec ces larmes. Evan a bel et bien commandé chinois et, grâce à leurs efforts pour me redonner le sourire, j'ai passé une bonne fin de soirée. Le mal de tête n'est passé que la nuit, lorsque je me suis allongée dans mon lit. Cameron est passé me voir quelques minutes plus tard, s'est assis à côté de moi et je me suis calée contre lui. Le sommeil a fini par m'emporter. Mais lorsque je me suis réveillée au bout de quelques heures, il faisait toujours aussi nuit et Cameron n'était plus là. J'étais seule.

Nous finissons par arriver au niveau du terminal qu'Amber m'a annoncé. Cameron se gare et nous descendons de la voiture. Lorsque je pose le pied par terre, je prends une bouffée de chaleur. Avec toute l'agitation autour de nous, le bitume est brûlant. La température doit avoisiner les trente degrés mais c'est loin d'être désagréable. Beaucoup de voitures sont stationnées et, comme toujours aux abords d'un aéroport, des personnes se quittent et d'autres se retrouvent. Je pourrais facilement m'asseoir dans un coin et rester ici toute la journée à regarder ce ballet incessant se dérouler sous mes yeux.

— Elle arrive à quelle heure ? demande Cameron qui commence à s'impatienter.

— Son avion atterrit à 15 h 50.

Il souffle.

— Dans vingt minutes, quoi.

— Si c'est trop long pour toi, tu peux aller faire un tour dans l'aéroport. Il y a probablement quelques boutiques.

— C'est pas une mauvaise idée, ça ! Evan ?

Ce dernier décline la proposition d'un mouvement de tête tandis que Cameron s'enfonce dans le gigantesque aéroport.

— La patience et lui, ça fait deux, je bougonne.

Evan acquiesce.

— Je suis d'ailleurs surpris qu'il ait accepté de venir.

— Oui, moi aussi.

Quand il nous a appris hier soir qu'il venait avec nous chercher Amber, j'ai cru halluciner. Comme je ne voulais pas qu'il revienne sur sa décision, je n'ai fait aucun commentaire. Je me suis contentée de le remercier.

— À part un Starbucks et un Hudson News, il n'y a rien d'accessible, grommelle Cameron en revenant près de nous.

J'aperçois alors trois gobelets dans ses mains. Il en tend un à son meilleur ami avant de se tourner vers moi.

— Je t'ai pris un Macchiato glacé, ça te va ?

— Oui, très bien ! Merci, Cam, je le remercie.

— Je t'en prie.

Il me décoche un dernier regard avant d'entamer une conversation avec Evan. Je regarde le gobelet à son nom et je dois avouer que ça me fait plaisir quand je le porte à mes lèvres.

*

L'avion d'Amber a atterri il y a maintenant une dizaine de minutes. Les garçons sont appuyés contre le capot de la voiture et sont toujours en pleine conversation alors que, de mon côté, je guette à la fois mon téléphone et la sortie du terminal.

— LILI !

Je relève la tête et aperçois ma meilleure amie, tirant une énorme valise noire qui a l'air plus lourde qu'elle.

— AMB ! je crie en allant vers elle.

Elle lâche son bagage et nous nous précipitons dans les bras l'une de l'autre. Elle sent la maison. Cette étreinte me plonge directement des années en arrière lorsque tout était encore simple.

— Tu m'as manqué, j'avoue.

— Toi aussi, Lili.

Nous relâchons notre étreinte, un grand sourire accroché aux lèvres.

— Viens, je vais te présenter mes amis.

Elle acquiesce et me suit jusqu'aux garçons.

— Les gars, je vous présente Amber et, Amber, voici mes colocataires, Evan et Cameron, je dis en les désignant.

— Enchantée, lance-t-elle, avenante.

Evan lui répond qu'il est lui aussi ravi de faire sa connaissance et Cameron se contente de sourire poliment.

— Un de vous deux peut m'aider à porter ma valise ?

Cameron, qui est alors le plus près d'elle, soulève le bagage et le place dans le coffre.

— Merci, Cam.

Cam ? Ce dernier hoche la tête avec un petit sourire en coin. J'y crois pas, j'ai dû attendre je ne sais combien de temps avant d'avoir le droit de l'appeler par son diminutif et, là, il ne lui dit absolument rien et sourit. Sans attendre une seconde de plus, je monte dans la voiture mais cette fois-ci, derrière le siège passager. Evan monte devant moi. Cameron, en s'installant, tourne la tête vers la banquette arrière et hausse les sourcils en m'apercevant derrière Evan et non derrière lui comme je l'étais à l'aller. Je lui lance un regard dédaigneux tout en m'attachant. Le petit rire qui me parvient aux oreilles me laisse deviner qu'il a compris pourquoi je réagissais ainsi. Ce garçon est un idiot ! Lorsque nous sommes tous installés, Cameron enclenche la marche arrière et sort de la place de parking.

— On peut mettre la clim au lieu d'ouvrir les fenêtres ? demande Amber.

— Bien sûr, dit Cameron en s'exécutant.

— Merci, Cam.

Encore une fois, il arbore un petit sourire en coin et se tourne légèrement vers moi. Je ne baisserai pas le regard, pas cette fois-ci. Je croise les bras et, lorsqu'il se reconcentre sur la route, je regarde le paysage. Lors de l'aller, je lui ai demandé si on pouvait remonter les vitres car l'air que je prenais dans le visage me donnait mal à la gorge, mais il ne m'a pas écoutée, et, maintenant, il obéit à une fille qu'il connaît depuis cinq minutes ? J'y crois pas mais, visiblement, Monsieur a envie de faire bonne impression.

— Alors, on fait quoi ce soir ? commence Amber lorsque nous entrons sur l'autoroute.

— Je pensais rester à l'appartement, je réponds.

— Oh non, Lili, je veux faire la fête ce soir ! C'est pas tous les jours que je suis à Los Angeles, je compte bien profiter de chaque minute passée dans la cité des anges !

— On peut sortir demain ?

— Non ! s'exclame-t-elle. Ce soir aussi.

Voyant mon air bougon, elle reprend :

— Allez, pour me faire plaisir, s'il te plaît. C'est quand la dernière fois qu'on a fait la fête toutes les deux ?! C'était pour notre bal de promo.

Je finis par accepter à contrecœur. Donc si je comprends bien, pendant que je pense à passer du temps avec ma meilleure amie que je n'ai pas vue depuis plus de deux mois, cette dernière ne souhaite que profiter de la ville ? C'est merveilleux ! Vexée par ses propos, je ne dis plus un seul mot pendant le reste du trajet, ce qui visiblement ne gêne en rien ma « meilleure amie » puisqu'elle entame une conversation avec les garçons.

*

Il est maintenant plus de 20 heures et nous sommes rentrés de l'aéroport depuis un peu plus de trois heures. Avec Amber, nous avons beaucoup parlé, allongées sur mon lit comme nous le faisions toujours lorsque nous étions au lycée. Elle m'a raconté l'essentiel de ce que j'ai manqué, comment se passe la vie à Miami ces derniers temps, mais pas une seule fois nous n'avons abordé le sujet *Jace*. Je l'ai écoutée attentivement et, bien que seulement deux mois soient écoulés depuis la dernière fois où nous nous sommes vues, elle semble très différente de l'Amber que j'ai toujours connue. Durant cette longue conversation, certains mots revenaient en boucle, fête, plage, garçons, amis, et pas une seule fois elle n'a évoqué ses études. Elle a toujours été fêtarde mais les études étaient très importantes pour elle. Amber était pleine d'ambition à la fin du lycée. Elle ne voulait qu'une chose : devenir avocate dans l'un des cabinets new-yorkais les plus prestigieux. Cette Amber me paraît bien loin.

Comme prévu, nous sortons en boîte ce soir et ce, pour mon plus grand déplaisir. Amber a convaincu les garçons de venir avec nous et, bien entendu, ces derniers n'ont pas refusé et se sont jetés sur l'occasion de faire la fête. Le reste de la bande nous rejoindra directement là-bas.

De mon côté, je me suis permis d'appeler Grace et Sam pour leur proposer de venir avec nous. Je pense avoir besoin de leur soutien ce soir.

Amber est sortie de ma chambre pour aller fumer il y a à peine quelques minutes. Voilà un autre point auquel je ne m'attendais pas. Lorsque nous étions au lycée, elle ne fumait pas et militait même pour que la cigarette soit interdite autour de l'établissement et, maintenant, elle fume ! Faites ce que je dis mais pas ce que je fais. Elle est devenue une contradiction à elle toute seule. J'ai loupé quelque chose, c'est certain. Je profite de son absence pour choisir une tenue. J'attrape donc dans mon armoire un jean slim gris anthracite que j'associe avec un chemisier noir en dentelle puisque mes sous-vêtements sont noirs et que je n'ai pas envie de les changer. Je commence à me déshabiller lorsque la porte de ma chambre s'ouvre en grand. Par réflexe, je me plie en deux pour camoufler ma tenue légère. J'entends rire à gorge déployée.

— Ah, Lili… tu es trop… marrante.

Amber. Son rire ne fait que déclencher ma colère.

— Amber, tu ne pouvais pas frapper ?! Je ne suis pas seule ici.

Elle a vraiment l'air d'être partie dans un fou rire.

— Tu parles des garçons ?

— Oui ! je m'exclame.

— Ils auraient rien remarqué, rit-elle encore.

Qu'est-ce qu'elle sous-entend par là ?

— Comment ça ?

— Il faut être honnête et surtout réaliste, s'ils n'ont rien tenté depuis que tu habites ici, c'est que tu ne les intéresses pas. Mais ne t'inquiète pas, tu finiras bien par rencontrer un intello coincé à qui tu plairas.

Elle repart dans un rire. Je ne sais pas ce qui me retient de ne pas l'envoyer promener. Comme je ne réponds pas, elle ajoute :

— Mais vois ça comme un compliment, ils te respectent au moins. D'ailleurs, tu es trop chanceuse de vivre avec deux canons pareils ! J'ai toujours ma colocataire ringarde, même le week-end, elle ne se couche pas après 23 heures parce qu'elle est convaincue que ça l'aide à avoir des A+ partout. Pitoyable, n'est-ce pas ?

— Si elle est heureuse comme ça, je réponds d'un ton sec.

— Oh non, je vois bien qu'elle m'envie quand je sors le week-end.

— Si tu le dis, je lâche, lassée par son attitude.

Elle hoche la tête, convaincue de rendre sa colocataire jalouse. Clairement, c'est elle que je trouve pitoyable et, en plus de ça, elle revient avec une odeur de nicotine très désagréable.

— Alors, tu as trouvé ce que tu allais mettre ? reprend-elle en s'asseyant sur ma chaise de bureau.

— Oui, je pense mettre ce jean avec mon chemisier et des bottines noires à talons ou des mocassins.

Elle grimace.

— Tu ne peux pas porter ça.

— Pourquoi ? je demande.

— On va en boîte, Lili, pas dans un couvent.

Je m'apprête à répliquer, mais elle se lève et ouvre sa valise. Elle fouille dedans et en ressort une robe bordeaux.

— Mets ça !

J'attrape ce qu'elle me tend et aurait pu être surprise il y a quelques mois, je ne le suis plus maintenant. Cette robe est vraiment belle mais aussi très moulante et courte. Son style robe longue bohème s'est, lui, envolé.

— Elle est assez courte sur moi, commence Amber. Mais comme tu es plus petite, ça devrait aller.

J'acquiesce et l'enfile. Le tissu est confortable – heureusement puisqu'il est collé à ma peau. J'avance jusqu'au miroir et me regarde. Elle me va plutôt bien, c'est vrai. Puisque je suis plus en chair qu'Amber, elle me moule davantage toutefois la longueur est convenable.

— Tu aimes ?

— Oui, j'avoue. Ça ne me ressemble pas trop mais j'imagine que, pour une soirée, ça devrait le faire.

— T'es diablement sexy comme ça.

— Je ne cherche pas à être diablement sexy. Je cherche juste à être bien.

— C'est vieux jeu, ça, Lili.

— Je préfère être vieux jeu plutôt que de me faire allumer par tous les hommes de la boîte.

— Question de point de vue, sourit-elle.

Je suis tellement surprise de l'entendre parler ainsi que je ne réponds rien et finis de me préparer dans mon coin. Pour compléter ce genre de tenue, je me contente du strict nécessaire. J'enfile une paire de sandales plates blanches, je laisse mes cheveux libres et naturels et, surtout, je ne mets que peu de mascara et de rouge à lèvres.

— Tu n'ajoutes rien de plus ?

— Non. Je te l'ai dit, je ne veux pas qu'on m'accoste.

— Ce n'est pas une paire d'escarpins et un peu plus de maquillage qui feront que tous les mecs de la boîte viendront te voir. C'est un tout.

— Je préfère éviter malgré tout. Tu devrais savoir que je ne suis pas à l'aise avec dix couches de maquillage. Je n'ai pas envie de ressembler à un travelo maquillé avec une truelle.

— Comme tu veux.

Elle semble vexée, mais comme la sonnette de la porte d'entrée retentit, je sors rapidement de ma chambre et vais ouvrir, la laissant seule.

— Grace, Sam ! je m'exclame en les prenant dans mes bras. Vous allez bien ?

— Très bien ! me répondent-ils en chœur.

Je souris. Je ne les ai pas vus depuis mardi et je dois avouer qu'ils m'ont beaucoup manqué. Tout en allant dans le salon, Sam s'extasie :

— Quelle robe !

— Elle est à Amber. Je ne suis pas particulièrement à l'aise mais, pour une soirée, je devrais tenir.

— J'en connais un qui va baver, ajoute Grace en nous faisant un clin d'œil.

— Même deux, si tu veux mon avis. Et ce n'est pas moi le deuxième, même si tu arriverais à faire tourner hétéro n'importe quel gay.

— N'exagère pas ! je dis. Et vous, vous êtes pas à tomber peut-être ?

— Moi oui, commence Sam. Elle non.

Je ris, alors que Grace donne un coup de coude à Sam. Depuis que ces deux-là se sont rencontrés, ils s'adorent. D'autant plus qu'ils sont presque voisins, habitant de l'autre côté du campus.

— Eh ! s'exclame Grace. J'ai mis du temps pour me préparer.

— Je sais, rigole Sam. Je plaisantais, tu es très belle, Gracie, et toi aussi, Lili. J'ai de la chance de sortir à vos côtés. Charlie et ses deux drôles de dames.

— N'en fais pas trop non plus ! je m'exclame.

— Moi ? Jamais !

Nous rions tous les trois lorsqu'une des portes du couloir claque.

— Salut ! lance Evan en nous rejoignant dans le salon.

Il serre la main de Sam et fait une petite bise à Grace.

— Grace, tu es très belle !

— Merci !

Grace vient de rougir, chose que je n'avais encore jamais vue chez elle ! Est-ce qu'il se pourrait qu'il y ait un Evan-et-Grace ? Pour être honnête, ils iraient très bien ensemble et, aux dernières nouvelles, Grace ne voit plus Alex, l'assistant de notre professeur. Je vais essayer d'en savoir plus et, vu le regard que vient de me lancer Sam, il pense la même chose que moi.

Quelques secondes plus tard, Amber nous retrouve au salon. Si ce n'était pas ma meilleure amie, il se pourrait qu'un mot grossier sorte de ma bouche. Je n'y crois pas. Comment a-t-elle pu autant changer ?

Elle est tellement maquillée qu'elle a l'air d'avoir trente ans et non plus dix-huit. Son mètre soixante-dix est bien augmenté avec les escarpins qu'elle porte. Ainsi, elle semble plus grande que Sam et Evan. Je pensais avoir une robe un peu courte et trop moulante mais ce n'est rien comparé à la sienne. Sa robe noire bien que jolie est très vulgaire et me fait penser à la robe que Grace a voulu me faire acheter.

— Tu me présentes, Lili ?

Je hoche la tête soudain honteuse vis-à-vis de Grace et Sam à qui j'ai vanté les mérites de cette fille si naturelle.

— Amber, je te présente mes amis Sam et Grace et voici…

— Je suis Amber, sa meilleure amie, dit-elle en me coupant la parole.

Cette fois-ci, aucun « enchanté » ne vient et je ressens sans peine la tension qui règne dans la pièce. Ils ne se connaissent que depuis vingt secondes environ et ne s'aiment déjà pas. La soirée s'annonce bien…

Comme la boîte de nuit où veulent aller les garçons se trouve dans le centre-ville, nous sommes obligés de nous y rendre en voiture. Je n'ai vraiment pas envie de sortir ce soir. Les soirées en boîtes de nuit ne sont pas celles que je préfère et, honnêtement, j'ai encore beaucoup de mal à digérer le fait qu'Amber veuille sortir le soir du premier jour où nous nous retrouvons après plusieurs semaines sans s'être vues. Je m'attendais vraiment à rester des heures assise sur le canapé à regarder la télévision tout en nous racontant ce qui s'est passé dans nos vies durant cette période. Mais visiblement, nous ne sommes plus sur la même longueur d'onde.

— On attend toujours les mêmes ! crie Evan.

Cameron. Je suis dos au couloir mais, lorsque je croise le regard d'Amber qui est à deux doigts de se mettre à frétiller, je sais pertinemment qu'il vient de sortir de sa chambre.

— Je suis là maintenant.

Je me retourne et je le vois, plus beau que jamais. Il porte un jean noir et une chemise grise aux manches retroussées. Sa tenue est simple et, pourtant, j'ai l'impression de me retrouver devant l'être le plus sophistiqué qu'il m'ait été donné de voir. Je ne veux pas être chamboulée chaque fois que je pose mes yeux sur lui. C'est comme si j'étais ensorcelée. Je secoue la tête et reporte mon attention sur mes amis en face de moi.

— On y va ? intervient Sam.

— Oui !

J'attrape un petit gilet fin posé sur le canapé et mon sac.

— Alors, qui monte avec qui ? demande Evan en fermant la porte.

— Nous sommes six et nous avons deux voitures, répond Sam. Donc on verra une fois en bas, ça vous va ?

Nous acquiesçons puis montons dans l'ascenseur devenu plutôt étroit avec six personnes à l'intérieur. L'air se réchauffe rapidement et, sans savoir vraiment pourquoi, mes mains deviennent moites. Avant de sortir de la cabine, je les essuie discrètement sur mon gilet. Les battements de mon cœur s'accélèrent et je ne mets pas longtemps avant de comprendre que je suis envahie par le stress.

— Quelqu'un monte avec nous ? demande Cameron en se dirigeant vers sa voiture.

Grace s'apprête à répondre négativement lorsqu'une voix surgit dans notre dos :

— Moi !

Amber.

— Tu ne montes pas avec nous ? je dis surprise.

— Non, je me disais que ça pourrait être sympa d'y aller avec les gars. De toute manière, on se retrouve là-bas.

— Oh, d'accord.

Je peine à cacher ma déception. Amber rejoint en sautillant mes deux colocataires qui l'attendent dans le 4 × 4. Nous montons à notre tour dans la voiture de Sam.

— Ça va, Lili ? me demande Grace en se tournant vers moi.

— Oui… C'est juste que je sais pas, je la trouve changée.

— Je ne veux pas t'offenser mais j'ai l'impression qu'Amber est ni plus ni moins une Leila, en version blonde… Sam est d'accord avec moi.

Ce dernier acquiesce.

— Je n'aime pas juger sur l'apparence, Lili, ajoute-t-elle, gênée. Mais là, le courant ne passe vraiment pas.

— On ne la connaît pas, c'est vrai, ajoute Sam. Mais personnellement, je ne la sens pas. Sans t'offenser bien sûr. Mais parfois, il y a des gens qui dès le premier abord ne nous plaisent pas, et je pense que c'est le cas avec ta meilleure amie.

— Elle est différente de tout ce que tu as pu nous raconter.

Je ne sais pas quoi répondre à cela. On dit souvent que l'on a les amis qu'on mérite et, même s'ils ne l'ont pas dit clairement, je sais qu'ils ont catalogué Amber dans la catégorie « pétasse vulgaire ». Qu'est-ce que cela révèle de moi ? Je suis à la fois vexée et d'accord. Où est passée l'Amber qui pouvait arriver au lycée avec un bandeau et une fleur dans les cheveux ? Ma meilleure amie a irrémédiablement changé au cours de ces dernières semaines, elle ne ressemble plus à celle que j'ai connue. Je ne sais plus me comporter face à elle. Je ne réponds rien et le silence tombe.

Nous arrivons rapidement dans le centre-ville puisque, à cette heure de la soirée, le trafic est plutôt fluide. La voiture de Cameron qui roule devant nous, s'engouffre dans un parking à niveaux.

— Vous êtes déjà venus dans cette boîte ? je demande.

Seul Sam acquiesce.

— C'est bien ?

— Je n'y suis allé que deux ou trois fois, me répond-il. Mais oui, le Mayan est beau au plan architecture et clientèle.

Bêtement, je me sens rassurée par cet aveu qui me donne une bonne impression. Je n'avais pas envie de retomber sur l'autre fou qui m'avait presque agressée dans les toilettes de l'Avalon.

Le parking étant bien rempli, nous devons monter au quatrième niveau avant de trouver deux belles places côte à côte. Cette fois-ci, je n'oublie pas de prendre avec moi mon sac contenant un peu d'argent et mon téléphone.

— C'est bon pour vous ? demande Evan.

Nous acquiesçons puis prenons l'escalier pour rejoindre le rez-de-chaussée. Il est 22 heures passées et, désormais, il fait nuit noire mais ce n'est pas pour autant que la ville est endormie. Le parking est à quelques centaines de mètres de la fameuse boîte. Evan, Cameron, Sam et Amber marchent quelques mètres devant Grace et moi.

— Arrête de faire cette tête ! me dit Grace.

Mes yeux ne peuvent se détacher de Cameron et Amber.

— Ça m'énerve tellement.

— Sois honnête, Lili, qu'est-ce qui t'énerve le plus ? Qu'Amber ait changé ou qu'elle semble intéressée par Cam ?

C'est vrai, elle a changé, nous nous éloignons de plus en plus et, peu à peu, nous devenons deux étrangères l'une pour l'autre. Je me sens mal, terriblement mal face à cette vérité.

— Les deux, je bougonne. Je ne comprends pas.

— Les gens évoluent, Lili, tu n'y peux rien. À ses yeux, toi aussi tu as sans doute évolué. Et surtout, dis-toi que rien n'est perdu, que malgré tout vous pouvez toujours être amies. Ne mets pas de barrière à votre amitié parce qu'elle n'est plus tout à fait la même.

— Tu as raison, Grace. Mais j'ai peur que notre relation soit sur la fin…

— C'est dur, pourtant il faut accepter que certaines personnes ne soient que de passage dans notre vie. Mais, Lili, ça ne veut pas dire que ce sera le cas pour Amber et toi.

— Oui, je sais.

— Maintenant, souris et profite de la soirée ! Et fais-moi plaisir, rends Cameron dingue.

— Quoi ?

— Tu m'as bien entendue, dit-elle en me faisant un clin d'œil. Bon allez, on les rejoint ou ils vont se poser des questions.

Je lève la tête et m'aperçois que nous ne sommes plus qu'à quelques mètres de l'entrée de la boîte, beaucoup de personnes attendent dans une file s'étendant le long du haut immeuble.

— On ne fait pas la queue ? je demande, surprise.

— Pas besoin, sourit Evan. Allez, on y va.

Je prends une grande bouffée d'air avant de suivre mes amis à l'intérieur du bâtiment. J'ignore la manière dont cette soirée va se dérouler mais je suis certaine qu'elle va être pleine de surprises.

Chapitre 19

Le Mayan se situe au dix-huitième étage et nous devons traverser un magnifique hall avant de rejoindre les ascenseurs. Comme tout à l'heure, je suis derrière avec Grace.

— Ça me fatigue de devoir rendre l'exposé lundi matin, se plaint Grace.

— Tu m'as dit qu'il était fini, non ?

— Oui ! Mais je dois encore imprimer le dossier et préparer l'oral. Je suppose que, de ton côté, c'est déjà fait.

Elle m'adresse un clin d'œil.

— Depuis mercredi déjà, tout est bouclé ! Je n'aurai plus qu'à relire ma fiche pour l'oral, histoire de me remettre tout en tête, et ça sera bon.

Grace sourit et nous continuons notre chemin. Ce hall, tout en marbre, est immense et me rappelle celui de l'Empire State Building à New York.

— Je commence à avoir mal aux pieds, bougonne mon amie.

— Tu as vu aussi quelles chaussures tu as mises ? je m'exclame.

Ses sandales sont très belles mais il est évident que, du haut des douze centimètres de talon, elles doivent être aussi très inconfortables ! C'est exactement le genre de chaussures que l'on ne met que pour aller au restaurant, pour s'asseoir au plus vite à table et ne plus en bouger.

— Je ne savais pas qu'on aurait autant à marcher !

Je ris face à son expression, elle se déplace en se tortillant et est à deux doigts d'enlever ses chaussures pour finir pieds nus.

— C'est un labyrinthe, ce hall ? crie-t-elle à l'intention des garçons.

Cameron se retourne vers nous en souriant.

— Non, il est juste énorme. Quelle idée d'avoir de telles chaussures !

— Ah non, tu ne vas pas t'y mettre aussi !

Ni Cameron ni moi ne pouvons nous empêcher de rire. Après avoir tourné à droite au bout d'un long couloir, nous apercevons enfin les ascenseurs lorsque j'entends mon téléphone sonner, me signalant que j'ai reçu un message. Je m'arrête et fouille un moment dans ma pochette et fini par trouver mon portable.

— Qu'est-ce que tu fais, Lili ? me demande Grace en s'arrêtant à son tour.

— Mon téléphone a sonné.

Soudain, l'inquiétude me gagne. Et s'il s'agissait de Jace ? La main tremblante, je déverrouille l'appareil et c'est avec joie que je m'aperçois que le message vient de ma mère et qu'elle me demande si tout se passe bien avec Amber. Je l'ai eue au téléphone il y a à peine trois jours mais je lui réponds malgré tout que je l'appellerai demain dans la journée pour lui donner des nouvelles.

— Vous vous dépêchez, les filles ?! crie Evan en entrant avec les autres dans l'ascenseur qui vient de s'ouvrir.

— On arrive, dit Grace.

Je ferme mon téléphone et le range dans ma pochette. Nous ne sommes plus qu'à environ cinq mètres lorsque les portes se referment sur Evan, Cameron, Sam et Amber.

— On prendra le prochain ! crie Grace.

Je ne suis pas sûre qu'ils l'aient entendue. Je m'approche alors des deux autres ascenseurs et, lorsque je m'apprête à appuyer sur les boutons pour les appeler, une voix grave retentit dans mon dos :

— Ils ne fonctionnent pas.

Je me retourne et fais face à trois hommes. Ils sont très bien habillés et je suis certaine qu'ils sont plus âgés que nous. Je hoche légèrement la tête pour remercier. Nous attendons donc patiemment que l'ascenseur redescende.

Quelques minutes plus tard, les portes s'ouvrent à nouveau. Les trois hommes sont les premiers à entrer à l'intérieur puis vient notre tour, à Grace et moi. Derrière nous, personne d'autre ne rentre. L'un des inconnus appuie sur le bouton menant au dix-huitième étage et les portes se referment.

— Vous êtes seules ? nous demande l'un des trois hommes.

Je lance un regard inquiet à Grace.

— Non, nos amis nous attendent en haut, répond-elle d'un ton assuré.

— D'accord. Vous avez attendu longtemps ?

— Attendu longtemps ? je répète.

— Oui, en bas, dans la file pour accéder à la boîte.

— Non, intervient Grace. Nous sommes passées directement.

Ils se regardent.

— C'est quoi le problème ? je demande.

— Aucun, intervient un blond qui n'avait pas encore parlé. Les clients VIP sont plutôt rares, surtout que vous n'avez pas l'air d'être des habituées.

— C'est la première fois que nous venons ici, je dis. Mais nos amis sont des habitués.

Ils acquiescent et, quelques secondes plus tard, la cabine s'immobilise et le *ding* retentit juste avant que les portes s'ouvrent, dévoilant ainsi un nouveau hall bien plus petit que celui du rez-de-chaussée. Celui-ci fait la taille de ma chambre. Je sors la première, suivie de près par Grace, et aperçois tout le reste de la bande.

— Salut, Lili ! crie Enzo, entouré de James, Raf et Brad, pour couvrir le bruit qui émane du club situé à quelques mètres.

Je souris et, alors que je m'apprête à les rejoindre, une main se pose sur mon épaule. En me retournant, je reconnais l'un des hommes de l'ascenseur, le blond.

— Ça te dit de prendre un verre avec moi ?

Non.

— C'est gentil mais je suis avec mes amis.

— Si jamais tu changes d'avis, je serai dans le salon VIP à l'étage.

Je ne trouve rien de mieux à faire que de hocher la tête. Visiblement satisfait, il me sourit avant de suivre ses deux amis.

— Waouh, Lili, s'exclame Raf. Tu tapes haut, là !

— N'importe quoi ! On les a juste croisés dans l'ascenseur.

— C'est vrai que tu as l'air de lui plaire, ajoute Amber.

— Je ne lui plais pas, il cherche juste une fille à ramener chez lui à la fin de la soirée mais, malheureusement pour lui, ça ne sera pas moi.

— Si tu le dis.

Comment ça, si je le dis ? Bien sûr que je ne finirai pas la soirée chez lui. Je ne le connais absolument pas. Vexée une fois de plus par ses insinuations, je tourne la tête et croise le regard de Cameron. Il me fusille littéralement des yeux. Il ne manquait plus que ça ! Qu'est-ce qui lui arrive ? Je suis en train de me demander ce qu'Amber a pu raconter dans la voiture sur moi ou sur notre vie d'avant. Et si elle lui a appris dans quelles circonstances nous avons rencontré Jace ? Je frissonne. Non, je ne dois pas penser à ça maintenant.

— Bon, on y va ? intervient James.

Cameron ouvre la marche et nous avançons vers l'énorme rideau bordeaux qui marque l'entrée du Mayan. Une des serveuses nous emmène vers le salon au premier étage – ce n'est cependant pas le coin VIP. Nous nous asseyons autour d'une grande table. Je me retrouve entre Grace et Enzo.

— Tu es prête ? murmure ce dernier près de mon oreille.

— Prête ?

— Oui, prête ! répète Enzo en levant les yeux au ciel. Ne me dis pas que tu as oublié ce que je t'ai dit la dernière fois.

— Je n'ai pas oublié ! je proteste. Je pensais simplement que tu te fichais de moi.

— Moi ? Jamais !

— Bien évidemment, je dis avec un petit rire.

— Sinon, tu me fais toujours confiance ?

Il est tout à coup beaucoup plus grave.

— Ton sérieux soudain me fait peur, Enzo.

— Il ne faut pas pourtant ! Alors ?

— Oui, OK. Je te fais confiance.

Il se penche un peu plus vers moi et chuchote :

— Cameron se mordra les doigts avant la fin de la soirée, crois-moi.

Je n'ai absolument aucune idée de ce à quoi il peut penser, mais une chose est sûre, je suis impatiente de voir ce qu'il réserve pour mener à bien cette opération « rendre Cameron dingue ». Je ne devrais pas sentir les battements de mon cœur s'accélérer, ni avoir un sourire béat qui se dessine doucement sur mon visage et encore moins lever la tête vers Cameron, assis en face de moi, et jubiler lorsque je vois que sa mâchoire se resserre quand Enzo dépose un léger baiser sur ma joue. Et pourtant, je ressens tout cela à 300 %.

— On commande des verres ? crie Brad pour couvrir le bruit.

Tout le monde acquiesce et, quelques minutes plus tard, une nouvelle serveuse apparaît devant nous, une tablette entre les mains.

— Qu'est-ce que vous désirez ? nous demande-t-elle poliment.

Avec de fausses cartes d'identité, les garçons commandent des boissons alcoolisées – il me semble entendre parler de vodka, et shot. Je me contente d'un mojito à la pêche.

Une petite dizaine de minutes plus tard, la serveuse est de retour avec l'ensemble de nos consommations ainsi que des petits-fours. Je confirme, cet endroit est beaucoup plus chic que la boîte où j'étais allée avec Enzo et sans aucune prétention, je m'y sens mieux, beaucoup plus à ma place. Bon, peut-être que le fait que mes amis soient là m'aide à me sentir mieux.

*

Je passe une très bonne soirée et nous sommes assis depuis près de deux heures lorsque je commence à avoir chaud, probablement à cause de l'alcool et du monde présent. Je suis certaine que mes joues sont toutes rouges. J'ai enlevé mon gilet il y a une vingtaine de minutes mais l'air ambiant est de plus en plus lourd. Les garçons débattent maintenant sur leurs équipes de sport préférées. Je regarde ma montre, il est un peu plus de minuit et, avec un petit sourire, je me rends compte que je suis déjà fatiguée. Et dire que je suis jeune !

Je finis par me lever de mon fauteuil pour rejoindre la terrasse située à l'étage du dessus. Je n'en peux plus de cette atmosphère surchauffée. Lorsque je contourne la table, des doigts s'enroulent autour de mon poignet. Il s'agit d'Amber.

— Je peux te parler ?

— Oui, bien sûr.

Elle se dresse et me suit jusqu'au toit. Nous repérons un coin libre où nous nous réfugions. Bien qu'il y ait du monde, la foule est beaucoup moins dense qu'à l'intérieur. Je m'accoude au garde-fou. Le vent me fouette le visage et mes cheveux, laissés libres, volent au vent. La vue est magnifique. D'ici, on aperçoit les collines de Hollywood et, sur notre gauche, l'océan.

— Il se passe quelque chose entre Cameron et toi ? commence Amber après un long silence.

— Non, je dis simplement.

— Lili…

— Quoi ?

— Tu es sûre ? J'ai bien vu comment ce soir tu le regardais mais aussi comment lui te regardait.

Mon cœur fait un petit bond dans ma poitrine. Mais je ne laisse rien transparaître et réponds simplement :

— Il n'y a rien entre nous, Amber.

— Donc je peux tenter ma chance ?

Non !

— Il a une copine, je m'empresse de dire.

— Elle est là ce soir ?

— Non, mais.

— Donc ce n'est pas un souci, m'interrompt-elle en souriant.

Elle pivote et commence à avancer pour retourner à l'intérieur. Assurément, je ne la reconnais plus. Ses vêtements, son attitude, ses paroles, tout ça, ce n'est pas elle.

— Tu me dégoûtes, Amber, je lâche sans réfléchir.

Mes paroles l'interpellent et je me maudis intérieurement d'avoir parlé à voix haute.

— Je te demande pardon ? dit-elle en faisant volte-face.

— Tu m'as bien entendue. À moins que la couche de fond de teint que tu as mise ne soit en train de couler dans tes oreilles. Tu. Me. Dégoûtes.

Ses yeux semblent prêts à sortir de leur orbite.

— Tu ne sais strictement rien, Lili ! siffle-t-elle.

La voir s'énerver ainsi me laisse dubitative. Elle a toujours eu son caractère mais elle est habituellement si détendue ! Il se passe forcément quelque chose.

— Alors explique-moi ! je crie. Comment une fille aussi douce et naturelle que toi peut se transformer en harpie aguicheuse ? Tu es même prête à sauter sur mon colocataire ! Si Rosie était là, elle serait d'accord avec moi. Tu le sais pertinemment. Alors maintenant, Amber Bane, tu vas me dire ce qui se passe.

Sans un mot, elle s'assied sur l'un des bancs de la terrasse.

— Ce n'est pas aussi simple, murmure-t-elle.

— Qu'est-ce qui n'est pas aussi simple ?

— Cette histoire.

Je soupire. Et si tout était lié à Jace et Rosie ? Dès que j'ai remarqué ces changements chez Amber, j'ai inconsciemment pensé que quelqu'un de sombre pouvait être derrière tout cela, et je ne connais qu'une personne à Miami capable de faire sortir les pires instincts : Jace. Mais lorsque je l'ai appelée mardi pour lui en parler, elle m'a affirmé qu'elle ignorait qu'il était de retour et que, à aucun moment, elle n'avait reçu un message de sa part. Tout au long de la conversation, sa voix n'a pas cessé de trembler, or pour moi, c'était tout simplement le résultat de la peur, et non pas celui d'un mensonge. Mais là, je ne peux m'empêcher de douter d'elle.

— Parle-moi, Amb.

Elle relève doucement la tête et une lueur étrange brille dans ses yeux.

— Pas ce soir. Je veux juste m'éclater, oublier, le temps d'une soirée. S'il te plaît, Lili.

Que veut-elle oublier ? Cette question me brûle les lèvres mais elle m'implore de laisser tomber pour le moment. À cet instant, je comprends qu'elle m'a menti mardi dernier. Jace n'a pas renoncé et ce n'était pas des menaces en l'air mais bel et bien une promesse : il est de retour. L'envie d'en savoir plus me consume mais je me retiens de lui poser un tas de questions – elle a l'air trop vulnérable ce soir.

— Demain, je veux tout savoir.

Elle hoche la tête avant de se lever. Je lisse les légers plis de ma robe et la suis jusqu'à l'intérieur. En entrant, j'ai l'impression que le volume sonore a augmenté et que la foule est encore plus dense que lorsque nous sommes sorties quelques minutes plus tôt.

Amber marche devant moi et nous traversons un salon avant de rejoindre l'escalier menant à l'étage inférieur. Alors qu'elle s'apprête à descendre la première marche, elle s'arrête et part vers la droite.

— Tu vas où ?

— Je dois passer un appel. Je vous rejoins après.

— Amb…

— Lili, s'il te plaît. Je dois juste appeler quelqu'un. Ne t'inquiète pas pour moi.

J'aimerais la croire mais je n'y arrive pas. Son regard est fuyant et sa voix devient plus aiguë : elle ment.

— D'accord, je me contente de dire.

La regardant avancer puis disparaître à travers la foule, je commence à descendre l'escalier. J'atteins la dernière marche, l'esprit ailleurs, lorsque le visage de l'homme de l'ascenseur apparaît devant mes yeux, me faisant sursauter.

— Comme on se retrouve ! dit-il.

Génial…

— Toujours indisponible pour un verre ?

— Toujours indisponible, je confirme.

Vais-je m'en débarrasser un jour ?

— Désolée, mais mes amis m'attendent.

— Je peux t'accompagner jusqu'à eux ?

— C'est gentil mais je connais le chemin.

— Ça me fait plaisir !

— Tu ne serais pas du genre insistant par hasard ?

— Absolument pas, dit-il avec un sourire en coin.

Pour la première fois de la soirée, je prends le temps de l'observer. Il est évidemment plus grand que moi, me dominant facilement d'une vingtaine de centimètres. Ses cheveux blonds ébouriffés lui donnent un air plus enfantin bien qu'il semble avoir la vingtaine passée. Comme à peu près tous les hommes présents ici, il porte un pantalon bleu marine et une chemise blanche.

— Je m'appelle Tristan au fait.

— Liliana.

— Tu es étudiante ?

— Oui, en première année. Et toi ?

— Je serai diplômé en mai.

Cette révélation confirme mon hypothèse sur son âge, il doit avoir vingt-deux ans à peu près.

— Diplômé en quoi ? je demande.

— En communication. Et toi ?

— Je me prépare au journalisme.

— Très bon choix. UCLA, je suppose ?

Je hoche la tête. Je ne suis pas spécialement à l'aise face à toutes ses questions mais il n'a l'air ni méchant, ni d'être un dangereux psychopathe comme le livreur. Je sais qu'il ne faut pas se fier aux apparences car elles peuvent être trompeuses mais je m'autorise cette conversation anodine.

— Tu es sur le campus ?

— Oui, je suis d'ailleurs venue avec mes deux colocataires, j'ajoute. Tu habites toi aussi sur le campus ?

— Non, j'y ai juste habité lors de ma première année mais on s'en lasse vite.

Je ne réponds rien et, quelques secondes plus tard, nous arrivons devant la table où toute la bande est assise, excepté Amber.

— Amber n'est pas avec toi ? me demande Sam.

— Non, elle devait passer un coup de fil.

— Tu nous présentes ? suggère Enzo.

— Les gars, je vous présente Tristan et, Tristan, voici mes amis !

Seuls Enzo, Sam et Grace se montrent accueillants en lui faisant soit un signe de la main, soit un sourire. Les autres n'y prêtent pas attention, bien trop absorbés par leur conversation et leurs verres. Je croise rapidement le regard noir de Cameron mais, dans la seconde qui suit, il détourne les yeux.

— Si jamais tu changes d'avis, pour boire un verre, tu sais où me trouver, me rappelle Tristan.

Je hoche la tête avant de préciser :

— Mais ne m'attends pas pour autant.

— Je sais, dit-il avec un petit sourire. Bon, peut-être à plus tard.

Je lui adresse un petit signe de la main alors qu'il s'éloigne.

— Bah dis, Lili, tu ne fais pas les choses à moitié ! lâche Sam avec un sourire. Il est plutôt beau gosse. C'est totalement mon genre.

— Et un peu collant, j'ajoute. Mais c'est vrai qu'il l'air sympathique.

Je regagne ma place entre Grace et Enzo.

— Cam ne t'a pas lâchée du regard, chuchote Enzo.

Je relève la tête dans sa direction. Ses yeux me transcendent et je déglutis sous son regard insistant. Habituellement, il se fait plus discret. Brad l'appelle mais il ne répond pas, capté par ma présence.

— Oh Miller ! Ça fait deux fois que je te parle, tu fous quoi là ?

— Rien. Tu disais ?

J'attrape mon verre et le vide en une grosse gorgée qui me brûle légèrement la gorge. J'en avais terriblement besoin.

— Viens ! dit Enzo en m'attrapant la main.

— Où ça ?

— Danser !

Il s'apprête à se lever.

— Non, je refuse avec un petit sourire.

— Pourquoi pas ?

— Je n'ai pas envie de danser, Enzo, c'est tout.

— Allez ! m'implore-t-il.

— Non, je commence à être fatiguée.

— Toujours cette excuse, Lili, trouves-en une autre, s'il te plaît.

— Mais c'est vrai ! je proteste. La semaine a été dure.

— Ne me prends pas pour un con. Si c'est lui qui t'avait demandé, tu aurais sauté sur l'occasion. J'en ai marre.

Sans attendre, il recule sa chaise avant de se lever et de quitter précipitamment notre table.

— Enzo ! je crie.

Il ne réagit pas.

— Enzo, attends ! j'insiste.

Une nouvelle fois, il fait la sourde oreille et poursuit son chemin. Je soupire, exaspérée, et lorsque je tourne la tête vers mes amis, je m'aperçois que tous les regards sont braqués sur moi.

— Qu'est-ce qu'il a ? demande James.

Ils n'ont visiblement pas entendu notre petit échange et ça me va très bien.

— Je ne sais pas, je mens.

Quelques secondes plus tard, une tête blonde surgit à côté de moi. Amber vient de revenir.

— Qu'est-ce que j'ai manqué ?

— Enzo vient de partir en furie, répond Rafael.

— C'est vrai que je l'ai croisé en revenant et il avait vraiment l'air énervé. Qu'est-ce qui s'est passé ?

Mon estomac se serre. C'est à cause de moi s'il est dans cet état-là. Je me sens coupable et, sans pouvoir m'en empêcher, je me mets à culpabiliser.

— Il était où quand tu l'as croisé ? je demande.

— Il allait sur la terrasse. Pourquoi ?

— Non, comme ça.

Elle hoche la tête avant d'engager une conversation avec les garçons. À ma gauche, Sam et Grace ne cessent de glousser depuis une bonne dizaine de minutes. Ils commentent en détail chaque personne qui passe devant nous et s'amusent à trouver les plus beaux partis de cette boîte. Ils sont complètement à l'ouest, l'alcool a fait effet depuis longtemps.

Les minutes passent et toujours aucun signe d'Enzo. Je suis réellement inquiète. Je n'avais jamais vu cette lueur dans son regard. Il paraissait si blessé que ça me brise le cœur de savoir que c'est en partie de ma faute. Je dois lui parler. En une gorgée, j'avale le fond de son verre. C'est de la vodka. L'alcool me brûle la gorge et m'arrache une grimace.

— Cul sec, Lili ! me lance Brad.

— Oui ! je lui souris. Je commence à trop vous fréquenter…

Je laisse mon ton traîner sur la fin de la phrase et les garçons rient sauf un, Cameron bien évidemment. D'habitude, il est plus détendu, plus joyeux mais, depuis quelques minutes, il paraît énervé, distant. En temps normal, j'aurais probablement tenté de savoir pour quelle raison, mais là, je n'en ai ni l'envie ni le temps – je veux trouver Enzo.

— Tu veux bien surveiller ma pochette ? je demande à Grace.

— Oui, bien sûr !

— Merci.

Je prends mon gilet posé sur le dossier de ma chaise puis me lève. Les pieds du siège grincent et le bruit résonne douloureusement dans mes oreilles.

— Tu vas où, Lili ?

— Je vais prendre un peu l'air, je meurs de chaud ! je dis en me tapant doucement les joues.

— Tu veux que je vienne avec toi ? propose Evan.

— Non, je te remercie mais ça va aller.

Il hoche la tête.

— S'il y a le moindre problème, tu m'appelles.

Je souris puis l'embrasse sur la joue.

— Bien sûr, *papa*.

Evan fait une moue boudeuse et les garçons se mettent à rire. Du coin de l'œil, j'aperçois Cameron, un petit sourire aux lèvres. Bon, il n'est pas si coincé que ça finalement.

Je prends le même chemin qu'avec Amber et rejoins la terrasse. Le vent s'est accentué par rapport à tout à l'heure et je resserre un peu plus mon gilet contre moi. Je balaie la terrasse du regard et finis par apercevoir Enzo, assis dans l'un des fauteuil au fond, son téléphone à la main. J'avance vers lui mais, plongé dans ses pensées, il ne remarque ma présence que lorsque je murmure son prénom en m'asseyant à ses côtés.

— Qu'est-ce qui ne va pas ? je demande doucement.

— Rien, lâche-t-il.

— Si, Enzo, il y a un problème, je le vois bien.

— Je t'assure, ça va.

— C'est à cause de tout à l'heure ?

Il ne répond pas et je comprends immédiatement que c'est de ma faute.

— Je suis désolée, Enzo, vraiment. Ce n'était pas contre toi mais je suis réellement fatiguée. Je me suis levée tôt toute la semaine et, pour les prochains jours, j'ai tout un tas d'examens à préparer, donc niveau sommeil, je ne suis pas au top, je dis avec un petit rire, espérant le faire sourire mais il ne dit rien. Je ne veux pas que tu m'en veuilles pour cela.

— Je ne t'en veux pas, dit-il enfin. Je suis juste un peu déçu.

— Déçu ? je répète.

— Je pensais que tu me faisais confiance.

— Je te fais confiance ! Pourquoi, tu doutes de moi ?

— Toute la soirée, Lili, tu n'as fait que regarder Cameron.

Je baisse la tête, je ne m'en étais pas rendu compte.

— Et lui aussi te regardait, ajoute Enzo.

— Vraiment ? je dis, étonnée.

— Vraiment.

— Mais quel est le rapport avec la confiance alors ?

— Lorsque je t'ai proposé de danser, Cameron a tendu l'oreille.
— Je n'ai pas fait attention.
— Moi si. Et tu aurais enfin su ce qu'il ressentait pour toi et ça m'aurait évité de passer pour un con.
— Tu sais très bien que tu ne l'es pas… je murmure.

Il soupire alors que je reprends :

— De toute manière, Enzo, ce jeu ne rime à rien. Je ne veux pas t'utiliser ou même m'abaisser à tenter de le rendre jaloux alors qu'il n'a probablement rien à faire de moi.
— Tu te trompes mais je respecte ton point de vue. C'est dommage parce que j'avais vraiment de bonnes idées.

Je ris.

— Tant pis !

Pour la première fois depuis que je l'ai rejoint, il me décoche son premier sourire. Le vent se met à souffler plus fort et, par réflexe, je resserre mes bras autour de moi.

— Tu frissonnes.
— Il faut dire, qui a l'idée de sortir sur une terrasse située au vingtième étage, à 2 heures du matin, en octobre qui plus est ?

Il lève les mains en signe d'innocence.

— Laisse-moi te réchauffer.
— Quoi ? je dis tout à coup, gênée.

En guise de réponse, il ouvre ses bras et me fait signe. Son gabarit fait de lui un très bon coupe-vent et je me réfugie contre lui. Sa tête se pose au-dessus de la mienne.

— Tu ne veux pas plutôt revenir à l'intérieur, bien au chaud ? je commence en claquant des dents. Parce que, sinon, je risque de me transformer en glaçon d'ici les prochaines minutes.
— Je suis bien comme ça, se contente-t-il de répondre. Pas toi ?

En toute honnêteté, je me sens bien dans ses bras, vraiment bien même. J'éprouve de la sécurité, du réconfort, de l'affection mais rien de plus. Mon cœur ne bat pas plus vite et j'aurais même tendance à dire que les battements se font plus lents par ce froid qui me glace. Ce n'est en rien comparable à ce que je ressens quand je suis avec Cameron.

— Si, je réponds en toute honnêteté. Mais je commence tout de même à être frigorifiée.

Ses yeux marron montrent à quel point il est fatigué, la semaine a été rude pour lui aussi visiblement.

— Encore deux petites minutes, s'il te plaît.

Son ton m'implore et, malgré le froid, j'acquiesce. C'est le moins que je puisse faire pour lui. Lorsque nous nous écartons l'un de l'autre, une vague de froid me submerge après la perte de cette bouillotte humaine. Je me lève et me mets face à lui.

— Allez, debout !

Il sourit puis se dresse à son tour. Je commence à avancer vers les grandes baies vitrées, plus que jamais pressée de retrouver la touffeur d'une boîte de nuit.

— Lili ?

— Oui ? je dis en me retournant vers lui.

— Non non, rien en fait.

— Tu es sûr ?

— Oui oui.

— Crache le morceau. Enzo, tu es un pire menteur que moi.

Il fait un petit sourire.

— Je me demandais si ça te plairait une randonnée le week-end prochain ?

— C'était tout ? je dis, surprise, et il hoche la tête. Oui, pourquoi pas ! C'est où ?

— Du côté de Malibu.

— Oh génial, j'ai entendu dire que c'était magnifique par là.

Enzo me regarde en souriant.

— Ça l'est.

Je réponds à son sourire mais il ne me regarde plus. Il fixe quelque chose derrière moi. Je m'apprête à me retourner pour voir de quoi il s'agit lorsque sa main s'enroule délicatement autour de mon poignet.

— Enz...

Je suis interrompue par ses lèvres sur les miennes. Qu'est-ce qu'il fait ? Ses lèvres sont douces mais, surprise, je reste immobile et ne réponds pas à son baiser. Sa main qui serrait mon poignet me lâche et je me recule vivement. Je le regarde, ébahie, mais il n'ouvre pas tout de suite les yeux. Le vent se met à nouveau à souffler et s'engouffre entre nous. Qu'est-ce qui y lui est arrivé ? Pourquoi ce baiser ?

— Je suis désolé ! finit-il par lâcher.

— Non... non, ce n'est rien, je bafouille.

— Je ne sais pas ce qui m'a pris.

Moi non plus.

— Je n'aurais vraiment pas dû. On peut oublier ?

Je hoche vivement la tête tandis qu'un silence pesant s'installe entre nous. Comme la situation devient inconfortable, je prends les devants :

— On peut retourner à l'intérieur ? Pour de bon cette fois ?

Il acquiesce. Frigorifiée, je ne traîne pas et avance d'un pas vif jusqu'à la porte.

— Tu sais où je peux trouver des toilettes ?

— Au niveau de l'entrée de la boîte. Tu veux que je t'accompagne ?

— Je te remercie mais je pense me débrouiller, je bredouille avec un sourire pour masquer ma gêne.

— Je pense aussi.

Alors qu'Enzo tourne pour rejoindre nos amis, je continue et descends l'escalier pour gagner l'étage inférieur. C'est ici que se situe l'énorme piste de danse et le bar principal de la boîte. Cet étage est bondé et nombre de personnes sont soit en train de danser, soit assises au bar, à prendre un verre. Je repère les toilettes de l'autre côté de la salle puis me faufile parmi les gens et y accède enfin. Déjà, il n'y a pas de file d'attente, ce qui est une bonne chose ! En ressortant, je me lave les mains puis les mets sous le séchoir. Plusieurs femmes se contentent seulement d'utiliser le miroir et ne viennent ici que pour se remaquiller. Lorsque mes mains sont sèches, je ne traîne pas et sors de cet endroit. Contrairement à tout à l'heure où une musique relativement douce passait, à présent, un morceau bien plus rythmé résonne. J'ai beaucoup plus de mal à m'avancer au travers de cette foule. Je me cogne à certaines personnes, me prends des coups de coude et même de fesses. Je suis quasiment arrivée au niveau de l'escalier lorsque je rentre de plein fouet dans un couple qui danse très serré en se bécotant.

— Oh désolée ! je dis.

— Ce n'est rien, me sourit la jeune femme, une grande brune.

Je souris et, alors que je m'apprête à les contourner, je croise le regard du danseur. Un regard que je reconnaîtrais entre mille. Celui de Cameron.

Chapitre 20

Cameron me fixe mais je ne décèle aucune émotion dans ses yeux, juste de la froideur. En l'espace d'une seconde, j'ai l'impression de devenir livide. Ma vue se brouille et ma gorge se serre.
— Ça va ? me demande la fille.
— Oui… oui, je bafouille. Je dois y aller.

Je sais pertinemment que je ne tiendrai pas une seconde de plus dans cet endroit. Je lance un dernier regard perdu à mon colocataire et, sans attendre, je commence à poursuivre mon chemin. Je n'en peux plus, j'ai l'impression qu'un étau me serre le cœur à chaque pas que je fais.

Au loin, j'aperçois l'épais rideau bordeaux qui marque l'accès aux ascenseurs mais la foule, toujours aussi dense et concentrée au niveau du bar et de la piste, me limite dans ma fuite. J'ai besoin de sortir, de prendre l'air, j'étouffe ici. Derrière moi, j'entends Cameron m'appeler mais je me retiens et ne me retourne pas. Pourquoi me suit-il ? Je veux être seule. Ne peut-il pas comprendre ça ? Je prends de l'avance sur lui. Comme il est beaucoup plus corpulent que moi, il a plus de difficulté à progresser. Alors que je m'apprête à passer le rideau, je prie intérieurement pour qu'un ascenseur soit disponible ou, sinon, Cameron me rattrapera sans peine et je devrai faire face à la réalité. Je les revois encore, collés l'un à l'autre… Je suis à deux doigts de courir lorsque je m'aperçois qu'un groupe sort de l'ascenseur, ce qui me laisse l'opportunité de m'y engouffrer aussitôt. Je martèle avec force le bouton pour que les portes se referment le plus vite possible. Elles sont sur le point d'être complètement closes lorsque Cameron apparaît et crie mon prénom en courant vers l'ascenseur. Mais c'est trop tard. Les portes désormais fermées, je presse le bouton indiquant le rez-de-chaussée et m'apprête à quitter définitivement cet endroit.

Les battements de mon cœur s'amplifient malgré le refuge de l'ascenseur. Alors que je suis quasiment arrivée au rez-de-chaussée, la cabine s'immobilise quelques étages avant. Et s'il s'agissait de Cameron ? Je me rassure en me disant que c'est impossible car les deux autres ascenseurs sont hors service et descendre près de vingt étages par l'escalier de secours prendrait trop de temps. Toutefois, durant ces quelques secondes, un doute s'installe. Il est rapidement balayé lorsque les portes s'ouvrent sur un couple d'une cinquantaine d'années avec une valise. Je leur souris poliment puis rappuie sur le bouton.

Après ce qui me semble une éternité, l'ascenseur s'arrête à nouveau et, heureusement pour moi, il s'agit cette fois-ci du rez-de-chaussée. Le couple sort avant moi en me souhaitant une bonne fin de soirée et, malgré mon humeur morose, je leur réponds gentiment.

Beaucoup de lumières se sont éteintes depuis notre arrivée et je redoute un instant de ne pas retrouver mon chemin. Par chance, je repère sur le mur une flèche indiquant la sortie sur le boulevard. Après plusieurs pas, je rejoins l'impressionnant hall principal, celui-là même qui m'avait éblouie quelques heures auparavant. Je continue d'avancer jusqu'à la sortie. Derrière l'énorme porte en verre, je m'aperçois qu'il ne reste plus qu'un seul vigile sur les deux qui étaient présents, et plus personne n'attend sur le trottoir pour rentrer.

Dehors, je suis happée par une rafale de vent. Un instant plus tard, je me rends soudainement compte que je n'ai aucune idée d'où je peux bien aller. J'ai quitté la boîte si précipitamment que je n'ai rien avec moi : ni argent ni téléphone. Dépitée, je soupire avant de m'asseoir sur le trottoir. Je ne suis qu'une pauvre idiote.

— Vous allez bien ? j'entends derrière moi.

Je me retourne et fais face au vigile.

— Oui, je suis juste un peu fatiguée.

— Vous êtes sûre ? Parce que vous pleurez là.

Je pleure ? Je n'avais même pas remarqué que mes yeux s'étaient humidifiés. Je suis tellement pathétique. Pourquoi voir Cameron agir ainsi me fait si mal ? Pourquoi je ressens toutes ces émotions alors qu'il n'est rien pour moi et, surtout, que je ne suis rien pour lui ? Du revers de la main, j'essuie les quelques larmes qui menacent de couler le long de mes joues.

— Je suis désolée, je marmonne. C'est juste l'accumulation de plusieurs choses.

Il hoche la tête mais ne me répond pas. Le pauvre, je dois faire peur à voir et le mettre dans cette situation inconfortable est gonflé de ma part.

— Vous êtes au Mayan ?

J'acquiesce.

— Vous devriez peut-être y retourner dans ce cas, la nuit est fraîche et les rues de Los Angeles ne sont pas les plus sûres la nuit.

— Je vais remonter mais, avant ça, je veux prendre un peu l'air.

— Pas de problème, je reste là de toute manière, si vous avez besoin de quoi que ce soit.

— Merci.

Il hoche la tête de manière entendue et le silence s'installe entre nous. Nous sommes le long d'un boulevard et, de temps à autre, une voiture passe, roulant bien au-delà des limites de la vitesse autorisée. Je suis surprise de voir qu'il y a à peine quelques heures, la ville était en pleine effervescence et que, maintenant, tout est calme, comme endormi.

Après plusieurs minutes, je commence à avoir vraiment très froid et décide de remonter. Même s'il est douloureux de l'admettre, je vais devoir affronter Cameron pour le reste de la soirée. Je me relève doucement. Mes jambes sont tout engourdies, si bien que j'ai l'impression d'avoir des milliers de fourmis qui les arpentent.

— Vous retournez là-haut ?
— Oui, il commence à faire un peu trop froid pour moi, je dis avec un petit sourire.
— Je comprends, bonne fin de soirée alors.
— Merci ! Et bon courage à vous pour le reste de la nuit.
— J'ai l'habitude, répond l'homme en m'ouvrant la porte.

Je souris afin de le remercier et, lorsque je franchis le seuil, une silhouette se dirige droit vers moi. La pénombre du hall m'empêche de voir de qui il s'agit mais plus elle se rapproche et plus tout devient clair. Quelques pas de plus et je distingue sans difficulté que Cameron est en face de moi.

— Lili…

Sa voix est traînante et résonne tel un écho dans le hall désert.

— Quoi ?
— Je suis venu te chercher.

Mon cœur manque un battement mais, inconsciemment, je fais quelques pas en arrière et me retrouve une nouvelle fois à l'extérieur, au beau milieu du trottoir. Je m'arrête et remarque que Cameron sort à son tour de l'immeuble.

— Arrête, Cameron, je dis faiblement.

Il ne semble pas de cet avis et continue d'avancer vers moi. Je n'ai vraiment pas la force de l'affronter, pas maintenant en tout cas. J'ai besoin d'y voir plus clair, de faire le vide ou je risquerai d'agir de façon stupide.

— Cameron, je dis plus fort, espérant le dissuader d'approcher, mais dans la seconde qui suit, il se retrouve quasiment collé à moi.

Il s'apprête à parler mais une voix s'élève derrière nous :

— Il y a un problème ?

Je n'ai pas besoin de tourner la tête pour savoir qu'il s'agit du vigile.

— Non, aucun ! je m'empresse de répondre.
— T'es qui, toi ? lâche Cameron en se retournant.

Mince.

— Il y a un problème, mademoiselle ? répète le vigile sans faire attention à Cameron une seule seconde.

Même si je dois avouer que j'aimerais être loin de Cameron, je ne peux pas laisser la situation dégénérer.

— Non non, c'est mon colocataire.

L'homme acquiesce et, d'un signe de tête, il me signale qu'au moindre problème il est juste devant l'entrée. Je le remercie par un petit sourire. Cameron le regarde s'éloigner d'un air mauvais et je lève les yeux au ciel.

— Je peux te parler ?

— T'as deux minutes.

Il hoche la tête, visiblement satisfait.

— On peut s'éloigner un peu ?

Je comprends qu'il souhaite surtout s'éloigner du vigile. J'accepte pour plusieurs raisons. La première étant que je ne souhaite pas qu'un inconnu, bien que semblant gentil, entende notre conversation qui ne s'annonce pas des plus amicales, et la seconde raison est que j'ai besoin de marcher, tout simplement.

Nous marchons jusqu'au prochain coin de rue. Il n'y a pas un chat mais je sens le regard de l'agent de sécurité posé sur moi.

— Pourquoi es-tu descendue ? finit-il par lâcher.

— Sérieusement, Cameron ! Tu veux vraiment dépenser tes deux minutes avec des questions pareilles ?

Il hoche la tête.

— Tu fais donc toujours ça ? reprend-il en levant les sourcils comme peut le faire Evan.

— Ça quoi ?

— Agir avec impulsivité ?

Son ton est plein de reproches.

— Tu te moques de moi ? riposté-je.

— Non. Je cherche juste à comprendre.

— À comprendre quoi ?

— J'ai rencontré beaucoup de filles, j'ai été élevé avec une fille et toi, tu n'agis pas comme les autres. Pourquoi à la moindre difficulté tu t'enfuies ?

— Parce que tu me pousses en permanence à me comporter ainsi, Cameron ! Tu ne te rends pas compte à quel point tu peux me blesser, j'avoue.

— C'est de ma faute maintenant ?

— C'est toujours de ta faute ! je dis sans réfléchir.

— Vraiment, Liliana, tu penses valoir plus que moi ? Tu veux que je te rappelle quelque chose peut-être ?

Je n'aime pas la direction que prend cette conversation. Je voulais être seule. Je veux toujours être seule, mais mon côté investigation est titillé par sa soudaine envie de me parler.

— Me rappeler quoi ?

Il se met à rire nerveusement en se passant une main dans les cheveux.

— Arrête de faire l'innocente, Liliana, ça ne prend plus.

Pardon ?

— Ce n'est pas moi qui embrasse n'importe qui dans une soirée ! je réponds, furieuse.

— T'es sûre de toi ?

— Quoi ? Bien sûr ! Tu me prends pour qui, Cameron ?

Son rire redouble d'intensité et il se passe désormais les mains sur son visage, la tête penchée en arrière. Je n'aime pas ce qu'il insinue. J'en ai plus qu'assez qu'on me traite de pute ou de prude. Je suis qui je suis.

— Tu ne vois vraiment pas ?

Je secoue la tête.

— Merde, Cameron. Non, je ne vois pas de quoi tu parles !

Il ne répond pas et continue de me regarder, l'air supérieur. Et soudain, je comprends. Tout se dessine peu à peu dans ma tête. La terrasse, Enzo, son comportement, son regard, le baiser. Cameron était là, il a tout vu. Enzo a tout manigancéé, il savait très bien qu'il était derrière nous. Voilà pourquoi il m'a empêchée de me retourner. Je ne pensais absolument pas que Cameron serait là, sur cette terrasse. Pourquoi était-il là d'ailleurs ? Je ne sais plus où me mettre. Je suis à la fois surprise, déçue et en colère.

— C'est bon, tu te souviens ?

Son ton est à la fois moqueur et méprisant. Sans savoir pourquoi, je me sens coupable.

— Il m'a prise au dépourvu.

— T'essaies de convaincre qui, là ?

— Je ne voulais pas l'embrasser. Je te jure que c'est un pur malentendu. On devait rentrer mais il m'a retenue et, dans la seconde qui a suivie, il m'a embrassée. Je n'ai pas répondu à son baiser.

— Arrête de nier, je vous ai vus, Lili ! crie-t-il.

— Tu as juste vu ce que tu as voulu voir ou ce qu'Enzo voulait que tu voies ! Tu as mal interprété.

— Encore une fois, c'est de ma faute ! C'est pas moi qui l'embrassais, putain.

— Regarde-moi droit dans les yeux quand je te parle et incruste-toi ça dans le crâne. Je n'ai pas répondu à son baiser et je ne m'y attendais pas. Pourquoi tu ne me crois pas ?

Tel un flash, la raison pour laquelle je suis descendue me revient en tête.

— Parce que tu faisais quoi, toi ? Tu n'étais pas en train d'embrasser cette fille peut-être ?

— Ne rejette pas la faute sur moi, Liliana.

— C'est ce que tu fais depuis le début avec moi !

— Tu te crois mieux que moi, Lili, mais tu es cent fois pire. Je pensais que tu étais différente mais tout ce que tu cherches depuis le début c'est à te faire baiser. C'est qui le prochain ? Raf ? Brad ? James ? Remarque, tu n'as qu'à te glisser dans les draps d'Evan tant que tu y es !

— JE NE SUIS PAS UNE PUTE !

Aussitôt, ma main droite s'écrase sur sa joue dans un bruit sourd. Sous l'effet du choc, je ferme les yeux. Ma paume me lance, me brûle et je n'ose pas imaginer ce que peut ressentir Cameron. La douleur me semble à la fois physique mais aussi morale. C'est la première fois de toute ma vie que je frappe quelqu'un. Je n'ai jamais pris de gifle et j'étais loin de m'imaginer en mettre une à qui que ce soit un jour. Ses paroles m'ont atteinte en plein cœur. Je pensais qu'après ça, je me sentirais mieux mais, en réalité, je me sens dix fois moins bien qu'il y a une minute. Je me sens même terriblement coupable.

Le silence règne entre nous. Bien qu'il m'ait blessée, je me rends peu à peu compte qu'il n'a pas totalement tort. Je ne suis peut-être pas si innocente que je peux le prétendre, que je veux l'être. Si Enzo m'a embrassée, c'est peut-être parce que je lui ai envoyé des signaux encourageants.

— Cam… je murmure.

Ses yeux restent clos et, doucement, j'approche ma main de l'endroit où cette dernière a claqué quelques instants plus tôt.

— Je suis désolée.

Il tressaille lorsque mes doigts effleurent sa peau rouge et, soudain, il ouvre les yeux. Ma respiration se bloque. Il semble aussi surpris que moi par ce geste. Je ne sais plus quoi penser de tout ça. Je n'en peux plus. Ma poitrine se comprime tellement que j'ai l'impression qu'elle va imploser. Sans attendre une seconde de plus, je me retourne et pars. Je n'ai aucun droit sur lui. Je ne peux pas le frapper, m'emporter contre lui comme je viens de le faire et m'excuser simplement. Il avait raison. Je ne fais que réagir avec impulsivité et ce que je fais en ce moment même, partir, m'échapper, en est la preuve. Grace m'a dit qu'on changeait tous mais je n'aime pas la Lili que je suis en train de devenir.

— LILI !

Des larmes me brouillent désormais la vue puis coulent le long de mes joues. J'étouffe mais, comme prise dans un engrenage, je n'arrive pas à m'arrêter. Je n'ai pas le temps de faire plus de dix pas qu'il me rattrape par le bras.

— Liliana, regarde-moi, reprend-il après quelques secondes. Arrête de pleurer, je n'en vaux pas la peine.

Cameron me tourne vers lui. Je voudrais lutter et partir mais je n'en ai pas la force. Ses mains se posent sur mes joues et délicatement, il essuie mes larmes. Je revis la soirée de lundi, lorsque je pleurais et, qu'il séchait mes larmes. Toute la tension qui s'était accumulée entre nous est redescendue au plus bas.

— Je n'aurais pas dû…

Je ne parviens pas à finir ma phrase. Mon regard se retrouve rivé au sol, je n'ose pas le regarder.

— C'est rien, j'en ai pris d'autres.

Et comme toujours lorsque je commence, mes larmes redoublent d'intensité. Le stress, la fatigue, les sentiments, tout ce qui s'était accumulé finit par s'échapper avec ces larmes. Je me libère d'un poids. La colère et la rancœur que j'avais envers lui s'écrasent au sol avec mes larmes.

— Maintenant calme-toi, s'il te plaît. Inspire. Expire doucement.

Sa voix me guide et je tente de calmer ma respiration et, peu à peu, les larmes se tarissent. J'ose enfin regarder Cameron. Une voiture s'arrête à quelques mètres de nous et éclaire son visage : la marque de ma main est littéralement imprimée sur sa peau.

— Oh mon Dieu, ta joue… Je suis vraiment désolée, Cameron.

— Je n'aime pas te voir comme ça, murmure-t-il. Je suis désolé.

— Tu n'as pas à l'être, je concède en essuyant mes yeux. C'est de ma faute. Tout est toujours de ma faute. Je fais du mal aux gens qui m'entourent.

Il ne dit rien et me regarde tendrement. Ses mains se posent à nouveau sur mon visage.

— *Sei bella così quando sorridi.*

Je ne l'avais quasiment jamais entendu parler italien. Quelque fois, certains mots lui échappent mais jamais une phrase entière. Bien que je n'aie aucune idée de ce que cela signifie, je trouve ces paroles poétiques.

— Qu'est-ce-que cela signifie ? je demande.

— Que je suis en train de tomber.

En un instant, je cesse de respirer. Un tourbillon de sensations m'envahissent lorsque je réalise ce que cela veut dire. Un tas de questions se bousculent dans ma tête. Je lève les yeux et le regarde. L'éclat de lumière des lampadaires se reflète sur son visage, c'est hypnotisant. Mon regard reste accroché au sien et pour rien au monde je ne tournerais la tête. Les battements de mon cœur se font de plus en plus rapides. Une soudaine décharge d'adrénaline me parcourt les veines et déclenche en moi une réaction que je ne m'explique pas lorsque je me rapproche un peu plus de lui.

— Qu'est-ce que tu me fais ?

Pour être honnête, je n'en ai absolument aucune idée. Sa voix traîne sur les derniers mots et je fixe ses lèvres. Je n'en peux plus, je n'arrive pas à me retenir. Je me hisse sur la pointe des pieds pour être à sa hauteur tandis qu'il baisse la tête. Lorsque je pose mes lèvres sur les siennes, je sais pertinemment qu'il n'y aura aucun retour en arrière, pas cette fois. Mes mains se placent naturellement derrière sa nuque et je ne cherche qu'une chose : l'attirer au plus près de moi. Durant un instant, je doute fortement. Mais quelques secondes plus tard, alors que j'entrouvre les lèvres, sa langue vient délicatement à l'encontre de la mienne. Au beau milieu de cette avenue déserte, la passion s'éveille. Je suis complètement perdue face à tout ce que je peux ressentir dans ses bras. Mais quand je réalise quelle erreur monumentale je viens de commettre, je m'écarte avec une douloureuse impression de nausée. Qu'est-ce que je viens de faire ?

La rue semble toujours aussi déserte, aucun bruit ne couvre ma respiration haletante. Les secondes passent mais je laisse mes yeux fermés. Je ne veux pas voir la réalité me rattraper et me frapper de plein fouet. Le contact de sa peau sous mes doigts est douloureusement agréable et, malgré ma réticence à m'éloigner, je finis par rompre ce lien. La première chose que je vois en ouvrant mes paupières sont ses yeux aussi bleus que l'océan.

— Désolée, je balbutie en lissant les plis de ma robe. Je… je n'ai pas réfléchi et…

Je n'ai pas le temps de finir ma phrase que je suis interrompue par sa bouche qui s'écrase avec force et passion sur la mienne. Passé l'effet de surprise, je savoure le moment. L'une de ses mains se place au creux de mes reins et me plaque contre lui. Nous sommes si proches que j'ai l'impression de sentir son cœur battre contre ma peau. Ses doigts viennent se perdre sur ma peau, dans mes cheveux, et ses lèvres se font de plus en plus entreprenantes. Je suis enivrée et n'hésite plus, me laissant complètement aller dans ce baiser. Je lâche un gémissement qu'il étouffe en m'embrassant toujours plus passionnément. Nos lèvres se trouvent, sa langue cherche la mienne et nous ne nous arrêtons plus. Jamais je n'ai ressenti de sensations aussi fortes. Je ne sais pas où tout cela va nous mener mais pour rien au monde je ne voudrais être ailleurs.

Un fort raclement de gorge nous sort soudain de notre bulle. En un instant, je comprends que le vigile me signale ainsi une présence, je m'écarte de Cameron, toute haletante, les mains posées sur sa poitrine. Son cœur semble tout aussi agité que le mien. Nos respirations sont lourdes. Quelques images me reviennent en tête et je souris en repensant à ce qui vient de se passer. Un petit rire s'échappe des lèvres de Cameron tandis qu'il remonte les manches de sa chemise froissée. Comme moi, il semble avoir du mal à se remettre de ses émotions.

Des voix résonnent derrière nous et, à contrecœur, je m'éloigne de lui. Lorsque je vois qui vient, je suis heureuse de m'être reculée et surtout que le vigile nous ait avertis. Tous nos amis viennent vers nous. Je ne sais plus où me mettre, mes lèvres doivent être gonflées et mes cheveux tout emmêlés.

— J'avais raison ! crie Evan.

— Oui, bon c'est vrai, râle Rafael.

Ce dernier sort un billet de vingt dollars de sa poche avant de le glisser dans la main ouverte d'Evan. Tous les deux ont tendance à parier pour à peu près tout et rien.

— Raison ? je demande, anxieuse.

Qu'ont-ils parié ? Et s'ils nous avaient vus ?

— Oui, répond Evan. J'affirmais que vous seriez là et Raf disait que non, que vous étiez toujours là-haut.

— D'ailleurs, intervient James. Pourquoi vous êtes là ?

— Euh... je...

Je n'arrive pas à mettre un mot devant l'autre et me mets à rougir.

— J'ai croisé Lili en remontant et elle ne se sentait pas bien, alors je lui ai proposé de descendre prendre l'air quelques minutes.

Du bout des lèvres, j'articule un « merci » auquel il me répond par un petit sourire.

— Et ça va mieux ? dit Grace en s'approchant.

— Oui oui ! Un peu d'air frais m'a fait du bien.

— D'accord. Tiens, ta pochette.

Je la remercie en souriant.

— Vous partez ? demande Cameron.

— On se fait un after du côté de la plage, ça vous dit ?

— Je préférerais rentrer, je déclare. Mais si vous voulez tous y aller, je viens aussi.

— Non, c'est bon, je te ramène, intervient Cameron.
— Tu veux pas venir ? s'étonne Brad.
— Non, je suis claqué et je dois rejoindre Elena demain midi.
Brad hoche la tête.
— Bon, on y va ? demande Sam. Laissons les petits vieux aller dormir.

Je lui tire la langue tandis que les autres lui répondent positivement. Comme nous restons sur le trottoir à discuter, je me retourne et fais un petit signe de la main au vigile qui répond par un sourire. Il a vraiment été gentil et c'est la moindre des choses que de montrer ainsi ma reconnaissance.

— Ah tiens, dit Rafael en s'adressant à Cameron. On a croisé Sarah en partant. Elle te cherchait.
— Qu'est-ce qu'elle voulait ?
— Elle nous a demandé de te filer son numéro, intervient James, lassé.

Interloquée, je relève la tête et croise le regard de Cameron.
— C'est pas utile… commence-t-il.

Il ne veut pas le numéro de cette fille. Je ressens aussitôt un énorme soulagement. Mais la suite de sa phrase me laisse perplexe, sans voix.
— … je l'avais déjà.

Cameron a répondu, sourire aux lèvres, et moi, je reste plantée sur le trottoir alors que tout le monde continue d'avancer.
— Tu fais quoi, Lili ? me demande Brad en se retournant.
— Oh… euh… je cherchais mon téléphone ! Ah le voilà, je dis en le brandissant après l'avoir sorti de mon sac.

Je tente de cacher du mieux possible ma déception.
— Tu es sûre que ça va ? reprend Brad sur le même ton fraternel qu'il emploie avec James.
— Oui ! Pourquoi cette question ?
— Je sais pas, je trouve que tu agis bizarrement.

— Ça doit être la fatigue.

La fatigue, toujours cette excuse, je pense en me remémorant les paroles d'Enzo.

— Bon, sinon, comment va Anya, ta petite amie ? je demande en souriant pour changer de sujet.

À l'évocation de ce prénom, un grand sourire apparaît sur les lèvres de Brad et, durant un instant, je l'envie. Moi aussi, j'aimerais que la seule évocation de mon prénom suscite pareil sourire. Ils ne se voient pas beaucoup puisque Brad étudie à UCLA et elle à San Francisco, mais une fois par mois, l'un d'eux rejoint l'autre pour un long week-end en amoureux. Brad ne s'arrête plus et m'explique à quel point il est fier d'elle parce qu'elle a déposé sa candidature pour partir un an en Chine finir ses études.

Malgré mes efforts pour me concentrer sur les paroles de Brad, je ne peux m'empêcher de tendre l'oreille et d'écouter la conversation entre Rafael, James et Cameron. Ils parlent encore de cette Sarah et je devine sans mal qu'il s'agit de la fille qui embrassait Cameron à pleine bouche lorsque je les ai percutés. Je pourrais dire ce que je veux, je sais maintenant que je tiens à Cameron beaucoup plus que je ne le devrais. Cette révélation me chamboule mais je ne veux pas y penser ce soir.

Alors que je tente de faire abstraction des garçons, mon téléphone, resté dans ma main, se met à vibrer. Mes yeux s'arrondissent lorsque je me rends compte que le message provient de Cameron. Je relève la tête vers lui. Il sourit en me regardant. Intriguée, j'ouvre le message.

Arrête de faire cette tête-là.

Je réponds aussitôt :

Quelle tête ?

De Cameron : *La tête qu'on fait quand on voit Noah mourir à la fin de la saison cinq.*

De moi : *Belle comparaison. Non, non, c'est juste la tête que je fais lorsque je te vois.*

Je souris en envoyant le message, fière de ma réplique. Une seconde plus tard, Cameron baisse le regard sur l'écran de son téléphone et je le vois lire mon dernier message. Il rit en relevant les yeux et ce rire me retourne littéralement.

— Qu'est-ce qu'il y a, mec ? demande James.

— Rien ! répond Cam, toujours avec un léger rire.

— C'est cette Sarah ? Elle te promet certaines choses coquines ?

Cette allusion efface instantanément mon sourire.

— Rien à voir, lâche Cameron sèchement.

— Je plaisantais, ça va. Qu'est-ce que tu peux être relou parfois, Cam ! Si tu étais pas mon pote, je le prendrais mal.

Cameron ne répond pas et tape rapidement sur son téléphone. Peu de temps après, mon portable se remet à vibrer.

Je n'ai plus son numéro et ce, depuis longtemps.

Pour la énième fois de la soirée, mon cœur manque un battement et, même si je ne devrais pas, j'ai terriblement envie de bondir de joie mais je me retiens pour tenter de garder un air sérieux et surtout crédible.

De moi : *Tu n'as pas à te justifier Cameron.*

Sa réponse ne se fait pas attendre.

De Cameron : *Si.*

De moi : *Pourquoi ?*

De Cameron : *Viens me voir.*

De moi : *Quoi ? Non !*

De Cameron : *S'il te plaît Lili.*

De moi : *Tout le monde est là Cam, je ne peux pas venir.*

De Cameron : *Quand on sera rentré à l'appartement alors.*

De moi : *D'accord.*

Tout à coup, je deviens anxieuse. Que va-t-il se passer lorsque nous serons rentrés, que nous serons seuls tous les deux ? Que va-t-il me dire ? Un tas de questions prennent forme dans ma tête et je me rends rapidement compte que, sous cette anxiété, se cache une certaine joie à l'idée de me retrouver en tête à tête avec lui. Comment cette soirée va-t-elle se terminer ? Je suis la première à vouloir le savoir.

Chapitre 21

Les minutes passent. Nous sommes toujours sur le trottoir à une centaine de mètres du parking. Les garçons discutent entre eux alors que, de mon côté, je suis légèrement à l'écart avec Grace, Sam et Amber. Cette dernière n'a pas lâché son téléphone depuis qu'elle est dehors et je me demande bien ce qu'elle est en train de faire. Elle ne prend pas part à notre conversation et se contente de répondre de temps à autre des « hmm », « oui » et autres réponses brèves. En silence, je l'observe. Parfois, elle relève la tête. Ce qui m'intrigue le plus, c'est son regard. Il devient tout à coup inquiétant, comme si elle cherchait quelque chose, qu'elle sentait qu'elle était observée, suivie. Elle jette des coups d'œil derrière elle, or il n'y a personne. Je ne sais pas exactement depuis combien de temps nous sommes là mais elle s'est retournée au moins une dizaine de fois. Je dois vraiment savoir ce qui se passe.

— Qu'est-ce que tu fais ? je commence en me penchant vers elle.

Elle ne me répond pas, bien trop absorbée par l'écran de son téléphone. Je passe derrière Grace et viens me placer à côté d'elle.

— Amber !

— Tu me parlais ? s'étonne-t-elle.

— Non non, je parlais à la coccinelle en bikini sur ton épaule… Bien sûr que je te parlais !

— Il y a un problème ?

Elle verrouille son téléphone et l'enfonce dans son sac. Soudain, elle a l'air beaucoup plus intéressée par ce que je raconte. Mon inquiétude prend encore un peu plus de sens.

— Non, mais ça fait dix minutes que tu n'as pas lâché ton téléphone et tu as l'air anxieuse…

— Tout va bien !

Elle sourit mais sa voix la trahit. Quelque chose cloche. J'en ai eu la confirmation lorsque nous avons parlé sur la terrasse mais désormais, il n'y a plus aucun doute. Lorsqu'elle ment, sa voix monte dans les aigus, et là, c'est le cas.

— Amber…

— Laisse tomber pour ce soir, Lili, je ne dirai rien.

— Qu'est-ce qui se passe ?

— Rien de grave, vraiment. Tu étais d'accord pour m'en parler que demain.

— Techniquement, on est déjà demain.

— Demain, après avoir dormi, si tu préfères ! soupire-t-elle, presque amusée.

J'abandonne pour ce soir. Je sais qu'Amber n'est pas décidée à parler et qu'elle ne dira absolument rien même sous la torture. Je suis certaine qu'il s'agit de Jace, elle me l'a plus ou moins avoué sur la terrasse, son regard en disait long. Mais demain, j'en aurai le cœur net.

Les garçons ont l'air bien partis et continuent de parler pendant encore de longues minutes. Je ne veux surtout pas faire ma rabat-joie alors j'attends qu'ils se décident à rejoindre le parking. Assommée de fatigue, je bâille à m'en décrocher la mâchoire. Je jette un coup d'œil à ma montre et m'aperçois qu'il est près de 4 heures du matin. Le vent se remet à souffler et je n'ai plus qu'une envie, aller dormir. Je vais probablement avoir besoin des prochaines quarante-huit heures du week-end pour me remettre de cette soirée.

Mon téléphone qui se met à vibrer au fond de mon sac me fait sursauter. J'hésite un instant à regarder de quoi il s'agit mais la curiosité prend le dessus sur la fatigue et je l'attrape. Je n'ai pas un mais deux messages. Le premier provient de mon père, je lui réponds rapidement que je l'appellerai demain, et le second est de Cameron. Surprise, je le lis :

Tes lèvres sont encore gonflées.

Après avoir lu ces mots, je me mets subitement à rougir. Du bout des doigts, j'effleure ma bouche. Comment ces quelques mots peuvent-ils avoir autant d'effets sur moi ? Je déglutis. Je suis plus qu'heureuse qu'il fasse nuit noire et qu'ainsi la nouvelle teinte de mes joues ne se voie pas.

De moi : *Arrête Cam, tu me fais rougir.*

De Cameron : *Je sais.*

Il prend un malin plaisir à me torturer.

Je commence à rédiger ma réponse lorsqu'une nouvelle rafale de vent s'engouffre dans la rue, me faisant frissonner de la tête aux pieds. Mon gilet est trop fin.

— Tu as froid ? j'entends.

Je relève la tête et aperçois Enzo à quelques centimètres de moi.

— Oui ! J'ai l'impression d'être un esquimau.

Il rit.

— C'est pas drôle, je m'indigne. Je pensais qu'il faisait toujours chaud ici. Il faisait bien meilleur à Miami !

— Je ne me moque pas, tu me fais rire.

— Pourquoi ?

— On dirait une petite fille.

Je souris en entendant sa remarque tout simplement parce que l'on me le dit souvent. D'après mon beau-père, je suis encore plus gamine que Charlie qui n'a que onze ans. Mais après tout, on aura tout le temps de vieillir plus tard, non ?

— Tu veux ma veste ? me propose-t-il.

— Non, je te remercie, mais garde-la, je décline gentiment.

— J'insiste.
— Enzo…
— Ça me fait plaisir.
— Vraiment, ça ira. On ne va pas tarder je pense.
— Lili, prends-la.
— Bon, dans ce cas, merci.

Il me sourit et me la tend. Avant même que je puisse le voir venir, il dépose un baiser sur ma joue.

— C'était pour quoi, ça ? je demande doucement.
— Pour rien, j'en avais juste envie.
— D'accord… Ça veut donc dire que si l'envie m'en prenait, je pourrais te mettre un coup de pied dans l'entrejambe ?
— Lili, non ! s'exclame-t-il.
— Ça va, je plaisante !
— Je sais bien, rétorque Enzo avec un petit sourire. Mais je préfère être sûr.

J'enfile sa veste dans laquelle je flotte, littéralement, mais c'est très agréable de l'avoir sur le dos. J'ai toujours aimé porter les vêtements d'hommes tout simplement parce qu'ils sont beaucoup plus confortables. J'ai passé mon enfance et mon adolescence à mettre les affaires de mon père, des tee-shirts ou même des sweats.

— C'est mieux, non ?
— Oui, je le reconnais. Merci Enzo !
— C'est normal.

Il s'apprête à ajouter quelque chose lorsqu'un raclement de gorge se fait entendre. Tout comme moi, Enzo tourne la tête et c'est sans grande surprise que je me rends compte qu'il s'agit de Cameron. Il me fusille du regard. Je ne comprends rien. Qu'est-ce qui lui arrive tout à coup ? Il y a trois minutes, il me charriait par SMS, s'amusait à me faire rougir et là, s'il le pouvait, je serais déjà six pieds sous terre ou dans une caisse en bois à destination de l'Antarctique.

Enzo me lance un regard interloqué – lui non plus ne comprend pas ce changement soudain de comportement. Je déverrouille mon téléphone et lui envoie rapidement un message.

On doit parler Cameron.

Il lit le message quelques secondes après mon envoi, sans y répondre. Je m'apprête à insister, mais il prend les devants et se met à dire tout fort :

— On y va ?

Tout le monde acquiesce et nous reprenons notre chemin vers le parking.

Bon nombre de voitures sont déjà parties. Comme James, Rafael, Enzo et Brad sont arrivés avant nous, en début de soirée, ils ont pu se garer plus bas que nous qui sommes au quatrième niveau.

— À plus, Lili puce, me lance Rafael une fois que nous sommes arrivés devant la voiture de Brad.

Je lui souris. J'enlève alors la veste d'Enzo et la lui rends.

— Encore merci.

Il me serre dans ses bras.

— Tu es sûre que ça va aller ? chuchote Enzo.

— Avec Cameron ?

Il hoche la tête.

— Oui, ne t'en fais pas.

— On peut te déposer sinon.

— Arrête de t'en faire, Enzo !

Je l'embrasse sur la joue juste avant qu'il monte dans le véhicule. Brad démarre et nous klaxonne. À travers la vitre, Enzo me fait un petit signe de la main auquel je réponds. À côté de moi, Cameron se met à soupirer.

— Il y a un problème ? je demande en me tournant vers lui.

— Non, aucun.

Si, il y en a un. Voyant qu'Evan, Grace, Amber et Sam sont près de nous, je n'insiste pas, et nous repartons vers le quatrième niveau où nous attendent les deux voitures.

— Passez une bonne fin de soirée ! je dis lorsque nous les atteignons.

— Vous aussi surtout… répond Amber, laissant planer un sous-entendu.

Je la regarde en haussant les sourcils et, heureusement, personne ne semble avoir entendu.

— Qu'est-ce que tu veux dire par là ? je dis tout bas.

— Qu'il n'y a pas que moi qui devrai des explications demain.

Je reste bouche bée. Comment a-t-elle deviné ? Devant mon air surpris, Amber lâche un petit rire avant de grimper dans la voiture de Sam. Je me reprends rapidement et serre Sam, Grace puis Evan dans mes bras avant de monter à mon tour dans le 4 × 4 de Cameron. Celui-ci n'est pas encore au volant et discute maintenant avec Evan.

— On se voit dans l'après-midi ? dit ce dernier.

— Oui, je rejoins Elena pour le déjeuner.

— Vous mangez chez tes parents ?

— Non, ils sont partis au Texas pour le week-end. Elena voulait aller au restaurant de sushis, celui qui a ouvert sur la promenade à Malibu.

— Je vois. Tu lui passeras le bonjour, ça fait longtemps qu'on ne l'a pas vue.

— Ouais, un mois environ.

— Tu lui diras de passer à l'appartement le week-end prochain.

— T'es con ou quoi ? Toi et moi, on n'est pas là, le week-end prochain.

Ils ne seront pas là ? Je l'ignorais. Je tends l'oreille, espérant en savoir plus.

— Ah oui, j'avais oublié.

— Ça ne s'oublie pas, ça, Evan.

— Après quelques verres et à 4 heures du matin, si. Enfin bref, passe un bon moment avec micro-Miller et embrasse-la de ma part.

Cameron acquiesce, et quelques secondes plus tard, il se profile à côté de moi – nous sommes seuls et je vais pouvoir lui demander des explications. La voiture de Sam est la première à partir. Lorsqu'il démarre, la radio se met en route sur une musique d'Avicii. J'attends la fin de la chanson et, avec une légère angoisse, je me lance :

— Je ne comprends pas, Cam.

— Il n'y a rien à comprendre, dit-il froidement.

Génial, il est énervé. Ce garçon est plus que lunatique. J'ai tellement de mal à le cerner. Un instant, il est doux, tendre et même adorable et, à peine dix secondes plus tard, il devient froid, distant et complètement détaché. Il y a un tas de choses qui me dépassent, que je ne comprends pas chez lui et cette attitude en fait partie.

— Si, il y a un problème. Je le vois bien.

Il ne répond pas.

— Cam… j'insiste.

— Qu'est-ce que tu veux que je te dise ? s'énerve-t-il.

— Peut-être pourquoi tu es froid tout à coup !

POINT DE VUE DE CAMERON

Qu'est-ce que je pourrais bien répondre ? Que, comme un con, j'allais voir où elle était et que, quand je suis arrivé sur la terrasse, la voir avec Enzo m'a rendu dingue ? Certainement pas. Je me comporte peut-être comme un con lunatique mais j'ai suffisamment de fierté pour ne rien lui avouer et, s'il le faut, tout garder pour moi.

— J'en ai marre de ton comportement, Cameron !

— Tu te prends pour qui au juste ? Ma mère ?

Elle est vexée. Du coin de l'œil, je l'aperçois se triturer les doigts.

— Non.

Sa voix redevient plus douce :

— J'ai fait quelque chose de mal ? demande-t-elle.

Est-ce que je peux la blâmer d'être l'objet de la convoitise d'Enzo ? Absolument pas. Lili ne se rend pas compte à quel point elle me fait perdre tout contrôle. Je me sens tellement con en y repensant. Enzo lui a juste donné sa veste, il ne lui a pas roulé une pelle non plus, et pourtant, si tous mes potes n'avaient pas été là, j'aurais probablement pété un plomb dès qu'il s'est approché d'elle. Je ne comprends vraiment pas pourquoi j'ai réagi ainsi. Cette fille me rend fou.

— Tu n'as rien fait du tout, Lili.

— Bon, c'est déjà une bonne chose, commence-t-elle, visiblement rassurée. Qu'est-ce qu'il y a alors ?

— Enzo.

— Oh.

Je me demande bien à quoi elle peut penser. Je tourne discrètement la tête vers elle. Ses yeux regardent droit devant et elle ébauche un petit sourire. Des sensations de notre baiser me reviennent. C'était si bon que je crève d'envie de l'embrasser à nouveau. Ses lèvres sur les miennes, son corps plaqué contre le mien et le désir qui monte entre nous. C'en est trop pour moi. De ma main gauche, je réajuste mon jean qui est soudainement devenu trop étroit. *Putain.*

— Cam ?

Sa voix met un terme à mes pensées qui commençaient à être trop suggestives, ce qui était pourtant loin de me déplaire.

— Oui ?

— Elle ne te manque pas, ta sœur ?

— Si, c'est pour ça que je la vois pour déjeuner.

— Tu as de la chance de l'avoir près de toi. Charlie et Stella me manquent. J'essaie de les avoir au téléphone au moins une fois par semaine mais ce n'est pas toujours évident.

— Je comprends.

Une question me brûle les lèvres depuis tout à l'heure et je me décide à la lui poser :

— Je t'ai vue ce soir avec Amber, qu'est-ce qui se passe ? C'est ce Jace ?

Je tourne rapidement la tête pour capter sa réaction sans pour autant quitter la route des yeux. Lili baisse la tête et se met à regarder ses mains posées sur ses cuisses.

— Je n'en ai aucune idée.

— Mais tu penses que c'est lui ?

— Oui.

— Qu'est-ce qui te fait croire ça ?

— Plein de choses. Il y a eu les messages et…

— Les messages ? la coupé-je. Il y en a eu plusieurs ?

— Oui.

— Mais pourquoi tu ne m'en as pas parlé plus tôt ?!

Cette fois, je pivote franchement la tête vers elle.

— Regarde la route, Cameron !

Je me concentre à nouveau sur la conduite.

— Alors ?

Mes mains se serrent sur le volant en attendant sa réponse. Je sens que ça ne va pas me plaire.

— Je ne voulais pas vous inquiéter avec ça. Ce n'étaient que des messages.

— Que des messages ? je m'exclame. Tu veux que je te rappelle ce que disait le dernier ?

Ces mots sont ancrés dans ma tête. Ce soir-là, elle semblait si terrorisée. Elle qui est toujours souriante semblait vivre un cauchemar éveillé.

— Non.

— Tu n'as pas l'air de te rendre compte de ce que ça représente ! Sérieux, t'es bien trop naïve parfois.

— Je ne suis pas naïve, Cameron ! s'énerve-t-elle. Mais que veux-tu que je fasse ?

— Me parler par exemple.

— Te parler de quoi ?

— De qui est vraiment ce Jace.

— J'ai pas envie d'en parler maintenant.

— Et s'il venait ici ? Tu y as pensé, à ça ? Tu ferais quoi ?

— Je... je ne sais pas, bafouille-t-elle. Je partirais loin sûrement.

— Merde, Lili, on sera pas toujours là pour te protéger.

— Je n'ai pas besoin qu'on me protège, Cameron ! Je peux me débrouiller seule.

Je ris, nerveusement.

— Vraiment ?

— Je ne veux plus en parler pour ce soir ! crie-t-elle. Je veux dormir, ne plus penser pour aujourd'hui. Tu peux le comprendre ?

Elle est vexée. Du coin de l'œil, je l'aperçois se triturer les doigts. Je n'insiste pas et continue de rouler. Cette histoire me rend dingue. Je me rappelle ses mots : « Il a tué Rosie. » Elle était à bout. Je veux en savoir plus ! Je ne supporterai pas que ce mec s'approche d'elle.

Une dizaine de minutes plus tard, nous arrivons devant l'immeuble. Je me gare à ma place habituelle, à côté de la voiture d'Evan. J'éteins le moteur puis sors de l'habitacle. Lili et moi n'avons pas reparlé. Beaucoup de questions m'ont traversé l'esprit mais je n'ai rien dit. Je garde tout ça pour plus tard.

Je rejoins Lili, qui s'est dépêchée de rentrer dans le hall, devant l'ascenseur et m'apprête à appuyer sur le bouton d'appel, mais elle le presse en même temps et nos mains se retrouvent l'une sur l'autre.

— Désolé.

— C'est rien, dit-elle.

Peu de temps après, la porte s'ouvre. Lili entre la première. J'appuie sur le bouton du quatrième étage.

— Cam ?
— Oui ?

Je me tourne vers elle. Sa tête est appuyée contre la paroi de la cabine. Elle a l'air épuisé.

— J'ai faim.
— Tu mangeras à l'appart.
— Oui, mais j'ai envie d'un fast-food.
— T'es sérieuse ? je dis en riant.

Elle hoche faiblement la tête avec un sourire malgré tout. La tension est vite retombée visiblement, car Lili n'est absolument pas rancunière.

La porte de l'ascenseur s'ouvre quelques secondes plus tard à notre étage.

— Il est un peu tard pour des frites, tu ne crois pas ?
— Il n'est jamais trop tard pour des frites, Cam, jamais.

Je rigole. Dans le couloir, elle me devance et se plante devant la porte de l'appartement.

— Il n'y a rien à manger en plus, se plaint-elle.
— Vous êtes allés faire des courses mercredi, Evan et toi !
— Je sais, mais même.
— En fait, t'es encore plus chiante quand t'as faim que quand t'es fatiguée.

Elle me fusille du regard avant de tirer la langue.

— Rappelle-moi ton âge ? la cherché-je.

Elle rit, fort. La fatigue, ajoutée à la faim, la rend complètement imprévisible.

— Alors, tu ouvres ?
— Merde, Lili. J'ai plus les clés !

J'enfonce ma main dans ma poche. Les clés sont bien là mais j'ai envie de la faire marcher un peu.

— Quoi ? s'écrie-t-elle.
— J'ai perdu les clés de l'appart !

— Mais où ça ?!
— Tu crois vraiment que, si je le savais, elles seraient perdues ?
— Non… Mais t'es nul aussi ! s'emporte-t-elle. Qui perd ses clés à cette heure de la nuit ? Tu pouvais pas les perdre à midi quand on est là plutôt ?

Son seuil de patience, habituellement déjà très bas, vient d'être dépassé visiblement. Cette fois-ci, c'est moi qui me mets à rire à gorge déployée.

— Quoi ? lâche-t-elle en faisant de gros yeux.
— Ah, je dis en replongeant ma main dans ma poche. Il se pourrait que je les aie retrouvées !

Je sors les clés, les brandis devant ses yeux puis ouvre la porte. Elle rentre en me poussant.

— Tu n'es qu'un imbécile, Cameron Miller ! J'ai vraiment cru que j'allais devoir dormir sur le palier, le temps qu'Evan rentre, ce qui ne risque pas de se produire avant un bon nombre d'heures !

Je continue de me marrer.

— J'aimerais tellement te… dit-elle en fonçant sur moi, le regard noir.
— Me quoi ? je la provoque.
— Te… te…

Elle cherche ses mots. Je m'approche d'elle, un sourire en coin.

— Alors, Liliana, qu'est-ce que tu aimerais me faire ? Je t'écoute.

Elle rougit.

— La vraie question, commence-t-elle, c'est plutôt ce que toi, tu aimerais que je te fasse.

Une certaine tension s'installe entre nous. Je regarde ses lèvres, légèrement entrouvertes. Putain, j'ai tellement envie de l'embrasser que ça me comprime l'estomac. Je finis par répondre. C'est maintenant ou jamais.

— Ça.
— Ça qu…

Je ne la laisse pas finir et l'attire contre moi. Elle lève son visage, nos regards se rencontrent. La lueur qui brille dans ses yeux en dit long sur ce qu'elle ressent et je sais que cette même lueur brille dans les miens. Je fixe sa bouche gourmande. Elle semble nerveuse, sa respiration s'accélère. Pendant de longues secondes, je ne quitte plus ses lèvres des yeux et, lorsqu'elle se met à mordiller sa lèvre inférieure, absolument tout explose en moi. Je plaque son corps contre le mur et je ne réfléchis plus. Je l'embrasse. Avec fougue, passion. Comme je ne l'ai jamais fait. Mes mains plongent dans ses cheveux, l'attirant au plus près de moi. Elle laisse échapper un gémissement dans un souffle tiède avant que son corps ne se cambre contre le mien. Je n'ai aucune idée de ce que tout cela représente mais je sais pertinemment que quelque chose a basculé entre nous. Elle ne le sait pas encore, mais elle, qui a débarqué dans nos vies il y a peu, vient de me mettre dans une merde infinie.

Je pourrais passer des heures et des heures à l'embrasser. Putain, oui. L'un de mes bras s'enroule autour de sa taille pour venir la plaquer un peu plus encore contre moi. La sensation de son corps pressé contre le mien me rend fou. Ce n'est pas assez, j'en veux plus.

Nos bouches se séparent. Je suis à bout de souffle, elle aussi. Un instant plus tard, ce n'est plus sur mes lèvres qu'elle dépose des baisers mais dans mon cou. Elle mordille doucement ma peau, ses mains passent sous ma chemise et se posent sur mon torse. Mes doigts retrouvent ses cheveux et je soupire lorsque je la sens aspirer ma peau. J'y crois pas, bordel. On dirait qu'elle a fait ça toute sa vie. Elle est tellement… différente des autres et qu'est-ce que j'aime ça.

— Lili, merde.

Elle continue de caresser mon torse. Je ne veux pas que tout cela s'arrête, mais ce que je ne veux pas, surtout, c'est qu'elle puisse regretter. À contrecœur, j'enlève mes mains de ses cheveux et les mets sur les siennes.

— Lili, je reprends.

Sa tête reste nichée dans mon cou et elle continue d'y déposer des petits baisers.

— Lili, regarde-moi.

Cette fois-ci, elle relève la tête, un sourire espiègle au coin des lèvres. Elle me fixe avant d'embrasser le coin de mes lèvres. Elle prend les devants et heureusement car, une nouvelle fois, je n'arrive plus à parler.

— Si c'est ce que tu veux savoir, Cam, oui, je suis prête et sûre de l'être.

Je n'attends rien de plus avant de retrouver sa bouche. Comme la première fois, un léger goût de cerise se dépose sur ma langue lorsque je la passe délicatement sur ses lèvres. Elle entoure ma nuque de ses mains pour m'attirer encore plus près. Tout s'accélère entre nous. J'attrape le bas de sa robe et tente de le remonter.

— La fermeture… est dans… mon dos, Cam, souffle-t-elle entre deux baisers.

Du bout des doigts, je fais descendre la glissière. La robe tombe au sol et je ne peux m'empêcher de la regarder. Je n'ai pas les mots. Elle est juste parfaite, son corps est parfait.

— *Sempre più bella.*

Et je l'embrasse. Elle n'a pas compris ce que j'ai dit, elle n'a pas compris à quel point je peux la trouver belle.

Ses doigts tremblants retrouvent ma chemise pour commencer à la déboutonner avec empressement.

— Je vais le faire, je murmure.

Elle hoche la tête, rassurée. Je défais les deux boutons restants puis laisse tomber la chemise au sol.

— C'est pas vrai, lâche-t-elle.

Je souris. Ses yeux sont rivés sur mes abdos.

— Pas de frites à 4 heures du matin.

— Oh, trop dur pour moi.

Je lâche un petit rire avant de replonger sur ses lèvres, comme attiré par un aimant. Je m'en détache juste pour articuler dans un souffle :

— Ma chambre ?

— Oui.

Nos lèvres se rejoignent à nouveau. Corps contre corps, nous atteignons la porte de ma chambre. Je cherche la poignée à tâtons avant de la trouver et d'ouvrir la porte.

— Tu avais laissé la lumière allumée, dit-elle contre mes lèvres.

— J'étais distrait.

Elle s'écarte légèrement mais reste plaquée contre moi pour autant. Elle me regarde en haussant les sourcils.

— Distrait, comment ça ?

Je ne réponds pas et dévore sa bouche. Cette réponse semble lui convenir puisqu'un profond gémissement s'échappe de ses lèvres. Mais lorsqu'un raclement de gorge s'élève dans la pièce, je comprends rapidement que ce n'est pas moi qui ai laissé la lumière allumée.

— Je ne dérange pas trop, j'espère ?

Lili se fige. Moi aussi. S'il y a une chose à laquelle je ne m'attendais pas, c'est bien celle-ci. J'ouvre lentement les yeux. Jamais je n'aurais pensé la voir ici ce soir et, pourtant, une personne assise au bout de mon lit nous jette un regard noir. Ce n'est autre que Leila. *Et merde.*

POINT DE VUE DE LILI

Mon corps contre le sien, je me laisse complètement aller. Je suis incapable de réfléchir. Plus rien ne me semble rationnel. Je me contente de vivre et de profiter du moment présent.

Ni lui ni moi n'arrivons à nous arrêter. Nos lèvres se cherchent, se frôlent, se trouvent. Un gémissement m'échappe lorsque je sens sa langue s'emparer de la mienne, dans un baiser enflammé, rempli de désir. Mes doigts lâchent ses cheveux pour se retrouver partout sur sa peau, à le sentir, le toucher. Une de ses mains descend le long de mon dos en laissant tout un tas de frissons sur son chemin. Je tressaille lorsqu'elle se pose plus bas, sur mes fesses. Mon Dieu, est-ce que tout cela est bien en train d'arriver ? J'ai peur de me réveiller d'une minute à l'autre, seule dans mon lit. Je le désire comme je n'ai jamais autant désiré quelqu'un. Je suis à la fois effrayée et enivrée par tous ces sentiments qui m'envahissent. Quelque chose est en train de changer entre nous, je le sens parfaitement. Ma raison voudrait que j'arrête, que je me recule parce que ceci ne devrait pas arriver, mais pour rien au monde je ne m'écarterais de cet homme.

Je suis toujours en plein rêve lorsque tout s'arrête, brusquement. La chaleur et la douceur des lèvres de Cam s'éloignent de moi. Je panique intérieurement. Qu'est-ce qui se passe ? Un court instant plus tard, j'ai ma réponse. Une voix féminine que je reconnais très bien s'élève dans la pièce. Mais que fait-elle ici ?

Cameron s'écarte en lâchant un juron. Soudain, je me mets à frissonner, le froid m'envahit sans son corps chaud contre le mien. Mes pensées mettent beaucoup trop de temps avant de redevenir un minimum lucides et claires. Je ne me rends compte que trop tard que je suis en sous-vêtements et Cameron, torse nu, alors que Leila est assise sur le lit à moins de deux mètres de nous. Je ne peux pas rester comme ça. Je cherche vaguement mes affaires mais elles doivent se situer quelque part entre le salon et la chambre. En tournant légèrement la tête, j'aperçois un pull qui traîne sur son bureau et l'enfile sans plus tarder.

Personne ne parle. Bien que j'aie la fâcheuse tendance à me mettre dans des situations embarrassantes, aucune n'a été aussi gênante que celle que je vis maintenant.

— On m'explique ?! crie-t-elle, brisant ainsi le silence.

J'ose la regarder. Ses yeux passent alternativement de Cam à moi. Elle est dans une colère noire. Quand elle fixe Cameron, ses prunelles brillent de colère mais aussi de tristesse et de déception. Mais lorsqu'ils se posent sur moi, ses yeux me fusillent, n'exprimant qu'une colère noire. Je jure que, si Cameron n'était pas là, elle m'aurait enserré le cou pour m'étrangler et, même si je le voulais, je ne pourrais pas lui reprocher de vouloir m'infliger un tel sort.

— Leila, calme-toi, lance Cameron, l'air désinvolte.

— Me calmer ? Tu crois vraiment que j'ai envie d'être calme, là ?

— Leila, je… je commence avant qu'elle ne me coupe la parole, son index pointé vers moi.

— Toi, tu la fermes.

— Ne lui parle pas comme ça, Lei, intervient Cameron.

— Toi aussi, tu la fermes ! Aucun de vous deux n'est en mesure de me dicter ma conduite, pas après ce que vous avez fait.

Sa voix faiblit sur la fin de la phrase. Elle est encore plus rouge de colère et est à deux doigts de se mettre à pleurer. Elle semble profondément blessée par ce qui vient de se passer. Même si cette fille représente tout ce que je déteste, je suis envahie par un flot de culpabilité en la voyant ainsi. Je ne sais vraiment plus où me mettre et un sentiment de honte me submerge. Qu'est-ce qui m'a pris, bon sang ?

Le silence retombe dans la pièce. C'est pesant, bien trop pesant. Mes jambes se font toutes cotonneuses et j'ai l'impression qu'à tout moment le sol va se dérober sous mes pieds.

— Ramène-moi chez moi, Cameron, lâche Leila d'un ton sec.

Sans attendre une quelconque réponse de sa part, elle ramasse son sac et sa veste posés au pied du lit puis sort de la pièce en me bousculant. La pression dans ma poitrine se relâche et je reprends une respiration presque normale lorsque je l'entends s'éloigner, ses talons claquant sur le sol du couloir.

— Lili, je…

— Vas-y, je le coupe.

Il se passe une main dans les cheveux avant d'attraper un pull dans son armoire.

— J'ignorais qu'elle serait là.

— Je sais.

Il s'apprête à faire un pas vers moi mais je me détourne. C'est beaucoup trop dur de le regarder dans les yeux après ce qui vient de se passer.

— Je peux rester, insiste-t-il.

Je le regarde enfin dans les yeux. Il ne semble pas en colère ou triste mais plutôt perdu, comme si plus rien n'avait de sens. Je ne veux pas qu'il raccompagne Leila, et égoïstement, je veux qu'il reste avec moi, mais cette fille ce n'est pas moi. Je ne me reconnais vraiment pas. Ce n'est pas moi celle qui embrassait et s'apprêtait à coucher avec un garçon qui est déjà en couple. J'inspire profondément avant de répondre avec difficulté :

— Vous devez arranger les choses, Cam. Ramène-la chez elle.

Il me lance un dernier regard désolé avant de sortir à son tour de la chambre. Quelques secondes plus tard, la porte d'entrée claque m'annonçant qu'ils sont partis. Le seul bruit qui règne dans l'appartement est maintenant celui de ma respiration saccadée. Je ne sais pas quoi faire, quoi penser, comment me sentir. Je suis juste perdue. Et sans parvenir à me retenir plus longtemps, un torrent de larmes dégringole sur mes joues.

Chapitre 22

Mon réveil affiche 5 h 30. Je n'ai pas fermé l'œil depuis que je me suis allongée une heure plus tôt. Mes larmes se sont taries mais pas mes interrogations. Personne n'est revenu, ni Evan ni Amber, et pour mon plus grand malheur Cameron non plus. Je m'attendais à le voir rentrer peu de temps après son départ mais ça n'a pas été le cas. Qu'est-ce que je m'imaginais ? Qu'il allait rompre avec Leila et revenir en courant vers moi ? Je suis bien trop naïve. Malgré tout, depuis que Leila et lui ont quitté l'appartement, la scène se rejoue dans ma tête, les mêmes mots me blessent et les mêmes regrets m'assaillent. Je ne m'étais jamais autant laissée aller. J'ai éprouvé des sensations que je n'avais jamais ressenties auparavant. C'était si fort, si puissant que ça en paraissait presque irréel.

Les minutes passent et je n'arrive toujours pas à dormir. Je tourne inlassablement dans mon lit qui me paraît bien froid. J'ai l'impression que les lèvres de Cameron et ses mains douces ont marqué ma peau au fer rouge. Trop de questions et de doutes résonnent dans ma tête. Et s'il était resté avec elle et qu'ils aient passé la nuit ensemble ? Ma poitrine se comprime à cette idée. Il aurait dû rentrer il y a près d'une heure. Sans réfléchir plus longtemps, j'attrape mon téléphone portable posé sur ma table de chevet et commence à rédiger un message.

Où es-tu ? Tu ne rentres pas ?

Au moment de l'envoyer, je me défile et n'appuie pas sur le bouton. Après tout, je n'ai nullement le droit de lui demander des comptes, ce n'est pas moi sa copine mais Leila, avec qui il est probablement. De nouvelles larmes se forment au coin de mes yeux et je les essuie du dos de la main. Je me sens si faible de réagir d'une telle manière. Je ne comprends pas pourquoi toutes ces pensées déclenchent en moi cette réaction, mais surtout, pourquoi Cameron m'obsède tant. J'ai déjà été amoureuse, et là, ce n'est pas tout à fait ce que j'ai pu ressentir avant… Je n'arrive pas à mettre de mots sur ce que j'éprouve. Mes yeux continuent de me piquer et le cœur lourd, je finis par m'endormir.

*

Lorsque j'ouvre à nouveau les yeux six heures plus tard, les rayons du soleil passent à travers les rideaux foncés de ma chambre et commencent à réchauffer la pièce. Ma tête semble peser une tonne et je sais très bien que ce n'est pas dû à un excès d'alcool mais à ce qui s'est passé la nuit dernière entre Cameron et moi.

Avec peu d'entrain, je finis tout de même par quitter mon lit. J'enfile un sweat avant de me rendre dans la salle de bains. En apercevant mon reflet dans le miroir, je me rends compte que j'ai tout simplement l'air horrible. Mon mascara a coulé, mes yeux sont gonflés à cause des larmes et mes cheveux ressemblent ni plus ni moins à un tas de foin. Je fais couler un peu d'eau et, avec un gant de toilette, je frotte délicatement mon visage pour me réveiller et tenter d'avoir meilleure mine. Je passe rapidement un coup de brosse dans mes cheveux emmêlés puis les attache en un chignon flou avant de me brosser les dents. Je me sens pâteuse. Le résultat n'est pas génial mais ça devrait néanmoins le faire jusqu'à ce que je prenne ma douche après avoir déjeuné.

En arrivant dans la cuisine, je me rends compte qu'un de mes colocataires est rentré. Evan est assis et boit un café tout en regardant son ordinateur.

— Salut Lili ! dit-il en relevant à peine la tête.

— Hey !

Je l'embrasse sur la joue avant d'ouvrir le réfrigérateur pour en sortir quelques fruits et un yaourt.

— Tu vas bien ? je lui demande en posant le tout sur le comptoir.

— Oui, super, et toi ?

— Ça va aussi. Vous n'êtes pas rentrés cette nuit ?

— Non. Amber et moi, on a dormi chez les gars et on est rentrés il y a une trentaine de minutes.

— Comment tu fais pour avoir l'air aussi frais ? Je suis impressionnée, Evan. Amber n'est pas là ?

— Non, elle est partie courir. Ta meilleure amie est une warrior !

Je ris légèrement.

— Elle fait toujours ça. Même si elle n'a quasiment pas dormi pour une raison quelconque, elle ira quand même courir le lendemain matin !

— Une warrior je te dis !

— Eh oui ! Elle était la capitaine de notre équipe de course au lycée et a remporté beaucoup de prix. C'est une véritable passion pour elle. D'ailleurs, elle pratique toujours le sport dans sa fac.

Evan hoche la tête visiblement impressionné. Je sais ce qu'il pense : comment une fille aussi superficielle peut-elle faire des choses pareilles ? Et je ne peux lui en vouloir. Amber m'a montré hier une partie de sa personnalité que je n'aime pas du tout.

Evan balaie le comptoir du regard et fronce les sourcils.

— Tu as besoin de quelque chose ? je lui demande.

— Non, c'est bon. Je cherche la confiture de ma grand-mère : j'ai oublié de la sortir du frigo.

Je fais chauffer de l'eau dans la bouilloire puis sors un mug. Habituellement, je ne suis pas une très grande consommatrice de thé mais pour une raison que j'ignore, ce midi, j'ai envie d'un thé. Je dépose quelques biscuits sur le bar avant d'ouvrir le placard où se trouve la boîte à thé. Je me rends vite compte que je n'arriverai pas à atteindre l'étagère du haut où il est posé. Parfois, les garçons sont agaçants à toujours mettre des choses en hauteur. Je suis sûre que c'est un coup de Cameron qui, lui, boit souvent du thé le soir.

— Evan, tu peux m'attraper la boîte bleue là-haut ?
— Bien sûr.

Evan, qui s'est levé pour chercher la confiture, se retourne et, voyant mon dilemme, me sourit avant de m'aider.

Alors que je le remercie, il pose enfin les yeux sur moi, et son sourire s'estompe légèrement.

— Il y a un problème ?
— Non aucun, mais...

Il ne termine pas sa phrase et se sert une nouvelle tasse de café.

— Mais ?
— Ne le prends pas mal mais t'as une tête affreuse !

Je ne m'attendais pas à ça. Pas du tout même.

— Tes compliments me touchent beaucoup, Evan, merci.
— C'est pas ce que je voulais dire ! Y a vraiment rien de sexiste là-dedans, crois-moi, se reprend-il, gêné. Mais tu n'as pas l'air d'aller très bien.

Je verse de l'eau chaude dans mon mug puis y plonge un sachet de thé avant de m'asseoir.

— Si, ça va. J'ai juste mal dormi, je lâche en attrapant un morceau de gâteau.

Visiblement sceptique, Evan hausse un sourcil et lâche un vague « d'accord ». Mais je vois une réelle inquiétude dans son regard. Il me dorlote comme si j'étais sa sœur. Et si un jour il apprenait ce que

Cameron et moi avions fait hier ? Son regard sur moi changerait irrémédiablement. Il ne doit pas l'apprendre. Jamais.

— Ça a été avec Cam ?

Je me tourne vers lui. Est-ce qu'il sait quelque chose ? Et si cet idiot de Cameron lui avait à nouveau tout dit ?

— Oui, pourquoi ? je demande avec un peu trop d'empressement.

— Comme ça… il était énervé avant que vous partiez et toi comme moi savons qu'un Cam énervé n'est pas facile à gérer.

— C'est vrai, mais on a à peine parlé de toute façon.

Bien trop occupés à vous embrasser, souffle ma conscience et, malgré un pincement au cœur en repensant à ce qui s'est passé par la suite, je ne peux qu'être d'accord avec elle.

— Et sinon, je commence, je me demandais, ça fait longtemps que vous connaissez Leila ?

— Depuis l'année dernière. Pourquoi ?

Je me sens pathétique de poser ces questions à Evan. Qu'est-ce que je fais là ? Je me comporte ni plus ni moins comme une pauvre fille jalouse, mais je ressens le besoin d'en savoir plus.

— Comme elle sort avec Cameron, je me posais juste la question, de coloc à coloc, quoi.

Evan hoche la tête.

— En fait, l'année dernière, Cam et moi, on était dans la même résidence qu'elle, au nord du campus, et sa chambre était juste en face de la nôtre. Cam et elle ont tout simplement sympathisé et vers janvier, je crois, ils ont commencé à sortir ensemble.

Depuis janvier ? Waouh. Je ne pensais pas que leur relation était si sérieuse. Déterminée à en savoir plus, je poursuis sur un air détaché :

— Et c'est sérieux entre eux ?

— Ça a l'air. Ils se sont séparés cet été mais, un peu après la rentrée, ils se sont remis ensemble. Mais Cam a l'air de s'être lassé d'elle depuis quelques semaines. Ça ne m'étonnerait pas qu'il la largue d'ici peu de temps.

— D'accord, je dis en retenant un sourire. Elle n'a pas l'air de trop m'aimer en tout cas.

Evan lâche un petit rire, un poil méprisant.

— Rassure-toi, elle n'aime personne à part elle et peut-être Cam !

— Toujours est-il que je ne comprends pas pourquoi elle me hait à ce point.

C'est vrai, jusqu'à cette nuit, elle n'avait aucune raison de me détester.

— Elle ne te hait pas.

— Juste à peine, Evan. Cette nuit, j'ai cru qu'elle allait m'arracher le tête, mais vu que…

Lorsque je me rends compte de ce que je suis en train de dire, je feins une quinte de toux pour ne pas m'enfoncer davantage. Mais malheureusement, Evan semble avoir tout entendu et lève la tête vers moi.

— Elle était là, dans notre appartement ?

Mince.

— Oui, dans la chambre de Cam.

Il se redresse tout à coup, comme si des centaines de questions se bousculaient dans son crâne.

— Tu sais pourquoi ?

— Euh… non, je réponds très sincèrement. Cam est parti avec elle juste après, j'ajoute.

— Ouais, je sais, il m'a envoyé un message. Mais il n'a pas précisé qu'elle était déjà dans l'appartement..

Donc Evan a reçu un message et pas moi ? Cette information me déroute une petite seconde.

— Il t'a dit quoi ? je continue.

— Qu'il était pas à l'appart et qu'on se retrouverait là-bas ce soir.

— Là-bas ?

— Merde, lâche Evan. J'ai complètement oublié de t'en parler. Ce soir, l'équipe de foot joue à domicile et on y va avec les gars. Ça te dit de venir ?

— Oui ! Mais je vais demander à Amber avant.

— Pas de problème. Je dois aller à la salle de sport, tu m'envoies un message pour me dire quand elle sera rentrée.

— Evan… tu m'as l'air contrarié.

— Je dois t'avouer que je ne savais pas que Cameron lui avait filé les clés de notre appartement. Je trouve ça un peu abusé de l'avoir fait sans nous demander notre avis.

C'est vrai, il a raison. Pourquoi a-t-elle les clés ?

— Ou alors… oh la pétasse, lâche-t-il.

— Pardon ?

— À la rentrée, Cameron a perdu ses clés. C'était avant que tu arrives, et il a été obligé d'en faire des doubles. Apparemment, Leila s'est fait un plaisir de les garder. Je vais demander à Cam de les lui reprendre.

J'acquiesce et nous continuons de déjeuner tout en discutant. Je digère peu à peu toutes les informations que j'ai apprises sur Leila et Cameron. Je ne pensais pas que leur relation, peu importe sa nature, durait depuis près de dix mois, et ça me fait mal et m'embrouille un peu plus l'esprit.

*

Je suis toujours plongée dans mon épisode de *Younger* lorsque, environ une heure après le départ d'Evan, des coups retentissent sur la porte d'entrée. Ce doit être Amber. Je pose mon ordinateur sur la table du salon avant de me lever pour aller ouvrir. Je préfère tout de même jeter un coup d'œil dans le judas.

— Il fait une de ces chaleurs dehors ! Mais le vent souffle plus fort ici qu'à Miami, dit Amber en entrant dans l'appartement.

— Je préfère le temps d'ici.

— C'est pas étonnant, tu représentes la côte sauvage californienne, Lili, je l'ai toujours dit.

Je ris. C'est vrai que j'apprécie davantage la côte Ouest que la côte Est, pour un tas de raisons que je ne pourrais probablement pas expliquer. Même si j'ai toujours vécu à Miami, je ne me sens pas particulièrement à l'aise dans cette ville, l'aspect superficiel y est trop visible pour moi. Là-bas, tout n'est que fête et argent. Je ne dis pas que la vie à Los Angeles ne repose pas sur ces mêmes piliers mais tout ne tourne pas autour de ça.

Je m'apprête à lui dire que nous devrions reparler d'hier soir lorsqu'elle prend les devants.

— Je sais ce que tu vas dire, commence Amber, et je préfère t'annoncer tout de suite que je ne parlerai que lorsque j'aurai pris ma douche parce que j'ai l'impression que je vais me dissoudre avec toute cette sueur.

— Rassure-toi, je préfère aussi que tu te douches avant de m'installer à côté de toi !

Amber me lance une petite insulte amicale avant d'aller chercher des affaires propres dans la chambre.

— Oh, tu peux faire des pancakes ? Je meurs de faim, dit-elle avant de quitter la pièce.

Elle n'attend pas ma réponse et s'enferme dans la salle de bains. Je souris, heureuse de voir qu'Amber redevient celle que je connais depuis toujours ou presque.

Je regarde les six dernières minutes de mon épisode puis file dans la cuisine préparer les pancakes. Ça faisait assez longtemps que je n'avais pas cuisiné et je me rends compte que cela m'avait manqué. Je sors tous les ingrédients ainsi que les ustensiles nécessaires à la réalisation de la pâte puis me mets à la tâche. C'est assez étonnant mais cuisiner, au même titre que lire et faire du sport, me permet de m'échapper pour quelques minutes de mon quotidien. J'oublie tout et me concentre uniquement sur ce que je fais.

— Je suis là ! dit Amber en entrant dans la cuisine.
— Je finis la pâte et on se met sur le canapé ?

Elle hoche la tête et propose :

— Je nous prépare deux cappuccinos en attendant.
— D'accord, je souris.

Je termine puis charge le lave-vaisselle avant de la rejoindre dans le séjour. Elle est assise en tailleur sur la partie en angle du canapé, sa tasse de café dans la main. Je me mets dans la même position en face d'elle. Son sourire s'est estompé et je commence fortement à redouter les minutes qui vont suivre.

— Je ne sais pas par où commencer, souffle-t-elle.
— Par le début, non ?

Elle esquisse un léger sourire avant de boire une gorgée de café.

— Avant tout, Lili, je veux que tu me fasses la promesse que tu ne m'en voudras pas. Même après tout ce que tu auras appris.
— Tu me fais peur, Amber.
— Promets-le-moi.

Plus qu'inquiète, je le lui promets. Elle souffle un bon coup avant de se lancer :

— Je t'ai menti. Jace est revenu et je l'ai vu… plusieurs fois.
— Tu l'as vu ?
— Laisse-moi continuer, s'il te plaît. Tout a commencé fin août quand j'ai reçu un message d'un numéro inconnu. Au début, j'ai cru qu'il s'agissait d'une erreur parce que le texte était menaçant et je ne voyais pas qui pouvait bien m'en vouloir. En plus de ça, le texte ne semblait pas s'adresser à quelqu'un en particulier, c'était plutôt général comme menace. Les jours ont passé sans que je m'inquiète trop jusqu'à ce jour où Jackson a aperçu Jace en boîte et, peu de temps après, tu

m'as appelée pour me parler de ce message que tu avais reçu. J'ai flippé comme une dingue, Lili ! Dans la semaine qui a suivi, il y a un soir où j'ai fini les cours très tard, vers 21 heures, et tu sais qu'à cette heure-là, les bus sont pleins de types bizarres, donc j'ai préféré rentrer à pied. J'avais l'impression d'être suivie mais dès que je me retournais, il n'y avait rien du tout. Je commençais à me faire tout un tas de films jusqu'au moment où j'ai senti une main s'enrouler autour de mon poignet. J'ai eu beau crier comme une folle, la rue était déserte. Je me suis retournée, et j'ai vu Jace, un sourire flippant imprimé sur son visage. J'ai eu tellement peur.

— Il t'a fait du mal ?

— Il ne m'a rien fait, Lili. Il m'a juste demandé de le rejoindre le lendemain pour prendre un café et discuter, et après, il a disparu dans la nuit.

— Ne me dis pas que tu t'y es rendue ? je lui demande, bien que je connaisse déjà la réponse.

— Si, et je sais ce que tu en penses, mais il m'a dit qu'il devait me parler, me montrer certaines choses à propos de Rosie mais aussi de toi.

— De moi ?!

— Oui… Comme prévu, le lendemain, je suis allée au rendez-vous, morte de peur. Il m'a parlé en particulier de l'accident, me disant qu'il s'en voulait terriblement, qu'il regretterait jusqu'à la fin de ses jours, et il a pleuré, il s'est complètement effondré devant moi, Lili. Je savais plus quoi faire, il avait l'air tellement sincère que je l'ai écouté jusqu'au bout. Il a fini par me montrer des messages que tu lui avais envoyés après ton départ au Brésil.

— Je ne lui ai jamais envoyé de messages ! je m'exclame.

— Je le sais maintenant, mais sur le moment, j'ai douté. Ça paraissait réel. J'ai lu et les expressions, la façon de parler, tout ça te ressemblait tellement que je l'ai cru lorsqu'il m'a dit que ça venait de toi.

— Que disaient ces messages ?

Je m'attends réellement au pire.

— C'était à propos de Rosie, de l'accident, de l'hôpital, de nous tous, de ce que tu pensais de tout ça.

— Ce que je pensais de Rosie, de nous ?

— Oui...

Elle baisse la tête.

— Amber, explique-moi ce que ça disait précisément.

Elle essuie une larme qui coule le long de sa joue.

— Il y a un message en particulier. Je vais te le montrer, attends.

Elle sort son téléphone de son sac puis me le tend, me montrant une conversation.

— Ça commence là, dit-elle en me désignant une phrase.

Je découvre un long message. Je ne sais pas si je dois avoir hâte ou peur de savoir ce que tout cela révèle. La boule au ventre, je commence à lire.

— Le premier message est censé être de ta part, m'informe Amber.

De moi : *Ce soir-là Jace, je savais parfaitement ce qui arriverait si je laissais Rosie faire. J'ai fait un choix qu'aujourd'hui je ne regrette pas, pas le moins du monde même. Tu sais ce que l'on dit : À jouer avec le feu, on finit toujours par se brûler. C'est ce qui est arrivé, vous vous êtes brûlés les ailes et vous auriez dû mourir tous les deux ce soir-là, pas seulement elle.*

De Jace : *Rosie n'est pas morte.*

De moi : *C'est tout comme pour moi. Jace, ça fait déjà deux mois que Rosie est dans le coma, sur le point de basculer vers la mort à tout moment. Tu ne crois quand même pas qu'on peut la qualifier de « vivante ».*

De Jace : *Elle tient.*

De moi : *C'est vrai ça, elle tient ! Elle est plus forte que je ne le pensais. Les médecins ne lui donnaient pas plus de dix jours et elle est toujours là, allongée dans ce lit à Chicago. Tout le monde souffre, Jace, pas seulement elle. Tu penses à ses parents, à sa famille, à ses amis ? Il ne serait pas temps de penser à la laisser partir ? C'est triste à dire mais il n'y a plus aucun espoir pour elle. À part coûter cher, elle ne sert plus à rien. Pauvre Rosie.*

Une larme s'échappe et roule le long de ma joue. Lire ces mots me fait beaucoup de mal. Me remémorer cette soirée et les derniers mois est douloureux. Mais malgré tout, cette dernière phrase me fait réfléchir. Rosie ne se réveillera pas, plus jamais, nous le savons. En médecine, on assiste parfois à des miracles mais, dans ce cas précis, il n'y en aura aucun. Juste après l'accident de voiture, même les meilleurs médecins étaient plus que pessimistes face aux chances qu'elle avait de se réveiller dans les jours qui suivaient. Et maintenant, plus de quatre mois sont passés. Il n'y a plus aucune chance. Rosie est maintenue en vie par des machines. Si elles étaient débranchées, Rosie partirait. Dans l'état dans lequel elle est, elle ne souffre pas, ne ressent rien. Et s'il était réellement temps de lui dire adieu ?

De Jace : *Je l'aime.*

De moi : *Oh pas à moi, Jace. Toi et moi savons qu'il t'est impossible d'aimer. Tu n'as jamais éprouvé le moindre sentiment pour Rosie, si ce n'est ton désir de la contrôler pour profiter de son argent.*

De Jace : *Tu te trompes.*

De moi : *Non, vous étiez deux moins que rien.*

De Jace : *Et Amber, que fais-tu d'elle et de tous tes autres amis, de ta famille, tu les abandonnes ?*

De moi : *Pourquoi suis-je partie à ton avis ?*

Les messages s'arrêtent là. Après avoir lu ces mots, d'autres larmes me brûlent les yeux. Le téléphone portable toujours dans les mains, je relève la tête vers Amber.

— Oh mon Dieu, Amber. C'est horrible toutes ces paroles. Je… je… jamais je n'aurais pu penser de telles choses à propos de Rosie. Comment as-tu pu croire à tout ça une seule seconde ?

— Je suis désolée, Lili, dit-elle, en larmes. Mais j'ai vraiment cru que c'était toi, et je t'en ai tellement voulu que j'ai appelé Jace pour lui dire que je venais te voir ici à Los Angeles. On s'est encore revus et il m'a de nouveau raconté des choses horribles à propos de cette nuit-là, de ce qui s'est passé, de nos comportements. Tu comprends, tout s'est mélangé dans ma tête. La colère, la rancœur, la tristesse d'avoir perdue Rosie dans l'accident mais celle aussi de t'avoir perdue toi lorsque tu es venue vivre ici. Absolument tout. On s'éloignait de plus en plus, Lili, ça n'a rien arrangé. Je ne savais plus quoi penser, j'étais faible et cet enfoiré en a profité. Il m'a complètement manipulée pour que je te fasse du mal. Si tu savais à quel point j'ai honte ! conclut-elle en étouffant un sanglot. Je me hais !

La voir dans cet état, rongée par les remords, me fait souffrir, alors je ne perds pas une seconde de plus et la serre contre moi, très fort. Tout comme elle, j'ai ma part de responsabilité dans cette histoire. Si je n'étais pas partie à Los Angeles, nous serions restées très proches et Jace n'aurait jamais pu se mettre entre nous aussi facilement.

Dans mes bras, ses sanglots finissent par se tarir mais des larmes continuent de couler le long de ses joues. Après plusieurs minutes, elle s'écarte en s'essuyant les yeux avec le dos de sa main. Même si j'aimerais laisser cette histoire derrière nous, je sais pertinemment que c'est impossible. J'ai besoin d'en savoir plus sur ce que préparait Jace.

— Qu'est-ce qu'il attendait exactement ?

— Il espérait te faire revenir à Miami.

— Comment ça ?

— T'avoir près de lui est le seul moyen qui lui reste pour te faire du mal, pour se venger. Le mois dernier, il a tenté d'aller auprès de Rosie à Chicago mais, par chance, son frère Daniel était là et il a prévenu la police. Cette affaire a fait du bruit. La sentence est tombée : comme il a violé son injonction d'éloignement en s'approchant de Rosie, Jace ne peut plus quitter la Floride pendant dix-huit mois.

— Sérieusement ?

— Oui ! J'ai appris par mon oncle qu'il voulait venir ici après Chicago mais son arrestation l'a bloqué dans sa démarche. Chaque jour, il doit se présenter au poste de police pour bien attester qu'il est toujours à Miami. Il va devoir se présenter devant le juge aussi. D'après ce que j'ai entendu, d'autres affaires dans lesquelles il serait impliqué viennent de sortir de l'ombre… J'étais donc son unique moyen pour t'atteindre.

— Qu'est-ce que tu devais faire ?
— Je devais te donner envie de rentrer en Floride.
— Mais comment ?
— En te rendant la vie ici impossible, par exemple. Quand je suis arrivée, j'ai mis à peine quelques secondes avant de voir qu'il y avait quelque chose entre Cameron et toi. Je ne sais pas, c'est inexplicable, mais c'est comme si une certaine tension était installée entre vous. Les heures ont passé et cette hypothèse s'est confirmée. J'étais heureuse parce que j'avais probablement trouvé ton point faible. J'ai appelé Jace pour lui en parler.

— Tu lui as parlé de Cam ? je m'offusque.
— Oui, dit-elle, honteuse.

Je mets quelques secondes avant de digérer l'information.

— Et donc, qu'est-ce que tu comptais faire pour me faire rentrer ?
— Il fallait que la colocation se passe mal. Tu m'avais déjà dit au téléphone que c'était assez tendu avec Cameron et, comme je sais très bien que tu détestes les conflits, tu aurais fini par quitter l'appartement si c'était devenu trop difficile. Jace m'a alors demandé de cambrioler l'appartement en t'accusant et, si ça ne marchait pas, je devais aller plus loin en te faisant renvoyer de l'université.

— Tu n'es pas sérieuse, Amber ?

J'ai beau ressentir beaucoup de compassion, à cet instant, je me retiens d'exploser et de lui envoyer ma main dans la figure. Comment a-t-elle pu se laisser manipuler ainsi ? Est-elle idiote à ce point ?

— Je suis vraiment désolée ! lâche-t-elle la voix tremblante. Mais il m'a suffi de quelques heures pour comprendre que tu n'étais en rien celle que Jace me décrivait et qu'il avait tout manigancé. Quand je m'en suis rendu compte, je l'ai à nouveau appelé.

— Après notre conversation sur la terrasse ?

Elle hoche affirmativement la tête.

— Je lui ai menti. Je lui ai dit que j'étais sur la bonne voie pour ton retour parce que Los Angeles ne te plaisait pas, mais que ça allait être long car tu avais malgré tout des projets. Comme j'étais morte de peur, et de honte aussi, j'essayais de gagner du temps avant de devoir t'en parler. Jace ne peut plus t'approcher mais moi, mardi, je retourne en Floride, Lili. Il sera facile pour lui de m'atteindre. Je suis coincée.

— Tu n'en as parlé à personne ?

— Non.

— Tu devrais en parler à ton oncle.

— Ça ne va pas, Lili !? Personne ne doit savoir que Jace est venu me voir. Il lui est interdit de nous approcher, tu te souviens ? J'aurais des problèmes et pas qu'avec Jace si ça venait à se savoir. Je ne suis pas comme toi. J'ai besoin de ma bourse d'études pour continuer… et puis, ça pourrait griller mon inscription au barreau le moment venu. Je ne dois pas faire de vagues.

— En attendant, tu n'es pas en sécurité à Miami avec ce fou près de toi.

Elle soupire.

— Il y a un moyen. Je suis convaincue qu'il ne me fera rien tant qu'il pensera que je suis de son côté et non du tien.

— Tu le crois suffisamment bête pour gober ça ?

Elle hoche la tête.

— Il se drogue encore plus que lorsqu'il sortait avec Rosie et il boit. Je me demande d'ailleurs comment il n'a pas encore fait une overdose. Je suis quasiment certaine qu'il m'appellera lorsque je serai rentrée pour qu'on se voie et que je lui raconte ce voyage. Je suis une bonne menteuse, j'y arriverai.

Nerveusement, j'avale une gorgée de café. Amber ment beaucoup plus facilement que moi. Elle a même du talent dans ce domaine. Lorsque nous étions en première année, j'ai voulu me rendre à « la soirée de l'année » organisée par des lycéens de dernière année. Bien entendu, j'étais trop jeune pour y aller même accompagnée de mes deux meilleures amies. Amber a donc inventé une histoire de A à Z qu'elle a parfaitement récitée à nos familles respectives. Tout le monde y a cru.

— Ça va aller Lili. Jace ne nous fera plus de mal maintenant.

— Ça fait beaucoup à digérer, Amber, je dis sèchement malgré moi.

Elle soupire une nouvelle fois.

— Je sais… Et tu n'imagines pas à quel point je m'en veux ! Il m'a manipulée comme une vulgaire idiote. J'ai douté de toi à cause de ses mensonges.

— Je t'en veux pour plusieurs raisons. La première étant que, dès qu'il t'a raconté tout ça, tu aurais dû m'en informer immédiatement. Mince, Amber, on se connaît depuis toujours. Comment tu as pu croire à tout ça une seule seconde ? Surtout venant de lui. Et ensuite, tu lui as parlé de Cam et d'Evan ! Je ne veux pas qu'ils se trouvent mêlés à cette histoire plus qu'ils ne le sont déjà. Je les aime. Je ne veux pas qu'ils soient dans la ligne de mire de ce taré.

— Je sais bien… Mais Jace n'a pas l'air d'être préoccupé par eux. D'ailleurs, Cameron t'a reparlé de lui ?

— Non, mais dès que je reçois un message ou un appel et qu'il n'est pas loin de moi, il me regarde pour guetter ma réaction.

Amber se prend la tête entre les mains.

— Je me sens tellement mal à propos de tout ça, Lili.

— Je sais, Amber, moi aussi. Mais Jace ne peut pas nous faire de mal, plus maintenant. Nous devons être fortes et surtout ne pas le laisser se mettre entre nous une nouvelle fois.

Elle acquiesce :

— Il m'a déjà pris Rosie, je ne le laisserai pas te prendre.

— Jamais.

Le regard que je jette à Amber est grave. Il n'est pas question que Jace revienne dans nos vies. Ce toxicomane nous a assez humiliées et terrorisées. Lorsque je tenais la main de Rosie, que je voyais son visage blafard où nulle trace de vie ne se décelait, je me suis fait la promesse que je ne laisserais plus jamais un homme me faire du mal et que je ne laisserais pas Jace continuer sa vendetta contre nous… Peut-être que nous n'aurions pas dû le dénoncer, mais nous n'avions pas le choix. J'ai toujours cru que la plus forte de nous deux, c'était Amber. Mais elle s'est fait piéger grossièrement et vient de nous mettre en danger. J'inspire et j'expire doucement. Je vois sur son visage du soulagement. Elle m'avait caché trop de choses et, si elle cherche mon absolution, je vais la lui donner. Nous nous sommes débarrassées d'un fardeau aujourd'hui. Je sais qu'il va falloir un peu de temps pour que mon sentiment de trahison passe mais… c'est sur la bonne voie. Nous allons enfin pouvoir avancer, toutes les deux, ensemble. Une fois que cette histoire avec Jace sera terminée pour de bon et qu'il sera derrière les barreaux, nous pourrons tourner la page et nous concentrer sur l'avenir. Toutefois, au fond de mon cœur, je ne peux m'empêcher de prendre conscience de mes propres erreurs dans cette affaire.

Chapitre 23

— Rosie ? j'interpelle mon amie. Tu as l'air ailleurs depuis ce matin. Il y a un problème ?
Elle secoue la tête.
— J'ai mal dormi, c'est tout.
— Tu peux me parler.
— Oui, oui, je sais bien, sourit-elle faiblement. Mais ne t'inquiète pas, Nana, tout va bien !

Je hoche la tête avant de me replonger dans le cours de mathématiques de Mlle Parks. Je ne comprendrai jamais rien à cette matière barbare. À quoi peut-elle bien me servir plus tard ? Je veux être journaliste, pas mathématicienne ou ingénieure ! Je soupire en tentant de résoudre le problème. À côté de moi, Rosie griffonne quelque chose et appelle notre professeure peu de temps après.

— Je pense que x vaut 46,894, dit-elle en faisant tourner son crayon à papier entre ses doigts fins.

— C'est exact, Rosie. Tu es la seule à avoir trouvé la bonne réponse. Ça ne te dérange pas d'aller résoudre cette équation dans quelques minutes au tableau ?

— Non, pas du tout, sourit-elle.

Mlle Parks reprend son inspection quelques rangs plus loin. Je regarde mon résultat et grimace en le voyant. Je trouve $x = 22$. Je n'y arriverai jamais. Je lance un rapide coup d'œil vers le cahier de ma copine pour voir son développement. Nous faisons quasiment pareil et c'est à l'avant-avant-dernière ligne de la résolution que je me trompe. Je gomme mes erreurs et réécris avec soin l'équation. Je trouve enfin la bonne réponse ! Bon, c'est vrai que je me suis aidée de son travail, mais l'essentiel, c'est que j'ai compris d'où venaient mes erreurs.

Quelques instants plus tard, Rosie se lève de sa chaise pour aller au tableau. Le mouvement d'air que son corps provoque tourne les feuilles et son cahier s'ouvre alors sur une autre page. Je commence à feuilleter pour retrouver l'exercice lorsque mon regard est capté par un dessin. Un cœur est griffonné au crayon et les lettres R et J sont dessinées à l'intérieur. Rosie et Jace. Juste dessous, je remarque une date : « 06/12 ». Je souffle. Elle nous a pourtant assuré qu'elle ne le fréquentait plus depuis quelques semaines, depuis qu'il a fait irruption à Thanksgiving. Ce garçon n'est rien de plus qu'une ancre qui l'entraîne vers le fond. Je dois en parler à Amber. Elle va être folle de rage en apprenant cette nouvelle. J'attends qu'elle revienne à sa place pour lui poser quelques questions, mine de rien.

— Tiens, je me demandais... Tu as revu Jace ?

Son crayon s'échappe de ses doigts.

— Non ! s'exclame-t-elle. Pourquoi tu me demandes ça ?

— Juste comme ça. Il est très souvent devant le lycée avec sa bande.

— Je n'y fais plus attention, et puis tu sais bien que ma mère me dépose et vient me chercher maintenant. Je l'ai oublié. C'est de l'histoire ancienne.

— Vraiment ?

Elle hoche vivement la tête.

— Tu ne l'as pas vu depuis quand ?

— Depuis que j'ai rompu avec lui.

— Juste après Thanksgiving, c'est ça ?

Elle acquiesce.

— Et depuis, plus aucune nouvelle ? Il ne te manque pas ?

— Tu commences à me faire chier, Lili, avec tes questions. J'aimerais me concentrer et résoudre ce problème.

C'est à ce moment-là que j'ai compris que Jace était loin d'être du passé mais qu'il était le présent et surtout le futur. Nous étions à la mi-janvier et, cinq mois plus tard, nous devions être diplômées. Depuis que leur relation avait été dévoilée quelques semaines plus tôt, ses parents la surveillaient en permanence. Ils avaient peur pour elle et s'inquiétaient autant que nous, ses amies. Elle n'avait pas eu le choix et avait dû rompre avec lui. Ses parents la soupçonnaient de se droguer mais Amber et moi savions qu'elle ne touchait à rien, Dieu merci. Enfin, je devrais plutôt dire : n'y touchait pas encore... Elle qui était pleine de vie se repliait peu à peu sur elle-même. Aucun doute que Jace était derrière tout ça. Lorsque nous avons appris qu'il faisait partie d'un groupe de jeunes rebelles qui squattaient les abords du lycée, nous avons compris qu'il était à fuir comme la peste, mais Rosie ne l'entendait pas de cette oreille. Au contraire, il l'attirait d'autant plus. Elle voulait savoir qui se cachait derrière cette allure de garçon dangereux. Selon elle, il était bien plus que ça. C'était le don de Rosie, déceler le meilleur chez les gens. Mais Jace n'avait et n'a toujours rien de bon en lui. Elle lui cherchait des circonstances atténuantes et c'est sûrement ce qui causa sa perte. Pour nous, Jace, alors âgé de dix-neuf ans, était une bombe à retardement. Il consommait à outrance drogues et alcool. On ne pouvait le voir sans un joint à la main, bravant les interdits avec un petit air supérieur. Nous avons tout essayé pour éloigner Rosie de ce type, en vain. J'aimerais tellement revenir en arrière et changer les choses.

— Lili ? dit Amber en passant une main devant mes yeux. À quoi tu penses ?

Je sors de mes pensées et me redresse, sur le canapé. Je dois chasser ces souvenirs. Rien ne pourra jamais changer le passé. Je ne peux qu'améliorer l'avenir désormais. Et Jace n'en fera définitivement jamais partie.

— À rien, je dis en souriant.

— T'es sûre ?
— Si je te le dis !
— C'est vrai ! Les pancakes sont prêts sinon ? demande-t-elle d'une petite voix.
— Oui !
— Qu'est-ce qu'on attend pour les manger alors ?!

Je lâche un petit rire avant de me lever et d'aller dans la cuisine, préparer ces fameux pancakes. Bizarrement, je me sens beaucoup plus légère maintenant que l'odeur de cuisson chatouille mes narines.

— Bon, commence Amber en s'accoudant sur le comptoir, raconte-moi maintenant ce qui se passe entre Sexy Cam et toi. Depuis que je suis arrivée, je meurs d'envie d'en savoir plus.
— Sexy Cam ? je m'exclame en riant.
— Oui !! C'est vrai que je préfère habituellement les mecs un peu plus typés mais lui, j'en ferais bien mon quatre-heures. Et s'il en a dans le ventre, peut-être même l'apéro.
— Tu es incroyable, Amber !
— Je sais, sourit-elle.

Je lui raconte alors tout. Absolument tout. Du début jusqu'à la fin, jusqu'à ce matin. Amber ne m'interrompt pas une seule fois. Elle me laisse déballer tout ce que j'ai sur le cœur et je peux maintenant dire que cela fait du bien. Même si j'ai retrouvé en Grace une partie d'Amber, je ne me sens pas encore prête à tout dire à ma nouvelle amie. J'ignore pourquoi, cette fille est si géniale. J'imagine que c'est certainement parce que nous ne nous connaissons pas encore suffisamment.

À la fin de mon monologue, Amber arbore un grand sourire.

— Je sais d'avance que tu ne voudras pas m'écouter, mais tu es amoureuse de lui, Lili.
— C'est pas vrai ! je proteste. Je ne suis pas amoureuse de Cameron.
— Vraiment, tu en es certaine ?

— Oui !
— Alors dis-moi pourquoi tu réagis comme ça.
— Comme ça ?
— Les coups de poignard lorsqu'il est parti avec Leila sans donner de nouvelles, par exemple.
— Parce que…
Je ne trouve plus les mots.
— Est-ce que tu ressentais ça avec Ian ?
Je secoue la tête.
— Avec Ian, c'était bien mais pas aussi fort qu'avec Cameron.
— C'est parce que tu es amoureuse, c'est tout. Il faut que tu comprennes que ce n'est pas un drame ou une fatalité, Lili. C'est naturel d'aimer !
— Mais je ne peux pas l'aimer !
— Pourquoi ?
— On est trop différents, Amb. Il ne voit en moi qu'une simple colocataire, une amie tout au plus, et puis, il est avec Leila.
— Tu es sûre de ce que tu avances ?
J'acquiesce d'un mouvement de tête.
— Dans ce cas, il roule aussi des pelles à Evan ?
— Quoi ? Non ! je m'exclame. C'est son meilleur ami.
— On est d'accord. Maintenant, réponds honnêtement. Est-ce qu'il est en manque de sexe ?
— C'est quoi cette question Amber ?
Elle me fait signe de répondre, le regard pétillant.
— J'imagine que non… Leila et lui ont l'air de plutôt bien s'entendre à ce niveau, je dis avec une grimace de dégoût. Du moins, à entendre les hurlements de truie qu'on égorge lancés par cette fille.
— Conclusion, tu n'es pas une simple colocataire !
— Ça ne prouve strictement rien.

— Oh que si ! Pourquoi s'embêterait-il avec toi si tu ne représentais rien pour lui ?

— Pour se distraire ?

— N'importe quoi, Liliana Wilson. Tu dis de belles bêtises parfois. Vous vivez sous le même toit, imagine deux secondes la galère que ça serait s'il s'amusait juste avec toi, sans aucun sentiment. À un moment ou à un autre, ça finirait forcément mal, la colocation deviendrait un cauchemar et Cameron a l'air suffisamment intelligent pour savoir ça. Il ne se mettrait pas à dos son meilleur ami, je pense. Ce garçon est dingue de toi, Lili ! Il ne prendrait pas autant de risques s'il voulait juste « jouer ». Je m'y connais un peu en garçons, je te rappelle que j'ai deux frères aînés et j'ai une expérience un peu plus solide que la tienne. Il y a des signes qui ne trompent pas, tu peux me croire.

Sans attendre de réponse de ma part, Amber attrape un pancake et le badigeonne de sirop d'érable. Et si elle avait raison ? Si j'étais bel et bien en train de tomber amoureuse de lui ? Je ne sais pas quoi penser de tout cela. D'un côté, je suis presque convaincue que ce n'est pas le cas. J'ai toujours pensé qu'il était impossible de tomber amoureuse en si peu de temps... Le coup de foudre n'existe que dans les contes de fées. Et là ? Je ne le connais que depuis moins de deux mois, ce qui me paraît bien court pour éprouver de tels sentiments à son égard. Mais d'un autre côté, je pense à tout ce que je ressens quand il est près de moi, quand il me touche, m'embrasse. Je n'ai jamais rien éprouvé d'aussi fort même lorsque je pensais être amoureuse. Cameron est si mystérieux que je ne sais jamais sur quel pied danser avec lui. Faire un pas en avant avec lui revient à en faire deux en arrière. De plus, je ne conçois pas d'aimer quelqu'un lorsque cet amour est à sens unique, et je sais pertinemment au fond de moi que c'est ça dont j'ai peur : tomber éperdument amoureuse de Cameron et que lui ne m'aime pas.

Pour mettre fin à ces pensées, je secoue légèrement la tête et finis de faire cuire toute la pâte avant de me tourner vers Amber.

— Au fait, Evan m'a proposé qu'on aille au match de football ce soir. Ça te dit ?

— Oui bien sûr !

— Je lui envoie un message alors.

Elle avale un autre pancake. Quant à moi, j'en attrape un sur le dessus de la pile et le mange nature avant d'aller chercher mon téléphone posé sur la table du salon.

On vient toutes les deux ce soir :)

Sa réponse ne tarde pas à arriver :

OK, j'ai retrouvé Cam là. On vient vous chercher dans une petite heure, soyez prêtes.

PS : couvrez-vous bien parce que, un, il risque de ne pas faire très chaud et, deux, je suis pas prêt à me battre avec des étudiants en chaleur et complètement bourrés parce que vous vous serez mises sur votre trente et un. Cam est de mon avis et m'a demandé de préciser que, si vous le souhaitez, vous pouvez enfiler nos sweat.

Cameron sera donc là. Je n'ai eu aucune nouvelle depuis qu'il est parti cette nuit avec Leila. Comment va-t-il se comporter avec moi ? Est-ce qu'il m'ignorera complètement parce qu'il regrette ce qui s'est passé ? Toutes ces questions commencent à m'angoisser.

Alors que je m'apprête à répondre, mon téléphone vibre. Il s'agit encore d'Evan.

Je crois que Cam est jaloux ;) Mais ça reste entre nous surtout, il risquerait de me frapper s'il savait que j'ai dit ça. J'ai déjà fait les frais d'un de ses coups de poing et je peux t'assurer que c'est pas forcément agréable.

Quoi ? Il est jaloux ? Mon cœur ne manque pas un mais plusieurs battements.

— T'en fais une de ces têtes, me dit Amber en s'asseyant au bout du canapé.

— Lis ça, je dis en lui tendant mon téléphone.

Elle lit attentivement les deux messages et ses yeux s'arrondissent quand elle arrive aux fameux mots qui se répètent dans ma tête.

— Qu'est-ce que je t'avais dit ? Si ça, c'est pas un signe, faudra m'expliquer ce que c'est ! s'exclame-t-elle.

— Tu penses ?

— Tu es bête ou quoi ? Si Cameron insiste pour que tu mettes son sweat, c'est qu'il veut montrer à tout le monde que tu lui appartiens.

— Amber, je souffle.

— Arrête de le nier, Lili ! Tu es têtue mais je le suis encore plus et, pour le coup, j'ai raison à dix mille pour cent.

Avant même que je ne puisse répliquer, elle reprend.

— Il nous reste un peu moins d'une heure pour montrer à Cam ce qu'il loupe en restant avec cette idiote de Leila.

Je souris avant de me laisser entraîner dans la chambre pour nous préparer.

*

Voilà bientôt une heure que nous nous préparons. Comme à son habitude, Amber met énormément de temps à s'habiller, se coiffer, se maquiller, alors que moi, je me contente du strict minimum. Après tout, on ne va pas à la cérémonie des oscars mais juste à un match de football de l'université.

— On n'est pas invitées à un gala, Amber, tu n'es pas obligée d'en faire autant.

— Je sais bien mais, comprends-le, j'aime me sentir belle et je le fais pour moi, pas pour les autres.

Je soupire.

— Dans ce cas, dépêche-toi un peu. Il est presque 19 heures et les garçons ne vont pas tarder à arriver.

C'est à ce moment-là que mon téléphone sonne et affiche un message d'Evan.

On est arrivés.

De moi : *D'accord, on descend avec Amber. Vous avez besoin de quelque chose ?*

D'Evan : *Tu peux descendre le câble de chargement de mon smartphone ? Il doit être sur ma commode.*

De moi : *Je te le descends :)*

Il me remercie et je file dans sa chambre récupérer son câble avant d'oublier.

— On y va, Amb ! je crie.

Elle sort de la salle de bains, enfile sa veste et ses chaussures avant de me rejoindre dans le couloir.

— Je suis prête !

— Enfin ! je réplique en feignant d'être exaspérée.

Nous sortons de l'appartement, je ferme la porte à clé, hisse mon sac sur mon épaule puis nous nous dirigeons vers l'ascenseur. Je suis fan de mes chaussures. Je les ai achetées il y a quelques jours dans une petite boutique près de Venice Beach. Amber a insisté pour que je mette des talons hauts mais je ne me sentais pas d'en porter deux soirs de suite. J'ai alors enfilé cette paire de tennis beige très clair avec un motif en dentelle. Puisque nous allons nous retrouver au beau milieu d'une foule d'étudiants, j'ai préféré jouer la carte du confort et de la sécurité avec un jean slim bleu clair et une petite veste cintrée en daim.

— C'est nul que tu aies choisi ce jean, cette robe te faisait des fesses d'enfer.

Je ris.

— Bon, reprend-elle, ce jean te va très bien aussi et, déjà, tu n'as pas mis son sweat. Cameron va être dingue.

— Je suis sûre que non, Amb.

— Si, si, crois-moi.

Je ne réponds rien et quelques secondes plus tard, le *ding* de l'ascenseur retentit et nous indique que nous sommes arrivées au rez-de-chaussée.

Je suis agréablement surprise de découvrir qu'il fait moins frais qu'hier soir. Heureusement car, cette fois-ci, nous allons devoir rester à l'extérieur pendant plusieurs heures.

Le 4 × 4 est garé juste devant l'entrée de l'immeuble. Cameron est au volant et Evan est assis sur le siège passager, tous les deux guettent notre arrivée. Les portières se déverrouillent lorsque nous sommes tout près. Amber monte derrière Cameron et je la remercie silencieusement. Je n'aurais sans doute pas supporté ses regards insistants dans le rétroviseur.

— Vous êtes prêtes ? sourit Evan en se retournant.

— Oui, je dis en chœur avec Amber.

— On rejoint la bande au Pat's Diner pour manger un bout avant le match. Ça vous va ?

— Bien sûr ! je réponds.

Nous quittons aussitôt le parking. Evan et Cameron parlent du match de ce soir et font des pronostics. Amber, quant à elle, regarde par la vitre teintée et prend de temps à autre quelques photos.

Les mots d'Amber me reviennent en tête. « Ce garçon est dingue de toi. » et si c'était vrai ? Je ne suis pas experte en sentiments et en garçons mais il est vrai que le comportement de Cameron vis-à-vis de moi est plutôt *particulier*. Il semble détester qu'Enzo me tourne autour et nous avons déjà échangé plusieurs baisers, plus passionnés les uns que les autres. Je ne suis pas sûre que ce genre de choses soit anodin entre deux personnes. *Ne te fais pas de film, Lili.* S'il y avait le moindre espoir que je lui plaise vraiment, il m'aurait donné de ses nouvelles ce matin, mais ça n'a pas été le cas.

Une petite dizaine de minutes plus tard, Cameron tourne à droite et entre sur l'immense parking d'un restaurant le long de Hollywood Boulevard. Il n'y a quasiment plus de place pour se garer. Cameron en trouve finalement une qu'il juge suffisamment grande pour garer le 4 × 4. Nous sortons de la voiture avant de rejoindre le restaurant.

En plus d'y faire très chaud, ce *diner* est extrêmement bruyant, entre la musique rock qui sort des enceintes et le brouhaha des clients et du personnel. J'ai l'impression que c'est un point de rendez-vous très apprécié des étudiants. La moyenne d'âge doit y être de vingt ans. Même si, d'ordinaire, je préfère les endroits plus calmes et plus réservés, j'aime bien l'atmosphère qui règne ici, c'est plein de vie.

Au fond de la salle, j'aperçois James nous faire un signe.

— Ils sont là-bas, je dis à Evan qui les cherche du regard.

Nous avançons jusqu'à la table. Il n'y a que James, Raf, Enzo et Grace qui sont assis.

— Brad et Sam ne sont pas là ? je demande.

Grace secoue la tête.

— Non, Sam doit se lever tôt demain ou je ne sais quoi, et il voulait rester chez lui ce soir.

— Et Brad ?

— Anya est en ville.

— Oh, super ! Ça faisait longtemps qu'ils ne s'étaient pas vus.

James hoche la tête avec un sourire. Je n'attends pas plus longtemps pour m'asseoir à côté de Grace sur la banquette en cuir rouge et, à ma gauche, s'assied Evan, puis à ses côtés Amber.

Après avoir enlevé ma veste, je relève la tête et découvre la personne en face de moi : Cameron. Il fallait forcément qu'il soit à cette place. Bêtement, je n'ose pas le regarder dans les yeux et tente par tous les moyens de fuir son regard.

— Alors, Lili, commence Enzo. Ta journée s'est bien passée ?

Je ne suis pas sûre que je pourrais qualifier ma journée de « bonne » mais, malgré tout, je souris à Enzo. Il vient de me donner une occasion de ne pas regarder mon colocataire. Je lui en suis reconnaissante.

— Oui ! Et la tienne ?

— Très bien aussi. Je suis allé courir ce matin et j'ai pensé à toi. Ça fait longtemps qu'on n'a pas couru ensemble.

— Vous courez ensemble ? intervient tout à coup une voix grave.

Cameron n'a pas l'air ravi par cette information. Son visage est crispé et ses yeux, dilatés.

— Oui, c'est un problème ? répond Enzo.

— Pourquoi tu ne viens jamais courir avec moi ? me demande-t-il en ignorant la question d'Enzo.

Sa voix est profonde. C'est la première fois depuis cette nuit qu'il m'adresse la parole. En le regardant dans les yeux, je m'aperçois qu'il est à deux doigts d'exploser de colère. Je ne comprends pas ce soudain changement de comportement. Il n'a pas daigné me donner un signe de vie et, maintenant, il est presque à exiger des comptes rendus.

— Tu ne m'as jamais demandé que je sache.

Toutes les personnes présentes autour de la table ne manquent rien de cet échange.

— Je ne savais pas que tu aimais courir en couple.

— Je ne cours pas en couple ! je m'exclame. C'est plus facile de courir accompagné, c'est tout.

— T'as pas à te justifier, Lili, poursuit Enzo. Si elle veut courir avec moi et non avec toi, je vois pas où est le problème, dit-il en s'adressant à Cameron. Sauf si tu en as un avec moi, évidemment.

Un sourire malsain se dessine sur les lèvres de Cameron alors que le visage d'Enzo s'assombrit petit à petit. Cette conversation est en train de dégénérer.

— Bon, et si on commandait ? les coupe Rafael.

Sans attendre de réponse, il fait signe à une serveuse et je le remercie d'un petit sourire.

Le repas se passe finalement bien. La tension qui s'était installée au début est vite retombée lorsque nos plats sont arrivés. Heureusement, Cameron et Enzo ont vite oublié leur différend. Tout au long du repas, les garçons et Amber ont essentiellement échangé sur le match de ce soir alors que, de mon côté, j'ai discuté avec Grace. Elle m'a longuement parlé d'Alex. Ils ont rompu il y a un peu plus de deux semaines. Elle m'a expliqué à quel point elle est surprise de voir qu'il ne lui manque pas comme elle aurait pu le penser. Elle me dit quand même qu'elle est bien contente de ne pas avoir appris à son frère qu'elle sortait avec un de ses amis pour rompre aussi rapidement. Je crois qu'elle a raison. Certaines choses doivent rester de l'ordre du personnel… Je jette un coup d'œil à Cameron qui rit, le visage totalement détendu et avenant. Ce n'est même plus le côté sexy que je vois mais une sorte de douceur et de beauté. Il croise mon regard et le sourire qu'il m'adresse est juste charmant.

*

Une heure plus tard, nous avons fini de manger. Comme chaque fois que nous sortons, aucun des garçons n'accepte que nous payions notre repas. Bien que touchante, cette attention me met toujours mal à l'aise. Mais je sais pertinemment que, si je contestais, ils n'auraient aucun scrupule à faire une scène dans le restaurant, devant tout le monde, ce que je veux à tout prix éviter. Un jour, c'est décidé, je les inviterai tous à dîner et ils n'auront pas d'autre choix que d'accepter que ce soit moi qui régale.

— Tout le monde est OK, on peut y aller ? demande Rafael.

— Attendez, je passe aux toilettes avant.

— Dépêche-toi Lili. Tu nous fais toujours le coup !

Je lâche un rapide « excusez-moi » en m'éloignant vers les toilettes réservées aux femmes.

Quelques minutes plus tard, je sors d'une des cabines et vais aux lavabos situés en face. Alors que je m'apprête à me laver les mains, un reflet dans le miroir me fait sursauter.

— Merde, tu m'as fait peur, Cameron. Faut arrêter ! Je n'ai pas envie de mourir d'une crise cardiaque.

— Désolé.

Je lève les yeux vers lui. Il n'a pas du tout l'air désolé. Il a même un petit sourire en coin. Qu'est-ce qu'il fait ici, dans les toilettes réservées aux femmes ?

— Tu voulais me voir ? je dis d'une voix détachée. Ou alors tu as changé de sexe pendant la nuit ?

C'est la première fois depuis cette nuit que nous nous retrouvons seulement tous les deux.

— À ton avis ?

Je déglutis.

— Je t'écoute.

Je me décale légèrement pour me sécher les mains. Du coin de l'œil, j'aperçois Cameron se frotter nerveusement le visage.

— Écoute, commence-t-il, pour cette nuit…

Je l'interromps, prononçant les mots que je me suis répétés tout au long de cette journée :

— On n'était plus lucides. Il était tard et on avait bu.

Je n'avais quasiment pas bu et je sais que Cameron non plus. Je ne l'ai jamais vu saoul. Je croise son regard dans le miroir. Il semble abasourdi par ma réponse. Visiblement, il ne s'attendait pas à ça.

— J'étais parfaitement lucide.

— Cam, je souffle en m'appuyant sur le rebord du lavabo. On n'aurait pas dû.

— Tu regrettes ?

— Non.

Son regard me transcende. Il semble lire en moi dès que nos yeux se croisent.

— Enfin oui.

Je me reprends difficilement. Je ne veux surtout pas qu'il sache que la seule chose que je regrette, c'est que nous ne soyons pas allés jusqu'au bout.

— Moi, je regrette pas, Liliana.

Mon cœur s'emballe.

— Ce n'est pas bien vis-à-vis de Leila et tu le sais. Elle doit encore plus me détester.

Et je comprendrais parfaitement qu'elle souhaite me voir morte. J'ai toujours mal vécu le fait d'avoir des « ennemis ». Mon côté pacifique et calme, j'imagine. Je n'aime pas du tout cette fille. Mais quand j'ai vu, après m'être retournée, toujours collée à Cameron, l'expression sur son visage, j'y ai lu une grande douleur. Qui suis-je exactement pour ainsi blesser quelqu'un ? Je souhaite ne jamais connaître ce qu'elle a pu ressentir en voyant celui qu'elle aime avec une autre fille.

Cameron ne répond pas, il se doute bien qu'elle me hait. Je ne sais pas ce qui s'est passé après leur départ et, en toute honnêteté, je préfère l'ignorer. Il semble réfléchir à quelque chose. Les traits de son visage sont tendus et ses lèvres bougent légèrement.

Je passe les mains sur mon jean pour enlever les dernières traces d'humidité et fais deux pas vers lui. Même si c'est douloureux à admettre, c'est ce qu'il y a de mieux à faire.

— On oublie tout alors ?

— Si c'est ce que tu veux.

Sa voix est traînante.

— Cam...

Je m'éclaircis la voix avant de poursuivre :

— C'était une erreur.

— Pas pour moi.

Merde. Tous les doutes qui s'étaient installés semblent prendre leur envol avec ces derniers mots. Je suis partagée. Entendre ça me donne l'espoir que lui aussi partage mes possibles sentiments et, d'un autre côté, je sais que c'est mal, que rien ne devrait arriver entre nous, si ce n'est de l'amitié. Nous ne pouvons vraiment pas continuer comme ça. Ça me brise le cœur de devoir prétendre ce que je m'apprête à dire mais, sur le moment, je ne trouve rien d'autre. J'inspire profondément avant de tout déballer.

— J'ai des sentiments pour Enzo.

— Tu quoi ?

Il part dans un grand rire mais je vois dans ses yeux un léger doute.

— J'apprécie énormément Enzo.

— Arrête de te foutre de ma gueule.

— Je ne me moque pas de toi, Cameron !

— Dans ce cas-là, approche-toi, regarde moi dans les yeux et dis-moi que tu es amoureuse de lui.

Je ne peux pas. Être plus proche de lui causerait sans aucun doute ma perte mais, malgré tout, je fais un nouveau pas vers lui.

— Alors ? poursuit-il.

— Je...

— Arrête de te fatiguer, je sais que c'est faux.

Son arrogance serait sidérante si je ne le connaissais pas.

— Comment tu peux en être si sûr ?

— Je le vois dans tes yeux quand tu me regardes, dans la manière dont ton corps réagit quand tu es près de moi, dans la façon dont tu m'embrasses.

Je n'ai rien à répondre à cela. C'est la pure vérité. Que pouvons-nous bien dire lorsque le corps parle à notre place ?

— On ne peut pas, Cameron, je finis par lâcher.

— Si on peut. Nous sommes des adultes. Nous pouvons faire tout ce que nous voulons. Absolument tout.

Mon Dieu.

— Je n'ai rien d'autre à t'offrir que de l'amitié, Cam.

J'ai l'impression qu'un troupeau d'éléphants me piétine le cœur et je regrette instantanément mes mots.

Il ne répond pas et continue de me fixer.

— Amis alors ? je dis en lui tendant la main.

Il me regarde droit dans les yeux avant de poser les yeux sur mes lèvres. En un instant, toutes les sensations que j'ai ressenties cette nuit refont surface. Est-ce qu'être amie avec lui est vraiment ce que je désire ? Je sais parfaitement que non.

Il attrape ma main tendue et, la serrant fort, me dit :

— Amis.

Nos mains restent longtemps en contact. Sa peau est douce et chaude contre la mienne. Je rougis lorsqu'une certaine chaleur commence à m'envahir. Gênée, je dégage ma main de la sienne.

— On devrait peut-être y retourner, je dis.

— Peut-être, oui.

Je meurs de chaud et n'attends pas une seconde de plus pour me tourner vers la porte afin de sortir de cette pièce le plus vite possible. Mais avant même de pouvoir poser ma main sur la poignée, un bras puissant vient s'enrouler autour de ma taille.

— Qu'est-ce que tu fais ? je souffle.

Son corps se plaque contre le mien. Cette proximité est si troublante que ma respiration et mon pouls s'accélèrent. Mes yeux se posent sur son visage. Il est si beau.

— Cam.

Je ne saurais dire si ma voix lui implore de me lâcher ou au contraire de me serrer plus fort encore.

— Tu te rends compte qu'on ne pourra jamais être amis tous les deux.

J'acquiesce.

— Bien. Sinon je ne pourrais pas faire ça.

Avant même que je puisse répondre, sa main libre se glisse dans mes cheveux et ses lèvres se joignent aux miennes.

Chapitre 24

Treize jours. Treize jours se sont écoulés depuis que Cameron m'a embrassée juste avant le match. Les heures qui ont suivi ont été les plus longues qui m'aient été donné de vivre. Complètement envoûtée, je n'ai cessé de le regarder, sans même essayer de m'en cacher. Notre équipe a gagné, c'est le seul détail du match dont je me souviens, bien trop absorbée par Cameron. Mais lui, agissait comme si de rien n'était, comme s'il ne m'avait pas embrassée et laissée toute pantelante quelques heures auparavant. Il riait, parlait, souriait avec les garçons sans jamais m'accorder un seul regard. « Tu te rends compte qu'on ne pourra jamais être amis tous les deux. » Après avoir prononcé cette phrase, ses lèvres se sont posées sur les miennes pour un baiser passionné. Mon corps a abaissé ses barrières et je lui ai rendu son baiser. Lui-même semblait surpris. Il a poussé un grognement ravi. Et soudain, il s'est détaché de moi et m'a dit : « Remets ta coiffure en ordre », puis il est sorti. Cette scène a tourné en boucle dans ma tête tout au long du match et tourne encore dès que je ferme les yeux. Je ne me suis jamais sentie aussi perdue. Tout s'est mélangé dans ma tête et, treize jours plus tard, rien ne s'est éclairci. Même Amber n'a pas pu m'aider à mettre de l'ordre dans tout ça. Elle qui se décrit comme une experte en mecs, elle a trouvé étrange le comportement de mon colocataire. Pour le coup, j'aurais aimé que son séjour se prolonge mais elle devait repartir. Elle a pleuré à l'aéroport. Et je l'ai rassurée et fait promettre de ne pas se mettre inutilement en danger. Evan m'a entendue à ce moment-là et m'a regardée bizarrement, mais heureusement pour moi, il n'a pas posé de questions depuis. « Sois heureuse, Lili. La vie est trop courte. Prends chaque petit bonheur qui se présente à toi. » C'est ce qu'elle m'a murmuré avant de s'éloigner vers sa porte d'embarcation. Evan a alors posé son bras autour de mes épaules et m'a tendu un mouchoir. Je n'avais pas remarqué que je pleurais, moi aussi. Cameron a croisé mon regard et s'est retourné aussi vite.

Je secoue la tête pour chasser ces souvenirs et reporter enfin mon attention sur le cours de géographie auquel j'assiste. Les minutes passent bien trop lentement à mon goût. Je commence à m'ennuyer et à avoir sérieusement faim. Il est 12 h 46, ce qui signifie qu'il reste un peu moins d'un quart d'heure avant la fin du cours. Il me tarde de rejoindre tout le monde à la cafétéria.

Lorsque, dix minutes plus tard, le professeur nous libère, je suis la première à sortir de l'amphithéâtre et à descendre les marches extérieures du bâtiment. Il fait étonnamment beau pour cette fin de mois d'octobre. Les températures sont plus qu'agréables et le petit pull que je porte depuis ce matin est largement suffisant. Pour mon plus grand bonheur, c'est comme si l'été continuait encore un peu.

Je marche vite et mets moins de cinq minutes avant de rejoindre la cafétéria ouest du campus, si bien que j'arrive essoufflée. L'endroit est bondé comme à son habitude. La file d'attente s'étend jusqu'à l'extérieur de la cafétéria et je mets bien une dizaine de minutes avant d'attraper un plateau. Je déteste manger à ces heures-ci lorsqu'il faut non seulement faire la queue pour choisir son repas mais aussi pour trouver une place où s'asseoir. Heureusement aujourd'hui, je n'ai pas ce problème. Mes amis sont déjà tous installés autour de l'une des grandes tables centrales de la salle.

— Salut ! je souris en m'asseyant entre Grace et Evan.

Les garçons me saluent à leur tour. Ça faisait longtemps que nous n'avions pas déjeuné tous ensemble. Juste en face de moi, est assis

Cameron. Il n'a relevé la tête qu'un instant mais suffisamment pour que je croise son regard qui me fait fondre. Je détourne les yeux, espérant qu'il n'a pas remarqué que je le dévisageais.

— Pas trop long ce cours de géo ?
— Si, totalement ! je souffle à Grace. Pourtant Dieu sait que j'aime cette matière.
— Cette heure de cours est l'une des pires.

J'acquiesce. Grace et moi avons déjà partagé un cours ce matin, celui sur les cultures du monde.

— Vous avez passé une bonne matinée ? je demande avant d'entamer ma salade de riz.
— Oui, très bonne, me répond Brad. Et la tienne ?
— Très bonne aussi ! Au fait, je dis en me tournant vers mon amie, tu es au courant que l'exposé sur les puissances politiques actuelles est repoussé à la mi-novembre ? J'ai appris ça ce matin par Thomas.
— Alléluia ! Enfin une bonne nouvelle ! s'exclame-t-elle. Je n'avais toujours pas commencé à réfléchir à un sujet et ça aurait été vraiment juste niveau temps.
— Tu ne changeras jamais, je dis en riant.
— Aucune chance ! J'aime faire les choses à la dernière minute. Le stress m'exalte, que veux-tu... Je donne le meilleur de moi-même quand je suis au pied du mur. Mais j'imagine que c'est déjà fait pour toi, dit-elle avec un sourire.
— Détrompe-toi, j'ai juste établi mon plan, l'introduction et quelques parties mais ce n'est pas fini.
— » Juste » ? répète-t-elle en grimaçant.
— Bon, c'est vrai que j'ai bientôt fini, j'avoue avec un demi-sourire.
— Je me disais aussi.

Grace et moi continuons de discuter des cours et d'autres sujets lorsqu'une voix aiguë résonne dans mon dos. Je frissonne en reconnaissant la voix de Leila – il ne manquait plus qu'elle.

— Je peux me joindre à vous ?

— Il n'y a plus de place, lâche Grace sans même lever les yeux vers elle.

Je tourne la tête : il reste des places de chaque côté. Ne se démontant pas, Leila poursuit :

— C'est pas grave, je peux me mettre sur les genoux de Cam.

Sans même m'en rendre compte, je lâche ma fourchette qui tombe avec fracas dans mon assiette. Je la reprends en vitesse et baisse la tête, espérant ne pas avoir attiré l'attention sur moi.

— Ça te pose un problème ?

Je mets plusieurs secondes avant de réaliser que ce ton sec et agressif m'est destiné.

— Non, aucun.

— Bien.

J'entends ses talons claquer sur le sol carrelé avant qu'elle apparaisse en face de moi, juste derrière Cameron. Elle place ses mains sur ses épaules et se baisse ensuite pour l'embrasser sur la joue. Ce dernier semble se tendre à ce contact. En baissant la tête vers mon plateau pour ne pas en voir davantage, je me rends compte à quel point je serre le poing. Je passe rapidement la paume de ma main moite sur mon pantalon avant de relever les yeux. La place à côté de Cam est libre. Leila ne perd pas une seconde pour s'y asseoir. Je jette un coup d'œil rapide à son plateau. Il est quasiment vide. Il y a juste une assiette de purée de légumes verts avec un petit morceau de volaille et un fromage blanc maigre en dessert. Ça doit être le minimum pour avoir son corps parfait, un corps que Cameron aime. Je regarde ce que j'ai choisi. En entrée, une salade de riz nappée de sauce onctueuse – déjà avalée –, une assiette de raviolis italiens en plat principal et, pour le dessert, une tarte aux noix. Tous ces plats sont gras, sucrés et, surtout, extrêmement caloriques. Cette fille est tout ce qu'il y a de plus parfait. Elle est grande, mince et belle. Moi ? Je suis plutôt petite, je suis loin d'avoir sa silhouette et je suis ce qu'il y a de plus banal. Ce constat me tord le ventre mais je dois me rendre à l'évidence : pourquoi Cameron me regarderait, moi, alors que Leila se tient à côté de lui ? Pour la première fois, je me sens laide et grosse.

Les minutes passent. Tout le monde semble de bonne humeur, heureux d'être là. Tout le monde sauf moi, visiblement. Depuis que Leila est arrivée, Cameron et elle n'ont cessé de discuter, de rire, de se sourire. Égoïstement, je pensais que leur histoire serait terminée après ce qui s'était passé, mais je me trompais. Je suis aux premières loges de ce spectacle qui me rend malade, dans tous les sens du terme. Je tente d'avaler un ravioli mais plus aucune nourriture n'arrive à passer et, mon assiette à peine attaquée, je pose ma fourchette sur le plateau.

— Tu ne manges plus, Liliana ?

Cette voix criarde commence sérieusement à m'énerver. Elle semble encore plus fausse que d'habitude. Nous ne nous sommes quasiment jamais parlé. La dernière fois remonte à cette fameuse nuit où elle nous a surprise, Cam et moi. Tout me revient en mémoire. Pourtant, à ce moment précis, je ne ressens plus aucune compassion à l'idée de ce qu'elle a pu ressentir en nous voyant.

— Non, comme tu le vois, je réponds sèchement.

Elle porte à sa bouche un peu de purée de brocolis ou d'épinards, je n'en ai aucune idée. Tout ce que je sais, c'est que c'est vert et que ça a l'air juste répugnant.

— Tu as raison. À ce rythme, il faudra bientôt te rouler, dit-elle en s'essuyant la bouche.

Je fulmine, littéralement. Je ne sais pas ce qui me retient de me jeter au-dessus de cette table pour lui arracher ses cheveux parfaitement coiffés. Mais je ne fais rien et prends sur moi. Car à part envenimer les choses, répondre ne servirait à rien. Je lui fais un sourire des plus hypocrites et me contente de suivre la conversation des garçons.

— On se rejoint à quelle heure demain soir ? demande Raf.

Je me rappelle alors que, demain, nous serons le 31 octobre, autrement dit, le jour d'Halloween. Ces derniers temps, la ville et, plus généralement, le pays tout entier ont arboré de belles couleurs, allant de l'orange des citrouilles aux teintes sombres des décorations effrayantes en tout genre. J'aime bien cette atmosphère. C'est à la fois joyeux et terrifiant. L'une des plus grandes fêtes de l'année aura lieu demain soir. Évidemment, les garçons ont prévu de s'y rendre et Grace et moi irons avec eux. Je suis à la fois excitée et effrayée.

— Vous ne préférez pas qu'on se rejoigne avant ? demande James.
— Pourquoi pas. On se fixe ça tout à l'heure ?

James acquiesce tandis que Leila se racle la gorge. Sentant son regard insistant sur moi, je me tourne vers elle.

— Il y a un problème ? je lui demande.
— Je me disais juste que certains n'auront pas besoin de se déguiser, souffle-t-elle avec un petit sourire.

Aucun doute, cette phrase m'est destinée. Cameron, à son côté, ne semble pas avoir entendu. Il est en pleine discussion avec Rafael. Pour ma part, le feu se déclenche à toute vitesse. Mais de quel droit sort-elle des choses aussi puériles ?

— Je vais me la faire, siffle Grace entre ses dents.

Si je n'avais pas moi-même la folle envie de l'étrangler, je sourirais probablement à sa remarque.

— Laisse tomber, elle n'en vaut pas la peine, je dis.
— Elle te méprise, Lili. Tu peux pas laisser passer ça.
— Si, je peux, et je vais le faire, Grace. C'est bon, vraiment. Si ça lui fait plaisir, qu'elle continue, mais moi, ça ne m'atteint pas.
— Je ne te crois pas.
— Si je te le dis, je soupire. Vraiment, Grace, ça va.
— OK, mais à la prochaine pique qu'elle t'envoie, peu importe ce que tu en penses, je répondrai.

Je hoche la tête. Si elle l'a décidé, je sais que rien ne la fera changer d'avis.

— Il y a un thème particulier pour la soirée de demain ? je demande pour changer de sujet.

— Non, répond Brad. Il faut juste être déguisé.

— D'accord. Vous avez des idées de costumes ?

Les garçons se sourient. À mon avis, oui, ils savent ce qu'ils vont porter demain.

— Mais vous allez rien me dire, je suppose ?

— Tu supposes bien, rit Evan.

— Et vous ? commence Leila en nous regardant, Grace et moi, vous avez une idée ?

Je réponds en même temps que Grace. Cependant, cette dernière dit « oui », alors que de mon côté, je réponds « non ». J'aurais dû me soucier de ça avant. J'ignore absolument ce que je pourrais enfiler. L'année dernière, je m'étais déguisée en Fée Clochette diabolique. J'avais travaillé dur sur ce costume et je dois avouer que j'étais particulièrement fière de le porter ce soir-là. Mais cette année, je sais d'avance que je ne serai pas aussi « bien habillée ». J'aurais vraiment dû m'y prendre avant ! C'est quasiment impossible de trouver un déguisement en aussi peu de temps.

— Ah, souffle Leila de manière exagérée, tu n'étais pas au courant pour la fête.

Je daigne répondre, bien que je comprenne qu'il ne s'agissait pas d'une question.

— Si. J'ai plein de choses en tête en ce moment et j'ai juste oublié.

— Plein de choses en tête, répète-t-elle.

Je comprends alors le sous-entendu. Mince. Je n'aurais pas dû répondre.

— Et donc, reprend Leila plus fort cette fois-ci, de manière que tout le monde entende. Quelles sont ces choses que tu as en tête ?

Essentiellement le garçon assis à côté de toi. Je prends une gorgée d'eau avant de rétorquer :

— Rien qui te concerne. Mon univers ne tourne pas autour de toi, au cas où tu ne le saurais pas.

Je souris, fière de ma répartie. Leila ne s'y attendait pas et me regarde avec des grands yeux, déstabilisée. Mais cette attitude ne dure qu'un instant, elle reprend vite cet air hautain qui lui est si familier, un petit sourire flottant sur ses lèvres.

— J'ai entendu dire que, chez Holwell's, la thématique de la soirée était super-héros et catins.

— Cet endroit est pire que répugnant, Leila, lui répond Raf. Pourquoi tu nous parles de ça ?

— Parce que Lili semble être dans le thème. Vous ne trouvez pas ?

Si je n'étais pas bien constituée, ma mâchoire se serait décrochée à coup sûr. Je déglutis tandis que le silence retombe sur la tablée. Avant même que je puisse me défendre, une voix masculine intervient.

— Tu vas trop loin, dit James, visiblement fâché et outré.

Elle part dans un grand rire que l'on pourrait sans mal qualifier d'hystérique.

— Oh James, crois-moi, ce n'est pas moi qui suis allée trop loin. Pas cette fois, répond-elle en se tournant vers moi.

Et je comprends alors. Elle s'est retenue mais, désormais, la soupape est en train de lâcher et, d'ici peu, elle révélera tout. Je sais que je ne mérite pas sa considération, pourtant je ne m'attendais pas à cela de sa part. À la rigueur, je pensais récolter une gifle, toutefois pas une humiliation publique. Je suis fichue.

— Qu'est-ce que tu veux dire ? poursuit Evan.

— Tu n'es pas au courant ? s'étonne-t-elle faussement.

— Au courant de quoi ?

— Que tu habites avec une belle petite pute.

Je m'étouffe en entendant ces mots. Ma salive se bloque dans ma gorge et je pars dans une quinte de toux en rougissant comme jamais. Je ne peux plus l'arrêter. D'ici quelques minutes, toute la tablée sera au courant de ce qu'il y a eu entre Cameron et moi.

— Qu'est-ce que tu viens de dire, là ? s'exclame Grace alors que je vois les garçons sur le point de me défendre.

— Tu m'as très bien entendue.

À mes côtés, Grace se tend.

— Tu es le meilleur ami et le colocataire de Cameron, Evan, reprend Leila, c'est étrange qu'il ne t'en ait pas parlé.

Evan se tourne vers l'intéressé, resté impassible. Il est bien le seul à sembler calme.

— Qu'est-ce qu'elle raconte, Cam ?

— Rien.

— Rien ? Tu es sûr de toi ? s'énerve Leila.

— Qu'est-ce que tu veux que je te dise ?

Contrairement à Leila qui est de plus en plus énervée, Cameron continue de garder sa sérénité.

— Dis-moi que tu regrettes.

Sa voix baisse en intensité. Elle le supplie. Je suis gênée d'assister à cette scène. Tous les regards sont désormais braqués sur eux.

— J'aurais pu te dire ce que tu veux entendre mais ce n'est pas mon genre. Tu sais pertinemment que je ne regrette pas plus aujourd'hui qu'il y a quinze jours.

C'est donc vrai. Il ne regrette rien. Lorsque nous avons eu cette conversation dans les toilettes avant le match, je ne croyais qu'à moitié ce qu'il disait. Son baiser m'a prouvé le contraire mais, connaissant ses comportements contradictoires, je préférais rester sur mes gardes quant à la réelle signification de ces mots. Des espèces de papillons prennent alors leur envol dans mon ventre. Cameron me lance rapidement un regard avant de reporter son attention sur son assiette.

— Merde, Lili, lâche Grace tout bas.

Elle vient de tout comprendre. Je jette un regard vers Leila. Elle est tendue sur sa chaise et a croisé ses bras sur sa poitrine généreuse.

— Comme je n'ai plus rien à perdre…

Elle se tourne vers moi puis jette un coup d'œil à Cameron avant de poursuivre :

— Vous allez trouver ça très drôle mais, vendredi soir, j'ai voulu rendre visite à mon petit ami ou plutôt à celui que je pensais être mon petit ami, et j'ai eu la bonne surprise de le découvrir… comment dire… occupé. Bien occupé même.

Autour de la table, plus aucun bruit ne vient rompre le silence pesant qui vient de s'installer. Tout le monde semble avoir compris. Je n'ose pas relever la tête et affronter leur regard. Mon Dieu, je ne sais plus où me mettre.

— Et si je ne les avais pas interrompus, poursuit-elle, ils auraient probablement baisé à même le parquet.

— Mais qui, merde ? s'énerve Evan.

— Tu es dans le déni, lâche Leila. Je ne sais pas depuis combien de temps dure leur manège, mais ton meilleur ami ici présent et la petite garce brune à côté de toi couchent ensemble.

— Non ! je m'exclame enfin.

— Lili ? commence Evan, complètement abasourdi.

— On n'a pas couché ensemble !

— Parce que je vous en ai empêchés ! crie Leila. Je n'ai aucun doute sur ce qui se serait passé si je n'avais pas été là. Ne mens pas, Liliana.

Je ne dis rien car je sais qu'elle a raison et qu'entre nous deux, celle qui mérite le plus de rage et de colère, c'est moi.

— Comment as-tu pu ?

Je redresse la tête et croise le regard d'Enzo. Il semble vidé de toute émotion. J'ai l'impression que tout s'est arrêté autour de moi. Plus personne ne parle. Un violent sentiment de honte me submerge. Mais merde, qu'est-ce que j'ai fait ?

— Je suis désolée, je dis en me levant.

J'attrape mon sac sous ma chaise et sors le plus rapidement possible de la cafétéria en ignorant leurs appels et en laissant mon plateau en plan. Je ne peux pas rester avec eux, pas après cette révélation.

Le soleil tape fort. De nombreux étudiants sont assis sur l'herbe et discutent, rient, sont tout simplement heureux d'être là. J'avance rapidement et rejoins l'allée centrale. Comme je n'ai aucune idée de l'heure qu'il est, je sors mon téléphone portable du fond de mon sac. Je ne reprends que dans une heure. L'appartement est à l'autre bout du campus et, à cette heure-ci, la bibliothèque est elle aussi bondée. Apercevant une place libre le long de la fontaine principale, je m'y installe et ferme les yeux, profitant ainsi des rayons du soleil.

Quelques minutes plus tard, une voix tranchante me fait sursauter :

— Je t'ai cherchée partout !

Grace est dressée devant moi.

— J'avais besoin d'être seule.

— D'être seule ? Pour faire quoi ?

— Pour parler avec ma licorne ! je lâche sur le ton de l'ironie.

Elle sourit.

— T'as pas de licorne. Sinon la mienne ne serait pas toute seule en train de brouter dans l'herbe.

Elle ôte son sac de son épaule puis s'assied à côté de moi.

— Tu marches vite, dit-elle.

— Je sais.

— Pourquoi es-tu partie ?

Elle est sérieusement en train de me poser cette question ?

— Je ne pouvais pas rester, Grace.

— Si, tu pouvais et tu aurais dû, me répond-elle fermement.

Je secoue la tête.

— Tu ne te rends pas compte… C'était une humiliation pour moi que tout ça soit révélé devant tout le monde. Tu as vu la réaction des garçons, je les ai déçus. Je ne serais pas surprise qu'ils ne veuillent plus m'adresser la parole. Oh non. Evan… Il va penser que je suis une garce maintenant…

Je sens mes mains trembler. Je ne voulais justement pas qu'il l'apprenne. Je passe pour qui ?

— On n'a pas dû regarder les mêmes personnes alors. Écoute. Je ne peux pas te cacher que j'ai vu une pointe de déception chez Enzo… Mais en même temps, tu ne l'as jamais laissé espérer quoi que ce soit, même en ayant bu. Et puis les autres… je veux dire, je suis un peu ta confidente, et j'ai vu comment ils te regardaient. Ça n'a fait que confirmer ce que tous savaient déjà… sauf Evan. Simplement il est un peu tête en l'air, je crois, sourit-elle. Et je peux te jurer sur la tête de ma petite sœur qu'il n'était pas contrarié… du moins, pas contre toi.

— J'aimerais bien, je souffle. Je suis perdue…

— Perdue, comment ça ? reprend-elle plus doucement.

— Cameron, je me contente de répondre.

— Pourquoi ?

— Tu veux que je te fasse un dessin ? Tu n'étais pas là tout à l'heure ? Elle hoche la tête, souriant encore.

— Je ne sais plus quoi penser.

Elle ne répond pas. Je la regarde alors et vois qu'elle sourit toujours.

— Qu'est-ce que tu as avec ce sourire à la fin ? je m'énerve.

— Rien. Je ne comprends juste pas pourquoi tu es si contrariée.

— Tu te moques de moi, Grace ? Tout le monde est au courant maintenant. J'adore ces garçons ! Je ne veux pas qu'ils me virent de leur vie parce que j'ai des sentiments pour Cameron. Leila a raison quand elle me traite de « pute », je dis avec une grimace de dégoût.

— N'importe quoi ! L'autre pétasse ne s'est pas fait que des amis ici et je peux t'assurer que personne autour de la table ne l'aime. Le seul susceptible de l'aimer était Cameron et avec ce qui s'est passé après, je n'en suis plus si certaine.

Comment ça ?

— Qu'est-ce qu'il a dit ? je demande hâtivement.

— Ah ça y est ! dit Grace en levant les mains en l'air. Tu as retrouvé ton sourire.

Je souris un peu plus.

— Alors, qu'est-ce que Cameron a dit à Leila ? je reprends.

— Je les ai vus parler quand je suis repassée devant la cafétéria. Ils étaient tous les deux dehors et leur conversation semblait très agitée ! Mais j'étais trop loin pour entendre. Donc, si tu veux le savoir, tu iras directement le lui demander.

— Je ne peux pas. Tu ne veux pas te renseigner pour moi ?

— Non, c'est à toi d'aller lui parler.

— Mais tu es une…

— … une garce, me coupe-t-elle. Avec Grace comme prénom, il fallait s'en douter. Après tout, il n'y a qu'à inverser deux lettres.

— Je n'allais pas dire ça !

— Peu importe, sourit-elle. Je dois filer, là. Mon cours commence dans à peine cinq minutes et je dois remonter trois allées. Je passe te chercher à 11 heures demain matin. Sois prête pour une journée shopping et soins à outrance. Cameron sera fou en te voyant demain soir.

Je n'ai pas le temps de répliquer qu'elle m'embrasse sur la joue et part vers le côté nord du campus.

Tout cela me trotte dans la tête. Qu'est-ce que Cameron a bien pu faire qui rende Grace si joyeuse ? Je meurs d'envie de le savoir. Parce que, même si c'est douloureux, je dois arrêter de me voiler la face, Cameron me plaît, beaucoup plus qu'il ne le devrait. Je ressens tout un tas de sentiments envers lui, plus forts les uns que les autres. Dès qu'il est près de moi, c'est comme si plus rien n'existait à part lui et lui seul. Cette situation me fait tellement peur. Lorsque j'étais plus jeune, je pensais que Ian serait l'amour de ma vie. J'y croyais dur comme fer. Pourtant, le temps a passé et notre histoire s'est finie. Je pensais ne jamais me remettre de cette rupture. Or, rien de ce que j'ai ressenti lorsque j'étais dans ses bras n'a été aussi fort que lorsque Cameron m'a embrassée. En venant ici, j'étais loin de m'imaginer et surtout de vouloir trouver l'amour. Je pensais uniquement à mon diplôme, peu importait combien il serait dur à obtenir. Je voulais me consacrer pleinement à mes études. Mais j'ai rencontré Cameron Miller et j'ai fini par peu à peu tomber amoureuse de lui. Et si cette rencontre chamboulait tous mes plans, que se passerait-il ?

POINT DE VUE DE CAMERON

— Je suis désolée, dit-elle en se levant.

Lili attrape ses affaires et sort de la cafétéria. Je ne supporte pas de la voir comme ça. Quand Leila a lâché son super scoop, son visage s'est complètement refermé et est devenu d'une pâleur effroyable, comme si elle allait faire un malaise. J'ai toujours vu Liliana rosir joliment mais là... Je sais qu'elle était à deux doigts de pleurer et qu'elle se retenait pour rester forte devant l'autre idiote.

Je m'apprête à mon tour à sortir pour la rattraper lorsqu'une voix féminine me prend de vitesse :

— Je m'en occupe Cam.

Je remercie Grace avec un léger sourire. Même si l'envie de la rejoindre est extrêmement forte, j'imagine que je suis l'une des dernières personnes qu'elle veut voir, ce que je comprends.

Les gars ont repris leur conversation pas plus bouleversés que ça par la révélation de Leila. Seul Enzo continue de me fusiller du regard. Qu'est-ce que cet enfoiré a à me regarder comme ça ? Je sais très bien que ça l'emmerde que Lili soit mienne. Ça se voit à dix kilomètres qu'il a des sentiments pour elle mais que ce n'est pas réciproque. Lili le considère juste comme un bon copain. L'amour à sens unique doit être vraiment dur.

Grace est partie rejoindre Lili depuis une bonne dizaine de minutes. Est-ce qu'elles vont revenir ou non ? Le plateau de Lili est quasiment plein. Elle a juste touché à son entrée, chose qui ne lui ressemble pas. Elle est plutôt du genre à se resservir encore et encore. Je l'ai déjà entendue dire à Evan qu'elle avait horreur de gaspiller de la nourriture, et que manger et goûter de nouvelles choses était un plaisir. J'aime ce côté chez elle. Des tas d'autres questions me traversent l'esprit. Est-ce qu'elle va bien ? Est-elle en colère contre moi ? Bien sûr qu'elle doit l'être. Je suis con. J'aurais dû intervenir. Elle doit penser que cette scène m'indifférait alors que c'était tout le contraire. Mais je voulais que tout le monde soit au courant que nous comptons l'un pour l'autre. C'est uniquement pour cette raison que je n'ai pas empêché la tornade Leila s'abattre sur nous. Elle pensait, cette imbécile, avoir gagné en révélant ce « secret », or malheureusement pour elle, elle n'a fait que me rendre service. Mais à quel prix ?

Je sens le regard de mon meilleur ami se poser sur moi et je le fixe. Ses yeux reflètent à la fois de l'inquiétude et de la colère. Il me reproche sans doute d'avoir blessé Lili et de ne pas lui en avoir parlé avant. Evan et moi, on se connaît depuis toujours et on ne se ment jamais. C'est sur cette base que notre relation est fondée. Il a toujours été extrêmement franc avec moi et je sais que je vais avoir droit à son petit sermon tout à l'heure. Je baisse les yeux et continue de chipoter dans mon assiette.

— Cam.

J'avais fini par oublier sa présence, bien trop obnubilé par Lili. Je tourne la tête. Leila me scrute avec ses grands yeux qu'autrefois je trouvais si beaux et expressifs. Là, je ne ressens que de l'amertume en la voyant.

— Quoi ? grogné-je.
— Tu ne dis plus rien.

— C'est mieux pour tout le monde, crois-moi.

— Est-ce qu'on peut parler ?

Pour la première fois depuis longtemps, elle n'a pas l'air aussi sûre d'elle. Veut-elle s'excuser ?

— Je t'écoute.

— Dehors, rajoute-t-elle.

Je recule ma chaise dans un crissement qui attire l'attention et me lève. En contournant la table, je croise à nouveau les yeux d'Evan. Son regard est interrogatif. Je lui fais comprendre d'un mouvement de tête que je vais régler cette affaire pour de bon. Instantanément, un grand sourire barre son visage. Il est rassuré mais je sens que je vais quand même avoir droit à son laïus.

L'air est chaud. De nombreux étudiants profitent de ce beau temps pour s'asseoir dans l'herbe et discuter de tout et de rien en mangeant. J'aimerais être à leur place plutôt qu'avec Leila qui ne s'est toujours pas décidée à entamer la discussion.

— Tu ne voulais pas parler ? je commence avant de m'appuyer avec nonchalance contre le mur.

— Si.

— Alors je t'écoute.

Elle fait les cent pas devant moi, ce qui finit par me donner mal le tournis.

— Pourquoi ? finit-elle par lâcher.

— Pourquoi quoi ?

— Pourquoi elle ?

Très bonne question.

— Ça ne s'explique pas, Leila.

Je n'ai pas envie d'épiloguer sur la question puisque ça ne la regarde absolument pas. Mes sentiments pour Lili sont de plus en plus forts, c'est tout ce que je sais.

— Qu'est-ce qu'elle a de plus que moi ? hurle-t-elle de sa voix stridente.

Tout. J'hésite un instant à lui répondre mais je me ravise et me contente de hausser les épaules. Je vois des étudiants qui tournent les yeux vers nous. J'ai juste envie qu'elle se calme.

N'allez pas penser que je suis un salaud. J'ai aimé Leila mais pas de la manière dont on aime la femme de sa vie. Je sais ce que « l'amour de sa vie » veut dire. Mes parents s'aiment profondément et je sais que je n'ai jamais regardé Leila comme mon père regarde encore ma mère après vingt-cinq ans de mariage. Je n'ai été amoureux qu'une seule fois et, comme j'ai trop souffert, je me suis promis de ne jamais retenter l'expérience. Leila était là quand j'ai eu besoin de quelqu'un. Elle a été une bouffée d'oxygène.

Leila s'est toujours comportée comme une espèce de princesse. Son père, l'un des producteurs à succès de la ville, l'a toujours traitée comme telle. C'est sa petite fille chérie et il satisfait le moindre de ses caprices. Je suis sûrement la première personne à lui avoir dit « non » et c'est pour ça qu'elle s'est autant accrochée à moi.

Je viens d'un milieu aisé, mais ce n'est rien comparé à la famille de Leila. J'ai été chez elle une ou deux fois, et le luxe fait partie intégrante de son quotidien. Nous sommes trop différents. Et puis Elena, la seule dans ma famille à être au courant de notre liaison, ne l'a jamais appréciée. Elle l'a vue quelques fois et j'ai compris à son regard qu'elle la supportait uniquement pour moi. Comme je n'avais pas son approbation, je savais que c'était cuit pour Leila.

Cette dernière m'a dit un jour qu'elle serait prête à quitter les siens pour moi. Je n'ai rien répondu à l'époque. J'aime ma vie, j'aime ma famille et, pour rien au monde, je ne changerais ça. Elena me l'a dit elle-même : « Tu te permets de donner ton avis sur mes petit amis, sache que je ferai la même chose pour toi. Si j'aime pas la fille avec qui tu couches, je te le ferai savoir aussi sec. Accepteras-tu de vivre avec une fille que je n'aime pas ? Réfléchis bien, CamCam. »

Malgré tout, j'ai éprouvé quelque chose au fil des mois passés aux côtés de Leila. Quand j'en ai parlé à ma sœur et Evan cet été sur la plage de Malibu, pendant notre break (motivé uniquement par les belles filles que je pourrais mettre dans mon lit), ils ont ri tous les deux. Je me souviens encore de leur conversation.

— C'est l'hormone de l'attachement, m'a dit ma sœur. C'est quoi déjà le nom ? Evan, toi qui sais tout sur tout, balance ton savoir.

— Ocytocine. Et tu vas finir avec la tête dans l'eau, Elena. Je suis le seul gars qui ait le droit de t'approcher, alors autant te le dire, je vais te traîner par les pieds sans que ton frère bouge.

— Ben voyons.

Evan s'est approché de ma sœur et a mis sa menace à exécution. C'était sa petite sœur autant que la mienne. C'est pour ça que je n'ai rien dit. Et je n'ai vu aucun attachement amoureux entre Evan et Elena. Sinon je n'aurais jamais permis ça. La famille, c'est sacré pour moi.

Toujours est-il que cet attachement a pris fin en même temps que l'apparition de Liliana dans ma vie. Je n'ai pas compris ce qui me tombait dessus. Pour la première fois depuis longtemps, j'ai flippé comme un malade, luttant contre ce que je ressentais pour elle. Je me suis de nouveau accroché à Leila alors que nous n'étions plus ensemble depuis plusieurs semaines. Je ne voulais pas retomber comme la première fois. J'ai fini par comprendre que Lili n'est pas et ne sera jamais comme Olivia. Je dois bien me rendre à l'évidence, Liliana Wilson, je suis en train de tomber amoureux de toi et ça me fout la peur de ma vie.

— C'est fini, Leila.

Elle ne s'attendait pas à ça. Je le répète encore une fois :

— C'est fini entre nous.

Elle devient pâle. Très pâle.

— Quoi ? Tu ne peux pas me quitter ! lâche-t-elle avant de se mettre à sangloter.

— Si, je peux le faire, Leila, et c'est d'ailleurs ce que je suis en train de faire. Que ça te plaise ou non.

Elle rit nerveusement.

— Tu me laisses pour cette garce ?

Avant que je puisse répondre, elle poursuit :

— Quand elle en aura eu marre de jouer avec toi et qu'elle se sera trouvé une nouvelle proie, ne reviens pas vers moi pour pleurer.

— Ne t'en fais pas, c'est pas dans mes habitudes.

Je m'apprête à retourner à la cafétéria lorsque sa main se pose sur mon biceps.

— Qu'est-ce que tu veux encore ? je dis sèchement en me plantant face à elle.

— On se quitte comme ça alors ?

Des larmes coulent le long de ses joues. Si elle n'était pas aussi bonne comédienne, j'aurais pu croire un instant qu'elle est vraiment triste. Elle qui a toujours ce qu'elle veut, ça doit lui faire drôle de ne pas maîtriser la situation.

— Oui.

— Mais je t'aime, Cameron.

Elle continue de pleurer.

— Arrête ton cinéma, Leila. Toi et moi savons très bien que, dans une semaine, tu seras au bras d'un nouveau mec.

— C'est toi que je veux. Les autres n'ont aucune valeur à mes yeux. Il n'y a que toi…

Je la regarde longuement puis remets une mèche de cheveux derrière son oreille.

— Prends soin de toi, Leila. J'espère que tu trouveras le bonheur.

Une page se tourne. Définitivement. Avant qu'elle puisse répondre, je dégage mon bras de son emprise et rentre dans la cafétéria sans me retourner. Bon, ça, c'est fait. Il ne me reste plus qu'à convaincre une jolie brunette de bien vouloir être avec moi, mais je sais que ça, ce n'est pas gagné.

Chapitre 25

POINT DE VUE DE LILI

Lorsque le cours se termine, je ne perds pas de temps pour sortir de l'amphithéâtre et rejoindre au plus vite l'appartement. J'ai besoin de faire le vide. Une journée de cours ne m'avait jamais paru aussi longue. Une petite vingtaine de minutes plus tard, j'arrive devant la résidence. En entrant dans l'ascenseur, je me convaincs qu'aller courir me fera le plus grand bien.

Les garçons ne sont pas encore rentrés, il est pourtant un peu plus de 18 heures et leur dernier cours doit déjà être fini. Ne perdant pas plus de temps, je file dans ma chambre pour me mettre en tenue de sport.

Lorsque je reviens une heure plus tard, une musique d'Ellie Goulding dans les oreilles, l'appartement est toujours désert. Je n'arrive pas à reprendre mon souffle. J'étais persuadée que courir me viderait la tête mais je me suis bien trompée. À chaque foulée, le visage de Cameron apparaissait devant moi. Je dois vraiment me le sortir de la tête, pour le reste de la soirée du moins.

Je me débarrasse de mes baskets dans l'entrée avant de me diriger vers la cuisine pour boire un verre d'eau bien fraîche. En passant à côté du comptoir, j'aperçois un mot signé d'Evan.

On va à la salle ce soir, ne nous attends pas. Bonne soirée.

Ce message n'est pas très chaleureux. C'est bien ce que je craignais. Evan m'en veut. Je secoue la tête et file dans la salle de bains. Souhaitant me prélasser davantage, je me fais couler un bain avec beaucoup de mousse. Je prends même un livre et mon téléphone pour diffuser une douce musique.

Près d'une heure plus tard, en pyjama, j'ouvre le réfrigérateur et ne vois rien qui soit rapide à manger. J'attrape mon téléphone et me commande une pizza. J'ai faim. Je n'ai pratiquement rien mangé ce midi et je sais que le supplément fromage dans la croûte sera aussi réconfortant que mon bain. Le livreur devrait arriver dans une trentaine de minutes. En attendant, je décide de me détendre devant le nouvel épisode de *Suits*. Mais lorsque la porte d'entrée s'ouvre quelques minutes plus tard sur un visage familier, je me dis que j'aurais mieux fait d'aller chercher cette pizza moi-même. Qu'est-ce qu'il fait ici ?

— On doit parler, lâche Evan en posant son sac sur le comptoir de la cuisine.

— Je n'ai rien à te dire, Evan.

— Oh vraiment ?

C'est la première fois que je l'entends employer ce ton à la fois sarcastique et cassant avec moi. Il m'en veut terriblement.

— Leila n'a pas été assez claire ?

Il soupire et se passe une main sur le visage.

— Qu'est-ce qui s'est réellement passé avec Cameron, Lili ?

Je ne peux plus faire marche arrière. Tout à l'heure, les propos de Leila se sont montrés suffisamment limpides pour qu'Evan ainsi que toutes les personnes présentes autour de la table comprennent où elle voulait en venir. Tremblante, je lui désigne la place libre sur le canapé à côté de moi.

— Assieds-toi, je vais tout t'expliquer.

Evan s'exécute. Ma gorge se serre à l'idée de tout lui déballer mais je n'ai plus le choix. Il le fallait bien un jour ou l'autre. Après avoir respiré un bon coup, je me lance :

— Alors voilà, tout a commencé le jour où j'ai débarqué à L.A. pour étudier ici. Je n'aurais jamais imaginé atterrir dans une colocation avec deux garçons à cause d'une erreur administrative, mais malgré cela, je ne le regrette absolument pas.

— Nous non plus.

Je souris.

— Je t'ai rencontré en premier et tout de suite, nous nous sommes bien entendus. Maintenant, je peux le dire, tu es comme le frère aîné que je n'aurai jamais et que j'ai toujours souhaité avoir. Mais ça ne s'est pas exactement passé de la même façon avec Cameron… Il était très froid avec moi contrairement à toi, qui m'as immédiatement acceptée.

— Je sais, Lili, mais ce n'est plus dans ses habitudes de faire rapidement confiance à quelqu'un.

Comment ça, plus dans ses habitudes ? Je sens que cette phrase cache un passé douloureux pour lui mais, bien qu'intriguée, je me contente de poursuivre – ce n'est pas le moment de poser des questions.

— Ton meilleur ami m'intriguait, Evan. Le temps est passé et j'ai fini par me rendre compte qu'il m'attirait, beaucoup plus qu'il ne l'aurait dû.

J'inspire un bon coup et lui raconte alors toute la suite, sans excepter un seul détail. Evan soupire encore et prend mes mains entre les siennes. Ce garçon est très réconfortant. Ce n'est pas kiné qu'il devrait faire plus tard, mais psy.

— Je ne vais pas te mentir, Lili, je n'étais pas au courant de tout. J'ai vu certaines choses, comme tout le monde, je crois, Cameron m'en a confirmé certaines, appris d'autres, mais il ne m'a pas parlé de cette soirée où Leila était ici.

— Tu savais pour le premier baiser par contre.

Il hoche la tête et je vois l'ombre d'un sourire.

— Tu n'es pas fâché ?

— Non. Pourquoi le serais-je ?

— Je ne sais pas… Il est ton meilleur ami et je suis votre colocataire, ça pourrait te gêner.

Il secoue la tête en souriant.

— Tu te prends beaucoup trop la tête.

— Je sais, je soupire.

— Écoute, Lili, ça va faire près de deux mois que vous vous connaissez et, en plus, vous vivez déjà ensemble, alors s'il te plaît, arrête de réfléchir et fonce.

Je le regarde en écarquillant les yeux.

— Tu veux dire que…

— … que je t'encourage à sortir avec mon meilleur ami ? Oui, c'est bien le cas.

— Mais je ne veux pas que les choses changent entre nous trois… Et si ça se terminait mal, comment se passerait la colocation ? Il est évident que tu choisirais Cam et c'est normal, vous êtes comme des frères, mais je ne veux pas partir, je me plais ici ! Et puis je suis certaine que je ne lui plais pas, je ne suis qu'une passade pour lui.

— Arrête, Lili ! s'exclame Evan. Tu pars beaucoup trop loin. Pourquoi penses-tu toujours à mal comme ça ? Contente-toi de vivre le moment présent comme si rien d'autre ne comptait. Je connais mon meilleur ami. Il ne se comporterait pas de cette façon si ce n'était qu'une passade.

Il a raison. Je me pose toujours trop de questions. Et ces derniers mots me redonnent espoir.

— Fais-moi plaisir, Lili, ne te dévalorise pas comme ça.

Je souris.

— Je t'adore, Evan.

— Moi aussi. Allez, viens là.

Il ouvre ses bras et je m'approche pour atterrir dans ses bras. Cette étreinte me fait un bien fou. Je m'écarte légèrement de lui et je vois qu'il fait un peu la tête. Il me retourne et me masse le haut des épaules – il sera un bon kiné.

— Et sinon, qu'est-ce que tu fais là ? Tu ne devrais pas être à la salle de sport ?

Ses mains me font un grand bien alors qu'elles descendent le long de ma colonne vertébrale.

— Si, mais je préférais venir te voir. Tu sais quand même que je suis un super masseur, et je sens que la tension s'est accumulée dans ton dos. N'hésite pas à venir me voir, je peux te soulager sans souci.

Je le remercie.

— C'est pas grave que tu manques l'entraînement ?

— Non, il y en aura d'autres. Voilà, j'ai fini.

Je me sens déjà mieux. Non seulement grâce à son massage mais aussi parce que j'ai eu son approbation qui compte vraiment beaucoup pour moi.

— Demain je pars à 11 heures rejoindre Grace, je l'informe.

— D'accord.

— On se retrouve à quelle heure le soir ?

— Aucune idée, je demanderai à Cam demain.

— Il ne rentre pas ce soir ?

Evan secoue la tête.

— C'est à cause de moi, c'est ça ? Il ne veut plus me voir ?

Et s'il allait chez Leila ?

— Mais non, comme l'entraînement va finir très tard, il dormira chez Raf. C'était prévu de longue date. On se fait donc une soirée en tête à tête, Lili.

Je suis peu convaincue par cette excuse. Durant ces deux mois de coloc, les garçons ont déjà eu des entraînements qui finissaient tard et ça ne les a jamais empêchés de rentrer à l'appartement.

— Vu que je t'ai un peu raconté ma vie, c'est ton tour. J'ai bien vu comment tu la regardais la dernière fois qu'on est sortis au Mayan.

— Je ne regardais personne.

— Menteur !

— Non, je ne vois même pas de qui tu parles.
— De Grace !

Un petit sourire fend ses lèvres et je finis par le taper avec un des coussins du canapé. Il l'attrape et le serre contre lui.

— Allez, avoue-le ! je reprends. C'est ton type de fille.
— Elle est plutôt jolie, je dois bien l'admettre.
— Plutôt jolie ? T'es aveugle, Evan. C'est une bombe, cette fille. Et en plus, elle est ultragentille et intelligente.

Il rit de bon cœur mais je vois bien que j'ai exprimé le fond de sa pensée.

— Tu me fais rire, Lili.
— Et elle est célibataire depuis peu...

Soudain, sa tête se tourne vers moi.

— Intéressé ?
— Pas du tout.
— Tu es un piètre menteur, Evan, tu le sais j'espère.

Il hoche la tête, un petit sourire flottant au coin de ses lèvres. Je sens que je vais devoir jouer les Cupidon demain soir, ce qui est loin de me déplaire. Ils seraient tellement mignons l'un avec l'autre.

Une dizaine de minutes plus tard, le livreur sonne à la porte. Heureusement, ce n'est pas le livreur serial killer, et la pizza que j'ai commandée est énorme et suffisante pour nous deux. Ce qui est assez cool avec Evan, c'est qu'à part les sushis que je déteste nous avons des goûts similaires.

— Tu veux boire quoi ? je lui demande de la cuisine.
— Une bière s'il te plait.

J'attrape une canette de bière dans le réfrigérateur ainsi que la bouteille de jus d'orange pour moi et le rejoins dans le salon.

Pendant que nous mangeons, nous parlons de tout et de rien. Evan est un être passionnant et la discussion est facile avec lui. Il arrive à m'arracher plusieurs fois des larmes de rire. Ce genre de soirée me manquait. Aux alentours de 23 heures, alors qu'Evan allume la télévision pour mettre un film, je commence à avoir les paupières lourdes et, malgré mes tentatives pour les garder ouvertes, je finis par m'endormir sur le canapé.

*

Lorsque j'ouvre les yeux, je me rends compte que je suis dans mon lit. La fin de soirée est assez floue. Je me souviens d'images de film mais est-ce que je me suis réveillée pour regagner ma chambre ? En arrivant dans la cuisine, je remarque qu'Evan est déjà debout, en tenue de running.

— Bien dormi ? me sourit-il.

Je hoche la tête.

— Je me suis réveillée hier soir ? Je suis allée moi-même dans mon lit ?

— Je t'ai portée.

— Vraiment ? je dis, étonnée.

— Oui, quand le film s'est terminé, je t'ai dit d'aller te coucher, mais tu as marmonné un truc avant de te retourner. J'avais pas tellement d'autres choix.

— Merci, Evan ! Mais tu aurais pu me laisser, ce n'était pas grave.

— Non, tu n'allais pas passer la nuit là-dedans. Ce canapé n'est pas confortable pour dormir.

— Je ne trouve pas, il est plutôt agréable.

— Crois-moi, il ne l'est pas. Une fois, j'étais si bourré que j'ai pas pu aller dans ma chambre et je me suis affalé sur ce canapé. Le lendemain, c'était un cauchemar. J'étais courbaturé de partout !

Je ris.

— Il ne fallait pas boire autant.

— Je sais. Maintenant, je fais en sorte de pouvoir au moins rejoindre mon lit, même à quatre pattes. J'ai même dit à Cameron qu'il avait l'autorisation de me traîner par les pieds pour m'y coucher.

Je souris. Pour avoir passé quelques soirées en leur compagnie, je sais qu'Evan est rarement lucide en fin de soirée quand il ne conduit pas.

J'ai toujours trouvé que les garçons se débrouillaient bien. Le conducteur ne boit pas ou un verre maximum. Ils sont responsables et c'est ce que j'ai dit à ma mère quand je lui ai appris qu'on allait à des fêtes parfois. Ça l'a rassurée. Et puis, j'ai toujours mon permis avec moi en cas de souci.

— Tu vas courir, c'est ça ? N'oublie pas que je retrouve Grace à 11 heures, alors pas besoin de m'appeler si je ne suis pas là quand tu rentres.

— Je sais, mais je serai peut-être rentré avant. Je suis pas super motivé pour courir mais il le faut bien, soupire-t-il. Sinon plus aucune fille ne pourra voir mes muscles. Je me mets au régime dès aujourd'hui.

Je ne peux m'empêcher de rire.

— Bon courage alors. Je penserai fort à toi en mangeant mes tartines de confiture.

Il me tire la langue avant de sortir de l'appartement. Je dois vraiment faire en sorte que Grace et Evan se mettent ensemble.

Je finis de prendre mon petit déjeuner avant de filer me préparer pour cette journée de préparatifs avant la soirée d'Halloween.

Il est quasiment 11 heures lorsque je reçois un message de Grace m'indiquant qu'elle est garée sur le parking de la résidence. J'enfile une paire de baskets, attrape mon sac puis descends la rejoindre.

— Prête ? sourit-elle avant de remettre ses lunettes de soleil sur son nez.

— Prête !

— Alors, c'est parti !

La voiture démarre au quart de tour et nous sortons du parking. Une bonne vingtaine de minutes plus tard, Grace se gare devant l'un des plus grands centres commerciaux de la ville.

Avant d'attaquer, nous mangeons rapidement dans un fast-food. Je sais maintenant qu'il vaut mieux être en forme pour aller faire les magasins avec Grace.

Comme il est à peine midi passé, les magasins ne sont pas encore bondés, Dieu merci. Je suis Grace qui a l'air d'avoir une idée précise de ce qu'elle recherche. Lorsque nous entrons dans l'un des magasins de l'enseigne Topshop, elle affiche un grand sourire.

— On dirait que tu es au paradis, je remarque.

— C'est encore mieux que cela !

— Tu peux me dire quelles sont ces fameuses idées que tu as eues ?

Au lieu de me répondre, elle me tend une paire de bottes blanches.

— J'ai trouvé la tenue parfaite ! s'exclame-t-elle en souriant.

— Je t'écoute.

Et sans que je m'y attende, elle se met à chanter :

— *Hey baby, even though I hate ya, I wanna love ya, I want you, And even though I can't forgive ya, I really want to, I want you.*

Elle finit sa démonstration par un salut royal.

— Alors ? Tu as deviné ?

— En Ariana Grande ? Tu es sérieuse, Grace ?

Elle hoche la tête.

— Mais ce n'est pas un déguisement ! j'ajoute en reposant à leur place les bottes vernies à talons hauts qu'elle m'a collées dans les bras quelques secondes plus tôt.

— Si ! se défend-elle. Il y a bien des personnes qui se déguisent en Michael Jackson ou Marilyn Monroe, pourquoi toi, tu ne pourrais pas être Ariana ?

Elle a raison sur ce point.

— Je ne sais pas…

— C'est original en plus.

J'admets que, l'année dernière, je n'ai vu personne déguisée comme elle.

— Et c'est un bon compromis de dernière minute ! Il nous faut ces talons, dit-elle en les reprenant sur l'étagère. Mais aussi une espèce de body ou de robe. Je sais où l'on peut trouver ça.

— Tu as une idée précise pour la tenue ? je demande.

Elle hoche la tête.

— Tu vois le clip de *Break Free* ?

— Oui.

— Eh bien ce soir, tu seras Lili, la super-héroïne intergalactique qui nous sauvera des aliens esclavagistes.

— Tu es convaincue par cette idée ?

— Oui ! Et crois-moi, dans cette tenue qui te mettra plus qu'à ton avantage, Cameron ne pourra que succomber.

J'aimerais bien la croire.

— Fais pas cette tête, Lili, et aide-moi plutôt à trouver ta tenue !

— Et d'ailleurs, tu te déguises en quoi, toi ? je dis pour détourner le sujet sur elle.

— En déesse grecque très sexy mais pas trop non plus, dit-elle avec un clin d'œil.

Evan va être dingue ! Mon plan pour réunir ces deux-là sera plus facile.

— Tu vas faire tourner des têtes ce soir !

Elle ébauche un petit soupir.

— Alex sera là ce soir avec mon frère et ses amis.

— Tu ne l'as pas recroisé dans un autre contexte que les cours depuis que vous avez rompu ?

Elle secoue la tête.

— Le week-end dernier, j'ai vu des photos de lui en boîte. Il était en bonne compagnie. Au moins, il profite de sa jeunesse. C'est ce qu'il voulait après tout, ajoute-t-elle, amère.

— Il a rompu pour ça ?

— Oui, et aussi parce que sortir avec la sœur d'un de ses meilleurs potes, « ça craint » – je cite.

— Il ne te mérite pas, Grace.

— C'est ce que je me répète mais il me manque. Je me suis attachée à cet idiot et ça fait mal quand même.

— Je comprends.

Je n'ai vu cet Alex qu'à trois occasions. Les deux premières en cours puisqu'il est l'assistant de l'un de nos professeurs ; et la troisième, il était avec Grace dans l'un des cafés du campus. Il ne m'inspirait vraiment pas confiance. J'avais remarqué qu'il regardait d'autres filles dès que Grace avait les yeux tournés.

Son air triste la quitte aussitôt qu'elle m'attire vers les cabines d'essayage du magasin. Au final, nous ressortons avec les bottes, un short beaucoup trop court et trop collant pour moi et seulement une paire de spartiates hautes pour elle puisque sa tenue est quasiment complète.

— On n'a plus qu'à passer chez American Apparel pour le haut et ça sera bon pour les achats.

— OK, je te suis.

Nous marchons une centaine de mètres pour accéder à ce magasin. Grace trouve immédiatement ce qu'elle recherchait et m'envoie essayer le body. Je n'ai pas porté ce genre de vêtements depuis mes deux ans, je crois bien.

— Alors ? dit-elle de l'autre côté du rideau.

— Tu peux entrer.

Elle me rejoint.

— C'est parfait ! J'ai pris une paire de collants et j'ai une veste qui ira très bien avec.

Je hoche la tête avant qu'elle sorte et que je puisse me rhabiller. Ce déguisement promet d'être plutôt léger. Heureusement, aujourd'hui la température dépasse les vingt-cinq degrés.

Lorsque nous sortons du magasin, l'après-midi est entamé.

— On s'arrête pour boire et grignoter un truc au Starbucks de Venice ? propose Grace.

— Je ne suis jamais contre un muffin et un bon café, je réponds. Tu me prends par les sentiments, là.

Nous regagnons donc la voiture, mettons tous nos sacs dans le coffre puis embarquons, direction le Starbucks. La circulation est déjà plus dense que lorsque nos sommes parties en fin de matinée. C'est un des points communs qui lient Los Angeles et Miami, le nombre impressionnant d'autos. Je dois être l'une des seules jeunes filles de mon âge à ne pas en avoir. Je me suis juste contentée de passer mon permis de conduire. Je préfère de loin me faire véhiculer.

Près de vingt minutes plus tard, Grace se gare juste en face du café.

— Il semble y avoir du monde, je dis en sortant.

— C'est toujours comme ça.

En entrant, l'odeur du café nous accueille. J'adore.

— Tu prends comme d'habitude ?

Je hoche la tête. Je ne supporte les myrtilles que dans les bagels et dans les muffins. Ceux vendus ici sont les meilleurs que j'aie pu manger.

Grace se dirige alors vers la queue près de la caisse tandis que je pars trouver une place près des fenêtres.

J'appréhende de plus en plus cette soirée d'Halloween alors que je ne devrais pas. Ça fait maintenant plus de vingt-quatre heures que je n'ai pas vu Cameron et il me manque. Je suis vraiment pathétique.

— Me revoilà, lance Grace en posant la commande sur la table.

— Merci !

— Je t'en prie.

Elle attrape son café et une barre de céréales.

— Ça n'a pas l'air d'aller.

— Je crois que je suis amoureuse de Cameron, Grace.

Voilà, je l'ai enfin dit. Cet aveu, si insignifiant soit-il, me soulage.

— Tu crois ou tu es sûre ? demande-t-elle doucement.

— Je ne sais pas, je ne sais plus. J'ai juste l'impression d'être prise dans des vagues, secouée dans tous les sens.

— Tu sais que tu es en train d'esquiver la question, n'est-ce pas ?

J'acquiesce en soupirant.

— Si j'ai un conseil à te donner, c'est d'écouter ton cœur. Hier, reprend-elle, juste après ton départ de la cafétéria, Cam allait se lever pour venir te rejoindre mais je lui ai dit que j'allais m'en occuper. Je pensais que tu n'aurais pas très envie de le voir.

— Tu as bien fait.

— Il y a quelque chose que tu ne sais pas.

Une boule se forme dans ma gorge. Que va-t-elle m'apprendre ?

— Quand je t'ai quittée pour rejoindre mon cours, je suis repassée près de la cafétéria. Cameron était toujours dehors avec Leila.

— Il me semble qu'elle pleurait mais j'étais trop loin pour être sûre de quoi que ce soit. Je sais juste que, dans l'après-midi, j'ai croisé Leila et elle tirait une tête de dix kilomètres ! Je pense que Cameron a rompu avec elle, je ne vois rien d'autre qui expliquerait ça.

— D'accord, je bredouille.

J'essaie de ne pas me faire un film de peur d'être déçue une fois de plus.

— Tu sais à quelle heure on retrouve les garçons ?

— Non. Je vais envoyer un message à Evan.

J'envoie rapidement le SMS avant de prendre une gorgée de ma boisson pleine de caféine. Le minimum pour tenir le coup. La réponse d'Evan ne tarde pas à arriver.

— Ils viennent à 19 h 30, on ira manger un bout avant d'aller à la soirée.

Grace jette un coup d'œil à sa montre.

— Ça nous laisse donc quatre heures pour nous transformer en déesses.

— Exactement !

— Tu as fini ?

J'avale la dernière goutte de café.

— On peut y aller.

Nous nous levons et rejoignons la voiture, direction la chambre de Grace. Je ne suis jamais allée chez elle, de l'autre côté du campus. Comme sa colocataire est complètement folle, elle tente de passer le moins de temps possible dans sa chambre pour l'éviter.

Par chance, lorsque nous arrivons sa colocataire est absente. Je suis surprise par cette pièce qui est plutôt spacieuse pour une chambre universitaire ! Une grande fenêtre s'étend sur le mur du fond, ce qui apporte beaucoup de lumière. Une porte au bout du mur contre lequel est placé le lit de sa colocataire donne accès à la salle de bains, vaste elle aussi. Ça ne me poserait aucun problème de vivre ici. C'est d'ailleurs ce qui était prévu avant l'erreur administrative.

— J'aime beaucoup cet endroit.

— Oui, moi aussi ! Je vais juste essayer de ne plus avoir ma colocataire pour le second semestre parce que c'est plus possible avec elle. Elle me fait peur. Mais d'après ce que j'ai compris, elle veut partir. Ça m'arrangerait tellement !

— J'imagine.

Grace se met à sortir tout ce dont elle a besoin pour nous transformer pour ce soir.

Peu avant 19 h 30, je reçois un message d'Evan m'indiquant qu'ils sont arrivés. Nous sommes toutes les deux prêtes.

— Ils sont là, Grace.

— OK !

Elle sort de la salle de bains et me rejoint devant la porte.

— Surtout n'oublie pas, comporte-toi comme une femme fatale. Fais-le ramper à tes pieds cet idiot.

— Grace… je soupire.

— Il n'y a pas de Grace qui tienne. Cameron s'est comporté comme un abruti de première, tu ne peux pas le nier. C'est pour cette raison que tu dois le faire ramer un maximum ! D'accord ?

— D'accord.

Nous prenons nos affaires avant de sortir de la chambre et de descendre les retrouver.

L'air est chaud et humide. Nous apercevons les garçons, adossés aux voitures de Cameron, d'Enzo et de James.

— Femme fatale, Lili, chuchote Grace.

J'acquiesce discrètement en souriant. En arrivant à la hauteur de nos amis, mes yeux se posent naturellement sur Cameron. Je croise son regard brûlant qui finit par descendre le long de mon corps. J'ai très chaud tout à coup. Je m'aperçois alors que son torse est à moitié nu. *Oh mon Dieu.* Un drap le voile, noué seulement sur une épaule. Rougissante, je finis par détourner les yeux sous un petit rire de Cameron, avant de regarder les autres garçons. Je ne peux réprimer un sourire en voyant leurs déguisements. Ils sont forts, très forts.

Chapitre 26

En dieux, les garçons, vraiment ? sourit Grace.
— Eh oui, commence Rafael. Je suis Apollon, c'est marqué dans mon dos.

Chacun d'eux se retourne, dévoilant ainsi leur dos nu. Entre leurs omoplates est marqué le nom grec ou romain d'une divinité. Il me semble que c'est écrit avec un rouge à lèvres foncé. Le dieu de la mer, autrement dit Neptune pour Evan, Hermès pour James, Mars, le dieu de la guerre pour Enzo. Sans grande surprise, je découvre que Cameron a choisi d'être le maître de l'univers plus connu sous le nom de Zeus. Ce qui est certain, c'est qu'il n'a pas déguisé son ego. Mais il faut être honnête, ils sont tous très beaux même si l'un se démarque un peu plus des autres.

— Je suis l'ovni parmi tous ces dieux et déesse, je dis avec un petit rire.

— C'était même pas voulu, répond James.

— Mais tu es un ovni très mignon, renchérit Enzo avec un sourire.

Je ris, le remercie. Il me semble apercevoir Cameron esquisser une grimace mais je n'en suis pas certaine.

— Brad n'est pas avec vous ? je demande.

— Non. Anya est arrivée hier, ils nous rejoindrons tout à l'heure.

J'ai vraiment hâte de la rencontrer. D'après tout ce que me raconte Brad et les étoiles dans ses yeux quand il en parle, Anya est une fille en or. Plus le temps passe et plus j'aimerais que quelqu'un parle de moi avec un tel engouement et un tel amour. Pourtant, je n'ai jamais rêvé du prince charmant et je suis plutôt indépendante mais, depuis quelque temps, j'ai l'impression de ressentir un manque.

— On y va ?

Nous nous répartissons dans les trois voitures, la berline de James, le 4 × 4 de Cam et le pick-up d'Enzo. Je suis dans celle de Cameron avec Grace et Evan.

— Est-ce qu'on s'arrête au Sunset avant d'y aller ? demande Grace lorsque Cam met le moteur en route.

Il acquiesce.

— Enzo s'est chargé de réserver une table, comme il connaît le patron.

— D'accord.

La Ford de James démarre devant nous. Je ne sais pas du tout à quoi m'attendre ce soir. J'espère juste que Leila ne sera pas là parce que, si c'est le cas, je suis certaine de passer une mauvaise soirée.

Lorsque nous sortons du parking, mon téléphone qui est dans ma main se met à vibrer. Je regarde et m'aperçois que je viens de recevoir un message de Grace. Intriguée, je tourne la tête. Elle hoche les épaules et se met à sourire.

Cameron t'a complètement déshabillée du regard quand on est arrivées !

Je compose à toute vitesse ma réponse et l'envoie :

Je n'ai pas fait attention.

De Grace : *Menteuse ! Tu y as très bien fait attention !*

De moi : *Bon, peut-être…*

De Grace : *Je te l'avais dit qu'il serait complètement dingue de toi avant la fin de l'année.*

De moi : *Il n'est pas dingue de moi tu sais.*

De Grace : *Oh que si ! Tu es juste aveugle Lili.*

Je secoue la tête en tapant ma réponse.

De Grace : *Je suis juste réaliste.*

De moi : *Et très têtue surtout !*

Je ne réponds pas. Elle a raison. Je suis beaucoup trop têtue, mais j'ai tellement peur de me faire des illusions que je préfère ne rien interpréter.

— Alors, Lili, commence Evan, il paraît que tu es une célèbre chanteuse ce soir.

Je lui souris.

— Oui ! Ce n'était pas mon idée, mais Grace était complètement pour alors je l'ai écoutée et voilà le résultat !

— Ça te va très bien en tout cas.

— Merci, Evan. Je penserai à mettre des bodies et des bottes vernies à talons plus souvent.

— Pourquoi pas, je suis sûr que ça plairait à plus d'un mec.

— Justement.

Je suis surprise par cette voix rauque. Je ne m'attendais pas à ce que Cameron prenne la parole. Je croise rapidement son regard dans le rétroviseur avant qu'il ne se reporte sur la route. Evan rit à côté de lui et Grace me donne un léger coup de coude.

— T'as entendu ce qu'il a dit ! me chuchote-t-elle.

Je hoche la tête.

— On est sur la bonne voie pour le rendre accro à toi.

Elle a l'air tout excitée. Je lui renvoie son sourire avant de regarder par la vitre.

Une heure plus tard, nous avons fini de dîner et nous remontons dans les voitures pour nous rendre cette fois-ci à la fameuse boîte de nuit où a lieu la soirée. Comme nous sommes le soir d'Halloween, le trafic est encore plus dense que d'habitude. Cependant, nous ne mettons pas longtemps avant de quitter Sunset Boulevard et de nous retrouver devant un immense parking bondé. C'est étrange mais j'ai l'impression d'être devant un supermarché et non une boîte de nuit. Toutefois, à en croire l'énorme panneau lumineux, nous ne sommes pas à Target comme je pourrais le penser mais à l'Underground.

— Il y a des milliers de personnes, non ? je demande alors que Cameron s'engage dans une allée.

— Pas loin, dit Evan en se tournant vers nous. C'est l'une des plus grandes boîtes de la ville. De gros événements et des concerts avec des stars sont souvent organisés ici. Vous voyez le bâtiment noir là-bas ?

Grace et moi hochons la tête.

— Derrière, il y a un immense jardin qu'ils utilisent pour les soirées de ce genre. C'est le lieu où il faut être ce soir.

— On est au top du top alors, je dis avec une pointe d'ironie.

— C'est un bon résumé, sourit-il. Plus sérieusement, la soirée va vraiment être super ! Chaque fête d'Halloween est meilleure que la précédente. Ils mettent toujours le paquet.

— J'ai hâte de voir ça alors.

Evan acquiesce puis reprend sa conversation avec Cameron. Il me semble les entendre parler du match de football américain qui aura lieu sur le campus la semaine prochaine. Je jette un coup d'œil à l'extérieur. Plus on approche du bâtiment, plus il y a de personnes. Les garçons ne trouveront jamais trois places côte à côte.

On finit par se garer à des places pas trop éloignées les unes des autres. Cette fois-ci encore, je ne laisse pas mes affaires dans la voiture et embarque le tout avant de descendre. Avec du mal, je tente de tirer sur mon shorty qui remonte beaucoup trop à mon goût. Heureusement pour nous, il fait très bon et il n'y a quasiment pas de vent, ce qui est plutôt rare à Los Angeles. J'enfile malgré tout mon gilet long, histoire de couvrir un peu plus de peau. Je sais ce qui se passe dans ces soirées et je n'ai vraiment pas envie de me faire tripoter – même si je suis persuadée que n'importe lequel de mes amis serait capable de me défendre.

De la musique électronique résonne sur le parking et je remarque qu'elle provient des enceintes installées partout autour de nous.

Beaucoup de personnes affluent, et certaines restent encore dans leur voiture.

— Tu as peur de tomber sur Alex ? je demande à Grace alors que nous avançons vers l'entrée.

Elle hoche la tête, l'air grave.

— Il va venir accompagné, j'en suis certaine, alors que moi, je serai seule.

— Tu ne seras pas seule puisque je suis avec toi ! Et les garçons aussi sont là.

— Je sais mais, ce que je veux dire, c'est que je n'ai pas de chevalier servant.

— Je suis certaine qu'il accepterait sans aucune hésitation si tu le lui demandais.

Elle fronce les sourcils.

— Demander à qui ?

Je désigne discrètement Evan qui discute avec Rafael et Cameron devant nous. Elle ne répond pas.

— Ça ne te ferait pas plaisir ? je reprends.

— Je n'ai pas dit ça !

— Normal puisque tu n'as rien dit du tout.

Elle me tire la langue.

— Je n'ai besoin de personne en ce moment, Lili.

— Tu dis ça alors que tu fais tout pour me pousser dans les bras de Cam ?

— Ce n'est pas pareil. Vous deux, c'est plus qu'une évidence.

— Si tu le dis, je marmonne, sceptique.

Notre conversation s'arrête là alors que nous atteignons la file d'attente. Contrairement à la dernière fois, quelques minutes suffisent avant de pouvoir entrer avec nos cartons d'invitation que les garçons se sont procurés. Le thème Halloween est omniprésent. Des toiles d'araignées et des bandelettes de momie tombent du plafond, de grands miroirs tachés de faux sang sont disposés partout dans l'entrée et les lumières tamisées et la fumée qui envahissent entièrement l'espace créent une ambiance très mystérieuse.

Je suis la bande jusqu'au deuxième étage, visiblement réservé aux clients du bar principal qui est situé au même étage. De nombreuses tables y sont réparties, séparées par des parois, des plantes et parfois même des rideaux pour offrir plus d'intimité. Une serveuse ne tarde pas à nous conduire jusqu'à une longue table en verre où nous attendent Brad et sa petite amie Anya.

Les garçons saluent Brad de manière virile avant de faire une accolade beaucoup plus délicate à Anya. Ils ont l'air ravis de la revoir et elle aussi.

— Salut, je suis Lili, je dis en souriant.

— Anya, enchantée.

Elle est vraiment très jolie et me semble encore plus adorable que je le pensais ! Tous les deux sont déguisés en couple des Années folles. Lui portant un costume, une fausse moustache et du gel dans les cheveux, et elle, une robe à paillettes et des plumes dans sa jolie coiffure. Ils sont tellement beaux ensemble.

Quelques minutes après, une serveuse nous apporte le cocktail de la soirée qui est, si je l'ai bien compris, offert à volonté.

Pendant l'heure qui suit, nous discutons les uns avec les autres. J'apprends un peu mieux à connaître Anya. Je ne m'étais pas trompée, elle est vraiment chouette. Les garçons n'arrêtent pas de commander le cocktail de la soirée, le Scream, qui est très bon mais beaucoup trop fort pour moi – et pour Anya aussi apparemment, puisqu'elle n'a pas bu son verre entièrement et l'a discrètement versé dans celui de Brad.

Je passe jusque-là une très bonne soirée. Pour le moment, il n'y a aucun signe de Leila ou de tout autre élément perturbateur. Je suis arrivée à un stade où mes joues me font souffrir à force de rire et de sourire.

Alors que je suis en pleine discussion avec Grace et Anya, j'aperçois deux filles habillées en Catwoman s'approcher de notre table.

— Hey ! On est avec des amies là-bas, commence la brune en désignant une table où sont assises deux autres filles. On se demandait si ça vous dirait de vous joindre à nous.

Sa phrase finie, elle s'approche de Cameron, et sans même m'en rendre compte, je me redresse sur ma chaise. Ce dernier ne semble pas s'apercevoir de sa présence et continue sa conversation avec Rafael.

— Le costume te va très bien, poursuit la blonde en posant une main sur l'épaule de Brad.

Je sens Anya se raidir à côté de moi. J'ai eu la même réaction de possessivité lorsque la fille s'est approchée, mais la différence est que Cameron n'est pas mon petit ami alors que Brad est le sien.

— Merci, répond Brad.

— Tu veux qu'on aille un peu ailleurs ?

Il n'en fallait pas plus à Anya, qui se lève avant de pousser violemment la main de la blonde de l'épaule de son amoureux.

— Mais qu'est-ce que tu fais là ? s'étonne-t-elle.

— Toi et tes copines en plastique, allez voir ailleurs, maintenant.

Elle n'en impose pas beaucoup physiquement mais le ton de sa voix s'est montré suffisamment convaincant pour que les deux bimbos repartent là d'où elles sont venues.

— Je t'ai à l'œil, toi, dit-elle à Brad avant de se tourner vers Grace et moi.

— Tu n'as rien à craindre, je la rassure. Brad ne voit que toi, ne parle que de toi et n'aime que toi. Tu peux me croire.

— Elle a raison, renchérit Grace. Je ne passe pas autant de temps que Lili avec les garçons mais, dès qu'il en a l'occasion, Brad parle de toi. En ton absence, on fera en sorte d'éloigner toutes les nanas en plastique. Faut pas oublier que Lili a un pistolet laser avec elle pour chasser les extraterrestres !

Anya sourit légèrement avant de lancer un coup d'œil empli d'amour vers Brad qui discute avec ses amis. Se rendant compte qu'elle le regarde, ce dernier attrape sa main pour y déposer un tendre baiser.

— Tu as un sourire flippant sur les lèvres, Lili, me souffle Grace.
— J'y peux rien. Je les trouve…
— … adorable, oui, je sais. Tu as dû le dire une dizaine de fois déjà.

Je lui fais une grimace en guise de réponse, attrape mon verre et en bois une gorgée pour me changer les idées.

Après une énième tournée de cocktails commandée par les garçons, je décide de me lever et d'aller me dégourdir un peu les jambes sur la piste de danse. Brad et Anya sont partis il y a quelques minutes puisque, demain, ils sont invités dans la famille d'Anya. Nous avons bien entendu échangé nos numéros pour que nous puissions rester en contact.

— Je vais aller danser un peu, je dis à Grace.
— Tu veux que je vienne avec toi ?
— Il ne faut pas que ça t'embête. Si tu préfères rester là, ce n'est pas grave.
— Non, je viens avec toi.
— Tu es sûre ?

Elle hoche la tête.

— Certaine. Allez viens, on va s'éclater !

Je ris et elle se lève.

— Vous allez où ? demande Cam.
— On va chercher des mâles mignons à l'étage, répond-elle. Tu sais comme dans la chanson : *My body needs a hero ! Come and save me*, se met-elle à chantonner.

Le regard médusé de Cameron m'arrache un petit sourire.

Alors que nous nous éloignons de la table, je m'écrie pour couvrir la musique qui se fait de plus en plus forte :

— Tu avais besoin de répondre ça ?

Elle hoche la tête en riant.

— Si tu avais vu sa tête, Lili ! Je ne serais pas surprise de le voir débarquer d'ici quelques minutes.

— Tu penses ?

— J'en suis certaine.

Nous descendons à l'étage où se trouve la piste. Les gens crient, dansent, s'amusent et je me laisse entraîner par le flot avec Grace à mon côté.

Je ne saurais décrire à quel point me défouler en dansant, me fait du bien. La musique vibre et résonne partout dans mon corps. Je me laisse complètement aller, riant et dansant avec Grace pendant de longues minutes. Mais lorsqu'une mélodie lente et douce s'élève, je comprends qu'il est temps pour moi de retourner m'asseoir. Les couples se forment alors sur les premières notes de « Stay » de Rihanna. Cette chanson me fait vibrer mais je me vois mal rester seule parmi ces couples. Je me retourne pour avertir Grace, mais je me rends alors compte que cette dernière est en charmante compagnie, la tête posée contre l'épaule d'un grand brun. Je décide de ne pas la déranger et la laisse dans les bras de son beau pirate que je reconnais comme étant Alex. Apparemment son histoire avec lui n'est pas terminée. Mais s'il lui fait du mal, je serai capable d'aller lui botter les fesses, qu'il soit assistant du prof ou pas.

Je m'éloigne de la piste, du moins, j'essaie puisqu'une main se pose sur ma taille.

— Tu veux danser avec moi ?

Un grand blond se tient à côté de moi. D'après ce que je vois, il est déguisé en homme des cavernes. Face à son costume atypique, je souris avant de m'apprêter à refuser sa proposition.

— C'est gentil… je commence, avant d'être interrompue par une voix ferme, autoritaire mais surtout familière qui s'élève derrière moi.

— Enlève ta main de sa taille.

Cette voix rauque me fait complètement vibrer, encore plus que la musique. Je meurs d'envie de lui demander ce qu'il fait ici mais je ne me retourne pas et ferme les yeux. Il est si près de moi que je sens son torse me frôler.

— T'es qui toi ? s'énerve le garçon devant moi.
— Son mec, alors dégage.

Le blond le dévisage sans retenue.

— Tu n'as pas l'air d'être son mec pourtant.

Cameron souffle derrière moi.

— Enlève ta putain de main. Je ne le répéterai pas une troisième fois.

Sa voix tremblante de colère me fait frissonner si bien que le blond décide d'abandonner, jugeant qu'il est inutile de continuer à hausser le ton. Il me lance un dernier regard avant de partir en soupirant.

— Mon mec ? je dis en me tournant vers Cameron.

Il hoche la tête. Le petit sourire arrogant qu'il arbore m'énerve au plus haut point.

— Tu n'es pas mon mec, Cameron, et je ne suis pas ta copine. Va voir Leila, c'est *elle* ta copine, je rétorque sèchement.

Avant même que je puisse me détourner de lui, sa main se pose sur ma taille et il m'emmène vers le centre de la piste. Je ne contrôle plus rien et me laisse faire. Sans aucune difficulté, il se fraie un chemin, m'entraînant derrière lui.

Lorsque je reprends enfin mes esprits, Cameron s'arrête et pivote vers moi. Je voudrais lui dire ses quatre vérités, tout lui déballer, mettre les points sur les *i*. Mais toutes les pensées cohérentes que je pouvais avoir s'envolent en fumée lorsque nos regards se croisent. Je n'arrive pas à regarder ailleurs, je suis comme hypnotisée. Qu'est-ce qui m'arrive, bon sang ? Ses yeux bleu clair paraissent beaucoup plus foncés que d'habitude dans cette pénombre, ils m'envoûtent complètement. Je ne dois surtout pas me laisser atteindre par ses belles prunelles alors je secoue la tête et m'apprête à partir à l'opposé lorsque son autre main se plaque sur mon dos, m'attirant encore plus près, tout contre lui. Je n'oppose aucune résistance et me colle davantage à son torse musclé. Je dois me rendre à l'évidence, être ici dans ses bras me comble de bonheur. Je n'ai désormais plus aucun doute, je tombe un peu plus amoureuse de lui à chaque instant. Je danse avec lui, je sens ses muscles se tendre et se détendre alors que nous évoluons ensemble. À ce moment-là, j'ai l'impression d'être unique.

Autour de nous, des couples s'embrassent, se sourient, s'enlacent comme s'ils étaient seuls au monde. Comme si rien n'était plus important que le moment présent. À mes yeux, c'est le cas, mais a-t-il les mêmes sentiments ? Je n'en ai pas la moindre idée et ça me fait terriblement peur.

Lorsque ses lèvres chaudes et douces se posent contre mon front, y laissant un baiser brûlant, mon cœur semble exploser en une multitude de morceaux scintillants.

— Cam, je murmure.

Il s'écarte un peu et me fixe, aucune émotion sur le visage. J'ai l'impression que l'air devient de plus en plus lourd, étouffant. Et s'il regrettait tout, absolument tout ?

— Suis-moi.

— Où ? je dis d'une voix tremblante.

— Dehors. On doit parler.

Un vent de panique s'empare de moi. Je suis à ce moment-là certaine qu'il veut mettre les choses au clair. Me faire comprendre que, depuis le début, tout n'était qu'une erreur et qu'il ne se passera jamais rien de plus entre nous. Oh mon Dieu, je ne suis pas sûre de pouvoir supporter un tel rejet.

D'une main ferme, il attrape la mienne et me tire à travers la foule. Contrairement à ce que je pouvais penser, nous ne descendons pas mais montons deux étages. Cameron pousse alors une porte où il est marqué « Réservé au service ». Où m'emmène-t-il ? Si je n'étais pas aussi paralysée par la hantise d'être rejetée, je lui demanderais probablement ce qu'il est en train de faire. Après avoir poussé une grosse porte noire, je me rends compte que nous sommes sur le toit du bâtiment. Il avance et je le suis, ma main toujours dans la sienne. Je ne sais pas exactement où nous sommes mais, d'ici, toute la ville se dessine sous nos yeux, c'est magnifique.

Il fait plutôt frais à cette hauteur. Je frissonne et remarque que Cam n'est pas mieux que moi. Il faut avouer que nous ne sommes pas très couverts. Il s'accote contre le garde-fou et je fais de même, regardant la ville au loin. Mes mains n'arrêtent pas de trembler et je sais très bien que ce n'est pas uniquement dû au froid. Ce silence me stresse, me rend folle. Le musique résonne sous nos pieds mais, d'où nous sommes, nous n'entendons quasiment rien, juste un léger bruit. Ne tenant plus, je finis par me lancer après avoir pris une bonne inspiration.

— Tu voulais qu'on parle de quoi ? je commence timidement.

— De nous.

Je n'ai plus une once de courage à rester, près de lui et, bien que prise d'une folle envie de partir en courant, je parviens à continuer d'un ton relativement neutre :

— Je ne suis pas sûre que ce soit très utile, je dis doucement. Il n'y a pas de « nous ».

— J'ai rompu avec Leila.

Mes yeux s'arrondissent et je suis à deux doigts de me mettre à crier.

— Oh, je me contente de répondre, espérant dissimuler ma joie.

— » Oh », seulement ?

Il se tourne vers moi.

— Je veux dire, tu vas bien ? je reprends. Une rupture, ce n'est pas forcément facile. C'est une page qui se tourne.

Il ne traîne pas à répondre :

— Une page qui se tourne sur un meilleur chapitre. Donc pour répondre à ta question, Lili, oui, je vais bien, plus que bien même.

— C'est une bonne chose alors.

— En effet.

Un nouveau silence pesant s'installe entre nous et j'ai l'impression de manquer d'air. Ses yeux sont posés sur moi, je le sens mais, bêtement, je n'ose pas le regarder et fixe l'océan au loin.

— Pourquoi tu ne me regardes pas ?

— Je te regarde, je dis en me tournant vers lui.

— Mais pas dans les yeux, murmure-t-il. Pourquoi ?

Je ne sais pas quoi répondre alors je ne dis rien et baisse la tête. Sans que je m'y attende, sa main me relève le menton, ce qui m'oblige à le regarder. Et bien sûr, lorsque mes yeux rencontrent les siens, je suis complètement hypnotisée par son charme viril. Nous sommes tous les deux accotés contre le garde-fou nous séparant du vide. Sa main est maintenant sur ma joue et me caresse doucement. Nous nous regardons pendant plusieurs minutes avant qu'un sourire puis un petit rire me sortent de ma transe.

— Tu n'as donc pas encore compris ?

Il prend alors mon visage entre ses deux mains. Il regarde mes lèvres durant de longues secondes avant de me regarder dans les yeux.

— Compris quoi ? je murmure, perdue.

— Que je suis fou de toi.

Je n'ai pas le temps de comprendre le sens de ses mots, ses lèvres rencontrent les miennes. Son baiser a le goût de l'interdit. Une vague de plaisir m'envahit, me réchauffant instantanément. Le goût des cacahuètes qu'il a mangées laisse une saveur délectable dans ma bouche. Son envie de m'embrasser fait écho au mien. Je m'abandonne complètement à lui.

Je suis fou de toi.

Ces mots se répercutent dans mon crâne et mon cœur bat la chamade. Un sourire s'étend sur mon visage alors qu'il s'en détache légèrement pour reprendre son souffle. Mes mains viennent naturellement se placer sur sa nuque tandis que l'une des siennes quitte mon visage pour venir se placer dans le bas de mon dos. Nos bouches se joignent dans un baiser de plus en plus passionné. Mes lèvres jouent avec les siennes et sa langue vient caresser la mienne. Je suis incapable de réfléchir. Tout mon univers tourne en ce moment autour de lui. Nous nous embrassons longuement, jusqu'à ce que je mette un terme à notre baiser.

— Embrasse-moi encore, murmure-t-il contre mes lèvres.

Je décroise mes mains et me recule, essoufflée, les lèvres rosies et gonflées. Maintenant que je n'ai plus peur de ce que je ressens pour lui, je veux savoir ce qu'il éprouve.

— À quoi tout cela rime, Cam ?

Son pouce vient caresser ma lèvre. Les traits de son visage sont tendus, il a l'air de réfléchir.

— Je veux être avec toi, lâche-t-il.

— Quoi ?

— Sors avec moi, Lili !

— Cam, je ne suis pas sûre…

— Arrête de réfléchir. Je sais que je n'ai pas toujours été le type idéal, que j'ai parfois été un gros con avec toi. J'en suis désolé. Vraiment. Tu m'intriguais tellement que je n'étais plus moi-même quand tu étais là. Je pourrais pas te l'expliquer ! T'es arrivée dans ma vie et t'as tout bouleversé. Un soir, je t'ai embrassée et, après ça, j'ai fait une grosse connerie parce que ce que je ressentais pour toi me faisait flipper comme un dingue. Je me suis dit que ça allait passer, que c'était juste physique, mais ça a continué. J'ai essayé de t'oublier. Mais quand j'étais avec Leila, c'est toi que je voyais et, dès que t'étais là, je devais me contrôler pour ne pas t'embrasser. Si tu savais comme j'ai envie de cogner Enzo quand il est avec toi. J'étais perdu mais, maintenant, je sais. Je sais que ce n'était pas seulement une attirance physique ou une simple passade mais que j'étais bel et bien en train de tomber…

Il s'arrête un instant et reprend avec un peu plus d'ardeur :

— S'il te plaît, Liliana. J'ai besoin de toi à mes côtés. Laisse-moi devenir tien et toi deviens mienne. Prends-moi à l'essai si tu veux, mais si je reste un jour de plus sans pouvoir te tenir dans mes bras, t'embrasser quand je le veux, je vais devenir fou.

Je n'ai jamais ressenti autant d'amour pour un garçon. Je suis face à des sentiments d'une profondeur inconnue et ça me fait peur. Si des doutes continuaient à persister, ils se sont envolés avec ces mots. J'essuie la larme qui coule le long de ma joue et, pour une fois, je n'hésite pas plus longtemps. J'attrape son visage et l'embrasse le plus amoureusement possible. Je ne sais pas où tout cela va nous mener, mais ce qui est certain, c'est que je veux y aller avec lui. Je n'ai plus peur et je vis le moment présent comme si rien d'autre ne comptait. Nous sommes dans une bulle, notre bulle, et pour rien au monde, je n'en sortirais.

— Tu penses que l'on pourrait garder ça pour nous quelque temps ? je lui demande.

Sa main qui caressait la mienne s'arrête net.

— Tu regrettes ?

Je le regarde en fronçant les sourcils.

— D'être avec moi, précise-t-il.

— Bien sûr que non, idiot ! je m'exclame. Pourquoi je regretterais ?

Il se détend.

— Je sais pas. Tu pourrais vouloir quelqu'un de mieux.

— Pourquoi chercherais-je quelqu'un de mieux quand je t'ai toi ?

— Aucune idée, dit-il avec un petit sourire en coin.

Il remet une de mes mèches de cheveux derrière mon oreille. Cette légère caresse m'arrache un frisson.

— Je préfère juste garder ça « secret » pendant quelque temps, histoire de voir comment les choses évoluent sans avoir aucune pression, j'explique. Et puis c'est toi qui as suggéré que tu étais en période d'essai... Ça ne te dérange pas ?

Cam secoue la tête.

— Non, c'est pas une mauvaise idée.

Je caresse sa lèvre avec mon pouce. Il est à moi, à moi seule.

— Tu vas réussir à ne pas en parler à Evan ?

— Je ne crois pas que, pour Evan, retarder notre… coming out de couple soit vraiment une cachotterie. Lui et moi, on n'est pas comme les filles à devoir absolument tout se dire, tu sais ?

Je me mets à rire.

— Tu ne vas rien dire à Grace peut-être ? Ou à Amber ?

— Il est possible que ça m'échappe, mais tu sais quoi ? Quand je suis heureuse, j'ai envie de le crier sur tous les toits. Après, « période d'essai » ne veut pas dire toute la vie non plus. Tu auras peut-être le droit de conclure un CDD après ou un… comment tu dis déjà ? Un coming out de couple ?

Il se met à rire et cela est très doux à mon oreille.

— Je me disais aussi. De toute façon, Evan est tellement naïf, il ne se rendra compte de rien. Regarde le temps qu'il a mis à comprendre de qui parlait Leila, l'autre jour à la cafétéria ?

— C'est pas faux. Il a pas tout compris, notre petit Perceval.

Cameron, qui a décelé la référence, s'esclaffe et son rire me réchauffe le cœur.

— Tu sais qu'il m'a encouragée à sortir avec toi ?

Il hausse les sourcils.

— Vraiment ?

— Oui ! J'étais très étonnée d'ailleurs.

— Il savait ce qui me manquait pour être complètement heureux.

C'est exactement ça. Evan, sous son air calme et mesuré, sait ce qu'il faut à son meilleur ami pour être heureux. C'est ça la véritable amitié. Je me blottis dans les bras de Cameron, mes lèvres sur son torse nu. Nous ne mettons fin à notre étreinte que lorsque je frissonne. Il commence à faire un peu trop froid avec ce vent qui souffle de plus en plus fort.

— On peut rentrer ? je propose. Sauf si tu as un moyen de contacter Éole, ô grand Zeus.

Il rit.

— On va rentrer, Héra. Mais avant…

Il m'attire vers lui.

— … laisse-moi goûter encore à tes lèvres plus qu'enivrantes.

Et sans attendre une seconde de plus, il m'embrasse.

Chapitre 27

Nous quittons le toit quelques secondes plus tard. Il fait extrêmement chaud à l'intérieur, ce qui contraste fortement avec la fraîcheur que nous venons d'endurer. Cameron tient fermement ma main dans la sienne alors que nous descendons l'escalier pour rejoindre nos amis. Avant d'entrer dans la salle où ils sont, je passe devant lui et pose mes lèvres sur les siennes pour un rapide baiser.

— C'est en quel honneur ? dit-il d'un ton espiègle.

— Comme je ne sais pas quand je pourrai le refaire, j'en profite. Vois ça comme de l'abus de pouvoir d'un employeur avec son intérimaire.

Il me sourit et m'embrasse le front avant de lâcher ma main. Je ne me lasserai jamais d'être près de lui.

— C'est reparti !

Cam repasse devant moi en frôlant mon bras de ses doigts et avance jusqu'à la table, me laissant toute retournée par cette simple caresse. Voyant que je gêne le passage, je me dépêche de les rejoindre.

— Vous étiez où ? demande Evan.

— On est montés sur le toit prendre l'air, répond Cam en s'asseyant à ses côtés. Il fait chaud ici.

— C'est vrai, poursuit Rafael. On devrait se refaire une petite tournée pour la peine.

Je crois bien que James et Rafael sont les deux plus gros fêtards du groupe. Dès que l'occasion de faire la fête se présente, ils n'hésitent pas une seule seconde et sautent dessus. De la main, Raf fait un signe à une des serveuses.

— Cocktails pour tout le monde ? demande-t-il.

Les garçons et Grace acquiescent.

— Tu ne veux rien, Lili ?

— Je vais prendre un simple jus d'orange.

La serveuse prend note sur son carnet avant de s'éloigner. Je ne me sens pas de les suivre pour une nouvelle tournée. J'ai encore le goût amer de l'alcool dans la bouche. Ne vous méprenez pas, j'apprécie ce goût mais j'évite au maximum d'en abuser. Je suis entourée de personnes que j'aime et je me sens bien, alors pourquoi boire ?

— C'était bien Alex avec toi ? je demande à Grace.

Elle hoche la tête.

— Je ne m'attendais vraiment pas à le voir seul.

— Qu'est-ce qu'il t'a dit ?

— Plein de choses. Que je lui manquais, qu'il regrettait de m'avoir éloignée de lui et qu'il aimerait que tout redevienne comme avant.

— Et tu en penses quoi ?

— Pour le moment, pas grand-chose. Alex est un bon manipulateur. Il sait très bien quoi dire pour me toucher en plein cœur. Il a toujours été comme ça mais, depuis quelque temps, j'y vois plus clair. Avant, tu peux être sûre que j'aurais replongé sans me poser aucune question.

— Donc tu es méfiante.

— Oui, mais même, je ne me sens plus si bien à ses côtés. Avant, dès qu'il était près de moi, je pouvais sentir mon cœur battre plus vite, je me sentais belle, forte, heureuse mais maintenant, tous ces sentiments sont beaucoup moins puissants, presque inexistants, tu vois ?

— Oui, je vois très bien. C'est la fin alors ?

— Je pense que oui.

Elle sourit, mais je vois bien que derrière ce sourire se cache une certaine souffrance. Elle l'a aimé et l'aime toujours, c'est indéniable, alors je comprends ce qu'elle ressent. Ce moment où l'on sait que la page est en train de se tourner, que quelque chose que l'on pensait être notre futur devient notre passé. C'est juste un moment difficile à passer avant que l'équilibre soit rétabli.

Le temps passe très rapidement et, pour le moment, je peux affirmer que cette soirée est l'une des meilleures que j'aie pu vivre ! Je ne saurais dire combien de fois j'ai ri aux éclats. Ces garçons sont de véritables perles, tous autant qu'ils sont – même s'il est vrai que l'un d'eux se détache très largement des autres.

Je crois bien que mon regard n'a quitté Cam que lorsque je clignais des yeux. Les lumières tamisées le rendent encore plus magnifique, parfait et sexy. J'ai beau me dire que c'est réel, je n'arrive toujours pas à y croire. *Je sors avec Cameron. Cameron est mon petit ami. Il est à moi autant que je suis à lui.* Ces phrases passent en boucle dans ma tête, engendrant un grand sourire béat sur mes lèvres. En y repensant, je me rends compte que des tas de choses ont changé depuis que je suis venue vivre ici ! J'étais loin, même très loin de m'imaginer que ma vie ressemblerait à ça aujourd'hui. Il y a quelques mois à peine, je vivais avec ma mère, mon beau-père et Charlie à Miami dans une belle maison près de la plage. Maintenant, je vis à Los Angeles, la ville de mes rêves, en coloc avec deux garçons géniaux et j'étudie dans l'université que j'ai toujours convoitée. J'ai pu rencontrer de si belles personnes qu'à aucun moment je ne regrette mon choix d'être venue ici.

En face de moi, le mouvement du bras de Cam qui attrape son cocktail me sort de ma rêverie. Il est tellement beau que je ne peux que me sentir fière d'être à ses côtés. Il enlève le petit parasol bleu et le pose sur la table avant de croquer dans la cerise qui trempait dans l'alcool. C'est alors qu'une fine goutte de son cocktail s'échappe et se met à couler au coin de sa lèvre. Il sort sa langue pour la lécher sensuellement. Un feu se déclare en moi. Oh mon Dieu, j'aimerais que cette langue lèche autre chose. Cette vision érotique de lui éveille de fortes sensations et je me mets à me tortiller sur ma chaise. C'est pas vrai ! J'ai ni plus ni moins l'air d'une boule d'hormones qui serait en pleine ébullition. Je dois d'urgence me reprendre.

— Tu as envie de faire pipi ? me demande Grace.

Le rouge me monte aux joues.

— Non, pourquoi ?

— Tu n'arrêtes pas de bouger !

Je me sens affreusement gênée et commence à me triturer les doigts.

— À quoi tu penses ?

— À rien.

— Vraiment ? dit-elle, suspicieuse. J'ai l'impression que tu rougis.

Grace me regarde avec attention. Si elle savait à quoi je pense ! Je ne sais pas si je tiendrai longtemps avant de lui parler de Cam et moi. Elle m'est devenue précieuse en peu de temps. Après tout, c'est en partie grâce à elle que Cam et moi sommes ensemble maintenant.

— J'ai trop envie de retourner danser, dit Grace après avoir vidé son verre.

— Vas-y alors, je souris.

— Viens avec moi !

— Je ne sais pas, je commence à fatiguer et les bottes que tu m'as fait acheter sont inconfortables.

— Toujours le même refrain, soupire-t-elle.

— Je te signale qu'il est 3 heures passées !

— Je sais et alors ? Allez, on va danser.

— Tu me masseras les pieds demain dans ce cas.

— Vendu. Attends, je demande aux garçons.

— Si tu veux.

Grace se lève et pose son sac sur la chaise.

— Avec Lili, on veut bouger. Ça vous dit de descendre danser ? leur demande-t-elle.

— Pourquoi pas, répond Evan.

Je me lève et suis Grace qui marche d'un pas rapide. Lorsque nous nous éloignons de la table, je regarde discrètement derrière moi et aperçois Evan suivi de Rafael et, à ma grande surprise, de Cameron. Il déteste danser, que ce soit en boîte ou à l'appartement comme la dernière fois lorsque nous avons joué à Just Dance. Je me souviens encore de la tête qu'il a faite lorsque j'ai fièrement brandi le jeu que je venais d'acheter. Evan était amusé alors que Cam râlait comme d'habitude. Il s'est finalement prêté au jeu et nous avons passé une excellente soirée tous les trois.

— Cette fête est vraiment trop géniale ! s'exclame Grace.

Je ne peux qu'être d'accord avec elle.

— Regarde comme il est beau, continue-t-elle.

— Qui ?

— Evan, chuchote-t-elle plutôt fort.

— Tu craques pour lui ? C'est pour ça que tes sentiments pour Alex sont moindres ?

— Peut-être… dit-elle d'une voix remplie de sous-entendus.

Cette révélation me fait plaisir.

— Tu me caches des choses, Grace !

— Parce que toi tu ne m'en caches pas peut-être ?!

— Non.

Je ne suis pas bonne menteuse. Elle se retourne vers moi et me jette un regard qui veut tout dire – elle ne me croit absolument pas.

— De toute façon, je finirai bien par savoir…

Je ne réponds pas mais lui décoche un petit sourire. Comme les garçons ne nous ont pas encore rejointes, je me retourne pour voir où ils en sont. Sans grande surprise, je m'aperçois qu'ils discutent avec trois garçons et deux filles. L'une d'elles est en admiration devant Rafael qui n'a pas l'air de lui prêter attention, bien trop occupé à reluquer sa copine rousse. Peu de temps plus tard, les garçons nous rejoignent et nous descendons à l'étage de la piste qui est sacrément bondée.

— Il n'y a pas un peu trop de monde, là ? je dis en me tournant vers mes amis.

— Fais pas ta rabat-joie, Lili, me lance Rafael en passant devant moi. Il n'y a pas mieux pour repartir accompagné que de bons collés-serrés.

— Je suis déjà accompagnée.

Me rendant compte de la bourde que je viens de faire, je reprends :

— Par vous, je veux dire.

Raf hausse les épaules et s'enfonce dans toute cette foule. Il est incorrigible.

— Je crois qu'il nous a abandonnés, lâche Evan.

— Comme d'habitude, poursuit Cam avec un sourire.

Evan acquiesce avant de s'esclaffer avec Cam. D'après leur hilarité, je comprends qu'ils se remémorent une soirée.

— Bon, on y va ?

— Oui !

Grace attrape ma main, l'air plus motivé que jamais, et m'entraîne vers un coin où la foule est moins dense. Je me tourne vers elle. Un large sourire lui barre le visage et, levant les bras, elle crie : « *I need your love, I need your time.* » Je souris et lève les bras à mon tour pour l'imiter. Je sens la musique prendre peu à peu possession de mon corps. Je suis sur le point de me lâcher complètement sur le refrain lorsque je sens quelqu'un se glisser derrière moi. Je jette un rapide coup d'œil par-dessus mon épaule et je l'aperçois. Cameron est là, son corps collé au mien. Comme paralysée à son contact, je m'arrête de bouger. Mon esprit se brouille alors qu'il reste statique derrière moi.

— Danse avec moi, Cameron Miller. Montre-moi ce que tu sais faire.

Il me regarde intensément et finit par poser ses mains sur ma taille tandis que je recommence à bouger contre lui. Tout doucement, je sens son corps suivre les mouvements du mien et je suis comme enivrée. Les battements de mon cœur se font plus rapides alors que ses mains, posées sur ma taille et mon ventre, m'attirent encore plus près de lui. Une sensation de bonheur total m'envahit. Alors que je suis plaquée contre lui, nos hanches bougeant en rythme, ses mains descendent peu à peu jusqu'en haut de mes cuisses. À ce contact, je me mets à trembler et je jurerais que lui aussi. Je n'ai jamais rien ressenti de tel. C'est si nouveau que j'en suis toute bouleversée.

Nous continuons de danser pendant un long moment. Mes pieds sont en feu mais je suis beaucoup trop bien dans ses bras pour les quitter. À côté de nous, Grace et Evan dansent ensemble. Il a sa main en haut des fesses de Grace, leurs deux corps s'épousent parfaitement et ils ne se quittent pas du regard. Ils ressemblent à deux anges gallo-romains blonds descendus de l'Olympe. Ils sont tellement mignons ensemble. Ils n'arrêtent pas de se sourire. J'espère que c'est le début d'une histoire, ils le méritent.

Une musique d'Avicii flotte dans l'air lorsque des paillettes et confettis se mettent à tomber du plafond.

— J'ai l'impression d'être dans un rêve ! crie Grace.

La lumière se reflétant à leur surface donne une dimension encore plus magique au moment. Autour de nous, tout le monde est émerveillé. Toujours dans les bras de Cam, je me mets à rire.

— Ça te plaît ? souffle-t-il près de mon oreille.

— C'est merveilleux !

Alors que je lève la tête pour regarder tomber les paillettes et les confettis, je sens une douleur vive dans mon œil.

— Aïe, je lâche. J'ai une paillette dans l'œil.

Autour de moi, j'entends rire. Les bras de Cam se détachent de moi et, instantanément, une sensation de vide et de froid m'envahit. Je me tourne vers lui, il est en train de rire aux éclats, tout comme Grace et Evan.

— Ne vous moquez pas, râlé-je. C'est pas drôle !
— Si, ça l'est ! rit Grace.
— Je vais aller le rincer.
— Tu veux que je t'accompagne ? me demande Grace, toujours dans les bras d'Evan.
— Non, c'est bon. Je reviens dans cinq minutes.
— On sera probablement à la table dans ce cas.
— D'accord.

Je me détourne d'eux et me rends aux toilettes situées au même étage. En y pénétrant, je suis surprise de constater qu'elles sont presque vides ; seule une fille est en train de se remaquiller mais elle sort aussitôt. Je me dirige alors vers les lavabos. Je me penche et laisse le filet d'eau couler sur mon œil. Tant pis pour le maquillage ! Je souris en me rendant compte que ce genre de situation n'arrive qu'à moi, mais rien ne pourra entraver ma joie. Lorsque mon œil est débarrassé de la paillette, je rentre dans une des cabines et attrape un morceau de papier avant de retourner devant le miroir. Je tamponne délicatement mon œil qui me fait encore un peu mal. Ne faisant pas attention à la porte qui claque dans mon dos, je me rince les mains.

— Comme on se retrouve.

Je reconnaîtrais cette voix criarde entre mille.

— Leila, je lâche sèchement.

Elle s'approche du lavabo voisin et s'appuie dessus.

— Tu as l'air d'aller bien.

— Oui, je suis très heureuse, je réponds honnêtement, alors que j'étais beaucoup plus heureuse avant de me retrouver dans un espace aussi réduit avec elle.

— Je n'en doute pas.

Elle sort de sa pochette un gloss qu'elle se passe sur les lèvres. Déjà que, habituellement, elle n'est que vulgarité, ce soir c'est encore pire. Je jette un rapide coup d'œil via le miroir à son déguisement qui est ni plus ni moins composé d'un soutien-gorge et d'une culotte. C'est moi qui étais censé puiser dans le thème super-héros et catins ?! Je pense très sincèrement qu'elle a manqué un épisode.

L'atmosphère qui règne entre nous est plus que tendue. Ne souhaitant pas m'attarder plus longtemps avec elle, je me hâte de passer mes mains sous le séchoir. Le bruit qu'il provoque me permet de faire abstraction de sa présence pendant un court instant. Je m'apprête à sortir lorsqu'elle vient se dresser contre la porte.

— Vous faites un beau couple, Cameron et toi.

Je me raidis. Comment le sait-elle ? Est-ce qu'elle nous a vus ? Elle me donne d'elle-même la réponse à ma question muette.

— Je vous ai vus tout à l'heure. Tu dansais avec Grace et Cam est arrivé. Je suis restée et vous avez dansé ensemble avant que vous partiez je ne sais où. Je me suis dit que c'était pas vrai, que vous ne pouviez pas être en couple. J'ai donc attendu près de la table et c'est là que je vous ai vus vous embrasser, grimace-t-elle. J'ai eu l'impression que mon cœur se déchirait. À cause de toi.

Sans me laisser le temps de répliquer, elle poursuit, le visage tendu et la mâchoire serrée.

— Écoute-moi bien, Liliana. Je connais suffisamment Cameron pour savoir que, entre nous, c'est fini. J'en bave, mais j'accepte son choix de mettre un terme à notre relation. Par contre, ce que je n'accepte pas, c'est qu'il te choisisse toi alors que, soyons honnêtes, tu ne vaux rien. Je ne comprendrai jamais sa décision. Il n'y a pas photo. Entre toi et moi, qui te choisirait toi ?

Au fur et à mesure que les mots sortent de sa bouche, j'essaie de rester calme, bien que mon sang bouille dans mes veines. Je veux juste qu'elle se taise. Difficilement, je tente de garder les mains le long de mon corps afin d'éviter que l'une d'elles finissent par abîmer son beau visage.

— Je ne te le dirai pas deux fois. Il y a des choses que tu ignores à son sujet. De gros secrets dont tu n'as pas idée. Est-ce qu'il t'a seulement déjà parlé d'Olivia et de tout ce qu'elle représente pour lui ? À la tête que tu fais, je devine que non. Cam n'est pas du genre à se confier à n'importe qui, pas vrai ? La seule chose qui me réjouit en réalité, c'est que ton petit cœur et toi serez détruits dès qu'il reviendra à la réalité et qu'il se rendra compte que les pucelles frigides ne sont pas son genre. Cameron a des goûts très... particuliers en matière de sexe et, clairement, tu ne pourras pas répondre à ses attentes. Je vais l'inviter à danser, d'ailleurs... Vu qu'il n'y a plus de malaise entre lui et moi. On peut rester de très bons amis. Je serai toujours entre vous deux. Si je ne peux pas l'avoir, tu ne l'auras pas non plus, sale petite garce.

Sans attendre de réponse de ma part, elle tourne les talons et sort de la pièce, me laissant en pleine confusion. Je suis toute tremblante, de rage et de peine. Cette fille est prête à tout pour me faire du mal. Sur le point de tomber, je m'adosse au mur et me laisse glisser. Mais qui est cette Olivia ? Que représente-t-elle pour lui ? Est-ce que cela a un rapport avec les paroles d'Evan sur le fait que, maintenant, Cameron a du mal à faire confiance ? Tout un tas de scénarios s'élaborent dans ma tête. J'ai l'impression d'être en plein délire. Ne pouvant pas rester ici plus longtemps, je me relève, jette le papier dans la poubelle et sors à mon tour. La musique que je trouvais agréable jusque-là commence à résonner dans ma tête et à m'étourdir. Je me faufile entre les personnes et regagne le deuxième étage le plus vite possible. Lorsque je parviens à hauteur de la table, je m'aperçois qu'ils sont tous là, en train de discuter et de boire.

— Tu fais une de ces têtes ! hurle Grace pour couvrir la musique de plus en plus forte.

— Je suis fatiguée, rien de plus, je dis en m'asseyant, avec un sourire que je veux le plus naturel possible.

— D'accord !

Ses yeux brillent. Aucun doute, elle est sur un petit nuage et je ne peux qu'en être heureuse.

Les mots de Leila passent en boucle dans ma tête. Encore et encore. Qui est cette Olivia ? À l'autre bout de la table, Cameron est en pleine discussion avec Evan et James. Lorsqu'il se rend compte que je le regarde, il me sourit, l'air heureux. J'essaie de lui rendre son sourire mais je suis certaine que tout ce j'arrive à faire ressemble plutôt à une grimace.

— Je vais rentrer, je pense, je souffle à l'intention de Grace.

— Quoi ? Pas déjà quand même.

— Je ne me sens pas très bien, Grace. J'ai hyper mal à la tête et j'ai un peu envie de vomir. Le cocktail du début ne passe pas.

— Laisse-moi prendre mes affaires et prévenir les garçons.

— Non ! je m'exclame. Je vais y aller seule, des taxis attendent devant la boîte, je rentrerai saine et sauve. Ne t'inquiète pas.

— Tu ne veux pas le dire aux garçons ?

Je secoue la tête et poursuis avant qu'elle ne me demande pourquoi :

— Je t'envoie un message quand je serai bien arrivée à l'appartement.

— Fais attention à toi.

— Promis.

J'ai conscience de me comporter comme une lâche, mais je ne suis pas sûre de pouvoir supporter son regard plus longtemps. Je sais que je devrai bien affronter ça un jour mais, pour le moment, je pense juste à m'allonger dans mon lit. J'attrape discrètement mon gilet et mon sac et attends que les autres soient occupés avant de m'éclipser.

Je traverse la salle, descends au rez-de-chaussée et regagne le grand couloir de la sortie. Un couple est appuyé contre le mur et semble prêt à s'adonner à des ébats devant tout le monde. Mal à l'aise, je me dépêche de sortir. Une file de taxis attend à quelques mètres de l'entrée principale.

— Vous allez où, mademoiselle ? me demande l'homme chargé de la répartition des taxis.

— Je vais sur le campus.

— D'accord, allez au taxi rouge là-bas.

Je le remercie et avance vers la voiture désignée. J'explique rapidement au chauffeur où je vais et il déverrouille les portières. Alors que je m'apprête à poser ma main sur la poignée, une voix dans mon dos me stoppe instantanément.

— Tu pensais vraiment réussir à t'échapper comme ça ?

Et merde !

— Je ne me sens pas très bien.

Cameron se rapproche.

— Je ne te crois pas.

Je baisse la tête.

— J'ai juste envie de rentrer, je dis doucement.

— Pourquoi ?

— Je viens de te le dire. J'ai mal à la tête et j'ai envie de vomir.

— La vraie version maintenant ?

Comment fait-il pour savoir que je mens ?

— Tu m'expliqueras à l'appartement, reprend-il.

— Ne t'embête pas ! Tu peux retourner avec les autres. Je vais prendre le taxi.

— Lili, dit-il d'un ton menaçant. Je rentre avec toi.

— Je ne veux pas que ça t'ennuie.

— Comment passer du temps avec ma petite amie pourrait m'ennuyer ?

Je souris faiblement, me remémorant les paroles de Leila quelques minutes plus tôt.

— Rafael commençait à se prendre pour un vrai dieu en plus. Il était temps pour moi de partir.

— Tu es sûr ?

— Certain. Laisse le taxi pour quelqu'un qui en a vraiment besoin. Suis-moi, Liliana.

Je m'excuse auprès du chauffeur de taxi. Cameron me tend une main que j'attrape et m'entraîne jusqu'à sa voiture. Comment vais-je bien pouvoir lui expliquer tout ça ? Je ne peux pas lui faire part de mes doutes, car il penserait que je n'ai pas confiance en lui, ce qui est faux. C'est en Leila et surtout en moi que je n'ai pas confiance.

Le trajet a beau se passer dans le silence, ce n'est pas une atmosphère pesante. Je reprends peu à peu mes esprits et réalise à quel point je me suis emballée une nouvelle fois. Toujours à me faire des films. Si ça se trouve, Olivia n'est rien de plus qu'une amie d'enfance de Cam, et non pas l'amour de sa vie, comme le laissait penser Leila.

Arrivé sur le parking de la résidence, Cam trouve rapidement une place.

— Tu as prévenu Evan ? je lui demande.

— Oui, il rentrera avec un des gars.

Je hoche la tête et nous nous engageons dans le hall de l'immeuble avant de monter dans l'ascenseur. Quelques secondes après, les portes s'ouvrent, je suis la première à sortir et à ouvrir l'appartement.

— Bon, quel est le problème, Lili ?

Dire que je ne m'attendais pas à cette question serait mentir. Par contre, je ne pensais vraiment pas qu'il me la poserait le seuil de la porte à peine franchi. Je m'apprête à répondre mais il enchaîne :

— Ne le nie pas. Je sais que pour que tu réagisses comme ça, c'est que quelque chose t'a contrariée. C'est moi ?

Je secoue la tête.

— Tu regrettes d'être ma petite amie ? Parce que, si c'est le cas, dis-le-moi maintenant.

La peur se ressent dans sa voix. À cet instant, il a l'air plus vulnérable que jamais. Je ne l'ai jamais vu si peu confiant.

— Non, ce n'est pas ça ! Je ne regrette pas, Cam, je dis pour le rassurer.

— Alors qu'est-ce que c'est ?

Allez, lance-toi Lili.

— J'ai croisé Leila dans les toilettes.

Il lâche un juron avant d'aller s'asseoir sur le canapé tandis que j'enlève mes bottes vernies que je laisse dans l'entrée.

— Elle t'a vue ?

Je hoche la tête.

— Elle t'a dit quelque chose ?

— Oui.

— Merde, je suis désolé, Lili. Je savais qu'elle serait là ce soir, mais je pensais pas que vous vous croiseriez.

— Tu n'as pas à t'excuser. Ce n'est pas de ta faute si Leila est assez… spéciale, finis-je par lâcher.

Je vais m'asseoir à côté de lui.

— Qu'est-ce qu'elle t'a dit ?

— Elle nous a vus danser et nous embrasser.

Il soupire et lâche à nouveau un juron.

— Tu penses qu'elle va le dire aux autres ? je demande.

— Je ne sais pas, répond-il simplement.

— Ça ne serait pas si grave de toute façon. Ta période d'essai prendra fin plus rapidement.

Cam secoue vivement la tête après avoir avalé une gorgée d'eau de la bouteille qui traîne sur la table.

— Je préférerais juste qu'ils l'apprennent par toi et moi plutôt que par elle.

— Oui, moi aussi, j'approuve.

— Elle n'a dit que ça ?

Je redoutais cette partie mais je n'ai plus le choix. Parce que, en plus de vouloir être complètement honnête avec lui, je veux en savoir plus sur cette mystérieuse Olivia.

— Non, je commence, hésitante. Elle était assez menaçante par la suite.

Sa main, posée sur son genou, se crispe.
— Elle t'a menacée ?
— Oui, enfin… pas directement.
— Dis-moi exactement ce qu'elle t'a dit.

Je respire un bon coup et me lance, essayant de me rappeler ses paroles exactes.

— Qu'elle respectait ton choix bien qu'elle ne le comprenne pas. Et que si elle ne pouvait pas être avec toi, moi non plus, je ne le pourrais pas.
— Putain.

Sur ce mot, il se lève et commence à faire les cent pas.

— Il ne faut pas s'en inquiéter, Cam. Je sais qu'elle ne me porte pas dans son cœur, et qui peut lui en vouloir ? Je lui ai piqué son mec après tout ! Ça fait de moi la salope de l'histoire, grimacé-je. Au final, ce n'est pas elle la méchante mais moi.

Cet aveu me fait prendre conscience du rôle que j'ai joué dans cette histoire. Je comprends ce qu'elle ressent et je ne peux pas lui en vouloir de me détester à ce point. Cam vient aussitôt s'asseoir à côté de moi, sa main sur ma joue et son pouce me caressant la lèvre.

— Ne redis jamais ça de toi.
— C'est pourtant la vérité, Cam. Si je ne t'avais pas rencontré, tu serais toujours avec elle.
— Non.

Comprenant que c'est le bon moment pour poser cette question qui me brûle les lèvres depuis que nous sommes montés dans la voiture, je me lance. J'ai peur de sa réponse, d'apprendre quelque chose que j'aurais préféré ignorer, mais je dois savoir la vérité pour redevenir sereine.

— Tu serais avec Olivia alors ?

Sa réaction ne se fait pas attendre. Sa main quitte mon visage comme s'il venait de se brûler et ses yeux se parent d'une lueur inconnue. Ce changement de comportement m'inquiète et j'ai bien peur que mes doutes ne soient confirmés.

— Qui t'a parlé d'elle ? demande-t-il sèchement en me lançant un regard noir.

Je suis complètement déboussolée.

— Leila l'a mentionnée tout à l'heure.

Il se lève puis marche tout en passant ses mains sur son visage. J'entends un vague « bordel » franchir ses lèvres.

— Qui est-elle, Cam ?

— Tu n'as pas besoin de tout savoir en permanence, Lili. Je n'arrête pas de te le dire, éructe-t-il.

Sa voix est lourde de sous-entendus et de reproches.

— J'ai le droit de savoir pourquoi ça te chamboule autant ! je m'écrie.

— Vraiment ? Tu es qui pour avoir ce droit ? rétorque-t-il d'une manière si méprisante et froide que j'ai l'impression de recevoir une gifle.

— Et toi, pour qui te prends-tu pour me parler sur ce ton ?

C'est à mon tour de me lever.

— Tu me fais chier, Lili, crie-t-il, se plantant devant la porte-fenêtre, le regard rivé sur le ciel.

Mes doutes se sont confirmés. Je ne sais pas qui est Olivia, mais la place qu'elle occupe dans sa vie est bien plus importante que ce que je pouvais imaginer. M'approchant doucement de lui, je continue d'une voix plus légère :

— Pourquoi tu ne veux pas m'expliquer qui elle est pour toi ?

Il se tourne vers moi et me regarde dans les yeux sans laisser paraître aucune émotion.

— Laisse-moi réfléchir... Hmm, parce que ça ne te concerne pas, ça ne concerne pas plus Leila d'ailleurs. Laisse-moi maintenant.

Il détache chaque mot.

— Très bien.

Je quitte le salon et pars me réfugier dans ma chambre en prenant soin de bien claquer la porte.

À quoi je pensais, sérieusement ? Le Cameron des dernières minutes est exactement le même que celui que j'ai rencontré : odieux et froid. Je ne devais pas m'attendre à le voir changer et, pourtant, j'y ai cru. Des larmes se forment au coin de mes yeux et je ne fais rien pour les retenir. Voilà longtemps que je n'ai pas pleuré pour un garçon. Je suis en colère contre lui et contre moi pour avoir cru que les sentiments que j'éprouve à son égard pouvaient être réciproques. Je suis si naïve. Quand je pense que, pendant quelques heures, j'ai cru que je comptais pour lui !

Au bout d'un long moment, je décide de me reprendre. Rosie me dirait : « *Girl Power*, Nana. *Girl Power*. » Je me lève, attrape une nuisette dans mon armoire et file dans la salle de bains le plus vite possible pour ne pas risquer de croiser Cam. Heureusement, je ne le vois pas. Je me débarbouille, démêle mes cheveux, me brosse les dents avant d'enfiler ma nuisette. Je me sens déjà beaucoup mieux. Je regagne ma chambre et me mets directement au lit. Je n'ai pas spécialement envie de dormir mais j'aimerais oublier les moments difficiles de cette fin de soirée. Bien évidemment, je n'arrive pas à trouver le sommeil. Je tourne, encore et encore, inlassablement. Peut-être qu'une camomille pourrait m'aider mais comme je ne veux surtout pas le voir, je reste dans mon lit. Lorsque deux petits coups résonnent sur ma porte aux alentours de 5 heures, je ne réponds pas, sachant très bien de qui il s'agit.

— Je peux entrer ?

La tête de Cameron passe par l'entrebâillement de la porte. Pour toute réponse, je lui tourne le dos, espérant qu'il comprenne le message. Je ne veux pas le voir. Quand j'entends la porte se refermer, je respire de nouveau et me dis que j'ai gagné, qu'il est parti. Je m'apprête à me retourner quand je sens mon lit s'affaisser.

— Qu'est-ce que tu fais là ? je lâche sèchement.

— Je voulais voir comment tu allais.

— J'aimerais dormir donc, si rien ne te retient, tu peux partir.
— Le problème, c'est qu'il y a quelque chose qui me retient.
— Ah oui ?
— Toi.

Ces trois lettres suffisent à faire monter en moi un fou rire nerveux. N'est-il pas drôle ? Il n'y a pas loin d'une heure, il voulait que je le laisse tranquille et maintenant, il dit que je le retiens.

— Tu as fait l'école du rire pour être aussi drôle, Cameron Miller ?

Il est sur le point de parler mais je poursuis :

— J'ai presque cru un instant que tu tenais à moi.
— Parce que c'est le cas !

Je me penche et allume la lumière de mon chevet.

— Merde, Lili, je suis désolé pour tout à l'heure. Je n'aurais pas dû te parler comme ça.
— Ah bon, tu crois ? Je ne sais pas pourquoi je me prends la tête. Tu parlais exactement de la même manière à Leila. Si c'est comme ça que tu traites les filles, je me demande pourquoi tu plais autant.

Il se tait une seconde et me dit doucement.

— Tu n'as pas été tendre non plus !
— Tu m'y as poussée ! Je suis d'un naturel doux, je ne veux pas devenir comme Leila. C'est peut-être toi qui nous rends aussi agressives ?

Je crois que je l'ai blessé. Je me rallonge et ferme les yeux.

— Tu éteindras en partant.

Il se tait encore quelques secondes.

— Tu m'en veux toujours ?

Je marmonne un « oui » avant que je sente ses mains m'attirer contre lui.

— Qu'est-ce que tu fais ? je dis en rouvrant les paupières

J'essaie de rester ferme, alors que lui se contente de me sourire. Un sourire qui m'aurait fait fondre si je n'étais pas autant en colère contre lui. Il approche son visage du mien et je comprends alors qu'il souhaite m'embrasser, mais au dernier moment, je tourne la tête. Qu'est-ce qu'il croyait ? Que venir dans mon lit suffirait à effacer notre dernière conversation ? Eh bien non.

— Tu vas bouder encore longtemps ? soupire-t-il.

— Fallait y penser avant de te comporter de cette façon avec moi.

— Je suis vraiment désolé, Lili, tu peux me croire.

Je lui jette un coup d'œil. Il a réellement l'air sincère.

— Je ne m'attendais pas à cette question, j'ai été surpris. Et tu connais mon impulsivité.

— J'ai vu ça.

Comme chaque fois qu'il est tendu, il passe sa main dans ses cheveux, ce qui les décoiffe légèrement. Cet effet le rend plus beau et j'aimerais l'embrasser en laissant mes doigts s'aventurer dedans. Je me mets mentalement une claque d'avoir de telles pensées alors que je suis censée être toujours en colère.

— Olivia a été mon premier amour, lâche-t-il après un long silence.

Je le savais. Dès que j'ai prononcé son prénom, la lueur qui est passée dans son regard laissait peu de doute quant à ce qu'elle représentait pour lui.

— Tu l'aimes encore ?

C'est la seule chose qui me fait peur, qu'il l'aime toujours. Il ne répond pas tout de suite. Ce court silence est si pesant que les larmes me montent à nouveau aux yeux. Évidemment qu'il l'aime toujours. Tout prend son sens. Ses difficultés à s'engager, à faire confiance, Leila.

— Elle aura toujours une place dans mon cœur, Lili. Elle a été la première et la seule pendant longtemps…

J'ai l'impression que quelqu'un me pousse dans un précipice sans fond. On n'oublie jamais son premier amour.

— Mais je ne l'aime plus de la manière dont tu le penses.

Sa main vient se positionner sous mon menton et il m'oblige à relever la tête pour le regarder.

— Je n'ai plus qu'une tendre affection pour elle, rien de plus. Je suis avec toi, non ? Est-ce que je sortirai avec toi alors que j'en aime une autre ? Certainement pas. J'ai beaucoup de défauts mais… je te respecte et je ne te ferai pas souffrir. Tu entends ? Je suis à toi, tu es à moi et je veux nous préserver. Tu comprends ?

Je hoche la tête.

— Alors oublie tout ce que Leila a pu te dire. Elle sait ce qu'il faut te dire pour te faire du mal, quitte à inventer des choses. Ne lui fais pas confiance.

Voyant que je ne réponds pas, il reprend :

— D'accord ?

J'acquiesce.

— Je déteste te voir dans cet état, murmure-t-il. Surtout si c'est de ma faute.

— Ce n'était pas de ta faute, je dis doucement.

— Si.

— Je n'aurais pas dû avoir une telle réaction. Je comprends parfaitement qu'il y ait des parties de ta vie dont tu ne veux pas me parler pour le moment et que tu aies besoin de temps pour faire confiance à nouveau. Je dois l'accepter. Mais je veux que tu saches que je suis là. Je sais faire la part des choses et, si tu veux parler de n'importe quoi, je suis prête à t'écouter et à te soutenir… parce que tu es… mon colocataire, mon ami et mon…

J'allais dire « amoureux » mais je ne veux pas.

— Mon homme à moi. Tu es à moi, tu n'oublies pas, Cameron ?

Il ne répond pas et se contente de me regarder très profondément. C'est en le voyant là, à côté de moi, que je comprends les raisons qui m'ont fait tomber amoureuse de lui. Pour la première fois depuis que nous sommes rentrés, je lui adresse un sourire qui semble le rassurer puisque ses traits deviennent moins tendus.

— Écoute, Lili, je…

— Je sais, le coupé-je. C'est bon, je ne t'en veux pas vraiment. Maintenant, je ne sais pas si tu restes ou non mais éteins cette lumière, elle m'attaque les yeux.

Il sourit et se penche vers moi. Cette fois, je ne le repousse pas lorsqu'il m'embrasse.

— On regarde un film ou tu préfères dormir ? me questionne-t-il en reprenant son souffle.

Le sommeil m'ayant quittée, j'accepte sa proposition.

— *World War Z*, ça te va ?

— Oui, très bien.

— Je vais chercher mon ordi.

Il se redresse et se lève de mon lit pour retourner dans sa chambre. Bon, je crois que nous venons de vivre notre première dispute en tant que couple. Maintenant, je sais qui est Olivia et ce qu'elle représente pour lui. Je le crois quand il me dit qu'il ne l'aime plus. Il faut que j'arrête de penser autant, ça me gâche la vie, et pour le moment, je veux juste profiter de l'instant présent, sans réfléchir à demain.

Lorsqu'il revient dans ma chambre, il reprend sa place dans mon lit, un sourire aux lèvres. Il pose son ordinateur sur ses genoux et, naturellement, il m'attire contre lui – ma tête est posée sur son torse.

— J'aime t'avoir dans mes bras, Lili.

Je souris et réalise à quel point je l'aime. Il me retourne mon sourire avant de reporter ses yeux sur l'écran. Le film commence et, une dizaine de minutes plus tard, je m'endors, au chaud contre lui, complètement épuisée.

Chapitre 28

Comme chaque matin depuis maintenant plus de deux semaines, je me réveille dans les bras de Cam. Son réveil affiche 6 h 40 ce qui signifie que je vais bientôt devoir me lever et rejoindre ma chambre afin d'éviter tout soupçon de la part d'Evan. Jusqu'à maintenant, notre petit stratagème a plutôt bien fonctionné même si notre colocataire et ami a failli tout découvrir plus d'une fois.

Généralement, nous dormons dans ma chambre. Si Cam n'avait pas renversé son verre de soda dans mon lit hier soir, nous ne serions pas dans sa chambre ce matin, mais dans la mienne. Au début, je me fichais de savoir dans quel lit nous allions dormir puisque le principal, pour moi, était d'être près de lui. Mais il y a quelques jours, alors que je traversais le campus pour me rendre à l'un de mes cours, j'ai croisé Leila. Je ne l'avais pas revue depuis l'épisode dans les toilettes de la boîte. Décidée à l'éviter, j'ai baissé la tête et accéléré le pas mais elle m'a retenue par le bras. Le temps que je me dégage de son emprise, les mots qu'elle a prononcés ont eu le temps de m'atteindre.

— Alors Liliana, comment trouves-tu son lit ? Il est confortable, n'est-ce pas ? Je me souviens de tous les bons moments passés avec Cam dans ce lit comme si c'était hier !

Voulant rester forte devant elle et ne pas lui montrer qu'elle me blessait une nouvelle fois, j'ai violemment repoussé sa main et je lui ai répondu en prenant le même air hautain qu'elle :

— Tout ce que je sais, c'est qu'il adore crier mon nom. Qu'on soit dans mon lit, dans le salon, dans la cuisine ou même dans son lit, ça ne change rien à ce que l'on ressent l'un pour l'autre. Sur ce, bonne journée !

Et je suis partie avant même qu'elle puisse me répondre. J'ai bien vu la lueur assassine dans son regard mais j'ai tourné les talons, la tête haute, fière de l'avoir prise à son propre jeu. Ça ne me ressemble tellement pas ! Cependant, mon assurance est vite retombée quand je me suis rendu compte qu'elle avait raison. Même si j'aimerais parfois – même très souvent – l'oublier, Cameron et elle ont eu une histoire. Ils se sont aimés d'une manière ou d'une autre et je dois l'accepter. En y repensant, des images d'eux enlacés dans le lit me reviennent en tête comme des flashs puissants et aveuglants. Je revois toute la scène, je la revis dans son intégralité, dans ses moindres détails. J'aimerais l'effacer définitivement de ma mémoire mais je ne peux pas. Je dois faire abstraction de tout ça et me concentrer sur l'homme qui dort à mes côtés. Il est si paisible quand il se repose que je ne peux m'empêcher de sourire en le regardant. J'ôte délicatement la couette pour me tourner et attrape ma bouteille d'eau sur la table de chevet. Comme chaque matin, j'ai la gorge sèche. Cameron marmonne quelque chose avant de se retourner vers le mur, il semble dormir profondément.

Il ne s'est encore rien passé avec lui. La seule fois où nous avons failli franchir cette étape, Evan est entré dans l'appartement en criant : « Pizza party ! » Il était à deux doigts de découvrir ses deux colocataires, et accessoirement meilleurs amis, en train de s'embrasser en sous-vêtements comme si leur vie en dépendait. Depuis, nous nous sommes contentés de baisers passionnés même si je sens que, comme moi, il meurt d'envie de passer au stade supérieur. Le désir que j'éprouve pour lui est si fort que j'ai parfois l'impression de me consumer de l'intérieur.

Dimanche matin, quand je me suis réveillée, il y avait une rose et un croissant à côté de mon lit. Et sur une petite carte était écrit à la main :

> *Je regrette de ne pas être là pour ton réveil, mais la course n'attend pas. Pardonne-moi. C.*

C'est donc ça sortir avec Cameron ? Il est plein de bonnes intentions. L'autre jour, il a fait ma lessive avec la sienne pour que je n'aie pas à descendre à la laverie de la résidence qui me fait un peu peur. Dernièrement, je suis tombée sur un drogué qui m'a vaguement rappelé Jace. Je suis remontée aussi vite. Un autre jour encore, Cameron m'a massée avec de l'huile parfumée jusqu'à ce qu'un râle de contentement sorte involontairement de ma bouche.

Il est doux, attentionné. Il est parfait pour moi. Ce garçon est à la fois le lion et le lionceau, l'homme et l'enfant. Je me sens en sécurité auprès de lui et il est tellement joueur que je me demande parfois lequel est le plus jeune de nous deux. Être avec lui est un pur bonheur. Chaque jour est encore plus délectable que le précédent. Depuis cette fameuse nuit où j'ai appris qui était Olivia, nous n'avons plus eu aucune dispute. Tout se passe merveilleusement bien entre nous. Si j'avais des doutes sur les sentiments que j'éprouve pour lui, tout est clair aujourd'hui. Je suis éperdument amoureuse de lui. Mais est-ce que lui l'est ? Je continue parfois d'en douter. Il y a deux jours, alors que je venais de regarder *Reign*, encore bouleversée par la fin de l'épisode, je lui ai dit que je l'aimais. Il m'a regardée, un léger sourire sur les lèvres, avant de m'embrasser délicatement sur le front. Il n'a rien répondu. Pas même un « moi aussi », un « merci » ou n'importe quoi qui aurait pu répondre à mes mots. J'ai passé la nuit à douter de ses sentiments alors qu'avant ça, j'étais sûre et certaine qu'il m'aimait. Et s'il m'avait menti ? Et s'il était toujours amoureux d'Olivia et qu'elle soit la femme de sa vie, qu'est-ce que je pourrais bien faire ?

— À quoi tu penses ?

Cette voix rauque, signe qu'il vient tout juste de se réveiller, me fait craquer. Sentant ses doigts passer sur ma peau, je me tourne vers lui. Je dois arrêter de douter autant.

— À rien.

— Vraiment ? demande-t-il visiblement sceptique.

— Oui.

— Tu sais que je ne te crois pas ?

— Tu devrais pourtant !

Ses doigts continuent de se promener sur mon bras nu tandis que ses yeux fixent ma bouche.

— Il est bientôt 7 heures.

Il regarde son réveil.

— Je devrais y aller, je continue. Evan ne va pas tarder à se lever et je dois prendre la salle de bains avant lui, sinon je n'aurais pas le temps de me laver les cheveux.

Il soupire.

— Il se lève dans trente minutes, Lili. Tu as le temps !

— Je n'aime pas courir le matin, tu le sais bien.

— Oui, pour le savoir, je le sais !

Son air faussement exaspéré m'amuse.

— Tu commences à quelle heure ? reprend-il.

— Mon premier cours est à 9 heures mais avant je dois passer prendre un livre à la bibliothèque.

— Tu pars avec Evan ?

Je hoche la tête.

— Et toi, tu as quels cours aujourd'hui ?

— Je commence avec deux heures de droit pénal et après j'enchaîne avec du droit international, de l'espagnol et à nouveau du pénal. Je vais finir tard.

— Nos emplois du temps sont totalement incompatibles aujourd'hui ! Je finis vers 16 heures.

— On se verra ce soir alors.

— Bien sûr.

Sans traîner une seconde de plus, je l'embrasse sur la joue et me lève. Avant de sortir, je vérifie que la voie est libre et qu'Evan ne risque pas d'ouvrir sa porte à ce moment-là. Je ne suis pas sûre que la meilleure façon pour lui d'apprendre la nouvelle serait celle-ci : me découvrir avec le tee-shirt de Cam et sortant de sa chambre. Derrière moi, j'entends Cam rire. Habituellement, c'est lui qui doit filer en douce et, pour être honnête, il a l'air beaucoup moins tendu que moi lors de cette opération.

Une fois sortie de sa chambre, je referme la porte et passe rapidement par la mienne pour prendre des vêtements. Comme le temps s'est légèrement rafraîchi, je choisis un jean slim, un chemisier noir et une paire de bottines noires à talons.

Quelques minutes plus tard, je suis sous la douche. Je me demande de plus en plus comment Evan fait pour ne pas voir que nous sommes ensemble. Même si nous essayons d'être le plus discrets possible, dès que nous le pouvons, nous nous touchons, nous nous parlons, nous sommes beaucoup plus attentionnés qu'avant l'un envers l'autre. Je porte en permanence ses tee-shirts ou ses sweat-shirts, que ce soit pour dormir ou pour sortir. Mais malgré tous ces signes, Evan ne voit rien.

Sortant de la salle de bains, je vais dans la cuisine, où je trouve Evan et Cam qui discutent.

— Salut les garçons ! je lance.

— Lili, sourit Evan. J'étais en train d'expliquer à Cam à quel point les filles aiment aussi quand le gars est intelligent et pas que beau et musclé. Cet idiot dit le contraire.

Je ris. Leur petite querelle matinale est devenue un véritable rituel pour eux deux.

— T'en penses quoi ? me demande-t-il.

— Forcément, si on peut avoir les deux, c'est mieux, je réponds honnêtement. Mais à choisir entre un garçon beau mais bête et un garçon moins beau mais plus intelligent, la beauté perd le match.

Je jette un coup d'œil à Cameron qui sourit.

— Moi, je suis les deux. Je suis beau et intelligent ! commence-t-il.

— C'est encore mieux quand ils ne sont pas vantards, je dis à l'intention d'Evan.

— Comme celui-là par exemple, lâche-t-il à son meilleur ami. Je me demande bien comment il peut avoir tant de succès auprès de la gent féminine.

Cameron se met à rire.

— T'inquiète pas pour moi. Ma vie sentimentale est plus que satisfaisante pour le moment.

Mon cœur fait un petit bond en entendant ces simples mots qui me touchent beaucoup. Discrètement, je lui envoie un baiser qu'il fait semblant de rattraper, ce qui m'arrache un petit rire.

— Elle s'appelle comment cette fois ? Sarah, Lola, Ashley ? Ou peut-être que tu t'es remis avec cette garce de Leila ?

Je ne peux pas m'empêcher de sourire en entendant la manière dont Evan a décrit Leila. « La garce », voilà qui est plutôt bien adapté, il faut le dire. Malgré tout, je suis assez surprise de l'attitude d'Evan, lui qui n'intervient que rarement dans la vie des autres.

— J'ai trouvé ! s'exclame Evan. Elles sont plusieurs ?

— Non plus ! Tu me prends pour qui Evan ? répond Cam, taquin.

— Ne fais pas l'innocent, Cameron Miller ! Tu ne te souviens pas des jumelles l'année dernière ?

À cette évocation, Cam part dans un grand rire suivi de près par Evan. Une fois calmé, Cam prend la parole :

— J'aimerais vraiment oublier cette soirée, Evan.

— Tu m'étonnes ! Tu ne devineras jamais ce qui s'est passé, Lili… dit-il en se tournant vers moi.

Me doutant de quel genre de soirée il s'agit, je l'interromps :

— Je n'ai pas envie de savoir non plus.

Evan me regarde, surpris par le ton que j'ai employé qui a été légèrement plus sec que prévu. Je me sens obligée de lui sourire alors que j'attrape le pot de pâte à tartiner que Cameron a acheté pour moi.

— Je suis très heureux avec cette personne, Evan. Je te la présenterai bientôt, même si tu l'as déjà rencontrée.

Cameron s'arrête là, n'en disant pas plus. Son meilleur ami le regarde intrigué, cherchant probablement à percer les secrets dans son regard bleu.

— Cherche pas, rit Cam. Je ne dirai rien de plus et tu ne trouveras pas.

— En tout cas, je suis vraiment content pour toi, mon pote. J'espère que tu la garderas longtemps, t'es vachement moins chiant quand tu es heureux. Tu ne trouves pas, Lili ? Il a l'air moins grognon, bébé Cameron. Tu as l'air d'avoir passé une bonne nuit en plus.

Cameron sourit sincèrement. Ces deux-là sont vraiment un exemple en matière d'amitié. Ils ne se jugent jamais et sont toujours là pour se soutenir. Je ressens un petit pincement au cœur en pensant à la relation qu'Amber et moi avions. Peu à peu, nous redevenons des étrangères l'une pour l'autre. Je n'aurais jamais pensé qu'un jour nous serions si éloignées. Elle était ma « meilleure amie pour la vie ». Même si nous continuons de nous parler par Skype, ce n'est plus pareil.

J'éloigne ces pensées moroses et me concentre sur les deux garçons assis en face de moi. Nous finissons de prendre notre petit déjeuner dans la bonne humeur.

*

Alors que je finis de me préparer dans la salle de bains, Evan frappe à la porte.

— On y va.

— J'arrive tout de suite !

Je range ma crème puis sors pour filer dans ma chambre où j'attrape mon sac et mes clés. Je dois trouver un moyen d'aller dire au revoir à Cameron sans qu'Evan s'en aperçoive.

— Mince, j'ai oublié mon téléphone, je lui dis, le rejoignant sur le palier.

Il soupire.

— Dépêche-toi d'aller le chercher, on va finir par être en retard avec toi.

— Oui, *papa*, je me moque.

Comme à chaque fois que je l'appelle ainsi, il se met à rire.

— Cette enfant finira par me tuer, je l'entends dire alors que je trotte dans le couloir de l'appartement.

Plongeant la main dans mon sac, je sens mon téléphone bien à sa place. Discrètement, je me dirige vers la chambre de Cam et entre après avoir donné des petits coups rapides sur la porte. Il est sur son lit, adossé au mur, son ordinateur sur les genoux. Je me plante devant lui, au pied du lit.

— J'ai oublié mon téléphone.

— Ici ? Tu l'as ?

Je secoue la tête et chuchote malicieusement.

— Il est dans mon sac mais Evan croit qu'il est quelque part dans ma chambre.

— C'est très intelligent.

— J'ai un bon professeur.

Cameron sourit, m'attirant vers lui. Son ordinateur désormais posé sur le matelas, je me retrouve assise à califourchon sur lui.

— On pourra se voir un moment ce soir ?

— Oui. Evan doit retrouver son père et il ne rentrera que demain matin, je pense. On aura le temps d'être tous les deux.

— J'ai hâte.

— Moi aussi.

Et sans attendre une seconde de plus, je l'embrasse. Je ne me lasserai jamais de ses baisers. Lorsque je me détache de lui, il remet une de mes mèches de cheveux derrière mon oreille avant de me sourire tendrement.

— À ce soir.

Je t'aime. Même si j'ai plus que jamais envie de prononcer ces mots, je ne dis rien. Je me contente de lui faire un petit signe de la main avant de sortir de la chambre et de rejoindre Evan qui m'attend maintenant devant l'ascenseur.

— Où était ton téléphone ?

— Sur le meuble de la salle de bains. Il était encore en train de se recharger.

*

J'aurai finalement tenu seize jours avant de craquer et de tout dire à Grace à propos de Cam et moi. J'espérais garder le secret plus longtemps mais j'ai tellement besoin et envie d'en parler à quelqu'un que je décide que le moment est venu de me confier à mon amie.

Alors que nous sortons de l'amphithéâtre où notre cours de sciences politiques a eu lieu, je me lance :

— J'ai quelque chose à te dire.

Elle me regarde en souriant.

— Je sais.

— Tu sais ? je répète bêtement.

— Que tu sors avec Cameron.

Je la regarde, ébahie.

— Comment le sais-tu ?

— S'il te plaît, Lili. Il y a des signes qui ne trompent pas. Ça fait des jours que j'ai remarqué que tu étais différente, plus vivante, plus… pétillante. Alors, tu es heureuse ? Je veux tout savoir !

Elle est à la limite d'être euphorique.

— Plus que jamais ! J'ai l'impression d'être dans un rêve, Grace.

Je lui raconte alors ces dernières semaines passées avec Cameron.

— Je suis trop jalouse ! J'aimerais bien connaître ça moi aussi, dit-elle en soupirant.

J'arrête de marcher et attrape sa main.

— Tu connaîtras ça bientôt, Grace ! Tu es une personne formidable, n'en doute jamais. Alex n'était peut-être pas le bon et alors ? Je suis certaine que tu rencontreras bientôt la bonne personne, celle qui est faite pour toi et qui te rendra heureuse. Alors, fais-moi plaisir, souris.

— Tu sais que je t'adore ? dit-elle en me prenant dans ses bras.

Nous restons ainsi quelques secondes puis nous reprenons notre chemin vers la cafétéria.

— Je me demandais, tu rentres chez toi pour Thanksgiving ?

Je secoue la tête. Cette année, ce sera la première fois que je fête Thanksgiving loin de ma famille, tout simplement parce que je ne peux pas rentrer chez moi pour ces quatre jours de vacances.

— Tu veux venir chez moi ? Ça ne pose aucun problème, tu sais !

— C'est très gentil, Grace, mais pour l'instant, je préfère rester à l'appartement.

— Tu es sûre ? dit-elle en grimaçant.

— Oui. Profite bien de tes proches surtout !

— J'y compte bien ! En tous cas, reprend-elle, si tu décidais, même au dernier moment, de venir, tu pourrais. Je ne veux pas que ma copine soit seule pour Thanksgiving.

Je la remercie une nouvelle fois, touchée par sa gentillesse. Cette fille est une véritable perle que je suis plus que heureuse de connaître.

À la cafétéria, nous retrouvons Sam. Ça faisait près de trois semaines que nous ne nous étions pas vu. Il faut dire qu'il est très occupé entre ses cours, son travail et son nouveau petit ami, Andy. Je crois bien qu'ils forment le couple le plus mignon que j'aie jamais vu. Je suis vraiment heureuse pour lui. La vie ne l'a pas épargné mais il a su rebondir et rester fort. J'en suis admirative.

*

Il est un peu plus de 16 heures lorsque je suis de retour à l'appartement. Comme prévu, il n'y a personne. Après m'être mise à l'aise, je fais du rangement dans la cuisine et le salon qui sont légèrement en désordre. Les garçons ne sont pas du genre à prendre un objet et, une fois qu'ils n'en ont plus besoin, à le remettre à sa place. Oh que non ! Ils vont le prendre et le reposer ailleurs. Ensuite, je décide d'appeler ma mère pour prendre de ses nouvelles.

— Allô ! dit-elle.

— C'est Lili !

— Je sais, ma chérie, s'exclame-t-elle. Ton visage s'est affiché sur mon écran.

— Par pitié, dis-moi que tu as changé cette photo !

Son rire communicatif me donne instantanément le sourire.

— Non ! Tu es tellement belle dessus.

— Tu veux rire ? Je suis horrible. Je venais tout juste de me réveiller quand tu m'as mis ton téléphone sous le nez pour prendre cette photo !

— C'est ce qui en fait la magie !

— Si tu le dis, je bougonne.

Elle rit une nouvelle fois.

— Charlie a hâte de te revoir, tu sais.

— Il me manque beaucoup aussi.

— Il compte les jours jusqu'à ton retour. Tu reviens bien le 12 ?

— Oui. Mes examens se terminent le vendredi matin. J'ai eu Nicholas au téléphone la semaine dernière et il a réservé mon billet pour samedi midi.

— Tu as une date de retour ?

— Non. Il m'a dit qu'il prenait un billet sans date, comme ça, si je veux rester plus longtemps, je peux.

— Il est génial ! Je vais le remercier comme il se doit quand il sera rentré.

Comprenant où elle veut en venir, je l'interromps :

— Je ne veux rien savoir de tes plans nocturnes avec Nick, maman ! Je l'entends ricaner.

— Oh tiens, Charlie veut te parler. Je te le passe.

— D'accord.

— Allô Lili ?

Je souris en entendant sa petite voix en train de muer.

— Coucou mon chou ! Tu vas bien ?

— Oui ! s'exclame-t-il. Katie m'a emmené manger une glace au bord de la plage après le collège. C'était trop bien ! Il y a avait des kite surfs en plus.

— Tu as trop de chance !

— Oui, rit-il avec son air enfantin. Hey Lili ?

— Oui ?

— Tu reviens dans combien de temps ?

— Dans un peu plus de trois semaines. Le 12 décembre, je serai là.

— Trop bien ! crie-t-il si fort que je suis obligée d'éloigner mon téléphone de mon oreille. Katie me demande d'aller finir mes devoirs. Je vais devoir te laisser, dit-il plus faiblement. Tu m'appelles mardi comme promis, hein ?

— Bien sûr ! Je ne manquerai notre petite conversation hebdomadaire pour rien au monde, tu le sais bien.
— Oui ! Je t'aime, Lili.
— Je t'aime aussi, Charlie.

Je n'ai pas besoin de le voir pour savoir qu'il sourit. Ce garçon est un véritable rayon de soleil. La voix de ma mère retentit de nouveau dans le téléphone. Un sentiment de malaise m'envahit lorsqu'elle m'apprend que l'état de santé de Rosie s'est sévèrement dégradé durant les derniers jours. Je me mets aussitôt à culpabiliser. Ces derniers temps, j'étais tellement préoccupée par mon histoire avec Cameron, que j'en ai oublié l'essentiel : Rosie. La semaine dernière, lorsque j'ai eu Amber au téléphone, elle m'affirmait que Rosie allait bien. Comment son état a-t-il pu se dégrader aussi rapidement ? Je n'ose imaginer l'état de sa mère qui croit que sa fille va se réveiller…

Nous raccrochons une heure plus tard. Je me rends alors compte qu'il est près de 19 heures ce qui signifie que Cam ne devrait pas tarder à rentrer. Je n'ai pas encore parlé de notre relation à ma mère. Si elle savait que je sors avec un de mes deux colocataires, elle serait capable de me mettre de force dans un avion direction Miami ! Je préfère attendre d'être de retour chez moi à Noël pour tout lui dire. Je n'aime pas lui mentir mais je n'ai pas le choix. De plus, si elle apprenait que je suis seule pour Thanksgiving, elle en serait malade.

Je suis assise sur le canapé lorsque mon téléphone, posé sur la table basse devant moi, se met à sonner. Je regarde l'écran et aperçois la photo de Cam.

— Allô ! je dis.
— Tu peux venir m'ouvrir dans deux minutes ?
— Euh… oui, pourquoi ? Tu n'as pas tes clés ?
— Si si, mais je suis chargé.

Derrière lui, j'entends du brouhaha mais je n'y prête pas attention.
— D'accord, j'arrive.

Et je raccroche. J'ai comme l'impression qu'il voulait ajouter quelque chose mais, puisque nous allons nous voir dans peu de temps, je ne le rappelle pas.

Je pose mon ordinateur, me lève du canapé et rejoins l'entrée. Alors que j'ouvre la porte, j'entends beaucoup de bruit provenir du côté de l'ascenseur. Comme je suis pieds nus, je passe la tête dans l'entrebâillement et découvre Cam suivi de Raf, Enzo et Brad.

— Salut les garçons ! Qu'est-ce que vous faites là ?

— On est venu vous rendre une petite visite, répond Raf. Ça faisait longtemps que nous n'étions pas venus ici.

Cam acquiesce mais je vois à son regard qu'il n'avait rien prévu du tout, lui.

— En plus, on a apporté des pizzas ! dit Brad.

— Génial ! Je mourais de faim.

— Cette fille est un estomac sur pattes.

Je ris en entendant la remarque de Raf puis le prends dans mes bras pour le saluer, tout comme Enzo et Brad.

Légèrement en retrait de ses amis, Cam m'adresse un regard désolé avant d'aller dans sa chambre. Je referme la porte d'entrée et le rejoins. Assis sur son lit, il enlève ses chaussures.

— Qu'est-ce qu'il y a ? je lui demande. Tu n'as pas l'air bien.

— Je ne savais pas que les gars viendraient ce soir.

— C'est pas grave, je suis contente de les revoir.

Il se laisse tomber en arrière et passe ses mains sur son visage.

— J'avais prévu de t'emmener au restaurant.

— C'est vrai ?

Il se redresse et hoche la tête. Un grand sourire prend place sur mon visage alors que je m'installe à côté de lui.

— J'aurais beaucoup aimé aller au restaurant avec toi, Cam. Mais ce n'est pas grave si c'est demain, après-demain ou même la semaine prochaine. Le principal c'est qu'on passe la soirée ensemble, tu ne crois pas ?

Il me regarde si tendrement que j'ai l'impression que je pourrais fondre à tout moment.

— T'es géniale.

Ses mots me vont droit au cœur tandis que son visage s'approche doucement du mien.

— On n'est pas seuls, Cam.

Sa bouche n'est plus qu'à quelques centimètres de la mienne.

— Je m'en fous. J'en meurs d'envie depuis ce matin.

— Alors vas-y.

Sans attendre une seconde de plus, nos bouches se retrouvent soudées l'une à l'autre et se lancent dans une danse endiablée. Il m'attire contre lui, si bien que je me retrouve assise sur lui, mes jambes enserrant son bassin. À ce moment-là, je sens physiquement que le désir qu'il éprouve pour moi est ardent. Si j'avais le moindre doute sur le désir qu'il éprouve lorsque je suis près de lui, je n'ai maintenant plus aucun doute. Ses mains remontent doucement sur ma peau et viennent se poser à la lisière de mon soutien-gorge. J'ai toujours les yeux fermés lorsque je sens sa bouche quitter la mienne. Dans la seconde qui suit, ses lèvres chaudes sont dans mon cou et y déposent une multitude de baisers. Je me colle alors davantage à lui tandis que mes doigts viennent se perdre dans ses cheveux. Je relève sa tête et repose ma bouche sur la sienne. Sa langue rejoint la mienne et nous nous embrassons passionnément, à perdre la raison.

Lorsque nous nous écartons un peu, je peine à retrouver mon souffle.

— J'ai l'impression d'avoir couru un semi-marathon, je lui dis.

— Moi aussi.

Sa main, encore posée sur ma joue, me caresse doucement.

— On va peut-être devoir y retourner si on ne veut pas qu'ils se posent des questions.

— Bonne idée.

— J'ai toujours de bonnes idées, Cam, tu devrais le savoir, je le taquine.

Il rit, embrasse chastement mes lèvres une dernière fois puis se lève.

— Lili ?

Il se tient contre la porte.

— Oui ?

— La soirée n'est pas finie.

Sa voix est pleine de promesses. Il me lance un dernier regard pétillant avant de disparaître rejoindre les garçons, me laissant sens dessus dessous.

Toujours assise sur son lit, je rassemble mes esprits et m'attache les cheveux en une vague queue-de-cheval afin de camoufler du mieux possible leur désordre. Encore légèrement essoufflée, je me lève à mon tour et rejoins les garçons dans le salon, prête à passer une bonne soirée en leur compagnie.

— Comment tu vas ? me demande Enzo en me faisant signe de venir à côté de lui.

— Je vais bien ! je souris. Et toi ?

— Ça va aussi. Ça faisait longtemps qu'on ne s'était pas vus.

J'acquiesce.

— On s'est croisés en coup de vent lundi mais c'est vrai que, la dernière fois, c'était pour Halloween. Et comme je sors beaucoup moins avec les examens qui approchent, ça limite encore plus les occasions.

La véritable raison est que je reste le plus possible à l'appartement pour être en compagnie de Cameron mais ça, il ne doit pas le savoir.

— Oui, dit-il en esquissant une grimace.

Je ne réponds rien et l'abandonne pour aller chercher les pizzas, les boissons et les couverts dans la cuisine. Cam est au téléphone sur le balcon, une bouteille d'eau à la main. Je me demande bien avec qui il est en ligne. La discussion a l'air animée mais je n'y prête pas plus attention.

J'attrape quatre bouteilles de bière pour les garçons, un soda pour moi et les apporte sur la table basse. Je retourne dans la cuisine pour prendre cinq assiettes, quelques couteaux pour couper les parts et un verre pour moi qui n'aime pas boire directement à la canette.

— Tu as besoin d'aide, Lili ?

La voix d'Enzo me fait sursauter.

— Ça va devenir une habitude de me faire peur, je lui dis en souriant.

— Je crois bien.

J'attrape la pile d'assiettes et y dépose les couteaux et mon verre.

— Attends, je vais t'aider.

— Je me débrouille, mais merci. Tu n'as qu'à prendre des serviettes en papier dans le tiroir de gauche.

— Tu es chargée.

— Non, c'est bon. Mais puisque tu insistes tant, prends le verre parce que je sens qu'il va tomber.

Or Enzo ne fait pas attention à ce que je lui dis et tente de me prendre les assiettes des mains.

— Enzo, on va finir par les faire tomber.

Une nouvelle fois, il ne m'écoute pas.

— Enzo ! je dis plus sèchement. Je n'ai pas besoin de ton aide.

Ses mains restent sous les assiettes.

— Lili, je peux...

— Je crois qu'elle t'a demandé de la laisser.

La voix de Cam est dure. Je me tourne et le regarde. Il est en train de bouillir, je le sens et, surtout, je le vois à ses traits tendus.

— Si on ne peut plus se rendre utile, marmonne Enzo.

— Je me débrouillais très bien seule, Enzo, mais c'était gentil de ta part.

Coupant court à cet échange houleux, je sors de la pièce en ignorant le regard de Cam et pose les assiettes à coté des bouteilles. Je m'assieds à l'extrémité du canapé, au niveau de l'angle. En face de moi, Brad s'est installé sur le pouf en cuir et Raf est sur le canapé. J'attrape mon verre et place une assiette sur mes genoux. Cameron finit par sortir de la cuisine avec les pizzas suivi de près par Enzo. Ce dernier se met à la droite de Rafael, laissant la place située entre nous à Cameron.

Brad coupe les parts et nous commençons à manger tout en discutant. Finalement, la bonne humeur est revenue bien que ça reste assez tendu entre Cam et Enzo.

— Ça vous dit de sortir après ? propose Raf.
— Tu veux aller où ? répond Brad.
— On pourrait aller boire un verre dans un bar ?
— Je suis partant et vous ?

Brad lève la tête vers nous.

— Moi aussi, dit Enzo. Cam, Lili ?

Discrètement, Cam me lance un regard, guettant ce que j'en pense. Je hoche doucement la tête. Ça fait longtemps que je ne suis pas sortie avec les garçons.

— Ça me va aussi alors, répond mon petit ami.

Nous finissons de manger, débarrassons rapidement la vaisselle et les boîtes à pizzas vides dans la cuisine avant de nous préparer pour sortir.

Je passe en coup de vent par ma chambre pour me changer. Je ne suis pas sûre que le survêtement deux fois trop grand que j'ai enfilé tout à l'heure soit adéquat pour aller dans un bar rempli d'étudiants. J'attrape donc de nouveau mon jean et le pull que je portais aujourd'hui et les enfile. Pour donner une petite touche plus « rock » à cette tenue, j'ajoute une veste en cuir et une paire de bottines à talons noires.

— Vous êtes tous prêts ? crie Rafael depuis le salon.

Je ne réponds pas et sors de ma chambre après avoir libéré mes cheveux. Cameron sort au même moment et me lance un sourire craquant.

— Après toi, dit-il en m'invitant à passer devant lui.

Je le remercie et nous rejoignons les garçons dans le salon.

— Puisque tout le monde est là, c'est parti !

Une fois sur le palier, je ferme soigneusement la porte et range les clés dans la pochette fermée de mon sac.

— On y va à deux voitures ou à une seule ? demande Brad.

— Deux, répond Cam. Je rentrerai avec Lili. Ça évitera un détour pour nous ramener.

Chapitre 29

Je n'ai jamais mis les pieds dans ce bar mais, à en croire la foule présente, j'imagine qu'il est plutôt réputé. Je suis les garçons qui avancent à grands pas vers le fond de la deuxième salle où de nombreuses tables sont disposées. Nous nous asseyons. Aussitôt, une serveuse prénommée Aylan se présente et nous demande ce que nous aimerions boire. Comme à leur habitude, les garçons prennent une bière alors que je me contente d'une limonade. Les discussions vont bon train, augurant une bonne soirée.

— Qui veut faire une partie de billard ? s'enquiert Raf.

Tous les garçons sautent sur l'occasion.

— Tu ne veux pas venir avec nous ? me demande Cam avant de se lever.

Je secoue la tête et décline l'offre, préférant rester assise à la table. Lorsque nous sommes entrés tout à l'heure, j'ai aperçu la petite salle où se trouvent tous les jeux que nous pouvons trouver dans un bar. Il y avait vraiment beaucoup de monde. Ne souhaitant pas me retrouver au milieu de parties acharnées et bourrées de testostérone, je préfère rester en retrait.

Sirotant ma limonade, je poursuis la lecture de l'e-book que j'ai téléchargé hier soir : *The Mortal Instruments* de Cassandra Clare. Ce livre me transporte complètement. Je suis en plein milieu d'une scène tendue entre Clary, Jace et Simon lorsque j'entends quelqu'un m'appeler.

— Lili ! crie Enzo en arrivant devant moi. Tu viens danser ?

Je relève la tête de mon téléphone.

— Je te remercie mais je vais rester là, je lui dis avec un sourire avant de replonger dans ma lecture.

— Qu'est-ce que tu caches ?

— Comment ça ?

— Tu as changé et j'aimerais savoir pourquoi.

— Je n'ai pas changé, je suis toujours la même, rétorqué-je en relevant les yeux.

— Vous êtes ensemble ? reprend Enzo.

Je m'apprête à nier lorsque Cameron se profile à mes côtés. Il s'assied et passe un bras autour de mes épaules, me rapprochant de lui. À quoi joue-t-il ?

— Pourquoi tu demandes ça ? T'es intéressé ? le provoque Cam.

Enzo se renfrogne.

— C'était une simple question. Vous avez l'air de vous apprécier…

— Exact.

— Donc vous êtes ensemble ?

Son ton abrupt me cloue sur place.

— À ton avis ?

Bien qu'embarrassée, j'esquisse un sourire en entendant le ton sarcastique qu'a employé Cam.

— Je pense que oui.

— Nous avons un gagnant ! crie Cam en tapant dans ses mains.

Me sentant gênée pour Enzo, je jette un coup d'œil rapide autour de moi. Heureusement, personne ne semble faire attention à notre échange.

— Pourquoi vous vous cachez ?

Cette fois-ci, c'est moi qui prends la parole :

— On voulait d'abord voir si ça marchait entre nous.

— Et donc ? reprend Enzo.

— On est heureux, je dis sincèrement.

Cam se penche vers moi et effleure ma tempe de ses lèvres.

— Bon, je suppose que je dois être content pour vous dans ce cas ?

— Rien ne t'y oblige, je lance.

— Je sais bien. Mais te voir heureuse me rend heureux.

Je souris sincèrement. Je me doute que les sentiments qu'il éprouve à mon égard sont plus qu'amicaux mais, depuis quelque temps, je le trouve différent. La semaine dernière, Grace m'a raconté qu'elle l'avait aperçu sur le campus en compagnie d'une fille et ils semblaient très proches. Si c'est bien ce que je pense, je suis vraiment heureuse pour lui.

— Maintenant, j'ai une chose à te dire, Cameron Miller, reprend-il d'une voix tout à coup plus menaçante.

— Oui ? rétorque Cam.

— Si tu lui fais du mal, tu auras à faire à moi.

— Pourquoi lui ferais-je du mal ?

— Je sais pas, à toi de me le dire.

Je n'aime pas la tournure que prend cette conversation.

— Il ne fera rien du tout, Enzo, je le coupe en le regardant sévèrement.

Son intérêt pour moi est très touchant, mais je suis suffisamment grande pour pouvoir me défendre.

— Je m'inquiète pour toi, c'est tout.

— Pourquoi ?

— Parce qu'il y a des choses importantes que tu ne sais pas, voilà pourquoi. Tout pourrait changer si tu savais…

J'ai manqué un épisode ? Je m'apprête à lui demander plus de détails mais, sans prononcer un mot de plus, Enzo tourne les talons et s'éclipse. Je me tourne vers Cameron.

— Qu'est-ce qu'il voulait dire par « choses que je ne sais pas » ?

— Tu le connais, grommelle Cam. Il a seulement dit ça pour nous faire chier. C'est de la jalousie, ne prête pas attention à lui.

L'agacement se lit sur son visage et, bien que sceptique, je finis par le croire. De toute manière, il ne me dira rien. Après, je sais très bien qu'Enzo n'approuve pas mes sentiments pour Cameron, et vice versa – bien que ceux que j'éprouve pour Enzo soient purement amicaux. Je ne comprends pas ce qui les rend si froids l'un avec l'autre. Cameron s'est montré antipathique dès le début de ma « relation » avec Enzo alors que ma proximité avec Evan ne le dérangeait pas du tout. Je ne peux pas être l'unique raison de leurs querelles, il y a forcément quelque chose d'autre que j'ignore.

— Votre partie est finie ?

Il hoche la tête.

— Brad et Raf sont restés pour en faire une autre, mais le monde autour de nous commençait à me gonfler.

— C'est pour ça que je ne suis pas venue, l'informé-je. Je déteste les endroits bondés et encore plus si la plupart des gens ont trop bu.

Cameron rit.

— Bah quoi ? J'ai pas raison ?

— Si, si, sourit-il. Tu me fais rire, c'est tout.

Je déverrouille mon téléphone, pressée de reprendre ma lecture.

— Qu'est-ce que tu fais sur ton portable ? me questionne-t-il en se penchant.

— Je lis.

— C'est la même chose qu'hier ?

— Oui, mais c'est « le même livre », Cameron, pas une « chose ».

— Oh pardon, madame la susceptible.

Je ris.

— Je ne suis pas susceptible, mais un livre, c'est un livre. Pas une chose. C'est comme si je te disais que les Lakers et les Clippers étaient la même équipe.

Il grimace.

— C'est bon, t'as gagné. Je ne dirai plus qu'un livre est une vulgaire chose à la seule condition que tu n'insinues plus jamais que les Clippers valent mieux que les Lakers.

— C'est d'accord pour moi.

Je lui tends la main et il la serre pour marquer notre deal.

— Il te reste de la limonade ?

Je lui montre mon verre vide.

— Pourquoi ?

— J'ai soif et j'ai pas le courage d'aller me rechercher une bière au comptoir.

Il me regarde en faisant les yeux doux. Je sais très bien ce qu'il attend de moi : que je me lève et que j'aille la chercher pour lui.

— Tu oublies que je n'ai que dix-huit ans. J'ai pas de fausses cartes d'identité comme certains.

— Allez, poursuit-il. Ils sont pas regardants ici.

— Tu sais que tu m'énerves ?

— Je sais ! Mais tu ferais n'importe quoi pour moi.

— Bien sûr ! je dis en levant les yeux au ciel.

— Je ferai ton devoir sur les cultures du monde.

Sans lui répondre, je vais lui chercher sa boisson. J'en profite pour reprendre une limonade. Je ne sais pas si elle est faite maison mais elle est très bonne. J'obtiens la bière de Cam sans difficulté. Il est vrai qu'ils ne sont pas tatillon sur l'âge, à moins que le barman n'ait compris que la bière n'était pas pour moi mais ça m'étonnerait beaucoup.

— Tiens. Et non, je ne veux pas que tu fasses mon devoir. Je n'ai pas envie d'avoir un D.

Il rit brièvement alors que je pose la bouteille sur la table. Après que je me suis rassise, il me remercie en m'embrassant sur la joue. Pendant les minutes qui suivent, nous discutons de tout et de rien. C'est la première fois que nous nous montrons si affectueux en public. Je ne sais pas quand Cameron souhaite l'annoncer aux autres mais moi, je suis prête.

— Tu ne veux pas venir danser avec le beau et intelligent garçon que je suis ?
— Tes chevilles se portent bien ? je lance en riant.
— Merveilleusement bien ! sourit-il d'un air espiègle.
— Tu sais, si j'ai refusé à Enzo, ce n'est pas pour accepter d'y aller *avec toi*, le provoqué-je.
— Je vois.

Il ôte sa veste puis se lève et se met à regarder autour de lui, semblant chercher quelque chose.

— Qu'est-ce que tu cherches ?
— Une jolie fille pour l'inviter à danser, concède-t-il naturellement.
— Idiot ! je m'exclame en feignant la déception.
— Bah quoi ? Pour une fois, j'ai envie d'aller danser mais visiblement, toi, tu n'en as pas envie. Je ne vais quand même pas y aller tout seul, ce serait du gâchis !
— Si, tu peux !
— Peut-être mais j'ai pas envie.
— Eh bien, tu sais quoi ?

Il secoue la tête.

— Je vais aller danser… mais toute seule.

Le sourire qu'il arborait quand j'ai commencé ma phrase s'efface. Il pensait très sérieusement que son petit numéro m'énerverait et que j'irais danser avec lui pour éviter qu'il invite une autre fille ?

— Tu n'oserais pas, dit-il sur un ton de défi.
— Si tu penses que je n'en suis pas capable, c'est que tu me connais mal.

Je dépose ma veste sur la banquette en cuir rouge puis me lève sans le lâcher une seule seconde du regard.

— On se croisera sur la piste, lancé-je en m'éloignant.

Il y a vraiment beaucoup de monde, mais je continue d'avancer au milieu de cette foule où je reconnais quelques têtes que j'ai pu voir sur le campus. Lorsque je trouve enfin un minimum d'espace, j'aperçois à quelques mètres de moi Rafael en pleine danse « collé-serré » avec une jolie rousse. Je suis certaine qu'il ne repartira pas avec les garçons ce soir !

Je jette un coup d'œil derrière moi. Cameron avale une dernière gorgée de bière puis marche d'un pas lent mais assuré vers la piste. Il a presque atteint le milieu de la foule quand une fille se pointe devant lui. Je les regarde attentivement. Son regard me cherche et, lorsqu'il tombe sur moi, il me sourit avant de s'écarter et de reprendre son chemin. Ce n'est pas pour autant que d'autres demoiselles ne saisissent pas leur chance. Deux autres filles arrivent et tentent de le retenir pour lui demander quelque chose. Une nouvelle fois, il ne leur prête pas la moindre attention et continue de se frayer un passage. Lui jetant un dernier regard, je me retourne et commence à danser, guidée par la musique.

« So raise your glass if you are wrong,
In all the right ways,
All my underdogs,
We will never be never be, anything but loud
And nitty gritty dirty little freaks
Won't you come on and come on and raise your glass,
Just come on and come on and raise your glass »

Soudain je sens deux mains se poser sur mes épaules. Je me doutais bien que Cameron ne tiendrait pas et qu'il finirait par me rejoindre. Je souris, fière d'avoir quelque peu gagné.

— Alors comme ça, tu n'as pas pu résister à mon charme ? je dis tout en me calant contre lui.

— Non… Je te regarde depuis que tu es entrée.

Mon cœur s'emballe. Ce n'est pas Cameron. M'écartant aussitôt, je manque de tomber.

— Tristan ? je m'exclame. Qu'est-ce que tu fais ici ?

Je ne l'avais pas revu depuis la soirée que nous avions passée au Mayan.

— Je m'éclate avec des amis, comme toi, non ?

— Oui oui.

— Ça me fait plaisir de te retrouver.

— On ne s'est croisés qu'une fois et c'était en coup de vent dans une boîte de nuit, je lui fais remarquer, agacée.

— Je sais mais tu m'as marqué.

Je ne peux pas m'empêcher de rire.

— C'est pas spécialement bon signe de marquer les gens.

— Dans ton cas, oui.

Autant il m'avait semblait un peu lourd mais sympathique, autant ce soir il me semble juste lourd. Je m'apprête à prendre congé lorsque j'aperçois Cameron arriver derrière lui. Prenant les devants, je fais un pas vers lui.

— Tiens, Tristan, je te présente mon petit-ami Cameron et, Cameron, voici Tristan. On s'est rencontrés…

— Ouais, je me souviens de lui, me coupe-t-il, visiblement peu heureux de le revoir.

— Je me souviens pas de toi pourtant, rétorque Tristan en le jaugeant du regard.

Quand je pensais que l'échange avec Enzo pouvait se montrer catastrophique, j'étais loin du compte. Cette fois, j'ai l'impression de me retrouver au bord d'une imminente apocalypse.

Posant ma main sur l'avant-bras de Cameron, je me rends compte qu'il est tendu comme un arc.

— Tu n'étais pas célibataire la dernière fois qu'on s'est vus ? reprend Tristan.

J'acquiesce.

— Et ça fait combien de temps que vous êtes ensemble ?

— Ça va faire trois semaines.

Cameron a répondu d'un ton sec.

— Ah oui, donc c'est pas encore sérieux.

Je sens Cameron fulminer derrière moi. Je sais bien qu'il ne pourra pas se retenir beaucoup plus longtemps avant d'exploser. Dieu merci, c'est à ce moment-là que j'aperçois un garçon lever le bras en interpellant Tristan.

— Je crois que quelqu'un t'appelle du bar, je dis sans répondre à sa provocation.

Il se retourne et fait un rapide signe à l'autre.

— Je ne crois pas aux coïncidences, Liliana. Se rencontrer une fois, je veux bien que ce soit le hasard, mais deux fois, je commence à croire que c'est le destin. Et comme on le dit souvent, jamais deux sans trois. À bientôt.

Sans même jeter un regard à Cameron, il me salue et part rejoindre son ami. Je ne reviens pas du culot dont il vient de faire preuve. Je reste sans voix.

— Tu penses que c'est le destin de vouloir le voir mort ou du moins avec une bonne partie du visage en sang ?

Je me tourne vers Cameron. Son regard ne lâche pas la direction que Tristan a prise. Je suis certaine qu'il se retient de partir à ses trousses pour lui en coller une.

— Laisse tomber, le calmé-je en posant mes mains sur sa taille. Il doit probablement aimer semer le désordre autour de lui.

Il soupire et je me colle davantage à lui.

— Je trouve qu'il a raison.

— Comment ça ? je dis en m'écartant pour le regarder.

— C'est quand même la deuxième fois que vous vous rencontrez.

— Et les deux fois, c'était dans un bar, je précise. De plus, à chaque occasion, tu es avec moi. Ce n'est pas pour autant que tu vas sortir avec lui, si ?

Il esquisse un sourire.

— Tu as raison… Je me fais trop de souci pour rien.

— Comme toujours, je le taquine.

— Je n'irais pas jusque-là !

Je le frappe gentiment sur le torse et, en un éclair, il attrape mon visage entre ses mains et pose ses lèvres sur les miennes. Ce baiser a le mérite de me faire oublier tout ce qui est autour de moi.

— Mais ça n'empêche que je ne peux pas te laisser cinq minutes sans que tu te fasses alpaguer. Enzo puis lui…

— Qu'est-ce que je devrais dire moi ? Tu as eu au moins quatre filles qui se seraient battues pour avoir le privilège de danser avec toi, je dis avec un petit rire amer.

— Que veux-tu, je suis beau !

— Ça y est, tu recommences, je soupire, levant les yeux au ciel.

— Je recommence quoi ?

— À jouer les narcissiques.

— C'est pas vrai ! s'exclame-t-il.

Je croise les bras et hausse un sourcil.

— Tu essaies de me persuader ou de te persuader toi-même ?

— Les deux, je crois.

Nous rions de bon cœur.

— Si tu avais accepté de danser avec moi dès le début, ça nous aurait évité bien des problèmes.

— Que veux-tu ! je dis en reprenant ses propres mots. *Girl Power !*

Il sourit.

— La personne qui te dictera ta conduite n'est pas née.

— C'est ce que mon père me dit toujours.

— Tu penses qu'il m'aimerait bien ?

— Qui donc ? Mon père ?

Il hoche la tête.

— Je pense, oui. Il est plutôt cool. Parfois, je trouve que c'est un hippie des temps modernes. Mais il paraît que nous nous ressemblons énormément, point de vue tempérament, donc je crois que le contact pourrait bien passer. Après, je suis sa petite princesse, si tu vois ce que je veux dire.

Il m'écoute attentivement, si bien qu'il me donne l'impression de boire mes paroles. Nous sommes ensemble depuis trois semaines et l'entendre m'interroger sur mon père et ce qu'il pourrait penser de lui me prouve à quel point c'est sérieux entre nous.

— Je vois très bien. Elena a l'impression d'avoir deux pères. Le nôtre et moi. Elle n'arrête pas de se plaindre mais, c'est plus fort que moi, je me sens obligé de la protéger.

— Je comprends parfaitement. Elle a beaucoup de chance de t'avoir. Tu es une belle personne, Cam.

Il sourit sincèrement, touché.

— Et toi ? je reprends. Tu penses que je m'entendrais bien avec elle ?

— J'en suis certain ! D'ailleurs, je ne t'ai pas demandé… tu fais quoi pour Thanksgiving ? Tu rentres à Miami ?

Tout à coup gênée par sa question, je secoue brièvement la tête.

— Tu fais quoi alors ?

— Je reste ici.

— Oui, oui, j'avais bien compris mais, je veux dire par là, tu le fêtes où ? Tu as de la famille à L.A. ?

Je secoue une nouvelle fois la tête.

— Tu veux dire que tu es seule ?

— Oui… Je sais, ça craint d'être seule pour Thanksgiving, mais je ne pouvais pas rentrer seulement quatre jours. Ma mère part avec mon beau-père Nicholas et Charlie à New York à cette période.

— Ça ne la dérange pas ?

— Je lui ai menti, confessé-je. Si elle savait que je suis seule, elle en serait malade et je ne veux pas. Je lui ai dit que je le fêtais avec des amis.

Pendant de longues secondes, il me regarde, semblant songer à quelque chose.

— À quoi penses-tu ?
— Tu viens avec Evan et moi, lâche-t-il.
— Quoi ?
— Il est hors de question que ma petite amie soit seule à Thanksgiving.
— C'est pas grave, Cam !
— Ma mère ne m'a pas élevé comme ça. Tu viens avec nous, un point c'est tout.

Je souris devant son ton imparable.

— Toi qui voulais savoir si tu t'entendrais bien avec Elena, tu auras ta réponse jeudi, me dit-il avec un clin d'œil.

J'acquiesce, à la fois soulagée de passer cette fête avec lui mais aussi tendue de rencontrer sa famille. Vais-je faire bonne impression ? Vont-ils m'accepter ? Vont-ils m'apprécier ? Toutes ces questions se bousculent dans ma tête.

— Arrête de t'en faire, ils vont t'adorer.

Je ne cherche pas à savoir comment il sait que je doute et l'embrasse. Je me dis chaque jour que je suis chanceuse de l'avoir.

Une musique plus douce s'élève et les couples se forment autour de nous. Je me serre contre Cameron. Il commence à bouger et je suis ses mouvements avec attention. C'est comme si nos corps ne faisaient qu'un. Je ne l'ai vu danser que rarement mais il est indéniable qu'il est bon danseur. Sa main quitte ma taille et descend pour se poser sur mes fesses. Je relève la tête. Un sourire espiègle éclaire son visage. Je peux jouer moi aussi… Je glisse non pas une main mais deux le long de son dos et les pose à mon tour sur ses fesses en arquant un sourcil. Nous continuons de danser doucement. Comme lorsqu'il m'a embrassée tout à l'heure, je sens le désir qu'il éprouve pour moi et le mien pour lui.

— J'ai envie de rentrer, susurre-t-il à mon oreille.
— Moi aussi.

Je m'écarte légèrement de lui et lance un regard vers notre table qui est toujours vide.

— Comment va-t-on prévenir les garçons ?

Il sort son téléphone de sa poche et le brandit sous mes yeux.

— Il y a ce merveilleux outil, appelé téléphone portable, qui permet de contacter des personnes ne se trouvant pas à proximité.

Je ris alors qu'il tape un message.

— Voilà, envoyé ! Maintenant, on y va.

Il attrape ma main et nous repassons rapidement par la table pour prendre nos affaires avant de sortir du bar. L'air frais me frappe le visage alors que nous remontons en voiture.

Nous sommes rapidement de retour à l'appartement, Cameron ayant conduit vite alors qu'habituellement il respecte les limitations. Son pas rapide, tandis qu'il m'entraîne dans le hall de l'immeuble me confirme qu'il est pressé. Nous montons dans l'ascenseur et arrivons devant la porte moins d'une minute plus tard. Je sors les clés de mon sac et l'ouvre d'un geste rapide. L'appartement est plongé dans le noir. Je pose le trousseau de clés sur le meuble de l'entrée, accroche ma veste et avance vers ma chambre. J'ai hâte d'enlever mes bottines et mon jean pour me remettre dans une tenue plus confortable. En me retournant, je constate que Cameron est juste derrière moi.

— Je rêve ou tu me suis ?

— Je te suis…

— C'est perturbant. On dirait mon ombre.

Je m'arrête devant ma porte fermée.

— Vraiment ?

Son corps se presse alors contre le mien et je me retrouve coincée entre le battant et lui.

— Et ça, dis-moi, c'est perturbant ? me dit-il en haussant les sourcils.

D'un mouvement lent, il enfouit sa tête dans mon cou. Sa bouche me couvre alors de baisers doux et humides tandis que mes mains prennent naturellement place sur sa nuque et dans ses cheveux que je tire doucement. Son souffle chaud me fait perdre la tête et je finis par lâcher un gémissement. Quand il s'écarte, un sourire accroché aux lèvres, je suis toute haletante.

— Alors ? reprend-il.

— Je ne ressens absolument rien.

— Ton nez s'allonge.

En fronçant le nez, je secoue la tête.

— Tu es une mauvaise menteuse, Lili.

— Peut-être que si tu me refaisais une démonstration, je pourrais changer d'avis…

Son sourire s'agrandit au fur et à mesure qu'il se rapproche de moi. Cette fois-ci, il embrasse mes lèvres avec passion. Des tas de frissons me parcourent alors que je sens mon désir et le sien grandir davantage de seconde en seconde. Je ne me contrôle plus et me cambre contre lui.

— Je te l'avais bien dit que la soirée était loin d'être finie.

Il enlève sa veste et la laisse tomber par terre. À cet instant même, je ne peux qu'acquiescer, me demandant ce qui va se passer ensuite, bien que j'aie une petite idée.

C'est alors que je me souviens de notre première rencontre. Nous en avons fait du chemin depuis ! Même si j'étais convaincue que nous deviendrions amis, je n'aurais cependant jamais imaginé que nous nous retrouverions dans une telle situation un jour. Mais c'est loin de me déplaire.

Nos lèvres ne se quittent plus. De la main, je tâtonne ma porte pour trouver la poignée. Je finis par ouvrir la porte. Je fais un pas à reculons mais trébuche sur la veste qu'il vient de jeter au sol, et me raccroche à son cou.

— Tu ne tiens plus debout ?

— C'est de ta faute, tu n'avais qu'à accrocher ta veste !

— J'ai d'autres choses en tête.

Ses lèvres fondent de nouveau sur les miennes et je passe mes mains sous son tee-shirt afin d'ôter cette dernière barrière de tissu qui me sépare de sa peau. Son parfum m'enivre. Toujours collée à Cameron, je me laisse guider par ses pas. Il arrête d'avancer lorsque mes jambes touchent le lit. Sans quitter ses bras, je tente maladroitement d'enlever mon pull mais, oubliant le bouton qui est attaché dans ma nuque, je me retrouve la tête coincée dans l'encolure. Pourquoi ce genre de choses m'arrive-t-il maintenant ? En esquissant un petit rire, Cameron m'aide à retirer le vêtement. Je ne sais par quel miracle, je porte aujourd'hui un ravissant ensemble de sous-vêtements noirs en dentelle. Son regard ne me quitte pas une seule seconde.

— Tu es si belle.

Sentant mes joues changer de teinte, j'enfonce mon visage dans son cou. L'une de mes mains joue avec ses cheveux tandis que je parcours sa peau de baisers, exactement comme il me l'a fait. Le râle grave et profond qui sort de sa bouche me retourne complètement. Je voudrais entendre ce son jusqu'à la fin de ma vie. Mais, comme un soudain retour à la réalité, je me souviens que la dernière fois qu'une telle passion nous a étreints, Leila était dans sa chambre, à l'attendre. Sans même m'en rendre compte, je ne bouge plus et romps le contact.

— Qu'est-ce qu'il y a ?

Il s'écarte pour mieux me regarder.

— Rien.

— Lili, regarde-moi.

J'obéis.

— Tu peux tout me dire, tu sais.

Je me sens coupable de repenser à ce moment alors que les choses s'apprêtent à basculer définitivement entre nous.

— Je repensais à la dernière fois, j'avoue finalement.

— La dernière fois ?

— Oui… Quand Leila était dans ta chambre.

Son visage s'assombrit, mais il se reprend vite et attrape mon visage entre ses mains. Ses pouces me caressent les joues et il ne cesse de me répéter que je suis belle. Il m'embrasse alors lentement, me faisant oublier tous les doutes et toutes les peurs qui m'assaillent. Il est avec moi, et c'est l'essentiel. On ne peut rien changer au passé, je dois m'en convaincre. Mes craintes balayées par chacun de ses baisers, je me laisse aller contre lui. M'accrochant à son cou, il en profite pour remonter sa main sur ma poitrine qu'il presse doucement et, une nouvelle fois, je soupire de plaisir.

Ses yeux me scrutent. Je sais qu'il cherche à voir une quelconque hésitation sur mon visage mais il n'y en a aucune.

Mes mains descendent lentement le long de son torse. Sa peau est douce et chaude sous mes doigts. J'y dépose quelques baisers avant de relever la tête et de croiser son regard qui me liquéfie instantanément.

— Lili…

Sa voix n'est qu'un murmure.

— … tu es sûre ?

— Je n'ai jamais été aussi sûre de quelque chose, Cam.

Et comme possédés, nos corps cherchent à se retrouver avec une ferveur sans égale. Il déboutonne son pantalon et, d'une main tremblante, je le fais glisser le long de ses jambes. Je ne me suis jamais sentie si désirée, si aimée.

J'entreprends à mon tour d'enlever mon jean. D'un geste rapide, je le déboutonne et m'en débarrasse. Ses yeux balaient mon corps et, pour une fois, je me sens belle, je me sens moi. Je l'aime tellement que j'ai l'impression que mon cœur prend feu à chacun de ses battements.

Sa bouche fond alors sur la mienne et nous basculons en arrière, sur mon lit. Au dernier moment, pour éviter de m'écraser, ses bras se déplient et retiennent son poids. Nous nous embrassons, encore et encore, à en perdre la raison. Son boxer et mes sous-vêtements rejoignent rapidement la pile de vêtements au pied de mon lit. Plus rien ne se trouve désormais entre nous. Cette étreinte, aussi forte que plaisante, me fait tout oublier instantanément.

Maintenant que nous sommes allongés sur le lit, je sais pertinemment qu'il n'y aura aucun retour en arrière possible. Cette nuit, je vais aimer Cameron plus fort que je ne l'aime déjà. La passion et l'amour prenant peu à peu possession de nous, je voudrais que ce moment ne s'arrête jamais.

Chapitre 30

— LILI ! crie Evan. T'es prête ?
Je finis de fermer mon sac. Tout y est, c'est bon. Mais, prise d'un ultime doute, je vérifie une nouvelle fois que je n'ai rien oublié.

— Oui, j'arrive ! je crie à mon tour.

Je n'arrive pas à croire que je vais rencontrer les familles respectives de Cameron et d'Evan. Tout paraît si *irréel*. Quand je suis arrivée ici, je ne pensais pas en arriver là un jour. Réussir mes études, devenir journaliste, c'est tout ce qui m'importait. Je n'aurais jamais imaginé tomber amoureuse d'un de mes deux colocataires et considérer l'autre comme le frère aîné que je n'ai jamais eu.

Chargée de mon sac à main et de mon gros sac de voyage, j'éteins la lumière, sors de ma chambre et ferme la porte. Les garçons m'attendent dans l'entrée, leurs maigres bagages posés à leurs pieds.

— Tu es au courant qu'on revient après-demain ? me demande Evan, une moue moqueuse sur le visage. On va à Malibu, Lili, pas dans la jungle.

— Je le sais bien, je réplique. Mais je veux être certaine de ne manquer de rien. C'est le fameux 90 % de « on sait jamais » remplissant les valises des filles.

Evan secoue la tête, un sourire aux lèvres.

— On y va ? demande-t-il.

Cameron et moi acquiesçons et nous sortons de l'appartement. Evan prend soin de bien verrouiller la porte et je ne peux m'empêcher de vérifier derrière lui, ce qui me vaut une espèce de grognement de sa part. On n'est jamais trop prudent. Depuis quelques semaines, plusieurs cambriolages ont été perpétrés autour de nous. Je préfère ne pas tenter le diable et veiller à ce que tout soit bien fermé.

En ce mercredi soir, veille de Thanksgiving, le campus est agité. Beaucoup d'étudiants retournent chez eux ou sortent faire la fête. Avec du recul, je suis heureuse que Cameron m'ait invitée. J'aurais probablement mal vécu le fait d'être seule en cette journée si spéciale. Dans l'ascenseur, je réponds au message de ma mère qui me demande si tout va bien, l'informant brièvement que nous partons pour Malibu. Lorsque je lui ai annoncé que je passerais Thanksgiving avec mes deux colocataires, elle m'a posé tout un tas de questions. Elle est de plus en plus suspicieuse sur le sujet et je sais pertinemment que, quand je serai de retour à Miami pour les fêtes de fin d'année, je serai assaillie de questions et je n'aurai pas d'autre choix que de tout lui révéler. J'entends déjà ses sermons et sa voix criarde me dire que je suis irresponsable de fréquenter mon colocataire.

Une fois les affaires mises dans le coffre du 4 × 4, nous montons dans la voiture. Comme toujours, je me retrouve à l'arrière, derrière Cameron. Il démarre et nous sortons du parking. La circulation est très dense ce soir. Avec les garçons, nous avons fait le choix de partir après le dîner dans l'espoir d'éviter les embouteillages mais, hélas, il y en a encore – les joies d'habiter en plein cœur de cette ville !

Une bonne vingtaine de minutes plus tard, au moment où nous nous engageons sur l'autoroute, Cameron me lance un regard dans le rétroviseur. Il me fait comprendre que c'est maintenant qu'il veut parler à Evan. Nous en avons discuté il y a quelques jours et nous avons décidé de tout dire à notre colocataire et ami avant d'arriver à Malibu.

Même si je sais qu'il soutient notre relation, je ressens une petite boule au ventre à l'idée de tout lui révéler.

— On a quelque chose à te dire, commence Cam.

— Je vous écoute.

— Lili et moi, on est ensemble.

J'attends sa réaction à la fois avec impatience et appréhension.

— Vous avez tenu plus de trois semaines, bravo !

— Toi aussi tu le savais ? je m'exclame.

Il hoche la tête.

— Ça nous a d'ailleurs beaucoup amusés avec Grace de vous voir vous cacher comme des ados. Vous pensiez vraiment que j'étais stupide à ce point ?

— On parle de toi, Evan, ne l'oublie pas, répond Cameron d'un air taquin.

— Enfoiré !

Je ris en voyant mon colocataire taper mon petit ami.

— On voulait voir où cette histoire nous mènerait avant de le crier à la Terre entière.

— Je comprends parfaitement. En tout cas, je suis vraiment heureux pour vous deux. Le seul truc qui m'embête, c'est que je vais devoir tenir la chandelle.

— On sait rester sage, je le rassure.

— Vraiment ? dit-il en se retournant vers moi. Je dois vous rappeler ce qui s'est passé dimanche peut-être ? ajoute-t-il un sourire amusé sur le visage.

Mes yeux sont à deux doigts de sortir de leurs orbites.

— Oh non, tu étais là ? je m'exclame tout à coup, gênée.

— Oui, oui, j'étais là !

En me rendant compte qu'Evan a tout entendu de notre matinée pleine de passion, je ne peux m'empêcher de rougir et j'attrape ma tête entre mes mains. À l'avant, mes deux colocataires se mettent à rire.

— Ne riez pas !! Je ne sais plus où me mettre.

— C'est rien, Lili, reprend Evan tandis que Cam me jette un coup d'œil dans le rétroviseur. Par contre, la prochaine fois, merci de bien vouloir vous faire des câlins quand je ne suis pas là. Ou alors, payez-moi un resto ou je ne sais pas quoi pour m'éviter le supplice de vous entendre et de me rappeler à quel point je suis seul.

— Ça marche, lâche Cam en riant.

Un petit sourire se dessine sur mes lèvres et sur celles de Cameron. Je sais très bien qu'il repense lui aussi à cette matinée de dimanche.

— Et d'ailleurs, vous en êtes où, Grace et toi ? je demande en me penchant vers lui.

— Ça se passe bien !

— Tu ne veux pas m'en dire plus ?

Il secoue la tête.

— Pour vivre heureux, vivons cachés. Vous êtes bien placés pour le savoir, non ?

Je lui tire la langue.

— T'es nul, Evan. Grace non plus ne veut rien me dire.

Il me sourit avant de discuter voitures avec Cameron. Je les écoute d'une oreille tout en regardant le paysage par la fenêtre. En deux mois de vie ici, je n'étais encore jamais sortie de Los Angeles ! J'aperçois des sentiers qui montent le long des collines. J'aimerais beaucoup venir faire une randonnée par ici. La vue d'en haut doit être à couper le souffle.

Lorsque nous quittons l'autoroute et que nous arrivons sur Malibu Road, il est un peu plus de 21 heures. Les villas sont plus charmantes les unes que les autres. Elles semblent avoir toutes un accès à la mer. Cameron ralentit et finit par s'arrêter devant une belle maison en pierre. Je comprends alors qu'il s'agit de celle d'Evan. Ce dernier étreint brièvement Cam avant de m'embrasser sur la joue.

— À demain, les amoureux. Ne faites pas trop de bêtises ! Je ne suis pas sûr que maman Miller serait contente d'apprendre qu'un mini-Miller s'est fait sous son toit.

— T'es con, Evan, s'amuse Cam. Passe une bonne soirée et salue tes parents de ma part !

— Vous aussi, dit-il, avec un mouvement de sourcils plus que suggestif.

— Rêve bien de Grace, je lui lance.

Il soupire exagérément avant de refermer la portière mais je vois bien le léger sourire qu'il essaie de contenir.

— Tu veux monter à côté de moi ?

— Oui, bien sûr.

Je détache ma ceinture et rejoins Cameron à l'avant. Il attrape alors ma main et y dépose un baiser. Il redémarre une fois que son meilleur ami a récupéré son sac dans le coffre.

— Je suis heureux que vous vous entendiez si bien avec Evan.

— On ne peut que s'entendre avec un garçon pareil !

— Crois-moi, tout le monde ne s'entend pas avec lui.

— Eh bien, ces personnes sont des imbéciles. Evan est génial.

— Je sais.

Quelques secondes plus tard, Cameron tourne et s'arrête devant un énorme portail en fer noir. Il se penche, attrape une petite télécommande dans sa portière et actionne l'ouverture. Les portent s'écartent alors sur une grande maison mélangeant le moderne et l'ancien.

— On est arrivés, sourit-il en éteignant le moteur.

— C'est impressionnant ! je hoquette.

Il acquiesce et nous descendons de voiture. Les palmiers et les hibiscus se dressant le long du haut mur blanc longeant l'allée donnent un petit air de tropiques à l'endroit. Cameron récupère nos sacs dans le coffre et nous avançons vers la porte d'entrée. Une petite boule de stress fait son apparition alors que la porte s'ouvre lentement sur une femme portant un tablier rouge. Elle se recule, un immense sourire sur les lèvres, et nous fait signe d'entrer. Cameron pose les sacs au sol et la prend dans ses bras, la soulevant à moitié, ce qui la fait rire.

— Mon fils chéri, sourit-elle en passant affectueusement la main dans son dos.

— Tu vas bien ? lui demande-t-il.

— Merveilleusement bien. Et toi ?

Il hoche vivement la tête avant de se retourner vers moi pour me faire signe d'avancer.

— Maman, je te présente Lili. Lili, voici ma mère Ann.

Je lui tends la main et elle me la serre chaleureusement.

— Bonjour, madame Miller, je dis poliment. Je suis ravie de vous rencontrer.

— Oh non, pas de ça, sourit-elle. Appelle-moi Ann.

Je hoche la tête en souriant.

— Je ne sais pas où est passé ton père, dit-elle en posant ses mains sur ses hanches. Quand j'ai vu que tu rentrais dans la propriété, je l'ai appelé mais, tu le connais, il doit être encore en train de bricoler la voiture dans le garage.

— C'est pas grave, je vais aller le chercher.

Ann referme la porte et nous invite à nous installer. Je suis frappée par la beauté du lieu. Tout est absolument magnifique. Je reconnais le style raffiné du magasin dans lequel les garçons m'ont emmenée il y a plusieurs semaines.

— Vous avez une très belle maison !

— Merci, Lili, sourit-elle. Cameron, tu peux lui faire visiter la maison ? J'ai une sauce sur le feu et je ne voudrais pas la faire brûler.

— Pas de problème !

Elle nous fait un petit signe de la main et disparaît dans la cuisine. Sa mère m'a tout l'air d'être adorable. Cameron lui ressemble beaucoup. Ils ont les mêmes fossettes et le même air enfantin lorsqu'ils sourient.

— Tu veux visiter ma chambre ? commence Cameron les yeux pétillants.

— Cam ! je le réprimande. On est chez tes parents !

— Et alors ?

— On ne peut pas faire ça !

— Faire quoi ?

— Comme si tu ne savais pas où je veux en venir, je dis en levant les yeux au ciel.

— Non, pas du tout, c'est pour ça que je te le demande.

Son air espiègle me fait sourire.

— Fais-moi visiter la maison, on verra après pour le reste.

Cette réponse semble lui convenir puisqu'il attrape ma main et commence à me montrer les différentes pièces de la maison. Leur demeure est vraiment belle. On s'y sent bien et c'est ce qui est le plus important pour moi. Cameron passe rapidement par le garage mais, comme son père n'y est pas, nous remontons dans sa chambre. En entrant dans son antre, je le reconnais tout de suite. L'enfant se mêle à l'homme dans cette chambre où il y a autant des magazines d'automobiles que de vieilles peluches usées par les années.

— Donc c'est ici que tu as grandi ? je lui demande en m'asseyant sur son lit.

Il hoche la tête.

— Nous avons toujours habité ici.

— C'est une très belle maison. La vue sur l'océan est magnifique. La plage est à quelques pas seulement, c'est génial.

— Pour rien au monde je ne partirais de Los Angeles.

— Tu m'étonnes ! Et ta sœur, elle n'est pas là ?

Il secoue la tête.

— Elle m'a envoyé un message pour me dire qu'elle restait chez sa meilleure amie. Je pense qu'elle reviendra demain matin.

— D'accord.

Je le regarde ranger quelques affaires lorsque mon regard se retrouve attiré par une photo posée sur l'une de ses étagères.

— Qu'est-ce que c'est ? je demande en la désignant.

— Une photo.

— Sans blague ? je lâche en prenant un air blasé. C'est toi ?

Il hoche la tête tandis que je me lève du lit pour m'approcher de cette photo qui me semble… épique. Quand je la vois dans ses moindres détails, je ne peux m'empêcher de rire.

— Oh mon Dieu, ta tête, Cam !

J'essaie de la prendre pour pouvoir mieux la regarder encore mais il l'attrape avant moi.

— Tu peux me la montrer ? Allez, s'il te plaît.

— Non. Tu vas te moquer.

— Promis, je ne me moquerai pas.

Résigné, il me tend la photo. Ses cheveux sont recouverts de dix tonnes de gel, il porte un appareil dentaire, sourit de toutes ses dents et porte fièrement un pull bleu électrique griffé Spider-Man. Mon rire explose de plus belle.

— Il n'y a pas à dire, tu étais déjà le plus beau !

— J'avais douze ans sur cette photo.

Je continue de me moquer de lui. Pour une fois que c'est lui et non moi dans cette situation, j'en profite ! Je poursuis mon analyse de la photo lorsqu'il s'approche de moi. D'un geste rapide, il tente de me la reprendre des mains, mais j'arrive à esquiver et la mets dans mon dos.

— C'est Evan à côté de toi ?

Il acquiesce.

— Lui aussi était déjà très beau, je dis dans un nouvel éclat de rire.

— Tu t'es assez moquée, c'est bon. Rends-la-moi maintenant.

Je secoue la tête.

— Attrape-la si tu peux.

Il continue d'avancer vers moi tandis que je recule pas à pas. Mais malheureusement, je finis par me retrouver coincée entre lui et son lit. Un sourire malsain prend place sur ses lèvres.

— Je crois que tu n'as plus d'autre choix que de me la donner.

— Jamais.

En une seconde à peine, il plaque son corps contre le mien et nous tombons tous les deux sur son matelas. Je me retrouve allongée, le bras tendu le plus loin possible ma tête et sa photo dans ma main. Je ne veux surtout pas qu'il la récupère.

— Je crois que tu es dans une mauvaise posture.

— Pas du tout !

Au-dessus de moi, il retient son poids avec ses bras. Je le regarde et m'aperçois que ses yeux sont rivés sur moi, remplis de désir. Les battements de mon cœur s'accélèrent et je commence à me tortiller. L'une de mes mains se pose alors naturellement sur sa joue. J'ai l'impression que le monde autour de nous s'est figé. Nos regards sont accrochés l'un à l'autre. Ma main commence tout doucement à lui caresser la joue tandis que la sienne se faufile lentement dans mon dos. Sans que je m'y attende, il se redresse et je lâche un petit hoquet de surprise. Je me retrouve alors assise à califourchon sur ses genoux, ma poitrine plaquée contre son torse. Je respire fort. La photo tombe alors sur le lit mais je n'en ai plus rien à faire. Sa main caresse toujours mon dos et nos visages se rapprochent enfin. J'ai l'impression d'avoir attendu ce moment une éternité. On reste plusieurs secondes ainsi, les yeux dans les yeux sans rien faire, ni dire. Luttant contre les pulsions qui m'animent, j'essaie de résister malgré tout à la tentation. Sa famille est à quelques mètres de nous. J'essaie de me convaincre qu'il ne faut pas céder, mais n'y arrivant pas, je finis par murmurer :

— Embrasse-moi.

À peine ai-je fini de prononcer ces deux mots que Cameron écrase ses lèvres contre les miennes. Ce contact suffit à me donner des frissons de la tête aux pieds. Nos lèvres s'accordent parfaitement bien ensemble. Je commence à perdre pied lorsque je sens sa langue caresser doucement la mienne. Notre baiser se fait plus fougueux, plus passionné. Mes mains agrippent ses cheveux, je tire doucement dessus et il lâche un gémissement terriblement sexy qui me rend encore plus folle. L'une de ses mains placée dans mon dos remonte dangereusement vers mon soutien-gorge qu'il commence à dégrafer. Je n'ai plus aucune retenue et, à mon tour, j'entreprends de le déshabiller. Mes mains agrippent le bas de son tee-shirt et, d'un mouvement rapide, je le fais passer au-dessus de sa tête. Ce torse magnifique me fait fantasmer. Mais alors que je couvre sa peau de baisers, je m'arrête en entendant du bruit dans le couloir.

— Ça doit être le chat, Lili, laisse-toi aller, murmure Cam en mordillant le lobe de mon oreille.

Je reste aux aguets une petite seconde mais n'entends plus rien. Je replonge alors dans notre baiser lorsque, cette fois-ci, des coups retentissent sur la porte.

— Cameron ? Vous êtes là ?

Je quitte ma position sur Cameron et lui tends son tee-shirt. Le visage fermé, il se redresse. Il enfile le vêtement et passe rapidement sa main dans les cheveux pour les remettre en place. Nous sommes tout haletants.

— J'ai préparé des cookies et de la tisane, vous voulez nous rejoindre sur la terrasse ?

Cameron me regarde.

— Ça te dit ?

Je hoche la tête.

— On arrive, maman.

— D'accord, je vous attends dehors.

J'entends ses pas s'éloigner.

— Je te l'avais dit qu'on ne pouvait pas ! je dis en remettant mon soutien-gorge. J'aurais dû écouter mon instinct !

— Je suis bien trop irrésistible pour que ton instinct fasse le poids face à moi.

Je m'arrête et le regarde en haussant les sourcils.

— Tu es sérieux ?

— Oui ! Si je ne l'étais pas, tu me repousserais si je faisais ça.

— Ça quoi ?

Et sans attendre, il pose de nouveau ses lèvres contre les miennes. Ces baisers vont finir par me rendre complètement folle. Comme moi, je le sens brûler de désir mais nous ne pouvons rien faire ce soir. Nous finissons par nous écarter l'un de l'autre et je reprends une allure présentable. Je ne veux surtout pas passer pour une dépravée devant ses parents.

Nous sortons de la chambre et je le suis jusqu'au bout du couloir où une porte s'ouvre sur un escalier. Nous montons et arrivons sur le toit où se trouve une magnifique terrasse en bois. La vue sur l'océan est somptueuse. L'air iodé m'emplit les narines. C'est tellement revigorant. Sa mère et son père sont assis sur un banc en osier. Je suis frappée par la ressemblance entre le père et le fils. Cameron en est la copie conforme en plus jeune.

— Bonjour, monsieur Miller, je dis en lui tendant la main.

— Tu es Lili, c'est ça ?

J'acquiesce timidement tandis qu'il me serre la main.

— Appelle-le Lewis, me propose Ann, et j'aperçois son mari acquiescer.

Cam et moi finissons par nous installer sur le banc en face et sa mère nous sert deux tasses de tisane. Celle-ci est délicieuse, tout comme ses cookies. Pendant près d'une heure, nous discutons de tout et de rien. Ses parents me posent des questions auxquelles je réponds avec plaisir. J'apprends qu'Ann et la mère d'Evan sont les cofondatrices de l'enseigne « Beach Flower » et qu'elles possèdent près d'une dizaine de boutiques dans tout le comté de Los Angeles. C'est impressionnant ! Je me souviens d'avoir vu une de leurs boutiques lorsque nous étions allées au cinéma avec Grace mais je n'y avais pas prêté attention. Quant à son père, il est homme d'affaires et partage son temps entre Malibu et Seattle. Il me rappelle vaguement mon beau-père Nicholas. En tout cas, j'ai l'impression que ses parents m'apprécient et j'en suis la plus heureuse. J'avais vraiment peur qu'ils ne m'aiment pas.

Lorsque nous prenons congé après leur avoir souhaité une bonne nuit, il est plus de 23 heures et je commence à tomber de fatigue. La semaine a été rude. Bien que Thanksgiving approche, certains professeurs ont continué à programmer des examens avant ceux de la fin du semestre qui auront lieu dans quelques jours.

— Je peux te prendre un tee-shirt pour dormir ? je demande en bâillant tandis que nous arrivons devant la chambre de Cameron.

Il a prévenu ses parents qu'il n'était pas nécessaire de me préparer une chambre d'amis. Ça ne m'aurait pourtant pas dérangée de devoir dormir dans une autre pièce que lui sous leur toit, mais ils sont très ouverts et modernes donc ça ne leur a pas posé de problème que je dorme avec leur fils. Il ouvre son armoire et attrape un tee-shirt gris qu'il me lance. Je le remercie avant de filer dans la salle de bains pour faire une toilette rapide. Lorsque je reviens dans sa chambre quelques minutes plus tard, il est allongé torse nu sur son lit et joue avec un petit ballon. À mon entrée, il relève la tête et sourit en balayant mon corps du regard. Son tee-shirt arrive sous mes fesses et je ne porte pas de short, autrement dit, mes jambes sont entièrement dévoilées.

— Je ne sais pas pourquoi, mais te voir dans mes vêtements me procurera toujours un sentiment de fierté.

Touchée, je m'approche de lui et l'embrasse sur la joue.

— J'aime beaucoup aussi, je dis.

Il sourit avant de se lever.

— On regarde un film ou une série ?

Je hoche la tête et le regarde disparaître dans le couloir. Je profite de ce petit moment de solitude pour envoyer un message à Grace.

Ses parents sont adorables ! Je suis super contente d'être là ! Et toi, tout se passe bien ?

Sa réponse suit aussitôt :

C'est cool alors ! C'est un peu la cata de mon côté...

De moi : *Qu'est-ce qui se passe ? :/*

De Grace : *Mon père et mon oncle n'arrêtent pas de se prendre la tête depuis que je suis arrivée et mon frère me pose des questions concernant Alex.*

De moi : *Il est suspicieux ?*

De Grace : *Plus que ça. Je suis certaine qu'il est au courant mais il veut que ce soit moi qui le lui dise. Je le connais.*

De moi : *Tu vas faire quoi ?*

De Grace : *Pour le moment rien mais demain, quand le repas sera terminé, je lui en parlerai. Je ne veux pas gâcher la fête.*

De moi : *Oui, je comprends.*

De Grace : *Je vais te laisser. Ma mère arrive et ça l'insupporte de me voir sur mon téléphone. J'ai hâte de rentrer sur le campus. Passe une bonne fin de soirée avec ton amoureux. xx*

PS : ne faites pas trop de folies !

De moi : *Bonne soirée à toi aussi ! xx*

PS : ne bave pas trop sur ton oreiller en pensant qu'il s'agit d'Evan :p

De Grace : *...*

Je ris en voyant son message qui, bien que composé de points de suspension, en dit beaucoup. Je repose mon téléphone sur la table de nuit et c'est à ce moment-là que Cam revient dans la chambre.

— On regarde quoi ?

— *Suits* ? je propose, et il accepte d'un hochement de tête.

Je me mets sous le drap pendant qu'il attrape son ordinateur encore rangé dans son sac posé sur le bureau. Quand il me rejoint je me blottis contre lui. Son bras gauche encercle mes épaules et me rapproche davantage de lui. Du bout des doigts, je dessine des arabesques sur la peau douce de son torse. Je me sens terriblement bien. Nous sommes presque à la fin de l'épisode lorsque je sens le sommeil m'envahir. Mes paupières devenant de plus en plus lourdes, je ne lutte pas et me laisse emporter.

*

Lorsque j'ouvre les yeux, il est près de 9 heures. Je crois n'avoir jamais aussi bien dormi que cette nuit. Tout contre Cameron, je me suis laissé bercer par le bruit des vagues déferlant sur la plage. La mer était assez agitée. Je pourrais facilement vivre ici. L'un de mes rêves est d'ailleurs d'habiter dans une maison près de la mer comme celle-ci.

Comme je suis complètement réveillée, je me tourne et regarde mon petit ami dormir. J'adore le voir si paisible.

— C'est très perturbant quand tu me regardes dormir, marmonne-t-il.

— Comment le sais-tu ? je m'étonne.

— Je le sens, Lili, quand tu me regardes.

Je souris en entendant cette voix rauque ensommeillée qui me fait toujours autant craquer.

— On devrait peut-être descendre aider ta mère ?

— Elle adore être seule pour cuisiner, mais si tu veux l'aider, tu peux. Elle t'aime bien.

Ces quelques mots m'arrachent un nouveau sourire.

— C'est vrai ?

Il hoche la tête en se passant une main sur son visage.

— Comment pourrait-elle ne pas t'aimer ?

— Je ne sais pas, peut-être parce que je suis la petite amie de son fils ? C'est une raison suffisante pour beaucoup de mères.

— Oui, mais pas la mienne.

— Tes parents ont l'air géniaux.

— Ils le sont. Je crois que je ne mesure pas pleinement la chance que j'ai de les avoir.

Il se tourne vers moi et replace une de mes mèches de cheveux derrière mon oreille.

— Je vais aller me doucher avant, je dis. Mes cheveux n'ont pas trop apprécié le vent hier soir.

— Si tu veux. Je crois que je vais me rendormir un peu.

Je l'embrasse sur la joue et me lève. J'en profite pour regarder par la fenêtre. Comme le ciel a l'air assez couvert, j'attrape dans ma valise un jean et un petit pull. Il m'a l'air d'y avoir beaucoup de vent et la mer est encore agitée.

Je ne traîne pas plus et me rends dans la salle de bains. Une petite trentaine de minutes plus tard, j'en sors, les cheveux encore mouillés. Cam est toujours dans sa chambre mais, cette fois-ci, il est assis sur son lit, son ordinateur sur les cuisses.

— Tu ne t'es pas rendormi ?

— Eh non. Tu as faim ?

— Oui ! je dis en sentant mon estomac se creuser.

— On va descendre déjeuner alors.

Il attrape un sweat à capuche dans son armoire et l'enfile. Tandis que nous commençons à descendre les marches, un éclat de voix nous parvient de l'entrée. Cam se met à sourire et accélère le pas. En arrivant en bas, je découvre une jeune fille qui ressemble comme deux gouttes d'eau à Cameron, version féminine. Elle porte un jogging et un sweat, et ses cheveux bruns sont noués en chignon.

— Cam !!! crie-t-elle en se jetant dans ses bras.

Elle s'accroche à son cou et le serre fort.

— Salut petite sœur.

Ils finissent par relâcher leur étreinte et elle claque les deux joues de son frère. L'amour qu'ils se portent mutuellement saute aux yeux.

— Eh ! dit-elle en découvrant ma présence. Tu ne m'avais pas dit que tu venais accompagné !

Il secoue la tête en souriant.

— Voici Lili, ma copine. Et Lili, voici Elena, ma chiasse de petite sœur.

Je souris en entendant le surnom dont il vient de l'affubler. Elena s'avance vers moi et me donne une accolade.

— Je suis ravie de te rencontrer, Lili. Cam n'a pas arrêté de me parler de toi. Dès que je l'avais au téléphone, c'était Lili par-ci, Lili par-là ! Un vrai relou.

— C'est vrai ? je dis, surprise.

Elle me scrute avec un regard perçant pendant quelques secondes. Je me demande à quoi elle pense. Est-elle en train de me jauger pour savoir si je suis assez bien pour son frère ? Je pense que oui. Elle finit par sourire.

— Oui ! Je suis contente pour vous deux. On se revoit tout à l'heure ? Je dois aller me doucher.

— Tu es sortie hier soir ? lui demande Cam.

— Peut-être, peut-être pas. Qui sait ?

— Elena...

— Quoi ? Je suis grande et vaccinée ! Si je veux sortir, tu n'as pas ton mot à dire. Tant que les parents sont au courant, tout va bien.

Cameron soupire tandis qu'Elena s'éloigne en chantonnant.

— C'est donc, ça le « Cameron qui étouffe sa petite sœur » ? je lui demande en mettant ma main sur son épaule.

— Ça se peut bien, dit-il avec un petit sourire. J'arrive vraiment pas à m'en empêcher.

— Elle n'a pas l'air d'être irresponsable. Je pense que tu te fais du souci pour rien.

Il grimace, peu convaincu par mes propos. Je me hisse alors sur la pointe des pieds et l'embrasse rapidement.

— On peut aller manger maintenant ? je dis d'une petite voix.

Cam sourit.

— J'oubliais à qui j'ai affaire.

Je lève les yeux au ciel.

— Tu sais à quelle heure arrive Evan ?

— Je pense qu'il va venir avant sa famille, d'ici une heure ou deux. Il est quelle heure, là ?

Je regarde ma montre.

— Presque 10 heures.

— Ne traînons pas.

Cameron m'attrape par la main et m'emmène vers la cuisine.

— Bonjour, les enfants, sourit sa mère. Vous avez bien dormi ?

— Très bien, Ann. Vous avez besoin d'aide ?

— Non, mais je te remercie, Lili. Il ne me reste plus beaucoup à faire. Tenez, dit-elle en nous désignant une assiette de pancakes. Je les ai préparés ce matin. Cam m'a dit que tu adorais ça.

— Merci beaucoup, mais il ne fallait pas vous embêter.

— Ça m'a fait plaisir !

Je la remercie une nouvelle fois tandis que Cameron prépare un plateau pour emporter le tout sur la terrasse. Nous déjeunons en admirant la vue qui s'offre à nous. Cet endroit est le paradis sur terre. Lorsque nous finissons, Cameron me laisse attablée face à ce paysage pour aller se doucher. J'en profite pour appeler ma mère puis mon père afin de leur souhaiter un joyeux Thanksgiving. Je discute avec l'un puis l'autre pendant près d'une heure. Lorsque je retourne dans la maison, Evan est là et converse avec Cameron et Elena. Je me joins à eux et nous décidons de monter sur le toit pour profiter du soleil qui commence tout doucement à faire son apparition.

Nous redescendons pour saluer les premiers invités qui arrivent. Rencontrer les famille respectives de Cameron et d'Evan est à la fois intimidant et plaisant. Ils sont tous très sympathiques. Je fais la connaissance de la mère d'Evan qui semble tout aussi adorable que son fils.

— Tout le monde à table ! crie Ann en arrivant dans le salon.

J'attrape un dernier petit-four avant d'aider Ann à débarrasser la vaisselle dans la cuisine. Cameron et Evan sont derrière moi. Nous posons tout sur la table et Ann tend un plat à Evan pour qu'il l'apporte dans la salle à manger. Alors qu'elle s'apprête à nous confier d'autres plats, la sonnette de la porte retentit.

— Vous voulez bien aller voir ce que c'est ?

Cameron acquiesce et je le suis jusqu'à l'entrée, tout en restant légèrement en retrait. Il se retourne vers moi, me sourit avant d'ouvrir la porte. Une jolie blonde se tient sur le seuil. Ses longs cheveux blonds flottent au gré du vent et elle porte une longue robe noire qui lui arrive jusqu'aux pieds – le genre de robe que je ne peux pas porter parce que je suis trop petite. Cette fille est magnifique. Un sourire éclatant illumine son visage quand elle aperçoit Cameron et elle avance gracieusement vers lui. Qui est cette fille ? Je m'apprête à faire un pas en avant lorsque la réponse à ma question me paralyse.

— Olivia ? lâche Cameron, visiblement surpris.

Un sentiment de malaise m'envahit peu à peu tandis qu'Olivia franchit le peu d'espace qui les sépare en souriant toujours.

— Surprise ! dit-elle en l'étreignant.

C'est exactement à ce moment-là que je comprends que rien ne va se passer comme je l'espérais.

Chapitre 31

— Qu'est-ce que tu fais ici ? dit-il, étonné.

Je ne suis pas assez près pour entendre sa réponse mais je remarque sans difficulté le sourire épris sur ses lèvres rosées.

— Qu'est-ce que cette vipère fait ici ?

Je sursaute en entendant la voix d'Elena, bien qu'elle chuchote. Elle me fait signe de la suivre un peu plus loin. Je lance un dernier regard à Cameron : il parle à Olivia.

— Je ne voulais pas te faire peur, rit Elena.

— Aucun souci ! J'ai tendance à sursauter pour un rien.

— C'est parce que tu es pensive.

Elle a raison. Je suis toujours plongée dans mes pensées et, en ce moment, encore plus.

— Cam t'a parlé d'Olivia ? reprend-elle.

— Brièvement.

— Je déteste cette fille.

— Pourquoi ?

— C'est la plus grosse garce que je connaisse.

— Elle n'a pas l'air méchante pourtant.

— Ça se voit que tu ne la connais pas, ricane-t-elle amèrement.

— C'était prévu qu'elle soit là ?

Elena secoue la tête. Elle est tendue, elle aussi, et je reconnais beaucoup son frère dans ses traits.

— Je pensais qu'elle resterait à New York mais, visiblement, elle a décidé de nous pourrir notre Thanksgiving encore plus que l'année dernière.

— Qu'est-ce qui s'est passé l'année dernière ?

— Ce n'est pas à moi de te le dire. Mais mon frère t'aime, Lili, n'en doute pas.

— Il ne me l'a jamais dit, je murmure.

— C'est qu'il n'est pas prêt… Juste, s'il te plaît, ne laisse pas cette fille se mettre entre vous parce que je sais de quoi elle est capable.

Sur ce, elle tourne les talons, me laissant seule avec les dizaines de questions qui me bousculent l'esprit. Je retourne discrètement près de Cam et Olivia. Ils sont toujours en pleine discussion. Les traits de Cam se tendent au fur et à mesure que son sourire à elle s'accentue. Je n'aime pas du tout la tournure que tout cela prend.

— Olivia, lâche Ann en arrivant dans l'entrée. Qu'est-ce que tu fais là ?

— Je suis venue vous faire un petit coucou, dit-elle en prenant la mère de Cameron dans ses bras.

— Tu aurais dû appeler, on t'aurait mis un couvert.

— Ce n'est pas utile, sourit-elle. Je vais bientôt repartir. Ma mère m'attend.

— Viens avec elle en fin d'après-midi alors, insiste Ann. Je préparerai des biscuits et on prendra le thé sur la terrasse comme au bon vieux temps.

— Avec plaisir.

Ann sourit et retourne dans la cuisine. Je m'attends à ce qu'Olivia parte mais elle fait tout le contraire. S'approchant de Cameron, elle dépose un long baiser à la commissure de ses lèvres qui s'entrouvrent légèrement. Il ne fait rien pour l'éviter et ferme même les yeux. C'est comme s'il n'y avait plus qu'eux, que j'étais inexistante. Olivia se recule et me lance un regard dédaigneux. « J'ai embrassé ton mec et il n'a rien fait pour m'en empêcher », voilà son message. J'ai l'impression de recevoir un coup de poignard en plein cœur mais je reste stoïque.

— On se voit tout à l'heure, Cam, souffle-t-elle en passant sa main sur sa joue.

Il ne répond pas et la regarde s'éloigner. Une fois la porte d'entrée refermée, il tourne enfin la tête vers moi et semble se rendre compte que, durant tout ce temps, j'étais là, à les regarder. Son regard me coupe le souffle. Tous les sentiments qu'il éprouvait à son égard semblent être remontés à la surface. Comment est-ce possible ?

— Lili... murmure-t-il en s'approchant de moi.

— Ta mère nous attend.

Je tourne les talons et rejoins la salle à manger où tout le monde est déjà assis. Affichant un sourire de façade, je prends place à côté d'Evan.

— Tu fais une de ces têtes, me dit-il. Ça ne va pas ?

— Si, si, j'ai juste un peu faim, je le rassure.

— Ann est la meilleure cuisinière que je connaisse. Tous ses plats sont un pur régal.

Si je n'étais pas tant barbouillée, j'aurais probablement été ravie de savourer ces mets. Mais là, j'ai juste envie de vomir et de me réveiller de ce mauvais rêve. Cameron finit par arriver et s'assied en face de moi, à côté de sa sœur. Il a l'air complètement ailleurs. Ses prunelles m'évitent et il se contente de fixer son assiette. Je ne l'ai jamais vu si... bouleversé.

Le repas commence lorsque Ann apporte l'énorme dinde aidée par son mari. Thanksgiving est censé être une fête joyeuse mais, pas une seule fois, Cam ne décoche un mot. On dirait une âme sans vie, un robot. Je le regarde. Il mange mécaniquement et ne prend aucun plaisir à être ici. Je ne peux m'empêcher de me demander s'il préférerait être avec Olivia et imaginer sa réponse me fend le cœur.

*

Nous sortons de table près de trois heures plus tard. Ma morosité n'est pas passée malgré les tentatives d'Evan pour me dérider – et j'ai à peine goûté aux plats succulents. Les invités finissent par partir excepté Evan et sa mère, qui reste pour aider Ann.

— Je vais vous aider à débarrasser, Ann.

— Ne te sens pas obligée ! me dit-elle gentiment.

— C'est la moindre des choses. Je n'ai jamais mangé une dinde et des tartes aussi bonnes que les vôtres.

— Merci ! Je tiens ces recettes de ma grand-mère qui les tenait elle-même de sa mère et ainsi de suite ! La prochaine fois que tu viendras à la maison, je t'apprendrai.

Ces petits mots suffisent à me redonner espoir. Sa mère m'apprécie. Souriant sincèrement pour la première fois depuis des heures, je l'aide à tout ranger.

— Allez, va retrouver mon fils ! lâche-t-elle lorsque toute la table est débarrassée.

— Vous n'avez plus besoin de moi ?

Elle secoue la tête, et dans ses yeux, je peux lire de l'appréhension et de l'inquiétude.

— Moi non, mais mon fils oui.

Elle a raison. Je dépose le torchon sur le comptoir avant de filer à l'étage. La porte de le chambre de Cameron est fermée. Je frappe trois fois mais je n'obtiens pas de réponse. Est-il sur la terrasse sur le toit ? Pour en avoir le cœur net, je monte voir mais il n'est pas là. Sans perdre plus de temps, je redescends jusqu'à la cuisine.

— Je ne le trouve pas, je dis à sa mère.

Elle relève la tête, un faible sourire sur les lèvres.

— Il est assis sur la plage.

Je la remercie rapidement et sors de la maison par la baie vitrée entrouverte. C'est à ce moment-là que je l'aperçois. Il est assis sur le sable et regarde l'océan qui s'étire à perte de vue. Dans un autre contexte, j'aurais probablement trouvé ça magnifique et terriblement romantique. Mais ce dont j'ai besoin maintenant, c'est d'avoir des réponses à mes questions. Je retire mes chaussures et m'approche de lui. Je ne suis plus qu'à quelques mètres lorsqu'il relève légèrement la tête. Il a l'air si perdu que le voir dans cet état me brise un peu plus le cœur.

— Je ne peux plus continuer comme ça, Cameron. J'ai besoin de savoir.

D'un mouvement à peine perceptible, il acquiesce. Je continue alors d'avancer et m'assieds à côté de lui. Pendant de longues minutes, il ne parle pas mais je ne fais rien pour le presser. J'attends patiemment qu'il soit prêt. Il finit par rompre le silence :

— Je ne sais pas par où commencer.

— Tu n'es pas obligé de tout dire dans l'ordre.

Il soupire longuement, comme s'il allait faire une terrible confession.

— Comme je te l'ai déjà dit, Olivia a été mon premier amour.

Je hoche la tête, l'incitant à poursuivre.

— On est restés près de quatre ans ensemble.

— C'est énorme.

Il opine de la tête.

— On est voisins, elle, Evan et moi, et en plus de ça, nos parents sont amis de longue date. On a passé toute notre enfance ensemble. Dès que l'occasion se présentait, on se retrouvait tous les trois. Quand on est entrés au collège, j'ai commencé à la voir autrement que comme ma meilleure amie. Elle était tellement… belle, douce, incroyable. Mais comme j'avais peur de gâcher notre amitié, je n'ai rien dit. J'ai gardé cachée cette attirance pour elle pendant des années. Tout a commencé peu de temps après notre entrée au lycée. Lors d'une soirée, des potes m'ont mis au défi de l'embrasser. Comme j'avais bu, je me suis jeté à l'eau. Ce baiser a été magique, pour elle comme pour moi, et c'est là qu'on a compris. Quelques semaines ont passé et on a commencé à sortir ensemble. J'étais le gars le plus heureux de la terre !

— Qu'est-ce qui s'est passé pour que ça change ?

— Pendant notre dernière année de lycée, on a commencé à se disputer très souvent tous les deux. Evan l'appréciait de moins en moins et tu le connais, il ne s'est pas gêné pour nous le faire sentir. Elena s'est alliée avec lui et, comme elle n'a pas la langue dans sa poche, c'était compliqué. Ils refusaient de voir Olivia de plus en plus souvent. C'était extrêmement tendu entre eux et moi, j'étais au milieu, à devoir sans cesse choisir mon camp. Ma copine ou mon meilleur ami et ma sœur.

— Qu'est-ce que tu as fait alors ?

— Rien. Je ne comprenais pas leur réaction et j'étais de son côté. J'étais amoureux d'elle.

Évidemment…

— Tout a basculé quand on a dû décider dans quelle fac nous voulions aller. Il était évident pour Evan et moi que nous irions à UCLA. Los Angeles est notre ville et on ne voulait pas s'en éloigner. Olivia était également d'accord. La vie était belle. J'irais à l'université de mes rêves avec ma copine et mon meilleur pote. Que demander de plus ?

— Ça me semble être une belle histoire d'amour jusque-là.

— Ça l'était. Mais comme tu l'as remarqué, elle n'est pas à UCLA. Elle n'a en fait, jamais postulé à UCLA. Dès le début, elle avait prévu d'aller à New York. Mais ayant peur de ma réaction, elle ne l'a dit que trois jours avant de partir. Je ne pouvais pas imaginer une relation à distance. J'ai voulu rompre avec elle mais elle a su me convaincre que ça allait le faire et que nos retrouvailles n'en seraient que meilleures. Comme un idiot, je l'ai crue.

— Tu n'es pas idiot, Cam, tu étais amoureux d'elle, tu croyais en votre amour.

Une nouvelle fois, il relève la tête vers moi. Son visage est livide. Je ne reconnais plus cet homme que je vois chaque jour depuis près de trois mois. Est-ce donc lui, le véritable Cameron ? N'ai-je eu accès qu'à l'ombre de lui-même ?

— Le temps a passé et j'ai bien dû me rendre à l'évidence, nous nous éloignions de plus en plus. J'étais malheureux mais elle ne cessait de me répéter que tout irait bien, que bientôt, nous nous verrions. Je n'en pouvais plus mais je tenais, pour elle, parce que je l'aimais comme je n'avais jamais aimé quelqu'un.

Je vois bien que devoir tout me dévoiler le fait énormément souffrir. Alors, sans réfléchir plus longtemps, j'attrape sa main dans la mienne et la serre fort.

— Elle te manipulait, je constate amèrement.

Il hoche faiblement la tête.

— Ça fait un an que nous ne sommes plus ensemble.

— Il y a eu un événement déclencheur ?

— J'ai appris qu'elle me trompait.

Je manque de m'étouffer. Le visage de Cameron, tourné vers l'océan, est un masque de douleur. Il ne me regarde même plus, plongé dans ses souvenirs.

— C'était à Thanksgiving. J'adore cette période alors, comme chaque année, j'étais heureux et ça se voyait, sourit-il faiblement. Elle m'avait prévenu qu'elle ne pourrait pas être là. Bien que je sois déçu, je comprenais que ses études passaient avant. Mais en arrivant dans la cuisine le lendemain matin, j'ai trouvé ma mère avec la sienne. Elles étaient en pleine préparation des tartes, je crois. C'est là que sa mère m'a regardé bizarrement. Je n'ai pas compris pourquoi alors je l'ai interrogée. Tu sais ce qu'elle m'a répondu ?

Il tourne les yeux vers moi, le regard creux. J'attends la suite.

— « Tu as l'air heureux. » J'ai hoché la tête, ne comprenant pas où elle voulait en venir et c'est là que j'ai compris qu'il y avait un problème en voyant son air perdu. Je lui ai demandé pourquoi je ne serais pas heureux et elle m'a répondu : « Tu as l'air de bien vivre la rupture. Ça me rassure. J'avais peur que tu prennes mal le fait qu'Olivia soit avec son nouveau copain. »

— Tu l'as appris comme ça ? je m'exclame, à la fois surprise et en colère.

Un sourire amer et rempli de rancœur se dessine sur son visage tandis qu'il acquiesce d'un faible mouvement de tête.

— Je me suis décomposé et c'est là que tout s'est fini entre nous. En réalité, elle me trompait depuis des semaines. Quelque temps plus tard, j'ai appris que, même avant de partir à New York, elle était déjà en contact avec ce mec. Je n'étais plus que l'ombre de moi-même. Je n'avais plus envie de rien. Alors j'ai commencé à aller à la salle de sport régulièrement. J'avais besoin de me défouler, de me la sortir de la tête. Ça a plutôt bien fonctionné. Evan est venu avec moi et c'est là que nous avons rencontré les garçons. Quelques semaines plus tard, j'ai fait la connaissance de Leila. Evan et moi avions une chambre dans sa résidence. On s'est tout de suite bien entendus. Elle était cool et, quand j'étais avec elle, je ne pensais pas à Olivia. Je passais du bon temps et j'oubliais celle que j'aimais mais que je ne pouvais plus voir.

— C'est pour ça que tu sortais avec Leila ? C'est pour ça que tu es avec moi ? Pour l'oublier ?

Il me regarde sans rien dire. Pas un hochement de tête, pas un mot, rien. Ce silence me fait l'effet d'une bombe. Je n'arrive plus à penser de manière rationnelle et tremble de colère.

— Tu n'es qu'un enfoiré, Cameron ! je crie. Et dire que je suis tombée amoureuse de toi, quelle idiote je suis.

— Mais putain, Lili ! crie-t-il à son tour. Arrête ça !

— Arrêter quoi ? De dire la vérité ?

Il passe ses mains sur son visage et souffle longuement.

— Tu n'imagines pas à quel point je souffre d'aimer une personne qui en aime une autre, j'ajoute faiblement.

— Si, j'imagine très bien, murmure-t-il. J'ai passé des mois à essayer de l'oublier, à tenter de cesser de l'imaginer dans les bras d'un autre mais je n'ai pas réussi. Dès que je fermais les yeux, c'est elle que je voyais.

— Je suis désolée mais je ne peux pas, Cameron.

— S'il te plaît, ne me fais pas ça, Lili, ne m'abandonne pas.

Mon cœur éclate en une multitude de petits morceaux en entendant sa voix faiblir sur ces derniers mots.

— Je n'ai pas pensé à Olivia une seule seconde depuis que je suis avec toi. C'est du passé pour moi.

— Du passé ? Tu ne te rends pas compte à quel point tu t'es métamorphosé lorsqu'elle est apparue. C'est comme si je faisais face à un étranger. Elle t'a presque embrassé devant moi et tu l'as laissée faire !

— Lili, soupire-t-il. Je ne l'ai pas revue depuis plus d'un an. Elle n'était pas là à Thanksgiving. Quand j'ai appris pour elle et ce mec, je ne l'ai pas appelée, je n'ai rien fait. C'est elle qui m'a contacté le lendemain. Elle a pleuré, même beaucoup pleuré. Je lui ai juste dit que c'était fini entre nous et j'ai raccroché. Je n'ai plus eu aucun contact avec elle depuis ce jour.

— Mais tu l'aimes encore.

Il secoue vivement la tête.

— Non, je ne l'aime plus, Lili ! affirme-t-il avec force. Même si je voulais revenir en arrière, je ne pourrais pas. J'ai apprécié chaque moment passé à ses côtés. J'ai longtemps pensé qu'elle serait la femme de ma vie. Mais c'est de l'histoire ancienne, je ne pense plus à elle comme un mec amoureux. Je ne pourrai plus jamais l'aimer. Je te le jure, Lili.

— Tes yeux disent le contraire, Cam.

— Qu'est-ce que tu imagines ? Que j'ai encore de l'affection pour elle malgré ce qu'elle m'a fait ?

Je murmure un petit « oui ».

— Alors tu as raison, Lili, je l'apprécie toujours. Elle a été la première ! Elle a fait partie de chaque étape importante de ma vie. De mon enfance à ma vie d'homme. Et puis merde, je l'ai aimée pendant des années. On n'oublie pas son premier amour d'un claquement de doigts.

Il me fixe très froidement et je sens les larmes me monter aux yeux.

— C'est bien trop dur pour moi, Cam. Je ne peux pas te regarder aimer quelqu'un d'autre. Tu n'as pas réussi à l'oublier avec Leila, tu n'y arriveras pas non plus avec moi.

— Parce que je n'aimais pas Leila comme je t'aime toi.

Ces mots, j'ai rêvé de les entendre mais pas comme ça, pas de cette manière. Je secoue la tête.

— Arrête, Cameron.

— C'est la vérité, Lili ! Je t'aime comme un fou, je ferai n'importe quoi pour toi, n'importe quoi.

— Est-ce que tu m'aimes autant que tu aimais Olivia ?

— Tu ne peux pas me poser cette question, Liliana.

— Si, je le peux et je veux que tu y répondes.

Je finis par trembler lorsque je croise son regard. Ses grands yeux bleus me transpercent. Je peux y voir toute la douleur qu'il ressent. Son silence me fait l'effet d'une gifle.

— Ne te fatigue pas, j'ai compris, je lui dis en me relevant.

Du sable humide restent sur mes jambes.

— Qu'est-ce que tu as compris ?

— Que je n'aurais jamais cette place dans ton cœur parce qu'il n'y a qu'elle. Elle est ta destinée, Cam. Comment as-tu dit déjà ? La femme de ta vie ?

Je frotte mon short pour en faire tomber le sable.

— Tu vas où ?

— Je pars.

— Où ça ?

— Je t'aime, Cameron. Et tu sais ce que l'on fait quand on aime une personne ? On ne l'enchaîne pas à soi. C'est pour ça que je pars, pour que tu sois heureux. Et même si je ne suis pas l'élue de ton cœur, je serai heureuse de te savoir empli de bonheur avec elle.

— Tu es cette personne, Lili ! crie Cam.

Je m'approche alors de lui, me hisse sur la pointe des pieds et dépose un tendre baiser sur sa joue. Il tressaille et encadre mon visage de ses mains. Comme paralysée, je ne réagis pas lorsqu'il pose ses lèvres sur les miennes. Ce baiser a un goût différent des autres. C'est un baiser d'adieu.

Je m'écarte de lui. Ses yeux sont désormais embués de larmes, tout comme les miens.

— Lili…

Il me supplie de rester mais je ne peux plus. Je dois faire le vide.

Derrière lui, j'aperçois Evan me faire un signe – il a compris que j'avais besoin de partir.

J'ôte ses mains de mon visage et un violent frisson me submerge. Je dois partir. Tournant les talons, je ne dis rien et m'enfuis rejoindre Evan. Des larmes coulent le long de mes joues. Il n'y a pas à dire, l'amour, ça fait mal.

POINT DE VUE DE CAMERON

Putain, elle est partie. De la haine coule dans mes veines et je n'ai qu'une seule envie, celle de m'arracher les yeux pour ce que j'ai fait. Elle est partie, je l'ai perdue. Je ne savais pas qu'Olivia serait là aujourd'hui, sinon, je ne serais pas venu. Mais visiblement, personne ne le savait. Bien évidemment, ma mère a sauté sur l'occasion pour les inviter, elle et sa mère, à prendre le thé. Elle est persuadée que cette fille est l'amour de ma vie. Il n'y a pas si longtemps, elle me le rabâchait encore. Mais si elle savait tout ce qui s'est passé entre nous, je suis certain qu'elle ne tiendrait pas le même discours. Cette garce m'a abandonné, m'a trahi.

Je l'aimais tellement que j'étais persuadé de ne plus jamais éprouver des sentiments aussi bouleversants. Mais depuis quelque temps, je me rends compte que si, je le peux. Lili. Je l'aime comme un fou. C'est si puissant, si fort. Je n'avais jamais ressenti cela auparavant, même pas avec Olivia.

Je la regarde s'éloigner, le goût de ses lèvres encore perceptible sur les miennes. Qu'est-ce que j'ai fait bordel ? Evan la suit de près et, se retournant une dernière fois, il me fait signe qu'il la ramène à l'appartement. Je ne trouve rien d'autre à faire que de hocher stupidement la tête. Lili va droit devant elle, sans me regarder une seule fois. Je dois faire quelque chose. Je ne peux pas rester là et la voir m'échapper sans rien faire. Je ramasse mon téléphone et mon pull posés sur le sable, lance un dernier coup d'œil à l'océan et me mets à courir pour la retenir lorsque j'aperçois Olivia sortir de la maison. Elle avance vers moi. Il est temps de remettre les pendules à l'heure. Je m'expliquerai avec Lili ensuite.

— Qu'est-ce que tu fais ici, Olivia ? je lui demande sèchement.

— Je suis venue vous rendre visite. Je n'ai pas le droit ?

— Toi et moi savons bien que tu n'es pas là pour une simple visite amicale.

— Pourtant si. Tu m'as manqué, Cameron. Ça fait trop longtemps qu'on ne s'était pas vus. Je ne t'ai pas manqué ? ajoute-t-elle avec ironie.

Je ne réponds pas. Elle connaît très bien la réponse.

— Je ne suis plus avec Sean.

— Et ? je réplique en haussant un sourcil. Tu t'attends à quoi ? À ce qu'on ressorte ensemble ? Ce temps est révolu depuis longtemps.

— Tu n'es plus avec cette fille, si j'ai bien compris. Je l'ai vue traverser la maison en pleurant. Elle a rapidement salué ta famille et elle est partie avec Evan. D'ailleurs, tu n'as pas peur de les laisser tous les deux ?

— Pourquoi j'aurais peur ?

— Ils ont l'air très… proches.

Sans pouvoir m'en empêcher, je pars dans un grand rire.

— C'est vrai que tu sais de quoi tu parles. J'oubliais que c'est toi qui m'as trompé.

— C'est la plus grosse erreur que j'aie pu faire, je m'en veux terriblement, Cam. Je n'arrive pas à t'oublier. Tu me connais, j'avais besoin de piquant, d'exotisme.

— Tu crois sérieusement que c'est ce genre d'argument qui va te redonner une chance ? Tu me dégoûtes, Olivia. J'étais aveuglé par les sentiments que j'éprouvais à ton égard, mais c'est fini. J'aurais dû écouter Evan et Elena et mettre un terme à notre histoire dès l'instant où tu as choisi de te barrer à New York.

— Cam… souffle-t-elle. Ils me détestent tous les deux.

— Ce qui est marrant, c'est qu'ils adorent Lili, donc je pense que le problème, c'était toi.

— Ta mère m'adore, se défend-elle en me touchant le bras.

— Oui. Parce qu'elle ne sait pas quel genre de garce tu peux être. Il n'y a qu'Evan et Elena qui sont au courant. Tu penses qu'elle le prendrait comment si je lui en apprenais plus ?

Son visage se décompose et elle retire sa main posée sur mon bras, comme brûlée.

— Ne fais pas ça, s'il te plaît. Ma mère ne m'a pas adressé la parole pendant des semaines quand elle a appris ce que j'avais fait.

— Pourquoi ? Tu as gâché mon histoire avec Lili ! Je ne sais même pas ce qui me retient d'aller voir ma mère sur-le-champ pour tout lui dire.

— Si cette fille est partie, c'est qu'elle ne t'aimait pas vraiment.

Je secoue la tête pour enlever cette pensée de mon esprit.

— Si elle est partie, Olivia, c'est parce qu'elle m'aime et que tout ce qu'elle veut, c'est mon bonheur. Elle pense que c'est avec toi que je serai heureux.

Un sourire d'espoir prend place sur son visage. Un souvenir d'elle et moi me traverse l'esprit.

— Je préfère être seul toute ma vie plutôt que de t'avoir une fois de plus à mon bras, Olivia. Même me retrouver entre tes cuisses ne m'intéresse plus.

— Je reste à Los Angeles jusqu'à la mi-janvier.

— Pourquoi ?

— Comme je voulais revenir un peu ici, j'ai trouvé un stage dans une galerie d'art de Malibu. Je pensais qu'on aurait pu renouer.

— Bon stage alors, je dis, ignorant sa dernière remarque. D'ailleurs, où est ta mère ? Je croyais qu'elle venait aussi.

— Elle n'a pas pu. Mon petit cousin est malade et elle le garde.

— Bien sûr, je réponds, sceptique.

— Cameron, murmure-t-elle. S'il te plaît, laisse-moi tout te dire.

— J'ai pas le temps pour ça aujourd'hui, ni demain, ni jamais. Vis avec ce remords et va au diable. Et comme ce n'est pas moi qui vais te retenir, je te conseille de rentrer auprès de ton petit cousin. Je ne veux plus te voir chez moi. Jamais.

Elle me décoche un regard rempli de tristesse et de désespoir. Autrefois, il est évident que j'aurais tout fait pour qu'elle retrouve son si beau sourire, mais là, j'ai juste envie de la voir dégager loin de ma vue. À contrecœur, elle se détourne et rentre dans la maison. J'attends quelques secondes avant d'y pénétrer à mon tour. Elle discute avec ma mère et s'excuse rapidement d'être venue seule. Au ton faussement déçu de ma mère, je comprends que ça l'arrange. Elle n'a jamais vraiment apprécié la mère d'Olivia. Mon ex prétexte un message urgent pour rentrer chez elle. Lorsque j'entends la porte d'entrée se refermer, j'avance vers la cuisine. L'odeur de biscuits chauds emplit mes narines et, si mon estomac n'était pas aussi noué, j'aurais probablement sauté sur l'occasion. Ce repas de Thanksgiving est le pire qu'il m'ait été donné de vivre. Je me laisse tomber sur le tabouret de la cuisine bruyamment et je ne dis rien pendant de longues secondes.

— Cameron Alessandro Miller, commence ma mère en posant un plat sur la table. Qu'est-ce que tu as fait ? Et ne me réponds pas « rien », je sais qu'il y a un problème.

— Je l'ai perdue, maman.

— Comment ça ? De qui parles-tu ?

— Lili ! Elle est partie. J'ai tout gâché.

— Tu sais ce qu'on va faire mon, chéri ?

Je secoue la tête.

— Je vais préparer une infusion et tu vas tout me raconter, d'accord ?

— D'accord.

Ma mère a toujours été la plus apte à donner des conseils et à écouter les autres. J'ai besoin d'évacuer tout ce que j'ai sur le cœur. C'est bien trop dur de garder cette douleur en moi. Lorsque je finis mon récit, elle me regarde fixement pendant un bon moment. Je ne sais pas quoi penser de son silence.

— Tout d'abord, tu vas te comporter comme un homme. Pardonne-moi mon vocabulaire, mais tu as merdé, Cameron. Tu dois te rattraper. Cette fille a l'air d'être un petit bijou, *ton* petit bijou, alors tu dois tout faire pour la récupérer. C'est compris ?

J'acquiesce et l'écoute religieusement, les yeux grands ouverts.

— J'étais au courant pour Olivia, reprend-elle. Peu avant cet été, j'avais prévu de te faire une surprise et de l'inviter, mais dès qu'Evan en a eu l'écho, il est venu m'informer de ce qu'elle avait fait.

— Tu l'adorais.

— Avant d'apprendre ce qu'elle avait fait à mon petit garçon.

— Maman, je soupire. J'ai dix-neuf ans.

— Même quand tu seras marié et père de famille, tu resteras mon petit garçon. Je suis ta mère, Cam. Quand je te regarde, je vois toujours mon petit bébé tel que je l'ai découvert à la maternité. Ça ne changera jamais.

Elle se lève et se dirige vers le four.

— J'ai une nouvelle fournée de biscuits, tu en veux ?

J'accepte, un léger sourire sur les lèvres, lorsque je sens mon téléphone vibrer dans la poche arrière de mon jean. Evan. Je décroche avant de sortir de la pièce.

— Allô ? je dis.

— Le stade du « tu as merdé » est dépassé depuis longtemps, Miller, commence-t-il.

Miller. Je sais très bien que, quand Evan m'appelle par mon nom de famille, ça signifie que ça va méchamment chauffer pour moi.

— Je sais, je soupire.

— Si tu n'étais pas mon meilleur pote, je te jure que je t'en collerais une dont tu te souviendrais toute ta vie. Elle est dans un état horrible, là. Pendant près d'une heure, je l'ai entendue pleurer, Cam, et je ne pouvais rien y changer. Elle essayait de se retenir mais elle n'y arrivait pas. Ça me crevait le cœur. Qu'est-ce que tu as fait, putain ?

Je prends le temps de digérer ses mots avant de répondre. Elle est mal et c'est à cause de moi.

— Olivia est revenue, je murmure.

— Je sais, je l'ai vue dans la maison.

— Elle s'est déjà pointée juste avant le repas et c'est moi qui ai ouvert la porte. Lili était derrière moi.

— Il s'est passé quoi ?

— La voir m'a fait un choc et, pendant quelques secondes, j'ai oublié la présence de Lili, j'avoue enfin.

— Tu n'es pas sérieux, là ?!

— Si… Juste avant de partir, elle m'a presque embrassé et je l'ai laissée faire.

Le silence règne et je me demande même s'il n'a pas raccroché ou fait tomber son téléphone.

— Je ne sais pas ce qui me retient de venir pour te secouer comme un prunier. T'es vraiment trop con Cameron Miller. Merde, on parle d'Olivia, *alias* la plus grosse garce que l'on connaisse, *alias* la salope qui t'a détruit. T'as passé des mois à essayer de l'oublier et une fois que c'est fait, une fois que tu trouves quelqu'un de bien, il suffit qu'elle réapparaisse pour que tu replonges ? me réprimande-t-il en élevant la voix.

— Je n'ai pas replongé, Evan. La voir en face de moi après tout ce temps m'a chamboulé, c'est tout. J'ai été pris au dépourvu.

— C'est donc pour ça que Lili et toi étiez mal pendant le repas ?

J'acquiesce.

— Je vous adore tous les deux, mais je commence à en avoir ras le bol que vous fassiez votre petit truc dans votre coin ! Qu'est-ce qui s'est passé sur la plage après ? me demande-t-il d'un ton impérieux.

J'ai rarement entendu mon meilleur ami aussi furieux mais je sais que je le mérite. C'est sûrement pour ça que je le laisse me parler de cette manière.

— Je lui ai tout dit.

— Absolument tout ? reprend-il, visiblement sceptique.

— Oui. Elle pense que je l'utilise pour oublier Olivia, que cette dernière est ma destinée, je dis en reprenant ses mots.

— Et c'est vrai ?

— Bien sûr que non, Evan, je m'énerve. Depuis la première fois où j'ai embrassée Lili, Olivia n'a plus eu de place dans mon cœur. Evan, je le jure sur la tête de tout ce qui m'est cher que je ne suis plus amoureux d'elle. J'aime Lili, putain !

— Elle t'aime aussi. Je n'ai aucun doute là-dessus. Elle ne souffrirait pas autant si ce n'était pas le cas.

— Je sais mais j'ai peur d'avoir tout gâché et que ce soit fini entre nous, à tout jamais.

— Elle est blessée et en colère mais vous êtes faits pour être ensemble.

— Comment je peux me rattraper ?

— Montre-lui à quel point tu l'aimes.

— De quelle façon ? Je ne sais pas quoi faire, Evan.

— Je ne sais pas non plus ! Je ne peux pas plus t'aider. C'est ton merdier, tu dois gérer et réparer ça seul.

— J'ai besoin de la voir, Evan. J'arrive et…

— Non, répond-il sèchement. Elle a besoin d'être seule.

— Elle est où ?

— Elle s'est enfermée dans sa chambre mais je ne l'entends plus sangloter. Je vais rester à l'appartement ce soir et je viendrai te chercher demain, comme j'ai ta voiture.

— Ça marche. Evan ?

— Oui ?

— Veille sur elle.

— Tu n'avais pas besoin de me le dire. Je l'aurais fait de moi-même. Mais… ne t'inquiète pas. Je suis là.

— Merci, mon frère.

Je raccroche sur ce dernier mot. Je suis perdu et en colère, triste et désespérément amoureux d'une fille qui pleure à cause de moi. Je suis une catastrophe ambulante. Je dois trouver un moyen de lui montrer à quel point je l'aime. Le visage fermé, je retourne dans la cuisine.

*

Trois heures plus tard, je n'ai encore rien trouvé. Pourtant, je cherche inlassablement mais rien n'est assez bien selon moi. Assis à table, je mange à contrecœur la salade composée qu'a préparée ma mère. Mes parents sont en pleine discussion alors que, de mon côté, je n'ai pas encore dit un seul mot. Ma sœur finit par arriver. Elle s'assied en face de moi, à côté de mon père, et ne cesse de me fusiller du regard.

— Tu peux arrêter de me fixer comme ça ? je lui demande d'une voix lasse.

— T'as qu'à être moins con.

Je soupire. D'une façon ou d'une autre, elle a appris ce qui s'était passé.

— Elena ! la réprimande mon père.

— Quoi ? répond-elle en attrapant un morceau de pain. J'ai bien le droit de m'exprimer. On est en démocratie, non ? J'aime mon frère, mais là, je trouve que c'est le plus gros abruti de cette planète.

— Quelle catastrophe est encore arrivée ? lâche-t-il, exaspéré.

Visiblement, il est bien le seul à ne pas être au courant. Je tourne la tête. Ma mère me lance un regard interrogatif : doit-elle répondre ? Je lui signifie de le faire.

— Cameron et Lili se sont disputés.

— À quel propos ?

— À cause de la garce.

— Elena, surveille ton langage, la reprend ma mère. Elle parle d'Olivia.

— Olivia est ici ? demande mon père.

— Oui, et elle est venue mettre de la discorde entre ton fils et sa petite amie.

— Je n'ai jamais aimé cette fille. Elle me semblait bien trop fourbe. Même lorsqu'elle était enfant. C'est le portrait craché de son père.

— C'est bien ce que j'ai dit, p'pa. C'est une garce manipulatrice. Je ne peux pas la blairer moi non plus.

Ma mère lève les yeux au ciel et ne répond pas à cette provocation de mon père et de ma sœur, d'autant plus que ce dernier vient d'acquiescer d'un hochement de tête à la dernière remarque d'Elena.

— Lili est partie et Cam a peur de l'avoir perdue.

Je ne pensais pas qu'elle irait aussi loin dans l'explication. Je ne me sens absolument pas gêné par cette conversation, non pas du tout…

— Une femme amoureuse revient toujours, fiston.

— Ce n'est pas vrai, lâche ma sœur. Quand un garçon a fait l'idiot comme Cameron, on ne revient pas nécessairement.

Cette fois-ci, c'est moi qui lui jette un regard noir. Mon père pose sa main sur le bras de ma sœur et je suis happé par son air bienveillant.

— Je l'aime bien, cette Lili. Vous semblez complémentaires. Tu parais épanoui avec elle.

Je hoche la tête.

— Si j'ai un conseil à te donner, c'est de laisser le temps faire les choses. Ne la presse pas, montre que tu tiens à elle et que tu serais prêt à décrocher la lune pour toucher son cœur.

— Merci, papa.

Il m'adresse un sourire et c'est sur ces derniers mots que la conversation se termine. Je repasse tout dans ma tête tandis que mes parents reprennent leur conversation. Elena finit par sortir de table peu de temps après avoir terminé son assiette. Elle a l'air toujours fâchée contre moi. J'avale la dernière gorgée d'eau de mon verre avant de souhaiter une bonne fin de soirée à mes parents et de monter dans ma chambre.

Mon ordinateur sur les genoux et mon casque vissé sur les oreilles, je n'entends pas ma porte s'ouvrir.

— Je te dérange pas ?

Ma sœur apparaît au pied de mon lit. Je secoue la tête.

— Tu voulais me dire quelque chose ?

— Oui… Même si je ne la connais pas suffisamment pour affirmer que c'est quelqu'un de bien, Lili me plaît. Je suis désolée de m'être parfois montrée un peu trop dure avec Olivia mais je suis heureuse que vous ne soyez plus ensemble et j'espère que les choses s'arrangeront avec Lili. T'es le meilleur frère du monde, Cam, je pense que toutes mes copines sont d'accord avec moi. Je veux que tu sois le plus heureux possible parce que tu le mérites.

Je souris et elle s'approche de moi. Plus exactement, elle s'assied sur mes tibias comme elle le fait depuis sa plus tendre enfance. Je suis obligé de poser mon ordi à côté de moi. Elle me prend les mains et ce simple geste me rappelle que nous pouvons toujours compter l'un sur l'autre.

— J'espère que Lili me pardonnera.
— Elle est complètement éprise de toi, elle reviendra.
— Croisons les doigts pour que tu aies raison sur ce coup-là.
— J'ai toujours raison. Je t'aime, CamCam. Tu me manques au quotidien. La vie était plus drôle quand tu étais là tout le temps.
— Je t'aime aussi, p'tite sœur. Et promis, avant que tu partes pour la Chine, on se fera un week-end tous les deux.

Elle sourit, heureuse.

— J'ai hâte ! Bon, je vais aller me coucher. Demain, papa m'emmène au Ranch de M. Gabe. On part à 7 heures.
— Profitez bien de votre journée.
— Tu ne veux pas venir avec nous ? Ça pourrait te faire du bien.
— Non, j'ai mille choses à faire. On se voit demain soir ?
— On pourra se faire un ciné ?
— J'ai pas trop envie…
— Allez, Cam !

Elle rebondit légèrement et ça me fait mal aux tibias. Elle se penche alors vers moi et me regarde tendrement. Comme chaque fois qu'elle me fait les yeux doux, je ne peux pas résister et je finis par céder.

— Bon, OK pour le ciné.
— Bonne nuit Cam !
— Bonne nuit, je dis en la prenant dans mes bras.
— Elle reviendra. Offre-lui des fleurs.
— Des fleurs ? je répète, sceptique.

Elle hoche la tête.

— Tu ajoutes une boîte de chocolats, un petit mot d'amour et tu verras !

Je n'ai pas le temps de la remercier qu'elle est déjà sortie de ma chambre.

Un bouquet de fleurs. Elena a raison. Je vais commencer par là. Attrapant mon ordinateur, je file sur Internet chercher leur signification. Je pourrais demander à ma mère mais je veux le faire seul. Après de longues minutes, je finis par trouver. J'attrape alors un stylo, un papier et commence à écrire tout ce que j'ai sur le cœur. Lili, il est temps que tu saches ce que je ressens pour toi.

Chapitre 32

Miami, soir de Thanksgiving, un an auparavant.

— Cette soirée de Thanksgiving va être dantesque ! s'exclame Amber en enfilant son deuxième escarpin bordeaux. Comment as-tu fait, Rosie, pour convaincre tes parents de te laisser aller à cette fête ?

— J'ai eu que des A au dernier examen et je leur ai promis d'accompagner Mme Donovan au marché chaque samedi matin en plus d'aller à l'orphelinat faire du bénévolat pendant les vacances de Noël.

— Sérieux ? s'étonne Amber.

— Oui, répond calmement Rosie. C'est donnant-donnant, et puis, ça me plaît de faire ça.

— Ouais mais bon, c'est cher payé pour une soirée. T'en penses quoi, Lili ? dit-elle en se tournant vers moi.

— Tu as raison, mais Rosie aime aider les gens donc tout le monde y trouve son compte.

Je jette un coup d'œil vers Rosie. Elle me remercie d'un sourire. Ces derniers temps, les rapports sont plus que tendus entre mes deux meilleures amies. Je ne sais pas exactement pourquoi même si j'en imagine très bien la raison. Jace. Depuis cette fameuse soirée où nous avons appris, Amb et moi, qu'ils sortaient ensemble, elles ne font que se disputer. J'essaie tant bien que mal de tempérer la situation mais le calme ne dure jamais très longtemps. J'aimerais tellement que tout redevienne comme avant, quand tout allait bien. Les seuls soucis que nous avions étaient de savoir quelle couleur de vernis s'accorderait le mieux avec notre tenue.

— Lili ?

Je sursaute en voyant Amber plantée devant moi.

— Tu étais où, là ?

— Je réfléchissais, je dis simplement.

— Comme d'hab quoi ! Bon, on descend ?

Rosie et moi acquiesçons. La robe que j'ai choisie pour ce soir est à la fois simple et sophistiquée. Je ne sais pas pourquoi mais, quand j'ai appris que Ian viendrait accompagné, j'ai voulu mettre le paquet. Pourtant, c'est évident que je ne suis plus amoureuse de lui. Je ne suis même pas sûre de l'avoir été ! Suivant mes deux amies dans l'escalier, nous arrivons dans le salon. M. et Mme Parker, les parents de Rosie, sont assis dans leur grand canapé en cuir et discutent autour d'un thé.

— Vous êtes ravissantes, les filles ! s'exclame sa mère.

Nous la remercions.

— Gwen passe nous chercher à quelle heure ? je demande à Rosie.

— Elle vient de m'envoyer un message. Elle arrive dans une dizaine de minutes.

Je prends le verre de jus de fruits que me tend Amber. Alors que nous discutons avec ses parents, la sonnette de la porte retentit.

— Je vais ouvrir ! lance Rosie en se dirigeant d'un pas rapide vers l'entrée.

Comme les secondes passent et que je ne la vois pas revenir, je recule discrètement pour voir où elle en est. Il fait très sombre. Rosie se tient bien droite et ne laisse pas entrevoir l'extérieur. Elle chuchote mais sa voix est dure. Je m'approche davantage. Mon sang se glace lorsque je m'aperçois que la personne sur le perron n'est autre que Jace. Que fait-il ici ?

— Rosie, appelé-je en m'approchant. Il y a un problème ?

— Non, aucun, répond-elle en secouant la tête.

D'un geste brusque, la porte s'ouvre entièrement, dévoilant Jace. Son regard me donne la chair de poule. Il me fait penser à un loup cherchant sa prochaine proie.

— Liliana, quelle bonne surprise.

D'où je suis, je peux sentir son haleine alcoolisée et voir ses yeux injectés de sang. Il porte un costume noir austère, mais cela ne trompe pas sur sa nature de voyou.

— Quel déplaisir, je dis en le toisant nerveusement.

— Je comprends pas... Je sors avec Rosie mais cette salope de bourge ne veut pas me laisser entrer dans son humble demeure.

Sa voix forte et grave résonne dans l'entrée. La surprise cède peu à peu la place à la colère en entendant la façon dont il parle de mon amie. Comment ose-t-il ?

— Je te l'ai déjà dit, Jace, souffle doucement Rosie en frôlant de sa petite main son bras posé contre le chambranle de la porte. Tu ne peux pas venir ici. Mes parents ne doivent pas savoir.

— Tu as honte de moi, Rosie, c'est ça ? l'interrompt-il avec hargne.

Il arrache sa main de son bras et saisit son poignet avec force. Les traits de Rosie se tendent. Elle a mal. Je m'avance encore.

— Non ! s'exclame-t-elle. Jace, s'il te plaît...

Elle est effrayée. La voir dans cet état me met hors de moi et, probablement inconsciemment, je m'interpose en prenant la main de Rosie et en faisant bouclier de mon corps. Son haleine alcoolisée me révulse.

— Il est temps que tu partes, Jace.

Il ricane et je sais qu'il n'est pas dans son état normal. Il commence à se tenir les côtes comme un comédien simulant une crise de rire. Je recule et oblige ainsi Rosie à faire de même. Il se redresse soudain et me fixe d'un air terrible. Il a dû être beau avant, mais la prise continuelle de stupéfiants a altéré son teint et ses joues sont creusées. Sa « beauté naturelle », comme le disait si souvent Rosie, est juste glaçante.

— Je ne partirai pas.

— Jace, s'il te plaît, le supplie-t-elle.

Des larmes lui montent aux yeux mais le sourire de Jace ne s'estompe pas pour autant. Au contraire, il s'amuse de sa frayeur. Je ne sais pas comment faire, mais il doit partir. Avançant vers lui, je m'apprête à le repousser lorsque la voix de stentor de M. Parker s'élève derrière nous :

— Rosie ? Qui est-ce ?

Il apparaît quelques secondes plus tard à côté de nous. Les deux hommes s'affrontent du regard. Le père de Rosie bombe le torse tout en serrant la mâchoire. Il ne connaît pas ce visiteur mais il ne l'aime pas. C'est sûr et certain.

— Rosie ? répète-t-il fermement. Qui est ce jeune homme ?

Mon amie devient alors plus pâle qu'un linge. Elle semble sur le point d'avoir un malaise. Elle ouvre la bouche mais son petit ami la devance :

— Je suis Jace. Le mec de votre fille.

Un hoquet de surprise sort de la bouche de M. Parker qui ne peut réprimer un sursaut.

— Pardon ?

— Je baise votre fille, quoi, et je peux même vous dire qu'elle est sacrément bonne.

Mes yeux manquent de sortir de leurs orbites. Oh mon Dieu, il a osé. Rosie commence à respirer difficilement et je n'ose pas me tourner vers son père. Jace arbore un grand sourire. Il savoure la bombe dévastatrice qu'il vient de lancer.

— Dégagez de chez moi et ne vous approchez plus jamais de ma fille.

La voix du père de Rosie est terrifiante. Lui toujours si calme est plus que menaçant. Je ne l'avais jamais entendu parler ainsi mais il est rassurant d'avoir un homme qui peut prendre soin de nous dans la maison alors que ce malade est dans les parages.

— Mon pauvre vieux, votre fille est accro à moi. D'ailleurs c'est elle qui m'a couru après.

— N'en soyez pas si certain, jeune homme. Maintenant, dégagez ou j'appelle la police.

Jace se met à ricaner.

— La police ? répète-t-il. Comme si j'en avais quelque chose à foutre.

Le père s'approche de Jace en écartant Rosie du bras. Elle n'a toujours rien dit. Je ne sais pas quoi faire pour l'aider. Dans un dernier espoir, je prends sa main tremblante.

M. Parker est près d'exploser de colère. Un rictus moqueur est toujours ancré sur le visage de l'intrus. Il est tellement défoncé qu'il ne comprend pas qu'il risque de se prendre la raclée de sa vie. Il finit par reculer, semblant vouloir partir, mais il s'arrête soudain et crache aux pieds du père de Rosie. Je retiens un hoquet de surprise.

— Votre fille était une super distraction, merci !

Sans attendre son reste, il tourne les talons et rejoint sa Mustang garée dans la rue. M. Parker referme la porte. Le regard qu'il jette à Rosie en dit long sur ce qui va se passer dans les prochaines minutes.

— On doit très sérieusement parler, Rosie. Rejoins le salon immédiatement.

Elle hoche faiblement la tête tandis que nous retournons dans le salon où Amber discute avec Mme Parker. Le père ne traîne pas. En à peine deux minutes, il résume tout l'échange et tout ce que cela signifie. Les mots durs ne cessent de fuser dans ce salon habituellement si calme. Rosie est plus mal que jamais. Elle pleure, implore ses parents, mais ils ne l'écoutent pas et continuent de l'accabler de reproches.

— Tu es inconsciente, Rosie ! crie sa mère. Amber vient de tout me raconter. Comment as-tu pu tomber aussi bas ? C'est un toxicomane !

— Nous ne t'avons pas élevée ainsi ! ajoute son père. C'est une honte !

Amber n'hésite pas et se joint à eux, révélant tout ce qu'il y a à savoir sur leur histoire. J'ai beau lui faire signe de se taire à plusieurs reprises, elle ne m'écoute pas et continue de tout déballer. Rosie est au fond du gouffre. Je m'apprête à me mettre à côté d'elle pour lui montrer que je suis là lorsqu'elle part en courant.

— ROSIE ! crie une nouvelle fois son père. Nous n'avons pas terminé.

Elle l'ignore et monte l'escalier.

— Je vais la voir, je dis, et sa mère me répond par un vague hochement de tête.

Ses parents sont déçus. Je sais ce qu'ils ressentent. Quand Amb et moi avons appris que Rosie sortait avec Jace, nous avons ressenti une profonde déception et de la colère. Mais nous ne pouvions rien dire, ce n'est pas notre vie mais la sienne, c'est à elle de décider. Et même si je désapprouve totalement cette relation que je juge plus que néfaste pour elle, je n'ai pas mon mot à dire.

À travers la porte de sa chambre, je l'entends sangloter.

— Je peux entrer ? je demande doucement.

Bien qu'elle ne réponde pas, j'ouvre la porte et je la trouve allongée sur son lit. Elle a besoin de moi. Je ne suis plus qu'à quelques mètres d'elle lorsqu'elle se redresse.

— Vous êtes les pires amies du monde ! crie-t-elle. Si je le perds, ce sera de votre faute, VOTRE faute.

— Rosie... tenté-je.

— Ta gueule, Lili !

Elle n'a jamais employé un tel vocabulaire. Dans son ton, j'entends Jace et ça me révulse. Elle continue avec la même verve :

— J'étais heureuse mais vous vous êtes mêlées de ce qui ne vous regardait pas. Comme d'habitude, parce que vous êtes incapables de vous occuper de vos problèmes ! Jace avait raison. Je ne voulais pas le croire mais il avait raison. Je ne veux plus jamais vous revoir, ni Amber, ni toi, ni personne. DÉGAGE DE MA CHAMBRE.

Elle prend un livre et s'apprête à me le lancer à la figure mais, les yeux embués de larmes, je quitte sa chambre précipitamment. Nous voulons juste la protéger de ce garçon qui l'entraîne chaque jour un peu plus vers le fond.

Il se moque d'elle et elle ne le voit pas, aveuglée par ses sentiments. Je n'ai pas la moindre idée de ce que nous pouvons faire pour lui ouvrir les yeux. Il n'y a pas à dire, cette soirée de Thanksgiving est la pire que j'aie vécue…

*

Lorsque je me réveille, j'ai l'impression que ma tête pèse trois tonnes. Tout me revient immédiatement en mémoire et même après une nuit de sommeil, ce n'en est pas moins douloureux. Ce serait peut-être encore pire. J'espérais que ce Thanksgiving serait meilleur que celui de l'année dernière mais je me trompais.

Passant mes mains sur mon visage, je soupire longuement. Pourquoi Olivia est-elle revenue, bon sang ? Tout allait si bien entre Cameron et moi. Depuis des semaines, j'étais sur un petit nuage et voilà que la tempête arrive. Hier soir, lorsque Evan et moi sommes descendus de la voiture, je serais tombée sur le sol s'il n'avait pas passé l'un de ses bras autour de ma taille pour me soutenir. Les larmes coulaient le long de mes joues sans jamais se tarir. J'avais tellement de peine. Je me suis directement couchée sans dîner. Je n'avais plus envie de rien. Au fond du gouffre, j'étais littéralement au fond du gouffre.

Je me redresse un peu. Le soleil tape fort sur ma fenêtre et ma chambre commence à devenir une véritable fournaise. Je ne sais pas si Evan est encore là. Je sais juste qu'il est resté hier soir. C'est alors que je la remarque.

— Grace ? je dis, surprise de voir mon amie assise sur la chaise de mon bureau.

— C'est bien moi, répond-elle avec un petit sourire.

— Qu'est-ce que tu fais là ?

— SOS amie en détresse, me voilà à la rescousse.

Je souris sincèrement pour la première fois depuis hier.

— Evan m'a appelée hier soir pour me dire ce qui s'était passé. Tu vas bien ? poursuit-elle d'un air hésitant.

— J'ai l'air d'aller bien, Grace ? je dis en me redressant davantage.

— Pas trop, grimace-t-elle. Disons que si on avait dû faire une soirée d'Halloween, tu n'aurais pas eu besoin de te déguiser…

— Merci de ta sollicitude, grogné-je avant de me rendre compte de la signification de sa présence. Attends… qu'est-ce que tu fais ici, sur le campus, je veux dire ? Tu ne devais rentrer que demain, non ?

— Je suis revenue hier soir avec mon frère. Les disputes commençaient à nous saouler.

— Tu as parlé à ton frère ?

Elle hoche la tête et ouvre la fenêtre en grand.

— Qu'est-ce qu'il a dit ?

— Il ne l'a pas très bien pris… Mais comme je lui ai assuré que c'était terminé entre Alex et moi, ça a été. Disons qu'il est préférable pour Alex qu'il ne croise pas mon frère dans les jours à venir.

Je me frotte le visage. Mes yeux me font un mal de chien. À cause des larmes, ils sont tout gonflés et je sais que je suis condamnée à avoir cette tête affreuse pour les vingt-quatre heures à venir.

— Tiens, dit-elle en me tendant un verre d'eau, un comprimé et un café de chez Starbucks.

— Qu'est-ce que c'est ?

— De l'aspirine. Ça va faire passer ton mal de crâne. Tu prendras ton café après. Crois-moi, ça aura plus d'effet.

— Merci.

J'avale le médicament.

— Les garçons seront de retour dans une heure, tu veux venir chez moi jusqu'à dimanche ? Ma coloc ne revient que lundi matin.

— Si ça ne t'ennuie pas, je veux bien, oui. Je ne me sens pas encore prête à affronter Cam.

— Je comprends. Va prendre ta douche, je prépare tes affaires en attendant.

Je la remercie. Aujourd'hui, je me contenterai d'un jogging et d'un sweat-shirt datant du lycée.

— Tu vas toujours à l'anniversaire de James dimanche soir ? me demande-t-elle alors qu'elle sort un sac de voyage de sous mon lit.

Je hoche la tête.

— James est mon ami. Même si Cameron est là, je me dois d'y faire une apparition au moins… pour James…

— Tu as bien raison.

Elle jette un coup d'œil à son téléphone.

— Allez, file te doucher. Les minutes passent et, si ça continue, on ne pourra pas échapper aux garçons.

J'attrape mes affaires et vais dans la salle de bains.

*

Nous sommes dimanche et il est presque 15 heures. Sous l'eau chaude depuis une dizaine de minutes, je me laisse aller à mes réflexions. Dans quelques heures, je vais à nouveau devoir affronter Cameron. Je n'ai eu aucun contact avec lui depuis que je l'ai quitté sur la plage jeudi. Les battements de mon cœur s'accélèrent à la perspective de le revoir. Peut-être sera-t-il accompagné d'Olivia ? Si c'est le cas, je ne suis pas certaine que je pourrai rester et supporter de les voir ensemble. D'ailleurs, sommes-nous toujours un couple ? Je n'en ai pas la moindre idée. Je l'aime toujours, c'est une évidence. Comment mon amour pour lui pourrait-il s'envoler de toute manière ? Je suis amoureuse de lui de manière irrémédiable. Seulement, j'avais besoin de ces quelques jours pour faire le point sur cette histoire. Ce n'était pas une rupture pour moi mais une petite pause. Et s'il avait compris le contraire, que pourrais-je bien faire ? Peut-être qu'il est avec Olivia maintenant ? Ravalant un haut-le-cœur, je tourne le robinet et m'extrais de la douche.

— LILI ! crie Grace depuis l'autre côté de la porte. Il y a une surprise pour toi !

Intriguée, je me dépêche de finir de m'habiller et sors rapidement de la salle de bains. Grace se tient au milieu de la pièce, un gros bouquet de fleurs dans les mains.

— Qu'est-ce que c'est ? je dis surprise.

— Un livreur est venu sonner à la porte et a donné ça pour une certaine Liliana Wilson.

— Il est magnifique.

Grace hoche la tête, un grand sourire sur les lèvres.

— Il y a un petit mot, regarde !

Une enveloppe rose pâle trône au milieu de ces roses rouges et de ces azalées. Curieuse, je l'ouvre et déplie en deux le papier qui se trouve à l'intérieur. Mon cœur manque un battement lorsque je comprends de qui il provient : Cameron.

J'ai envie de croire que tout est possible. J'ai envie de croire que retrouver ton amour et ta confiance est possible. Ça ne fait que quelques heures que tu m'as laissé sur cette plage mais, pourtant, j'ai l'impression que ça fait des jours. Le temps sans toi est long, Lili. Tu es un rayon de soleil, mon rayon de soleil. Quand je t'ai rencontrée dans la cuisine de l'appartement, je me souviens encore des quelques mots que je t'ai lancés. « C'est Cameron pour toi. Pas Cam. » Quel con j'étais. Je pense que je me souviendrai toute ma vie du regard que tu m'as jeté à ce moment-là. On a fait énormément de chemin et je ne regrette pas un seul jour passé à tes côtés. Je sais que tu doutes, que voir des personnes de mon passé te fait souffrir mais ça ne devrait pas. Tu sais pourquoi ? Parce qu'elles font partie de mon passé. Toi, tu es mon présent et mon futur. Tu ne devrais jamais douter parce que je t'aime, Liliana Wilson, probablement plus que je n'ai jamais aimé quiconque. Je sais que tu souhaiterais entendre qu'Olivia ne représente plus rien pour moi mais, si je te le disais, je te mentirais. Mon esprit est dans un brouillard permanent, or, je sais que c'est toi que je veux, Lili, pas quelqu'un d'autre. Peu importe le temps que ça prendra, je ferai absolument tout pour retrouver ton amour et ta confiance.

Je ne sais pas si tu liras cette lettre ou si, comme Elena me l'a dit, tu la jetteras au feu en déchirant des photos de nous, mais je voulais que tu saches ce que je ressens pour toi. Je t'aime de tout mon cœur, Liliana.

Avec tout mon amour, Cameron.

À cette lecture, les sanglots éclatent de nouveau et les larmes coulent le long de mes joues. Je l'aime, et quand on aime, on pardonne. Je m'en veux terriblement d'avoir douté de lui. Olivia fait partie de son passé, de sa vie et je dois l'accepter. Je dois le croire lorsqu'il m'affirme n'avoir plus de sentiments amoureux pour elle.

Ces quelques jours sans lui n'ont fait que confirmer ce que je pensais. La vie sans Cameron n'a aucune saveur. J'ai passé du bon temps avec Grace, mais ce n'était pas pareil et il occupait toutes mes pensées. Il m'a tellement manqué. Dès que je ferme les yeux, je ne fais que voir et revoir le regard triste qu'il m'a lancé quand je suis partie. Dans quelques jours, ça fera un mois que nous sommes ensemble et je peux affirmer que ce mois avec lui a été l'un des plus merveilleux et intenses de toute ma vie. Je veux retrouver ce sentiment de plénitude que je ressens quand je suis auprès de lui.

— Je vais lui redonner une chance, Grace, ce soir.
— OUI ! crie-t-elle.

Je ris.

— C'est le bouquet de fleurs qui t'a convaincue ?
— C'est plutôt ses mots mais le bouquet est très beau lui aussi.
— Tu as eu raison de prendre un peu de recul. S'éloigner pour mieux se retrouver. Bon, c'est vrai que votre pause a été plutôt… courte, mais ça suffit à se rendre compte de ce que l'on veut vraiment.

J'acquiesce d'un hochement de tête.

— Tu te dois d'être ravissante, reprend-elle. C'est en quelque sorte vos retrouvailles. Il faut que tout soit parfait.

Elle regarde sa montre.

— H-4 ! sourit-elle en m'entraînant vers son armoire.

*

Trois heures plus tard, nous sommes toutes les deux prêtes. Grace me regarde une dernière fois, admirant son « œuvre ». Je porte l'une de ses robes noires qui est légèrement plus moulante sur moi que sur elle. D'après Grace, elle me fait un « popotin d'enfer ». Il faut entendre par là qu'elle est beaucoup plus ajustée sur moi. Par chance, je porte mes sandales couleur bronze. Quand j'ai dit à Grace que je resterais avec des semelles plates, elle a boudé mais n'a pas eu vraiment le choix. Elle chausse beaucoup plus grand que moi et il était hors de question de retourner à l'appartement pour me trouver une paire d'escarpins. Mes sandales feront très bien l'affaire.

— On y va ? me demande-t-elle en attrapant sa pochette de soirée.

— Oui, je suis prête !

Nous sortons de sa chambre et rejoignons sa voiture stationnée un peu plus loin. Comme le restaurant où James fête son anniversaire n'est pas très loin du campus, nous mettons un peu moins de dix minutes pour y arriver. Grace tente de me déstresser au maximum en chantonnant une chanson de Selena Gomez, *Come & Get It*. Je ris en l'entendant imiter des chœurs.

Le parking du restaurant n'est pas bondé mais il y a malgré tout du monde. Elle gare sa décapotable entre un pick-up et un 4 × 4 et nous descendons de la voiture. Pour une fois, nous sommes les premières à arriver au rendez-vous.

— Stressée ? me demande Grace.

Je hoche nerveusement la tête.

— Je ne sais pas comment je vais réagir quand je me retrouverai face à Cam. C'est complètement idiot, après seulement trois jours sans le voir, mais je suis nerveuse.

— C'est normal, me rassure-t-elle. Tu es amoureuse de lui et tu t'apprêtes à lui redonner une chance. Il y a de quoi stresser un peu, non ?

— Imagine qu'il ne veuille plus de moi ?

Elle se tourne vers moi.

— Lili, s'il te plaît. Ce garçon est fou de toi comme tu es folle de lui. Il t'a offert un magnifique bouquet de fleurs ce matin avec le mot d'amour le plus beau qui soit, et tu continues de douter de son amour ? Il n'attend que ça, que tu lui redonnes une chance, crois-moi.

Sur ce, elle se dirige vers le maître d'hôtel et donne le nom de James. Un sourire charmeur sur les lèvres, il nous conduit à notre table et prend congé après que nous l'avons remercié.

— C'est un joli restaurant ! je dis en posant mon gilet sur le dossier d'une chaise.

Elle acquiesce.

— Je ne sais pas combien de personnes sont prévues mais je pense qu'on va être nombreux, déclare-t-elle en regardant l'immense table.

Je compte près d'une trentaine de places.

— Oui, James m'a dit qu'il invitait tous ses amis présents à L.A.

— Je sens qu'on va passer une bonne soirée !

— Je l'espère, je murmure.

Quelques longues minutes s'écoulent avant que les premiers amis de James fassent leur apparition. Nous nous présentons et je reconnais vaguement quelques têtes que j'ai pu croiser sur le campus avec lui. Pour le moment, tout se passe bien. Malgré mon anxiété, j'essaie de me détendre et d'engager la conversation avec plusieurs des invités. Je sursaute lorsque deux mains se posent sur mes épaules.

— Evan ! je dis en le prenant dans mes bras.

— Ça va bien ?

Cette question qui paraît anodine pour les personnes se trouvant autour de nous ne l'est pas.

— Ça va, je dis avec un petit sourire. Ça va mieux.

Le soulagement se lit alors sur son visage.

— Je suis content d'entendre ça.

Il s'apprête à ajouter quelque chose mais un grand roux fait son apparition et lui donne une grande tape dans le dos. Je m'écarte un peu. Tout le monde est là, sauf Cameron. Je cherche inlassablement dans la foule mais je ne le trouve pas. Je me tourne alors vers Grace – cette dernière est en pleine discussion avec Evan et un des amis de James. Et si finalement, il ne venait pas ?

L'air devient tout à coup étouffant. J'ai besoin de sortir de cet endroit oppressant. Me dirigeant vers la sortie du restaurant, c'est là que je le vois arriver, le visage fermé et les traits tirés. J'ai l'impression de chuter violemment. Son regard brasse la foule et, lorsqu'il se pose sur moi, je m'embrase, littéralement. Ses cheveux sont en bataille, et il porte une chemise blanche aux manches retroussées qu'il a associée à un pantalon bleu nuit. Il est beau à tomber. Après de longues secondes sans bouger, il s'approche de moi. Sa présence me fait l'effet d'un électrochoc.

— Salut, commence-t-il prudemment, comme pour ne pas me brusquer.

— Hey… Tu vas bien ?

— Ça peut aller. Et toi ?

— Moi aussi.

Il hoche doucement la tête.

— Je ne savais pas si tu viendrais ce soir.

— Je voulais être là pour James, je dis avec un petit sourire. J'espère que le cadeau que Grace et moi lui avons acheté lui plaira.

— Je n'en doute pas. Tu as toujours très bon goût.

Je ne peux m'empêcher de voir un double sens à cette phrase. Son petit sourire taquin confirme mon intuition.

— Qu'entends-tu par là ? je lui demande.

— Rien de particulier.

— Je ne sais pas pourquoi, mais j'ai du mal à te croire.

— Tu devrais pourtant. Je n'ai qu'une parole.

Cette phrase veut tout dire : lorsqu'il m'a affirmé qu'il n'aimait plus Olivia, il était sincère.

Une voix surgit derrière nous :

— Cameron Miller ! Ça faisait longtemps ! Comment tu vas, mec ?

Un des amis de James fait irruption à côté de nous. Nous nous sommes présentés tout à l'heure mais, entretemps, j'ai oublié son prénom.

— Luke ! s'exclame-t-il en lui serrant la main. Je vais bien. Et toi ?

— Moi aussi !

Ils discutent encore deux ou trois minutes avant que Luke ne s'éloigne, retrouver d'autres amis. Cameron est toujours devant moi et me fixe. Il reste de longues secondes sans prononcer un mot alors que je sens qu'il veut me dire quelque chose.

— J'aimerais te parler, Lili.

— Je t'écoute.

— On peut sortir ?

Je hoche la tête et le suis jusqu'au parking. Il n'y a personne, nous ne sommes que tous les deux. Il fait déjà nuit et la température baisse dangereusement. Il m'entraîne dans un coin encore plus isolé où se trouve un banc et me fait signe de m'asseoir à côté de lui. Mais je ne m'exécute pas. Il soupire. Non, je ne suis pas son objet, et il l'a bien compris. Il se relève et me fait face.

— Je t'aime, Liliana. J'ignore ce que tu penses de moi, mais je veux que tu saches que je suis éperdument amoureux de toi. Je ne sais pas si tu as lu ma lettre. Tout ce que j'ai écrit, je l'ai écrit avec mon cœur. Quand je vois mon futur, je te vois toi.

— Je l'ai lue, Cam, je le coupe. C'était magnifique.

Un sourire d'espoir renaît sur ses belles lèvres.

— Tu me pardonnes ?

Sa voix tremble sur les derniers mots. Le voir si vulnérable me bouleverse.

— Seulement si tu me promets qu'une telle chose n'arrivera plus jamais.

— Je te le promets.

Son regard s'embrase tandis qu'il pose sa main sur ma joue. Je me hisse alors sur la pointe des pieds et fais ce que j'attends depuis des jours : je l'embrasse. Ses lèvres sont chaudes. Mes mains retrouvent leur place préférée dans ses cheveux alors que les siennes me plaquent contre lui. Je me dégage de sa bouche et fourre mon nez contre son cou. Sa main caresse ma tête.

— Si tu savais…

— Si je savais quoi, Cameron ?

— J'ai eu tellement peur, Lili.

— Peur ? je répète en m'écartant un peu pour le regarder dans les yeux.

Son regard bleu est troublé. Il a souffert. Je le sais, je le ressens.

— De t'avoir définitivement perdue. J'ai jamais autant flippé que ces derniers jours. Je ne sais pas ce que j'aurais fait si tu étais partie.

— N'y pense pas, Cam. Je suis là, c'est l'essentiel.

Un petit sourire fend ses lèvres et je passe ma main sur sa joue douce.

— On retourne à l'intérieur ?

Il hoche la tête.

— C'est le moment, dit-il.

— Le moment de quoi ?

— Je veux qu'on leur dise que nous sommes ensemble. Les personnes les plus importantes pour nous le savent, alors maintenant, on s'en fout et on se montre. Ça te va ?

— Oui, bien sûr !

Il pose un tendre baiser sur ma tempe et, saisissant ma main, il m'entraîne vers l'entrée. De retour dans la salle, un nuage de fumée mêlant odeurs de viande grillée et d'épices m'enveloppe.

Assise entre Cameron et Rafael, je passe une excellente soirée. Les doutes s'envolent peu à peu, le cauchemar de Thanksgiving cédant la place à la joie de cette soirée.

— Donc si je comprends bien, m'interroge Jeffrey, l'un des amis de James. Tu es en coloc avec Evan et Cameron ?

— C'est ça !

— Mais comment c'est possible ? La mixité est interdite dans les appartements et les chambres sur le campus.

— Erreur de dossier, je dis simplement. Mon prénom complet est Liliana Tyler. Ils ont confondu Tyler et Liliana et m'ont prise pour un garçon – alors que Tyler est le prénom de ma tante.

— C'te chance ! Je donnerais n'importe quoi pour être en coloc avec une fille ou même deux, lâche-t-il en jetant un regard vers moi puis vers Grace.

Nous rions en chœur.

— Tu dois en profiter, non ? dit-il à l'intention de Cameron.

— Profiter de quoi ?

— De vivre avec une fille. Ça doit avoir des bons côtés, pour la bouffe et pour… autre chose !

La main de Cameron se pose alors sur la mienne, qui est sur ma cuisse, et me la serre fort.

— Il y a eu rapprochement ? reprend-il avec un sourire en coin.

— Jeff ! le réprimande James.

— Je vais répondre, répond calmement Cameron. Oui, il y a eu rapprochement puisque nous sommes ensemble, Lili et moi.

Durant une longue seconde, un silence de mort s'abat sur l'immense table avant que tous les invités se mettent à applaudir. Je rougis et enfouis ma tête contre le bras de Cam.

— Je le savais, sourit Brad en face moi. Je vous souhaite beaucoup de bonheur. Je crois que si Anya l'apprend, elle va vouloir organiser une sortie à quatre. Désolé d'avance pour ça.

— Ça serait avec plaisir ! je dis, enthousiaste.

Une sortie à quatre avec un couple aussi mignon que Brad et Anya ? C'est la promesse d'un moment délicieux. Grace est assise à côté d'Evan et tous deux font mine d'être super surpris en apprenant la nouvelle. Mais les autres le remarquent assez rapidement et cet instant se finit en un éclat de rire général. Nous recevons encore quelques compliments de la part de nos amis les plus proches et la soirée se poursuit dans une belle ambiance. Nous rions, mangeons, discutons, rions, encore et encore. Je pense que ce restaurant a rarement vu une tablée aussi joyeuse que la nôtre et je retrouve mon appétit. Toutefois, les parts servies étant généreuses, je dépose le reste de mon assiette dans celle de Cameron, qui me regarde bizarrement.

— Si j'avale une bouchée de plus…

— Bah Lili ! On n'est pas encore au dessert et tu cales déjà ? s'exclame James.

— Je fais une pause. Tu sais, il y a une coutume au Brésil dans certains restaurants de service à la table et à volonté. Tu as une sorte de dé triangulaire…

Il commence à rire et je me rends compte de l'absurdité de ma phrase.

— Enfin, tu vois… Ce dé a un côté vert qui indique au serveur que tu continues à manger, et un côté rouge signifiant que tu attends un peu ou que tu arrêtes de manger. Donc le serveur te laisse ton assiette, tu fais une pause pour digérer et hop, tu peux recommencer à manger !

— Ou une pause pour aller vomir !

— Tu plaisantes, mais avec les neveux de ma belle-mère, on a été dans une pizzeria et il y en a un qui est parti vomir en plein milieu pour mieux engloutir ensuite.

James éclate de rire et, quand je lui révèle que j'ai vu qu'un restaurant à L.A. pratiquait l'usage du dé, il décrète que nous irons un jour.

Je bois un peu d'eau pétillante alors que les autres finissent leur plat principal. Dans un dernier sursaut de gourmandise je glisse ma fourchette dans l'assiette de Cameron qui me donne un petit coup sur la main.

— Mon assiette, ma nourriture, ma propriété. Pas touche.

— Si tu la joues comme ça.

Je lâche l'affaire et Cameron lève les sourcils.

— Tu ne te battras pas ? me demande-t-il, un brin dépité.

— Oh que non. Si le contenu de ton assiette est ta propriété, alors mon lit sera ma propriété ce soir et tu n'auras pas le droit de toucher ce qui s'y trouvera.

Il reste interdit un bon moment alors que Grace et les autres filles autour de la table se mettent à glousser. Même Evan n'arrive pas à cacher son rire, mais il semble attendre la réponse de Cameron. Ce dernier pourtant ne rit pas du tout. Il s'essuie la bouche et se lève de table. Je me tourne pour le suivre des yeux. Il va directement vers l'entrée. N'a-t-il pas compris que c'était une blague ? Et s'il était fâché contre moi alors que nous sommes à peine réconciliés ?

— Qu'est-ce qu'il a ? demande Rafael, surpris.

— Je ne sais pas, je bredouille, sentant la panique me gagner.

Mais déjà, Cameron revient de sa démarche souple. Il se plante à côté de moi et prend mon bras fermement. Il sort un feutre indélébile de sa poche arrière et écrit dessus en gros : » Propriété de CAM ». Il montre ensuite l'inscription à tout le monde.

— Voilà qui règle la question. Vous êtes tous témoins. On me la fait pas, à moi, madame. Je suis étudiant en droit.

Il me regarde et un fou rire gigantesque nous prend tous. Cameron en pleure d'hilarité tant et si bien qu'il n'ose plus me regarder dans les yeux.

— C'est bien la première fois depuis que je le connais que je vois Cameron aussi joyeux, constate Brad.

— Que veux-tu… C'est l'effet Lili, répond Evan en levant son verre dans ma direction.

« L'effet Lili ». Je sens les lèvres de Cameron sur ma joue. Il me tend sa fourchette pour me proposer sa dernière bouchée de poisson. Lorsque mes lèvres entrent en contact avec son couvert, je sais qu'il a l'impression que je l'embrasse, et il ne détache pas ses yeux de moi. Il m'aime. Je l'aime. Rien d'autre n'a d'importance maintenant.

Au moment du gâteau, je vois Cameron demander une autre assiette au serveur. Ce n'est qu'en le voyant couper une part de son propre dessert pour le poser dessus que je comprends qu'il est en train de partager avec moi. Je trouve ça tellement adorable que je fais la même chose avec le mien. J'ai l'impression de ne jamais l'avoir perdu. C'est comme si tout reprenait son sens, comme si j'étais à nouveau dans un conte de fées.

Mais les contes de fées restent pures fictions, et alors que nous passons une soirée absolument parfaite, je suis bien loin d'imaginer ce qui m'attend.

Épilogue

— ON EST EN VACANCES !

Sortant du bâtiment des sciences sociales, Grace se met à danser. Je regarde autour de nous, mais les étudiants sont tellement enthousiastes à l'idée de partir qu'ils ne la remarquent même pas. Sauf Alex qui passe derrière elle. Depuis qu'elle n'a plus aucun contact avec lui et qu'elle traîne avec Evan, elle a l'air beaucoup mieux. Même si, pour le moment, j'ai l'impression de me retrouver au beau milieu d'un remake de *High School Musical*.

— Tu sais ce que ça veut dire ? reprend-elle en me saisissant par le bras.

— Non, je dis en riant.

— Grosse fiesta ce soir !

— Vous ne pensez qu'à ça, ma parole. Déjà hier, Cam et Evan m'ont fait le coup.

— Attends, Lili, on vient de finir nos examens du premier semestre. Les cours ne reprennent que dans trois semaines ! On doit profiter, c'est aussi ça, la vie d'étudiant ! Et puis vois le bon côté des choses, tu ne dois pas faire un dossier sur L.A. pour le concours ? Ça pourrait être ton premier article !

J'avais totalement oublié ce dossier à rendre pour fin janvier. Je sors mes lunettes de soleil de mon sac et les mets. On est le 11 décembre et, pourtant, le soleil brille presque plus qu'en octobre. Grace et moi finissons par rejoindre sa voiture, garée à côté du bâtiment d'art. Une musique de Beyoncé résonnant à fond dans l'habitacle, elle me ramène à l'appartement.

— On se voit ce soir, pretty girl, lâche-t-elle en chantonnant. *Who run the world ? Girls !*

Je ris et referme la portière. Il est presque 16 heures lorsque je pénètre dans le hall frais de l'immeuble. Je ne sais pas si les garçons sont rentrés ou s'ils sont à la salle de sport. Ces derniers temps, ils y vont de plus en plus souvent. J'en ai parlé à Grace. La prochaine fois qu'ils partent sans nous et sans vouloir nous dire où ils se rendent, nous les prendrons en filature. Grace m'a prévenue qu'elle allait s'acheter un trench pour se la jouer Sherlock Holmes sexy. Cette fille est un peu folle, mais je ne peux plus me passer d'elle ni de ses conseils en or.

— Il y a quelqu'un ? je crie en posant mes clés sur le meuble de l'entrée.

— Je suis dans ma chambre, répond Cam.

J'accroche mon gilet et, alors que je m'apprête à le rejoindre, il arrive dans la pièce principale. D'un geste rapide, il m'attire contre lui et m'embrasse tendrement.

— Tu as passé une bonne journée ? me demande-t-il en s'écartant un peu.

— Oui, l'examen de littérature était finalement assez simple. Je pense m'en être plutôt bien sortie !

— Je suis content alors. Je t'avais dit que ça se passerait bien !

— Et toi ? je lui demande. Le droit public…

— Ça va. Je vais pas briller à cet exam mais je me rattrape sur les autres, donc il n'y a pas de souci !

Je hoche la tête, fière de voir mon amoureux si à l'aise avec le droit. C'est inné chez lui, il est fait pour ça. La dernière fois que nous en avons discuté, il ne savait pas encore quelle spécialité il voulait faire, mais ce n'est pas un problème puisqu'il lui reste encore quelques années avant la fin de son cursus universitaire. Il est brillant. Ma mère avait peur que la présence de garçons dans ma vie d'étudiante nuise au bon déroulement de mes études. C'est en fait tout le contraire. Cam et Evan me poussent en permanence vers le haut. Lorsque j'ai besoin d'aide, ils sont là, et quand ce sont eux qui ont besoin d'aide, c'est moi qui suis là. Mes examens de mi-semestre ont été très bons, pareil pour les garçons.

Je me redresse sur le canapé où je suis affalée dans les bras de Cam, et réponds rapidement au message que vient de m'envoyer Amber pour savoir à quelle heure je rentre. J'ai hâte de la revoir !

— Tu veux boire quelque chose ?
— Je veux bien un café crème.
— Je te le prépare.

Depuis l'incident de Thanksgiving il y a près de quinze jours, Cameron est aux petits soins avec moi. Je ne savais pas qu'il pouvait être si prévenant, si parfait. J'ai l'impression d'être dans une bulle et que rien ne pourra venir troubler cette sérénité. Le week-end dernier, avec toute notre petite bande, nous sommes partis en randonnée dans les collines de Malibu. J'avais raison, la vue y est à couper le souffle. Cet après-midi au grand air accompagnée de mes amis m'a fait le plus grand bien. J'ai rarement vu Cameron aussi heureux, il semblait libéré d'un grand poids. Evan m'a même remerciée de lui avoir rendu son meilleur ami alors que nous étions tous les deux en tête du cortège. « L'autre garce l'a brisé. Tu lui as rendu la liberté. C'est énorme. Elena m'a demandé de te remercier et de te donner son numéro. Olivia ne l'a jamais eu, elle. » Je me souviens d'avoir rosi. C'est un grand pas dans notre relation que d'être acceptée par sa sœur et j'en suis fière. Jamais je n'oublierai le regard de Cam quand il s'est rendu compte que le message que j'avais reçu, alors que nous étions blottis l'un contre l'autre sous notre tente, était de sa petite sœur. *Bienvenue dans la famille Miller, mi amore.* Bienvenue dans la famille Miller. Y a-t-il de plus douce phrase au monde ?

Cameron revient quelques minutes plus tard dans le salon, un plateau dans les mains. Il le pose sur la table basse et me tend mon café. Des petits sablés au chocolat sont disposés dans une assiette. Il a fait les choses bien !

— Merci, Cam.

Il me lance un petit sourire avant de se rasseoir à côté de moi. Je porte la tasse à ma bouche et avale une gorgée du liquide brûlant. Il est absolument délicieux. Un arrière-goût plaisant me reste dans la bouche mais je n'arrive pas à savoir ce que c'est.

— Tu as ajouté quelque chose ? je demande en prenant un biscuit.

— De l'amande amère.

J'écarquille les yeux.

— C'est peu commun mais c'est un véritable délice. Je crois que je ne pourrai plus jamais m'en passer !

— Alors je serai toujours là pour t'en préparer.

Je ris devant sa phrase qui dénote une innocence enfantine. Je le regarde, attendrie. Il est si formidable. Je me demande toujours à quel moment j'ai su que j'étais tombée éperdument amoureuse de lui. À l'heure actuelle, je n'envisage pas ma vie sans lui. Est-ce normal d'aimer autant un autre être humain ? Mon cours de psychologie me dirait que j'ai un problème avec mon père et que je le recherche en Cameron. Je hais la psycho et je suis allée à mon partiel en traînant les pieds. Même pour les révisions, si je n'avais pas eu mon petit ami pour m'aider à l'apprendre par cœur, je ne sais pas comment j'aurais fait. Il a fait preuve d'une patience extraordinaire avec moi. Parfois, j'ai un peu l'impression de le déifier, mais il est parfait et je me sens parfaite et forte à ses côtés. Perdue dans mes pensées, je ne le vois pas poser sa tasse et s'approcher de moi.

— Cam... je commence avant d'être interrompue par ses lèvres sur les miennes.

Elles sont douces, chaudes et complètement envoûtantes. En un instant, je me perds dans notre baiser. Lorsqu'il effleure ma bouche de sa langue, je m'agrippe à ses larges épaules pour ne pas tomber en arrière. Je finis par ne pas opposer de résistance et me laisse aller tout contre lui. Ses mains passent sous le tissu léger de mon chemisier et viennent se placer sous mes seins. Sentir Cameron aussi près de moi, goûter ses lèvres et entendre les doux gémissements qui s'échappent tour à tour de nos bouches me comble de bonheur.

Lorsque Cam s'écarte, il est à bout de souffle. Il me lance son regard ténébreux qui me fait toujours fondre, puis me repousse les cheveux tombant dans mon cou. Il m'embrasse alors délicatement. Sa bouche douce et humide dépose une multitude de petits baisers partout sur ma peau. Il part de mon épaule et remonte doucement jusqu'à ma mâchoire. Je manque de défaillir lorsque je sens son souffle chaud me caresser le visage. Je n'arrive pas à retenir un soupire de plaisir et j'entends Cam lâcher un petit rire avant que, une nouvelle fois, sa bouche retrouve la mienne.

— Faites ça ailleurs par pitié.

Je m'écarte et aperçois Evan dans l'entrée. Je me mets à rire en entendant son ton dégoûté. La porte se referme derrière lui et il pénètre dans le salon, un sac de sport accroché à l'épaule.

— T'es en manque, mon pote, c'est tout, répond Cam.

— Ça n'a rien à voir, rétorque Evan tout aussi vite.

— D'ailleurs, comment s'est passé ton rendez-vous avec Grace ? je demande.

— Très bien.

— Encore une fois, tu ne vas pas nous en dire plus ?

Il secoue la tête, un grand sourire sur les lèvres.

— Je vous déteste tous les deux, je lance. C'est toujours le même refrain. Même Grace ne veut rien nous dire.

— Peut-être parce qu'il n'y a rien à dire ? lance Evan en levant les sourcils.

— Oh que si ! Je le vois bien. Vos sourires en coin, les yeux doux, les gestes tendres et tout le tralala, je les vois !

Evan ne répond pas et se contente de hausser innocemment les épaules avant de se diriger vers sa chambre. Je soupire. Une fois de plus, je n'ai obtenu aucune réponse à ma question.

Cam me tend ma tasse de café crème.

— Tu pars à quelle heure demain ? me demande-t-il en passant ses doigts sur mon bras nu.

— Mon vol est à 14 h 10.

— Je t'emmène.

Je secoue la tête.

— Ma mère a réservé un taxi. Il vient me chercher à 12 heures.

Il ronchonne.

— Ma mère n'est pas encore au courant pour nous deux, j'avoue d'une petite voix. J'ai eu plusieurs fois l'occasion de lui en parler mais je ne trouve pas ça génial de le lui apprendre au téléphone. Je préfère attendre d'être à Miami.

— Ne t'en fais pas pour ça, je comprends parfaitement, dit-il avec un petit sourire.

Un sentiment de tristesse me gagne quand je réalise que nous n'allons pas nous voir durant un assez long moment, un bien trop long moment.

— Rester plus de deux semaines sans se voir va me faire bizarre, je lâche en triturant mes doigts. On est habitués à être en permanence ensemble.

Il acquiesce d'un lent mouvement de tête.

— Tu vas me manquer, Lili.

— Toi aussi, tu vas me manquer, je dis en l'embrassant sur le coin des lèvres.

— Promets-moi de faire attention.

— Attention à quoi ?
— À Jace.
— Cam... je souffle. Jace n'a pas donné signe de vie depuis plus d'un mois. J'ai eu Amber au téléphone dimanche et elle non plus n'a pas de nouvelles. Je suis certaine qu'il ne fera plus rien.
— Ce n'est pas une raison suffisante pour ne plus se méfier, Lili. Ce mec est complètement cinglé. Tu dois faire attention. Aie toujours ton téléphone à portée de main et ne sors jamais seule la nuit.

J'acquiesce plus pour lui faire plaisir que par conviction. Jace a simplement voulu nous faire peur, j'en suis de plus en plus certaine.

— Oui, c'est promis.
— Maintenant, viens là. Je compte bien profiter de ma copine pour mes dernières heures avec elle.

Je ris avant de sceller une nouvelle fois mes lèvres aux siennes pour un baiser passionné. Il va terriblement me manquer. Je suis habituée à le voir tous les jours. Contrairement à certains couples incapables de vivre ensemble, je sais que Cam et moi n'aurons jamais ce problème. C'est sûrement l'intérêt de sortir avec son colocataire ! J'ai l'impression que notre relation houleuse est loin derrière nous. Il y a quelques jours, c'est avec un grand plaisir que j'ai jeté le courrier de l'administration me permettant de changer de résidence. Ma phase de doute est oubliée. Je sais ce que je veux et je me sens parfaitement bien à l'appartement avec ces deux garçons qui me sont devenus indispensables.

Je prolonge le baiser en grimpant à califourchon sur Cam. Il me tient fermement contre lui tandis que mes mains s'aventurent dans ses cheveux.

S'élève soudain une protestation :
— Ah non !

Je relève légèrement la tête tout en restant contre Cameron. Evan se tient derrière le canapé et nous regarde d'un air écœuré.

— Vous pouvez pas vous lâcher cinq secondes ? reprend-il.

Je sais qu'il se retient de rire. Les coins de sa bouche se retroussent.

— J'aimerais bien conserver le peu d'innocence qui me reste.

Je reprends ma place sur le canapé.

— « Innocence » et « Evan » ne vont pas dans la même phrase, le provoque Cam avec un sourire moqueur. Dois-je te rappeler cette fameuse soirée où tu as fini déguisé en lapin sexy ?

Evan lui lance un regard noir, ce qui déclenche mon hilarité. Je paierais cher pour le voir dans cette tenue.

— Je vais me préparer un bagel. N'en profitez pas pour vous bécoter à nouveau sur ce canapé ! Je ne pourrais plus jamais m'y asseoir sereinement sinon. Rassurez-moi, ajoute-t-il en écarquillant les yeux, je peux encore le faire, pas vrai ?

Un nouveau rire nous échappe tandis qu'Evan gagne la cuisine, faussement exaspéré par notre comportement.

— Allez hop, dit Cameron en se levant. On va se préparer pour ce soir.

— Déjà ? je m'exclame en regardant l'heure. Il est à peine 17 heures.

— J'ai prévu de t'emmener quelque part avant.

— Où ça ? je tente, bien que je sache qu'il ne me dira rien.

— C'est une surprise, répond-il avec un petit sourire amusé.

J'attrape donc la main qu'il me tend et me lève en souriant. Je ne sais pas ce qu'il me réserve mais je suis impatiente de le découvrir. Lui lançant un dernier regard, je rentre dans ma chambre. Il est temps de me faire belle pour ce soir !

*

— Tu ne veux toujours pas me dire où nous allons ? je demande alors qu'il s'engage sur l'autoroute.

Il secoue la tête et jette un coup d'œil dans le rétroviseur.

— Tu ne le sauras que lorsque nous serons arrivés. Estime-toi heureuse, j'ai failli te bander les yeux.

Je ne réponds pas et regarde la route devant moi. Nous allons vers l'est et passons devant le Staples Center. Je me demande vraiment où il m'emmène. Nous devons rejoindre nos amis à l'opposé de la ville dans un peu plus de trois heures. Je suis tentée de poser d'autres questions mais, comme je sais qu'il ne répondra pas, je ne dis rien. Une petite dizaine de minutes plus tard, Cameron sort de l'autoroute et s'engage sur Los Feliz Boulevard. Une fois au pied des collines de Hollywood, il continue de rouler un ou deux kilomètres avant de s'arrêter. Je regarde les alentours et, lorsque j'aperçois un panneau indiquant la direction de l'observatoire, un énorme sourire barre mon visage.

— Tu m'emmènes au Griffith Observatory ? je m'exclame, heureuse.

— Surprise !

— C'est trop génial ! Merci, Cam. Je rêvais de venir ici ! Comment as-tu su ?

— Tu l'as évoqué un jour et, pour ta « dernière » soirée ici, je voulais te faire la surprise d'un pique-nique.

— On va pique-niquer ? je répète, ébahie.

Il hoche doucement la tête.

— Je suis aux anges, Cam ! Je t'aime, je t'aime.

Des étoiles brillent dans ses yeux lorsqu'il se tourne vers moi. Je suis certaine que la même lueur est dans les miens. Je m'approche de lui et l'embrasse rapidement, pressée de sortir de la voiture. Il rit en voyant mon excitation.

— Si j'avais su que t'emmener ici déclencherait une telle réaction, je t'y aurais emmenée bien plus tôt !

Je souris et lui caresse tendrement la joue.

— C'est vraiment parfait, Cam.

Il attrape alors un sac et une couverture dans le coffre puis verrouille sa voiture. De sa main libre, il attrape la mienne et m'entraîne avec lui vers l'observatoire. J'ai lu que cet endroit était l'un des plus prisés par les touristes mais, ce soir, il n'y a pas beaucoup de monde. Nous marchons une centaine de mètres avant d'apercevoir l'observatoire et la vue qui se profile juste derrière. C'est magnifique. La vue sur Los Angeles est absolument divine. Comme nous sommes au milieu de la soirée, le soleil commence tout doucement à se coucher, éclairant la ville de nouvelles couleurs. J'aperçois au loin le Hollywood Sign ainsi que l'océan et le Downtown. Je redeviens une petite fille et j'ouvre des yeux émerveillés.

Je sors mon téléphone et prends des photos. J'attrape la main de Cam et colle mes lèvres sur sa joue juste pour saisir cet instant. Je regarde le résultat, le cliché est parfait : Cam sourit de toutes ses dents alors que je suis agrippée à lui. Cette photo respire l'amour et le bonheur. Je la définis aussitôt en tant que mon nouveau fond d'écran. Nous prenons encore quelques photos de L.A. et de nous. À ce moment-là, je tombe encore plus amoureuse de Cameron – si c'est possible.

Nous trouvons un petit coin tranquille et nous nous y installons. Cam a pensé à tout. Il sort deux bagels composés, et un crumble à la poire et au chocolat pour le dessert. Je suis fan. Nous buvons tous les deux un thé glacé à la pêche et discutons de tout et de rien durant une longue heure. Ce moment avec lui, loin de tout, me ressource. J'ai besoin de me retrouver seule à ses côtés dans un coin bien à nous. J'adore Evan, j'adore les garçons, mais ils sont toujours avec nous. J'ai l'impression de voler ces instants d'intimité et je trouve ça presque excitant. Cette soirée est définitivement la meilleure que j'aie pu passer. J'espère de tout cœur que la suite sera aussi délicieuse…

Nous sommes sur la route depuis une vingtaine de minutes et j'écoute les garçons parler de la saison de hockey. Après notre petite sortie romantique, Cam et moi sommes retournés à l'appartement chercher Evan. Il arborait une mine réjouie lorsque nous sommes rentrés. Depuis le début, il était le complice de Cam. C'est d'ailleurs lui qui a préparé notre petit repas alors que Cam s'habillait pour sortir. Mon sourire n'a pas quitté mon visage depuis que nous sommes arrivés là-haut. Je suis la plus heureuse du monde.

Ce soir, nous retournons au Mayan, le fameux club situé en plein cœur de la ville où nous étions allés avec Amber. Et comme la dernière fois, Cameron se gare au parking situé en amont. Nous attrapons nos affaires et sortons de la voiture. En approchant de l'immeuble, des flashs de mon baiser avec Cameron me reviennent en tête. C'est à ce moment que notre relation a définitivement basculé entre nous. Le petit sourire que m'adresse Cam m'indique qu'il pense à la même chose. Nous ne faisons pas la queue et montons directement au club. Apercevant Sam avancer vers moi, je me précipite dans ses bras. Ça faisait trop longtemps que je ne l'avais pas vu.

— Sam ! je dis en le serrant fort. Tu m'as manqué !

Ses bras puissants me reposent au sol.

— Toi aussi, tu m'as manqué ! s'exclame-t-il. Je revois enfin le jour après deux mois de travail intense. Je n'en peux plus.

— Et tu vas bien ?

Je suis un peu inquiète, mais il hoche la tête. Je remarque son regard exténué. Il confirme d'ailleurs mes soupçons assez rapidement.

— Je suis un peu fatigué mais ça va. J'ai hâte que tu me racontes tout ce que j'ai raté ! dit-il en lançant un regard vers Cameron.

J'acquiesce en souriant avant de me tourner vers Andy, son petit ami, que j'étreins brièvement. Les garçons se saluent et je suis Sam jusqu'à la table que nous avons réservée. Le reste de la bande arrive une petite dizaine de minutes plus tard. Grace est ravissante et je perçois avec facilité les regards que ne cessent de lui lancer Evan. Il est sous son charme. Je suis assise entre mes deux colocataires. Nous sommes tellement absorbés par notre discussion sur nos vacances de Noël que j'aperçois à peine la serveuse qui vient prendre la commande. Comme elle attend que je lui dise ce que je souhaite, prise de court, je demande la même chose que Cam. Je me retrouve devant une vodka martini. La prochaine fois, je ferai plus attention. Mais ce soir, je décide de boire un *peu* plus que d'habitude. Très vite, on ne compte plus le nombre de verres vides posés devant nous. Comme l'a si bien dit Grace, c'est la fin de nos examens, nous devons profiter. Alors pour une fois, je me lâche. Excepté Brad et Andy qui ont choisi de rester parfaitement sobres afin de nous ramener sains et saufs, tous mes amis sont plutôt bien éméchés. Le rire tonitruant de Cam résonne autour de nous. Rafael vient de nous expliquer comment sa dernière conquête s'est en fait révélée être une femme de quarante ans passés. Je ris tellement que mes muscles zygomatiques commencent à être douloureux. Une nouvelle serveuse vient alors débarrasser les verres pour en apporter de nouveaux. Comme je sens que je vais bientôt arriver à saturation, je demande de l'eau. Je ne sais pas si c'est dû à l'alcool ingurgité, je trouve qu'il fait bien plus chaud qu'à notre arrivée.

Alors que j'avale une gorgée d'eau qui me fait le plus grand bien, Cameron recule sa chaise et se lève. Je m'apprête à lui demander où il va lorsqu'il me tend sa main.

— Oui ? je demande intriguée.
— Tu veux venir danser ? me propose-t-il.

Les deux premiers boutons de sa chemise sont défaits, laissant entrevoir le haut de son torse musclé. Je donnerais n'importe quoi pour le dévêtir sur-le-champ et pour poser mes lèvres sur sa peau douce.

— Alors ? reprend-il.

Je secoue légèrement la tête, chassant ces pensées érotiques de mon esprit. Ce n'est ni le lieu ni le moment.

— Avec plaisir, je dis en saisissant sa main.

Il sourit et m'embrasse sur le front avant de m'entraîner derrière lui. Nous arrivons au centre de la piste bondée. Cameron me tient serrée contre lui et lorsqu'il s'arrête, après avoir trouvé un minimum d'espace, il se tourne vers moi. Posant mes mains sur sa nuque, je me colle davantage à son corps, vibrant au rythme de la musique. Ses bras m'enserrent, comme si je risquais de partir d'une seconde à l'autre, mais non, je ne bougerai pas, même sous la contrainte. Mes yeux sont rivés sur son sourire. Il approche doucement son visage du mien et frôle mes lèvres des siennes avant de se reculer aussitôt, taquin. Il me cherche. Je lâche un petit rire avant d'attraper son visage entre mes mains. Ses iris bleus me transpercent et la musique devient rapidement un lointain bourdonnement. Il n'y a que lui et moi. Cette soirée est la dernière que nous passons ensemble avant deux longues semaines. Il va me manquer mais je ne veux pas y penser maintenant. Je veux simplement profiter du moment, alors sans attendre plus longtemps, je l'embrasse. D'abord avec douceur puis avec passion. Nos corps pressés l'un contre l'autre continuent de bouger, nous dansons sans même nous en rendre en compte comme nos bouches qui se lancent à leur tour dans une danse endiablée.

— Tu sais de quoi j'ai envie ? susurre-t-il à mon oreille après s'être un peu écarté.

À bout de souffle comme lui, je me contente de secouer la tête.

— Une bière, toi, un lit et la nuit devant nous.

Je ris tandis que ma gorge s'assèche – j'ignore s'il s'agit de la chaleur qui règne ici ou de ce programme alléchant.

— C'est assez prometteur et un tantinet arrogant, je le taquine en passant mes mains sous sa chemise. Tu penses pouvoir tenir la nuit entière ?

Il sourit.

— J'en suis certain. Laisse-moi dire à Evan qu'on veut l'appartement pour nous seuls et il aura une bonne raison de penser que son canapé a été souillé.

Je laisse un dernier petit rire s'échapper alors que nous retournons à la table. Lorsque nous arrivons, nos amis sont hilares. Je ne cherche pas à comprendre la raison de cette gaieté et sourit en les voyant ainsi. Cameron attrape la bouteille d'eau et nous sert chacun un verre. Je soupire de plaisir en sentant l'eau fraîche descendre dans ma gorge. Cam sourit en entendant ce soupir de satisfaction. Je sais très bien ce qu'il pense. *Toi, un lit et la nuit devant nous.* Je me rassieds alors qu'Evan et Grace s'éloignent vers la piste.

Soudain je sens une présence derrière moi et je relève la tête. Rafael et Enzo assis en face de moi n'ont pas l'air d'y prêter attention. Il s'agit probablement d'une serveuse. Je ne me retourne donc pas et continue de siroter mon cocktail. Les secondes passent et j'ai toujours cette même impression. Je pivote alors et mon souffle se bloque lorsque je découvre de qui il s'agit. Olivia.

À en juger l'attitude de Cameron, il n'a pas encore remarqué sa présence. Discrètement, je lui colle un léger coup de pied. Il grimace, se tourne vers moi et s'apprête à râler mais son regard se pose sur elle. Il déglutit avec difficulté.

— Olivia ? lâche-t-il sèchement. Qu'est-ce que tu fais là ?

— J'ai appris que vous sortiez faire la fête alors je me suis dit que je pourrais me joindre à vous. Tu me présentes tes amis ?

D'un geste rapide, Cam attrape son verre de tequila et l'avale cul sec. Comme il ne la regarde pas, elle prend les devants.

— Nous n'avons pas été présentés il me semble, dit-elle en avançant vers moi. Je suis Olivia, une amie extrêmement proche de Cam.

Un sourire faux sur le visage, je tends ma main pour serrer la sienne. Elle veut jouer à ça ?

— Je suis Lili, sa petite amie.

— Vous faites un très joli couple.

Sa voix respire la jalousie et mon sourire s'agrandit encore.

— Oh merci… Olivia, c'est ça ? Tous nos proches nous le disent. Elena a même déclarée que nous étions le couple de l'année. Et nous sommes vraiment très heureux.

— Je croyais que vous aviez rompu.

Cette phrase ne m'est pas destinée. Elle s'adresse à Cameron.

— Comme tu le vois, tu te trompes. Ce n'est pas la première fois, Liv.

Elle hoche la tête. Ses longs cheveux balaient ses épaules de façon à la fois sexy et innocente. J'entends Rafael qui chuchote : il vient de se rendre compte qu'Olivia était là et elle lui plaît apparemment. Je n'aime pas ça. Pas du tout.

— Et comme d'habitude, tu fais en sorte de ne pas répondre. Comment as-tu su que nous étions ici, Olivia ? demande Cam en lui lançant un regard presque méprisant.

— Une de tes amies m'a prévenue.

— Quelle amie ?

— Leila… je crois ?

Je manque de m'étouffer avec mon cocktail. Les yeux de Cameron deviennent glaçants. Si elle a le malheur de le voir seul à seule prochainement, elle risque de passer un mauvais quart d'heure.

Visiblement, le fait que nous parlions avec elle semble être un signal pour Raf, qui se présente en se levant à moitié de son siège. S'il savait que cette fille est l'ex de Cam, il n'aurait pas agi ainsi.

— Je suis Rafael, lui sourit-il en prenant son air de bad boy mexicain. Mais tu peux m'appeler Raf !

— Olivia, répond-elle avec un sourire si éclatant que je comprends comment les garçons peuvent tomber aussi facilement sous son charme.

— Tu veux te joindre à nous ? propose-t-il en désignant la place vide à côté de lui.

Si Grace n'était pas en train de danser avec Evan, à mon regard paniqué elle aurait tout compris et l'aurait envoyé balader. Où est-elle ?

— C'est avec plaisir !

Elle lui décoche un nouveau sourire et passe derrière Cameron sans manquer de poser ses mains sur ses épaules. Cam fuit mon regard et je me fais violence pour ne pas lui dire : « Vire tes mains de mon mec. » La moindre remarque lui prouverait simplement que j'ai peur d'elle, comme si elle était l'une de mes rivales. C'est effectivement le cas, mais elle ne doit pas le savoir et Cameron non plus. Je lui ai assuré que c'était derrière nous.

Elle s'assied sur la banquette en cuir et Rafael lui demande ce qu'elle souhaite boire. Elle demande une bière et mon ami ne peut s'empêcher de lancer un sifflement admiratif. Une magnifique femme qui aime la bière, que demander de plus ? Avisant le regard de mon petit ami posé sur elle, je me renfrogne et jette un coup d'œil à ma montre. Il est plus de 3 heures du matin et cette arrivée inopinée d'Olivia vient de jeter un froid sur cette fin de soirée qui était jusque-là une réussite.

— LILI ! crie Grace en arrivant vers moi.

Je me tourne vers elle, inquiète :

— Il y a un problème ?

— J'ai besoin de toi !

— Je t'écoute, je lui dis.

— Suis-moi.

Je lance un regard à Cameron. Un nouveau verre dans la main, il a les yeux dans le vide.

— Grace, je préfère rester là.

— S'il te plaît, ajoute-t-elle, l'air perdu.

Elle a besoin de moi et, même si j'aimerais rester près de Cam, je dois être là pour mon amie comme elle est là pour moi. Je préviens rapidement mon petit ami que je m'absente avec Grace. Il acquiesce avant de boire une gorgée d'alcool. L'écho de la douloureuse journée de Thanksgiving me revient en pleine tête.

— Je crois que je suis amoureuse d'Evan, lâche-t-elle lorsque nous sommes assez loin de la table.

Je souris et m'apprête à répondre mais elle m'interrompt :

— Je sais ce que tu vas dire mais je flippe Lili. Evan est parfait, vraiment parfait. Je ne veux pas être amoureuse de lui. Ça craint, Lili. Comme il me plaît depuis longtemps, je pensais qu'à la limite on serait des « sex friends », mais là, j'avais pas prévu ça ! Je… je ne me sens pas prête et à la fois tellement prête. Je suis pitoyable, tu as raison. Evan est juste le mec qu'il me faut, comme Cam est le mec qu'il te faut. Je ne dois plus me poser de questions. Merci ! Tu es vraiment géniale, dit-elle en me prenant dans ses bras.

— Pour quoi ? Tu ne m'as pas laissée en placer une, je proteste en riant.

Elle sourit malicieusement.

— Pour être la super copine que tu es avec moi. Je suis vraiment heureuse de te connaître, tu sais. Tu vas me manquer pendant les vacances. Bon, j'aurai Evan pour me tenir compagnie mais il n'aime pas quand je lui parle de « trucs de filles », dit-elle en l'imitant.

— Je t'adore aussi, Grace. On peut toujours s'appeler pour parler de ces fameux trucs de filles, lancé-je avec un petit clin d'œil.

— Bien sûr ! On y retourne ?

— Je passe aux toilettes et je remonte après.

— Ça marche !

Un sourire flottant sur les lèvres, elle part tandis que je gagne les toilettes au plus vite. J'attends une petite minute avant de pouvoir entrer dans l'une des cabines. Puis je sors, me lave les mains et retourne à la table. Surprise, je découvre que mon petit ami n'est pas là.

— Tu sais où est Cameron ?

Evan secoue la tête, bien trop obnubilé par Grace qui avale une gorgée de son cocktail alcoolisé. Je regarde autour de moi. Olivia non plus n'est plus là. Mon sang ne fait qu'un tour. Et s'ils étaient partis ensemble ?

— Evan ? je dis plus durement. J'ai vraiment besoin de le voir.

Il daigne enfin m'accorder un minimum d'attention.

— Je crois que je l'ai entendu dire qu'il montait prendre l'air.

Le toit. Je remercie brièvement Evan et file retrouver Cam. Il y a davantage de monde ce soir que la première fois où nous étions venus. Je monte les marches deux à deux et arrive à la terrasse. Comme dans mon souvenir, le vent y souffle fort. Je cherche Cameron et finis par le voir. Très droit, il penche la tête en arrière et se passe la main gauche sur le visage. Il est énervé ou stressé. Que lui arrive-t-il ? Je m'approche un peu plus et c'est là que je la remarque. Olivia est en face de lui, un grand sourire aux lèvres. Ils discutent, enfin, elle parle et lui l'écoute silencieusement. Un groupe passant devant moi me bloque la vue durant de longues secondes. Mon angoisse s'accentue. Je me décale légèrement pour les voir de nouveau. Leur conversation semble très animée. Je me retiens d'aller les rejoindre même si l'envie me consume. Ils continuent de discuter lorsque Cameron secoue vivement la tête. Olivia se rapproche de lui et murmure quelque chose affichant toujours un sourire. Il la regarde fixement sans rien dire. Qu'est-il en train de se passer ? Olivia pose alors sa main sur sa joue et lui parle encore. Pourquoi ne s'écarte-t-il pas ? Je donnerais n'importe quoi pour être près d'eux mais je suis incapable de bouger, comme clouée sur place. Le temps se fige. La peur me gagne en sentant l'atmosphère électrique entre eux deux. Je dois faire quelque chose. Je ne peux pas rester là. Faisant un pas en avant, je m'arrête net en apercevant Cameron bouger. Lorsqu'il s'approche doucement d'elle, je retiens mon souffle. *Non, il ne peut pas faire ça !* J'espère me tromper et que cette scène est le fruit de mon imagination, mais quand il pose ses lèvres sur les siennes, je sais que tout est réel. Soudain, j'ai l'impression que mon monde éclate en morceaux, que mon cœur saigne. Je suis dans un cauchemar, un putain de cauchemar, ce n'est pas possible autrement. Je ne peux pas rester là, je dois partir d'ici. J'ai beau être en plein vent, je manque d'air. J'étouffe. Je fuis, bousculant plusieurs personnes. Dévalant l'escalier, je ne m'arrête plus. Je suis vide. Je ne ressens plus rien.

C'est le karma, Lili. Tu as commis une faute avec Cameron lorsqu'il était encore avec Leila alors tu n'as que ce que tu mérites.

Et là, le vide de mon âme se remplit de colère, d'amertume et de haine envers eux. Je me sens tellement trahie que les larmes ne coulent pas. Je ne me suis jamais sentie aussi dévastée. La rage et la douleur s'entremêlent. Je dois partir au plus vite, c'est vital.

Je repasse rapidement par la table. Dieu merci, personne ne fait attention à mon retour bref. J'attrape mes effets personnels avant de quitter définitivement cet endroit. J'ai besoin d'un taxi. À l'appartement, mes affaires sont prêtes, je n'aurai plus qu'à attraper ma valise et filer à l'aéroport. Je regarde ma montre. Il est près de 4 heures du matin. Mon avion décolle dans dix heures mais je préfère attendre à l'aéroport plutôt que de revoir cet abruti qui prétendait m'aimer. Quelle belle idiote je suis ! Lili s'est laissé embobiner, comme d'habitude, par de belles paroles. Voilà tout. Ces dernières semaines n'étaient en réalité qu'illusion. Il m'a séduite pour avoir un plan cul à domicile et je me suis fait piéger.

Je m'arrête soudain de marcher. Il y a peu, Cam et moi étions là, dans cette rue, à nous embrasser comme si notre vie en dépendait, et aujourd'hui… Je passe une main sur mon visage et je sens des larmes. Ma main tremble et je ne peux rester plus longtemps debout. Je m'assieds sur le trottoir le temps que ma crise de larmes passe. Je me sens pathétique de pleurer pour lui. Je ne veux pas pleurer. Il ne le mérite certainement pas.

J'essuie mes larmes avec rage. Je ne dois pas rester là, il ne manquerait plus que ce salopard me trouve, me fasse de nouveau craquer. Je me redresse et marche un petit moment à la recherche d'un taxi, mais je dois me rendre à l'évidence, à cette heure-ci, je n'en trouverai pas aussi facilement. Sortant mon téléphone pour en appeler un, je découvre les appels manqués provenant de ma mère. Il y en a quatre au total et ils ont tous été émis il y a à peine quelques minutes. Il n'est pas encore 7 heures à Miami. Qu'est-ce qui se passe ? Inquiète, je la rappelle.

— Allô ! je dis en reniflant.
— Lili ?
— Oui.
— Tu vas bien, ma chérie ?

L'inquiétude s'entend dans sa voix.

— Oui oui, c'est la pression des examens qui retombe.

Comment expliquer à ma mère que l'homme que j'aime vient d'embrasser sous mes yeux une fille qu'il aime probablement plus que sa propre vie et surtout plus que moi ?

— Tu es toute seule ?
— Je suis sortie prendre l'air.
— Assieds-toi, s'il te plaît.
— Pourquoi ?
— Liliana, écoute-moi. J'aimerais que tu sois assise.

J'ai beau ne pas comprendre, je ne la questionne pas plus et m'installe sur le banc à côté de moi. Tout se brouille dans ma tête. Je sens mes yeux bouffis. Je dois avoir une tête pas possible.

— C'est bon ? me demande-t-elle.

J'acquiesce.

— Je... je ne sais pas comment t'apprendre ça, mon trésor... tu ne dois pas craquer, d'accord ?
— Tu me fais peur, maman.

J'entends sa respiration saccadée et je sens mon visage devenir livide.

— Il y a un problème avec papa ? C'est Charlie ? Il lui est arrivé quelque chose ?

Ma voix part dans les aigus comme à chaque fois que je stresse.

— Je ne sais pas comment te le dire, Lili.

Mon angoisse s'accentue de seconde en seconde.

— Tu es malade ? Oh non, maman, ne me dis pas que tu as un cancer ou un truc comme ça, je t'en prie.

— Non, ce n'est pas moi, c'est Rosie, finit-elle par lâcher après un long silence.

Rosie. Je sens mon cœur battre très lentement. Trop lentement.

— Elle s'est réveillée ? je lâche dans un dernier espoir.

— Non, mon petit trésor.

— Non… maman… non… s'il te plaît, je la supplie en sentant mes larmes jaillir. Ne me dis pas ça.

— Je suis vraiment désolée, ma chérie.

Sa voix tremble et alors qu'elle prononce ces mots, en une phrase, ma vie s'écroule, définitivement. Je me sens aspirée dans les abysses, je cesse de respirer tout simplement.

— Rosie est morte.

À SUIVRE…

Remerciements

Si un jour, on m'avait dit que j'écrirais les remerciements du premier tome de mon histoire, je ne l'aurais jamais cru. Chaque jour est un rêve. C'est pour cette raison que j'aimerais remercier mes lecteurs qui m'ont toujours poussée plus loin, qui ont cru en moi. Vous êtes mes petits soleils. Sans vous, je ne serais pas là aujourd'hui, et pour ça je ne vous serai jamais assez reconnaissante.

Je remercie aussi ma famille et mes amis qui sont toujours là à m'encourager. Voir la fierté dans leurs yeux quand ils parlent du livre me rend profondément heureuse.

J'aimerais également dire un énorme merci à Mélissa. Sans toi, rien de tout cela n'aurait été possible. Tu m'as tellement aidée avec ce livre que tu mériterais bien plus que ces quelques mots. Tu as été mon roc durant ces longs mois de travail et pour tout ce que tu m'apportes, merci.

Je ne remercierai jamais assez Isabel Vitorino et toute la merveilleuse équipe de Hachette Romans sans qui le livre n'aurait jamais vu le jour. Merci d'avoir autant cru en moi. Travailler avec vous est un pur bonheur.

Soyez au rendez-vous, on se retrouve très bientôt pour la suite des aventures de Cameron et Lili !

Pour l'éditeur, le principe est d'utiliser des papiers composés de fibres naturelles, renouvelables, recyclables et fabriquées à partir de bois issus de forêts qui adoptent un système d'aménagement durable. En outre, l'éditeur attend de ses fournisseurs de papier qu'ils s'inscrivent dans une démarche de certification environnementale reconnue.

Composition Nord Compo

hachette s'engage pour l'environnement en réduisant l'empreinte carbone de ses livres. Celle de cet exemplaire est de : 1,3 kg éq. CO_2
Rendez-vous sur www.hachette-durable.fr

PAPIER À BASE DE FIBRES CERTIFIÉES

Achevé d'imprimer en France par CPI Brodard & Taupin
Dépôt légal 1re publication : janvier 2017
N° d'impression : 3021976
67.5733.4 – ISBN : 978-2-01-290441-5
Édition 02 – Dépôt légal : février 2017

Loi n° 49-956 du 16 juillet 1949
sur les publications destinées à la jeunesse